FANTASY

Buch

Acht Jahre nachdem der Magier Tenedos zum König von Numantia gekrönt wurde, herrscht ein Friede, der eigentlich keiner ist. Alle Provinzen wurden mit brutaler Gewalt gefügig gemacht, nur Kallio will sich nicht unterordnen. General Damastes gelingt es schließlich, die Aufständischen zu unterwerfen – ein Unterfangen, bei dem zuvor Tenedos' Bruder Reufern sein Leben ließ. Als Tenedos von seinem langjährigen Weggefährten Damastes jedoch auch noch verlangt, blutige Rache an Unschuldigen zu nehmen, verweigert dieser den Gehorsam und fällt in Ungnade. Inzwischen hat Tenedos eine Armee zusammengezogen, um gegen das Königreich Maisir zu Felde zu ziehen, das weitaus mächtiger ist als Numantia ...

Autor

Chris Bunch ist mit Allan Cole Schöpfer und Autor der weltweit erfolgreichen Sten-Chroniken und der Fantasy-Saga um die Fernen Königreiche, die in den USA zu Bestsellern wurden. Die Trilogie um den Schattenjäger Joshua Wolfe war sein erstes Soloprojekt innerhalb der Sciencefiction. Der Magier von Numantia ist seine erste große Solo-Fantasy-Trilogie. Chris Bunch lebt im US-Staat Washington.

Von Chris Bunch lieferbar:

DER MAGIER VON NUMANTIA: 1. Der dunkle Thron (24899), 2. Der Preis der Macht (24900)

DER SCHATTENJÄGER: 1. Der Stein der Lumina (25022), 2. Die Wächter der Lumina (25023), 3. Der Herr der Lumina (25021)

Mit Allan Cole:

DIE SAGA VON DEN FERNEN KÖNIGREICHEN: 1. Die Fernen Königreiche (24754), 2. Das Reich der Kriegerinnen (24755), 3. Das Reich der Finsternis (24756). Außerdem lieferbar: 4. Allan Cole: Die Rückkehr der Kriegerin (24757)

DIE STEN-CHRONIKEN: 1. Stern der Rebellen (25000), 2. Kreuzfeuer (25001), 3. Das Tahn-Kommando (25002), 4. Division der Verlorenen (25003), 5. Feindgebiet (25004), 6. Morituri – Die Todgeweihten (25005), 7. Vortex – Zone der Verräter (25006), 8. Tod eines Unsterblichen (25007)

Weitere Bände sind in Vorbereitung.

FANTASY

Chris Bunch

Der Preis der Macht

Der Magier von Numantia 2

Aus dem Amerikanischen
von Bernhard Schmid

BLANVALET

Die amerikanische Originalausgabe erschien unter dem Titel
»The Demon King« bei Warner Books, Inc., New York

Umwelthinweis:
Alle bedruckten Materialien dieses Taschenbuches
sind chlorfrei und umweltschonend.
Das Papier enthält Recycling-Anteile.

Blanvalet Taschenbücher erscheinen im Goldmann Verlag,
einem Unternehmen der Verlagsgruppe Bertelsmann.

Deutsche Erstveröffentlichung 1/00
Copyright © der Originalausgabe 1998 by Chris Bunch
All rights reserved
Published in agreement with the author,
c/o BAROR International, Inc., Armonk, New York, USA
Copyright © der deutschsprachigen Ausgabe 2000 by
Wilhelm Goldmann Verlag, München,
in der Verlagsgruppe Bertelsmann GmbH
Umschlaggestaltung: Design Team München
Umschlagillustration: Agt. Schlück/Krasny
Satz: deutsch-türkischer fotosatz, Berlin
Druck: Elsnerdruck, Berlin
Verlagsnummer: 24900
Redaktion: Cornelia Köhler
V. B. · Herstellung: Peter Papenbrok
Printed in Germany
ISBN 3-442-24900-7

1 3 5 7 9 10 8 6 4 2

1 Die goldene Axt

Das scharfe Gehör des Kutschers rettete uns das Leben, Marán und mir. Er hörte das Knarren, als die große Eiche über uns brach und umstürzte, und riss die Zügel herum. Das Gespann wieherte erschrocken auf und schwenkte in den Graben, als der Baum krachend vor unserer Equipage auf die Straße stürzte. Mit einem Kreischen flog Marán durch den Innenraum in meine Arme, während ich mich gegen die Wand geworfen sah, als ein Rad brach und die riesige Kutsche wild wankend ins Schleudern geriet. Männer schrien, Pferde wieherten, und ich kroch unter Marán hervor, trat die Tür auf, warf mich mit einer Rolle hinaus und zog dabei instinktiv das Schwert, das ich stets griffbereit trug.

Aber es war kein Feind da und nichts zu sehen außer meinem fürstlichen Gefährt, das dastand wie ein Wrack, während die acht Pferde sich ins Geschirr warfen, um sich zu befreien. Darum herum meine Eskorte, die kopflos durcheinander ritt, ein brodelnder Pulk Kavallerie. Auf einer Anhöhe in der Ferne sah ich die Staubwolke eines einzelnen Reiters, der sich in Sicherheit brachte.

Rufe wie »Magie!«, »Hexerei!« und »Schnappt euch den Bastard!« wurden laut, und schon rief Legat Balkh nach Freiwilligen, um die Verfolgung des Kerls aufzunehmen, der auf meinen Tod aus gewesen war. Gleich darauf lautstark die Gegenbefehle von mir, Capitain Lasta und – ganz entgegen seiner sonstigen Art – von meinem Offiziersburschen und Kammerdiener, dem Lancier Karjan.

Meine Frau spähte heraus, während von der Kutsche hinter der unseren eine Schar kreischender Zofen gelaufen kam.

»Bist du verletzt?«, fragte ich.

»Nein«, antwortete sie. »Nur etwas außer Fassung. Was ist passiert?«

»Sieht ganz so aus«, meinte ich, »als wüssten die Kallier um unser Kommen und hätten gerade ihre Meinung darüber zum Ausdruck gebracht.«

»Aber wie um –«

»Komm mit, wir wollen sehen, ob sich das feststellen lässt.«

Ich half ihr aus der gewaltigen Equipage, die während der vergangenen acht Jahre öfter unser Zuhause gewesen war als irgendeiner meiner Paläste, und wir gingen gemeinsam hinüber zu dem mächtigen Baum, der quer über der Straße lag. Die erste und offensichtliche Erklärung war Zauberei. Der Stamm des Baumes war weder verrottet noch gesplittert, sondern sauber durchtrennt. Ich sah ein Blinken im Gras. Ich hob eine winzige goldene Axt, kaum größer als einen Zoll, auf, als der Kommandeur der Siebzehnten Lanciers auf mich zugelaufen kam und salutierte.

»Domina Bikaner, schickt eine Patrouille auf den Hügel. Heißt die Männer, nach einem kleinen Eichenzweig zu suchen, der in zwei Teile geschnitten ist.«

»Jawohl, Sir.«

Ich setzte die Untersuchung des Baumes fort. »Schau her«, sagte ich. Marán sah, wo sauber ein kleiner Ast abgetrennt worden war. Es wäre mir nie aufgefallen, hätte man nicht Symbole in die Rinde geschnitzt, aus deren Kerben frischer Saft drang. »Ich schätze, so war es wohl«, sagte ich. »Der Zauberer machte die Kerbe in den Stamm, steckte eine winzige Kopie seiner Zauberaxt in die Kerbe und nahm den Zweig mit. Mit den Symbolen in der Rinde sorgte er dafür, dass der Teil zum Ganzen werden kann, wie Imperator Tenedos sagen würde.

Er wartete, bis die erste Kompanie Lanciers vorbei war. Er wusste ja, dass unsere Kutsche die größte und vornehmste sein musste, und durchschnitt dann den Zweig. Sobald er entzwei war, fiel der Baum sauber um. »Das einzige, was sich monieren lässt, ist der Zeitpunkt.«

»Ich verstehe nicht, dass du das so gelassen hinnehmen kannst«, sagte Marán. »Der Bastard hätte uns beinahe umgebracht!«

»Nach dem ersten Dutzend Mal«, antwortete ich, »ist mir ›beinahe umgebracht‹ genauso lieb wie ›noch nicht mal daran gedacht‹.«

»Warum hast du ihn nicht von der Kavallerie verfolgen lassen?«

»Weil ich darauf wetten möchte, dass er um die hundert Freunde hinter dem Hügel hatte. Ohne Rückendeckung kratzt ein Zauberer sich doch noch nicht mal am Arsch.«

»Tribun Damastes, Ihr seid einfach zu schlau«, meinte Marán. »Also … bist du jetzt wenigstens nicht mehr böse mit mir?«

Das Gasthaus, in dem wir die vorangegangene Nacht verbracht hatten, war ohne Frage abscheulich gewesen. Der Wirt war ein verdrießlicher Kerl, die Zimmer schmutzig und das Essen so ungenießbar, dass wir es stehen ließen und mit den Lanciers Soldatenverpflegung aßen. Marán hatte den Wirt kommen lassen und ihm in aller Deutlichkeit gesagt, was für ein nichtswürdiges Schwein er sei. Ginge es nach ihr, sie ließe sein Gasthaus als Gesundheitsrisiko dem Erdboden gleichmachen und ihn als gemeinen Schurken auspeitschen. Der Wirt war völlig unfähig und ein Esel obendrein, aber er wusste, dass sie ihm, wäre das auf Maráns eigenen Ländereien passiert, tatsächlich das Haus hätte niederbrennen lassen können. Der Name Agramónte ging in der numantischen Geschichte weiter zurück als so manches Gesetz.

Marán benahm sich wie ein arrogantes Miststück, und das sagte ich ihr denn auch, nachdem der Wirt sich zitternd getrollt hatte. Und das war dumm von mir. Wenn man in schier unmöglichen Reichtum hineingeboren wird und der größte Teil der Menschheit entweder aus Dienstboten oder aus Untertanen zu bestehen scheint, dann hat man mit Dummköpfen wenig Geduld, abgesehen davon, dass sie ein fast ebenso hitziges Temperament hatte wie ich.

»Ich bin nicht mehr böse auf Euch, Madame«, sagte ich. »Vorausgesetzt, Ihr zeigt mir nicht länger die kalte Schulter.«

»Mal sehen.«

Männer umschwärmten die Equipage. Es wurde geschrien, man stellte sie wieder ins Lot, schob sie zurück auf die Straße und rollte aus dem Tross ein Ersatzrad herbei.

»Man scheint alles im Griff zu haben«, meinte sie. »Würde der edle Tribun mich auf einen kleinen Spaziergang in den Wald begleiten, um uns die Beine zu vertreten?«

»Er würde.«

»Würde der edle Tribun ausnahmsweise von der Tradition abweichen und ohne Leibwache gehen?«

»Würde Madame sich denn sicher fühlen? Immerhin sind wir jetzt in Kallien, und wir haben ja bereits gesehen, was die Leute von uns zu halten scheinen.«

»Du hast doch dein Schwert? Wie sollte ich Angst vor jemandem haben mit einem so tapferen Mann an meiner Seite?«

»Trägst du nicht ein wenig dick auf?«

Marán kicherte. »Ich habe mich schon gefragt, wie lange ich mit dem Unsinn weitermachen kann, bevor du mich anbrummst.«

Sie ging voran in das kleine Gehölz neben der Straße. Lancier Karjan wollte uns schon folgen, aber ich hieß ihn bei der Kutsche bleiben. Wir hatten den Höhepunkt der Zeit der Hitze, es war sehr heiß und sehr ruhig, nachdem wir die Straße verlassen hatten; es war nichts zu hören als das Scharren unserer Stiefel, das Rascheln von Maráns langem Reisekleid auf dem trockenen Gras und dem schläfrigen Summen der Bienen. Marán lehnte sich rücklings gegen einen Felsen, der sich schräg aus der Erde hob.

»Ich liebe diese Zeit«, sagte sie. »Wenn ich schwitze, dann komme ich mir vor wie am ganzen Körper eingeölt.« Sie hatte einen leichten Schweißfilm auf der Oberlippe und leckte ihn ganz langsam weg.

»Ist das nicht meine Aufgabe?«, fragte ich etwas heiser.

»Sie könnte es sein.« Ich trat auf sie zu und küsste sie, unsere Zungen umschlangen einander. Ihre Bluse ließ sich wie eine Uniformjacke auf beiden Seiten aufknöpfen, und als sie auseinander fiel, guckten ihre Brüste zu mir auf, die Brustwarzen ganz steif.

Sie spreizte träge die Beine und zog sich den Rock über die glatten Schenkel. Sie trug nichts darunter. Sie ließ den Kopf gegen den Fels zurücksinken und schlang ihre Beine um meine Waden.

»Komm, Damastes. Mach es mir. Jetzt!«

Nachdem wir, ganz unschuldig und ohne auf unsere in Unordnung geratene Kleidung zu achten, zur Kutsche zurückgekehrt waren, nahm ich Karjan beiseite und erinnerte ihn daran, dass Offiziere für gewöhnlich nicht sehr glücklich darüber waren, wenn ein Untergebener ihren Befehl widerrief, wie er das im Fall von Legat Balkh getan hatte.

»Jawohl, Sir. Ich hätte den Kleinen losreiten und sich umbringen lassen sollen, sich und eine Menge besserer Leute obendrein. Tut mir Leid, Tribun. Vielleicht mache ich die Rangstreifen gleich mal wieder ab und bin wieder ein gemeiner Reiter, wenn es der Tribun will.«

Ich fluchte und sagte ihm, ich mochte ja ein Tribun sein, aber ich könnte ihn trotzdem noch hinter die Stallungen ziehen und wäre dann derjenige, der aufrecht wieder hervorkomme, wenn er die Geschichte auf dieses Niveau ziehen wolle. Er wirkte nicht eben besorgt.

Karjan, der mir im Frieden gleichgültig und im Krieg perfekt diente und mir bereits ein halbes Dutzend Mal das Leben gerettet hatte, verachtete den Rang an sich, ob nun bei anderen oder sich selbst, und wann immer er sich befördert sah, stürzte er sich in den nächstbesten Ärger, um wieder ein Gemeiner zu werden. Schon siebenmal hatte ich ihn zum Feldwebel gemacht – und achtmal wieder degradiert.

Aber ich sah in ihm einen Teil meines Glücks, einen Teil des Drum und Dran, das mir als Erster Tribun zustand. Manche nannten mich Damastes den Schönen, was mir peinlich war, obwohl ich zugeben muss, dass ich mich gern farbenprächtig kleidete und zuweilen sogar meine Uniform selbst entwarf.

Außerdem erkannte man mich an meiner Leibgarde, den Roten Lanciers, hartgesottenen Kerlen, die an der Grenze gekämpft hatten, bevor sie sich freiwillig in meinen Dienst gemeldet hatten.

Die Sättel ihrer Pferde sowie das Zaumzeug waren rot gesäumt, dasselbe galt für Stiefel und Helm. Ihre Lanzen waren rot emailliert, ein Zauberer hatte ihrem Kürass eine scharlachrote Färbung verliehen und auch ihr Ruf auf dem Schlachtfeld passte sich farblich an.

Neben ihnen hatte ich noch die Siebzehnten Lanciers, die ich immer als die »meinen« empfand, da ich bei ihnen mein erstes Kommando als Legat gehabt hatte. Der Imperator hatte gebrummt, als ich ihm sagte, ich wollte die Siebzehnten Lanzer von der Grenze abgezogen sehen, aber die Aufgabe, mit der er mich bedachte, war so schwierig, dass ich alles und jeden hätte haben können, ganz nach Begehr.

Ich hatte Marán nicht nur deshalb gebeten mitzukommen, weil wir viel zu viel Zeit unserer Ehe voneinander getrennt verbrachten, sondern auch ihres Respekt gebietenden Geschicks im gesellschaftlichen Umgang wegen. Ich hoffte, in Kallio für genügend Ruhe sorgen zu können, um ihr die Möglichkeit zu geben, es einzusetzen.

Nachdem der Imperator und ich den ungeheuren Dämon heraufbeschworen hatten, der Chardin Sher und seinen finsteren Zaubermeister Mikael Yanthlus vernichtet hatte, war der Aufstand zu Ende gewesen. Jeder wusste, dass er vorbei war – nur die Kallier nicht.

Immer wieder erhoben sie sich gegen die gerechte Regierung des Imperators, manchmal organisiert, manchmal nur in wilden Mobs. Schlimmer noch war, dass sich jedermann für einen Rebellenführer zu halten schien. Kallier hatten schon immer in dem Ruf gestanden, sich für etwas Besseres zu halten als die anderen Numantier, aber sie waren auch dafür bekannt gewesen, die Gesetze zu respektieren, zuweilen bis ins Extrem. Das war vorbei.

Es spielte kaum eine Rolle, ob ihr vom Imperator ernannter Gouverneur ein Tyrann oder ein Schwächling war, ob er mit Vernunft, Gesetz und Ordnung regierte oder launenhaft und mit dem Schwert. In dem Augenblick, in dem er den Kalliern nahe legte, sie schuldeten dem Imperator in Nicias Gehorsam, begann das Gemetzel schon wieder von vorn.

Die Stadt musste von numantischen Truppen besetzt, die Straßen von Kavallerie patrouilliert werden, und ein Depeschenreiter brauchte eine Eskorte, wollte man ihn nicht im Graben finden, mit einem zweiten roten Lächeln quer über dem Hals. Selbst Zivilisten oder Kaufleute, die mit dieser Fehde gar nichts zu tun hatten, wurden umgebracht oder eines Lösegelds wegen festgehalten, wenn sie sich auf die kallischen Landstraßen wagten.

Vor einem Jahr nun hatte der Imperator seinen Bruder Reufern zum Prinzregenten Kallios ernannt in der Hoffnung, die Provinz würde Respekt vor dem Namen Tenedos bekommen und sich beruhigen.

Es hatte nicht funktioniert, und jetzt war ich als Militärgouverneur nach Kallio unterwegs mit Order vom Imperator, dafür zu sorgen, dass sein Bruder nicht wie die anderen versagte und Tenedos' Namen nicht der Lächerlichkeit preisgab. Tenedos' Bruder war älter als der Seher und sah ihm ganz und gar nicht ähnlich. Er war hoch gewachsen, während der Imperator untersetzt war, schlank, während der Seher ständig mit einem Bäuchlein zu kämpfen hatte, und trotz seines langen Gesichts sah er recht gut aus. Das Gesicht des Imperators war rund gewesen, jungenhaft hübsch, als ich ihn kennen gelernt hatte, aber die Belastungen seines Amtes ließen ihn bereits altern, so dass er weit älter schien als ich, obwohl uns nur fünf Jahre trennten.

Der größte Unterschied jedoch bestand in den Augen. Die Augen des Imperators fixierten und hielten einen, vor Kraft und Intensität blitzend, fest. Reuferns Augen waren blass, verwaschen und huschten unruhig zur Seite, wenn man direkt hineinsah.

Marán und ich hatten Reufern drei- oder viermal bei Hofe gesehen, aber zu mehr als einer artigen Unterhaltung hatte es nicht gereicht. Hätte er nicht den Namen Tenedos' getragen, ich bin sicher, ich hätte ihn und unsere Unterhaltung am Morgen darauf bereits wieder vergessen gehabt.

Das war der »Führer«, dessen Ruf ich retten sollte.

Aber ich war daran gewöhnt, die Feuerwehr des Imperators zu spielen und dabei kaum zur Ruhe zu kommen.

Elf Jahre zuvor war ich ein zwanzigjähriger, in Ungnade gefallener Legat an der hintersten Grenze gewesen.

Drei Jahre später stand ich als Erster Tribun, als höchster Offizier in unserer Armee, in der größten Kirche von Nicias, der Hauptstadt Numantias, und krönte Laish Tenedos zum Imperator Rex von ganz Numantia, womit ein starker Weiser auf dem Thron zu sitzen kam, der der inkompetenten Launenhaftigkeit des Zehnerrates ein Ende machte.

Warum hatten wir also keinen Frieden gefunden? Warum war ich, anstatt irgendwo in einer langweiligen Garnison die Reiterei zu kommandieren oder die Grenzen meines Landes gegen die Stämmler aus den Hügeln zu schützen, acht Jahre durch das Königreich gehetzt, um hier eine vom Hunger entfachte Revolte niederzuschlagen, dort Banditen zu jagen, hier wie dort Bauernaufstände zu unterdrücken oder gar die Rebellion eines Regiments …? Es würde mir schwer fallen, all die Orte aufzuzählen, in die ich geritten war und wo ich verkündet hatte, »im Dienste des Imperators« zu kommen, um dann sofortigen Gehorsam anzuordnen, andernfalls man mit den Klingen der Soldaten hinter mir zu rechnen hätte.

Ich hatte das verbrannte Land und die Verheerungen unter der Bevölkerung gesehen, von denen in den Marschliedern keine Rede ist, und hatte meine eigenen Narben. Ohne es zu merken, berührte ich die Stelle an meinen Rippen, wo der von Zauberhand gelenkte Pfeil mich getroffen hatte, die selbst nach zwei Jahren noch empfindlich war. Es war nur das sichtbare Zeichen eines absoluten Alptraumes, in den man mich mit drei Regimentern losschickte, um eine kleine Erhebung – wie es hieß – in Khoh, unserer westlichsten Provinz, niederzuschlagen, die irgendeine Dorfhexe mit dem einen oder anderen Zauber angezettelt hatte. Diese hatte sich jedoch als ausgewachsene Zauberin entpuppt, die in der Lage war zu verhindern, dass die Seelen von tödlich Verwundeten ihre Körper verließen, so dass sie weiterkämpfen konnten.

Ihre gespenstischen Untertanen hatten meine beiden Regimenter aufgerieben. Einer meiner Roten Lanciers hatte mich von der Walstatt geschleppt, eine Dorfhexe hatte mich behandelt, und dann hatte ich mich wochenlang fiebernd in einem Zelt hin- und hergeworfen und dabei bereits das Knarren des Rades gehört.

Aber ich war wieder gesund geworden und mit einem Dutzend Regimenter zurückgekehrt und hatte die Hexe mitsamt ihren Ungeheuern niedergemacht.

Trotzdem, ich trug damals nicht nur eine Narbe am Körper davon, sondern auch an der Seele, damals und bei anderen knappen Schlachten, die ich von einem Ende des Landes zum anderen schlug.

Numantia hätte in Frieden leben sollen, aber dem war nicht so. Ich fragte mich, warum, zuckte dann aber die Achseln. Derlei Gedanken waren mir einfach zu hoch.

Hätte ich den Gedanken doch weitergedacht, mich zum Überlegen gezwungen. Vielleicht hätte ich etwas ändern können.

Vielleicht hätte ich das Verhängnis aufhalten können, das mit Riesenschritten auf mich und ganz Numantia zugerast kam.

2 *Tod dem Imperator*

An einem goldenen Sommerabend trafen wir in Polycittara ein. Die Stadt ist sehr alt und wird zu Recht als malerisch gepriesen. Vor vielen Jahrhunderten hatte es dort nur die einsame Trutzburg eines wüsten Kriegsherrn gegeben, die aus mächtigen Quadern auf einem großen Berg gegen nunmehr längst vergessene Feinde erbaut worden war. Die Burg war immer größer und dann in Friedenszeiten zu einem Dorf geworden und schließlich zu einer Stadt, die sich dann bis hinunter zum Fluss und über die Ebene ausgebreitet hatte.

Wir hatten hinter dem letzten Hügelkamm einige Minuten Halt gemacht, um den schlimmsten Reisestaub wegzubürsten, auf dass unser Auftritt auch schicklich ausfiel.

Wir hätten uns gar keine Mühe zu machen brauchen. Die Tore gingen auf, als wir näher kamen – Domina Bikaner hatte Reiter vorausgeschickt. Nichts Gutes verhieß freilich, dass keine Menge zum Jubeln gekommen war. Um genau zu sein, es war überhaupt keine Menge gekommen. Was gekommen war, das war eine kleine Militärkapelle, die sich redliche Mühe gab. Es waren Numantier, genauso wie auch die Wachen und eine Hand voll Staatsdiener, die uns ein Willkommen zuriefen, das von den Mauern hallte.

Trotzdem hatten wir unseren großen Auftritt – und dann kam die Pracht zu einem eher peinlichen Ende, als ein Regiment Kavallerie, siebenhundert Reiter, die zweihundert Mann meiner Roten Lanciers, dazu gut fünfzig Kutschen und Fuhrwerke, mein Stab und unser Hausgesinde sich durch eine Straße zu drängen versuchten.

Ich hörte Karjan, der oben auf dem Kutschbock saß. »Aus so einer Stadt rauszukommen geht wie 'n Gänseschiss. Und jetzt soll die ganze Kacke wieder in den Arsch.«

Marán und ich lachten und dann kam alles völlig zum Stillstand. Offiziere bellten Befehle, Unteroffiziere schrien Drohungen und die Mannschaften murmelten vor sich hin. Ich setzte den Helm mit dem Federbusch auf, als ich die Tür öffnete. Der Kutscher, dessen Aufgewecktheit uns das Leben gerettet hatte, stieg ab, zweifelsohne ganz erpicht darauf, seine Belohnung noch zu vergrößern, und eilte dann auf mich zu.

Ich hörte jemanden von oben »Tod dem Imperator!« schreien und dann kam, sich um die eigene Achse drehend, ein mächtiger Felsbrocken fast von der Größe meines Brustkastens von einem Dach. Ich hatte keine Zeit, beiseite zu springen, aber der Brocken verfehlte mich um einige Zoll – und landete krachend auf dem Kutscher. Es zerdrückte dem Jungen Kopf und Brust und er kehrte auf das Rad zurück, ohne zu merken, wie ihm geschah.

»Schnappt ihn euch!«, rief ich und wies zum Dach hinauf. Vier Rote Lanciers sprangen aus den Sätteln und polterten zu der Treppe, die auf das Dach des Hauses führte, aber Karjan war als Erster abgesprungen und durch die Haustür gelaufen. Er lehnte sich gegen das Geländer und stieß mit dem Stiefelabsatz gegen die Tür, und diese sprang auf. Der Säbel schlängelte sich aus seiner Scheide, als er hineinlief, die anderen hinter ihm drein.

Capitain Lasta stand neben mir. »Ich habe ihn gesehen, Sir, nachdem Ihr gerufen habt. Er lief übers Dach und sprang hinüber aufs nächste Haus. Fast wäre er runtergefallen, hol ihn die Pest! Jung, kurzes schwarzes Haar. Er trug hellblaue Hosen, eng, ziemlich dreckig, und ein weißes Hemd. Ich würde ihn wieder erkennen.«

Ich nickte, kniete mich über die Leiche des Kutschers und flüsterte ein stilles Gebet, auf dass Saionji ihm im nächsten Leben die Belohnung zuteil werden ließ, die ich ihm nicht mehr hatte geben können.

Es wurde gerauft, dann kamen Karjan und die Roten Lanciers aus dem Haus; sie stießen einen alten Mann und zwei Frauen mittleren Alters vor sich her.

»Das ist alles, was wir gefunden haben«, sagte Karjan. »Der

Hundsfott ist uns entwischt. Die Treppe zum Dach war verstellt und die Tür zugenagelt. Wir haben eine Ewigkeit gebraucht, um sie aufzukriegen.«

»Die übernehmen wir, Soldat«, rief jemand. Zehn Männer, die merkwürdigerweise die Uniform nicischer Büttel trugen, liefen auf uns zu. Dann fiel mir ein, dass Polycittaras Gendarmen den Dienst verweigert hatten, so dass die kaiserliche Regierung dazu gezwungen war, Büttel aus der Hauptstadt zu importieren.

Die Gendarmen trugen Helme und Brustpanzer und führten Piken, Dolche und schwere Schlagstöcke mit sich; sie wirkten eher wie ein Überfallkommando denn wie Schutzpolizei. Der Mann, der gerufen hatte, trug das Abzeichen eines Sergeanten und fuchtelte mit einem Schwert herum.

»Wir sind froh, sie los zu sein«, meinte einer der Roten Lanciers.

»Wir haben gesehen, was passiert ist, Sir«, sagte der Sergeant zu mir. »Wir verhelfen dem Gesetz zur Geltung, ohne groß Eure Zeit zu verschwenden. Da an der Wand soll's mir recht sein.«

Die Büttel zwangen das Trio gegen die Backsteine. Die anderen holten Flaschen einer farblosen Flüssigkeit aus ihren Kartuschen und gingen ins Haus.

Der alte Mann stöhnte und eine der Frauen schrie um Gnade.

»Du bist als Erste dran, Luder«, sagte ihr der Sergeant. »Kraft meines Amtes«, murmelte er flüchtig und nahm das Schwert hoch.

»Sergeant!« Mein Kasernenhofton ließ ihn erstarren. »Was in Isas blutigem Namen macht Ihr da?«

»Wie gesagt, Sir. Wir verschaffen dem Gesetz Geltung. Die Order des Prinzregenten ist völlig klar. Jeder, der einen Numantier oder einen Vertreter der kaiserlichen Regierung angreift, macht sich eines Verbrechens gegen den Staat schuldig, und darauf gibt's nur eine Strafe.«

»Tut mir Leid, Sergeant«, sagte ich. »Aber die drei hier hatten nichts mit dem zu tun, was hier passiert ist. Der Mann, der mich umzubringen versuchte, kam und ging über die Dächer.«

»Spielt keine Rolle, Sir. Meine Befehle sind klar. Beihilfe zu einer

Attacke ist dasselbe Vergehen, und Leben und Gut des Betreffenden sind verwirkt. Ist die Saubande exekutiert, wird das Haus abgebrannt. Ich habe schon einen nach der Feuerwehr geschickt, um dafür zu sorgen, dass sich der Brand nicht ausbreitet, obwohl's mir Jacke wie Hose wär', wenn die ganze von den Göttern verdammte Stadt hier in Flammen aufgehen würde. Das sind Befehle direkt vom Prinzregenten.«

Ich zögerte. Befehl war Befehl, und es war sicher nicht das Gescheiteste, meinen neuen Posten damit anzugehen, einen Befehl meines Führers zu vereiteln. Aber etwas, was falsch angefangen wird, kommt selten von selbst wieder in Ordnung. Und was für eine Art Frieden versuchte Reufern da aufrechtzuerhalten? Eine Friedhofsruhe? Marán wartete darauf zu sehen, was ich wohl tat.

»Sergeant, ich verstehe Eure Befehle. Aber ich bin Tribun Damastes á Cimabue, Kallios neuer Militärgouverneur und Euer künftiger Vorgesetzter. Ich widerrufe diesen Befehl hiermit und werde ihn noch vor morgen für die ganze Provinz aufheben. Ihr könnt diese drei Personen hier freilassen und zu Euren Pflichten zurückkehren. Und ihr Haus bleibt stehen.«

Er zögerte und schob dann das Kinn vor. »Tut mir Leid, Tribun. Aber wie Ihr schon sagtet, Befehl ist Befehl. Tretet beiseite, Sir.«

Wieder holte er mit dem Schwert aus, und die Frau, auf deren Gesicht sich schon Hoffnung abgezeichnet hatte, wimmerte wieder los.

»Curti!«

»Sir!«

»Wenn der Büttel hier auch nur einen Muskel rührt, erschießt ihn!«

»Jawohl, Sir!«

»Capitain Lasta, schickt ein Kommando hinter den Polizisten her und holt sie heraus. Falls nötig mit Gewalt.«

»Jawohl, Sir!«

Der Büttel sah Curti an. Der Bogner hatte die Sehne bis ans Ohr zurückgezogen, die vierkantige Kriegsspitze des Pfeils zielte genau auf des Büttels Hals. Ein kleines Lächeln umspielte Curtis Lippen.

Beide tragen sie Uniformen und setzen die Wünsche des Staates durch, trotzdem haben Polizist und Soldat nichts füreinander übrig. Vielleicht weil sie sich in zu vielen Tavernenkeilereien gegenübergestanden haben, vielleicht auch, weil die meisten Soldaten der Ansicht sind, Polizisten seien nichts weiter als Poseure im Angesicht der Gefahr, die letztlich nur in gemütlichen Schankräumen herumstehen und Wirte beschwatzen, ihnen ein Freibier auszugeben.

Die Finger des Sergeanten öffneten sich, sein Schwert klapperte auf die Straße und er lief scharlachrot an. Ich trat vor, hob die Klinge auf und steckte sie dem Mann in die Scheide zurück.

»Und jetzt kehrt, wie ich gesagt habe, wieder zu Eurem Dienst zurück.«

Er wollte schon salutieren, fing sich gerade noch, drehte sich auf dem Absatz um und drängte sich durch die gaffenden Soldaten. Bewusst die Blicke der Umstehenden vermeidend, schlossen seine Männer sich ihm an.

Ich hörte Gelächter, das jäh abbrach, als den Männern klar wurde, dass noch immer eine Leiche auf der Straße lag, ein Junge, der erst vor wenigen Wochen den Hof seiner Eltern verlassen hatte, völlig sinnlos ermordet von einem feigen Hund.

»Wir begraben ihn mit allen Ehren, die einem Lancier zustehen«, sagte Capitain Lasta. Er nahm seinen Mantel, der an den Sattel geschnürt war, und breitete ihn über die Leiche. Ich stieg wieder in die Kutsche und schloss die Tür.

»Sieht nicht gut aus«, meinte Marán.

»Nein«, pflichtete ich ihr bei. »Also, dann wollen wir mal weiter zur Burg und sehen, um wie viel schlimmer es noch werden kann.«

»Hat der Sergeant der Polizei Euch gesagt, dass es sich dabei um eine *direkte* persönliche Anordnung handelte?« Die Stimme des Prinzregenten bebte ein wenig, aber er versuchte ruhig zu bleiben. Wir waren ganz allein in dem kleinen privaten Audienzraum gleich neben dem Thronsaal.

»Natürlich, Mylord.«

»Und trotzdem habt Ihr sie widerrufen?«

»Das habe ich, Sir. Wenn ich erklären darf?«

»Nur zu.«

»Sir, ich soll Euer Militärgouverneur werden. Als solcher bin ich verantwortlich für die Durchsetzung der Gesetze. Ich weiß, der Imperator möchte, dass Kallio so schnell wie möglich wieder zur Normalität zurückkehrt.«

»Das wollen wir alle«, sagte Reufern Tenedos.

»Wenn das Gesetz Kallios sich, von einigen speziellen Gelegenheiten abgesehen, völlig von dem des übrigen Numantia unterscheidet, wie soll hier jemals wieder Normalität einkehren? Wir könnten genauso gut eine Besatzungsmacht sein.«

»Es gibt da so manche, die sagen, dass wir genau das sind«, sagte der Regent. Er stieß einen Seufzer aus und zwang sich dann zu einem Lachen. Es hörte sich falsch an. »Ich nehme an, ich sollte das amüsant finden.«

»Was, Mylord?«

»Na, Euch hier zu haben, Damastes den Kavalleristen. Den Schönen Damastes, wie man Euch, wie ich gehört habe, nennt. Held von tausend Schlachten, des Imperators bester Soldat.«

»Das bezweifle ich, Sir. Ich kann Euch tausend bessere Kämpfer nennen und auf noch einmal tausend hinweisen, deren Namen ich nie erfahren habe, aber mit deren Großtaten ich vertraut bin. Aber warum findet Ihr das so komisch?«

»Man hat heute zweimal versucht, Euch das Leben zu nehmen, und trotzdem ist es Euch gelungen, friedfertig zu bleiben. Vielleicht sollte es besser Damastes der Gütige heißen und Ihr solltet einem sanfteren Gott dienen als dem Kriegsgott Isa. Als Priester.« Da war nicht die Spur von Humor in seiner Stimme, eher Bitterkeit.

Ich sagte nichts, blieb aber in Habt-Acht-Haltung stehen. Er blickte aus einem Fenster hinaus auf den riesigen Hof, auf dem die Siebzehnten und die Roten Lanciers angetreten waren und darauf warteten, dass er zur Inspektion kam. Dann wandte er sich wieder mir zu.

»Vielleicht, Damastes – so möchte ich Euch nennen, da ich mit Euch in der herzlichsten aller Freundschaften zu dienen hoffe –, vielleicht habt Ihr Recht. Ich gehe allerdings davon aus, dass das, was da passiert ist, ein Einzelfall bleibt und Ihr nicht jeden meiner Befehle in Frage zu stellen gedenkt.«

»Ich gedenke nicht, auch nur irgendeinen Eurer Befehle in Frage zu stellen, Sir, ganz und gar nicht«, sagte ich fest. »Ihr herrscht auf Wunsch des Imperators Tenedos, dem ich einen Bluteid geschworen habe. Stolz und Ehre meiner Familie beruhen darauf, nie ein Wort oder einen Schwur gebrochen zu haben.«

»Sehr gut.« Einmal mehr seufzte er, was, wie ich sehen sollte, charakteristisch für ihn war, wann immer eine Situation zu komplex wurde, und das war nicht selten der Fall. »Wir wollen es vergessen. Nun denn, ich brenne darauf, die Bekanntschaft mit Eurer reizenden Frau, der Gräfin, zu erneuern. Wollen wir in den Saal zurückkehren? Dann können wir uns in den Hof begeben, damit ich Eure recht beeindruckende Truppe willkommen heißen kann?«

Ich verbeugte mich und wir verließen den Raum.

»Wie ging es meinem Bruder denn, als Ihr ihn das letzte Mal gesehen habt?«, erkundigte sich der Prinzregent.

»Er war gesund und wohlauf. Er arbeitet zu viel.« Ich sagte ihm nichts von Tenedos' Sorge, was die Unfähigkeit seines Bruders, Kallio zu befrieden, anging.

»So war er schon immer. Und meine Schwestern?«

Ich suchte nach den richtigen Worten, denn auch die beiden waren nicht faul. Dalny und Leh, zehn beziehungsweise zwölf Jahre jünger als der Imperator, schienen fest entschlossen, dafür zu sorgen, dass Nicias über sie mehr sprach als über jedes andere Mitglied der Familie, einschließlich des Herrschers selbst. Erreicht hatten sie dies mit einer Reihe von skandalösen Affären mit schönen jungen Offizieren über vornehme Edelleute bis hin zu Diplomaten sowohl aus den äußeren Provinzen wie aus Nicias selbst. Eine stattliche Zahl ihrer Liebhaber war verheiratet. Die Hälfte aller Edelfrauen der Stadt, so hatte Marán mir erzählt, hegte die Hoffnung, die

Schwestern möchten bald heiraten und die Wilderei an den Nagel hängen, obwohl kein Mensch seinem ärgsten Feind eine Braut wie eine der beiden gewünscht hätte.

»Ich habe nicht viel mit ihnen zu tun«, sagte ich wahrheitsgemäß. »Aber wie meine Frau mir erzählte, waren sie recht erfolgreich, was ihre Ziele angeht.«

Reufern bedachte mich mit einem scharfen Blick, und mir wurde klar, dass ich ihm mit meinem Scherz zu nahe getreten war. Er war immerhin ein Tenedos und konnte somit geistig nicht völlig unbedarft sein.

Die Burg über Polycittara war gewaltig. Selbst der riesige Hofstaat, den Prinz Reufern aus Nicias mitgebracht hatte, vermochte sie nicht zu füllen. Die kallischen Verwalter waren entweder verschwunden oder verweigerten, falls man sie dennoch aufspürte, den Dienst.

Ich hatte angenommen, der Prinz hätte angesichts des Hasses, den man uns Nichtkalliern entgegenbrachte, Schwierigkeiten gehabt, eine Dienerschaft zu finden, aber die Gebäude wimmelten nur so von lächelnden Mietlingen, die nur darauf brannten, alles zu tun, was ihnen selbst der geringste Nicier befahl. Achselzuckend dachte ich mir, dass wohl sonst wenig Arbeit zu finden war, bevor ich die Angelegenheit wieder vergaß. Der Prinz hieß mich, mir mein Quartier ganz nach Belieben zu wählen, und Domina Bikaner, Marán und ich verbrachten fast den ganzen Rest des Tages damit, uns nach etwas Geeignetem umzusehen. Ein Flügel der Burg, der auf einem Felsvorsprung aus dem Hauptkomplex herausragte, entsprach meinen Vorstellungen. Es handelte sich um einen sechsgeschossigen Bergfried, ein Vieleck, das mit dem Hauptbau durch ein Zwischengebäude mit dicken Mauern verbunden war. Letzteres hatte eingebaute Quartiere, in denen bequemerweise neben den Roten auch die Siebzehnten Lanciers untergebracht werden konnten. Es gab sogar ein Tor zwischen der Burg und »meinem« Flügel, den ich sofort mit einer Wache besetzen ließ. Ich sonderte uns deshalb so ab, weil ich wollte, dass Kallio nicht vergaß, dass ihre Regenten der Prinz und der Imperator Tenedos waren und ich mich mit meinen Soldaten nur vorübergehend dort aufhielt, ein Außenseiter, der lediglich auf die Einhaltung der numantischen Gesetze sah.

Maráns und meine Gemächer waren prächtig, die Buntglasfenster boten einen Blick auf die Stadt und den Fluss, der sich auf den Horizont zuwand, und das ferne Plateau, über das man an die Ostgrenze Kallios kam. Die Steinmauern wurden von dicken Wandbehängen gewärmt, und jedes Gemach hatte einen eigenen Kamin und einen Dienstboten, der dafür sorgte, dass an einem nasskalten Tag das Feuer nicht ausging.

Und wenn schon sonst nichts, so war der Turm über die Maßen gut zu verteidigen. Ich verspürte nicht den Wunsch herauszufinden, ob der alte Aberglaube, laut dem der dritte Versuch glückte, der Wahrheit entsprach.

Neben dem Gesinde und den Niciern wohnten noch ein paar vereinzelte kallische Adelige in der Burg, von denen einige die ältesten und angesehensten Namen der ganzen Provinz trugen.

Der Erste unter diesen Edelleuten war Landgraf Molise Amboina, Zoll für Zoll ein Grande. Er war hoch gewachsen und schlank und seine Silbermähne passte bestens zu seinem lockigen Bart. Er verfügte über Witz und einen scharfen Verstand und hatte die seltene Gabe, seinem Gegenüber seine ganze Aufmerksamkeit zu schenken. Marán fragte sich, ob er tatsächlich zuhörte oder damit beschäftigt war, sich das nächste Bonmot in seiner brillanten Konversation zurechtzulegen. Er war jüngst zum Witwer geworden, und das zum zweiten Mal, und er hatte einen Sohn und eine junge Tochter, aber die beiden verbrachten die meiste Zeit auf dem Landsitz der Amboinas, Lanvirn.

Da ich nicht an Vollkommenheit glaube, entschloss ich mich, ihm genau auf die Finger zu sehen, vor allem nachdem ich erfahren hatte, dass Prinz Reufern volles Vertrauen in ihn hatte und ihm weit mehr anvertraute, als ich für klug hielt, auch wenn er ein durch und durch loyaler Anhänger des Imperators zu sein schien.

Unser größtes Problem bestand darin, dass Kallio gesetzlos war. Womit ich nicht sagen will, dass Anarchie herrschte. Es war schlimmer. Prinz Reuferns Herrschaft war ausgesprochen kapriziös. Wurde am einen Tag jemand, der eines Verbrechens angeklagt war, zum Tode verurteilt, so kam am nächsten Tag ein Zweiter, dem man dasselbe vorwarf, mit einer Verwarnung davon, während man bei einem Dritten Hab und Gut einzog und ihn in die Sklaverei verkaufte.

Ich fragte den Prinzen, wie er über Schuld und Unschuld eines vor ihn Zitierten befand, und er sagte, er habe ein Gespür für Ehrlichkeit und wüsste, ob er es mit einem Schurken zu tun hatte oder mit einem ehrlichen Mann. »Ein Unschuldiger hat eine Art, sich zu geben, die ihm leicht anzusehen ist, Damastes. Ich spüre die Wahrheit in einem Menschen. Merkt nur auf, was ich mache, und vielleicht lernt Ihr es auch.« Da es darauf nun wirklich keine passende Antwort gab, zog ich mich zurück.

Ich kam zu dem Schluss, dass mit einer gerechten und barmherzigen Rechtsprechung auch der Frieden wieder in Kallio einziehen könnte. Und ich konnte etwas tun, um dazu beizutragen. Ich beabsichtigte, das Militär dazu einzusetzen. Der Gedanke, ein Soldat könnte etwas anderes sein als der blutbesudelte Arm des Tyrannenwillens, löst – und das nicht ganz zu Unrecht – ungläubiges Lachen aus.

Armeen gelten kaum als Friedensbringer. Der Kriegsgott Isa ist zu Recht eine Manifestation von Saionji, der Zerstörerin. Aber die Armee ist wie der Soldat ein sehr merkwürdiges Tier. Beide können unglaublich skrupellos sein und eine Gegend in eine rauchende Trümmerlandschaft verwandeln, deren einzige Wahrzeichen die aufgeschichteten Schädel ihrer Bewohner sind. Aber sie können auch Gerechtigkeit bringen, und das absolut.

Viele von uns werden Soldaten, weil wir gern in einer Welt leben würden, in der es Richtig und Falsch gibt ohne allzu viele Nuancen, und das Militär gibt uns einen Kanon absoluter Grundsätze, nach denen man leben kann. Soldaten sind meist jung und niemand dürstet mehr nach dem absolut Richtigen als die Jugend. Erst mit dem Alter kommt die Finesse, die Weisheit, die einen auch Denk- und Verhaltensweisen anderer respektieren lässt.

Gib einem Soldaten Gesetze und sag ihm, er soll sie unparteiisch durchsetzen, sieh ihm dabei genau auf die Finger, auf dass seine Autorität ihn nicht korrumpiere ... nun, es mag kein perfektes System sein, aber es ist auch nicht viel schlechter als die meisten und weit besser als einige, die ich kennen gelernt habe. Mit Sicherheit konnte es nicht schlechter sein als das, was in Kallio als Gesetz galt.

Ich hatte bereits die gesetzliche Grundlage, so gut wie alles zu tun, was ich wollte, schließlich war das Kriegsrecht bereits verhängt.

In den Grenzgebieten Numantias setzten wir bereits Wandertribunale ein, Soldaten, die von Dorf zu Dorf gingen, sich die Klagen anhörten und sie auf der Stelle schlichteten; es sei denn, es handelte sich um schwere Verbrechen, dann überführten sie Bezichtigte, Bezichtiger und Zeugen an ein ordentliches Gericht, wo sich die Wahrheit durch einen Zauberer ermitteln ließ. Die Angehörigen dieser Tribunale standen über der örtlichen Korruption und versuchten, ihre Urteile so gerecht wie nur möglich zu halten. Ich hatte mein erstes – und mein bestes – Training als Führer erhalten, als ich mit diesen Gerichtspatrouillen geritten war.

Ich hatte mit den Siebzehnten Lanciers etwas über siebenhundert Männer, sechs Schwadronen nebst Stabselement. Jede Schwadron bestand aus vier durchnummerierten Zügen. Bikaner, seine Schwadronschefs und ich sahen uns die Zugführer der Siebzehnten an. Wir kamen auf fünfzehn Legaten und Unterführer, denen wir die Durchführung von Standgerichten zutrauten – mehr, als ich erwartet hatte. Diese fünfzehn Führer unterzog mein Stab einem zweitägigen Intensivkurs in Sachen Recht.

Als alles bereit war, unterbreitete ich dem Prinzen, selbstverständlich als Vorschlag, den Plan. Er hielt ihn für großartig und hoffte, diese verdammten Rebellen dadurch zu bremsen, dass sie überall, wohin sie blickten, einen numantischen Soldaten sehen würden. Er hoffte überdies, dass meine Soldaten mit jedem Verräter kurzen Prozess machen würden. Ich sagte ihm, auch wenn meine Teams sich hauptsächlich mit der Durchsetzung von Recht und Ordnung befassten, so hätten sie dennoch keine Autorität bei Schwerverbrechen wie Vergewaltigung, Mord und Hochverrat. Wer eines solchen Vergehens bezichtigt würde, sollte nach Polycittara überführt werden, um sich der Gerichtsbarkeit des Prinzen oder der meinen zu stellen. Er murmelte, dass es »kaum mehr als das Urteil eines Gemeinen braucht, um zu wissen, wann so ein verdammter Kallier aufgehängt gehört«, aber er wandte den Blick ab, als er es sagte, und widersprach meiner Anweisung nicht. Ich seufzte fast laut auf vor Erleichterung – dass ein achtzehnjähriger Soldat jemanden, dem man vorwirft, den Imperator verflucht zu haben, mit dem Säbel niedermacht, hätte uns kaum den Frieden gebracht.

Am nächsten Tag brachen schon im Morgengrauen die Herolde auf. In jedem Dorf, in jedem Weiler riefen sie die Leute zusammen und verkündeten, noch binnen einer Woche käme ein Schiedsgericht vorbei. Jeder, der ein Verbrechen zu melden, ein erlittenes Unrecht zu beklagen, einen Streit zu schlichten hätte, sollte anwesend sein. Flugschriften wurden an Bäume genagelt oder auf Wände geklebt, dann zogen die Herolde weiter in den nächsten Ort.

Die Kallier hatten freilich anderes im Sinn.

Der erste Ureysche Lancier, der starb, war ein patschnasser Rekrut, der – wie wir später schätzten – dem Augenaufschlag einer jungen Frau gefolgt war. Ein Wort, ein rasches Versprechen, und er hatte sich verdrückt. Wir fanden ihn in einer Gasse, aller Kleider beraubt und verstümmelt. Die Lanciers brummten Drohungen, aber sie hatten in den Hügeln Schlimmeres gesehen und so hatte ich keine Befürchtungen, es könnten sich Mordbanden bilden.

Drei Tage später lauerte man einer Patrouille auf. Es war die Schuld des befehlshabenden Legaten, der aus reiner Bequemlichkeit geschlampt und denselben Weg zurück genommen hatte, den er gekommen war. Glücklicherweise hatte sein Hauptfeldwebel gespürt, dass da etwas nicht stimmte, und den Zug noch anhalten können, bevor es zu einem Gemetzel kam. Die Kallier nahmen Maß.

Es musste etwas geschehen. Ich hätte wie meine Vorgänger verfahren, einen unseligen Bezirk abriegeln und jeden Mann, dessen Gesicht mir nicht gefiel, ins Gefängnis werfen lassen können. Aber wir versuchten schließlich, dem Unsinn ein Ende zu machen, nicht ihn zu verlängern.

Die Gewalt mochte anarchistisch gewesen sein, aber es musste Gegenden geben, Leute, um die sich die Störfälle konzentrierten, so wie ein Buschfeuer seine besonders schlimmen Stellen hat, die als Erste gelöscht werden müssen. Aber ich wusste nicht, wer und wo sie waren. Die Informationen von Prinz Reuferns Bütteln und Agenten waren nicht zu gebrauchen. Was die Zauberei anbelangt, von der die meisten Leute annehmen, sie könne alles wissen und noch mehr sagen, so erwies auch sie sich als so gut wie wertlos. Man hatte Prinz Reufern einen von Nicias' begabteren Sehern, einen munteren, geschäftigen Mann mittleren Alters namens Edwy, an die Seite gestellt. Ich fragte ihn, welche Resultate seine Magie erbracht hätte, und er gestand, so gut wie keine zu haben. Erstaunt fragte ich nach dem Grund und er erklärte mir peinlich berührt, dass seine Formeln hier nicht »griffen«. Vielleicht habe er die rechten Methoden oder Zutaten noch nicht ermitteln können, obwohl er sagte, er sehe keinen Grund, weshalb ein Zauber, der in Nicias funktionierte, nicht auch in Kallio seine Wirkung tun sollte.

Ich hieß meine eigene Seherin, eine ehrgeizige Frau aus Varan namens Devra Sinait, sich ans Werk zu machen, obwohl ich noch nicht wusste, was ich von ihr zu erwarten hatte, da sie erst seit kurzer Zeit bei mir war.

Mein vorheriger Magier war herzlich inkompetent gewesen und ich hatte mich im Lauf der vergangenen fünf Jahre an seine brummige Art gewöhnt. Aber der alte Maringnam hatte falsch eingeschätzt, was mich in Khoh erwarten würde, und gemeint, eine schlichte Hexe könne doch wohl kein großes Problem sein. Sein

Glück, dass er bei der wilden Flucht vor den Halbmenschen der »Hexe« ums Leben gekommen war.

Es war Marán gewesen, die mir vorgeschlagen hatte, als Ersatz für ihn eine Frau in Betracht zu ziehen. Eine Frau, so hatte sie ganz trocken gmeint, könne einen Mann zum Narren halten, nicht jedoch eine andere Frau, oder wenigstens nicht allzu oft.

Devra Sinait war die Vierte gewesen, die sich vorgestellt hatte, und ich sah keinen Grund, mir noch weitere Magier anzusehen. Sinait war als Einkäuferin für einen der erfolgreichsten Putzmacher der Hauptstadt tätig gewesen und hatte nicht nur immer die fürs Jahr richtige Menge gekauft, sondern obendrein auch noch erraten, was die Reichen und Launischen der Hauptstadt modisch finden würden. Sie hatte nie daran gedacht, sich der Zauberei zu widmen, bis Tenedos' Herrschaft frischen Wind in die Branche gebracht und jemand gemeint hatte, wer voraussagen könne, was einem törichten Adel gefallen würde, der sollte wohl alles vorhersagen können – oder dafür sorgen, dass etwas Erwünschtes auch eintraf. Sie war, wie gesagt, ehrgeizig, was für jemanden, der im Dienste eines hochrangigen Angehörigen des Hofes stand, nur von Vorteil sein konnte. Sie war außerdem ausgesprochen qualifiziert, auch wenn sie das Talent erst in ihren Dreißigern entdeckt hatte und ihre Fertigkeiten noch immer recht unbeständig waren. Einmal wirkte sie einen Zauber, von dem ich dachte, er würde selbst dem Imperator ein Staunen abnötigen, ein andermal stand sie wie der krasseste Anfänger da.

Ich hätte mir als Zauberer auch einen älteren Mann suchen können, aber was die Militärzauberei anbelangt, so hätte er wahrscheinlich auch nicht mehr Erfahrung gehabt als die Seherin Sinait. Die Zauberei hatte sich verändert, seit Tenedos auf dem Thron saß, und war nach wie vor in Veränderung begriffen. Allzu oft sahen sich ältere, gesetztere Männer außerstande, die neuen Ideen zu akzeptieren – angefangen bei der Maxime, die Zauberei sei nicht weniger wichtig als irgendeine andere militärische Fertigkeit und weit mehr als eine Nebensache, eine Zugabe, die bestenfalls dazu herhalten mochte, ein Gewitter heraufzubeschwören, das den Feind durchnässte, oder einen Entmutigungszauber auszuschicken, nachdem der Gegner ohnehin schon geschwächt war.

Aber solange Sinait noch lernte und Kallio als neue Region erforschte, stand ich relativ hilflos da.

Ich brauchte Hilfe, und zwar vom Imperator.

Zu Hause in Nicias hatte Tenedos mir gesagt, er wolle etwas Neues versuchen für den Fall, dass ich direkt mit ihm in Verbindung zu treten wünschte, anstatt mit Kurieren verschlüsselte Nachrichten an die kallische Grenze zu schicken, von wo aus sie mit dem Heliographen weitergeleitet wurden.

Er wollte die Schauschale einsetzen, das zweite magische Ritual, dem ich in meinem Leben beigewohnt hatte, vor langer Zeit in Kait. Tenedos hatte mir gesagt, ihr Funktionieren hinge weniger von der Ausrüstung ab als von der Übung im Umgang mit ihr. Er war nicht sicher gewesen, ob es gehen würde, schließlich befinde sich ein Ende der Verbindung in den Händen eines Mannes, der die Zauberei nicht beherrsche, aber es sei den Versuch wert.

»Ich hoffe«, so sagte er, »Nähe führt zur Perfektion. Du warst ja lange Zeit in der meinen und der meiner Zauberei, lange genug, so hoffe ich, um wenigstens etwas befruchtet worden zu sein.«

Was ich bezweifelte – der dümmste Mensch, dem ich je begegnet war, hatte sein halbes Leben Wandtafeln am großen Lyzeum gewischt.

»Sei still, Ungläubiger. In der Zauberei sind Skeptiker fehl am Platz. Denk daran, dass du meinen Zauber damals im Hof der Feste eingesetzt hast, um … um die Kreatur heraufzubeschwören, die Chardin Sher vernichtet hat. Das hat doch funktioniert, oder nicht?

Außerdem, was haben wir zu verlieren? Wenn es klappt, dann retten wir mehr als einem Depeschenreiter das Leben, dem diese Hundsfötte von Partisanen auflauern, die meine Staßen unsicher machen.«

Er gab mir genaue Anweisungen und ließ mich dann ein Dutzend Mal üben. Zweimal funktionierte die Schale, aber mir fehlte das Vertrauen, denn schließlich hatte mir der Seher dabei über die

Schulter geschaut. Was würde passieren, wenn uns einige Tausend Meilen trennten?

Ich hatte mir in der Burg einen Raum reserviert und Wachen vor die Tür gestellt, die Befehl hatten, dort niemanden hineinzulassen, von mir selbst abgesehen. Es war dies einer der direkten Befehle des Imperators. Niemand, weder die Seherin Sinait, ja noch nicht einmal Reufern durfte etwas davon wissen, es sei denn, Tenedos änderte seinen Befehl. Ich hatte nach dem Grund gefragt, warum der Prinz nichts davon wissen dürfe. Tenedos zögerte.

»Ich will dir die Wahrheit sagen, Damastes«, sagte er schließlich. »Ich möchte, dass mein Bruder das Regieren lernt, und wenn er weiß, er kann jederzeit, wenn es ein Problem gibt, auf meine Weisheit zurückgreifen, falls man von einer solchen sprechen kann, nun ja … dann könnte ich genauso gut selbst nach Kallio gehen und diese Mistkerle selbst regieren!

Ich möchte hinzufügen, obwohl ich nicht denke, dass es nötig ist, dass diese Mahnung auch für dich gilt. Du bist in der Lage, deine Entscheidungen ohne mich zu treffen, die Schale ist also nur im äußersten Notfall einzusetzen.«

»Wenn sie überhaupt funktioniert«, sagte ich.

»Damastes!«

»Tut mir Leid, Sir. Ich werde ihre Wunderkraft nie wieder anzweifeln.«

Genau das tat ich jedoch, als ich eine Rolle schwarzen Samtes aus einer Kiste nahm und auf dem Boden ausbreitete. In den Samt waren verschiedenfarbige Symbole eingewebt. Darauf stellte ich die Schale, eigentlich ein Tablett mit gebörteltem Rand. Ich schüttete aus einer Flasche Quecksilber darauf, bis der Boden abgedeckt war.

Ich stellte drei Kohlebecken um die Schale auf, streute in jedes genau die gleiche Menge Räucherharz und setzte dieses mit einer kleinen schlanken Kerze in Brand, dann stellte ich zwischen den Becken drei Kerzen auf und entzündete sie ebenfalls. Ich entrollte eine Schriftrolle, las die paar Worte, die darauf geschrieben standen, und legte sie dann beiseite. Schließlich streckte ich die Hände aus, die

Handflächen nach unten, die Fingerspitzen über das Tablett gekrümmt, und bewegte mich nach genau dem Muster vor und zurück, wie er es mir beigebracht hatte.

Nichts.

Ich wiederholte die Bewegungen. Außer dem Schimmern des
Quecksilbers war noch immer nichts zu sehen. Ich stieß einen Fluch
aus, nicht weiter überrascht, dass die Zauberei nichts für mich war,
aber dennoch ein bisschen wütend auf mich selbst, dass ich mich
hier zum Narren machte. Natürlich funktionierte es nicht. Konnte es ja auch nicht. Damastes á Cimabue war schließlich Soldat und
kein Zauberer, verdammt noch mal!

Ich schickte mich schon an, die Gegenstände wieder weg-
zuräumen, als mir eine letzte Möglichkeit einfiel. »Wenn es nicht
auf Anhieb klappt«, so hatte mir der Imperator gesagt, »dann versuch es nachts. Versuch es eine Stunde vor bis eine Stunde nach Mitternacht. Der Himmel wird dann klar sein und aus irgendeinem
Grund wirkt sich die Nacht günstig auf die Magie aus.

Ich werde ohnehin nicht schlafen«, sagte er. »Ich finde dieser Tage
kaum Schlaf.« Einen kurzen Augenblick hörte ich Selbstmitleid in
seinem Ton, dann grinste er. »Und wenn ich nicht allein bin, dann
bin ich natürlich zu beschäftigt, um zu merken, dass jemand mit mir
Verbindung aufzunehmen versucht.«

Einmal mehr dachte ich mir: Was habe ich zu verlieren, wenn ich
es versuche? Ich kehrte wieder zurück, nachdem sich alles zu Bett
begeben hatte und es in der Burg still geworden war. Wieder steckte ich die Kerzen an, nahm frisches Räucherharz für die Kohlebecken, sprach die Worte und bewegte die Hände nach dem vorgeschriebenen Schema. Einmal, zweimal – es funktionierte nicht –,
aber dann wurde der Spiegel plötzlich silbrig und ich sah den Imperator vor mir!

Er saß an seinem Schreibtisch, in Papieren vergraben, wie ich ihn
allzu oft mitten in der Nacht gesehen hatte. Er musste meine Gegenwart – wenn man es so nennen kann – gespürt haben, denn er
hob den Kopf und sprang dann grinsend auf.

»Damastes! Es funktioniert!«

Seine Stimme klang erst hohl, dann kam sie so deutlich, als hätte ich ihn neben mir.

»Ja, Sir.«

»Ich nehme an«, sagte Tenedos, »du willst die Schauschale nicht lediglich ausprobieren. Du hast Probleme?«

»Sir, hier geht alles drunter und drüber.«

»Mein Bruder?«

»Er tut sein Bestes.«

»Aber das ist nicht genug?«

Ich antwortete nicht. Tenedos runzelte die Stirn. »Die Lage ist also tatsächlich so chaotisch, wie man mir berichtet hat. Ist etwas zu machen?«

»Ich nehme es an. *Nichts* ist hoffnungslos.«

Tenedos lächelte fast. »Eine deiner vielen Tugenden ist dein unerschöpflicher Optimismus, Damastes. Sehr schön. Ich gehe also davon aus, dass das Problem zu lösen ist. Meine nächste Frage – ist es unter der Führung meines Bruders zu lösen?«

»Ja, Sir. Ich denke doch, Sir. Aber ich brauche etwas Hilfe dabei.«

Erleichterung zeichnete sich auf Tenedos' Miene ab.

»Saionji sei Dank«, sagte er. »Kallio muss einfach befriedet werden, und zwar rasch. Also, was soll ich tun, um dir deine Aufgabe zu erleichtern?«

Ich sagte ihm, was ich bräuchte: eine Abteilung ausgebildeter Polizeiagenten, die uns die Antworten beschafften, die wir brauchten, um den Wahnsinn ins Herz zu treffen.

»Da weiß ich sogar was Besseres«, meinte Tenedos grimmig. »Ich schicke dir Kutulu und der bringt seine Truppe.«

Er bemerkte meine Überraschung.

»Wie gesagt, Kallio muss gefügig gemacht werden«, sagte er. »Die Zeit wird knapp.«

»Was ist denn?«, fragte ich in der Sorge, es könnte etwas passiert sein, seit ich Nicias verlassen hatte.

»Das kann ich nicht direkt beantworten«, erwiderte er. »Zaube-

31

rer können andere Zauberer hören. Aber ich will dir einen Hinweis geben: Numantias Schicksal liegt jenseits der Umstrittenen Länder. Wir müssen bereit sein, uns ihm zu stellen.« Ich wollte schon etwas sagen, aber er hob die Hand.

»Das ist alles. Kutulu wird so rasch wie nur möglich abreisen. Ich lasse ihn von einem schnellen Postschiff den Fluss hinauf nach Entoto bringen. Von dort wird er auf schnellstem Weg weiterreisen, zu Pferd und ohne Tross.«

»Ich werde dafür sorgen, dass ihn an der kallischen Grenze zwei Schwadronen Ureysche Lanciers empfangen. Als Eskorte.«

»Nein«, widersprach Tenedos. »Postier die Männer lieber die Hauptstraße entlang, als Vorhut. Kutulu bringt seine eigene Truppe mit. Ich schicke bei Tagesanbruch per Heliograph eine Nachricht nach Renan und lasse die Zehnten Husaren in den Süden kommen. Sie werden ihn in Entoto erwarten. Sie unterstehen dann als Verstärkung deinem Befehl.«

Ich blinzelte. Wie die Lanciers waren auch die Husaren ein Eliteregiment aus dem Grenzgebiet. Dass der Imperator sie aus Urey abzog, wo ihr Dienst darin bestand, die räuberischen Hügelmenschen davon abzuhalten, in die Provinz einzufallen, bestätigte mir seine Ansichten über den Ernst der Situation. »Eines musst du noch machen, während du auf ihn wartest«, fuhr der Imperator fort. »Such dir einen Zauberer vom Ort, einen, der im Rat Chardin Shers ganz oben stand. Frag ihn, warum unsere Magie so erfolglos bleibt, wenn es um die Vorhersage von Ereignissen in Kallio geht. Ich will eine Antwort auf diese Frage und es ist mir egal, wie sanft oder wie hart du sie ihm stellst. Du verstehst, was ich meine?«

»Ja, Sir.«

Ich hörte, wie eine Tür aufging und sich wieder schloss, dann blickte der Zauberer an mir »vorbei« über die Schale hinaus. Er zog überrascht die Brauen hoch, hatte seine Miene aber dann sofort wieder unter Kontrolle.

»Gibt es sonst noch etwas, Damastes?«

»Nein, Sir.«

»Wenn du uns dann entschuldigen würdest, ich habe da noch eine späte Unterredung, die sehr wichtig ist.«

Ich stand auf, salutierte und vollführte dann die zum Abbruch des Zaubers nötigen Bewegungen. Während der silbrige Spiegel taub wurde, hörte ich noch das Echo eines Kicherns über die große Entfernung hinweg.

Ich hatte seine Frau, die Baronin Rasenna, nie kichern hören. Sie hatte im Gegenteil ein wunderbar tiefes, sinnliches Lachen, das ich immer ganz reizend fand. Höchstwahrscheinlich irrte ich mich, da schon eine bemerkenswert gemeine Phantasie dazugehörte, sich vorzustellen, ein Mann könnte zu so später Stunde eine andere Frau als seine eigene in seinen Privatgemächern empfangen, ohne dass da Geilheit im Spiel war. Auf der anderen Seite erinnerte ich mich daran, dass Laish Tenedos als Junggeselle dazu geneigt hatte, jede Schönheit zu verführen, die nur in Reichweite kam; ich hatte mich immer darüber gewundert, mit welchem Erfolg Rasenna ihn seit ihrer Heirat nach der Krönung zur Treue hatte anhalten können. In jüngster Zeit hatte ich Klatsch gehört, es missfalle Tenedos, dass Rasenna ihm keinen Erben zu schenken vermochte, aber selbst hatte ich keinerlei Anzeichen dafür gesehen.

Nicht dass es eine Rolle spielte, ob die Frau, die ich da gehört hatte, Rasenna war oder nicht – ein Imperator konnte in sein Bett holen, wen er wollte, und es ging mich nichts an.

Ich verweilte noch ein wenig bei den Gedanken an diesen wahrscheinlich eingebildeten Vorfall, weil ich nicht an die eigentliche Überraschung denken wollte.

Das Schicksal Numantias liegt jenseits der Umstrittenen Länder. Jenseits von Kait lag im Norden Maisir, in dem der große König Bairan regierte. Numantia hatte immer in Frieden mit Maisir gelebt, obwohl Tenedos mir einmal gesagt hatte: »Ein König blickt immer über seine Grenzen hinaus. Ich jedenfalls tue es, also warum sollte ich es nicht auch von anderen erwarten?«

Maisir jedoch war riesig, fast anderthalbmal so groß wie Numantia; es lebten dort Millionen von Menschen aller nur erdenklichen

Kulturen und es verfügte über ein großes stehendes Heer. Ich weiß nicht, was schlimmer war – dass König Bairan Absichten auf Numantia haben könnte oder dass der Imperator Tenedos seine eigenen Grenzen zu erweitern gedachte. Was für einen Grund eine der beiden Nationen für einen Konflikt haben könnte, das war mir völlig schleierhaft.

Ich dachte mit einem Mal, nein, besser ich hoffte, ich sähe alles zu schwarz. Erst war der Imperator seiner Frau untreu, dann gab es auch schon Probleme mit Maisir ...

Pah! wie Tenedos zu sagen pflegte, wenn er ganz und gar angewidert war. Es gibt eine Zeit für Gedanken und eine Zeit, das Gehirn abzuschalten.

Marán schlief. Sie lag auf der Seite in dem Bronzebett mit dem hohen Rahmen. Sie hatte sich die Decke von einem ihrer Beine gestrampelt und ich bewunderte im Schein der beiden Kerzen, die unser Schlafgemach beleuchteten, die glatte Wölbung von Wade und Schenkel auf dem seidenen Laken. Sie wälzte sich auf den Rücken, als ich die Tür leise schloss. Eine Hand bewegte sich zwischen ihre Beine, während ein Lächeln ihre Lippen umspielte.

Mir fiel ein Spiel ein, das wir von Zeit zu Zeit spielten, ein Spiel, das sie mir beigebracht hatte; sie hatte es von ihrer großen Freundin Amiel, der Gräfin Kalvedon, gelernt. Ich zog mich schweigend aus, schlich dann an eine ihrer Truhen, die sich aufstellen ließen wie Schränke, wo immer wir gerade waren. Ich fand vier lange Kopftücher und machte aus jedem eine Schlinge. Diese streifte ich ihr über Handgelenke und Fesseln und zog sie dann stramm.

Ganz sachte zog ich ihr die Arme hoch, bis sie ganz ausgestreckt lagen. Falls sie aufgewacht war, so ließ sie es sich jedenfalls nicht anmerken, aber ihr Lächeln war etwas breiter geworden.

Rasch band ich ihr die Hände an die Bettstatt, dann griff ich mir eines der Tücher an ihren Fesseln und hob ihr Bein, bis ihr Hintern das Bett gerade noch berührte, dann band ich es flink ans Kopfende des Bettes.

Jetzt gestattete sie sich aufzuwachen und wehrte sich, trat um sich, als ich nach dem anderen Bein griff, es anhob und mittels des Tuches ans andere Ende des Kopfbrettes band.

Sie hatte die Augen geöffnet.

»Jetzt hab ich dich«, zischte ich in meiner besten Imitation eines Bühnenschurken.

Sie öffnete den Mund.

»Schrei nicht, sonst zwingst du mich, dich zu knebeln.«

Ihre Zunge kam zum Vorschein, langsam, und sie fuhr sich damit sinnlich über die Lippen.

»Du kannst dich nicht bewegen, oder?«

»Nein«, flüsterte sie. »Ich bin Euch völlig ausgeliefert.«

»Ich kann mit dir alles machen, was ich nur will, nicht wahr?«

»Alles. Ich verdiene Eure Bestrafung, wie immer sie aussehen mag.«

Ich stieg auf das Bett, kniff ihr erst in die eine Brustwarze, dann in die andere. Ihr stockte der Atem; dann drängte sie mir die Brüste in die Hände. Ich kniete mich zwischen ihre Schenkel, fuhr mit der Zunge ihre Spalte entlang und schob sie schließlich hinein. Ihre Schenkel strafften sich gegen meine Wangen, als ich mich bewegte, und sie stöhnte auf.

Ich fuhr weiter mit der Zunge in sie und wieder heraus, während ihr Schnaufen lauter und rascher wurde. Sie begann mit den Hüften zu kreisen. »O ja, o ja, o bitte, ja«, stöhnte sie, aber ich achtete nicht darauf. Sie stieß mir das Becken entgegen, sie schrie; Schauer durchliefen ihren Körper. Ich hörte erst auf, sie mit der Zunge zu kosen, als das Beben abklang, dann erhob ich mich über sie.

»Jetzt«, sagte ich, »jetzt werde ich es dir wirklich besorgen.«

Ich ließ die Eichel meines Riemens in ihre Feuchte gleiten, dann hielt ich an. Sie versuchte, sich mir entgegenzuschieben, aber ich wich zurück.

»Bitte«, sagte sie. »Bitte, fick mich. Stoß mich!«

»So?« Ich nahm ihre Schenkel in die Hände, riss sie an mich und fuhr bis ans Heft in sie hinein; sie schrie wieder auf. Ich wich zurück und stieß dann wieder zu, hart, brutal, und jedesmal schrie sie in unsäglicher Ekstase auf, manchmal meinen Namen, manchmal eine Obszönität. Ich hielt mich zurück, solange ich konnte, aber schließlich ließ ich mich gehen und ergoss mich mit einem lauten Schrei und spürte dabei in der Ferne das Drehen des Rades.

Ich lag halb über sie gestreckt, auf die Hände gestützt, als ich wieder zu Sinnen kam. Marán öffnete langsam die Augen.

»Jetzt lass mich dich schmecken.«

Ich rutschte heraus und kroch unter ihren Beinen hindurch, bis ich neben ihrem Gesicht kauerte. Sie drehte sich zu mir, streckte die Zunge heraus und leckte mir die Eichel. »Ich bin noch immer Eure Gefangene, Großer Tribun«, sagte sie. »Ich verlange eine härtere Strafe«, fügte sie hinzu und nahm mich dann in den Mund.

Ich erinnere mich nicht daran, bis zum Morgengrauen auch nur einen klaren Gedanken gehabt zu haben, schon gar keinen über Könige und Imperatoren.

Der Befehl des Imperators, einen hochrangigen Zauberer zu finden und zu verhören, erwies sich als anstrengende Aufgabe. Die meisten kallischen Seher waren entweder im Bürgerkrieg gefallen oder umgekommen, als der Dämon Chardin Shers letzte Zuflucht zerstört hatte. Die Überlebenden waren, soweit ich feststellen konnte, entweder aus der Provinz geflohen oder hielten sich versteckt, und ich konnte mich des Verdachts nicht erwehren, der Versuch, einen Zauberer finden zu wollen, der nicht gefunden werden wollte, war in etwa so, als suche man eine schwarze Katze in einer mondlosen Nacht.

Aber schließlich fand ich denn doch einen. Und das zu meiner großen Verlegenheit auch noch in meinem eigenen – oder besser in Prinz Reuferns – Kerker. Seiner Akte nach war er weniger ein praktizierender Zauberer als ein Lehrer und Philosoph. Aber er war ein Freund von Mikael von den Geistern gewesen, Mikael Yanthlus, Chardin Shers Zauberer, und könnte mir vielleicht jene verstehen helfen, die sich gegen ihre Herrscher erhoben.

Er hieß Arimondi Hami und hatte zu Kallios angesehensten In-

tellektuellenzirkeln gehört. In den Kerker warf man ihn, als er sich
weigerte, die numantische Autorität anzuerkennen und weil er, was
noch schlimmer war, den Mund nicht halten konnte, was seinen
Verrat anging.

Ich hatte mich schon des Öfteren gefragt, wie ein Zauberer, und
sei er auch nur ein relativ kleines Licht, gefangen zu halten war.
Hami saß nicht etwa in einem nasskalten, schleimigen unterirdischen Verlies, sondern in einem sehr sauberen, ja keimfreien
Zimmer direkt unter der Wachstube der Zitadelle, und seine Zelle
wurde in unvorhersehbaren Abständen und wenigstens einmal die
Woche gründlich durchsucht. Man hatte ihm Feder, Papier und jedes Buch bewilligt, das er nur wollte – außer solche über Magie. Er
konnte jeden Besucher empfangen, der auf einer vom Prinz gebil-
ligten Liste stand. Das Essen bereitete ihm ein eigener Koch zu und
seine Kleidung bestand aus frisch gewebten Woll- oder Baumwoll-
gewändern ganz ohne Zierat. Seher Edwy nahm jede seiner Bitten
sorgfältig unter die Lupe, um zu verhindern, dass er die Materialien für einen Ausbruchszauber zusammenbekam.

Er mochte eher ein Gelehrter gewesen sein als ein großer Zauberer, aber ich postierte trotzdem zwei Wachen mit gezückten
Schwertern hinter dem Stuhl, zu dem ich ihn führte; sie hatten Befehl, ihn zu ergreifen, falls etwas schief laufen sollte, oder ihn zu töten, falls Ersteres nicht zu bewerkstelligen war. Er blickte die Soldaten an und erschauerte leicht. Ich bat ihn, sich zu setzen, und
fragte, ob er gern ein Glas Wein hätte.

»Gern, Tribun á Cimabue«, sagte er, und seine Stimme hatte das
dezente Timbre des geborenen Redners.

Ich schenkte einen Pokal voll und reichte ihn ihm.

»Ihr trinkt nicht mit mir?«

»Ich trinke nur selten«, entgegnete ich ihm wahrheitsgemäß. »Ich
habe den Geschmack von Geistigem nie schätzen gelernt und seine
Wirkung auf mich ist peinlich.«

Er blickte mich skeptisch an. »Ich weiß nicht, ob ich Euch glauben soll oder nicht.«

»Ich verstehe nicht«, sagte ich.

»Zwei Männer mit Schwertern ... Ihr wollt den Wein nicht mit mir teilen – man könnte leicht auf den Gedanken kommen, Ihr hättet den Gordischen Knoten gelöst, vor dem Prinz Reufern und seine Vorgänger sich sahen.«

»Ich war nie ein Musterschüler, Seher Hami«, sagte ich. »Zu oft gelang es meinen Lehrern, mich zu verwirren, entweder nur zum Vergnügen oder um einen Beweis zu führen. Es schmeckte mir damals nicht – und heute noch viel weniger. Bitte, erklärt Euch.«

Der Gelehrte blickte mich an. »Als die Wachen mich hierher gebracht haben, nahm ich an, Ihr hättet Euch entschlossen, mich töten zu lassen.«

»Warum sollte ich? Ihr mögt ein Verräter sein, aber außer eine abweichende Meinung zu vertreten, habt Ihr kaum etwas getan.«

»Nach allem, was ich gehört habe, kann einen das heutzutage den Kopf kosten.«

»Nicht bei mir«, sagte ich. »Und auch nicht bei irgendjemandem unter meinem Befehl. Ich brauche etwas anderes. Aber wie kommt Ihr auf den Gedanken, ich plante, Euch zu töten? Was ist das für ein Knoten, von dem Ihr spracht?«

Hami leerte sein Glas und lächelte. »Das ist ein guter Jahrgang, Tribun. Wenn ich vielleicht noch einen haben könnte?« Ich füllte ihm den Pokal.

»Der Gordische Knoten ist das verwirrende Gespinst um mein Schicksal. Bedenkt doch: Ich habe mich geweigert, die Autorität des Sehers Laish Tenedos anzuerkennen, der sich wie ein Imperator gebärdet. Meiner Ansicht nach ist die rechtmäßige Führung Numantias der Rat der Zehn.«

»Diese unfähige Bande?«, sagte ich. »Die, die den Aufstand der Tovieti überlebt haben, wurden in den Ruhestand geschickt. Und weshalb solltet Ihr Euch wünschen, von ihnen regiert zu werden? Eine unfähigere Gruppe von Schwachköpfen hat doch noch nie auf einem Thron gesessen! Keiner von denen pisst Euch auch nur ein gelbes Loch in den Schnee!«

»Aber sie waren die legitimen Herrscher.«

»Ihr denkt, Numantia hätte den Weg weiterstolpern sollen, auf dem es sich befand, bis wir vollkommen auseinander gefallen wären?«

»Als Kallier ist es mir ziemlich egal, was aus dem Rest von Numantia wird. Ich fand Chardin Shers Herrschaft progressiv.«

»Er war mit Sicherheit in dieser Provinz nicht weniger ein Diktator, als Ihr das jetzt über den Imperator in Numantia sagt.«

Ein kleines Lächeln umspielte Arimondi Hamis Mund. »Das mag sein. Aber um es mit Worten zu sagen, wie sie vielleicht ein Soldat benutzen würde, er mag ein Hundsfott gewesen sein, aber er war unser Hundsfott.«

»Der zufällig mausetot ist«, sagte ich. »Und, soweit ich weiß, weder Erben noch Verwandte in unmittelbarer Blutlinie hinterlassen hat. Sähet Ihr Euer Königreich lieber vom nächstbesten Tölpel regiert, der sich des Throns zu bemächtigen entschließt?«

Der Gelehrte lachte. Mir wurde zu meinem Verdruss klar, dass meine Worte auch auf einen anderen anzuwenden waren, der sich vor nicht allzu langer Zeit einen Thron erschlichen hatte.

»Ich möchte Euch nicht weiter in Verlegenheit bringen, indem ich darauf eingehe«, fuhr er fort. »Lasst mich nur noch sagen, dass man Kallio meiner Ansicht nach sich selbst überlassen sollte – wie übrigens die Menschheit überhaupt. Vielleicht habt Ihr Recht und wir würden irgendwann von einem blutrünstigen Despoten regiert. Ich gestehe bereitwillig ein, von dem ungerechtesten Menschen, über den ich je gelesen habe, ist Euer Imperator weit entfernt.

Ich ziehe es vor, mich gegen ihn zu stellen, weil ich sehen möchte, was passieren könnte, vertriebe man die Männer des Schwertes. Vielleicht wählte man dann andere, Poeten, Heilige, Männer des Friedens, um zu regieren.«

»Das möchte ich bezweifeln«, sagte ich. »Auf Männer des Schwertes scheinen nur Männer des Schwertes folgen zu können. Der Imperator hat selbst die Armee gebraucht, um auf den Thron zu kommen.

Aber wir sind vom Thema abgekommen. Erklärt mir doch diesen Gordischen Knoten, den ich Eurer Ansicht nach zu durchtrennen gedachte.«

»Ich muss mich entschuldigen. Ihr habt Recht. Meine Opposition gegen Euren Imperator ist unerbittlich, und ich bin nicht bereit, meinen Mund zu halten, was meine Meinung zu seiner Herrschaft angeht. Also bin ich von Rechts wegen ein Verräter und gehörte hingerichtet.

Nun waren Kallios Herrscher jedoch gescheit genug zu sehen, dass ein ermordeter Gelehrter auch einen ausgezeichneten Märtyrer abgeben kann. So lässt man mich denn besser am Leben und stellt mich noch nicht einmal vor ein Gericht.

Als man mich rief und ich die beiden hier sah, dachte ich, Ihr hättet beschlossen, die heutigen Probleme wie ein Soldat anzugehen, die heutigen wie die von morgen, wenn sie sich auftun.«

»Ich denke, Seher«, sagte ich, »Ihr seid da etwas naiv, was Soldaten angeht, oder wenigstens die auf der Kommandoebene.«

»Vielleicht«, meinte er, und ich hörte ihm sein Desinteresse an. »Ich hatte kaum das Vergnügen.«

Er leerte sein Glas, stand auf und füllte es, ohne zu fragen, wieder auf. Ich erhob keinen Einwand. Wenn es mir gelang, ihn betrunken zu machen, ging er womöglich etwas aus sich heraus. Ich wusste genau, was der Imperator gemeint hatte, als er mir sagte, ich solle alles tun, was nötig sei, um eine Antwort auf seine Fragen zu bekommen: Es gab Folterkammern in den Höhlen unter uns und Männer, sowohl Kallier als auch Nicier, die mit den rostroten Werkzeugen darin umzugehen wussten.

»Habe ich mich eben geirrt«, sagte Hami. »Ich gebe übrigens zu, dass ich nicht so ganz unzufrieden bin mit meinem Los. Ich bekomme gut zu essen, ich brauche mich weder um einen Vermieter noch um einen Steuereintreiber zu sorgen, ich habe Zugang zu fast allen Büchern, die ich brauche, außer allem, was mit Zauberei zu tun hat, aber meine eigenen Theorien gehen bereits weit über das hinaus, was in den Lehrbüchern steht. Ich bin längst darüber hinaus, mein Vergnügen in den Armen einer Maid in einer Schenke zu finden, das tut hier nichts zur Sache. Also, was wollt Ihr denn nun von mir? Ich nehme an, es hat etwas damit zu tun, dass wir Kallier uns Eurem Imperator nicht so unterwerfen, wie wir das sollten.

Wisst Ihr«, fuhr er fort, ohne dass ich etwas sagen musste, und mir wurde klar, dass der Wein seine Wirkung tat. »Ich war mit Mikael Yanthlus, Chardin Shers Zauberer, befreundet, wenigstens soweit er das zugelassen hat. Mikael war ein Mann, den nichts anderes interessierte als Macht und Zauberei, und was nicht zu seinem Wissen über das eine oder das andere dieser Gebiete beitragen konnte, war reine Zeitverschwendung für ihn. Ich hielt ihn für den größten Zauberer aller Zeiten. Aber ich habe mich geirrt. Der Seher Tenedos war ihm überlegen. Obwohl ich mich frage, welcher Preis dafür bezahlt wurde.«

»Preis?«

»Ich habe Berichte über das gelesen, was während jener letzten Belagerung geschehen ist, und sogar mit Überlebenden jener schrecklichen Nacht gesprochen, in der der Dämon aus dem Berg kam, um Chardin Sher und Mikael zu vernichten. Wo, meint Ihr, kam der wohl her?«

»Ich meine nicht, ich weiß es«, entgegnete ich. »Seher Tenedos hat ihn gerufen.«

»Und um welchen Preis?«, wiederholte Hami und guckte mich an wie eine Eule.

Tenedos hatte mir auf diese Frage geantwortet, bevor ich mich als Freiwilliger, mit einem gewissen Trank bewehrt, in Chardin Shers Festung geschlichen hatte. Ich beschloss, Hami zu sagen, was der Seher mir in jener stürmischen Nacht erwidert hatte.

»Der Imperator sagte, diese Macht, dieser Dämon verlange einen Beweis für seine Aufrichtigkeit und dass jemand, den er liebe, ihm einen Dienst erweisen müsse«, erklärte ich. »Er sagte, dass ich derjenige sei, und ich habe getan, was er wollte.«

»Mehr hat er Euch nicht gesagt?«, fragte Hami skeptisch.

Tenedos hatte außerdem noch erwähnt, dass da noch ein größerer Preis zu bezahlen sei, aber nicht in absehbarer Zeit. Vielleicht hätte ich Hami das nicht sagen sollen, aber ich tat es doch.

»Wie, meint Ihr, sieht der aus?«, wollte er wissen, das Lächeln eines Disputanten auf dem Gesicht, weil er nicht locker ließ.

»Ich weiß es nicht. Ich weiß über Dämonen nicht mehr als Ihr über Soldaten.«

»Gut gesprochen«, befand Hami. »Ich schlage übrigens vor, dem Mann, der sich da als Imperator gebärdet, nichts von unserer kleinen Unterredung zu sagen, denn Schrecken, wie er sie heraufbeschworen hat, fordern einen hohen Preis, und die Zauberer, die sich auf einen solchen Handel einlassen, sehen sich im Allgemeinen nicht gern daran erinnert.

Ich rede und rede hier, und dabei hat das alles kaum etwas mit dem zu tun, weswegen Ihr mich gerufen habt.«

Ich stellte ihm die Frage des Imperators: Warum war jeder Zauber des Imperators blockiert wie die Sicht eines Menschen in einer Nebelbank?

Er strich sich übers Kinn, nahm sein Weinglas wieder auf, setzte es dann, ohne zu trinken, wieder ab.

»Der Krieg zwischen Kallio und dem Rest Numantias hat diese Welt bis über ihre Grenzen hinaus erschüttert. Nie in seiner ganzen Geschichte hat der Mensch mehr Zauberkraft eingesetzt. Selbst ich konnte dies spüren mit dem bisschen Talent, das Irisu mir gab.

Bevor man mich nach dem Kriegsende verhaftet und in den Kerker geworfen hat, hatte ich die größten Schwierigkeiten, selbst einen kleinen Zauber zu wirken. Ich nehme an, ich befand mich im Kielwasser größerer Energien, als ich sie verstehe oder selbst heraufbeschwören kann, Energien, Echos, wenn Ihr so wollt, von der Konfrontation zwischen Mikael Yanthlus und dem Seher Tenedos. Und ich spüre sie immer noch. Der Nachhall jener Tage ist noch immer nicht verklungen.

Das wäre jedenfalls meine erste Theorie«, fuhr er fort und sein dramatischer Tonfall wurde zu dem eines Pedanten. »Es könnte freilich noch eine weitere Erklärung geben und die wird Euren Seher-Imperator etwas erschüttern. Dass es nämlich auf der Welt noch einen großen Zauberer gibt, der ihm schaden will. Vielleicht handelt es sich um jemanden, der bisher unbekannt war, zumindest in Numantia, vielleicht ist es auch jemand von jenseits unserer Grenzen. Ich kann es nicht sagen. Aber wenn Ihr mir Zugang zu gewissen Materialien verschafft, dann könnte ich experimentieren.«

Ich lachte. »Seher Hami, ich bin nicht von gestern, ich werde Euch also wohl kaum einen Zauber wirken lassen, egal welcher Art.« Ich stand auf. »Ich danke Euch für Eure Zeit.«

Der Mann verkniff sich selbst ein Lächeln, dann stand er, wenngleich ein wenig unsicher, auf.

»Wir sollten das mal wiederholen. Ihr habt einen vorzüglichen Geschmack, was Weine angeht.«

Den Rat des Kalliers missachtend, erzählte ich Tenedos haargenau, was passiert war. Ich war mit meinem Bericht erst halb fertig, als das Quecksilberbild verschwamm, und ich dachte schon, wir hätten die Verbindung verloren, als das Bild wieder klar wurde. Als ich fertig war, saß er reglos da, das Gesicht ausdruckslos. Ich räusperte mich und er kam wieder zu sich.

»Hm. Interessant«, meinte er grübelnd. »Es ist also etwas da draußen. Wirklich ausgesprochen interessant. Ich wette jedoch, dass es noch existiert und kein Nachhall der toten Vergangenheit ist.«

»Habt Ihr eine Idee, Sir?«

»Allerdings. Aber es ist nicht innerhalb Kallios, du brauchst dir also keine Gedanken zu machen. Ich werde mich damit in der Zukunft herumschlagen müssen. In allernächster Zukunft.«

Nach einer Weile riskierte ich es: »Sir, darf ich noch eine Frage stellen?«

Die Miene des Imperators wurde kalt. »Ich nehme an, es geht um den Preis, von dem der Kallier gesprochen hat?«

»Ja, Sir.«

»Du darfst nicht. Weder jetzt noch irgendwann. Damastes, du bist ein guter Soldat und ein noch besserer Freund. Und du bist Letzteres, weil du dich innerhalb der Grenzen von Ersterem hältst. Nicht dass dieser dumme Bücherwurm wüsste, was er zu machen hätte, welchen Preis man bezahlen muss – in der *wirklichen* Welt.«

Urplötzlich stand er auf und schritt aus dem Raum.

Vielleicht hätte ich auf einer Antwort bestehen sollen, damals oder später. Numantia war nicht weniger meine Heimat als die seine und als Oberbefehlshaber der Armee hätte ich Bescheid wissen sollen. Stattdessen schlug ich mir die Angelegenheit, nicht ganz ohne Angst, aus dem Sinn.

Die Götter ließen mich in jenem Augenblick im Stich: Irisu, der Bewahrer, Panoan, der Gott von Nicias, Tanis, mein Hausgott und Vachan, mein eigener Gott der Weisheit – sie alle kehrten mir den Rücken zu.

Die einzige Gottheit, die blieb, war Saionji, und heute kann ich im Geiste ihre hämischen Freudensprünge sehen, als sie die Schrecken vorhersah, die uns bevorstanden.

3 *Scharmützel*

Ich war mit einer meiner Gerichtspatrouillen unterwegs gewesen und recht zufrieden damit, wie der junge Legat die Sache erledigt hatte, auch wenn er meiner Anwesenheit wegen ziemlich nervös gewesen war.

Es war ein langer, staubiger Ritt zurück nach Polycittara und ich war mehr als bereit für ein heißes Bad, drei Pfund kurz angebratenes Rindfleisch und sechs Stunden ungestörten Schlaf. Bad und Steak ließen sich machen, aber dann erwartete mich Papierkram, der mich bis weit nach Mitternacht beschäftigen würde; bester Laune war ich also nicht.

Es erwarteten mich zwei Überraschungen. Die erste war Landgraf Amboina, der bei einem Glas Wein ganz zwanglos in unserem Empfangsraum saß und sich freundschaftlich mit meiner Frau unterhielt. Die zweite war ein großes Gemälde, das gegen die Wand gelehnt stand. Amboina erhob sich und verbeugte sich, während Marán mir einen ebenso flüchtigen wie steifen Kuss auf die Lippen gab.

»Der Landgraf hat ein Geschenk für uns«, erklärte Marán, »und war so freundlich, mir Gesellschaft zu leisten, während ich auf dich wartete.« Sie wandte sich ab und wies auf das Bild. »Ist es nicht schön?«

Ich wusste nicht, ob schön das richtige Wort dafür war. Eindrucksvoll jedoch war es allemal. Es war um die zehn Fuß lang und acht hoch und steckte in einem aufwendig geschnitzten schwarzen Holzrahmen, der scharlachrot gefleckt war. Ich nehme an, ich war dankbar, mittlerweile – dank des Sehers Tenedos und meiner Frau – reich genug zu sein, um einige Paläste mit Wänden zu haben, die groß – und stabil – genug waren, um das gute Stück aufzuhängen.

Im Vordergrund war eine verwirrende Menge von Menschen zu sehen, von Bauern bis hin zu Adeligen: wunderbar winzige Facetten des Lebens in Numantia und vieler seiner Provinzen, von den Dschungeln im Westen bis hin zum Wüstenhochland im Osten. Hinter dieser Landschaft befand sich das Rad, das sich bis in alle Ewigkeit dreht. Auf der einen Seite saß Irisu zu Gericht, auf der anderen stand Saionji, die mit Krallenfingern über die Landschaft fuhr, um für neuerlichen Tod zu sorgen und danach für die Wiedergeburt auf dem Rad.

Hinter alledem war eine brütende Gestalt zu sehen, die nur Umar der Schöpfer sein konnte. Vielleicht betrachtete er die Pracht dessen, was er da geschaffen hatte; vielleicht dachte er auch daran, alles wieder zu zerstören und von vorne zu beginnen. Um diese Götter scharte sich eine ganze Reihe ihrer Manifestationen: so etwa die Hüter mit Aharel, dem Gott, der zu Königen spricht, ganz vorn; dann die Götter und Göttinnen des Feuers, der Erde, des Wassers und der Luft und viele mehr.

Ich musste die Stunden bewundern, die Jahre womöglich, die der Maler auf dieses Werk verwandt hatte. Aber wie so viele andere Gemälde und Schnitzereien sagte es mir im Grunde nichts. Kunst, die mir gefallen soll, sollte etwas zeigen, womit ich vertraut bin, eine Szene mit einer Dschungelfarm in Cimabue etwa, oder besser noch eine Karte eines meiner Feldzüge. Ein solches Geständnis brandmarkt mich zweifelsohne als Bauer, aber der bin ich schließlich auch. Die einzige Kunst, die mich je zu rühren vermochte, war die Musik.

Ich starrte das Gemälde an, während finstere Gedanken in mir wuchsen. Ich wandte mich ab.

»Ausgesprochen beeindruckend, Herr Landgraf. Weshalb habt Ihr Euch entschlossen, es uns zu schenken?«

Noch bevor Amboina antworten konnte, erklärte Marán mit Nervosität in der Stimme:

»Es heißt *Das Urteil*, und es ist von einem der berühmtesten Maler Kallios, einem Mann namens Mulugutta, der vor über hundert

46

Jahren gestorben ist. Wir haben bereits zwei seiner Gemälde auf Irrigon. Ist es nicht wunderbar, Damastes? Würde es sich nicht gut machen mit den anderen auf Irrigon ... oder vielleicht im Wasserpalast?«

Ich atmete tief durch. »Entschuldige, meine Liebe. Ich verstehe immer noch nicht. Landgraf, wo kommt es her?«

»Aus dem Besitz von Lord Tasfai Birru«, sagte der Landgraf.

»Kenne ich nicht«, erwiderte ich. »Wann ist er gestorben und weshalb entschloss er sich, mir ein solches Werk zu hinterlassen? Hat er denn keine Familie oder Erben?«

Amboina lachte zögernd, als hätte ich einen schwachen Scherz gemacht. Sein Lachen erstarb, als er sah, dass ich nicht scherzte. Ich kam zu dem Schluss, dass ich ihn nicht mochte.

»Er lebt noch, Graf Agramónte.«

»Es wäre mir lieber, wenn Ihr mich mit Tribun ansprecht anstatt mit Graf, da dieser Titel den Vorrang vor allen anderen hat, zumal hier und heute in Kallio.«

»Ich entschuldige mich, Tribun. Wie gesagt, Lord Birru ist noch am Leben, obwohl ich prophezeie, dass er innerhalb der nächsten zwei Wochen aufs Rad zurückkehren wird. Gegenwärtig sitzt er hier im Verlies. Man bezichtigt ihn des Hochverrats und da kann es kein anderes Urteil geben.«

»Ich verstehe. Und das hier gehört ihm?«, fragte ich.

»Gehörte. Es fällt zusammen mit seinem übrigen Besitz an den Staat. Nachdem ein Prozentsatz an den Imperator gegangen ist, wird der Rest von einem Beamten verteilt, den Prinz Reufern bestimmt. In jüngster Zeit hat er mich mit dieser Aufgabe betraut.«

»Verzeiht«, warf ich ein, »wenn ich etwas schwer von Begriff erscheine. Aber ist es laut numantischem Gesetz nicht verboten, den Besitz eines Mannes einzuziehen, bevor er verurteilt ist, sei es nun Land, Sklaven oder ... ein Bild?«

Amboina lächelte, und sein Ausdruck hatte etwas Hämisches. »Das ist es in der Tat, aber das Urteil ist, wie gesagt, vorherbestimmt. Lord Birru war ein intimer Berater von Chardin Sher.

Nach Chardin Shers Tod hat er sich auf eines seiner Anwesen zurückgezogen und sich wiederholt geweigert, Prinz Reuferns Aufforderung, nach Polycittara zu kommen, Folge zu leisten.«

»Das macht einen töricht«, meinte ich, »und vielleicht zum Selbstmörder. Aber es macht einen nicht zum Hochverräter. Gibt es denn konkrete Beweise für ein solches Urteil?«

»Darf ich offen sprechen?«

»Das wäre mir sehr recht.«

»Lord Birru besitzt – besaß – weite Ländereien. Diese Ländereien, so beschloss Prinz Reufern, würden Numantia weit mehr nützen, wenn sie in den richtigen Händen wären.«

»In denen von Prinz Reufern?«

»Ich glaube, er beabsichtigt, einige davon zu erwerben. Andere gehen an loyale Angehörige seines Hofs.«

»Wie etwa Euch?«

Amboina errötete leicht, antwortete jedoch nicht.

»Na schön«, sagte ich und hörte die Härte in meinem Ton. »Ich danke für das Geschenk. Aber ich muss es ablehnen. Würdet Ihr bitte dafür sorgen, dass man es aus meinem Quartier schafft?«

»Aber ich habe es bereits angenommen«, sagte Marán überrascht.

Ich wollte schon heftig werden, hielt aber an mich. »Ihr entschuldigt, Herr Landgraf«, bemerkte ich, »aber ich glaube nicht, dass meine Gattin sich der Umstände bewusst war. Wir können es nicht annehmen.«

»Prinz Reufern wird das nicht gefallen«, gab der Landgraf zu bedenken.

»Da ich bezweifeln möchte, dass das Geschenk seine Idee war, sondern eher von Euch stammt, würde ich Euch im Interesse Eurer Gesundheit raten, den Vorfall ihm gegenüber nicht zu erwähnen. Ihr solltet zwei Dinge wissen, Herr Landgraf, und sie Euch merken.« Ich spürte, wie der Zorn in mir wuchs, und ließ ihm seinen Lauf. Ich hatte mich vor diesem dummen Laffen viel zu lange beherrscht. »Weder meine Gemahlin noch ich sind Plünderer. Außerdem wurde ich vom Imperator selbst auf diesen Posten gesetzt.

Ist das nicht Hinweis genug darauf, dass man das hier besser vergessen sollte, oder wenigstens Ihr?«

Amboina nickte krampfhaft, wandte sich ab, verbeugte sich andeutungsweise vor meiner Frau und eilte hinaus. Ich trat an ein Fenster und tat sechs tiefe Atemzüge.

»*Wie kannst du es wagen*«, zischte Marán hinter mir.

Das gab mir den Rest. Ich fuhr herum. »Wie kann ich *was* wagen, Mylady?«

»Mich derart in Verlegenheit zu bringen? Erst leugnest du den Namen Agramónte, der schon alt war, als deine Familie in euren Urwäldern noch Bäume fällte, um etwas auf dem Tisch zu haben, und dann blamierst du mich persönlich, indem du einem Adeligen wie dem Landgrafen sagst, dass du ihn für eine Art Grabräuber hältst!«

Ich hätte vernünftig antworten und ihr erklären können, dass der Landgraf mich als Inhaber eines Amtes aufgesucht und sich dann bei mir lieb Kind zu machen versucht hatte, indem er mich mit Agramónte ansprach. Aber ich war müde und ich hatte von dem Unsinn genug.

»Gräfin Agramónte«, sagte ich so eisig, wie ich nur konnte. »Ihr seid diejenige, die hier ihre Befugnisse überschreitet. Darf ich Euch an etwas erinnern? Ihr gehört weder nach Kallio, noch habt Ihr hier eine Pflicht. Ihr seid als meine Gemahlin hier. Das ist alles.

Ihr werdet also, wenn so etwas passiert, den Anstand haben, Euch der Autorität zu beugen, mit der der Imperator mich ausgestattet hat.

Und ich möchte noch zweierlei hinzufügen, beides von persönlicher Natur.

Erstens: Wie könnt Ihr es wagen, eine derartige Entscheidung zu treffen? Ihr seid doch nicht so dumm zu denken, dass Amboina das getan hat, weil er uns für die nettesten Leute hält, die ihm je untergekommen sind? Er wollte uns in den sauberen kleinen Kreis von korrupten Speichelleckern rund um den Prinzen ziehen!

Und zweitens: Ja, meine Familie mag im Urwald Bäume gefällt

und wahrscheinlich sogar zuweilen darin gewohnt haben. Ich gebe zu, ich komme aus einer Soldatenfamilie unweit vom Bauernstand.

Aber bei den Göttern, Gräfin Agramónte, wir sind ehrlich! Was mir mehr zu sein scheint, als man von einigen weit älteren Familien sagen kann, die womöglich als Aasgeier zu Ansehen und Reichtum gekommen sind!«

In Maráns Augen loderte es. »Du ... Bastard!« Fast im Laufschritt verließ sie den Raum.

Ich wollte schon hinterher, als mir klar wurde, dass ich mehr als genug gesagt hatte. Aber ich war noch immer zu wütend, um mich zu entschuldigen, falls eine Entschuldigung überhaupt angebracht war. Ich stapfte hinaus auf den Wehrgang. Ich fürchte, ich habe die Wachen angeschnauzt, die sich zweifelsohne sofort fragten, ob ich sie nun irgendeines eingebildeten Verstoßes wegen belangen würde.

Ich brauchte lange, um mich zu beruhigen. Heute denke ich, es lag daran, dass ich einfach über so vieles wütend war, von dem unfähigen Prinzen, den zu unterstützen man mir befohlen hatte, über Abstauber wie Amboina bis hin zu zwielichtigen diplomatischen Aufgaben, wo ich mich doch nur nach der Einfachheit der Kaserne sehnte oder, besser gesagt, nach der harten Realität der endlosen Grenzscharmützel in den Umstrittenen Ländern.

Schließlich beruhigte ich mich wieder. Es war spät. Marán und ich waren immer besonders stolz darauf gewesen, uns nicht allzu oft zu streiten und unseren Streit immer rasch wieder beizulegen. Wir ließen nicht zu, dass der Ärger an uns nagte.

Ich ging zurück in unsere Gemächer, an unsere Schlafzimmertür, und klopfte. Ich erhielt keine Antwort. Ich versuchte sie zu öffnen. Sie war verschlossen. Ich klopfte lauter. Wieder kam keine Antwort. Einmal mehr spürte ich Zorn in mir aufsteigen. Aber es ließ sich nichts Vernünftiges tun.

Also ging ich in mein Büro und arbeitete bis kurz vor Tagesanbruch; dann legte ich mich auf das Feldbett, das ich dort hatte. Ich war gescheit genug, den Papierkram dieser Nacht beiseite zu legen; ich wusste, dass ich ihn mir besser noch einmal ansehen sollte,

50

wenn ich wieder ruhiger war. Es gelang mir, etwa eine Stunde zu
schlafen, dann weckten mich die Trompeten. Ich trat hinaus auf den
Balkon und sah beim Aufziehen der Wache im Hof unter mir zu.
Die ewig gleiche gemessene Routine des Militärs wirkte beruhigend
auf mich. Ich wusste, die Zeremonie wiederholte sich in der Kaserne, jedem Posten im ganzen Land. Sie hatte etwas, das über mich
und meine kleinen Probleme hinausging, etwas Größeres, dem ich
mein Leben gewidmet hatte.

Ich entschloss mich, den Tag bei der Truppe zu verbringen und
Papierkram und Diplomatie liegen zu lassen. Freilich nicht in dem
unrasierten, doch recht schlampigen Zustand, in dem ich mich befand. Ich hatte eine Ersatzuniform in meinem Feldsack, der stets neben der Tür lag, egal welches Quartier ich bewohnte, und ging sie
holen. Ich würde den Waschraum der Mannschaften benutzen und
mich von einem der Männer rasieren lassen. Ich machte mir keine
Gedanken darüber, was die Soldaten wussten oder dachten – was
zwischen mir und meiner Frau passiert war, würde sich ohnehin
wie ein Lauffeuer im Regiment verbreiten, kaum dass die Wachen,
die ich angeblafft hatte, abgelöst waren.

Als ich an der Tür zu unserem Schlafzimmer vorbeikam, versuchte ich sie zu öffnen und schüttelte ob meiner Dummheit den
Kopf. Aber zu meiner Überraschung ließ der Knauf sich drehen.
Ich öffnete die Tür und trat ein. Marán saß am Fenster, mit dem Rücken zu mir. Sie trug einen schwarzen Seidenmantel.

»Darf ich reinkommen?«, fragte ich förmlich.

»Bitte.«

Ich schloss die Tür hinter mir und stand dann schweigend da; ich
wusste nicht so recht, was ich sagen oder tun sollte.

»Damastes«, sagte sie. »Ich liebe dich.«

»Ich liebe dich auch.«

»Wir sollten uns nicht streiten.«

»Nein.«

»Nicht wegen eines dummen Gemäldes, das auf dem Weg nach
Nicias wahrscheinlich ohnehin zu Bruch gehen würde.«

Ich zögerte mit der Antwort. Marán wusste genau, dass wir uns nicht deshalb angebellt hatten. Ich wollte sie schon korrigieren, überlegte es mir aber noch.

»Nein. Das lohnt sich wirklich nicht«, pflichtete ich ihr bei. »Tut mir Leid.«

»Mir auch. Ich habe kein Auge zugetan.«

»Ich auch nicht«, sagte ich nicht ganz wahrheitsgemäß.

Sie stand auf und ließ den Mantel fallen.

»Damastes, würdest du mich lieben? Vielleicht fiele mir dann das … das Ganze nicht gar so schwer.«

Ohne auf eine Antwort zu warten, kam sie auf mich zu und begann mich langsam auszuziehen. Als ich nackt war, nahm ich sie in die Arme und trug sie zum Bett.

Ihre Leidenschaft war bei weitem größer als meine. Selbst als ich in ihr war, fragte ich mich irgendwo im Hinterkopf, ob ich etwas anderes hätte sagen, darauf hätte bestehen sollen, dass wir über den wahren Grund unseres Streites sprachen. Mir kam ein Gedanke und verging dann wieder – dass zwischen uns eine Mauer namens Agramónte stand und ich zuweilen spürte, dass sie von Jahr zu Jahr wuchs. Aber ich tat den Gedanken als töricht ab und stürzte mich in unser Liebesspiel.

Zwei Tage später traf Kutulu mit seinem Stab ein. Sie kamen inmitten der Zehnten Husaren, einer Truppe hartgesottener, kräftiger Kerle aus dem Grenzland. Es war merkwürdig und amüsant zugleich, wie sorgsam sie über ihre Schutzbefohlenen wachten.

Kutulu war ganz der Alte: ein kleiner Mann mit mittlerweile kaum mehr als einem Haarkranz um den polierten Schädel, obwohl er noch jünger war als ich. Aber noch immer hatte er den durchdringenden Blick des Büttels, der weder das Gesicht eines Kriminellen vergisst noch sonst eines Menschen, mit dem er je zu tun gehabt hat. Ansonsten war absolut nichts Besonderes an ihm; er wäre in keiner Menge aufgefallen, was, wie ich gelernt hatte, eine der Kardinaltugenden eines Geheimagenten war.

Er war jetzt der Chef des kaiserlichen Geheimdienstes und hatte damit große Macht. All jene, die sich negativ über den Imperator, seine Programme oder seine Absichten äußerten, sahen sich von der Polizei besucht und verwarnt. Im Allgemeinen genügte das, aber einige wenige, die töricht genug waren, auf ihrer Kritik zu beharren, wurden vor ein Gericht gestellt, das im Grunde ein Geheimtribunal war. Die Anklage lautete auf »den Interessen des Reichs abträgliche Umtriebe« und die Strafen reichten von einigen Tagen bis zu mehreren Jahren Haft. Man hatte bereits zwei Gefängnisse für diese Art von Straftätern gebaut, beide im Herzen des Latane-Deltas, und man munkelte Finsteres über das, was dort geschah.

Kutulus Stab war fast so groß wie die gesamte nicische Polizei, auch wenn niemand wusste, wie viele Agenten es wirklich gab, schließlich trugen sie weder Uniform, noch wurden sie bei einer Volkszählung erfasst. Einige waren Bürgerliche, einige Kriminelle, einige von Adel.

Kutulu galt als »Die Schlange, die Niemals Schläft«, und auch wenn ich es eher für romantisch hielt, den stillen kleinen Mann mit den wachen Augen als Schlange zu bezeichnen, so drängte sich einem angesichts der Stunden, die er im Dienste seines Imperators verbrachte, der Gedanke auf, dass er möglicherweise tatsächlich nie zu Bett ging. Und falls doch, dann wohl allein, da es nach allem, was ich wusste, so etwas wie ein Privatleben für ihn nicht gab.

Er hatte über fünfundsiebzig Männer und Frauen dabei. Einige sahen wie Büttel aus, die meisten jedoch wie Durchschnittsbürger, Raufbolde und Huren. Viele trugen Umhänge, deren Kapuzen sie sich trotz der Hitze übergezogen hatten, auf dass ihre Gesichter nicht gleich allzu vertraut würden. Einige waren zu Pferd, andere fuhren auf den Wagen mit. Die meisten kamen aus der Stadt und sahen erleichtert aus, sich wieder in der Sicherheit einer Stadt, hinter Steinmauern, und nicht länger den unbekannten Schrecken des offenen Landes ausgesetzt zu sehen.

Ich hatte für Kutulu und seine Leute Quartiere in einem Flügel vorbereiten lassen, gleich gegenüber der »Kaserne«, in der die Lanciers untergebracht waren.

»Gut«, sagte er. »Es kommen also kaum Kallier an Euren Posten vorbei, so dass sich die Anonymität meiner Agenten wahren lässt. Ich brauche aber auch noch Räume gleich neben den Verliesen, die außer meinen Leuten keiner betreten darf. Dann brauche ich Räume für meine Unterlagen, die stets zu bewachen sind, wo ich meine Akten ablegen kann.

Und zu guter Letzt: Verfügt die Burg über Geheimgänge, durch die sich aus und ein gehen lässt?«

Ich wusste von keinem, und hätte ich einen gefunden, so hätte ich ihn zumauern lassen.

»Schade«, meinte er mit einem Seufzen. »Es wäre schön, eine Art Rattenloch zu haben, durch das meine Terrier – und die Ratten, die wir so sammeln, sei es aus freien Stücken oder durch Druck – zu jeder Stunde unbemerkt aus und ein gehen könnten.«

Er fragte mich, ob ich ein Karree des Schweigens hätte. Die Seherin Sinait hatte gleich nach unserer Ankunft einen solchen Zauber in meinem Büro gewirkt, um zu gewährleisten, dass bei meinen Besprechungen kein magischer Lauscher zugegen war.

»Gut«, sagte Kutulu. »Dann reden wir doch dort weiter. Ich muss Euch noch einige Fragen stellen.«

Wir gingen die breite Treppe hinauf in die Etage, auf der meine Büros lagen. Auf halbem Wege legte er mir eine Hand auf den Arm.

»Ach«, sagte er fast schüchtern. »Manchmal vergesse ich meine Manieren. Es ist schön, Euch wiederzusehen, mein Freund.«

Ich blickte ihn ein wenig erstaunt an. Er hatte mir einmal, nachdem ich ihm bei einer Begegnung mit einem dämonischen Wächter der Tovieti das Leben gerettet hatte, nicht weniger prosaisch gesagt, ich sei sein Freund, hatte das Wort jedoch seither nie wieder benutzt. Ich war nicht weniger verlegen als er, da ich nicht so recht wusste, was das Wort für den kleinen Mann bedeutete. Ich murmelte ein Wort des Dankes und versuchte, das Ganze herunterzuspielen, indem ich ihm sagte, wenn er erst einmal sehe, in welchem Zustand Kallio sei, dann würde er seine Meinung wahrscheinlich ändern.

»Nein«, sagte er. »Ich meinte, was ich sagte. Ich weiß, ich stehe vor einem von zwei Leuten, denen ich absolut vertraue.« Der andere war der Mann, den er zu seinem Gott gemacht hatte – der Imperator.

»Ich bin froh, von der Hauptstadt weg zu sein«, fuhr er fort. »Ich fürchte, ich mag Nicias dieser Tage gar nicht mehr.«

»Warum?«

»Der Imperator wirkt wie Honig«, erklärte er, »und es umschwirren ihn einfach zu viele Fliegen, die sich so voll zu saugen versuchen, wie sie nur können. Und dabei besudeln sie alles, was sie berühren. Manchmal fürchte ich, der Imperator schenkt diesen Leuten viel mehr Beachtung als denjenigen, die zu ihm standen, als das noch ein Risiko war.«

Ich konnte meine Überraschung gerade noch verbergen – ich hätte nie gedacht, dass Kutulu auch nur zur leisesten Kritik an Imperator Tenedos fähig wäre, selbst zu einer so milden, wie er sie da zum Ausdruck brachte.

»Ich bin sicher, der Imperator weiß, mit wem er es zu tun hat«, antwortete ich. »Vergesst nicht, dass er sich – wie Ihr – einiger recht fragwürdiger Methoden bedienen muss, um seine Pflicht zu tun.«

Kutulu sah mich lange an und nickte dann ruckartig. »Ich hoffe, Ihr habt Recht«, sagte er. »Natürlich. Ihr müsst Recht haben. Ich hätte nicht an ihm zweifeln sollen.« Er versuchte sich an einem Lächeln, aber sein Gesicht war mit so etwas nicht vertraut. »Wie gesagt, Ihr seid ein Freund. Kommt, wir wollen unser Geschäft erledigen.«

In meinem Büro rückte ich zwei Stühle an den Tisch, um den das Karree des Schweigens gewirkt war, und sagte ihm, er könne frei sprechen.

»Einiges von dem, was ich zu sagen habe, kommt vom Imperator«, begann er. »Aber ich habe auch noch andere Fragen.«

»Auf die ich korrekt zu antworten habe, andernfalls mir möglicherweise der Prozess gemacht wird.«

»Wie?« Kutulu war völlig verwirrt.

»Tut mir Leid. Ich habe mich an einem kleinen Scherz versucht. Ihr habt das so gesagt, als würdet Ihr gegen mich ermitteln.«

»Oh, tut mir Leid. Ich fürchte, ich bin zu sehr auf die anstehende Aufgabe konzentriert.«

»Schon gut.« Mit Kutulu zu scherzen war, als pisste man gegen den Wind – man erreichte nichts und die Spritzer waren etwas peinlich. Aber trotzdem, aus irgendeinem unerfindlichen Grund mochte ich den kleinen Kerl, soweit man jemanden mögen kann, dessen Leidenschaft und Lebenswerk darin besteht, neben den Angelegenheiten der ganzen Welt auch die deinen auszuforschen.

»Ich beginne mit meiner eigenen Frage. Sind die Tovieti in Kallio aktiv? In Euren Berichten erwähnt Ihr sie nicht.«

Ich sperrte den Mund auf. Die Tovieti waren ein Schreckenskult gewesen, der sich zuerst in Kait, einem der Umstrittenen Länder, gebildet hatte. Ein unbekannter, mittlerweile vermutlich toter Zauberer hatte sie ins Leben gerufen und ihnen den Kristalldämon Thak als Gott und Meister gegeben. Sie hatten sich über ganz Numantia ausgebreitet und dabei nach Kräften gemordet. Ihr Ziel war es, das Ende der Gesellschaft herbeizuführen, um selbst zu herrschen. Ihre Anhänger hätten dabei nicht nur über das Leben der Adeligen und Reichen verfügen können, sondern auch über ihr Gold, ihr Land, ihre Frauen. Tenedos jedoch hatte Thak vernichtet, und Kutulu, ich und die Armee hatten dem Kult vor über neun Jahren mit Standgericht und Schlinge ein Ende gemacht.

Einige mussten unsere Säuberungen überlebt haben und geflohen sein. Aber wir hatten ihre Führung ausgemerzt, jedenfalls soweit wir wussten, und ich dachte, der Orden gehöre wie ein böser Traum der Vergangenheit an.

»Ich bin nicht wahnsinnig«, sagte Kutulu. »Die Tovieti sind wieder da. Ihr erinnert Euch noch an ihr Emblem?«

Und ob – sie hatten es auf jede Wand in Sayana, der Hauptstadt von Kait, geschmiert: ein roter Kreis, der für die Tovieti stand – rot für ihre getöteten Führer, in denen sie Märtyrer sahen – aus dem ein Nest zischender Schlangen die Köpfe hob. Kutulu nickte.

»Wir haben vielen der Vipern den Kopf abgeschlagen. Aber es gibt noch immer welche.«

»Aber wem dienen sie? Thak ist tot, oder wenigstens habe das ich bis jetzt angenommen.«

»Kein Zauberer, auch nicht der Imperator selbst, konnte auch nur den kleinsten Hinweis auf einen Dämon finden«, pflichtete Kutulu mir bei. »Aber die Tovieti haben sich verändert. Ich habe in Nicias ein Dutzend oder mehr verhaftet. Beim Verhör haben sie bis in den Tod behauptet, keinen Herrn zu haben. Der Tod von Thak und derjenigen, die den Hohen Rat der Organisation darstellten, habe ihnen gezeigt, sie folgten dem falschen Stern.

Jetzt haben alle Mitglieder denselben Rang und sind in kleinen Kadern organisiert. Sie sollen die Mächtigen töten, wenn sie können, und das nach wie vor mit dem gelben Seidenstrang, soweit es sich einrichten lässt. Und es ist ihnen erlaubt zu stehlen, was sie nur können, um es mit den anderen in der Bruderschaft zu teilen.

Sie sagen, dass sich vielleicht eines Tages ein neuer Führer zeigt, aber das wird dann kein Dämon sein, sondern ein Mensch, und zwar einer, der sie gut führt. Dann werden sie das Morden zugunsten des Friedens aufgeben und alle Männer und Frauen werden gleich sein.« Er verzog das Gesicht. »Es sind nur wenige, soweit ich es zu sagen vermag. Aber sie machen Ärger. Sie haben wenigstens ein Dutzend Leute erdrosselt, von denen ich weiß, und ich möchte wetten, sie haben dreimal so viele auf andere Weise umgebracht. Es ist mir nicht gelungen, irgendeine zentrale Führung ausfindig zu machen, die sich ausmerzen ließe. Vielleicht sagen sie die Wahrheit, obwohl mir noch nie ein Rudel Köter ohne Anführer untergekommen ist.«

»Das alles ist mir völlig neu«, sagte ich. »Ihr wisst, welche Art Büttel wir hier in Kallio haben und dass sie kaum zu mehr fähig sind, als an Türen zu rütteln. Als Geheimagenten geben sie ausgezeichnete Hühnerzüchter ab. Aber ich habe kein Wort über die Tovieti gehört. Soll ich meine Seherin Suchzauber ausschicken lassen, um zu sehen, ob sich der eine oder andere Hinweis finden lässt?«

»Nein. Ich bezweifle, dass sie Erfolg hätte«, meinte Kutulu. »Ich habe Nicias' beste Magier solche Zauber ausschicken lassen, aber ohne Erfolg. Das gilt sogar für die Chare-Bruderschaft, aus der der Imperator eine richtige Truppe geschmiedet hat statt eines Haufens alter Knochen, die sich über die Theorie der Magie verbreiten.«

Er sah sich um, als suche er nach Lauschern, dann sagte er, wobei er fast flüsterte: »Habt Ihr irgendeinen Hinweis oder auch nur einen Verdacht auf ein Wirken Maisirs?«

»Nicht den Geringsten«, erwiderte ich schockiert, dann fielen mir Tenedos' Worte ein.

»Der Imperator will wissen, ob einige der untergetauchten kallischen Staatsdiener durch die Umstrittenen Länder geflohen sein und bei König Bairan Unterschlupf gefunden haben könnten.«

»Nein. Vielleicht haben es einige versucht«, sagte ich. »Aber ich kann mir kaum vorstellen, dass irgendein Staatsdiener oder Zauberer mit mehr als nur einem Hemd auf dem Hintern die Hügelmenschen dazu überredet haben könnte, ihm freies Geleit an die maisirische Grenze zu geben.«

»Ich auch nicht. Meiner Ansicht nach sind die, die den Krieg überlebt haben, entweder untergetaucht oder in andere Provinzen Numantias geflohen. Der Imperator ist jedoch anderer Meinung.« Er schüttelte den Kopf. »Große Männer verkünden die Wahrheit, und wir kleinen Lichter können kaum mehr tun, als das, was wir sehen, in diese Vision einzupassen zu versuchen.

Na gut denn. Mal sehen, was ich herausfinden kann.«

Die Zeit der Hitze ging zu Ende und die Zeit des Regens begann, zuerst mit Nieseln, dann folgte die ganze Gewalt des Monsuns. Es war noch immer heiß, aber die nassen grauen Tage passten zu dem schmutzigen Geschäft, das begonnen hatte. Ohne großes Tamtam hatten sich Kutulu und seine Agenten an die Arbeit gemacht. Zu jeder Tages- und Nachtstunde gingen merkwürdige Leute bei uns aus und ein, manchmal gleich gruppenweise. Wo sie hingingen, was sie machten, ich weiß es nicht, noch fragte ich einen danach.

Nicht weniger geschäftig waren andere aus Kutulus Stab. Ich musste den Wachraum für das Verlies eine Etage höher und dicke Teppiche in die Räume legen. Die Schreie aus den Folterkammern trugen weit.

Mir gefiel das alles ganz und gar nicht, aber es ist nun mal die Art, wie mein Land seine Gesetze durchsetzt und seine Ermittlungen führt. Prinz Reufern schien entzückt und bedrängte Kutulu, die Verhörräume besuchen zu dürfen. Kutulu schlug es ihm ab; er sagte, jede Einmischung von Außenseitern könnte die Routine stören, die er zu schaffen versuche, und den Informationsfluss reduzieren, den seine Schreiber aufzeichneten.

Ich tröstete mich mit dem Gedanken, meine Pflichten hätten mit derlei üblen Geschichten nichts zu tun und meine Gerichtspatrouillen seien unterwegs, um nach Kräften für Gerechtigkeit zu sorgen in diesem gebrochenen Land.

Der Mann kam gegen Mittag durch das Stadttor gewankt, mitten im Regen, der in Sturzbächen vom Himmel kam. Er trug noch Fetzen seiner Uniform und den Posten erschien er vollkommen wahnsinnig. Es war ein Reiter aus dem zweiten Zug der Schwadron Leopard von den Siebzehnten Ureyschen Lanciers.

Man brachte ihn eiligst ins Krankenrevier der Burg und identifizierte ihn als Reiter Gabran. Er war am Morgen mit Legat Ilis Gerichtspatrouille ausgeritten und sein hysterisches Geplapper veranlasste den Offizier von der Wache, auf der Stelle nach mir zu schicken. Er redete irre – von Schlangen, riesigen Schlangen, Menschen, die zu Schlangen wurden, die ihn zu töten versucht hätten, aber er sei davongelaufen, geflohen. Mit einem Mal wurde er still und seine Augen wurden so groß wie die einer Eule.

»Sie haben alle von uns umgebracht«, sagte er ruhig. »Alle Pferde, jeden Mann. Sie haben auch mich umzubringen versucht. Aber ich war zu schnell für sie. Ich lief in die Felder und über einen Fluss. Da konnten sie nicht hinterher.

Jetzt werden sie hierher kommen. Sie werden mir nachkommen.

Aber hier bin ich sicher, nicht wahr? Nicht wahr? Nicht wahr!« Seine Stimme schwoll zum Geschrei. Zwei Männer hielten ihn fest, während ein Dritter ihm einen Trank durch die zusammengepressten Lippen zwang. Er beruhigte sich wieder.

»Das ist, damit ich schlafe, oder? Das ist schon in Ordnung. Ich kann schlafen. Sie werden mich nicht finden, wenn ich schlafe. Und falls doch, dann ist es mir egal. Genau. Es ist mir egal. Es ist mir –« Er brach zusammen, nicht weniger durch eine Ohnmacht als von der Arznei.

Ich lief aus dem Revier, rief die Bereitschaft zusammen und nach Domina Bikaner, damit er zu mir in die Einsatzstube kam, und schließlich nach einem Boten, der Kutulu und der Seherin Sinait sagen sollte, sich marschfertig zu machen. Wenn an Gabrans Geschichte etwas dran war, dann war hier Zauberei vonnöten, und ich hatte die Absicht, schnell zu handeln, weit schneller als ein Kallier das für möglich hielt.

Bikaner kam gelaufen; er schnallte sich dabei den Säbel um. Sein Adjutant Capitain Restenneth hatte ihm das mit Gabran gesagt, und er hatte lange genug mit mir gedient, um sagen zu können, was ich vorhatte.

»Legat Ili und sein Zug sind bei Tagesanbruch ausgerückt, um hier Gericht zu halten«, sagte er und tippte an einen Punkt auf der Karte im Einsatzraum. Das Dorf hieß Nevern und lag am Fuß der Berge, etwa zwei Stunden von Polycittara entfernt. Zu Pferd.

»Sehr gut«, sagte ich. »Ich möchte die Schwadron, die Bereitschaft hat –«

»Die Tiger, Sir.«

»Also die Tiger-Schwadron rückt mit meinen Roten Lanciers aus. Außerdem möchte ich eine Schwadron Husaren abmarschbereit sehen, in zehn, nein fünfzehn Minuten.«

»Jawohl, Sir. Ich übernehme persönlich das Kommando.«

»Nein«, sagte ich entschieden. »Das erledige ich selbst. Aber Ihr könnt mitkommen, falls Ihr wollt.«

»Jawohl, Sir. Danke, Sir.«

Kutulu kam in die Stube geeilt, gerade als Bikaner wieder hinaus-lief. Ich erklärte kurz, was meiner Ansicht nach passiert war.

»Die Informationen sind sehr dürftig«, meinte er.

»Allerdings«, pflichtete ich ihm bei. »Und wenn wir lange auf Einzelheiten warten, dann wird keiner mehr da sein, der sie uns mitteilt. Kommt Ihr mit oder nicht?«

»Ich komme mit.«

»Gut. Ich besorge Euch ein Ross.« Karjan wartete. Er hatte mei-ne Kriegsrüstung neben sich und trug selbst Helm, Brustpanzer und Beinschienen.

»Lucan ist gesattelt, Sir.«

»Ausgezeichnet. Bringt den Mann in die Stallungen und seht zu, dass er schleunigst ein schnelles, verlässliches Ross bekommt. Und lasst eines für die Seherin Sinait satteln. Macht schon!«

Mit dem Büttel im Schlepptau lief Karjan hinaus. Unter Ge-klapper kam Capitain Lasta herein, der sich eben in den Panzer schnallte. Ich gab ihm Anweisungen, während ich meine eigene Rüstung befestigte.

»Sir? Eine Frage.«

»Nur zu, Capitain.«

»Angenommen, es ist eine Falle? Angenommen, sie locken uns in einen Hinterhalt?«

Ich überlegte. Nein. So rasch würden die keine Reaktion erwar-ten. Die würden denken, wir würden bis zum Morgen warten, so dass wir einen vollen Tag hätten, denn kein Mensch wagte sich in Kallio kurz vor Anbruch der Dunkelheit auf die Straße.

»Mag Isa Gnade mit ihnen haben, wenn sie's tun. Denn bei uns finden sie sie nicht.«

Sinait, die Seherin, wartete schon auf dem Hof, die Gewänder ge-rafft, so dass sie aufsitzen konnte; sie hatte einen Leinwandsack mit ihren magischen Gerätschaften dabei. Die Mannschaften formier-ten sich, während ich das Wenige umriss, das wir wussten; ihre Un-teroffiziere schrien Anweisungen und Befehle über den Hof.

»Möglicherweise«, sagte sie ruhig, »möglicherweise, Tribun, hätten wir uns die Zeit nehmen sollen, mehr zu erfahren, aber ich sehe, Ihr seid entschlossen, die Leute oder was immer zu erwischen, was eure Männer angegriffen hat.«

»Allerdings.« Ihre Worte machten mich stutzig. Ich überlegte. *Was immer?*

»Angenommen, es ist tatsächlich ein Dämon?«, fragte ich.

Sie zuckte die Achseln. »Ich habe mich noch nie einem gestellt, so kurz nachdem er getötet hat. Falls es einer ist, so dürfte es eine interessante Begegnung werden.«

Ich grinste. Einer der Gründe, aus denen ich mir die Seherin ausgesucht hatte, war ihre vollkommene Furchtlosigkeit. Sie war nicht weniger Krieger als irgendeiner von uns.

»Sir!« Es war Bikaner. »Die Truppe ist aufgesessen und marschbereit.«

Lucan am Zügel, trabte Karjan heran. Neben ihm her ritt Kutulu auf einem Rotfuchs, von dem ich wusste, wie schnell er war, und trotzdem ein Pferd, dem ich ein Kleinkind anvertraut hätte. Ich schwang mich in den Sattel.

»Lanciers!«, rief ich. »Abmarsch!«

Die Flügel des Tores flogen weit auf und wir trabten hinaus in den Haupthof der Burg. Die Tore standen offen und die Lichter Polycittaras glühten in der feuchten Luft unter uns. Ich sah Marán auf einem der Balkone über dem Hof. Für einen Augenblick verflog mein Kriegerzorn, und ich fragte mich, wie es wohl sein mochte, jemanden zu lieben, der sich für ein Leben wie das meine entschieden hatte, wenn jeder Abschied der letzte sein könnte. Aber für die, die zurückblieben, war jetzt keine Zeit. Im Galopp, nichts anderes als Blut im Kopf, ritten wir in den stürmischen Regen und hinaus aus der Stadt.

Der Regen ließ für einen Augenblick nach und zeigte uns das Dorf Nevern im letzten Licht des Tages. Es lag auf einem Hügel, und auch wenn es nicht über Mauern verfügte, so wäre es doch leicht zu verteidigen mit seinem halben Dutzend Straßen zwischen den uralten Steinhäusern. Aus einem hörte ich das Weinen eines Säuglings, der rasch zum Schweigen gebracht war. Aber das Dorf interessierte uns kaum.

Fünfundzwanzig nackte Leichen hingen an hohen Dreibeinen, wie Fleischer sie benutzen, Haken durch den Brustkorb gespießt. Es waren die abgängigen Lanciers. Ich sah mir die Leiche des Legaten Ili an. Abgesehen von der grausigen Brustwunde war von Gewaltanwendung nicht die geringste Spur zu sehen. Trotzdem war er nicht leicht gestorben – sein Gesicht war, wie das aller anderen auch, eine verzerrte Grimasse der Angst.

Mir fiel das Geplapper des Reiters Gabran ein – dass Männer zu Schlangen geworden seien –, und ich stellte mir Legat Ilis Zug vor, früher am Tag, auf dem Dorfplatz angetreten, um Gericht zu halten; sie sahen die Menge, die sich um sie drängte, sich verwandeln, sich krümmen, zu Schlangen werden und auf sie zukriechen.

Na schön. Wer Schrecken verbreitet hatte, der sollte ihn selbst zu spüren bekommen. Ich rief nach dem Kommandeur meiner Schwadron Husaren, Capitain Pelym, und befahl ihm, das Dorf mit seinen hundert Mann zu umstellen. Wer immer zu fliehen versuchte, war niederzumachen, egal ob Mann, Frau oder Kind. Er salutierte und seine Schwadron rückte ab.

»Eure Absichten, Tribun?« Kutulu gab sich förmlich.

»Dieses Dorf ist für den Mord an fünfundzwanzig seiner numantischen Mitbürger verantwortlich. Ich habe die Absicht, es nach Kriegsrecht über die Klinge springen zu lassen.«

Ich sah, wie die Augen der Seherin Sinait sich weiteten. Einen Moment musste ich an den Polizeisergeanten denken, der die drei unschuldigen alten Leute hinrichten wollte, aber ich verdrängte die Erinnerung.

»Gut«, sagte Kutulu. »Des Imperators Herrschaft kann gerecht sein – gegenüber Schurken aber auch hart.«

»Tribun«, mischte sich die Seherin ein. »Gewährt Ihr mir einen Augenblick, bevor Ihr den Befehl gebt?«

Sie stieg ab, nahm den Leinwandsack hinter dem Sattel, öffnete ihn und holte einen schlanken Dolch heraus, dessen Klinge silbern leuchtete, während das Heft aus Gold war.

»Ich würde gern etwas versuchen, was ich noch nie versucht habe.«

Sie berührte mit der Klinge ihre Stirn, dann das Herz. Sie trat an Ilis Leiche, führte die Spitze des Dolchs an die blutige Wunde an seiner Brust und ging dann zurück zu ihrem Sack. Sie holte ein Knäuel Bindfaden heraus, das im Licht der sterbenden Sonne golden schimmerte. Während sie etwas murmelte, was ich nicht verstehen konnte, wickelte sie eine Acht um das Heft des Dolchs und hielt ihn daran in die Luft. Waagrecht hing die perfekt ausbalancierte Waffe da. Sinait sprach ihre Formel:

>»Hier ist Blut.
>Hier floss Blut.
>Suche den Mörder.
>Finde den Mann.
>Finde die Frau.
>Finde das Kind.
>Blut suche Blut.
>Weise gut.
>Weise genau.
>Blut suche Blut.«

Der Dolch bewegte sich nicht; dann fuhr er plötzlich herum und wies auf das Dorf.

»Genau wie ich gedacht habe«, begann ich, aber dann schwang der Dolch zur Seite. Er bewegte sich hin und her wie ein Hund, der eine Witterung aufnimmt; dann beruhigte er sich. Er wies um ein Dutzend Grad an Nevern vorbei.

»Was hat das zu bedeuten?«, fragte ich.

»Wartet«, sagte die Seherin. »Lasst mich sichergehen.« Noch einmal sagte sie ihre Formel auf und der Dolch verhielt sich haargenau so wie zuvor. »Diese Soldaten wurden nicht von den Dorf-bewohnern ermordet. Der Dolch weist dorthin, wo die wahren Mörder jetzt sind.

Ich nehme an, die Dörfler wussten, was passieren würde, hatten aber Angst, die Soldaten zu warnen. Das Messer zeigt, dass sie auch etwas von der Schuld tragen. Ich habe es gespürt«, fuhr sie fort. »Aber keine Gefahr, wir haben keine Feinde vor uns. Es ist ein Ge-fühl, dem allzu oft nicht zu trauen ist. Aber es ist eine Betrachtung wert.«

»Ihr sagt, die Dörfler tragen ihren Teil an der Schuld«, stellte Ku-tulu fest. »Das genügt.«

Sinait antwortete nicht, sondern sah mich an und wartete ab. An-gesichts der Reaktion des blutrünstigen Büttels klang mein Zorn et-was ab.

»Tribun«, sagte Kutulu, als er meine Unentschlossenheit sah, »diese Leute sind anerkanntermaßen schuldig und müssen bestraft werden. Sollen wir sie ignorieren und Irrlichter jagen, die in den Hügeln verschwinden werden?«

»Seherin«, sagte ich, »an dem, was der Büttel des Imperators da sagt, ist etwas dran. Können wir die Täter zur Strecke bringen?«

»Ich weiß es nicht«, antwortete sie aufrichtig. »Haben wir eine Karte von dieser Gegend?«

»Domina Bikaner. Eine Karte, bitte!«

»Sir!« Capitain Lasta holte eine aus der Satteltasche und reichte sie Bikaner, der sie mir brachte.

»Könntet Ihr sie mir … ausrichten – so sagt man wohl, oder?«, fragte Sinait.

Ich saß ab, legte die Karte auf die Erde und nahm das Dorf und einen leicht zu identifizierenden Hügelkamm unweit davon, um mich zu orientieren.

»Wo genau sind wir?«

Ich kniete nieder und wies auf die Stelle. Sinait kniete sich neben mich, nahm etwas von der schlammigen Erde und berührte damit die Karte dort, wo ich hingewiesen hatte.

65

»Du bist, was du darstellst.
Du bist, was du zeigst.
Sagt mir zuverlässig,
Sagt mir fest,
Jacini der Erde,
Limax des Landes,
Und du, nicht zu nennende,
Die sie weiß, wer sie ist,
Sie weiß, ich bete zu ihr.
Werde, was du zeigst.«

Für einen Augenblick, ich schwöre es, wurde die Karte zu einer winzigen Nachbildung des Landes, aus den kleinen Tintenflecken Neverns kleine Häuschen, und die Hügel um uns erhoben sich wie bei einem Sandkastenmodell. Gleich darauf war jedoch alles wieder normal. Sinait nahm den Dolch, hielt ihn an dem goldenen Bindfaden über die Karte und murmelte einige Worte, die ich nicht verstand. Der waagrecht hängende Dolch senkte die Spitze. Sie senkte die Hand, bis die Dolchspitze die Karte berührte.

»Hier werden die, die Ihr sucht, sein.«

Ich zeigte Capitain Lasta die Stelle auf der Karte.

»Das ist eine Stunde von hier, würde ich sagen«, meinte er. »Wir können dem Weg hier folgen. Er sieht mir nicht allzu schlecht aus, es sei denn, die Karte ist falsch oder der Regen hat ihn weggespült.«

Ich stand auf. »Lancier Karmas, reitet zu Capitain Pelym und sagt ihm, er soll mit seiner Kompanie kommen.«

»Jawohl, Sir.«

Kutulu zog die Stirn in Falten. »Auf ein Wort, Tribun?«

Wir traten ein paar Schritte beiseite.

»Glaubt Ihr an ihren Zauber?«

»Nicht ganz und gar«, erklärte ich. »Aber ich weiß verdammt gut, dass ein paar Bauern nicht über die Zauberkraft verfügen, ein Viertelhundert Lanzer niederzumachen – ganz zu schweigen von so viel Mut.«

»Aber sie wussten Bescheid«, sagte Kutulu stur. »Selbst die Seherin sagt es.«

»Allerdings, und sie werden bestraft. Aber es gibt andere Arten der Strafe als das Gefängnis oder das Schwert. Ich könnte das Dorf schleifen lassen, aber wie viele Freunde, denkt Ihr, würde das Numantia in den umliegenden Städten bringen? Sie werden bestraft, Kutulu. Zweifelt nicht daran. Vielleicht lasse ich ihren Marktplatz zerstören, und alle Käufer und Verkäufer müssen ihrem Geschäft ein Jahr lang woanders nachgehen. Ich muss mir das überlegen.«

»Im Gesetz ist kein Raum für Schwäche«, sagte die Schlange, die Niemals Schläft.

»Ihr mögt es Schwäche nennen«, entgegnete ich. »Ich würde ein anderes Wort wählen. Barmherzigkeit vielleicht. Also, das sind meine Befehle. Befolgt sie, Sir.«

Kutulu neigte den Kopf und ging zurück zu seinem Pferd.

Fast genau in der von Capitain Lasta vorhergesagten Stunde erreichten wir die Stelle, wo sich laut Sinait unsere Beute befand. Es war fast dunkel und es hatte wieder zu regnen begonnen, wenn auch nicht mehr so stark wie zuvor.

Ich hatte Bikaner, Lasta, Pelym und dem Chef der Schwadron Tiger, Legat Thanet, bereits auf dem Anmarsch durch die Hügel ihre Befehle erteilt. Wir würden die Pferde stehen lassen und uns zu Fuß nähern. Jeweils einer von vier Männern sollte die Tiere bewachen. Damit ließen die Lanciers ihre Hauptwaffe zurück. Hätte ich gewusst, dass wir zu Fuß kämpfen würden, ich hätte sie vor dem Abmarsch Katzbalger und Messer anlegen lassen. Aber für die Aufgabe, die ich für sie hatte, würden es auch ihre Säbel tun.

Ich dagegen war richtig bewaffnet, hatte ich doch schon vor Jahren von meinem Vater gelernt, dass ein Säbel nur für einen Zweck und deshalb nur für einen Mann zu Pferd taugt; ich hatte, ob zu Pferd oder zu Fuß, immer mein Breitschwert dabei.

Ich ging an der Spitze meiner Truppe, Domina Bikaner bildete den Schluss. Hinter mir kam Karjan, gefolgt von Kutulu und der Seherin

Sinait. Unsere Flanken sicherten Bogner und schließlich kamen Capitain Lasta und die Roten Lanciers. Bevor wir aufbrachen, fragte ich die Seherin, ob sie rund um uns Zauber spüre, ob der Zauberer, der dem Legaten Ili aufgelauert hatte, Wachen aufgestellt hatte. Sie sprach zwei Formeln und sagte, sie spüre nichts, was sie verblüffte – war der unbekannte Magier derart von sich überzeugt?

Ich sah den markanten Kamm eines Hügels gleich rechts von dem Punkt, zu dem wir wollten, und er zeichnete sich so deutlich vor dem sich verdunkelnden Himmel ab, dass wir auf unserem Weg durch die Nacht keinen Kompass benötigten. Von den Männern kam auch nicht ein Murmeln, kein Waffengeklirr, kein Schlurfen, als wir über die Hügel schlichen. Gar nicht so weit vor uns sah ich schließlich den Schein eines Feuers, der sich an den Sturmwolken über uns brach, und ich hielt darauf zu. Das Gelände stieg allmählich an. Ich machte direkt unter der Kuppe eines Hügels Halt und hob, die Innenseite nach unten, die Hand. Die Soldaten drückten sich mit gezückten Waffen auf den Boden.

Ich berührte Karjan, die Seherin, Kutulu, und wir gingen geduckt weiter den Hügel hinauf. Ich war ausgesprochen beeindruckt von Sinait – obwohl sie keine militärische Ausbildung hatte und kaum in bester körperlicher Verfassung war, hielt sie mit, ohne ins Schnaufen zu kommen, und das fast so lautlos wie nur irgendeiner von uns.

Unter uns lag ein kleines Tal, fast ein natürliches Amphitheater. Es brannten rauchende Feuer. Dämonen waren keine zu sehen, dafür kauerten etwa fünfzig bewaffnete Männer um die Feuer. Einige rösteten Fleisch, andere hatten unter Decken und Ölhäuten Schutz gesucht. Sie unterhielten sich angeregt, kaum beeindruckt vom Regen, und gelegentlich klang Gelächter herauf. Posten sah ich keine.

Wir sahen uns das Ganze einige Augenblicke lang an. Ich wollte eben zu den Männern zurück, da hob Kutulu die Hand. Er wartete auf etwas. Ein Mann stand auf und rief einige Namen. Drei andere kamen zu ihm und sie traten vom Feuer weg, um miteinander zu Rate zu gehen.

Kutulu beugte sich zu mir. »Diese vier«, flüsterte er, »oder wenigstens der in der Mitte, das wird ihr Anführer sein. Ihn brauchen wir lebend.«

»Wenn es geht«, sagte ich mit einiger Skepsis im Ton. Für so etwas gab es im Nahkampf keinerlei Garantien.

»Nicht wenn es *geht*. Ich habe da einige Fragen, auf die ich Antworten brauche.« Ich sah das Leuchten in seinen Augen, in denen sich der Feuerschein brach. Er zog sich ein Paar langer Stulpenhandschuhe an, seine Lieblingswaffe – in jeden war über Knöchel und Handballen Sand eingenäht, ideal, um jemanden bewusstlos zu schlagen. In seiner Linken hatte er einen Dolch, den er in einer Scheide im Nacken mit sich führte.

Wir kehrten zurück, und ich flüsterte Capitain Lasta einige letzte Befehle zu, der daraufhin die Kolonne entlangging und sie an Offiziere und Unteroffiziere weitergab. Ich wollte, dass die Tiger-Schwadron sich links um das Tal herumarbeitete, die Zehnten Husaren rechts. Wenn von dem Augenblick an, in dem sie den Trupp verließen, bis zweitausend gezählt worden war, sollten sie in Position sein und auf meinen Ruf hin angreifen.

Ich begann langsam zu zählen, während meine Männer sich davonschlichen. Bei tausend gab ich Zeichen und meine Roten Lanciers krochen in breiter Front die Kuppe hinauf.

Mein Mund war trocken und ich spürte, wie meine Lippen sich zu einem humorlosen Grinsen zurückzogen.

Es war Zeit. Ich gab noch ein paar Sekunden zu, dann stand ich auf. Noch im selben Augenblick sprang Kutulu schon über den Kamm. Ich dachte, er hätte mich missverstanden oder seine Nerven hätten versagt, merkte dann jedoch, was er vorhatte, und fluchte.

»Lanciers … Attacke!«, brüllte ich, und wir sprangen über den Grat und stürmten auf die Mordbande zu. Kutulu war uns voraus und ich sah ihn mit Wucht gegen einen Mann rasen, der sofort zu Boden ging.

Rufe der Überraschung wurden laut; es wurde geschrien, Männer rappelten sich auf, griffen nach ihren Waffen. Einige versuchten davonzulaufen, sahen dann aber, dass eine zweite und dritte Welle von Soldaten über die Kuppe auf der anderen Seite kam. Wie eine Phalanx von Spießen fuhren meine Kavalleristen in die Menge, Säbel blitzten im Feuerschein, und die Schreie wurden lauter, aber die Überraschung war dahin, jetzt sprach aus ihnen der Schmerz. Einigen der Kallier gelang es, den Blankwaffen meiner Leute zu entkommen, aber es war hoffnungslos, denn ich hatte meine Bogner im Abstand von dreißig Fuß rund um den Rand des Tales postiert; diese jagten ihre mit Gänsefedern bewehrten Pfeile hinab.

Ein Mann tauchte vor mir auf, griff mich mit ausgestreckten Armen an, und meine Klinge fuhr zwischen ihnen hindurch in seine Brust. Mit dem Stiefel stieß ich ihn von meinem Schwert und fuhr dann herum, als einer mit einer Sense auf mich einhieb. Ich schlug den hölzernen Griff nach oben und stieß dem Mann mein Schwert durch den Hals.

Zwei Kerle mit Knütteln stolperten auf mich zu, und ich tänzelte zur Seite, schlitzte dem einen den Arm auf, gab ihm einen Augenblick, um vor Schmerz aufzuheulen, während ich seinem Freund den Bauch öffnete, dann schlug ich zu und hätte dem ersten fast den Kopf abgehauen.

Als Nächster kam einer mit einem breiten Krummschwert und hieb auf mich ein. Ich parierte den Hieb, stieß zu, aber er sprang zur Seite. Wieder schlug er zu, und diesmal stoppte ich seine Klinge am Parierstück, zwang seinen Arm nach oben, unsere Körper krachten gegeneinander; aus seinem Atem roch ich Knoblauch und Angst.

Noch bevor er sich zurückziehen konnte, fuhr ich ihm mit dem Knie in die Weichteile, worauf er kreischend vornüberging. Ich drosch ihm den Knauf meines Schwerts in den Nacken, brach ihm den Schädel und gab ihm den Gnadenstoß, während er fiel. Dann war außer den Soldaten keiner mehr auf den Beinen.

»Domina!«

Bikaner kam auf mich zugelaufen; er hinkte leicht. Ich sah das dunkle Blut auf seinem Schenkel.

»Ich glaube, ich werde langsam alt, Sir. Einer von denen ging zu Boden, und ich blieb nicht, um ihn fertigzumachen. Der Bastard hatte die Frechheit, mir einen Schmiss zu verpassen. Wie lautet Euer Befehl, Sir?«

»Nehmt ihre Köpfe mit. Dann haben wir etwas, um morgen früh die Wände von Polycittara zu dekorieren.«

Bikaners Zähne blitzten. »Das wird ihnen zu denken geben, Sir.«

Die Stadt würde über mehr nachzudenken haben als Köpfe. Ganz Kallio würde über meine gefallenen Lanciers trauern. Nicht dass ich etwas anderes erwartete, als dass sie sich insgeheim freuten, aber trauern würde sie in jedem Fall: Ich würde für einige Zeit alle Festlichkeiten verbieten und jede Art von Musik. Und auch die Schenken würden geschlossen werden. Wenn ich schon weder an ihren Gerechtigkeitssinn noch an ihre Angst vor Konsequenzen appellieren konnte, dann würde die Erziehung eben über den Magen gehen.

Zwei Dutzend Fuß weiter sah ich Kutulu. Ein Mann lag stöhnend zu seinen Füßen, neben ihm ein zweiter auf Händen und Knien. Ich ging hinüber. »Ich dachte schon, Ihr wärt mir verrückt geworden«, meinte ich.

»Nicht im Geringsten, mein Freund.« Er blickte sich um und sah, dass niemand in Hörweite war. »Es schien mir einfach so, als könntet Ihr mir die Sicherheit derer, die ich brauche, nicht garantieren. Da dachte ich mir, wählst du rechtzeitig aus. Einer der beiden ist der, den wir Befehle geben sahen, der andere ist einer seiner … Unterführer vielleicht. Wir werden schon sehen, was sie dazu zu sagen haben, sind wir erst einmal wieder in der Burg. Ich habe viele Fragen und ich bin sicher, sie geben mir die Antworten, die ich brauche.«

Er lächelte nicht, noch hörte er sich zornig an, seine Worte stellten einfach die Tatsache klar. Seine Folterknechte würden keine Gnade kennen.

Das Scharmützel war vorbei und es wurde Zeit für die richtige Schlacht.

4 *Das Netz*

Ich hätte mich mit Politik überhaupt nie einlassen sollen«, sagte der Bandit – er hieß Schlitznas – und spuckte blutige Zähne aus. »Die Räuberei ist kein halb so … so dreckiges Geschäft, und das Schlimmste, was dir passiert, ist ein sauberer Tod.«

»Der kommt schon noch«, versprach ihm Kutulu. »Wenn du uns alles gesagt hast – und wir sicher sind, dass es die Wahrheit ist.«

»Mehr ist nicht zu sagen«, versicherte der Mann, den Kutulu gefangen genommen hatte. »Das Mann hat gesagt, er entlohnt uns mit gutem Rotgold, und das hat er getan. Alles, was wir dafür zu tun hatten, war, die Soldaten für ihn abzumurksen.«

»Wer war er?«

»Ich hab' Euch doch gesagt, Euch und dem Ziegenficker, der mir die Schnauze poliert hat, ich weiß es nicht. Er kam zu uns, kannte unser Versteck, wusste, wo wir überall gewesen waren, er kannte mich beim Namen und er wollte bezahlen. Oswys Leute hatte er schon rumgekriegt, aber er brauchte mehr Diebe. Er wollte sicher sein können, dass keiner davonkommt. Ich habe meine Leute gefragt. Seit dem Krieg gibt es kaum noch was zu holen. Kein Schwanz hat auch bloß einen Kupferling, geschweige denn Gold und Silber, das man stehlen könnte. Wir haben schon dran gedacht, weiter in den Osten zu ziehen, nach Wakhijr, und unser Glück da zu probieren. Stattdessen …« Schlitznas spuckte wieder Blut und wischte sich übers Gesicht. Angewidert blickte er auf seine zerschlagenen Finger. »Schätze nicht, dass die je wieder eine Klinge halten werden, was?«

Ich hätte mich am liebsten abgewandt und gekotzt, wegen dem Gestank der Kammer nicht weniger als wegen dem, was die Folterknechte mit dem Dieb gemacht hatten, kämpfte aber dagegen an.

»Ich habe mit Euch gottverdammten Niciern sowieso nie was anfangen können. Scharwenzelt herum, als wärt Ihr Euch zum Scheißen zu fein – da kam der Gedanke, Euch auf die lange Reise zu Saionji zu schicken, gerade recht.«

Kutulus Inquisitor nahm die Knute hoch. Ich hob die Hand.

»Lasst ihn ausreden.«

»Außerdem ist Soldaten abzumurksen ein gutes Geschäft.«

»Warum? Wir haben doch selten Geld.«

»Wenn du einen Soldaten abmurkst, dann denken die Furchenscheißer, du wärst auf ihrer Seite. Versteht Ihr, so eine Art Held, und vielleicht verpfeifen sie einen dann nicht gleich, kaum dass sie was von einer Belohnung hören.«

Meine Neugier war befriedigt, also wandte ich mich ab. Kutulu hatte die Stirn in Falten gezogen – es stand mir nicht zu, den Rhythmus seiner Befragung zu stören.

»Wie hat er sich denn genannt, dieser Zauberer?«

»Er hat keinen Namen genannt.«

»Wie war er denn angezogen?«

»Teuer. Dunkelbraune Breeches. Rock. Drüber einen Mantel in derselben Farbe. Muss wohl einen Zauber drauf gesprochen haben, weil er wie Wolle aussah, aber den Regen abwies, als wäre er geölt. Er hatte zwei Männer dabei. Harte Knochen. Leibwächter.«

»Er hat euch also bezahlt und ihr habt seinen Auftrag ausgeführt?«

»Genau.«

»Hat er auch die Dörfler bezahlt?«

»Hölle, nein. Er hat den Männern gesagt, sie sollen sich aus dem Dorf scheren und sich bis anderntags im Gehölz verstecken. Ich schätze, die haben gedacht, wir zerlegen ihr Kaff und nehmen ihnen die Frauen. Hätten wir auch getan, aber der Zauberer ließ uns ja nicht. Schätze, der hat uns irgendwie behext, weil als die Soldaten gekommen sind, da haben die uns behandelt, als wären wir Bauern, sonst nichts. Der Zauberer hat gesagt, dass er uns ein Zeichen gibt, und das hat er dann auch getan.«

73

Kutulu sah mich an.

»Wollt Ihr Einzelheiten darüber, was dann passiert ist?«

»Wie war es denn, eine Schlange zu sein?«, fragte ich, auch wenn das eher belanglos war.

Ein zutiefst böses Lächeln stahl sich auf Schlitznas' Gesicht. »Ganz nett. Vor allem weil man seine Sinne beisammen hatte und nicht blöd war wie eine richtige Schlange. Man war blitzschnell und die Schwerter trafen uns auch nicht ein einziges Mal. Vielleicht«, er brachte ein Lachen zusammen, »vielleicht wenn ich aufs Rad komme, dann denkt sich die Göttin ja, eine Schlange wäre die richtige Strafe für einen Schurken wie mich. Also das würde mir gefallen.«

Der Inquisitor sah Kutulus Nicken und schon fuhr die Knute über den blutverschmierten Rücken des Diebs. Er schrie gurgelnd auf und ließ den Kopf hängen. Ein Eimer Wasser klatschte in sein Gesicht und er war wieder ansprechbar.

»Sei gefälligst respektvoller, wenn du mit dem Tribun sprichst«, sagte der Büttel.

»War das die einzige Aufgabe, für die der Zauberer dich brauchte?«, fragte Kutulu.

»Das habt Ihr mich doch alles schon mal gefragt«, jammerte Schlitznas.

»Allerdings. Und ich frage es dich womöglich noch ein Dutzend Mal, um sicherzugehen, dass du die Wahrheit sagst. Und jetzt antworte mir!«

»Er hat gesagt, dass es solche Arbeit noch öfter gäbe.«

»Wie wollte er mit dir in Verbindung treten?«

»Er hat gesagt, er wüsste schon wie.«

»Könntest du ihn finden?«

Schlitznas zögerte, schüttelte dann aber den Kopf. Wieder riss ihm die Peitsche einen Streifen aus der Haut. »Nein«, stöhnte der Mann. »Jedenfalls nicht direkt.«

»Was heißt das?«

»Na, der Ring, den ich anhatte. Den der Bastard mit der Peitsche hier geklaut hat.«

Der Folterknecht wollte ihn schon anbellen. Kutulu hob die Hand und der Mann schloss den Mund.

»Weiter.«

»Der Zauberer hat den Ring für eine Weile genommen, ihn mir dann wieder gegeben und gesagt, er hätte ihn verzaubert. Wenn was passieren sollte und ich ihn bräuchte, dann sollte ich ihn mir an die Stirn halten und an ihn denken. Dann käme er oder einer seiner Leute vorbei.«

Kutulu stand auf. »Ihr«, sagte er zu dem Folterknecht. »Ich muss mit Euch reden. Draußen, wenn Ihr so gut wärt.«

Die Augen des stämmigen Mannes weiteten sich vor Angst. Ich folgte den beiden hinaus und schlug die Zellentür zu. Hinter mir hörte ich den Banditen leise lachen, hämisch und voll Bösartigkeit.

Der Folterknecht war doppelt so groß wie Kutulu, kuschte jedoch vor seinem Herrn. »Den Ring«, sagte Kutulu.

Der Folterknecht wollte schon empört den Unschuldigen spielen, aber unter Kutulus hartem Blick griff seine Hand, als hätte sie einen eigenen Willen, in den Beutel an seinem Gürtel und brachte einen schweren silbernen Ring zum Vorschein.

»Ich habe mir nichts dabei gedacht«, begann er, aber Kutulu fiel ihm ins Wort.

»Genau. Ihr habt nicht gedacht. Das ist das erste Mal, dass ich Euch tadeln muss, Ygerne. Ein zweites Mal wird es nicht geben. Wenn Ihr mich, den Staat, noch einmal bestehlt, dann schicke ich Euch nach Nicias zurück, allein und zu Fuß, mit Eurem Zunftzeichen auf der Stirn!«

Ygerne wurde blass. Mit einer Strafe wie dieser könnte er von Glück reden, wenn er lebendig über die Tore Polycittaras hinaus käme. Kutulu wandte sich an mich. »Die Geschichte mit dem Ring ist die einzige neue Information, Tribun. Ich denke, wir haben nun alles, was der Mann weiß. Wollt Ihr noch mehr?«

Nur hinaus aus diesem schrecklichen, feuchten Verlies, weg von seinen rostigen Eisen, den unseligen Seufzern und Schreien. Ich schüttelte den Kopf, und wir stiegen endlose Treppen hinauf, an deren vergitterten Absätzen jeweils eine Wache stand, bis wir endlich wieder in dem großen Hof waren.

Ich atmete die frische Luft ein und dankte meinem Hausgott Tanis für den Regen, der mir klatschend ins Gesicht fuhr und die Erinnerung wegwusch an das, was sich unter mir befand. Kutulu untersuchte den Ring. »Also, was können wir damit anfangen?«

»Wir fangen damit gar nichts an«, sagte ich ihm. »Wir versuchen noch nicht einmal, ihn zu benutzen. Wenn dieser Zauberer so vorsichtig ist, wie ich vermute, dann hat er einen Gegenzauber gewirkt. Falls die falsche Person ihn benutzt, weiß er entweder Bescheid oder hetzt dem Eindringling möglicherweise gar einen Dämon auf den Hals. Verwahrt den Ring an einem sicheren Ort. Tragt ihn nicht, versucht nicht, ihn zu benutzen, bevor ich dem Imperator nicht Bericht erstattet habe. Wir bedürfen womöglich weit größerer Zauberkraft, als sie uns hier in Kallio zur Verfügung steht.«

»Ich gebe widerstrebend zu, dass das weise ist, obwohl ich nur ungern Hilfe aus Nicias erbitte«, sagte Kutulu nach reiflicher Überlegung. »Soll ich einen Bericht fertig machen für einen Kurier?«

»Nein«, befand ich. »Es gibt da etwas weit Schnelleres, wenn auch Riskanteres.« Der Imperator hatte mir gesagt, niemandem von der Schauschale zu erzählen, aber manchmal sind Befehle dazu da, dass man gegen sie verstößt, und während er sprach, wurde mir klar, dass nun noch zwei weitere Personen davon erfahren mussten. »Wir müssen es riskieren, dass uns dieser Zauberer bei der Sendung belauscht, denn wir müssen auf der Stelle handeln, bevor er erfährt, dass die Mordbuben gefangen sind, und flieht.«

»Na schön«, sagte Kutulu. »Mit der Hilfe des Imperators werden wir ihm mal eine *richtige* Überraschung bereiten – wenn ihm eine andere Art Schlange unterkommt.« Er lächelte, und ich lachte, da ich nicht gewusst hatte, dass er sich seines Beinamens bewusst war.

Im Bett erzählte ich Marán in jener Nacht eine leicht zensierte Version dessen, was sich im Verlies zugetragen hatte. »Meinst du, ihr findet diesen Seher?«

Es war still und friedlich, kein Geräusch drang von draußen herein außer dem Prasseln des Regens und einem gelegentlichen beruhigenden Anruf der Wache, die ihre Runden ging. Marán hatte den Kopf auf meine Schulter und ihre Hand um meinen Riemen gelegt.

»Ich weiß nicht«, sagte ich. »Ich denke, es heißt damit wohl Magie gegen Magie, und auf diesem Gebiet kenne ich mich kaum aus.«

»Aber es wird die Magie des Imperators sein?«

»Ich denke schon.«

»Dann werden wir ihn auch finden«, sagte sie zuversichtlich. »Vielleicht sagt er dir auch gleich, wie du einigen anderen auf die Schliche kommst.«

»Wen meinst du?«

»Na, all die Ältesten und die Grafen und so weiter, die verschwunden zu sein scheinen. Findest du nicht, dass das sehr merkwürdig ist?«

»Sicher. Aber schließlich hatten wir einen Krieg und dann haben wir Kallio besetzt. Vielleicht hatten die, die den Wahnsinn überlebt haben, guten Grund unterzutauchen.«

»Natürlich. Und ich wette, ich kann dir sagen, welchen. Über das Herrschen oder wenigstens darüber, wie es ist, von Adel zu sein, weiß ich Bescheid.«

»Nur zu.« Ich war mit einem Mal hellwach. Marán hatte Recht – schließlich hatte sie Generationen von Adel im Blut.

»Beginnen wir mit etwas Grundlegendem«, sagte sie. »Ein Herr ist gerne ein Herr.«

»Etwas anderes hätte ich auch nicht angenommen.«

»Ich meine damit, es gefällt ihm besser als fast alles andere auf der Welt. Oder sagen wir mehr als *vieles* andere auf der Welt. Also, was bringt alle diese Leute dazu, sich ganz plötzlich im nächsten Dachsbau zu verkriechen, anstatt sich einfach andere Herren zu suchen, vor denen sich katzbuckeln, aber dabei weiter von Adel sein lässt?« Marán setzte sich rasch auf. Selbst im Halbdunkel sah ich die Aufregung auf ihrem Gesicht. »Der einzige Grund, aus dem Lord Hibble und Lady Hobble sich verkriechen würden wie von Hunden gehetzt, anstatt sich ein so großes Stück von Prinz Reuferns Kuchen abzuschneiden wie nur möglich, ist der, dass man ihnen befohlen hat, sich nicht zu zeigen. Entweder haben sie Angst oder man hat ihnen etwas versprochen – und so wie ich meine Blaublüter kenne, müsste das schon kurz bevorstehen, damit sie spuren.«

»Aber wer könnte ihnen dergleichen versprechen – oder ihnen mit so etwas drohen?«

»Vielleicht euer Zauberer?«

»Hmm.«

Sie legte sich wieder hin. »Aber vielleicht rede ich auch nur Unsinn und bilde mir das alles nur ein.«

So war Marán eben – ein plötzlicher Anfall von Hellsichtigkeit, dem sofort eine mächtige Welle von Selbstzweifeln folgte. Eine Zeitlang hatte ich gedacht, dass wohl der Scheißkerl, mit dem sie vor mir verheiratet gewesen war, sie unterdrückt hatte, aber in letzter Zeit fragte ich mich, ob es nicht an ihrer Familie lag. In der kurzen Zeit, die ich mit ihrem Vater und ihren Brüdern verbracht hatte, war es mir nicht so vorgekommen, als höre man in der Welt der Agramóntes groß auf das Wort einer Frau.

»Sprich nicht so von dir«, ermahnte ich sie und schlug ihr auf den Hintern. Sie schrie in gespieltem Schmerz auf und kuschelte sich dann enger an mich.

»Da ist doch etwas, was wir noch nicht gemacht haben!«

»Ich wusste nicht, dass da noch etwas war«, meinte ich.

»Lass sehen … mit Seidenschnüren ans Bett gebunden, Gesicht nach unten, Arme und Beine gespreizt, damit ich mich nicht bewegen kann«, sagte sie, und ihre Stimme wurde kehlig. »Ich trage eine Augenbinde und einen Knebel, so dass ich völlig hilflos bin. Ich habe ein Polster unter dem Becken und dein Riemen steckt tief in mir. Ich spüre deine Eier an mir.« Sie atmete etwas schneller. »Dann nimmst du eine Peitsche, ebenfalls aus Seide. Du streichelst mich damit, dann schlägst du zu und es brennt. Dann bewegst du dich in mir, fest, dann schlägst du wieder zu, wieder und immer wieder.«

Mein Riemen wurde hart, dann fiel mir ganz plötzlich eine andere Peitsche ein, eine nicht von Leidenschaft geführte, und das zerschlagene Gesicht des Banditen in dem stinkenden Verlies unter uns, und meine Leidenschaft starb.

»Sehr schön«, sagte ich. »Setz es auf deine Liste.« Wir hatten eine imaginäre Liste von Dingen, die wir im Bett noch nicht versucht hatten – zu einigen hätte man mehr Gerätschaften als zu einer Belagerung gebraucht; Dinge, von denen der eine gehört und dem anderen kichernd erzählt hatte.

Gähnend ließ ich den Schlaf kommen, während ich dem Regen lauschte.

»Damastes«, sagte Marán, »kann ich dich etwas fragen?«

»Was du willst, aber ich möchte so bald wie möglich schlafen.«

»Wie lange machen wir das noch?«

»Dass wir es treiben wie Karnickel? Für immer, hoffe ich doch.«

»Nein, du Spinner. Ich meine, dass du General bist und nie Zeit hast, zu Hause zu sein.«

»Das ist nun mal das Los des Soldaten«, erwiderte ich. »Ich gehe dorthin, wo der Imperator mich haben will, wann er will. Darauf habe ich einen Eid geleistet.«

»Dein Leben lang?«

»Nun, irgendwann werde ich es wohl müde sein, nehme ich an. Vielleicht werden meine Knochen zu morsch, um noch ins Feld zu ziehen.« Beinahe hätte ich etwas davon gesagt, verwundet zu werden, fing mich aber gerade noch. »Dann hast du mehr als genug Zeit, meiner müde zu werden.«

»Das hoffe ich doch«, murmelte sie und seufzte dann. »Gute Nacht, Liebster.«

»Gute Nacht.« Ich küsste sie auf den Kopf.

Eine Zeitlang lag ich noch wach und ließ mir ihre letzten Worte durch den Kopf gehen. Ich hatte Frauen gekannt, die Soldaten geheiratet hatten, ohne sich der Natur ihres Handwerks bewusst zu sein, und sie hatten es hassen gelernt. Aber so war Marán nicht. Dafür war sie viel zu gescheit und ihre Familie hatte Numantia zu vie-

79

le Jahre als Diplomaten und Gouverneure gedient. Außerdem war es in meinem Handwerk ohnehin unwahrscheinlich, dass ich alt genug wurde, um in den Ruhestand zu gehen. Der Pfeil irgendeines Barbaren würde mir die Sorgen über das Altern ersparen. Mit dem merkwürdigerweise tröstlichen Gedanken, in meinen besten Jahren zu sterben, gut zu sterben, wenn möglich an der Spitze meiner Soldaten in einer Schlacht, auf dass Saionji mich – auch wenn ich mir eigentlich kein besseres Leben vorstellen konnte – bei meiner Rückkehr aufs Rad belohnte, schlief ich endlich ein.

Am nächsten Morgen erzählte ich Kutulu von Maráns Überlegungen über den verschwundenen Adel.

»Die Baronin ist sogar noch gescheiter als schön«, sagte er.

»Ich weiß das ja, aber wie kommt Ihr darauf?«

»Eine Aufgabe, der ich mich nach meiner Ankunft hier widmete, war die Sichtung der kallischen Archive. Natürlich bräuchte dazu selbst ein Heer von Beamten eine Ewigkeit, aber ich habe drei Mann darauf angesetzt, sich die Ereignisse der letzten zehn Jahre anzusehen. Sie sind noch dabei. Wenn wir die Geschichte dieser keifenden Provinz verstehen, dann sind wir vielleicht auch in der Lage, sie effektiver zu regieren. Was die drei nicht gefunden haben, ist beeindruckender als das, was sie gefunden haben. Man hat die Archive durchkämmt und fast alles getilgt, was mit Chardin Shers Hof zu tun hatte. Ich nehme an, wir finden im Lauf der Zeit Duplikate der Notizen mit den Namen von Angehörigen des Hofes darauf im Zentralarchiv in Nicias, nur ist Zeit etwas, was uns im Augenblick fehlt.

Mein Chefarchivar meint, und das ist sehr interessant, dass die Säuberung nach Chardin Shers erster Niederlage diesseits des Imru und seinem Rückzug stattfand.«

»Das reimt sich doch nicht zusammen«, sagte ich. »Das würde bedeuten, dass Chardin Sher bereits nach dieser ersten Schlacht wusste, dass er besiegt war, und dennoch wollte er, dass seine Statthalter untertauchen und den Kampf weiterführen.«

»Chardin Sher … oder jemand anderes«, meinte Kutulu.

»Wer denn?«

»Vielleicht weiß es unser geheimnisvoller Seher. Mit dem würde ich mich wirklich gern unterhalten, denn der Beitrag Eurer Frau bestätigt, was die Akten eben durch ihr Fehlen nahe legen – dass es hier in Kallio zwei Verschwörungen gibt. Die eine, das sind die spontanen Aufstände des Mobs.

Die andere ist weit ernster, hinter ihr stecken die überlebenden Angehörigen von Kallios herrschender Klasse, die im Verborgenen auf den Tag und das Signal warten, sich zu erheben und auch die letzte Spur der Herrschaft des Imperators zu tilgen. Das ist die Verschwörung, die mir wirklich Angst macht.«

»Halte den Gegenstand so, dass ich ihn sehen kann«, befahl der Imperator. »Aber nur für einen Augenblick für den Fall, dass wir beobachtet werden.« Ich gehorchte und drehte Schlitznas' Ring über der Schauschale hin und her. »Ich denke, euer Brigant sagt die Wahrheit«, sagte er. »Es ist nichts, was an sich über Zauberkraft verfügte. Wahrscheinlich hat der Dieb ihn irgendwo gestohlen und die Person, die wir suchen, ihn dann mit einem Zauber belegt, um daraus einen Talisman zu machen. Wenn du nun beiseite treten könntest, damit ich mit deinen Sehern konferieren kann.«

Ich machte Sinait und Edwy Zeichen. Beide waren sichtlich beeindruckt. Edwy hatte den Imperator vermutlich schon persönlich gesehen, schließlich gehörte er zu Reuferns Haushalt, Sinait dagegen noch nie, das wusste ich.

»Wir versuchen Folgendes«, begann Tenedos und hörte sich an wie der umsichtige Lehrer, der er einmal gewesen war. »Mir fällt da ein Zauber ein, den ich in meiner Jugend in einem Dorf gelernt habe von einer Person, die sich als Hexenjägerin bezeichnete.« Er hielt eine Schriftrolle hoch. »Schreibt beide rasch ab, was ihr auf dem Pergament seht. Ich darf die Worte nicht sagen, denn ich fürchte, man könnte sie hören.«

Die beiden Zauberer gehorchten; lautlos murmelten ihre Lippen die Buchstaben, während sie schrieben. Sinait war als Erste fertig,

Edwy gleich darauf. Als er sah, dass die beiden aufblickten, legte Tenedos die Rolle beiseite.

»Lest jetzt, was ihr geschrieben habt. Ich habe versucht, die Anweisungen so klar wie nur möglich zu halten.«

Sie taten, was er von ihnen verlangt hatte. »Dieses Wort hier«, fragte Sinait, »*Meveern*? Sollte das nicht *Maverhn* heißen?«

»Nein«, antwortete Tenedos. »Das würde rufen, nicht senden. Ihr versucht die Beschwörung umzukehren.«

»Ich weiß nicht so recht«, sagte der ältere Mann, »was dabei herauskommen soll, falls das hier funktioniert.«

Tenedos wirkte aufgebracht – genau wie der Lehrer am Lyzeum, der einem nicht sonderlich schnellen Schüler zu helfen versucht, aber dann fing er sich wieder. »Ihr werdet Euch in eine bestimmte Richtung gezogen sehen, in die Richtung dessen, der den Bann über den Ring gesprochen hat.«

»Wir werden zu Kompassnadeln, Edwy«, sagte Sinait. Offensichtlich verstand sie das Ganze sehr gut. Edwy nickte peinlich berührt.

»Sprecht den Zauber so, wie ich es euch gesagt habe, und notiert, was er euch gibt, und brecht dann auf der Stelle ab«, fuhr Tenedos fort. »Diese Beschwörung ist ein offener Weg. Gebt dem Unbekannten nicht die Möglichkeit, sie gegen euch einzusetzen.«

»Ich jedenfalls werde mich davonmachen wie der Wind«, meinte Sinait mit einem Lächeln.

»Wirkt ihn einmal«, fuhr Tenedos fort. »Dann wird Tribun á Cimabue euch an einen anderen Ort führen, wenigstens fünfundsiebzig Werst von dort, wo ihr jetzt sein. Dann wirkt den Zauber noch einmal. Zeichnet die beiden Richtungen auf einer Karte ein –«

»– und unser Schurke ist dort, wo die Linien sich kreuzen«, beendete Sinait aufgeregt den Satz.

»Genau.« Tenedos lächelte herzlich. Sinait errötete wie ein junges Mädchen, das eben ihr erstes Kompliment bekommen hat. »Jetzt wünsche ich mit dem Tribun noch privat zu sprechen«, sagte der Imperator, und die beiden Seher und Kutulu gingen unter Verbeugungen hinaus.

»Ich bin mir nicht sicher, ob es funktionieren wird«, bemerkte Tenedos. »Der Mann, den wir da suchen, ist sehr vorsichtig. Ich überlege mir bereits andere Methoden, falls diese versagt.«

»Und wenn sie zum Erfolg führt, was machen wir dann?«

»Fasst ihn lebend«, sagte der Imperator.

»Ich habe das noch nie versucht«, gab ich zu bedenken. »Einen Zauberer zu fangen ist nach allem, was ich weiß, etwa so, als fange man eine Schlange mit der bloßen Hand. Man meint ihn zu haben, aber die Frage ist, ob es nicht eher umgekehrt ist.«

Der Imperator grinste. »Ich werde einige Beschwörungen vorbereiten, mit denen deine Seher Gerätschaften belegen können, die dafür sorgen, dass die Zähne der Schlange stumpf sind und sie sich deinem Griff nicht entwindet.

Aber er ist lebend zu fassen. Ich spüre, er ist das Herzstück, der Schlüssel für vieles, was Numantia so zu schaffen macht, Dinge, denen auf der Stelle ein Ende zu machen ist!«

Noch am selben Abend wirkten wir den Zauber in einem Zimmer in einem der Türme der Burg. Der Raum war kahl, nur sieben hohe schmiedeeiserne Kohlebecken standen darin, dazwischen sieben Kandelaber aus demselben Material, wobei die ganze Anordnung einen großen Kreis bildete. An die Wände waren Halbkreise gemalt, jede Figur mit einem Durchmesser von etwa drei Fuß. Jeder enthielt ein anderes Kreidesymbol. In der Mitte des Raumes war ein großes Dreieck mit einem Bogen um jede Ecke eingezeichnet. Die Schenkel entlang waren Wörter geschrieben in einer Schrift, die ich nicht kannte. Man hatte Kräuter bereitgelegt, darunter Gelbwurz, Ysop, Cistrose, Gaultheria und Silberweide, um sie in den Kohlebecken zu verbrennen.

Die Beschwörung selbst war recht einfach, wie Sinait mir sagte. Laut den Anweisungen des Imperators hing ihre Kraft mehr von der Wiederholung als von der Länge ab.

Edwy trug eine schwarze Robe, auf die silberne und goldene Embleme aufgenäht waren, die die Sternbilder darstellten, magische Werkzeuge und dergleichen; gehalten wurde das Ganze mit einem Gürtel aus gesponnenem Gold. Er war ganz der wohlhabende Hofzauberer. Sinait trug wie üblich Braun.

Ich machte mir große Sorgen über das, was Tenedos über die Gefahren gesagt hatte. Sinait hatte erklärt, sie bezweifle, dass sie der Hilfe bedurften. Edwy dagegen hatte mir ziemlich nervös gesagt, es wäre nicht das Schlechteste, Soldaten bereitstehen zu haben, und so hatte ich zehn Mann, darunter Karjan, in leichter Rüstung, die Waffen parat, auf der schmalen Wendeltreppe postiert. Was sie – oder ich – gegen einen Zauberer als Widersacher ausrichten könnten, das wusste ich nicht. Aber es war besser, als überhaupt nichts zu tun.

Die schwere Eichentür schlug zu und wir warteten draußen. Und warteten. Nicht dass sich einer von uns gelangweilt hätte, aber unsere Unruhe nahm stetig zu. Ich hörte einen Wind aufziehen und blickte durch eine Schießscharte. Die Luft jedoch stand völlig still. Es war kurz vor Morgengrauen. Der Gesang des Windes wurde immer lauter und ich hörte von drinnen einen Mann rufen. Ich hatte das Schwert in der Hand, während der Ausruf zu einem Schrei der Überraschung wurde und dann zu Schmerzensgeheul. Sinait schrie auf und ich packte den Türgriff, aber sie hatten den Riegel vorgeschoben. Ich warf mich mit der Schulter gegen die Tür. Das massive Holz bewegte sich keinen Millimeter. Ich warf mich noch einmal dagegen und sah mich dann ohne viel Federlesens von Feldwebel Svalbard beiseite gerissen. Dieser Schrank von einem Mann schmetterte eine schwere Keule gegen die Tür, zweimal, einmal oben, einmal unten, dann rissen die Angeln aus und die Tür fiel ins Zimmer.

Edwy lag in einer Blutlache auf einer Ecke des Dreiecks. Die Seherin Sinait stand gegen die Wand gedrängt. Es bewegte sich ein gewaltiger Krieger auf sie zu, weit größer als ich, der die Rüstung der kallischen Armee von vor neun Jahren trug. Er drehte sich nach mir um, die Augen zwei Flammenseen, das Gesicht von wirbelndem Schwarz.

Eine Wurfaxt pfiff an mir vorbei und fuhr mit einem dumpfen Scheppern gegen den Panzer des Wesens. Er war zweifelsfrei aus solidem Metall. Der Geist oder Dämon wandte sich von der Seherin ab und ging auf mich los, das zweischneidige Korbschwert in der Hand wie einen Speer. Ich parierte und spürte soliden Stahl. Dann schlug der Krieger zu und ich hatte alle Mühe, seinen Hieb abzuwehren.

Ich schlug nach seinem Schenkel und meine Klinge sprang von seiner Beinschiene ab, als wäre diese einen Fuß dick. Wieder ließ er – oder es – sein Schwert auf mich herabsausen, und als ich beiseite sprang, fuhr die Klinge gegen den Steinboden, dass die Funken nur so sprühten.

Mir fielen ein paar Brocken dessen ein, was Tenedos mir über Zauberei erklärt hatte, und ich schnitt dann, anstatt den Dämon direkt anzugreifen, eine Ecke des Dreiecks durch, indem ich den Kreidestrich durchtrennte, während die Erscheinung auf mich losging.

Urplötzlich, als ob etwas Festes sich in Rauch auflöste, sah ich durch ihn hindurch, sah Sinait an der Mauer stehen, und dann war nichts mehr im Turm außer uns Soldaten, Sinait und Edwys Leiche.

»Es wurden also tatsächlich Wächter aufgestellt«, sagte ich dumm, als hätte es nicht jeder gesehen.

Sinait erschauerte. »Aber der Zauber des Imperators hat funktioniert«, sagte sie, »bevor … bevor das – was immer es war – kam. Ich hatte keine Zeit, etwas zu notieren, aber wir haben eine der beiden Koordinaten unseres Feindes.«

Sie wies auf Edwys Leiche. Er mochte im Leben nicht weiter beeindruckend gewesen sein, aber im Tod erwies er Numantia einen trefflichen Dienst, da sein ausgestreckter Arm direkt nach Osten wies.

»Da, wo er hindeutete«, erklärte Sinait, »da kam auch das Ding her. Eine zweite Beschwörung, und wir haben diesen Seher.« Sie sprach ohne das geringste Zittern in ihrer Stimme und ich bewunderte einmal mehr ihren Mut. Eine zweite Beschwörung jedoch würde so gut wie unmöglich sein. Der Zauberer hatte unseren ersten Versuch entdeckt und würde auf der Lauer liegen.

Tags darauf hielten wir eine Leichenfeier für Edwy ab und übergaben seinen Körper den Flammen. Ich gab Order aus, drei Schwadronen Lanciers als Eskorte für die Seherin Sinait aufsitzen zu lassen, die fest entschlossen war, die zweite Beschwörung von der Stadt Cambon aus durchzuführen, etwa hundertzwanzig Werst südsüdwestlich von Polycittara.

Ich hatte versucht, dem Imperator mittels der Schauschale Bericht zu erstatten, aber ohne Erfolg. Sinait fragte sich, ob unser alarmierter Widersacher nicht vielleicht einen Gegenzauber gewirkt hatte, um jede Magie zu bannen, die wir einsetzen könnten. »Ich weiß nicht, wie mächtig dieser Zauberer ist«, sagte sie. »Aber mit Sicherheit mächtig genug. Und er bräuchte kaum große Energie, um Euren Schalenzauber zu verhindern, da Ihr kaum Talent und noch weniger Übung habt. Ich schlage vor, wir versuchen es erst gar nicht noch einmal.«

Das machte mir große Sorgen. Tenedos hatte uns zusätzliche Formeln versprochen, um den Zauberer fassen zu helfen, und jetzt würden wir dazu gezwungen sein, ohne sie in die Schlacht zu ziehen.

Wir hatten kaum noch eine Stunde bis zum Aufbruch, als Kutulu mich in der Geschäftigkeit der Regimentsleitung aufsuchte. »Ich glaube nicht, dass wir noch weiterer Magie bedürfen«, meinte er. »Kommt, ich zeige Euch was.«

Wir eilten in sein Büro, das im Dunkeln lag, obwohl wir einen der seltenen Sonnentage hatten, aber er hatte das Licht mit schwarzen Vorhängen ausgesperrt. Spionen sind Fenster ein Greuel, es sei denn, es handelt sich um die, durch die sie gerade zu spähen versuchen. Eine riesige Karte von Kallio bedeckte eine Wand. Sie wimmelte von Nadeln mit großen Köpfen, von denen jeder eine rote Nummer trug. Von der Burg aus führte ein roter Faden nach Osten, genau in die Richtung, aus der Edwys Tod gekommen war.

»Ich werde mich ganz kurz fassen«, sagte Kutulu mit Autorität, was ich in gewisser Weise amüsant fand. Er befand sich jetzt auf seinem Terrain und hier hatte er alles fest in der Hand. »Wir haben unseren Schurken nämlich.« Aus seiner ansonsten ruhigen, kaum je aufgebrachten Stimme konnte ich kurz seinen Triumph heraushören.

»Zuerst haben wir hier den Zwirn, der die Richtung darstellt, die wir aus der Beschwörung der Seherin haben.«

»Ich sehe ihn.«

»Gestern Nachmittag haben die Schreiber-Kulis, die sich für mich durch die Papierruinen von Chardin Shers Reich wühlen, das hier gefunden.« Er nahm einen vergilbenden Zettel zur Hand. »Ihr könnt es gern lesen, braucht es aber nicht, wenn Ihr es nicht wollt. Es ist eine Anforderung für Kutschen und Soldaten für eine Eskorte, die Mikael Yanthlus, Chardin Shers Zauberer, zum Heereslager auf der anderen Seite des Imru begleiten sollte. Dem Datum nach war das kurz bevor unsere Armee beim Versuch, den Fluss nach Kallio zu überqueren, die schlimme Niederlage erlitt.

Ein Papier, das für niemanden von Interesse ist außer einem Quartiermeister«, fuhr er fort. »Ich jedoch fand es faszinierend, da es die Namen der drei Gehilfen von Mikael Yanthlus von den Geistern enthält. Der erste ist unbekannt, ebenso wie der zweite, der dritte jedoch hat einen interessanten Familiennamen: Amboina. Vorname: Jalon. Der einzige Sohn von Landgraf Molise Amboina, Prinz Reuferns ganz speziellem Freund.«

»Mich laust der Affe«, stellte ich fest.

»Das dürft Ihr laut sagen«, meinte Kutulu. »Zumal Landgraf Amboina den Beruf des einsiedlerischen Jalon mit keinem Wort erwähnt. Ich hielt das für so interessant, dass ich Eurem Freund, dem Philosophen Arimondi Hami, ein paar Fragen zu stellen beschloss. Und das in Gegenwart von Ygerne, der – wie Ihr zugeben werdet – über eine gewisse Präsenz verfügt.«

Ich musste daran denken, was er Folterknecht Schlitznas angetan hatte.

»Ich ließ Hami wissen, dass mir – im Gegensatz zu anderen Nu-mantiern – an seinem Wohlergehen nichts läge und ich alles über die Familie Amboina zu wissen wünsche. Über sie und ihre Bezie-hung zu Chardin Sher und Mikael Yanthlus. Ich sagte ihm, dass es durch und durch töricht wäre, den Unwissenden oder den großen Helden zu spielen. Jeder redet mit der Zeit, vor allem, wenn der Fragende weiß, welche Fragen er zu stellen hat. Er war gescheit ge-nug, mir zu sagen, was ich hören wollte. Kurz gesagt, die Familie Amboina hat Chardin Sher gedient, seinem Vater und dessen Großvater, und das brav. Entweder direkt als Magier, wenn ein Fa-milienmitglied das Talent hatte, oder als Mittler zu anderen Zau-berern, wenn diese sich zur Erreichung ihrer Ziele finsterer Kräfte bedienten. Auch die Töchter der Familie haben Zauberer gehei-ratet, wann immer es ging und wenn sie etwas Talent hatten. An-sonsten war es durchaus akzeptabel, wenn eine Amboina die Kon-kubine eines Zauberers wurde. Zwei dieser Mädchen, Amboinas Töchter aus erster Ehe, haben Mikael Yanthlus begleitet, als er in die Zitadelle floh, in der er vernichtet wurde, und fanden dort of-fensichtlich den Tod.

Hami sagte außerdem, Jalon verfüge über ein großes Talent und wäre womöglich Chardin Shers Chefmagier geworden, hätte der abtrünnige Maisirer Yanthlus das Amt einmal niedergelegt. Ich fragte, ob Landgraf Amboina selbst über Kräfte verfüge, was Hami verneinte, aber er habe, seit er ihn kenne, immer Interesse an der Kunst gezeigt.

Ich frage mich, ob das ein weiterer Grund dafür ist, dass man den Verräter Hami nicht aufgehängt hat. Es wäre sehr gut möglich, dass Amboina sich beim Prinzen für ihn verwendet hat.«

Ich schämte mich im Nachhinein, Hami bei meiner Befragung mit Glacéhandschuhen angefasst zu haben, wenn auch nicht zu sehr, dafür war Kutulu schließlich der Büttel und ich der Soldat.

»Sobald ich von der Beschwörung der Seherin erfuhr, habe ich die Richtung hier auf der Karte markiert.«

Er nahm einen langen Zeigestab zur Hand, fuhr damit den roten

Zwirnsfaden entlang und hielt etwa achtzig Werst vor Polycittara inne.

»Genau hier liegt die Residenz der Amboinas, ihr großer Herrensitz, Lanvirn, wo Jalon Amboina angeblich wohnt. Ihr seht, dass er genau auf der Linie liegt, die ich übrigens von einem Eurer Offiziere mit dem Kompass prüfen ließ, bevor wir Seher Edwys Leiche fortgeschafft haben.

Noch etwas ist interessant. Seht Euch die Karte an. Die roten Nadeln hier markieren gegen den Imperator gerichtete Zwischenfälle. Fällt Euch auf, dass nicht eine dieser Nadeln auch nur in der Nähe von Lanvirn steckt? Die Amboinas waren so raffiniert, dafür zu sorgen, dass ihre eigenen Ländereien und Leute über jeden Verdacht erhaben sind. Aber sind erst einmal die Problemgegenden gekennzeichnet, so könnt Ihr erkennen, dass das Fehlen jeglicher Aktivität sofort ins Auge springt.«

Ich sah Kutulu voll Bewunderung an – er war in der Tat ein würdiger Chef der Spionage des Imperators und seiner Polizei.

»Ich denke, wir sollten auf der Stelle losreiten«, fuhr Kutulu fort, »und zwar mit einer kleinen Abteilung. Vielleicht zwei Dutzend Eurer Roten Lanciers, und ich nehme sechs oder sieben meiner Leute mit, die mit Gewalt nicht ganz unvertraut sind. Dazu ich. Die Seherin. Das Überraschungsmoment kann den Einsatz großer Kräfte unnötig machen, die ja immer schon auf große Entfernung zu sehen sind.«

»Gut. Wir sind auf der Stelle bereit«, sagte ich, ganz erpicht darauf, dass etwas geschah. »Aber was ist mit Jalon Amboinas Vater, dem Landgrafen? Ich muss davon ausgehen, dass er mit seinem Sohn in Verbindung treten kann, wir müssen also dafür sorgen, dass er nicht erfährt, was passieren soll.«

»Ich habe dem Prinzen bereits von unseren Entdeckungen berichtet, so wie meine Order es vorschreibt«, sagte Kutulu. »Ich habe ihn gebeten, den Landgrafen verhaften zu lassen. Der Prinz sagte ganz entsetzt, so etwas könne er nicht tun ohne Beweise für die Verwicklung des Landgrafen in diesen Verrat. Ich versuchte ihn zu überreden, aber …« Kutulu schüttelte den Kopf. »Stattdessen haben wir schließlich einen wichtigen Botengang erfunden. Amboina ist vor zwei Stunden aus der Burg geritten, mit einer Eskorte aus Soldaten des Prinzen. Der befehlshabende Offizier hat Order, den Landgrafen für wenigstens zwei Tage von der Stadt fern zu halten, egal was dazu nötig ist. Mir gefällt das nicht, aber weiter wollte Prinz Reufern nicht gehen.«

Kutulu schien an alles gedacht zu haben. Dann fiel mir eine Frage ein.

»Was ist mit Arimondi Hami? Könnte es irgendwie von Vorteil sein, ihn mitzunehmen? Vielleicht könnte er uns auf dem Ritt noch das eine oder andere über Amboina sagen.«

»Unglücklicherweise«, sagte Kutulu, »ist er während unserer Unterhaltung verstorben.« Als er meinen Gesichtsausdruck sah, hob er die Hand. »Nein, nicht unter der Folter. Weder Ygerne noch ich haben ihn angefasst. Er scheint vor Entsetzen gestorben zu sein. Sein Herz hat plötzlich versagt. Ich habe bereits die stille Beseitigung seiner sterblichen Überreste arrangiert, mit einem Priester, dem ich vertrauen kann.«

Ich sah Kutulu hart an. Der Miene der Schlange, die Niemals Schläft, war ausdruckslos, ruhig. Bis auf den heutigen Tag weiß ich nicht, ob der Büttel mir die Wahrheit gesagt hat.

»Das verspricht ja interessant zu werden«, bemerkte Sinait und kratzte sich mit dem Zeigefinger das Kinn. »Einen Zauberer lebend zu fangen, während man versucht, selbst am Leben zu bleiben. Wirklich, sehr interessant. Also, gehen wir einmal davon aus, er ist ein besserer Zauberer als ich oder dass er jedenfalls das Terrain besser kennt, sowohl das reale als auch das spirituelle – was wohl die realistischste Basis ist, denn bis zum heutigen Tag habe ich noch nicht einmal einen rachsüchtigen Geist gegen jemanden geschickt, der einen Zauber gegen mich gewirkt hat.

Kutulu liegt ganz richtig: Wir müssen so schnell wie möglich an ihn herankommen und dann die Überraschung als Hauptwaffe einsetzen. Ihr dürft keinem der Soldaten sagen, um was es bei der Mission geht. Nicht dass ich glaube, dass Amboina oder sonst ein Zauberer Gedanken lesen kann, aber wenn alle diese Männer an ihn denken und planen ihm zu schaden, dann könnte das zu … Schwingungen trifft es wohl nicht ganz … führen, die er spüren und auf die er reagieren kann.«

»So wie Rotwild die Gegenwart eines Jägers spürt, wenn der Jäger es zu sehr anstarrt?«, fragte ich.

»Ein gutes Beispiel. Also, wie gesagt, wir müssen uns dem Zauberer so schnell wie möglich nähern. Ich denke, wir sollten ihm jede Bewegungsfreiheit nehmen. Ihn an Armen und Beinen fesseln. Ihn knebeln, damit er keine Formel sprechen kann. Ihm die Augen verbinden, damit er nicht feststellen kann, wo er ist, und ihn dann aus seiner gewohnten Umgebung wegschaffen.

Vielleicht kann ich den einen oder anderen Zauber spüren und ihm zuvorkommen. Es ist vielleicht das Beste, ihn sofort bewusstlos zu schlagen und erst wieder aufzuwecken, nachdem unser Rückzug erfolgreich war.«

Ich grinste gequält. »Da haben wir uns einiges vorgenommen, Seherin. In eine gut bewachte Burg einzubrechen, ohne dass es jemand merkt, am wenigsten Amboina, ihm eins über den Scheitel zu ziehen und auf Zehenspitzen wieder hinauszuschleichen, ohne dass einer Zeter und Mordio schreit.«

»Es ist eine Aufgabe«, pflichtete Sinait mir bei. »Aber eine, die Schurken ständig gelingt. Und da wir weitaus gescheiter sind als Kriminelle, sollte es eigentlich einfach sein.«

Es war das Einzige, was es an jenem Tag zum Lachen gab.

»Und natürlich führst du das Kommando selbst«, stellte Marán fest.

»Natürlich.«

Sie schüttelte den Kopf und versuchte zu lächeln. »Als du mich gefragt hast, ob ich dich auf diesen Posten begleiten möchte, habe ich mich so sehr gefreut, weil wir einfach nie genug Zeit miteinander

91

verbracht haben. Aber vielleicht habe ich mich geirrt. Zuvor, wann immer wir so weit voneinander entfernt waren, habe ich mir immer vorgestellt, was dir alles passieren kann, und ich hatte ständig Angst.

Jetzt muss ich feststellen, dass die Wirklichkeit noch viel beängstigender ist. Ich mache mir Sorgen, mein Damastes, Liebster, dass du einfach ein zu friedfertiger Mensch bist.«

Ich zog eine Braue hoch. »Das hört sich etwas merkwürdig an. Nur wenige würden einen Mann, der sich für das Kriegshandwerk entscheidet, als friedfertig bezeichnen.«

»Aber das bist du. Wenn du nicht wärst, wer du bist, dann hättest du beide Regimenter ausrücken und sie mit aller Härte über diesen Herrensitz, dieses Lanvirn, herfallen lassen, und keine Gefangenen gemacht, weder Bauern noch Herren.«

»Der Imperator hat befohlen, Amboina lebend zu fassen.«

»Der Imperator«, sagte sie, »ist, obwohl ich ihn fast wie einen Gott verehre, nicht derjenige, der sich in die Gemächer eines Zauberers zu schleichen hat. Manchmal ist es eine Tugend, einer mit blutigen Händen zu sein, wie es mein Vater genannt hat.«

»Manchmal schon«, stimmte ich ihr zu. »Aber nicht hier. Nicht zu diesem Zeitpunkt. Ich glaube wirklich, dass in Kallio unter anderem deshalb ein derartiges Chaos herrscht, weil meine Vorgänger und ihre Vorgesetzten zu schnell mit Schwert und Strick bei der Hand waren.«

Marán stand auf und trat ans Fenster. »Wir hatten diese Diskussion schon einmal«, sagte sie. »Ich habe kein Interesse daran, sie zu wiederholen. Nicht wo du vorhast, mich noch in dieser Stunde zu verlassen.

Komm, Damastes. Wir wollen uns lieben. Gib mir mit deinem Samen etwas von deinem Mut. Und gib mir etwas, worüber ich mich freuen und wodurch ich an dich denken kann, während du weg bist.«

Sie trug einen schlichten Kittel, den sie sich flink über den Kopf zog, dann stieg sie aus dem Unterhemd, ging zum nächsten Sofa und legte sich hin.

»Lass deine Uniform an«, sagte sie. »Ich möchte dich mich als Soldat lieben sehen, damit ich nie vergesse, was du bist. Komm zu mir, Damastes. Ich brauche dich!«

Einige Minuten später verließ ich unsere Gemächer. Draußen standen ein unerschütterlicher Karjan und ein aufgebrachter Bote in der Livree des Prinzen.

»Dieser Schwätzer hier sagt, der Prinz möchte Euch sehen«, sagte Karjan. »Ich habe ihm gesagt, ich habe Anweisung, Euch nicht zu stören. Er wollte trotzdem rein. Ich musste ihm zwar keine Ohrfeige verpassen, aber ich war kurz davor.«

»Wie könnt Ihr es wagen«, zischte der Mann meinen Lanzer an. »Ich spreche im Namen des Prinzen.«

»Ihr!«, bellte ich ihn an. »Ihr habt eine Nachricht für mich?«

»Ja. Ja, natürlich. So wie der Idiot gesagt hat.«

»Dann hört auf zu jammern und bringt mich zu Prinz Reufern.«

»Aber wollt Ihr denn nicht etwas unternehmen wegen dieses … diesem …« Der Bote wusste meine Miene zu lesen, klappte den Mund zu und eilte los; seine Beine hatten ganz schön zu trippeln, damit ich ihn mit meinen langen Schritten nicht überholte.

»Ich habe Eurem Domina gesagt, dass ich Euch bei diesem Kommando zu begleiten wünsche«, sagte der Prinz. »Er tat recht erstaunt und sagte mir, damit müsste ich zu Euch.« Er schürzte die Lippen. »Manchmal komme ich mir weniger wie ein Herrscher als wie ein Gefangener vor in dieser verdammten Burg! Verdammt, aber ich habe meinem Bruder versprochen, meine Arbeit so gut wie nur möglich zu machen, und das versuche ich auch! Ich habe nicht die Absicht, nur ein Pfau auf einem Thron zu sein!«

Er funkelte mich an und ich erwiderte seinen Blick. Ich war überrascht, als er sich nicht abwandte. Stattdessen stieß er das Kinn vor und ich erhaschte einen Blick auf die angeborene Kraft, über die sein Bruder in solchem Übermaß verfügte.

»Ich entschuldige mich, Eure Majestät«, sagte ich, und es war mir ernst. »Wir waren so sehr mit der Angelegenheit beschäftigt, dass wir Eure Gefühle gar nicht in Betracht gezogen haben. Es wird nicht mehr vorkommen.«

»Das ist es nicht, was mir zu schaffen macht«, erwiderte Reufern. »Vergesst das. Ich bin immer stolz darauf gewesen, Verwalter und Kämmerer zu ernennen, die mir die Geschäfte selbständig führen. Was ich sagen wollte, ist, dass ich Euch zu begleiten beabsichtige. Keine Sorge, ich bin kein General, werde mich also auch nicht einmischen. Aber die Leute hier in Kallio werden mich nicht respektieren, wenn ich hier herumsitze, von einem Haufen Haus- und Hoftrottel und Huren umgeben, und die eigentlichen Regierungsgeschäfte anderen überlasse.«

»Tut mir Leid, Euer Hoheit –«

»Schluss damit!«, bellte Reufern. »Tribun, ich habe Euch meine Absicht mitgeteilt und ich bleibe dabei. Das ist ein Befehl. Gehorcht, oder ich lasse die Wache rufen und stelle Euch unter Arrest!«

Bei Umars vertrocknetem Gemächt, er hatte Feuer, der Mann!

»Ich kann dem Befehl nicht gehorchen, Euer Majestät«, sagte ich. »Verhaftet mich, wenn Ihr wollt, aber ich hätte gern Gelegenheit, mich zu erklären.«

»Eure Erklärungen interessieren mich nicht! Verdammt, mein Bruder hat mir erzählt, Ihr hättet versucht, ihn davon abzuhalten, Euch zu begleiten – damals in der armseligen kleinen Grenzstadt, in der Ihr beide beinahe gefallen wärt! Aber er hat darauf bestanden und ging mit. Ich mache es genauso.«

Ich schwieg mich aus.

»Nun?«, sagte er.

»Ich habe darum gebeten, mich erklären zu dürfen. Wenn das nicht geht, so tut, was Ihr nicht lassen könnt.«

Die Farbe wich aus Reuferns Gesicht und er schlug zweimal die Knöchel auf den Tisch, auf den er sich stützte. »Na schön«, sagte er schließlich. »Ich höre zu.«

»Ich danke Euch, Sir. Euer Bruder hat damals in Sayana in der Tat darauf bestanden, mich zu begleiten, und er hatte Recht. Wir hatten es mit Magie zu tun – und er war Zauberer. Das ist etwas anderes.«

»Ich bin ja vielleicht kein Seher«, räumte Reufern ein, »aber ich weiß mit dem Schwert umzugehen, Tribun, und ich reite so gut wie irgendeiner Eurer Lanciers. Versteht Ihr nicht«, seine Stimme bekam etwas Flehentliches, »ich *muss* einfach das Gefühl haben, etwas tun zu können, um Irisus willen! Ihr versteht nicht, wie das ist. Laish war … ist mein jüngerer Bruder und ich habe mich immer um ihn gekümmert.

Jetzt ist es genau umgekehrt. Jetzt ist er derjenige mit der Macht, und manchmal habe ich einfach das Gefühl, nichts weiter als ein Mitläufer zu sein, den man sich mehr aus Mitleid als seiner guten Dienste wegen hält. Manchmal«, sagte er, und seine Stimme war kaum mehr als ein Flüstern, »manchmal frage ich mich, ob es mir früher nicht besser gefallen hat.« Fast hätte mich das Mitleid übermannt, aber ich versteifte mich in meiner Entschlossenheit. »Sir, wir sind wieder hinter einem Zauberer her, einem sehr mächtigen obendrein, jemandem, der alles erfährt, was in Polycittara vor sich geht. Ich möchte Euch eine Frage stellen, Sir, und Ihr beantwortet sie mir nach bestem Wissen und Gewissen, und wenn Ihr es dann immer noch für klug haltet, dann reiten wir noch in dieser Stunde zusammen los.

Glaubt Ihr nicht, dieser Jalon Amboina würde es erfahren, und zwar so gut wie augenblicklich, wenn Prinz Reufern, Herrscher von Kallio, seinen Palast aus welchem Grunde auch immer verlässt? Vor allem ohne Ankündigung und in der Gesellschaft eines Haufens Bewaffneter? Meint Ihr nicht, das würde ihn zumindest aufhorchen lassen? Womöglich stellt er uns gar eine Falle.«

Es kam zu einem langen Schweigen. Der Prinz seufzte und ließ die Schultern hängen. Eine Welle der Erleichterung schwappte über mich hinweg – ich hatte damit gerechnet, dass er noch über den Scharfsinn verfügte, der ihn zum erfolgreichen Kaufmann gemacht hatte.

95

»Ihr habt Recht, Damastes«, räumte er widerstrebend ein. »Aber ich verspüre keine Wärme für Euch, wenn ich das sage. Ich bleibe, ganz wie Ihr es wollt. Aber erwartet nicht von mir, dass ich das Ganze lächelnd und mit einem Achselzucken abtue – als momentane Laune eines Prinzen, die leicht beiseite zu werfen ist. Ich meinte jedes Wort ernst.

Ihr könnt gehen, Tribun. Ich wünsche eine erfolgreiche Jagd.« Ohne auf eine Antwort zu warten, ging er hinaus, und mit einem lauten Krachen fiel die Tür hinter ihm zu.

Ich wartete einige Augenblicke, dann nahm ich dieselbe Tür. Er hatte mich nachdenklich gemacht. Prinz Reufern war mehr Mann, als ich gedacht hatte, und ich nahm mir vor, mit meinen Urteilen künftig nicht mehr so vorschnell zu sein. Vielleicht war es gar nicht so falsch gewesen, dass der Imperator ihn zum Prinzregenten gemacht hatte.

In der Mitte des Nachmittags rückten wir in Gruppen zu dreien und vieren aus. Erst die Zivilisten, dann die Soldaten, alle in dunkler Kleidung, die Waffen versteckt. Es war ein kalter, windiger Tag, perfekt für unser Vorhaben. Wir trafen uns auf dem vereinbarten Hügel fünf Werst vor der Stadt. Als es dämmerte und nicht mehr so viele Reisende unterwegs waren, nahmen wir unter dem Klappern der Hufe die Straße nach Lanvirn.

Fünf von uns lagen der Länge nach auf einer schlammigen Hügelkuppe und starrten hinab auf Lanvirn: Capitain Lasta, Sinait, Kutulu, Karjan und ich. Der Rest meines Kommandos hielt sich in einer baufälligen Scheune hinter uns versteckt. Es war kurz vor Morgengrauen. Wir waren die ganze Nacht geritten und hatten nur einmal angehalten, um etwas von den eisernen Rationen in unseren Satteltaschen zu essen, zu denen es eine kleine Flasche Wein gab. Seherin Sinait hatte unsere Mahlzeit verbessert, indem sie die Flaschen mit einem Hitzezauber besprach, damit wir uns wenigstens etwas aufwärmen konnten, bevor es weiterging.

Lanvirn hatte sich, wie Polycittara, über seine Mauern hinweg ausgebreitet. Die Festung selbst war ein Rechteck mit viereckigen Türmen an den Ecken der fünfundsiebzig Fuß hohen Innenmauern und je einem zu beiden Seiten des Haupttores. Man hatte einen kleinen Fluss umgeleitet, um den Graben zu füllen, der drei Mauern umgab, während sich auf der vierten Seite ein Sumpf bis an den Horizont erstreckte. Die Amboinas hatten über ihre Tore hinausgebaut, als ihre Höfe für Ackerbau und Viehzucht gediehen, so dass rund um die Hauptbauten gegenüber einer festen Brücke mit drei Bögen, die über den Graben führte, ein Labyrinth von Häusern entstanden war. Auf den schlammigen Feldern arbeiteten hier und da Bauern und auf den schmalen Feldwegen ächzten Fuhrwerke dahin. Wenn das alles nicht ein einziges großes Täuschungsmanöver war, dann wusste Amboina nicht, dass wir kamen.

Der Reihe nach sahen wir uns an, was da unten vor uns lag. Die Rückseite der Burg bildete einen einzigen großen Wehrturm, über dem eine Flagge wehte, was hieß, dass ein Amboina zu Hause war.

Sinait schlug zögernd vor, sie könnte versuchen, einen kleinen Suchzauber auszuschicken, würde es aber lieber unterlassen, um Jalon nicht zu warnen. Ich war ganz ihrer Meinung – wir würden ihn selbst aufspüren, durch rohe Gewalt.

Zuerst mussten wir in die Festung hinein. Es wäre einem oder zweien von uns möglich gewesen, die Außenwand hochzuklettern, jedenfalls hatten wir Enterhaken und Seile dabei, aber wir waren schließlich hinter mehr her als dem Familienschmuck. Ich hatte eine Idee. Ich machte Capitain Lasta Zeichen, zu mir herüberzukriechen, und wies auf die Stelle, wo ich Lanvirn für angreifbar hielt.

»Riskant«, flüsterte er. »Sehr riskant. Ich nehme an, wir würden warten, bis uns jemand aufmacht?«

»Genau.«

»Mmm. Vier, nein sechs Mann«, überlegte er. »Und der Rest von uns … ja, wo, in einer der Scheunen da hinten? In der, die dem Graben am nächsten ist?«

»Nein«, sagte ich. »Die da drüben. Besser, wir kommen dem Graben nicht zu nahe.«

»Wirklich riskant«, wiederholte er. »Aber was Besseres habe ich auch nicht.«

Wir sahen einander an, zuckten die Achseln, und der Plan stand.

Ein schmaler Mond war aufgegangen, der jedoch von treibenden Wolken verdeckt wurde, als einige von uns aus dem Kuhstall auf den Graben zuschlichen. Wir waren unser sieben: Svalbard, der Fesseln, Knebel und Augenbinden für den Zauberer trug, ein nicht weniger großer Kerl namens Elfric, der zu Kutulus Leuten gehörte, zwei Bogner, beide von den Roten Lanciers (Manych sowie mein alter Kamerad und der möglicherweise beste Bogenschütze, den ich je gekannt habe, Feldwebel Curti), Kutulu, ich und mein Schatten Karjan.

Alle außer den Bognern trugen wir Schwerter, nur hatten wir uns die Scheiden über den Rücken geschnallt. Wir würden sie brauchen, nachdem wir uns Zugang zu Lanvirn verschafft hatten, nicht vorher. Hoffte ich jedenfalls. Unsere Hauptwaffen waren lange Dolche und Sandsäckchen, mit denen still und leise unschädlich zu machen war, wer immer uns über den Weg lief. Karjan und ich hatten noch vierzöllige Bleibarren dabei, die sich entweder in der Faust halten ließen, um den Schlag wirksamer zu machen, oder die man werfen konnte – so hatte ich den Landgrafen Elias Melebranche umgebracht. Die Sehnen der Bogenschützen waren mit Quasten gedämpft.

Es war niemand unterwegs, ebenso wenig hatte man außerhalb des verriegelten Burgtores Posten aufgestellt, dafür kam von den Türmen zu beiden Seiten der Brücke Licht; die Wache hatte es sich also gemütlich gemacht, anstatt auf und ab zu gehen.

Wir bewegten uns langsam, geduckt, ein Häufchen dunkler Buckel in der Nacht, bis wir den Graben erreichten. Da er vom Fluss gespeist wurde, war es kein fauliger Sumpf wie die meisten Burggräben, aber er war tödlich kalt. Ich ging als Erster hinein und hatte gerade ein halbes Dutzend Schritte getan, als der Boden unter mir verschwand und ich zu schwimmen begann. Die Strömung versuchte mich unter die Brücke zu ziehen, aber ich trat hart dagegen an und schaffte es bis zum ersten Pfeiler, gegen den mich die Strömung drückte. Sechs Köpfe trieben auf mich zu, dann krallten wir uns alle an den groben Stein.

Wir schwammen von Pfeiler zu Pfeiler, bis wir an der feuchten Mauer der Festung waren. Drei schlüpften unter dem Bogen hindurch auf die andere Seite der Brücke, die anderen drei blieben bei mir. Direkt unter der Wasseroberfläche befand sich ein schmales Sims, das ich zuvor nicht hatte sehen können, und so setzten wir uns.

Ich nahm stählerne Zeltheringe aus dem Beutel an meinem Gürtel und klopfte sie mit einem Bleibarren als Hammer in die rissige Wand. Svalbard hievte mich hoch, und ich schlug weitere Heringe ein, bis wir eine primitive Treppe bis knapp unter die Brustwehr hatten. Ich hörte das eine oder andere Klappern und das Schlurfen von Stiefeln auf Stein, und so wusste ich, dass Kutulu und seine beiden Kameraden es genauso gemacht hatten.

Dann warteten wir. Ich verbrachte die Zeit damit, mir halb taub zu überlegen, wo mir wohl kälter war: am durchnässten Oberkörper, der dem eisigen Wind ausgesetzt war, oder an der Hälfte, die sich noch unter Wasser befand. Ich schätze, wir saßen wohl eine Stunde so da, vielleicht auch zwei, aber es hätten auch mehrere Leben sein können.

Über das leise Säuseln des Flusses hinweg klang das Geklapper von Hufen herüber. Die Steine der Brücke erklangen unter dem Eisen, als der Pulk auf das Torhaus zukam. Es waren wenigstens ein halbes Dutzend, zu viele, als dass wir sie hätten überwältigen können. Jemand rief und antwortete dann auf ein »Wer da?«. Zaumzeug knarrte, Männer murmelten, dann öffnete sich krachend das große Tor, und die Männer ritten in Lanvirn ein. Das Tor schloss sich wieder, dann war außer dem Plätschern des Wassers nichts mehr zu hören.

Wieder verging einige Zeit, dann hörten wir weitere Reiter kommen, aber diesmal schienen es nur zwei, höchstens drei zu sein. Ich stieg an den Heringen hoch. Karjan folgte mir, dann Svalbard. Wieder kam der Anruf und die Antwort darauf. Diese war noch nicht in der Nacht verklungen, da rollte ich mich schon über die Brustwehr, den Dolch in der Hand.

Es waren drei. Zwei waren abgesessen, einer saß noch auf dem Pferd. Sie hatten mir den Rücken zugewandt, hörten aber meine Stiefel. Einer drehte sich um, sperrte überrascht den Mund auf, dann fuhr ihm auch schon das Heft meines Dolches in die Brust, so dass ihm die Klinge noch eine Handbreit aus dem Rücken ragte. Der Zweite hatte den Mund schon geöffnet, als ihn ein Sandsack erwischte, und schon lag er auf dem Boden. Das Pferd des Mannes, der nicht abgesessen war, bäumte sich auf, jemand packte den Reiter am Bein, zog ihn aus dem Sattel, und als er zu Boden ging, warf Elfric sich auf ihn. Im Zwielicht sah ich seinen Dolch hochkommen, zweimal, dreimal, dann öffnete sich auch schon das Tor. Svalbard ergriff mit beiden Händen das Tor und zog hart daran, so dass der verdutzte Posten dahinter sich auf die Brücke gerissen sah. Karjan brachte ihn mit einem Sandsack zu Fall, dann waren wir in Lanvirn.

Die Roten Lanciers kamen aus der Dunkelheit über die Brücke, die Seherin Sinait in ihrer Mitte, dann standen sie mit uns im Hof. Es führte eine Wendeltreppe auf einen der Türme hinauf, und man hörte das Gepolter von Stiefeln, als ein zweiter Posten nach unten kam. Curti hatte bereits einen Pfeil an der Sehne, und als der Mann ins Freie trat, sang sein Bogen auf, ein Kriegspfeil fuhr dem Mann durch den Hals und klapperte hinter ihm an die Wand.

Svalbard und Elfric liefen die Treppe hinauf. Sie blieben etliche Minuten verschwunden, dann waren sie wieder da. Svalbard schüttelte den Kopf und hob flach beide Hände – es waren keine weiteren Posten da.

Ich wunderte mich über Amboinas Arroganz. Er vertraute derart auf sein Handwerk, dass er sich für unsichtbar hielt, als würde, nein, als könnte ihn keiner aufspüren.

»Kutulu?«, fragte ich. »Solltet Ihr nicht jetzt das Kommando übernehmen?«

»Nein«, flüsterte der Chefspion. »Ich will ihn nach Militärrecht verhaftet sehen. Dann hat er weniger Möglichkeiten, sich zu wehren.«

Fast bewunderte ich diesen Mann, der unter den gegebenen Umständen auf solche juristischen Feinheiten kam.

»Seherin«, sagte ich, »könnt Ihr irgendwelche Fallen entdecken?«

»Nein«, antwortete sie, aber sie hörte sich besorgt an. »Entweder ist dieser Amboina ein noch größerer Zauberer, als ich gedacht habe, so dass er einen nicht zu entdeckenden Zauber zu wirken vermag, oder er ist unglaublich selbstgefällig.«

»Dann wollen wir mal sehen«, meinte ich und winkte meine Männer nach vorn. Wir liefen wie große, flinke Ratten die Mauer entlang auf das zweiflügelige Tor zu, das den Eingang zum Wehrturm bildete. Beide Flügel waren schwer und hatten eiserne Beschläge; sie hätten womöglich einem Widder von beträchtlicher Größe standgehalten. Aber sie waren unverschlossen und unbewacht; also zogen wir die Schwerter und stürzten hinein. Der große Saal hätte die Ernte für mehrere Hundert Leute gefasst, aber es war nur ein Dutzend Männer und Frauen darin, die über den Resten eines späten Abendmahls saßen. Auf jeden von ihnen kam ein Diener.

Am Kopf der Tafel saß jemand, den ich auf der Stelle erkannte, obwohl ich ihn nie zuvor gesehen hatte. Jalon Amboina war das Ebenbild seines Vaters. Sein Gesicht war das eines brütenden Träumers, eines Poeten.

Neben ihm saß ein junges Mädchen, in dem ich seine Schwester vermutete und die, so hatte Hami Kutulu gesagt, Cymea hieß; sie war höchstens vierzehn. Beide waren prächtig gekleidet, was auch für ihre Gäste galt.

»Jalon Amboina«, rief ich. »Ich habe einen Haftbefehl des Imperators für Euch!«

Eines der Dienstmädchen kreischte auf und warf eine Terrine nach Karjan, der ihr dafür eine Ohrfeige verpasste, die sie ins Taumeln brachte. Ich zog mein Schwert und lief um den Tisch. Der

Mann am Fußende des Tisches fuhr auf, und ich schlug ihm den Bleibarren gegen die Schläfe, worauf er über den Schoß seiner Tischnachbarin fiel.

Kutulu war neben mir, als ein anderer der Männer mir seinen Stuhl in den Weg stieß und mit einem Tafelmesser vor mir herumzufuchteln begann. Kutulus beschwerter Handschuh knallte ihm ins Gesicht; er fiel über seinen Teller und rührte sich nicht mehr.

Der grauhaarige Mann neben Amboinas Schwester kam hoch und zog dabei ein schmales Schwert aus der Scheide. Ich stürzte mich auf ihn, er parierte meinen Hieb und schlug zu. Ich schlug sein Schwert beiseite, trat ihm dann unfairerweise in den Bauch und spießte ihn auf.

Er hatte jedoch Jalon Amboina einige Sekunden verschafft und mehr brauchte der Zauberer nicht. Uns trennten noch zehn Schritte, und in diesem Raum wuchs ein Schatten und dann die Gestalt des monströsen Kriegers, mit dem ich in Polycittara gekämpft hatte. Diesmal hatte er ein Schwert in jeder Hand und seine Feueraugen funkelten.

Er schlug auf mich ein, ich blockierte seinen Hieb, aber durch den Aufprall flog mir das Schwert aus der Hand. Ich ließ mich auf die Steinplatten des Bodens fallen und das Schwert der Kreatur fuhr über meinem Kopf ins Leere. Fieberhaft griff ich nach meiner Klinge, bekam sie zu fassen und kam mit einer Rolle rückwärts wieder auf die Beine.

Jalon Amboina bewegte sich im Rücken seiner Schöpfung auf eine Treppe im hinteren Teil des Saals zu. Ich hörte ihn seine Formeln murmeln und sein Ungeheuer attackierte mich einmal mehr.

Aus dem Nichts spross plötzlich ein Pfeil aus Amboinas Auge und sein Kopf flog unter der Wucht des Aufpralls zurück. Er begann zu schwanken und fiel. Der Dämon heulte in seiner Höllenpein auf, aus seiner Augenhöhle ragte ein ähnlicher Pfeil.

Cymea Amboina warf sich schreiend auf den Körper ihres Bruders, während Amboinas unnatürlicher Verteidiger verschwand, als hätte er nie existiert.

»Keiner rührt sich«, rief Kutulu. »Auf Befehl des Imperators Laish Tenedos seid Ihr alle verhaftet! Man wirft Euch Mord und Hochverrat vor!«

Es wurde gekreischt und geschrien; einer der Männer griff nach dem Schwert, wurde aber von Elfric niedergeschlagen.

Ich achtete weder auf sie noch auf die Dienstboten, die in den Saal geströmt kamen, um dann, entsetzt über den Tod ihres Herren, unentschlossen herumzustehen.

Alles, was ich sehen konnte, war der dahingestreckte Körper Jalon Amboinas, dessen Blut die Röcke seiner Schwester durchnässte, die die Leiche unter wortlosem Heulen in den Armen hielt.

5 Rache

Jalon Amboinas Leiche hüpfte, auf einen an Blut gewöhnten Wallach geschnürt, direkt hinter mir auf und ab. Sein Gesicht mit der klaffenden Wunde dort, wo einst ein Auge gewesen war, war ebenso zu sehen wie die Fesseln an seinen Händen und Füßen. Außerdem hatte man ihm einen primitiven Knebel in den Mund gestopft, gerade so, als lebe er noch; Legat Balkh war abgestellt, ein Auge auf die Leiche zu haben.

Das alles war auf Anweisung von Seherin Sinait geschehen. Sie hatte, nachdem wir Lanvirn genommen hatten, einen kleinen Zauber zu wirken versucht und bekannt gegeben, Amboinas Zauber sei noch in Kraft – ihre eigene Magie habe keinerlei Wirkung und sie spüre, wie vor ihr der Imperator, noch immer eine finstere Macht über dem Land.

»Also das will mir nicht einleuchten«, meinte sie. »Er ist tot, also sollte auch sein Zauber seine Wirkung verloren haben. Es sei denn, er war ein noch viel größerer Zauberer, als ich gedacht habe, mit legendären Kräften. Wenn dem so ist, dann will ich sehen, ob seine Leiche nicht doch plötzlich wieder Lebenszeichen zu zeigen beginnt.«

Wir hatten sieben Gefangene – die Überlebenden des Abendmahles, darunter Jalons Schwester. Sie war vierzehn und würde als Erwachsene zu einer hinreißenden Schönheit werden. Ich hielt es freilich für höchst unwahrscheinlich, dass sie einen weiteren Geburtstag erleben würde, und auch den anderen an ihrem Tisch schien kein langes Leben bestimmt. Vielleicht waren sie nur Freunde, die die Aussaat im Frühjahr planten. Ich bezweifelte jedoch, dass die kaiserliche Gerechtigkeit, wie sie Prinz Reufern unter Aufsicht seines Bruders, des Imperators, vertrat, auch nur irgendeinem gegenüber einen Hauch von Barmherzigkeit walten lassen würde; ich weigerte mich daran zu denken, was wohl Cymea unter den Händen von Ygerne und Kutulus anderen Folterknechten zustoßen würde.

Amboinas Dienstboten hatte ich laufen lassen, selbst die, die sich gewehrt hatten. Kutulu hatte Einwände erhoben, aber ich hatte ihm ganz entschieden gesagt, es müsste doch ein jämmerlicher Diener sein, der seinen Herrn nicht verteidigen würde, auch wenn der ein Verräter war.

Unsere Verluste waren äußerst gering: einer der Lanciers hatte einen gebrochenen Arm, zwei von Kutulus Männern hatten einen Schmiss abgekriegt.

Kutulu ritt inmitten der Gefangenen, die er sich sorgfältig ansah, um zu überlegen, wen er als Ersten verhören sollte und wer wohl als Erster zusammenbrach. Cymea sah ihn nur einmal an, ein kalter Blick aus grünen Augen, und irgendwie wusste ich, sie würde sterben, ohne ihm irgendeine Genugtuung zu geben.

Merkwürdigerweise hatte ich nicht das Gefühl, einen Sieg errungen zu haben, wie das eigentlich der Fall hätte sein sollen, aber ich schrieb meine finstere Stimmung dem grauen, regennassen Wetter rund um uns zu. Ich machte meinem Brüten ein Ende, indem ich mit Karjan einen Streit vom Zaun brach: ich sagte ihm, er sei zum Feldwebel befördert und diesmal würde er seine Streifen beim Schwerte Isas behalten oder ich würde ihn zu den Lanciers zurückschicken. Statt sich aufzuregen, brummte er nur. Vielleicht bedrückte dieser unselige Tag auch ihn.

Prinz Reufern erklärte, er würde in zwei Tagen ein öffentliches Tribunal abhalten und den Bürgern von Kallio zeigen, dass Imperator Tenedos kurzen Prozess mit Leuten machte, die ihm schaden wollten.

»Ich würde davon abraten«, bemerkte Kutulu in seinem ruhigen, emotionslosen Ton.

»Warum? Ich will diese Schweine so rasch wie möglich am Galgen sehen«, erwiderte der Prinz. Dann lächelte er langsam und unangenehm. »Tut mir Leid, Herr Geheimrat. Ich habe nicht nachgedacht. Es sind womöglich noch andere an der Verschwörung beteiligt. Ja, ich bin mir dessen sogar sicher.«

»Ich bin mir über noch gar nichts sicher, Euer Majestät, deshalb möchte ich die Gefangenen ja auch strengstens verhören.«

»Ihr habt meine uneingeschränkte Erlaubnis«, sagte Reufern. »Egal mit welchen Methoden. Selbst wenn … wenn wir einige dieser Verräter dabei verlieren, wird es keine Konsequenzen haben.«

»Es wird keiner sterben«, sagte Kutulu. »Ich lasse sie nicht.«

Mich überlief eine Gänsehaut.

»Eure Majestät«, fragte ich. »Was ist mit Landgraf Amboina? Ist er zurückgekehrt?«

»Nein. Aber wenn er wiederkommt, dann geht er geradewegs zu den anderen ins Verlies«, sagte der Prinz. »Es ärgert mich, diesem aalglatten Schurken meine Gunst geschenkt zu haben.« Er schüttelte den Kopf. »Ich dachte, ich wäre jeder Art von Schuft begegnet, als ich noch Kaufmann war. Aber einem wie Amboina, der so lügt, lügt und noch mal lügt, wie er – niemals! Ich nehme an, er wird mir einzureden versuchen, er hätte nichts vom Tun seines Sohnes gewusst oder hätte unter irgendeiner Art Zauber gestanden.

Aber ich verspreche Euch, Damastes und Geheimrat Kutulu, dass ihn dasselbe Schicksal ereilen wird wie die anderen. Ich weiß noch nicht, für welche Art der Hinrichtung ich mich entscheide. Aber es wird diese Kallier noch in zehn Generationen schaudern, wenn sie hören, wie diese Hunde gestorben sind!«

»Jetzt komme ich mir ganz und gar wie eine Eselin vor«, klagte Marán. »Ich mache mir Sorgen, verführe dich, bevor du losziehst, als würde ich dich nie wieder sehen, und du kommst hier hereinstolziert mit den Missetätern im Sack.«

»Na, wenigstens war die Verführung nicht für die Katz.«

»Du bist nichts weiter als anderthalb Klafter Lust, weißt du das?«

»So groß bin ich nun auch wieder nicht«, sagte ich und ließ meine Brauen hüpfen wie ein geiler Wüstling.

»Groß genug«, stellte sie fest. Ihre Stimmung änderte sich. »Damastes, könnten wir noch einmal versuchen, ein Kind zu bekommen?« Marán hatte unser Kind unter dem Herzen getragen, als wir heirateten, aber kurz darauf eine Fehlgeburt gehabt. Wir wollten beide Kinder und hatten Seher und Ärzte konsultiert. Der letzte – und teuerste – hatte uns gesagt, er bezweifle, dass wir je welche haben würden. Seiner Meinung nach hatte das tot geborene Kind Marán ihrer Fähigkeit, Kinder zu bekommen, beraubt.

Ich war enttäuscht, aber nicht zerstört. Da ich zum Krieger geboren war und davon ausging, im Dienst zu fallen, hatte ich immer gedacht, die Linie würde durch meine Schwestern weitergeführt. Aber für Marán war es schrecklich wichtig. Ich fragte mich, ob ihr Vater und ihre Brüder wohl auf sie einwirkten, für einen Erben zu sorgen, mied aber das Thema geflissentlich. Wie auch immer, sie glaubte dem Zauberer nicht – wie oft hatten die sich schon in anderen Dingen geirrt? – und weigerte sich aufzugeben.

»Natürlich können wir«, sagte ich. »Jetzt gleich?«

»Nein, Dummerchen. Ich meine … ach, du weißt, was ich meine. Ich bin mit der Seherin zu Rate gegangen und sie meinte, die nächsten Tage seien für eine Empfängnis womöglich ideal.«

»Hmm«, hmmte ich. »Als Nächstes bringst du sie noch mit ins Schlafgemach, damit sie vorschlägt, wie wir es treiben sollen.«

»Das«, bemerkte Marán, »habe ich mittlerweile durchaus gelernt.«

Sie ahmte mein Zucken der Brauen nach. »Warte nur, bis du heute Abend zu Bett gehst.«

Die Seherin Sinait schüttelte den Kopf. Die Quecksilberlache blieb grau und strukturlos. »Immer noch nichts«, sagte sie. »Und ich spüre richtig, wie man mich blockiert, wann immer ich etwas versuche.«

Ich hatte mit dem Schalenzauber kein Glück gehabt und mir gedacht, ich könnte mit dem Imperator Verbindung aufnehmen, wenn ein richtiger Zauberer die Formel sprach.

»Was also behindert uns?«

»Ich weiß es nicht. Wer … was … Vielleicht ist es auch nur die Konstellation der Sterne«, meinte sie.

Ich wusste, dass sie das auch nicht einen Augenblick lang glaubte.

Als die Dämmerung näher rückte, entschloss ich mich, mir das Aufziehen der Wache anzusehen. Ich hatte Domina Bikaner befohlen, die Wachen zu verdoppeln, da Molise Amboina jeden Augenblick zurückkommen sollte; ich wollte nicht, dass es zu einem Schnitzer kam. Der Offizier der Wache war Bikaners Adjutant Restenneth, und der Domina und ich standen hinter der Formation und lauschten mit einem Ohr den tröstlich-vertrauten Kommandos, als auf der Hauptburg Trompeten erklangen.

»Das dürfte Amboina sein, und wir sollten sichergehen, dass er uns nicht ausbüxen kann«, sagte Bikaner. »Capitain! Macht die Wache bereit, den Gefangenen in Empfang zu nehmen!«

»Sir!«

Ich verließ unseren eigenen Turm, ging über den großen Innenhof der Hauptburg zum offenen Tor und blickte hinaus auf die Stadt. Links und rechts von mir stand je ein Burgtrompeter, die sich eben anschickten, eine weitere Fanfare zu blasen. Aber anstatt Prinz Reuferns Eskorte mit dem Landgrafen zu sehen, erblickte ich eine Riesenmasse Soldaten in numantischer Uniform, die in sauberer Formation auf uns zumarschierten. Es müssen wenigstens tausend gewesen sein, ein Regiment oder mehr. Der Imperator musste zu dem Schluss gekommen sein, wir bräuchten Verstärkung, und eine weitere Einheit nach Kallio abkommandiert haben, obwohl ich mich fragte, wie er die Soldaten in so kurzer Zeit bewegt haben sollte.

Ich spähte durch die zunehmende Dämmerung und versuchte zu erkennen, welche Embleme auf den Standarten waren, um den Namen der Einheit zu sehen, als ich einen Schrei hörte. Es war die Seherin Sinait, die schnaufend, die Röcke geschürzt, auf mich zugerannt kam. »Nicht!«, schrie sie. »Es sind nicht die unseren! Es sind Kallier!«

Ich blinzelte und sah noch einmal hin. Sie täuschte sich – ich konnte die Uniformen der Männer ganz deutlich sehen. Ihre Offiziere marschierten, begleitet vom steten Schlag eines halben Dutzends Trommler, in Paradeuniform voran. Musik wehte herüber und ich erkannte in der Melodie eines unserer üblichen Marschlieder. Ich wollte die Seherin schon tadeln, weil sie mit der Armee so gar nicht vertraut war, aber sie packte mich am Arm.

»Reibt Euch die Augen«, befahl sie, »bis sie tränen!« Ich zögerte, gehorchte aber dann. Sie strich mir mit einem Finger über die Stirn, beschrieb damit ein Symbol, wie ich annahm, und begann dann ihren Zaubergesang:

>»Seht gut,
>Seht scharf,
>Seht die Wahrheit,
>Seht, was ist,
>Seht über
>den Schleier hinaus!
>Seht die Wahrheit,
>Seht gut …«

Mein Blick verschwamm, ich blinzelte, und er war wieder klar. Statt des numantischen Regiments schwärmte jetzt eine Masse von Kalliern auf uns zu. Es waren Städter, Handwerker, Bauern, Adel, und sie trugen alle möglichen Waffen mit sich – vom Spaten über das Schwert bis hin zum Speer. Sie kamen sogar in groben Formationen. Zu beiden Seiten des Haufens befanden sich Männer in Rüstung mit konventionellen Waffen. Die heimlichen Verschwörer, die Kutulu so fürchtete, hatten diesen Augenblick für ihre große Erhebung gewählt!

Statt Musik zu spielen, skandierten sie:

>»Tod den Numantiern!
>Tod ihren Dienern!

Bringt sie um!
Bringt sie um!
Bringt sie um!«

An ihrer Spitze ritt, den Speer erhoben, Landgraf Molise Amboi-na, der lauter als alle anderen schrie. An seinem Speer war eine Flag-ge befestigt, die ich noch vom Bürgerkrieg her kannte – es war die von Chardin Sher!

»Schließt das Tor!«, schrie ich und lief auf die riesige Winde zu. Einer der Trompeter stand verwirrt da, der andere folgte mir. »Si-nait«, rief ich. »Lasst die Lanciers antreten!« Sie stürzte über den Hof in unseren eigenen Bergfried, wo sie nach Domina Bikaner schrie.

Ich legte all meine Kraft in die Winde, die sich langsam und ächzend in Bewegung setzte. »Kommt schon, Mann!«, befahl ich dem Trompeter, der daraufhin sein Gewicht gegen ein weiteres der kräf-tigen Rundhölzer warf, dann jedoch vor Schmerz aufschrie, als sich ein Pfeil in seine Seite bohrte. Brüllend zog er daran, bevor er zuckend zu Boden ging. Ich zog das Schwert und hieb damit auf das armdicke Tau ein, aber es war zu spät, die Angreifer strömten bereits in die Burg. Ein Speer klapperte neben mir auf das Kopfsteinpflaster, dann ein zweiter, und ich lief auf den Bergfried der Lanciers zu.

Ein Mann, der eine Pike schwenkte, löste sich aus dem Mob und rannte auf mich los. Ich drehte mich ruckartig um, kniete nieder, beide Hände auf dem Griff meines Schwerts, und er spießte sich auf. Ich trat ihn von der Klinge und duckte mich, als ein weiterer Speer an mir vorbeiflog.

»Ergreift ihn!«, schrie der Landgraf. »Es ist ihr verdammter Tri-bun!« Ich lief, so schnell ich konnte, durch das Tor in unseren ei-genen Hof. Hinter mir kam, nach Blut schreiend, der Mob. Ver-wirrte Männer und Frauen strömten aus den Türen heraus in den Hof wie Ameisen, denen man heißes Wasser über den Haufen kippt.

Ich stieß das Schwert in die Scheide, griff mir den Bogen eines ge-fallenen Schützen und hängte mir seinen Köcher um. Ich legte ei-

110

nen Pfeil in die Kerbe, warf einen Blick über den heranstürmenden
Pöbel, sah jemanden in einem aufwendig gearbeiteten Brustpanzer,
zielte sorgfältig, dann kreischte er auch schon zuckend auf, als mein
Pfeil ihm in die Leisten fuhr. Weitere Bogen surrten, Pfeile pfiffen,
Speere flogen in hohem Bogen auf die Kallier zu. Männer und Frau-
en wurden getroffen, gingen zu Boden, blieben entweder reglos liegen oder unter Zuckungen und Geschrei. Ihre Schreie schienen die
Angreifer jedoch anzufeuern. Ich sah Amboina, legte auf ihn an,
verfehlte ihn aber. Bis ich einen weiteren Pfeil gefunden hatte, war
er bereits in der Menge verschwunden. Ich erblickte einen großen
Kerl, der Befehle schrie, und erschoss stattdessen den.

Vor dem Tor zu unserem Bergfried, im Haupthof, warfen sich
weitere Soldaten ins Getümmel, einige in Rüstung, andere mit
nichts weiter als Schwert und Schild. Ich sah Prinz Reufern, der in
seinem roten Waffenrock leicht zu erkennen war, ein Langschwert
in der Hand, aus einer Tür eilen, von einem Dutzend oder mehr
Soldaten flankiert. Er stürzte sich ins Getümmel und ich sah nur
noch das Auf und Ab seines Schwerts. Die Kallier rannten gegen
uns an; es war für nichts weiter Zeit, als den Mann niederzumachen,
der einen gerade zu töten versuchte. Einer schwang einen Dreschflegel, und ich schlug ihm den Bogen über die Augen, duckte mich,
ließ ihn so hart auflaufen, dass er gegen zwei weitere fiel. Das gab
mir die Gelegenheit, mein Schwert zu ziehen und einen nieder-
zumähen, bevor ich einen weiteren Mann mit einer Mistgabel auf
mich losgehen sah. Ich zuckte in genau dem Augenblick zurück, als
der Bauer, das Maul aufsperrend, herumfuhr, während Kutulu
einen langen Dolch aus seinem Kreuz zog. Kutulu blutete stark aus
einem Schmiss, der sich quer über seine Brust zog.

Er schrie mir etwas zu, als ein Weib mit schmutzigem Gesicht ihn
mit einem Knüppel in die Knie zwang. Sie riss ein Schlachtermesser
aus ihrem Leibriemen und wollte dem Büttel eben den Garaus machen, als mein Schwert sie einen Kopf kürzer machte. Sie fiel auf
Kutulu, der vollends zu Boden ging und liegen blieb.

Es waren einfach zu viele; wie eine Springflut schwappten sie in die Burg. Ich hörte einen Schrei: »Zurück! Zurück und neu formiert!« Die Stimme gehörte Bikaner; weitere Offiziere nahmen den Befehl auf. Ich parierte einen Stoß mit einem Speer, tötete den Speerträger, packte Kutulu bei der Jacke und zog ihn tiefer in unseren Hof. Drei Kallier sahen meine Hilflosigkeit, aber Karjan und ein anderer Lancier kamen aus dem Nichts und machten sie nieder.

»Vorsicht!«, schrie jemand, dann hörte ich auch schon das Knirschen von Eisen, als das mächtige Fallgatter herunterkam, dessen Spitzen ein gewaltiges Weib aufspießten, das eine Heckensichel schwang. Gleich hinter dem Gitter schloss sich das eisenbewehrte Tor und es herrschte Ruhe. Wenn auch nur für einen Augenblick, bis das Geheul der Verwundeten anhob. Von draußen erscholl als Antwort Zorngeheul.

Bikaner wischte sich, ohne sich dessen bewusst zu sein, das Blut von einem Schmiss auf der Stirn. Er schnaufte heftig und sein Schwert war rot bis zum Heft. »Die Fenster zum Hof«, begann er. »Wir stellen Bogner rein und treiben die Schweinehunde wieder vors Tor. Wir stützen das Tor mit Balken ab und –«

»Nein«, sagte ich scharf. »Die denken, sie haben uns eingeschlossen. Also werden sie die anderen niedermachen und uns dann belagern.«

Bikaner überlegte und nickte dann ruckartig. »Stimmt. Das werden sie.«

»Also machen wir genau das Gegenteil von dem, was die denken, Domina. Zieht die Verwundeten aus dem Weg und formiert die Männer zum Ausfallen. Und zwar sofort. Zu Fuß. Offene Formation. Lanciers vorneweg. Danach die Husaren. Sorgt dafür, dass die Männer in vorderster Front wenigstens Brustpanzer tragen. Und dann möchte ich die Trompeter antreten sehen. Alle!«

Weitere Offiziere hatten sich um uns geschart. »Ihr habt gehört, was ich gesagt habe«, befahl ich. »Also macht zu!« Sie liefen davon.

Es war keine Zeit, die Verwundeten zu versorgen. Ich sah Kutulu unter ihnen, reglos, und hoffte, dass die Schlampe ihn nicht umgebracht hatte. Wir waren schwer angeschlagen. Es mussten gut dreißig, vierzig Männer reglos herumliegen, außerdem gab es eine Menge Verwundeter. Einige zwangen sich jedoch aufzustehen und reihten sich in die Schlachtreihe ein. Jetzt zahlte sich die gnadenlose Disziplin der Grenzregimenter aus, die den Männern sowohl das Jammern wie das Sterben verbot.

Ich erblickte Marán auf einem Balkon. Sie trug schwarze Hosen und ein Wams, beide aus Leder, und hatte eine kleine Armbrust in der Hand, mit der wir geübt hatten. Neben ihr stand eine ihrer Zofen. Sie sah, dass ich hinaufblickte, und deutete auf etwas. Ich sah einen Kallier auf dem Rücken liegen mit einem ellenlangen Bolzen aus ihrer Waffe im Hals. Gut! Die Agramóntes mochten raue Leute sein, aber sie hatten sich ihr Land mit Mut und dem Schwert erkämpft und ihr Blut rann durch die Adern meiner Frau.

Seherin Sinait kam zu mir. »Jetzt wissen wir's«, sagte sie.

Allerdings. Der Zauber, der für die großartige Illusion gesorgt hatte, die anrückenden Kallier seien numantische Soldaten, war von einem Zaubermeister gewirkt worden. Es war nun klar, dass beide Amboinas Magier gewesen waren und der Junge nur als Strohmann für die Talente des älteren Mannes hergehalten hatte. Es waren nicht etwa Rückstände des verstorbenen Mikael Yanthlus gewesen, die Sinaits und des Imperators Macht umwölkt hatten, sondern ein lebender weiser Meister, der von unserem eigenen Lager aus wirkte.

Wenn wir an diesem Tag starben, dann konnte er die Maskerade aufrechterhalten und behaupten, dem Thron gegenüber absolut loyal zu sein. Eine solche Zuverlässigkeit würde ihn, wenn der Imperator gegen die Rebellen zog, an Tenedos' Seite stellen, und genau das wäre dann die Krönung des Plans.

Es war ein raffinierter Entwurf, in der Tat, und falls es dem Landgrafen Amboina gelang, das Vertrauen des Imperators zu gewinnen, dann bräuchten die Kallier keine Unterstützung mehr von außen. Hier stand weit mehr als nur unser Leben auf dem Spiel – es ging um den Imperator und ganz Numantia!

»Das dürft Ihr laut sagen«, sagte ich. »Könnt Ihr ihm mit einem Zauber beikommen?«

»Ich habe zwei bereit«, antwortete sie. »Aber ich fürchte, seine Kräfte übersteigen die meinen bei weitem. Ich würde es vorziehen, abzuwarten, ob ich nicht einen Gegenbann wirken kann, wenn ich erst einmal ein gewisses Gespür für ihn habe.«

»Wie und wann immer Ihr wollt. Die Magie ist nicht mein Gebiet.«

Die Soldaten hatten sich neu formiert und ich lief vor ihre erste Reihe. »Lanciers! Husaren! Die haben uns einmal genarrt und glauben, wir sitzen in der Falle. Aber jetzt ist es an uns zu entscheiden, wer auf welcher Seite der Falle sitzt! Soldaten!«, schrie ich den Männern an den Winden zu. »Hoch mit dem Gatter! Trompeter, blast zum Angriff!«

Auf dem Haupthof herrschte der Wahnsinn. Aus den Gebäuden kamen nach wie vor Kampflärm und Geschrei, der Pöbel draußen jedoch war bereits dabei, sich zu belohnen. Ein Dutzend von ihnen rollte Fässer aus den Kellern der Festung; einige hatte man bereits aufgestellt und angestochen. Frauen, denen man die Kleider vom Leib gerissen hatte, kreischten, Kerle, die bereits an ihrer eigenen Kleidung zerrten, hielten sie fest. Kallier liefen mit jeder Art von Beute herum. Und dann sahen sie uns, tausend Mann, die ihnen, lauter als unsere Trompeten, eine Herausforderung entgegenschrien. Großes Geheul kam auf, sowohl aus Überraschung als auch aus Angst, dann fuhren wir auch schon mitten unter sie. Schwerter und Äxte hoben und senkten sich, Pfeile sausten in die Menge. Einige kämpften, einige rannten, und schon tobte auf dem Burghof einmal mehr eine tödliche Metzelei. Die Kallier in den Gebäuden kamen herausgelaufen, einige versuchten zu fliehen, eine weit größere Anzahl jedoch war bereit zu kämpfen, und wir taten nichts lieber als das. Ich schrie einige Befehle, und schon lösten die Husaren sich aus dem Handgemenge, umgingen den Mob – und wir hatten sie.

Ich hörte etwas, einen sonoren Gesang, nur dass er mir bis in die Knochen fuhr. Die Luft flimmerte, und Molise Amboina erschien aus dem Nichts und wuchs fünfzig Fuß hoch in den Himmel. Haar und Bart waren wild zerzaust. Er hatte Blut im Gesicht und seine Hände waren zu Krallen gekrümmt. Er war nicht länger der elegante Edelmann, sondern ein mörderischer, tödlicher Seher, ein größerer Dämon, als irgendjemand ihn je rufen könnte. Seine Worte in einer unbekannten Sprache dröhnten gegen die Mauern und ich dachte schon, die Steine selbst würden zerspringen.

Pfeile schnellten auf ihn zu, durch ihn hindurch, aber er beachtete sie nicht weiter, während er die Hände auf und ab bewegte, hin und her, die Arme geschmeidig gekrümmt, und im nächsten Augenblick sahen wir uns nicht länger von einem Mob aus Menschen bestürmt, sondern von gleitendem, zischendem Schlangengezücht. Sie kamen auf uns zu, eine Flut aus Grün, Braun und Schwarz. Amboina wirkte denselben Zauber gegen uns, mit dem er den Justizzug vernichtet hatte. Ich schlug eine der Schlangen entzwei, worauf sie zu einer blutgetränkten Leiche zerfiel, aber es waren Dutzende, Hunderte mehr. Einige von uns kämpften, andere zauderten und dachten an Flucht. Männer lagen auf dem Boden, Schlangenfänge in ihrem Fleisch; mit hämischem Zischen fielen die Kallier über uns her.

Wind heulte auf, und ich blickte mit dem Gefühl, eine Faust umkrampfe meinen Magen, um mich, da ich befürchtete, dass Amboina zur Besiegelung unseres Schicksals einen zweiten Zauber gewirkt hatte. Es stand eine zweite mächtige Gestalt im Hof, nicht weniger groß als Amboina selbst. Aber diese war mir, wie ich sofort sah, durchaus vertraut.

Als ich noch ein Junge war, in Cimabue, meiner Dschungelprovinz, hatten wir im Dorf einen Rattenfänger, da uns diese Plagegeister immer wieder zu schaffen machten, vor allem bei dem Beginn der Regenzeit, wenn sie Schutz in den Hütten der Bauern und den Gebäuden unseres Familienbesitzes suchten. Der Rattenfänger kannte ein paar simple Hexereien, um die Ratten vor Angst in den Wahnsinn und ins nächste Wasser zu treiben, wo sie sich ertränkten. Die Erwachsenen hielten ihn für nicht ganz richtig im Kopf und vielleicht war dem auch so. Für uns Kinder jedoch war er eine Art Held. Er behandelte uns immer wie Gleiche und nahm uns mit großem

115

Vergnügen in den Dschungel mit, wo er uns stillsitzen hieß, während er pfiff. Wir wussten nie, was für eine Kreatur erscheinen würde. Manchmal war es ein Mähnenhirsch, einmal ein Krokodil aus einem nahe gelegenen Bach, manchmal eine Familie Wühlmäuse, oder es umkreiste uns ein Schwarm Vögel und landete zwischen uns, als wären sie unsere Freunde. Er warnte uns davor, sie zu berühren, da der Geruch des Menschen sie unter ihren Brüdern und Schwestern zu Ausgestoßenen machen würde, wir sollten dagegen zusehen und lernen, wie sie sich verhielten, da wir schließlich alle zusammen Tiere seien – und wer weiß, vielleicht war so ein sanftmütiges Murmeltier ja einer von uns, dessen Seele vom Rad zurückgeschickt wurde, um für seine Sünden in einem früheren Leben Buße zu tun.

Dieser Rattenfänger war meine Erscheinung. Nur dass, wie ich später herausfand, keiner von uns dieselbe Gestalt sah. Einer sah ein Kindermädchen, das früher seine Alpträume vertrieben hatte, ein anderer einen Ladenbesitzer, der einen Hund verjagt hatte, der ihm als Kind Angst gemacht hatte. Karjan sagte, es war der Pächter des kleinen Guts neben dem seiner Familie, der einmal auf eine Weide gelaufen war und ihn vor einem zornigen Stier gerettet hatte.

Mein Rattenfänger hob eine der Schlangen auf, die sich zu einer Länge von über fünf Klaftern auswuchs. Und mit ihr schien er alle Schlangen aufzuheben. Er hob sie sich vors Gesicht, nahm sie in Augenschein, während sie sich zischend in seiner Hand wand, und warf sie dann fort; sie verschwand, und mit ihr alle anderen, und das Kopfsteinpflaster war leer.

Amboina brüllte auf in rasendem Zorn, seine Hände bewegten sich anders, als er eine andere Formel sprach. Ich hatte plötzlich ein flaues Gefühl im Magen und hörte das Donnern mächtiger Böen. Der Rattenfänger taumelte nach hinten und streckte eine Hand aus, um sich zu stützen. Er krümmte sich wie unter einem unsichtbaren Schlag. Er schwankte und ich hörte die Lanciers stöhnen – wir waren verloren.

Der Rattenfänger fing sich jedoch wieder und sprach, und was er sagte, war in der sanften Stimme der Seherin Sinait zu hören:

»O kleiner Mensch
Voll Hass –
Kennst kein Gesetz –
Hast nichts Gutes
An dir.
Gibt es einen,
Der für dich spricht?«

Der Rattenfänger hielt inne, als lausche er, obwohl ich nichts hören
konnte. Dann fuhr er fort:

»Eine sterbende Stimme,
Eine tote Stimme,
Sie ist die Vergangenheit

Es ist keiner da,
O Mensch, so klein.
Ich frage Aharel,
Aber es ist keiner da.
Weder Varum
Noch Shahriya
Noch Jacini
Noch Elyot

Weder Wasser
Noch Feuer
Noch Erde
Noch Luft.

Es ist keiner da,
Keiner außer Ihr,
Die ich nicht nennen darf.
Sie heißt dich willkommen,
Sie gibt dir Schutz,

Sie lässt dich zu ihr,
Sie lässt dich zurück aufs Rad.«

Der Rattenfänger nahm Landgraf Molise Amboina zwischen Daumen und Zeigefinger und der Zauberer war mit einem Mal wieder auf seine normale Größe geschrumpft. Sinaits Erscheinung hielt sich den Kallier unter die Nase, nahm ihn neugierig in Augenschein, als sehe sie sich ein Insekt einer unbekannten Spezies an. Amboina fluchte und schlug mit den Armen um sich, aber er konnte sich nicht befreien. Der Rattenfänger warf ihn fort. Nur dass Amboina nicht verschwand; er trudelte durch die Luft und zerschellte auf dem Pflaster, wie eine Melone platzte sein Körper auf.

Die Kallier standen einen Augenblick lang stocksteif da, dann ging ein Seufzer der Verzweiflung durch ihre Reihen.

»Auf sie!«, brüllte ich. »Attacke!«

Meine Numantier griffen an. Nur eine Hand voll Kallier versuchte sich zu wehren, und in der Hauptsache nur deshalb, weil sie nicht fliehen konnten. Die meisten liefen davon, krochen davon, trampelten einander nieder auf der Suche nach Sicherheit. Wir töteten und töteten, und dann, endlich, war nichts mehr zum Töten da.

Ich stand in einem Raum, in dem ich noch nie gewesen war, irgendwo tief in der Burg, über der Leiche eines Mannes, der mich mit einem Säbel angefallen hatte, den er nicht zu benutzen wusste, und ich hatte keine Ahnung, wie ich dorthin gekommen war. Ich vergewisserte mich, dass der Mann tot war, dann ging ich wieder nach oben in den Burghof.

Capitain Lasta von meiner Leibgarde kam herbei und salutierte. »Wir haben die Burg fest in der Hand.«

»Gut«, sagte ich. »Dann müssen wir Prinz Reufern finden.«

Lasta wollte schon etwas sagen, überlegte es sich aber anders. »Kommt mit, Sir.«

Prinz Reuferns Leiche lag vor der Tür zum Thronsaal. Unweit von seiner Hand lag ein Schwert und er war von den Leichen von fünf Kalliern umringt. Sinait und Domina Bikaner standen neben mir.

118

»Er ist gut und tapfer gestorben für einen Kaufmann«, sagte der Domina.

»Er ist gut gestorben«, korrigierte ich ihn. Aber Worte hatten nach dieser Katastrophe die Bedeutung verloren.

»Na gut denn«, sagte der Imperator. Seine Stimme war ruhig, sein Gesicht ausdruckslos, als er mich aus der Schauschale heraus ansah. »Dann wirst du eben als Prinzregent an seine Stelle treten.«

»Ja, Sir.«

»Ob man mehr hätte tun sollen oder können, um das Leben meines Bruders zu schützen, das soll irgendwann in der Zukunft festgestellt werden. Ich werde vollständige Order schicken, zusammen mit den Soldaten, die notwendig sind, sie durchzusetzen.

Vorab jedoch drei unmittelbare Aufgaben: Du sagst, die kleine Amboina ist zusammen mit den anderen, die ihr gefangen genommen habt, als ihr den Sohn des verräterischen Bastards umbrachtet, in dem Chaos geflohen. Ich will sie alle aufgespürt und exekutiert haben. Ich werde euch sagen, auf welche Weise, und es dir von Kutulus Ersatz mitteilen lassen. Er wird doch durchkommen, nehme ich an?«

»Die Seherin Sinait jedenfalls versichert es mir. Er phantasiert noch von dem Schlag auf den Kopf, aber mit der Zeit wird er schon wieder normal werden. Und der Zauber auf seiner Messerwunde wirkt bereits.«

»Geht kein Risiko mit ihm ein«, sagte der Imperator. »In dem Augenblick, in dem Kutulu reisebereit ist, soll er nach Nicias zurückkehren. Die besten Seher des Landes werden für eine rasche und vollständige Genesung sorgen.

Um auf diese elenden Kallier zurückzukommen. Sie haben mich zutiefst verletzt, und es muss ihnen bewusst werden, was sie getan haben. Ich will sofort einmal mehr deine Standgerichte ausrücken sehen. Sie werden durch Infanterie verstärkt, die ich in einigen Tagen abschicken werde. Ich möchte, dass ihr in jedem Dorf, jedem Weiler zwei aus dem Ältestenrat exekutiert. Wenn sie nicht zu fin-

119

den sind oder wenn die Kallier sich euch nicht ergeben, dann sind an ihrer Statt zwanzig Männer und Frauen zu töten und das Dorf in Brand zu stecken. Meine letzte Order gilt für Polycittara, wo die Schlangen ihr Nest hatten. Polycittara wird aufhören zu existieren. Sein Name wird aus allen Aufzeichnungen gestrichen. Ich werde Spezialeinheiten von Maurern losschicken, die es Stein für Stein auseinander nehmen und Salz auf dem Land aussäen.

Was seine Bürger angeht, sie sind zu dezimieren. Jeder zehnte Einwohner – ob Mann, Frau oder Kind – ist zu töten. Die Art der Hinrichtung überlasse ich dir. Alle anderen sind als Sklaven zu verkaufen. Nicht eine Familie ist intakt zu lassen. Alles, was sich einmal Polycittarer nannte, wird in alle Winkel meines Reiches zerstreut, ihre Namen, ihre Heimat sollen vergessen werden. Das sind meine Befehle, Tribun Damastes á Cimabue. Nun führ sie aus.«

Ich hatte ja erwartet, dass der Imperator Kallio würde bestrafen wollen – aber gleich derart hart? Ich holte tief Luft.

»Nein, Imperator, das werde ich nicht.«

»Was?« Es war das Zischen einer Schlange.

»Es sind Befehle wider die Götter und wider den Menschen. Ich kann nicht gehorchen.«

»Ihr habt mir einen Eid geschworen!«

»Ich habe Euch einen Eid geschworen«, räumte ich ein. »Und unser Familienmotto lautet ›Auf Immer Treu‹. Aber Eure Befehle sind böse, und sie kommen vom Herzen, nicht vom Verstand, und es ist meine Pflicht, Euch von Bösem abzuhalten, so gut ich kann. Ihr habt einen Eid geschworen, gut und weise zu regieren und nie grausam zu Euren Untertanen zu sein. Ich selbst habe Euch die Krone auf den Kopf gesetzt, als Ihr diese Worte gesprochen habt.«

»Ich bin der Imperator, Tribun!«

»Ihr *seid* der Imperator«, sagte ich. »Und ich werde jedem Eurer Befehle gehorchen – mich sogar töten, wenn Ihr es wünscht. Aber nicht diesen Befehlen. Tut mir Leid, Sir.«

Die Adern an den Schläfen des Imperators pochten und seine Lippen wurden zu einem schmalen Strich. »Na gut denn«, sagte er.

»Wenn Ihr mir nicht gehorcht, dann suche ich mir eben jemanden, der es tut. Ihr seid Eurer Pflichten enthoben, Tribun Damastes á Cimabue, und ich befehle Euch, auf der Stelle nach Nicias zurückzukehren. Ihr habt niemandem, der bislang unter Eurem Kommando stand, Befehle zu geben, gleich welcher Art, ist das klar?«

»Jawohl, Sir.«

Der Imperator begegnete meinem Blick mit Augen, in denen dämonische Intensität schwarz funkelte, dann war die Schauschale blind.

Ich war ruiniert.

6 Der Wasserpalast

Die Nymphe kicherte lüstern und sprang in den sprudelnden Teich. Sie schwamm bis zum Wasserfall und kletterte dann die Wasserwand hinauf wie auf einer Leiter. Außerdem hatte sie Maráns Gesicht. Fast am oberen Ende des Wasserfalls angekommen, trat die Nymphe auf einen halb verborgenen, moosbewachsenen Vorsprung. Sie krümmte einladend einen Finger in meine Richtung und verschwand dann hinter dem Wasserfall in ihrer Höhle.

Die Nymphe – oder besser gesagt die gerade mal ellengroße magische Illusion, die Marán mir eine Zeit und zweiundvierzig Tage nach unserem zweiten Hochzeitstag geschenkt hatte. Auf meine Frage nach dem Anlass hatte sie geantwortet: »Einfach so.« *Einfach so* schien mir wunderbar genug, um daraus eine Tradition zu machen, und so kam es denn auch.

Ich saß auf einer steinernen Bank, ohne auf die Nebelschwaden zu achten, hinter denen der Garten rund um mich verschwand. Die etwas anzüglichen Possen der Nymphe, die sich nie zu wiederholen schienen, heiterten mich im Allgemeinen auf. Diesmal jedoch änderte nichts meine Laune, die nicht weniger finster und leer schien als die Jahreszeit selbst. Wir hatten Polycittara fünf Tage nach meiner Enthebung verlassen, sobald Sinait zu dem Entschluss gekommen war, dass Kutulu transportfähig sei.

Domina Bikaner übernahm meine Pflichten ebenso wie die des Prinzregenten, bis Ersatz kam. Er versuchte zweimal anzusprechen, was passiert war, aber ich ließ es nicht zu. Wir waren beide Soldaten und hatten einen Eid geleistet, jedem legalen Befehl zu gehorchen. Er befahl den Roten Lanciers, Marán, meinen Stab und mich nach Nicias zu eskortieren. Waren wir erst einmal in der Hauptstadt, hatte ich keinen Anspruch mehr auf meine Leibgarde noch auf den Stab, den der Imperator mir zugestanden hatte. Karjan jedoch erklärte, er würde mein Bursche bleiben. Ich sagte ihm, das sei unmöglich, schließlich gehöre er zu den Ureyschen Lanciers, also solle er zu seinem Regiment zurückgehen und wieder normalen Dienst tun. »Ich habe gesagt, was ich gesagt habe«, antwortete er mir. »Ihr habt mich als Soldat oder als Deserteur. Ist mir scheißegal.« Einmal mehr lieferte Bikaner die Lösung: Karjan wurde zum »Sonderdienst« bei mir abgestellt.

Prinz Reuferns Leiche, durch einen Stasiszauber konserviert, wurde in dunkle Seide gehüllt, und der schwarz verhängte Leichenwagen fuhr, gleich hinter der Truppenspitze, vorneweg. Hinter Reufern folgte der Krankenwagen mit dem immer noch vor sich hin dämmernden Kutulu.

Ich hatte ohne große Zeremonie abreisen wollen, um jeder Peinlichkeit aus dem Wege zu gehen, aber das war unmöglich. Sowohl die Siebzehnten Ureyschen Lanciers wie auch die Zehnten Husaren waren im Haupthof angetreten, in voller Paradeuniform, und als Marán und ich hinuntergingen, um in unsere Equipage zu steigen, jubelten die Männer, als hätte ich einen großen Sieg errungen, ein Jubel, der schier nicht enden wollte.

Ich schluckte trocken, trat dann vor Domina Bikaner und sagte ihm, er solle die Männer ein Hurra auf den Imperator ausbringen lassen. Er bekam schmale Lippen, nickte dann aber und gab den Befehl. Die Männer gehorchten, obwohl ich mich hier nicht über die »Herzhaftigkeit« des Jubels auslassen will.

Auf den Straßen Polycittaras war kein Mensch zu sehen, als der Zug unserer Kutschen und Fuhrwerke auf das Stadttor zufuhr. Die Kallier hatten sich in ihre Häuser verkrochen und warteten auf den Peitschenhieb, von dem sie wussten, dass er kommen würde. Die *Tauler*, das schnellste Postschiff, auf dem ich schon bessere Zeiten gesehen hatte, erwartete mich in Entoto, die sonst bunte Beflaggung durch schwarze Wimpel ersetzt. Wir waren die einzigen Passagiere. Wir trugen Prinz Reuferns Leiche an Bord und segelten dann den Latane hinab gegen Nicias.

Im Hafen der Hauptstadt erwartete die Leiche von Imperator Tenedos' Bruder eine große Prozession; die ganze Stadt war in Schwarz. Was Marán und mich anbelangte – uns erwartete kein Mensch. Weder ein Vertreter des Imperators noch eine Ehrengarde, wie sie einem Tribun gebührt hätte, noch einer der Freunde, die wir zu haben glaubten.

Wir hatten zwei Palazzi in der Stadt – den einen am Fluss, der Marán gehörte und ein Geschenk ihrer Familie zur Hochzeit mit ihrem ersten Gatten gewesen war, und den riesigen Wasserpalast, den man mir gegeben hatte, nachdem ich den Imperator gekrönt hatte. Ich war dafür, in unser Haus einzuziehen, aber Marán schüttelte den Kopf. »Nein«, sagte sie. »Die mögen sich ja einbilden, uns in Schande bringen zu können, aber die Hurensöhne können uns nicht nehmen, was der Imperator uns gegeben hat! Wir ziehen in den Wasserpalast!«

Ich machte mir nicht die Mühe, sie daran zu erinnern, dass der Imperator selbst dieser »Hurensohn« war – Marán wusste das ganz genau, und wenn sie es vorzog, es zu vergessen, was spielte es schon für eine Rolle?

Die Fahrt durch die Straßen war unheimlich. Sämtliche Schenken waren geschlossen und nur wenige Leute waren unterwegs. Nicias ist eine Stadt der Lichter, des Lachens und der Musik. Nicht so an diesem Tag. Wenn Tenedos trauerte, dann hatte auch sein Königreich zu trauern.

Als wir am Wasserpalast ankamen, glaubte ich zunächst, Marán hätte Recht gehabt mit ihrer Entscheidung. Unser Gesinde wohnte nach wie vor in dem weitläufigen Anwesen und begrüßte uns wie heimkehrende Helden. Falls man gehört hatte, dass ich in Ungnade gefallen war, so ließ es sich jedenfalls keiner anmerken, nicht damals und auch nicht später. Nach einigen Tagen jedoch kam mir der Gedanke, dass Maráns Entscheidung doch nicht so gut war.

Der Wasserpalast ist ungeheuer groß. Man hatte ihn dem Zehnerrat zur Zerstreuung gebaut. Wasser vom nahe gelegenen Latane wurde in einen künstlichen See auf einem mächtigen Hügel ge-

124

pumpt. Das Wasser floss in hundert oder mehr kleinen Bächen und Rinnsalen nach unten, stürzte in Kaskaden hinab, schoss in Fontänen nach oben und ergoss sich schließlich in Teiche, die von riesigen Gärten umgeben waren. Die Gärten waren mit Kräutern, Blumen und Bäumen aus ganz Numantia bepflanzt, von den Bergdschungeln nahe den Umstrittenen Ländern über die Treibhausorchideen von Hermonassa bis zu den Flusspflanzen aus dem nicischen Delta. Solche, die nicht auf natürliche Weise gediehen, wurden durch Hexerei am Leben erhalten, die ihnen ihre Heimat vorgaukelte. Überall standen Statuen in allen Stilen, einige religiöser, andere erstaunlich profaner Natur.

Im Palast selbst hatte sich, erpicht darauf, zu sehen und gesehen zu werden, stets die große Gesellschaft Numantias gedrängt. Jetzt jedoch schien er verlassen zu sein; die einzigen Leute auf den gewundenen Wegen waren Dienstboten oder Gärtner, die das Anwesen stets tadellos in Ordnung hielten. So ausgestorben war es mitten im Herbst der ideale Ort, um vor sich hin zu brüten.

Genau genommen war für Marán diese Zeit schwieriger als für mich selbst. Sie war nach Nicias gekommen, weil es ihr auf den großen Ländereien der Agramóntes nicht gefallen hatte, sie hatte nach Wissen, Freiheit und neuen Gedanken gesucht. Da die Agramóntes eine der ältesten und angesehensten Aristokratenfamilien waren und Marán schön und geistreich zugleich, war sie rasch zum Stadtgespräch geworden. Jetzt kam keiner mehr in den Wasserpalast, und wenn sie jemanden besuchen ging, so waren die Betreffenden entweder außer Haus – wie die Dienerschaft zumindest behauptete –, oder der Besuch war kurz, förmlich und steif. Selbst ihre liebste Freundin, Amiel, die Gräfin Kalvedon, weilte angeblich nicht in der Hauptstadt, sondern mit ihrem Gatten in einem ihrer Anwesen am Fluss. Marán fragte sich, ob Amiel von unserer Schande gehört und sich wie die anderen abgewandt hatte. Ich sagte ihr, das sei lächerlich – Amiel lebte ihr eigenes Leben, was andere sagten oder taten, sei ihr egal. Marán schien skeptisch zu sein.

Ich teilte ihren Kummer bis zu einem gewissen Grad, und das

nicht nur ihret- sondern auch meinetwegen, denn meine Kriegerfreunde machten sich ebenfalls auffällig rar. Ich fragte mich, wie lange wir noch in dieser grauen Welt der Nichtexistenz bleiben würden. Eine Weile? Ein Jahr? Für immer?

Die Nymphe spähte lächelnd zu mir her. Ich erwiderte ihr Lächeln, als ich mit einem Mal merkte, dass ich einen ganz nassen Hintern hatte. Ich hörte ein Lachen, aber nicht wie das perlende Locken des Nymphchens, sondern kehlig und rau. Ich sprang auf und griff nach dem Schwert, das ich gar nicht trug, als ein dunkelhäutiger Mann hinter einem der Zierfarne hervortrat. Haar und Bart trug er in wilden Locken und seine bei der Geburt verunstaltete Nase hatte er in einem Dutzend Keilereien noch mehr lädiert. Er trug die Kleidung eines Grenzbriganten. An der Seite trug er ein Schwert in der Scheide, und gleich dahinter den Dolch.

»Ah, Cimabuer«, knurrte er. »Sitzt da und tut Euch selbst Leid, eh? Geschieht Euch auch verdammt recht, Königen und ähnlichem Scheiß zu vertrauen.«

Es war Yonge, vielleicht der merkwürdigste aller Tribunen. Er war ein Kaiter und Söldner in der Wachmannschaft unserer Botschaft in Sayana gewesen, als Seher Tenedos und ich ihn kennen gelernt hatten. Wie die meisten Hügler war er ein instinktiver Killer, aber im Gegensatz zu vielen anderen wusste er zu befehlen und, was noch wichtiger war, zu folgen.

»Ich habe gehört, dass keiner Eurer Waffenbrüder den Schneid hat, Euch zu besuchen, aus Angst, der Imperator, vor dem man nie genug katzbuckeln kann, könnte ihnen ihren kleinen Hintern versohlen, eh? Vor langer Zeit habe ich Euch mal gesagt, ich wollte mehr über Ehre lernen. Vielleicht habe ich alles gelernt, was es darüber in Numantia zu lernen gibt. Vielleicht ist es an der Zeit, wieder in meine Hügel zurückzugehen. Was meint Ihr, Cimabuer? Vielleicht gebt Ihr den Mist hier auf, kehrt Numantia den Rücken zu und werdet ein richtiger Krieger in meiner Bande?«

Yonge hatte sich die harte Tour ausgesucht, um mehr über Ehre zu lernen, als er sich unserer schrecklichen Flucht aus Sayana angeschlossen hatte, und dann in Nicias mit nicht weniger anrüchigen Kumpanen dies und jenes gemacht, bis die Tovieti rebellierten und Kallio sich erhob. Man hatte Verwendung für seine heimtückischen Talente und er übernahm den Spähtrupp in der Armee. Er wurde zum General befördert und dann, nach unserm Sieg über Chardin Sher, hatte Tenedos ihn zu einem unserer ersten Tribunen ernannt.

Die Autorität hatte ihn nicht verändert. Man hatte ihm einen Palast gegeben wie den anderen Tribunen auch, aber er hatte ihn abgelehnt, weil er nicht für einen Teil dieses verdammten tropischen Sumpfes gehalten werden wollte, der Nicias war. Früher oder später, sagte er, ginge er wieder in die Hügel zurück. Er wohnte bei seinen Leuten in der Kaserne, obwohl er so wenig Zeit unter einem Dach verbrachte, wie es nur ging. Seine Truppe war stets im Felde, wenn sie nicht gerade Banditen bekämpfte oder an der Grenze im Einsatz war.

Wann immer Yonge in Nicias weilte, war er ein wandelnder Skandal. Warum so viele Frauen so fasziniert von dem Schurken waren, das konnte sich keiner erklären, am wenigsten die Ehemänner, Väter oder Brüder der betreffenden Frauen. Er hatte ein halbes Dutzend Duelle ausgefochten, ohne auch nur eine ernsthafte Blessur davonzutragen, und mittlerweile ließ man ihm seine Affären – die Nicier zogen die Hörner der Feuerbestattung vor. Wäre er nicht mit Abstand der Beste gewesen, das Militär hätte ihn unehrenhaft entlassen. Aber er war nun einmal Yonge, und so diente er noch.

Das Lächeln, das mir die Nymphe entlockt hatte, festigte sich, wurde breit. Wie immer freute ich mich, den Mann zu sehen. »Seid Ihr betrunken?«

»Ich bin nie betrunken, Damastes. Ich trinke nur.«

»Wie kommt Ihr denn in den Palast? Ich habe nämlich Wachen, wisst Ihr?«

»Wachen? Ich könnte mir einen rosa Rock anziehen, trommeln und trompeten und an denen vorbeispazieren, ohne dass deren

Kuhaugen mich sähen. Wachen! Euer Verstand lässt nach! Ihr braucht was zu trinken!«

Ich nahm ihn mit in eine meiner Bibliotheken und bat ihn zu warten. Er sackte auf ein feines Ledersofa ohne Rücksicht darauf, was seine nasse Kleidung anrichten würde, und sagte, ich solle mal besser eine Flasche kommen lassen, schließlich wüsste jeder, dass ein Hügler unangenehm wird, wenn man ihm seine Freuden verweigert. Ich fragte ihn, ob er sich zurechtmachen wolle, und er meinte: »Wozu? Ich habe dieses Jahr schon gebadet.« Worauf er zufrieden lachte. Uns stand ein langer Abend bevor.

Ich fand Marán und fragte, obwohl ich die Antwort kannte, ob sie sich zu uns setzen wollte. Sie gab ein paar artige Laute von sich. Nicht dass Marán Yonge nicht gemocht hätte – ich glaube, er machte ihr Angst. Sie fühlte sich in der Gegenwart von Kriegern durchaus wohl, aber wie gesagt, Yonge war von schlichterer Art, ein reinrassiger Killer. Sie meinte, lieber nicht, aber sie würde wenigstens vorbeikommen und ihn begrüßen.

Mein Haushofmeister brachte eine mit Draht versiegelte Flasche von Yonges Lieblingsstoff – einen starken klaren Tresterschnaps, den die Varaner nicht exportieren, sondern für ihre Bauern behielten – und gekühltes Mineralwasser für mich. Ein Diener brachte ein Tablett mit eingelegtem Gemüse, Ziegenkäse, mehreren Sorten Oliven, darunter auch eine besonders scharfe.

Yonge wartete, bis die Tür sich wieder geschlossen hatte, und brummte dann: »Damastes, es schmeckt mir gar nicht, was dieser Tage bei uns so passiert.«

»Es gefällt mir selbst nicht besonders«, erwiderte ich.

»Jedermann weiß, Ihr wart mit Eurem Handeln im Recht. Schaut mich nicht so überrascht an. Natürlich weiß die ganze Armee und auch sonst jeder, was in Kallio los war. Ist schließlich eine dolle Geschichte. Ich glaube, unser Imperator ist weich geworden. Vielleicht hat er einfach nichts anderes mehr im Kopf als seine Unfähigkeit, jedem Weib einen kleinen Imperator zu machen, das nicht schnell genug auf die Bäume kommt.«

»Vorsicht«, ermahnte ich ihn, da mir klar war, dass einer oder wahrscheinlich gleich mehrere meiner Dienstboten Spione Kutulus waren.

»Scheiß auf die Vorsicht! Ich sage, der Imperator führt sich auf, als hätte er sein Hirn herausgeschissen und würde jetzt mit seinem leeren Arsch denken! Und ich würde es ihm ins Gesicht sagen, wäre er hier.« Yonge sagte die Wahrheit. »Wie ein Idiot«, fuhr er fort, »oder irgendein primitives Arschloch aus den Hügeln. Wie Achim Fergana. Wisst Ihr, dass der immer noch in Sayana auf dem Thron sitzt?« Fergana war der König von Kait und hielt die Hauptstadt mit List und Gewalt. Er war es gewesen, der uns dazu gezwungen hatte, die Stadt zu verlassen, und dadurch hatte er uns auf den Todestreck durch den Sulempass geschickt.

Yonge sah das Leuchten in meinen Augen. »Na, das wäre doch eine Aufgabe für ein, sagen wir zwei Dutzend guter Männer«, meinte er. »Der Imperator wüsste noch nicht mal, dass Ihr weg seid. Warum rutschen wir zwei beiden nicht mit ein paar anderen über die Grenze und statten Fergana einen Besuch ab? Wir bekämen unsere längst fällige Rache und nähmen vielleicht auch noch das Königreich. Das wäre doch ein Schlag für den kleinen Zauberer, dem Ihr dient, wenn er Euch als Königskollegen behandeln müsste.« Yonge bellte ein humorloses Lachen. »Schaut nicht so bänglich drein, Cimabuer. Ich weiß doch, Ihr werdet Euch an Euren Eid halten, selbst wenn Tenedos Euch in dem Sumpf hier verrotten lässt, den Ihr für einen Palast haltet.«

Er stand auf, brach ein Stück Käse ab und stopfte es sich in den Mund, während er sein Glas wieder füllte. »Ich habe gesagt, es schmeckt mir nicht, was da passiert, Damastes, und ich meine damit nicht nur das, was der Imperator Euch antut.«

»Warum? Was passiert denn? Ich war ziemlich beschäftigt in letzter Zeit.«

»Ihr solltet Euch mal die Lackaffen anschauen, die jetzt zu seinem Hofstaat gehören. Mein Lebtag habe ich keinen größeren Haufen Trottel gesehen. Tun nichts weiter, als den Imperator über den grünen Klee zu loben, während sie ihm in die Schatzkammer zu greifen versuchen! Was mir Sorgen macht, ist, dass es ihnen tatsächlich gelingt.« Mir fiel ein, dass Kutulu in etwa dasselbe gesagt hatte. »Aber es ist noch schlimmer«, fuhr Yonge fort, als er mein fast unmerkliches Nicken sah. »Schaut Euch die Armee an. Habt Ihr die neuen Kommandeure gesehen? Nilt Safdur, zum Beispiel, der jetzt Eure Reiterei kommandiert. Ein Aufschneider und Dummkopf, der sich hinter einem Ackergaul verlaufen könnte! Tenedos nimmt einen Offizier, der grade mal ein paar Banditen vermöbelt hat, und macht ihn zum General. Schlimmer noch, er hat aus ihren Reihen ein Dutzend, vielleicht auch mehr neue Tribunen ernannt. Anpissen würde ich sie, wäre auch nur einer das Wasser wert! Die sind nicht wie wir, Damastes.«

»Wir« waren die ersten sechs, die der Imperator nach Chardin Shers Niederlage zu Tribunen ernannt hatte: ich, Yonge, Herne, den ich seines Ehrgeizes wegen wenig mochte, aber seiner Fähigkeiten wegen respektierte; Cyrillos Linerges, ehemals ein einfacher Soldat, ein Patriot, der den Dienst quittiert hatte, um Hausierer zu werden, ein Mann, der von vorn führte und viele Male verwundet worden war; Mercia Petre, humorlos, engagiert, ein Studiosus des Kriegs, der den Neuaufbau der Armee geplant hatte, die Tenedos zum Sieg über die kallischen Rebellen und damit auf den Thron geführt hatte; und schließlich Myrus Le Balafre, ein Schwertfechter, Raufbold und Tapferster der Tapferen.

In den Jahren seither hatte man weitere Männer zu Tribunen ernannt, einige, die ich gut, andere, die ich nur dem Ruf nach kannte.

»Was bezweckt er damit? Mehr Arbeit für die Goldschmiede?«, klagte Yonge. Seine Stimme senkte sich zu einem Flüstern. »Ich fürchte, er bereitet sich auf einen Krieg vor und braucht noch ein paar Schwertfuchtler, die für ihn ›Attacke‹ schreien.

Ich denke«, fuhr Yonge fort, die Stimme noch immer gesenkt, »wir beide wissen, gegen wen es gehen könnte.« Er erschauerte; aus seinem Gesicht sprach das Entsetzen. »Ihr habt nie gesehen, was hinter Kait liegt. Maisir erstreckt sich hinter meinen Bergen ins

Endlose. Wälder, in denen Ihr ganze Dara verstecken könntet. Sümpfe mit Kreaturen und ihren magischen Herren, wie keiner von uns sie sich auch nur erträumt hat. Ebenen, deren Horizont so weit weg ist, dass einem die Augen wund werden dabei, ihn sehen zu wollen. Ich fürchte, wenn dort des Imperators Träume liegen, dann ist das womöglich unser aller Verderben.«

Ich hoffe, ich ließ mir nichts anmerken, als mir des Imperators Worte einfielen: *Numantias Schicksal liegt jenseits der Umstrittenen Länder.*

Yonge nahm eine Olive, legte sie dann wieder zurück und leerte sein Glas. »Wisst Ihr noch, Damastes«, sagte er ganz beiläufig, wie es schien, »als ich nach Dabormida betrunken in Euer Zelt kam?« Ich erinnerte mich. »Erinnert Ihr Euch an das, was ich gesagt habe? Dass ich das Gefühl hatte, man hätte meine Männer verheizt, auf die Schlachtbank geführt aus einem Grund, den ich nicht kannte – den ich immer noch nicht kenne?«

»Ja.«

»Überlegt doch mal, Damastes«, sagte er plötzlich finster. »Wenn wir gen Maisir marschieren, in die Wüstenei dieses Königs, wie immer er heißen –«

»Bairan.«

»Wie auch immer ... wenn wir gegen den marschieren, was wird wohl passieren?«

»Tenedos wird Imperator beider Länder«, sagte ich fest.

»Wahrscheinlich«, meinte Yonge. »Aber wo werden dann wir beide sein, Ihr und ich? Knochen, vergessene Knochen, von den Wüstenwölfen zerstreut.«

Ein finsterer Wind schien durch meine Seele zu wehen. Ich zwang mich zu einem Lachen. »Was passiert Soldaten sonst schon?«

»Vor allem solchen«, sagte Yonge, »die dumm genug sind, Königen oder Sehern zu trauen. Und doppelt dumm sind die, die einem glauben, der beides ist!«

»Ich bin Euch wirklich dankbar, Yonge, dass Ihr gekommen seid und mich so gründlich aufgemuntert habt«, sagte ich sarkastisch.

131

Noch bevor Yonge antworten konnte, klopfte es an der Tür, und Marán trat ein.

»Ah, die Schöne des Hauses«, sagte der Kaiter. »Ihr erscheint in genau dem richtigen Augenblick, Gräfin.«

»Euch ist der Branntwein ausgegangen und Ihr wollt noch mehr.«

»Na ja, nicht ganz, aber bald. Nein. Es ist Zeit, über andere Dinge zu sprechen als über Krieg und dergleichen, und vielleicht macht Ihr den Anfang.«

Marán blickte Yonge skeptisch an; sie wusste nicht so recht, ob er sie auf den Arm nahm, merkte dann jedoch, dass es ihm ernst war. Sie klingelte nach einem Diener. Als Erivan erschien, sagte sie ihm, was Yonge wollte, und fügte hinzu: »Und bringt eine Flasche des grünen Varaners aus der ersten Lenzkelter. Für mich.« Sie sah mich eine Braue hochziehen. »Wenn schon keiner meiner Freunde meint, ein Besuch bei mir lohne sich, dann kümmere ich mich doch wenigstens um deinen hier. Yonge, fangt doch damit an, dass Ihr mich beim Namen nennt, ja?«

»Ah! Das ist ein Wort! Marán. Ihr habt ganz Recht, Euch mit Männern wie mir anfreunden zu wollen. Wir sind nicht nur charmant und schön, man kann uns auch durch und durch trauen.«

Marán grinste. »Ich habe so einiges gehört.«

»Ist fast alles gelogen. Ich sage Euch was, Frau Grä–Marán, einem Hügelmenschen könnt Ihr in jeder Hinsicht vertrauen, es sei denn, es ist ein Weib, ein Pferd, Gold, Stolz oder schlichte Langeweile im Spiel. Dann freilich kann keiner sagen, was wohl passiert.«

Marán lachte laut und mir wurde klar, dass ich diese silbrigen Kaskaden der Unbeschwertheit seit Tagen nicht mehr gehört hatte.

Zwei Tage darauf ritt Amiel vor dem Palast vor. Sie war tatsächlich nicht in der Stadt gewesen; Maráns Befürchtungen hatten also jeder Grundlage entbehrt. Die Gräfin Kalvedon war in meinem Alter und sehr, sehr schön – hoch gewachsen, gut gebaut, mit den Muskeln einer Tänzerin und schwarzem Haar, das ihr in Wellen auf die Schultern fiel. Die beiden Frauen begrüßten einander und brachen in Tränen aus, und ich suchte mir Arbeit in der Bibliothek, da ich wie die meisten Männer von Frauen nicht genug verstand, um mit ihren Problemen umgehen zu können.

Ich erfuhr noch am selben Abend, was nicht stimmte. Amiel und ihr Gatte hatten sich aus Nicias zurückgezogen, um mit einem Problem fertig zu werden: ihr Mann, Graf Pelso, hatte eine Affäre. Ich war verdutzt. Die beiden führten eine offene Ehe und gingen mit jedem ins Bett, der ihnen gerade gefiel, ohne dass sich einer schuldig gefühlt oder dem anderen Vorwürfe gemacht hätte. Marán erzählte mir jedoch, das Arrangement habe auf einer Abmachung basiert: Sie könnten schlafen, mit wem immer sie wollten, solange die Anziehung rein körperlich war. Als er sich in seine gegenwärtige Bettgefährtin verliebte, hatte Pelso dieses Arrangement ruiniert. Sie war die Schwester des Gouverneurs von Bala Hissar, einer weit im Westen gelegenen Küstenprovinz, unverheiratet und mit einem Stammbaum fast so edel wie der der Kalvedons.

Amiel und Pelso hatten zwei Wochen zusammen verbracht, die Situation hatte sich zusehends verschlimmert, bis es zu einem stürmischen Streit gekommen war. Er war nach Nicias zurückgekehrt, schnurstracks zurück in das Haus der anderen Frau. Marán sagte, Amiel versuche das Ganze auf die leichte Schulter zu nehmen und behaupte, Pelso käme schon wieder zur Vernunft. Jedenfalls weigere sie sich, weiter darüber zu sprechen. Sie verbrachten den größten Teil ihres Besuchs damit, darüber nachzudenken, wie man den nicischen Schweinen ins Gesicht schlagen könnte, die Marán hatten fallen lassen. Ich bewunderte die Frauen, wie ich jeden bewundere, der seine eigenen Probleme hintanstellen kann, um einem anderen zur Seite zu stehen.

Amiel besuchte uns häufig und verbrachte so manche Nacht im Wasserpalast. Mir konnte das nur recht sein, da es Marán zu helfen schien. Auf jeden Fall stellte ihr Lächeln sich wieder ein und auch ihr wunderbares Lachen war mir bald nicht mehr fremd.

»Die Dämonen sollen mich holen, würde ich einen Feigling in mein Haus lassen wie Ihr!«, knurrte Tribun Myrus Le Balafre.

»Ich würde Euch kaum einen Feigling heißen, Sir.« Le Balafre war am Wasserpalast in einer Equipage vorgefahren, die gut zu ihm passte – ein praktisches Gefährt mit den hohen Rädern eines Apothekenwagens, das mit Gold und Email geschmückt war. Er hatte seine Frau dabei, eine ruhige, alles andere als hübsche kleine Frau, die aussah, als hätte sie sich besser hinter einen Nähstand auf den Marktplatz gestellt.

La Balafre hatte mir seinerzeit seine eigene Rangschärpe umgebunden, als man mich zum Domina befördert und mir das Kommando über die Siebzehnten Ureyschen Lanciers gegeben hatte. Er war ein harter, brillanter General der Infanterie, der im Kallischen Krieg den rechten Flügel unserer Armee geführt und seither Expeditionskorps gegen die räuberischen Hügler befehligt hatte.

»Aber ich bin es«, fuhr Le Balafre fort. »Ihr kamt nach Nicias zurückgehumpelt, die Flagge eingerollt, ignoriert von dem Imperator, und was mache ich? Ich höre auf meine von Göttern verdammten Adjutanten, es wäre politisch nicht *opportun*, Euch besuchen zu gehen! Weil der Imperator es mir *krumm* nehmen könnte. Der Imperator kann mich mal kreuzweise! Ich diene ihm – ich bin nicht sein Sklave, verflucht noch mal!«

Marán machte ein entsetztes Gesicht.

»Myrus«, sagte seine Frau sanft. »Solche Worte gehören sich nicht für einen Herrn.«

»Noch sind sie ganz ungefährlich«, fügte ich hinzu und versuchte mir ein Grinsen zu verkneifen, als ich an Yonges Gebrumm einige Abende zuvor denken musste. Die besten Gefolgsleute des Imperators schienen nicht allzu gut darin zu sein, vor ihm in die Knie zu gehen.

»Ungefährlich? Pah! Ich bin mein Lebtag nicht auf Nummer Sicher gegangen. Nun, so steht doch nicht herum wie angewachsen, junger Tribun. Wenn ich schon kein feiger Hund bin, so bittet uns doch hinein!«

134

Wenige Augenblicke später saßen wir in einem der Solarien und blickten über einen kleinen, vom Wind gekräuselten See hinaus, während Diener eiligst Gebäck und Kräutertee servierten. Le Balafre zog mich beiseite, während Marán mit der Frau des Tribunen plauderte, die sich, wie ich vermutet hatte, an einem Sticktuch zu schaffen machte.

»Wie gesagt, Damastes, ich bin nicht grade stolz auf mich. Wollt Ihr meine Entschuldigung akzeptieren?«

»Was gibt es da zu entschuldigen?«, log ich. »Ich dachte, Ihr wäret beschäftigt, das ist alles.«

»Das bin ich auch«, sagte Le Balafre. Er wartete, bis die Dienerschaft sich zurückgezogen hatte. »Wie wir alle. Der Imperator hat die Garnisonen in Urey und Chalt ausgebaut und er hat vor einer halben Ewigkeit Euren Freund Petre zur Aufklärung in den Pass nach Kait geschickt.« Das erklärte, weshalb ich Mercia noch nicht gesehen hatte – ich dürfte der einzige Freund des humorlosen Strategen gewesen sein und wusste, er würde sich einen Dreck darum scheren, bei wem er ins Fettnäpfchen trat. »Und wir haben über fünf Millionen Männer unter Waffen oder kurz vor dem Eid.«

Ich stieß einen Pfiff aus. Die Truppe war damit doppelt so stark wie auf dem Höhepunkt des Bürgerkriegs gegen Kallio.

»Aber lasst mich auf etwas zurückkommen, was ich bereits erwähnt habe«, fuhr Le Balafre fort. »Auf die Feigheit. Es schmeckt mir gar nicht, gezaudert zu haben, bevor ich herkam. Unsere Armee hat sich verändert, Damastes. Sie ist so … so verflucht politisch geworden! Wir könnten ebenso gut Volksredner und Jubelbrüder sein wie Soldaten!«

Ich dachte an meine Kommandos während der vergangenen acht Jahre und wie wenige von ihnen etwas mit richtigem Krieg oder dem Soldatenhandwerk an sich zu tun gehabt hatten. Aber der Mann am Pflug ist immer der Letzte, der die Lenzblumen sieht. »Ihr habt Recht«, sagte ich. »Aber ich sehe nicht, wie eine Armee überhaupt unpolitisch sein könnte.«

»Verstehe ich nicht.«

»Wir haben doch Tenedos auf den Thron gebracht, oder etwa nicht?«

»Besser ihn als die Idioten, die vorher vor sich hin gesabbert haben!«

»Ganz meine Meinung«, sagte ich, ohne so recht zu wissen, worauf ich hinauswollte, da Politik mir immer ein Rätsel gewesen ist, »aber ich fürchte, Myrus, wir haben unsere politische Unschuld verloren, als wir nach Ende der Kampfhandlungen in Urgone geblieben sind und uns mit ihm gegen den Zehnerrat gestellt haben.«

»Vielleicht habt Ihr Recht«, gab Le Balafre widerstrebend zu.

»Ich denke schon. Und noch etwas. Ich weiß noch, wie die Armee vor Tenedos war. Schließlich war ich bei einer von diesen von den Göttern verdammten Paradeeinheiten hier in Nicias, als die Tovieti sich erhoben. Erinnert Ihr Euch noch an die Tage, als das Funkeln Eures Helms und Eure Verbindungen zu irgendeinem fettsteißigen Aristokraten wichtiger waren als Eure Fertigkeiten als Soldat? Erinnert Ihr Euch noch daran, wie es war, mit den Generälen und deren Huren, Dienstboten, Köchen und Bäckern in den Krieg zu ziehen? Erinnert Ihr Euch noch daran, wie wir das alles geändert haben?«

»Ich glaube nicht, dass Ihr in letzter Zeit viel mit der Armee zu tun gehabt habt«, sagte Le Balafre grimmig. »Wenigstens nicht in Nicias.«

Das stimmte natürlich.

»Es hat sich wieder verändert, und zwar hin zur schlimmen alten Zeit. Es gibt dieser Tage eine Menge mehr Paraden und mehr als nur ein paar blank gewichste Paradesoldaten, die nichts weiter tun, als nobel durch die Stadt zu stolzieren und die Hacken zusammenzuschlagen beim Wachdienst vor kaiserlichen Büros, vor denen es keine Wachen braucht. Unser Imperator entwickelt eine ausgesprochene Vorliebe für Flitterkram und Zierat«, fuhr er fort. »Und dasselbe gilt für die Leute, die um ihn herumtanzen.

Und noch was«, sagte er und sah mich dabei sorgfältig an. »Habt Ihr gewusst, dass der Imperator mir Euren Posten in Kallio angeboten hat, nachdem Ihr seinen Befehl verweigert und er Euch abgesetzt hat? Wisst Ihr, was ich ihm gesagt habe? Ich habe ihm gesagt, Ihr habt das einzig Richtige getan und ich sei ebenso wenig ein Schlachter wie Ihr. Er könnte mich auf den Posten setzen, wenn er wolle, aber er würde mich sogar schneller wieder absetzen müssen als Euch, wenn er mir dieselbe Order gäbe. Worauf er rot anlief und mir befahl, wieder an die Arbeit zu gehen.«

»Wer hat die heiße Kartoffel denn gekriegt?«, fragte ich.

»Jedenfalls kein Soldat. Dieser Büttel, den er da hat, dieser Kutulu, der – schlimm genug – wieder auf den Beinen ist, hat ihm einen gewissen Lany genannt, der bisher Polizeichef von Nicias gewesen ist. Es heißt, er ist mit einer ganz anderen Order losgezogen, als Ihr sie hattet, dass er die Situation bereinigen soll, anstatt alles abzuschlachten, was ihm unterkommt. Ich frage mich, wer den Imperator wohl zur Vernunft gebracht hat. Es kann ja wohl kaum die Schlaflose Schlange gewesen sein, oder?«

Ich hatte nie gehört, dass Kutulu mit irgendjemandem oder -etwas Mitleid gehabt hätte.

»Na jedenfalls«, sprach Le Balafre weiter, »regt Euch erst gar nicht darüber auf, was da vor sich geht. Der Imperator ist kein Dummkopf. Früher oder später muss er ja den Kopf wieder aus dem Arsch nehmen und sehen, dass Ihr ihn vor sich selbst bewahrt habt.«

»Ich hoffe es doch«, beeilte ich mich zu erklären.

In diesem Augenblick kreischte Marán entzückt auf und Le Balafre und ich reckten die Hälse, um nach den beiden Frauen zu sehen. In Nechias Schoß lag ein Ring von der Größe zweier an Zeigefinger und Daumen vereinter Hände. Nur dass es kein Stickrahmen war, sondern das lebende Diorama einer Waldszene. Ich sah einen kleinen Tiger, der sich hinter einem Busch versteckte, während in der Mitte der Lichtung drei Gauren grasten, ohne sich der lauernden Nähe des Todes bewusst zu sein. Ich blickte genauer hin. Ich erspähte winzige Affen, die schweigend auf die Entwicklung des Dramas warteten, und ich hörte das Gezwitscher von unsichtbaren Vögeln. »Ich … kann den Zauber nur für einen weiteren Augenblick aufrechterhalten«, sagte Nechia, und dann hielt sie wieder nichts weiter als einen Reifen mit einem braunen Tuch darin in der Hand. Es befanden sich geheimnisvolle Symbole auf dem Tuch, und zwischen diesen Fragmente von Haaren, Fellen und Laub. »Es ist ein neuer«, sagte sie. »Unser Sohn ist ein Wanderpriester und schickt mir Dinge, dich mich vielleicht interessieren könnten. Er schrieb mir, dass er das hier auf seinen Reisen gesehen hat, und er nahm etwas Tigerfell von einem Dorn, Affenhaare, Erde, wo die Gauren sich an einem Baum geschabt haben, Blumen und so weiter.«

Ich war erstaunt. »Es erinnert mich an die Dschungel jenseits von Cimabue«, sagte ich, und ganz plötzlich empfand ich Heimweh.

»Wenn ich den Zauber stabilisiert habe«, fuhr sie fort, »dann bespreche ich es mit einem weiteren und kann das Ganze an die Wand hängen oder in eine Vitrine stellen, und für welche Szene ich mich auch immer entscheide, sie spielt sich dann immer und immer wieder ab. Ich habe schon Straßenszenen, einige Schiffe, aber das hier ist das erste Mal, dass ich es mit etwas versuche, was ich nie wirklich gesehen habe. Natürlich«, sagte sie geziert, »bekommt der Tiger die Gauren nie. Ein Affe schlägt Alarm und sie laufen davon, bevor er über sie herfallen kann. Er schlägt nach dem Affen und trollt sich dann schmollend.«

Wieder konnte ich nur staunen – über Nechia selbst, die man sich nie als die Frau eines Tribunen vorgestellt hätte, wie auch über Le Balafres Sohn, von dem man mir nie erzählt hatte, und wenn, dann hätte ich ihn mir nie als fahrenden Priester vorgestellt. Wir sind in der Tat nicht alle das, was wir zu sein scheinen.

Es wurde ein langer Abend, obwohl wir uns von da an nur noch über Belanglosigkeiten unterhielten. Nach seinem Besuch gestattete ich mir die Hoffnung, Le Balafre würde Recht behalten und dass meine Verbannung nicht für die Ewigkeit galt.

Ein Besucher, der sich kurz nach seiner Ankunft ganz und gar unbeliebt machte, war ein junger Domina namens Obbia Trochu. Er behauptete, unter mir als Capitain der Unteren Hälfte in Dabormida gedient zu haben. Ich gestand verlegen, dass ich mich nicht an ihn erinnerte. Ich habe schon immer jene großen Feldherren bewundert, die – jedenfalls der Legende nach – einen Mann auf der Straße sehen und in ihm irgendeinen Gemeinen erkennen, mit dem man zwanzig Jahre zuvor eine karge Mahlzeit geteilt hat. Wie gesagt, bewundert, aber nie so recht daran geglaubt …

Wie auch immer, ich bat ihn herein und fragte nach seinem Begehr. Er sah sich geheimniskrämerisch um und schloss dann die Tür zu meinem Arbeitszimmer. »Ich habe mich entschlossen, Euch aufzusuchen, Tribun, weil ich zutiefst entsetzt bin über die Art und Weise, wie man Euch behandelt.«

»Der Imperator?«

Trochu neigte kaum merklich den Kopf.

»Sir«, sagte ich kühl, »ich glaube nicht, dass es Euch – *oder mir* – ansteht, in Frage zu stellen, was der Imperator zu tun beliebt. Wir haben beide einen Eid auf ihn geschworen.«

»Ich möchte weder despektierlich noch unverschämt sein, Sir, aber Ihr *habt* Eure Order in Frage gestellt, oder etwa nicht?« Ich antwortete nicht. Er hatte Recht. »Ich vertrete eine Gruppe … sagen wir mal, besorgter Bürger. Vielleicht sind einige in der Armee, vielleicht gehören die meisten eher zu Nicias' und Numantias besten Köpfen. Wir haben sehr genau verfolgt, was Euch passiert ist.«

»Und weshalb?«, fragte ich etwas ärgerlich.

»Wir sind dem Imperator selbstverständlich einer wie der andere völlig ergeben und wir waren unter den ersten, die seine Krönung begrüßten. Aber wir machen uns zunehmend Sorgen, was die Ereignisse der letzten beiden Jahre angeht.«

»Ach?«

»Zuweilen sieht es so aus, als wäre die Politik des Imperators nicht mehr so klar definiert wie einst – oder man setzt sie nicht mehr so genau um.«

»Ich habe kein Zögern bemerkt«, sagte ich und dachte daran, wie vorschnell er in Kallio gehandelt hatte.

»Natürlich nicht«, erwiderte Trochu aalglatt. »Ihr seid seine starke rechte Hand gewesen und den Ereignissen tagtäglich sehr nahe. Aber manchmal hat der eine bessere Perspektive, der etwas abseits der Turbulenzen steht.«

»Fürwahr«, stellte ich fest.

»Die Gruppe, die ich vertrete, ist der Ansicht, es sei womöglich an der Zeit, dem Imperator ihre Dienste anzutragen in der Hoffnung, er sieht eine Möglichkeit, auf ihren Rat zu hören. So wie vier Augen mehr sehen als zwei, werden mehr Köpfe auch ein Problem besser lösen.«

»Es heißt auch, viele Köche verderben den Brei«, versetzte ich.

»Ich glaube nicht, dass das in unserem Fall ein Problem wäre«, sagte Trochu.

»Und von welchem Nutzen sollte ich einer Gruppe so großer Denker sein?« Ich gestattete mir eine Portion Ironie.

»Ganz offen gesagt«, sagte Trochu, «die meisten von uns sind nicht sehr bekannt und standen bisher kaum im Lichte der Öffentlichkeit. Wir wissen sehr wohl, dass die Massen letztlich ihre Idole brauchen – Männer, die sie respektieren können, Männer, denen man folgt. Hier könntet Ihr Numantia einen Dienst erweisen.«

Ich behielt meine unverbindliche, mäßig interessierte Miene bei. »Lasst mich Euch eine andere Frage stellen«, sagte ich. »Mal angenommen, Eure Gruppe kommt zu dem Schluss, eine bestimmte Politik wäre gut für das Land, und nehmen wir weiterhin an, der Imperator widersetzte sich dieser aufs heftigste. Was dann?«

»Ich möchte doch hoffen, wir hätten dann nicht weniger Mut als Ihr und ständen ein für das, was uns für Numantia gut erscheint. Das ist der Vorteil einer Gruppe. Ihr wart nur ein Einzelner. Als Ihr getan habt, was zu tun war, konnte der Imperator Euch leicht abtun. Aber wären es zehn, ein Dutzend, hundert oder mehr der Besten des Reichs, die fest blieben …

Schon war ich auf den Beinen. Ich kochte vor Zorn, versuchte ihn jedoch so gut ich nur konnte zu unterdrücken. Nicht dass es mir groß gelang. »Domina, Ihr tätet besser daran, Eure Zunge zu hü-

140

ten! Ich erinnere Euch noch einmal an Euren Eid. Euer Vorschlag zeugt von niedrigster Gesinnung. Ihr, ich, ein jeder von uns – wir sind dazu da, dem Imperator zu dienen. Nicht um ihn zu ›beraten‹, nicht um uns über ihn hinwegzusetzen, wenn er zufällig seinen eigenen Kopf haben sollte! Eure Worte riechen mir nach Hochverrat und Euer persönliches Verhalten ist unehrenhaft. Ich muss Euch bitten, dieses Haus auf der Stelle zu verlassen und mir nie wieder unter die Augen zu treten.

Ich sollte vielleicht die zuständigen Behörden in Kenntnis setzen über Euch und Eure kleine Gruppe. Aber ich hasse Zuträger nun mal über alles. Außerdem glaube ich nicht, dass dem Imperator Gefahr von einem Haufen Dummköpfe wie Euch droht. Ihr erinnert mich zu sehr an jene jammernden Zauderer, die zu stürzen ich dem Imperator mit Stolz geholfen habe.

Und jetzt macht, dass Ihr fortkommt, oder ich lasse Euch von meinen Dienstboten hinauswerfen!«

Merkwürdigerweise zeigte Trochu keine Spur von Zorn. Er stand auf, verbeugte sich und verließ ganz ohne Eile mein Haus. Ich schäumte noch eine Weile vor Wut und ging dann, als ich mich beruhigt zu haben meinte, zu Marán, um ihr davon zu erzählen. Sie ging in die Luft und ich musste sie beruhigen, während ich durch sie meinen eigenen Zorn wieder aufkommen spürte.

»Diese miese kleine Ratte! Wir sollten Kutulus Büttel rufen und diesen Scheißkerl von einem Domina mitsamt seinem Drecksverein anzeigen! Der Imperator hat schon genug Probleme, auch ohne dass sich irgendwelche Kotfresser gegen ihn verschwören!«

Meine Frau mag ja von edler Geburt sein, aber fluchen konnte sie wie der hartgesottenste Ausbilder beim Militär. Ich sagte ihr wie schon Trochu, dass ich Zuträger weder mochte noch selbst einer sei.

Marán schürzte die Lippen. »Ich weiß«, sagte sie. »Mir geht es genauso. Aber das hier ist etwas anderes. Es geht hier um den Imperator!« Sie verstummte und sah mich merkwürdig an. »Damastes, mir kommt da gerade ein Gedanke. Ein recht seltsamer Gedanke. Ich frage dich lieber vorsichtig, damit du mir nicht wütend

141

wirst. Der Imperator ist doch im Augenblick böse mit dir, stimmt's? Vielleicht fragt er sich gar, wie loyal du bist?« Sie wartete ab; vermutlich dachte sie, ich würde sie anfahren.

»Nur zu«, war alles, was ich erwiderte.

»Vielleicht fragst du dich ja genauso wie ich. Wenn ich der Imperator wäre und mir stünde jemand zur Verfügung, der als die Schlange, die Niemals Schläft, bekannt ist, jemand, der angeblich in jeder Schenke, jedem Restaurant, jeder öffentlichen Einrichtung in ganz Numantia einen Spion sitzen hat und einen Agenten, der diesen Spion überwacht, würde ich da nicht vielleicht meine Schlange jemanden losschicken lassen, um festzustellen, ob mein in Ungnade gefallener Tribun nicht vielleicht zu einer Narretei zu verlocken wäre?«

»Wie etwa einer Verschwörung beizutreten, die gar nicht existiert?«, ergänzte ich.

»Oder sie existiert, aber nur um möglichen Verrätern auf die Finger zu sehen?«, sagte Marán.

Ich schüttelte den Kopf, aber nicht etwa, weil ich mich dem Gedanken versperrte, sondern völlig verwirrt. »Ich weiß nicht, Marán. Ich weiß wirklich nicht.«

»Ich auch nicht. Aber Laish Tenedos und Kutulu sind raffiniert genug, sich so etwas auszudenken.«

»Und was machen wir nun? Selbst wenn er ein Doppelagent ist, der Gedanke, jemanden anzuzeigen, schmeckt mir gar nicht.«

»Wir werden es uns überlegen müssen«, sagte sie.

Aber das brauchten wir nicht. Am nächsten Morgen kam Kutulu zu uns zu Besuch.

Er tat gar noch schüchterner als gewöhnlich und klammerte sich an ein in Papier gewickeltes Paket, während er auf der Kante eines ledernen Diwans saß. Marán begrüßte ihn und sagte, sie würde später im grünen Arbeitszimmer zu uns kommen. Es war dies ein Code zwischen uns beiden, denn dieser Raum verfügte über eine geheime Kammer mit einem Spion, die von einem benachbarten Schrankzimmer für die Wäsche aus zu betreten war. Marán und ich

142

hatten uns ihrer bedient, wenn der eine wollte, dass der andere etwas mit anhörte, was in seiner Gegenwart womöglich nicht zur Sprache gekommen wäre.

Kutulu lehnte eine Erfrischung dankend ab und sagte, er könne nur einige Minuten bleiben.

»Wie ich sehe, sind Eure Wunden geheilt«, sagte ich.

»Ja, wenigstens teilweise«, antwortete er. »Die Seite hier ist noch etwas steif. Aber mein Verstand funktioniert wieder. Ich hatte lange Zeit immer wieder Ausfälle, in denen ich mich an nichts erinnerte und im Gespräch den Faden verlor. Ich denke … ich hoffe, dass das nicht mehr passiert. Mein Gedächtnis, die Fähigkeit, eins und eins zusammenzuzählen, ist mein einziges echtes Talent.« Er hätte vielleicht besser *Waffe* gesagt.

»Das wird wahrscheinlich nicht passieren«, sagte ich ihm. »Die meisten Leute denken, dass einen ein Schlag auf den Kopf nur bewusstlos macht. In Wirklichkeit braucht man einige Zeit, um wieder normal zu werden.«

»Wer hat mir das angetan?«

»Eine Frau, die Euch dann die Gurgel durchschneiden wollte.«

»Ich hoffe, Ihr habt sie Euch vorgenommen.«

»Ich habe sie einen Kopf kürzer gemacht, wenn Ihr es genau wissen wollt.«

»Gut. Ich hatte mich schon gefragt. Man hat mir gesagt, Ihr hättet mich in unseren Bergfried gezerrt, aber nicht, was aus meinem Angreifer geworden ist. Deshalb bin ich hier«, fuhr er fort. »Um mich einmal mehr bei Euch dafür zu bedanken, dass Ihr mir das Leben gerettet habt. Es scheint Euch zur Gewohnheit geworden zu sein.«

Ich war erstaunt. »Ihr scherzt doch wohl nicht etwa, Kutulu?«

»Oh! Ja. Das wollte ich wohl, nicht wahr?«

Jetzt musste ich wirklich lachen; ihm dagegen huschte ein Lächeln übers Gesicht.

»Na jedenfalls«, sagte ich, »es ist wirklich schön, Euch zu sehen. Und ich bin ziemlich überrascht, dass Ihr kommt.«

»Warum? Ihr seid doch einer meiner wenigen Freunde. Es tut mir nur Leid, so lange bettlägerig gewesen zu sein. Warum sollte ich Euch nicht besuchen?«

»Zum einen, weil der Imperator nicht gerade gut auf mich zu sprechen ist.«

»Was hat das damit zu tun? Ich – und auch er – wir wissen sehr wohl, dass Ihr keine Gefahr für das Reich darstellt. Trotz Eurer Differenzen in Kallio.«

»Ich kann mir vorstellen, dass es ihn nicht eben freuen dürfte, wenn Ihr jemanden besucht, der in Ungnade gefallen ist.«

»Vielleicht. Aber ich habe meine Dienste schließlich nicht einem Mann zur Verfügung gestellt, der von seinen Gefühlen regiert wird. Wenn der Imperator einen Augenblick logisch denkt, dann wird er die Angelegenheit fallen lassen.«

»Nun denn …« Ich ließ meinen Satz ausklingen und wandte mich dann einem anderen Thema zu. »Lässt er Euch immer noch hinter unsichtbaren Maisirern herjagen?«

Kutulu zog die Stirn in Falten und nickte dann.

»Und habt Ihr heute mehr Hinweise auf König Bairans böse Komplotte als bisher?«

»Nicht einen. Aber der Imperator besteht auf seinem Glauben.« Kutulu schüttelte den Kopf. »Meint Ihr, das hebt, was ich vorhin über die kaiserliche Logik gesagt habe, wieder auf?«

»Wie Ihr schon einmal gesagt habt, der Verstand des Imperators geht Wege, die uns verborgen bleiben«, sagte ich.

»Das habe ich gesagt, in der Tat.« Kutulu zögerte. »Ach, übrigens, es gibt da noch einen anderen, wichtigeren Grund, aus dem ich gekommen bin. Und auch wenn es etwas bedrohlich ist, so denke ich doch, Eure Frau sollte mit anhören, was ich zu sagen habe.«

Ich ging zur Tür.

»Schon gut«, sagte Kutulu mit dem Anflug eines Lächelns. »Ich rufe sie selbst.«

Er trat an das Gemälde mit dem Wasserfall, das den Spion verbarg, und sprach es an: »Gräfin Agramónte, würdet Ihr Euch zu uns bemühen?« Ein überraschtes Glucksen kam hinter dem Bild hervor und ich lief rot an. Maráns Gesicht war gar noch mehr gerötet, als sie einige Augenblicke später ins Zimmer kam.

Kutulu schüttelte den Kopf. »Es will mir nicht einleuchten, warum Euch das genieren sollte. Warum solltet Ihr Euch nicht einer solchen Kammer bedienen? Ich würde es tun.«

»Weil zu lauschen«, brachte Marán hervor, »als Gipfel der Unhöflichkeit gilt.«

»Nicht in meiner Welt«, sagte Kutulu. »Nicht in meinem Beruf. Na, jedenfalls weiß ich nicht«, fuhr er fort, »ob Damastes Euch gesagt hat, dass unsere Freunde, die Tovieti, wieder einmal den Aufstand proben.«

»Nein … wartet, doch, er hat etwas gesagt.« Marán überlegte. »In Kallio. Aber ich habe nicht aufgepasst. Wir hatten dringendere Sorgen, wie ich mich erinnere.«

»Nun, sie sind wieder so aktiv wie damals, als der Imperator mich nach Polycittara schickte«, sagte Kutulu. »Genau genommen sogar aktiver. Das macht dem Imperator Sorgen. Er hieß mich, alle anderen Belange hintanzustellen und mich ganz auf sie zu konzentrieren, vor allem um herauszufinden, ob Maisir sie wohl finanziert.« Schon wieder Maisir! Kutulu sah den Ausdruck meines Gesichtes. »Er fragt sich, ob König Bairan wohl ihr Zahlmeister ist, so wie das eine Zeitlang Chardin Sher gewesen war. Übrigens, natürlich darf nichts von dem, was ich hier sage, nach außen dringen. Ich habe noch keine Hinweise darauf. Aber logisch wäre es durchaus.«

»Ich sehe nicht«, warf ich ein, »was das mit uns zu tun hat.«

»Vor zwei Wochen habe ich die Anführerin eines örtlichen Kaders verhaftet, und sie wusste mehr über die Organisation und ihre Pläne als irgendeiner von denen, die ich bisher vernommen habe. Sie hat mir gesagt, dass die Offensive der Tovieti aus zwei Teilen besteht. Der erste und langfristigere besteht darin, weiter zu morden in der Hoffnung, dass der Imperator die Schrauben anzieht und repressive Gesetze ausrufen lässt. Das würde die breite Masse aufbringen, ihr Zorn nährte sich von der Unterdrückung – und so ginge das hin und her bis zum nächsten Aufstand, der kein Fehlschlag mehr werden würde.

Der zweite Plan ist unmittelbarer, nämlich die Ermordung einer Auswahl von führenden Leuten des Imperators. Ich habe sie nach Namen gefragt und sie sagte, darüber diskutiere man noch. Aber sie sagte, die Ziele der Tovieti wären auf jeden Fall Männer wie – und ich zitierte wörtlich – ›dieser von den Göttern verfluchte dotterhaarige Teufel Damastes der Schöne, der uns schon einmal niedergemacht und dem Imperator bei der Vernichtung von Thak geholfen hat. Er ist einer davon und auch seine‹, Ihr müsst entschuldigen, Frau Gräfin, ›auch seine Goldhure von einer Frau‹.«

»Aber … aber warum? Warum uns? Warum ich?«, sagte Marán und gab sich alle Mühe, das Beben in ihrer Stimme zu beherrschen.

»Weil Ihr besser, reicher, gescheiter seid als sie, vielleicht? Ich weiß es nicht. Hasst der Bauer nicht immer den, der über ihm steht?«

»Nicht unbedingt«, sagte ich und dachte an die Bauern zurück, mit denen ich als Kind garbeitet hatte, nicht viel reicher und wenigstens so hungrig wie sie.

»Ich weiß es nicht wirklich«, meinte Kutulu. »Meine Eltern waren Ladenbesitzer und ich kann mich nicht daran erinnern, dass uns jemand gehasst hätte oder umgekehrt.

Aber das gehört nicht hierher. Ich dachte, ich sollte Euch besser warnen. Ich wünschte, der Imperator würde seine Meinung über Euch revidieren und gäbe Euch die Roten Lanciers zurück. Der Palast hier ist schwer zu verteidigen.«

»Wir haben Wachen.«

Kutulu wollte schon etwas sagen, aber ich schüttelte kaum merklich den Kopf, und er ließ es sein. »Seid vorsichtig, alle beide«, sagte er stattdessen.

Er stand auf und merkte dann, dass er noch immer das Päckchen umklammert hielt. »Ach ja, ich habe hier ein Geschenk. Für Euch beide. Nein, bitte, öffnet es erst, nachdem ich weg bin.« Er schien es plötzlich eilig zu haben und wir begleiteten ihn hinaus. Er hatte nur zwei Büttel als Eskorte dabei.

»Kutulu«, sagte ich, »vielleicht sollte ich Eure Warnung zurückgeben. Ihr seid ein besseres Ziel für diese Verrückten als ich.«

»Natürlich«, erwiderte er. »Aber wer weiß schon, wie ich aussehe? Oder erinnert sich an mein Gesicht?«

»Noch eine Frage an Euch«, sagte ich. »Habt Ihr schon einmal von einem gewissen Domina Obbia Trochu gehört?« Ich beschrieb ihn.

Kutulus Gesicht wurde ausdruckslos, als er die Stirn furchte, als denke er tief nach. »Nein«, sagte er höflich. »Ich glaube nicht. Sollte ich denn?«

»Nicht unbedingt«, antwortete ich trocken. »Wenn Ihr nicht wollt.«

Kutulu fragte nicht nach einer Erklärung, sondern stieg in den Sattel. »Euer Haus gefällt mir sehr«, sagte er. »Vielleicht, wenn der Imperator sich eines Tages entschließen sollte ...« Seine Stimme verlor sich. Er zog an den Zügeln seines Pferdes und ritt den gewundenen Weg zur Straße jenseits des Tores hinauf.

»Ein wirklich merkwürdiger kleiner Mann«, sagte Marán.

»Allerdings«, pflichtete ich ihr bei. »Wollen wir nachsehen, welche Geschenke ein merkwürdiger Mann so kauft?«

Es war eine reich verzierte Holzschatulle, in der sich ein Dutzend Stücke Seife mit verschiedenen Düften befand.

»Mein Gott«, sagte Marán. »Hat der Mann denn keine Manieren? Ich habe Leute gekannt, die ihn zum Duell gefordert hätten für einen solchen Affront.«

»Würdest du die Schlange, die Niemals Schläft, fordern?«, fragte ich sie. »Außerdem hat er vielleicht Recht. Vielleicht brauchen wir ja ein Bad.«

Marán musterte mich. »Ich nehme an, Sir, Ihr habt dabei einen Hintergedanken.«

Ich verdrehte die Augen und versuchte, unschuldig dreinzuschauen.

147

Eine der verborgeneren Partien des Wasserpalastes bestand aus einer Reihe von Kaskaden, Teichen und Stromschnellen, die sich durch kleine Lichtungen in moosbewachsenen Gärten zog. Einige der Teiche waren eiskalt, von anderen stieg der Dampf in den kalten Nachtwind. Alle wurden sie von Lichtern in verschiedenen Farben beleuchtet, die in verglasten Nischen unter der Wasseroberfläche angebracht waren.

»Warum fangen wir hier oben an und nicht da, wo es warm ist?«, fragte Marán. »Das ist ja saukalt!«

»Genussmensch! Willst du immer alles auf die einfachste Art angehen?«

»Natürlich.« Marán trug einen weichen Baumwollmantel und ich hatte ein Handtuch um die Hüften.

»Ah, mein Liebster, du wirst ein *derartiger* Asket«, flüsterte sie. »Ich friere mir hier den Busen ab und du hast nichts als ein Handtuch.« Sie öffnete den Mantel und tatsächlich waren ihre dunkelbraunen Nippel groß und hart. »Siehst du?«

Ich beugte mich rasch vor und biss in einen. Sie kreischte und nahm dann ein Stück von Kutulus Seife aus der Manteltasche. Sie hatte sie von einer der Mägde durchbohren und eine Seidenschnur durch das Loch ziehen lassen. Sie hängte sie sich um den Hals. »Und jetzt, du schmutzige Kreatur, musst du für dein Bad arbeiten.« Damit sprang sie in den Teich. Einen Augenblick später tauchte sie wieder auf. »Scheiße, das ist ja noch kälter als draußen«, japste sie.

Ich sprang hinter ihr her. Es war kalt – eisig wie ein Gebirgsbach in irgendeinem ureyschen Tal. Zitternd kam ich wieder hoch und bewegte mich langsam, Wasser tretend, auf sie zu.

»Nein, nein. Ich sehe deinen Verrat«, sagte sie, tauchte weg und schwamm davon. Ich folgte ihr, immer dem Schaum ihrer schlagenden Füße nach. Ich griff eben nach ihrem Knöchel, als ich merkte, dass sie einen der Wasserfälle erreicht hatte, und dann ergriff mich auch schon die Strömung und riss mich über die Kante. Ich fiel fünf Fuß tiefer in einen weiteren Teich, der so warm war wie der andere kalt.

Ich ließ mich auf den Grund sinken, dann schwamm ich träge wieder an die Oberfläche. Marán ließ sich auf dem Rücken treiben und blickte in den Himmel hinauf. Die harten Diamanten der Sterne funkelten auf uns herab. Der Dampf kringelte sich wie Schlangen um uns.

»Ich schätze«, sagte sie leise, »meistens ist die Welt gar nicht so schlecht.«

»Sie könnte schlimmer sein«, stimmte ich zu.

»Machen wir möglicherweise etwas falsch?«, fragte sie.

»Wir haben's ja noch gar nicht versucht.«

»Nein, im Ernst. Vielleicht sollten wir uns gar nicht hier einsperren lassen und Trübsal blasen, wie wir das seit unserer Rückkehr aus Kallio tun.«

»Genau das hat Yonge mir vorgeworfen. Hast du einen Vorschlag?«

»Na ja, nächste Woche beginnt die Zeit der Stürme. Vielleicht sollten wir ein großes Fest geben? Jeden einladen, der jemand ist – auch den Imperator?«

Ich überlegte einen Augenblick. »Ich weiß nicht. Aber es wäre eine Art, die Schlacht unter den Feind zu tragen.«

»Dann versuchen wir es doch. Du dummer Soldat«, fügte sie hinzu. »Fällt dir kein anderer Vergleich ein, als Leute mit dem Schwert umzuhauen?«

»Nein, aber ich kann mit meinem Schwert noch etwas anderes als Leute umhauen.«

»Ach?« Sie schwamm auf mich zu, und wir küssten uns, sanft zuerst, dann umschlangen sich unsere Zungen. Schließlich machte ich mich los, schwamm auf einen Fels unter der Wasseroberfläche und setzte mich darauf, so dass mir das Wasser bis zur Mitte der Brust ging. Marán kam träge hinter mir her und legte den Kopf auf meine Schulter; der Rest ihres Körpers schwebte auf dem Wasser.

»Manchmal lassen wir die Welt einfach zu nahe an uns heran«, sagte ich.

»Ich weiß. Ich liebe dich, Damastes.«

»Ich liebe dich, Marán.«

Worte, die schon so oft gesagt worden waren, und trotzdem klangen sie immer wieder neu.

»Komm schon«, sagte sie. »Sonst sitzen wir hier nur herum, bis wir schmelzen und du mich nicht mehr ordentlich stoßen kannst.«

Ich watete hinter ihr her, dann glitten wir über einen schmalen Nebenarm in eine kleine, von schmalen, schlanken Kerzen beleuchtete Lagune, in der das Wasser nur lauwarm und das Ufer moosbewachsen war. Marán reichte mir die Seife, und ich begann sie einzuschäumen, erst den Rücken, dann die Beine; schließlich drehte sie sich um und ich seifte ihr den Bauch und die Brüste ein. Ihr Atem ging schneller, und sie legte sich zurück auf das Moos und spreizte die Beine.

Ich drehte sie auf die Seite und hob ihre rechte Ferse an meine rechte Schulter. Ich seifte meinen Riemen ein und drang in sie ein. Sie stöhnte, und ich begann mich zu bewegen, langsam, tief in ihr, während ich mit den Händen über ihre von der Seife schlüpfrigen Brüste und ihren Rücken strich. Sie schob das Becken vor und zurück, während mich ihr Bein auf sie hinabzuziehen versuchte.

Sie drehte sich um, bis sie auf dem Bauch lag, legte das Gesicht auf die Arme, und ich beugte mich über sie, spürte ihren weichen Hintern an mir, dann schob sie sich mir entgegen, wir fanden einen gemeinsamen Rhythmus, wurden schneller, brutaler, und die kleinen Kerzen blühten zu einer Zwillingssonne auf.

7 Die gelbe Seidenschnur

Die Karte lautete folgendermaßen:

Lieber Baron Damastes & Gräfin Agramónte,
Ich bedanke mich für Eure freundliche Einladung.
Dringende Geschäfte von größter Wichtigkeit je-
doch erlauben es mir nicht, Eurer Festlichkeit bei-
zuwohnen. Meine aufrichtige Entschuldigung.

T

Marán studierte sie eingehend.

»Nun?«, fragte ich schließlich.

»Ich bin mir nicht sicher«, meinte sie. »Nicht gut ist, dass er dich nicht als Tribun Damastes anspricht, andererseits ist es gut, dass er dich nicht Graf nennt, sondern den Titel benutzt, den der Staat dir verliehen hat. Obwohl es ja eigentlich der Zehnerrat war. Nicht gut ist, dass es sich um eine gedruckte Karte handelt, gut ist, dass er selbst unterschrieben zu haben scheint.« Der Imperator hatte vor kurzem begonnen, seine Schreiben mit einem einzigen Initial zu unterzeichnen. »Ganz und gar nicht gut ist freilich, dass er bis zwei Stunden vor dem Beginn des Festes gewartet hat, bevor er uns schreibt.«

Ich schüttelte den Kopf. Die komplizierten Gebote der Etikette waren mir einfach zu hoch.

»Wenigstens hat er die Einladung nicht einfach ignoriert«, sagte Marán nachdenklich. »Aber andererseits denke ich auch nicht, dass irgendjemand etwas ignorieren würde, was von einem Agramónte kommt. Ich denke, wir warten einfach ab, was passiert.«

Ich kam mir wie ein Riesentrottel vor, als ich so in dem großen Saal des Wasserpalasts stand, von zwei Lakaien mit steinernen Mienen in der feudalen Livree der Agramóntes flankiert: dunkelgrüner Rock und Breeches, die Westen aus leuchtend rotem Whipcord mit goldenen Knöpfen und Schnallen. Ich trug meine Galauniform mit allen Auszeichnungen, aber keine Waffen.

Marán trug eine tief ausgeschnittene weiße Spitzenbluse, in die in einem Dreiecksmuster Perlen eingearbeitet waren. Ihr nach unten zu ausgestellter Rock war aus schwarzer Seide und hatte schwarze Perlenstickereien mit demselben Muster. Über der hochgesteckten Frisur trug sie einen schwarzen Spitzenkopfschmuck. Sie trug keinen Schmuck außer einem Kollier aus Edelsteinen, von denen jeder eine geringfügig andere Farbe hatte, das Ganze ein funkelndes Farbenrad. Mit gefurchter Stirn blickte sie sich in dem großen Ballsaal um.

»Bis jetzt«, sagte sie, »sieht es mir nach einer Katastrophe aus.«

»Es ist noch früh«, meinte ich. »Kaum mehr als eine Stunde nach dem offiziellen Beginn. Du hast mir doch beigebracht, nur Bauern, Greise und Trottel lassen sich pünktlich blicken.« Marán versuchte zu lächeln, aber es blieb bei einem schwachen Versuch. Es waren bisher nur eine Hand voll Leute gekommen, und auch nur die, die praktisch überall hingehen, solange es zu essen und zu trinken gibt, dazu das übliche Häuflein Kletten, die ein Ereignis nach dem Prestige desjenigen beurteilen, der dafür verantwortlich ist, weiter nichts.

Amiel kam geschäftig auf Marán zu. Ohne eine Ahnung von der Schneiderei zu haben, schien mir ihr Kleid zwei Kleidungsstücke in einem zu sein. Und beide klebten an ihrem Tänzerinnenkörper, beide reichten sie ihr von den Fesseln bis hoch zum Hals. Wenn sich das nun so anhört, als wäre die Gräfin Kalvedon züchtig gekleidet gewesen – weit gefehlt. Das erste, das innere Kleid, bestand aus tiefroter, teilweise durchsichtiger Seide. Darüber trug sie ein meergrünes Kleid, das ebenso durchsichtig war, nur deckten die durchsichtigen Stellen sich nicht ganz genau. Darunter trug sie nichts, und jedesmal, wenn sie sich bewegte, blitzte es kurz auf, und man sah ein Stückchen nackter gebräunter Haut. Wie Marán rasierte sie sich ihre

152

Scham, aber im Gegensatz zu ihr trug sie Rouge auf die Brustwarzen auf. In anderer Stimmung, und wäre sie nicht die Freundin meiner Frau gewesen, wären mir wohl interessante Gedanken gekommen.

»Wer hat denn für die Illusion gesorgt?«, fragte sie.

»Unsere eigene Seherin, Sinait«, antwortete Marán, und es kam etwas Schwung in ihren Ton. »Ist sie nicht wunderbar?« Das war sie. Marán hatte an ihrer Idee, ein Fest zur Feier der einsetzenden Zeit der Stürme zu geben, festgehalten. Das Wetter hatte mitgespielt und für einen tropischen Monsun vom Nordmeer herein gesorgt. Als Gegenstück dazu hatte Sinait einen Sturm im Ballsaal geschaffen – treibende Wolken, einige dunkel, regenschwanger, andere stiegen, mit schlimmen Winden drohend, hoch auf; gelegentlich durchzuckten Blitze den Saal, denen kaum hörbar das Grollen des Donners folgte. Nur dass dieser Sturm den Saal in Hüfthöhe durchtobte, so dass es einfach war, sich vorzustellen, eine kleine Gottheit zu sein, vielleicht sogar eine Manifestation eines der größeren Götter, die über den Himmel schwebt.

»Besonders gefällt mir –« Amiel brach ihren Satz ab, als sie ihren Gatten Pelso auf uns zukommen sah. Sie lächelte verkniffen und entschuldigte sich dann, um einen Punsch holen zu gehen. Es war völlig klar, dass die beiden nur ihrer Sympathien für Marán und mich wegen hier waren. Hätte einer von ihnen die Wahl gehabt, sie wären auf der anderen Seite der Stadt gewesen, vielleicht gar der Welt, nur um nicht beisammen zu sein.

Graf Kalvedon verbeugte sich. »Darf ich Euch Eure Gattin entführen, Damastes? *Sie* tanzt ja vielleicht mit mir.« Ohne auf eine Antwort zu warten, nahm er Marán bei der Hand und führte sie weg. Es waren gerade einmal ein halbes Dutzend Paare auf der Tanzfläche.

Ich kam zu dem Schluss, dass alles besser war, als herumzustehen, und suchte mir die Seherin Sinait, die wie immer Braun trug, nur dass ihre Kleidung diesmal aus handgewebter Lammwolle war. Ich tanzte mit ihr und machte ihr ein Kompliment zu ihrem Zauber. »Ich wünschte, ich könnte mehr«, sagte sie. »Wie etwa einen Zauber, der auf die Herren und Damen der Stadt wirkt wie Honig auf Ameisen. Es ist mir zutiefst zuwider, Eure Angetraute so zu sehen.«

»Mir auch«, pflichtete ich ihr bei. »Irgendwelche Vorschläge?«

»Zu dem Einzigen, den ich hätte, gehörte jemand, der sich wie ein verzogenes Gör benimmt, aber ich möchte Euren Eid nicht gefährden, indem ich ihn beim Namen nenne.«

»Ich danke Euch.«

»Nichts zu danken.«

Ich tanzte noch mit zwei anderen Frauen, dann mit Amiel. Sie tanzte ausgezeichnet – als wären wir eins – und sehr eng. Pelso war verschwunden, nachdem der Höflichkeit Genüge getan war. »Schade, dass der Bastard gegangen ist«, flüsterte sie.

»Ah?«

»Wäre er noch hier, dann versuchte ich vielleicht, ihn eifersüchtig zu machen.«

»Wie denn? Mit wem?«

»Ich weiß nicht«, sagte sie. »Vielleicht mit Euch. Ihr dürft nicht vergessen, es gibt in Nicias viele, die ohnehin glauben, wir hätten eine Affäre.« Amiel hatte uns, als ich mich in Marán verliebte, einen wunderbaren Dienst erwiesen, indem sie unsere »Anstandsdame«, wie sie es nannte, spielte, so dass alle Welt dachte, ich hätte etwas mit ihr. »Ich könnte anfangen, mit Euch zu tanzen wie … so!« Sie ließ ein Bein zwischen die meinen gleiten und bewegte die Hüften vor und zurück. »Früher oder später würde es schon jemand merken.«

»Hört auf!«

»Warum?«, sagte sie. »Es fühlt sich gut an.«

»Vielleicht zu gut«, meinte ich, weil ich spürte, wie mein Riemen sich regte.

Sie lachte etwas gezwungen, kam meinem Wunsch aber nach. »Armer Damastes«, sagte sie. »So wahnsinnig verliebt in seine Frau, und dazu noch ein Mann, der sich an seinen Schwur hält. Ihr trinkt nicht, Ihr sprecht nicht den Kräutern zu … Ihr beide werdet noch in Nicias' längster Ehe enden.«

»Das hoffe ich doch«, erwiderte ich.

»Wie schrecklich langweilig«, befand Amiel. »Aber ich nehme an, jeder von uns hat seine Last zu tragen.«

Ich wusste es zu schätzen, dass sie meine schlechte Laune zu verscheuchen versuchte, aber es funktionierte nicht. Ich wollte schon einen dummen Geistesblitz anbringen, als das Orchester mit einer Nummer zu Ende war. In der kurzen Stille schallte brüllendes Gelächter durch den Saal. Ich brauchte nicht erst hinzublicken, um nachzusehen, ob ein Esel hereinspaziert war. Das Lachen konnte nur einem gehören, und das war Graf Mijurtin, womöglich das nutzloseste Wesen, das Saionji je wieder vom Rad gelassen hatte.

Einst hatte seine Familie in Nicias zu den Edelsten der Edlen gehört; man hatte im Lauf der Jahrhunderte gleich zwei Leute im Zehnerrat gehabt. Aber das war lange her. Jetzt war der Graf der einzige Überlebende seiner Linie. Er hatte eine Bürgerliche geheiratet – dem Gerücht nach seine Wäscherin, nur um ihre Rechnungen nicht bezahlen zu müssen. Das Ehepaar bewohnte einige Räume des Familienanwesens, das einmal in einem schicken Teil der Stadt unten am Fluss gewesen war, der jetzt aber zu einem Slum verkommen war. Der Rest des Hauses stand leer; nur die Ratten huschten zwischen den modrigen Familienerinnerungen herum.

Nicht dass je einer Mitleid mit Mijurtin verspürt hätte. Er war arrogant wie ein Agramónte, hielt sich für geistreich, wo er nur unhöflich war, und er war ein Schwätzer und ein verlogenes Waschweib. Kein Mensch lud ihn je ein, und trotzdem stand er – im Putz von vor zehn Jahren – in der Abenddämmerung auf der Türschwelle und blieb, bis ihn bei Morgengrauen das Gähnen des letzten Dieners vertrieb.

Seine Stimme war nicht weniger entnervend als sein Lachen und im Augenblick tönte sie kreischend durch den Saal: »Wisst Ihr nicht? Das ist wie mit dem Rad. Letztes Jahr waren sie oben, dieses Jahr … Na, vielleicht bringt ihnen das etwas Demut bei.« Mijurtin merkte mit einem Mal, wie seine Stimme trug, und sah sich hastig um. Von einem Brötchen in seiner Hand tropfte unbemerkt Soße auf den Boden.

Ich verlor die Beherrschung, aber noch bevor ich durch den Saal stiefeln konnte, war Marán schon da. Ihr Gesicht war ebenso entschlossen wie weiß. »Ihr. Macht, dass Ihr hinauskommt! Auf der Stelle!« Mijurtin stotterte etwas. Ich hatte die Hälfte des Saals durchschritten. Er sah mich kommen, bekam große Augen und rannte dann kreischend davon wie ein Schwein, das einen Jäger erblickt.

Das Orchester stimmte hastig eine neue Melodie an, aber Marán hob die Hand, und schon herrschte Stille. »Alle! Hinaus! Das Fest ist vorbei!«

In ihrem blinden Zorn nahm Marán mit beiden Händen das weiße Tischtuch unter der Bowle und zog. Es brauchte zwei kräftige Dienstboten, um die Kristallschüssel zu transportieren, aber im Vergleich zu ihrem Zorn war sie federleicht. Die Schüssel rutschte über das Mahagoni, krachte zu Boden und explodierte dort. Wie Blut ergoss sich der rote Punsch über den polierten Tanzboden und die wenigen Gäste liefen nach ihren Mänteln. Der Sturm draußen war nichts im Vergleich zu dem im Palast.

Marán drehte sich nach dem Orchester um. »Das genügt! Ihr könnt ebenfalls gehen!« Die Musiker packten ihre Instrumente zusammen.

Mit einem Mal kam mir eine Idee.

Ich hob die Hand. »Nein«, sagte ich ruhig, aber meine Stimme trug durch den ganzen Saal. »Spielt ›Flussstrudel, Flussknie‹.«

Es war das Lied, das man auf der Luxusfähre gespielt hatte in jener Nacht, als Marán und ich uns das erste Mal geliebt hatten. Es hatte mich etwas Gold und eine Menge Arbeit gekostet, den Namen der Melodie herauszufinden, aber es war die Mühe wert gewesen, als ich sie an unserem ersten Jahrestag vom selben Schiffsorchester spielen ließ.

Die Musiker sahen mich verlegen an. Einer nach dem anderen begannen sie zu spielen. Marán stand reglos neben dem roten See. Dienstboten mit Tüchern warteten in der Nähe, trauten sich aber nicht in ihre Nähe.

»Gräfin Agramónte«, sagte ich, »würdet Ihr mir die Ehre erweisen, mir diesen Tanz zu schenken?«

Sie sagte nichts, sondern kam langsam in meine Arme. Als wir zu tanzen begannen, hörte ich die letzten Gäste davoneilen; dann gab es nichts mehr als die Musik und das Schleifen unserer Schuhe auf dem Holz.

»Ich liebe dich«, sagte ich.

In diesem Augenblick brach der Damm und Marán schluchzte hemmungslos an meiner Brust. Ich hob sie auf, sie wog nichts, und ich trug sie aus dem Ballsaal die Treppe hinauf in unser Schlafzimmer. Ich zog die Tagesdecke von unserem riesigen Bett, legte sie darauf und zog sie langsam aus. Sie lag reglos da, ihre Augen fest in die meinen blickend. Ich zog mich aus.

»Hast du Lust, mit mir zu schlafen?« Sie antwortete nicht, hob aber die Beine und spreizte sie.

Ich kniete mich über sie und fuhr mit der Zunge in sie hinein und wieder heraus. Sie atmete etwas schneller, reagierte aber sonst nicht. Ich küsste ihre Brüste, dann ihre Lippen. Sie bewegten sich nicht.

Da ich nicht wusste, was ich sonst tun sollte, und selbst kaum erregt war, drang ich in sie ein. Ich hätte ebenso gut eine Schlafende lieben können. Ich zog mich zurück. Sie sagte noch immer nichts, drehte sich aber zur Seite, weg von mir, und zog die Knie bis fast an die Brust.

Ich legte ihr zärtlich die Decke über und kroch dann ins Bett. Ich legte versuchsweise einen Arm um sie, aber sie regte sich nicht.

Nach einiger Zeit, so nehme ich an, schlief ich wohl ein.

Ich erwachte; es war kurz vor der Morgendämmerung. Regen prasselte gegen die Fenster, und das Zimmer war kalt. Marán stand an einem der Fenster und starrte hinaus. Sie war nackt, schien die Kälte jedoch nicht zu spüren.

»Die können mich mal«, sagte sie leise. »Alle miteinander. Ich … Wir brauchen sie nicht.«

»Genau.«

»Ich habe die Nase voll«, erklärte sie entschieden. »Ich gehe zurück nach Irrigon. Komm mit oder nicht, was immer du willst.«

Irgendwie schien sie diese Erklärung zu beruhigen. Sie gestattete mir, sie wieder zum Bett zu führen, und schlief fast augenblicklich ein. Was mir nicht gelang. Ich lag wach da, bis graues Licht den Raum zu erhellen begann. Sollte ich mit ihr nach Irrigon gehen, die großartige Burg an dem Fluss, der sich durch die riesigen Ländereien der Familie zog? Ich wurde wütend bei dem Gedanken. Nein! Ich war noch nie davongelaufen, weder vor einem Kampf noch vor einer Schlacht, und ich würde es auch diesmal nicht tun. Ich würde bleiben, bei Isa, bei Vachan, bei Tanis! Früher oder später würde der Imperator schon zur Vernunft kommen. Musste er ja. Früher oder später.

Ich zog mich an und ging hinunter, um etwas zu essen. Die Dienerschaft musste die ganze Nacht gearbeitet haben, denn von der katastrophalen Festlichkeit war keine Spur mehr zu sehen.

Marán wachte gegen Mittag auf, rief nach ihren Zofen und befahl ihnen zu packen. Sie küsste mich heftig zum Abschied, nannte mich einen Dummkopf und sagte mir, ich solle mitkommen. Ich spürte jedoch keine Aufrichtigkeit in ihren Worten. Vielleicht wäre das Beste, sich für kurze Zeit zu trennen. Vielleicht gab sie mir die Schuld an dem, was passiert war.

Ich sah zu, wie ihre Equipage mitsamt ihren berittenen Begleitern in dem heftigen Sturm verschwand, und versuchte mir einzureden, das Problem würde sich rasch wieder geben und alles wäre wieder wie zuvor. Aber meine Gedanken waren hohl und mein Herz so leer wie der Palast.

Ich dachte daran, Tenedos zu schreiben, um eine Unterredung zu bitten, eine Anhörung, wenn ihm das lieber war. Ich versuchte den Brief aufzusetzen, warf aber ein halbes Dutzend Entwürfe fort. Mein Vater hatte mir ein altes Soldatenmotto beigebracht: Nicht beschweren, nichts erklären. Also schrieb ich ihm nicht.

Ich saß jedoch auch nicht herum und schmollte. Da Langeweile nun einmal ein großer Teil des Soldatenloses ist, hat er Hunderte von Möglichkeiten, sich zu beschäftigen. Eine der weniger angenehmen Erkenntnisse, die ich aus Kallio mitbrachte, war die schlechte körperliche Verfassung, in der ich war. Also stand ich eine Stunde vor Tagesanbruch auf, machte meine Übungen, lief eine halbe Stunde. Ich frühstückte Früchte und Getreide, dann nahm ich eine weitere Stunde Unterricht in der einen oder anderen Kampfdisziplin – Bogen, Speer, Keule, Dolch, Schwert, es spielte keine Rolle. Karjan maulte zwar, trainierte aber mit mir.

Schließlich ging ich in mein Arbeitszimmer, breitete Karten berühmter Schlachten aus und stellte sie nach, im Allgemeinen von der Seite des Verlierers aus. Ich tat es nicht gern, wie ich überhaupt Übungen nicht leiden kann, die den Verstand mehr beanspruchen als den Körper, aber falls ich tatsächlich noch ein Tribun war, dann sollte ich besser in der Lage sein, wie einer zu denken.

Mein Mittagsmahl bestand für gewöhnlich aus Fleisch, nur angebraten, oder Fisch, den ich häufig roh aß, und dazu Gemüse aus einem meiner Treibhäuser. Nach dem Essen sattelte ich entweder Lucan oder Rabbit und ritt eine oder zwei Stunden aus, vom Wasserpalast zur Mancoer Heide, wo ich meinem Ross die Zügel schießen ließ. Das Donnern der Hufe verschaffte mir einen klaren Kopf und lenkte mich von meinen Problemen ab. Bei Einbruch der Dämmerung schwamm ich eine Stunde und aß ein schlichtes Abendmahl – für gewöhnlich Brot, Käse und eingelegtes Gemüse. Schließlich machte ich noch einen Verdauungsspaziergang und ging dann zu Bett.

Hatte ich hart genug gearbeitet, stellte sich der Schlaf ein. Allzu oft jedoch warf ich mich stundenlang von einer Seite auf die andere. Ich hatte zuvor nie Probleme mit dem Schlafen gehabt, ja ich war sogar stolz darauf, wie jeder gute Kavallerist überall, selbst im Sattel, schlafen zu können. Ich war schrecklich einsam, aber ich konnte mich nicht überwinden, nach Irrigon zu fliehen. Noch nicht.

Erivan, mein Haushofmeister, kam und sagte, Baron Khwaja Sala bitte um das Vergnügen meiner Aufmerksamkeit. Die meisten Leute denken, ein Haushofmeister verdankt seine Stellung der Fähigkeit, einen großen Haushalt zu führen, ohne dass seine Arbeitgeber sich der Mechanismen hinter seiner stillen Effizienz bewusst sind; und darüber hinaus einer angemessenen Arroganz gegenüber unerwünschten Besuchern. Aber es gibt noch ein drittes Talent, das weit wichtiger ist: fast alles zu wissen. Falls einem Gast nach einer gewissen exotischen Frucht aus seiner Heimat ist, so sollte ein Haushofmeister wissen, auf welchem Markt sie zu haben ist. Und um ein besseres Beispiel zu geben: Er sollte wissen, wer bei allen Dämonen dieser Baron mit dem merkwürdigen Namen war.

»Er ist der maisirische Botschafter am Hofe des Imperators.« Ich zog eine Braue hoch; ich genierte mich nicht zu zeigen, dass ich das nicht wusste, noch versteckte ich sonst einen Mangel vor einem Mann, der meine Schwächen wahrscheinlich besser kannte als ich. »Er weigerte sich, sein Begehr zu nennen, Sir.«

»Bringt ihn doch bitte ins grüne Arbeitszimmer, fragt, ob er einer Erfrischung bedarf, und sagt, ich sei in Kürze bei ihm.«

Das würde es Kutulus Agent, der mir nach wie vor unbekannt war, leichter machen, uns auszuspionieren, da ich nicht die Absicht hatte, mich ohne Zeugen mit einem Maisirer zu treffen.

»Sehr wohl, Sir.«

»Wisst Ihr sonst noch etwas über den Mann?«

»Ich weiß nur, dass er in dem Ruf steht, einer von König Bairans gescheitesten Köpfen zu sein, und angeblich ist er sein engster Berater.«

»Ich verstehe«, sagte ich, obwohl dem gewiss nicht so war, und ging wieder zurück ins Arbeitszimmer.

Baron Sala war groß, fast so groß wie ich, in seinen Sechzigern und sehr schlank.

Er trug einen Schnurrbart mit langen Enden und hatte furchtbar traurige Augen, als hätte er jedes Übel, jede Falschheit, die diese Welt zu bieten hatte, gesehen – als gäbe es für ihn keine Überraschungen mehr. Nachdem der Artigkeiten Genüge getan war, fragte ich, weshalb er gekommen sei.

»Ich vertrete nicht nur den König, sondern auch das Ober-kommando unserer Armee«, sagte er. »Ihr hattet eines Eurer ers-ten Kommandos in Kait, nicht wahr, als der Seher Tenedos als Bot-schafter des Zehnerrates dort war?«

»Das ist allgemein bekannt.«

»Mein Herr und seine Offiziere müssen *alles* wissen, woran Ihr Euch in Bezug auf Kait erinnert. Ihre Raubzüge führen diese Ban-diten nicht weniger oft nach Maisir, als sie Numantia Ärger ma-chen, und König Bairan ist fest entschlossen, diesem Unfug ein für alle Mal ein Ende zu machen. Deshalb hat er mich geheißen, Euch aufzusuchen und mich zu erkundigen, ob Ihr Interesse daran habt, für Frieden zu sorgen.«

»In welcher Form«, so fragte ich, »stellt König Bairan sich denn diesen Rat vor? Ich bin weder Historiker noch Schriftsteller, und wenn ich mich hinsetze und einen Bericht über das Geschehene er-arbeite, geschweige denn besagtes ›alles‹, um das es ihm offensicht-lich geht … nun ja, wir könnten beide sehr alt werden, bevor das Werk fertig ist.«

Der Baron lächelte. »Dasselbe habe ich mir gedacht, als der Ku-rier mir die Wünsche meines Herrn überbrachte, und so habe ich nach weiteren Einzelheiten verlangt. Im Idealfall würde er sich freu-en, wenn Ihr es einrichten könntet, bezüglich des Problems mit un-serem Oberkommando zu Rate zu gehen.«

»Wo? In Maisir?«

»Ich bezweifle«, sagte Sala trocken, »dass Euer Imperator sehr begeistert wäre, eine Enklave unseres Generalstabs hier in Nicias zu sehen.«

»Beginnen wir doch mit dem einfachsten unserer Probleme«, sagte ich. »Wie käme ich nach Maisir? Die übliche Route führt durch Kait. In Sayana sitzt aber noch immer dieser mörderische Bastard Achim Baber Fergana auf dem Thron, der ganz entzückt wäre, mich zu sehen – vorzugsweise auf einem Pfahl. Ich bezwei-fle also, dass dieser Weg in Frage kommt.«

»Das ist, wie Ihr sagt, das einfachste unserer Probleme. Es gibt eine längere Route, die Eure Armee bereits kennt, sie führt durch Kallio und einen der Grenzstaaten. Es geht durch die Wüste und es gibt dort Banditen, aber für kleine Einheiten ist sie passierbar, auch wenn sie längst aufgegeben worden ist. Wir könnten es einrichten, dass Euch ein Kontingent Negaret – das sind die Soldaten, die das Wilde Land, wie wir es nennen, patrouillieren – an der Grenze empfängt.«

»Damit wäre ein Problem gelöst«, sagte ich. »Dann wenden wir uns doch einem größeren zu. Meint Ihr, der Imperator würde einem seiner Tribunen gestatten, dass er ins Ausland reist?«

»Das weiß ich nicht. Aber, wenn ich offen sein darf, Ihr seid beim Imperator nicht mehr ganz so gut angeschrieben, da hat er vielleicht gar nicht so viel dagegen. Ich könnte vorsichtig die Fühler ausstrecken, wenn Ihr interessiert seid.« Die Idee hatte ihre Vorzüge, und nicht der geringste von ihnen wäre, diesem goldenen Käfig von einem Palast zu entkommen, dem Geflüster und dem Kichern, das zum Sturz eines Edelmannes gehört. Es würde mir außerdem Zeit geben dahinter zu kommen, was zwischen Marán und mir falsch gelaufen und zu entscheiden, wie es zu ändern war.

Ins Feld zu ziehen, wegzukommen von all den Worten und Häusern hinaus in die harte saubere Wildnis und die Gesellschaft von Männern, die sagten, was sie glaubten, und danach lebten … Ich lächelte etwas wehmütig. Der Baron sah mich in aller Höflichkeit fragend an.

»Ich dachte nur«, meinte ich, »wie sehr ich Eure Offiziere und Eure bevorstehende Kampagne beneide. Es gibt da einen Groll zwischen mir und Achim Fergana, den ich gern geregelt sähe.«

»Sehr interessant«, sagte der Baron. »König Bairan fügte in einer Note hinzu, die Ideallösung wäre, dass Ihr Euch der Kampagne anschließt. Für angemessenen Lohn würde gesorgt, sowohl für Euch als auch den Imperator, schließlich müsste er für, hm, ein Jahr, vielleicht länger, auf Eure Dienste verzichten, und selbstverständlich würdet Ihr in Eurem gegenwärtigen Rang dienen, vielleicht als Rauri – einem Kommandeur der Vorhut.«

»Das ist ein Gedanke, den ich gar nicht denken darf. Genau genommen«, so fuhr ich fort, »verstoße ich fast schon gegen den Geist meines Eides, indem ich diese Angelegenheit überhaupt diskutiere.«

»Dann entschuldigt vielmals«, sagte der Baron im Aufstehen. »Ich bin sehr froh, mir die Zeit genommen zu haben, Euch kennen zu lernen, Damastes. Ich habe mir nicht viel versprochen, ja, ich fürchtete sogar, Ihr könntet zornig werden. Um so mehr freue ich mich, dass Ihr überhaupt interessiert seid. Soll ich um eine Audienz bei Imperator Tenedos bitten?«

»Noch nicht«, sagte ich. »Ich muss mir das sehr genau überlegen.«

»Was ich voll und ganz verstehe«, erklärte Sala. »Ich werde warten, bis ich von Euch höre, bevor ich etwas unternehme. Sprecht ruhig mit Frau und Freunden darüber. Wir wollen nicht, dass jemand auf den Gedanken kommt, König Bairan führe irgendetwas im Schilde, wogegen euer Imperator auch nur das Geringste haben könnte.«

»Natürlich nicht.«

Nachdem der Baron gegangen war, ging ich in die Spionagekammer des grünen Arbeitszimmers, um – aus reiner Neugier – zu sehen, wer wohl Kutulus Mann oder Frau sei. Die Kammer war leer, aber als ich das Holz um das Guckloch berührte, war es noch warm, als hätte jemand die Stirn dagegen gepresst.

Ich ging in meine Bibliothek und notierte mir genau, was passiert war, Wort für Wort, solange es noch frisch in meinem Gedächtnis war. Dann nahm ich ein neues Blatt Briefpapier zur Hand:

An Imperator Laish Tenedos.
Streng vertraulich!
Vom loyalsten Seiner Diener, Tribun Damastes á Cimabue

Sir, ich grüße Euch und entbiete meinen tiefsten Respekt. Ich berichte Euch über ein Treffen zwischen dem maisirischen Botschafter, Baron Khwaja Sala, und mir, zu dem es heute gekommen ist …

Da ich alles andere als ein Meister des geschriebenen Wortes bin und wollte, dass mein Bericht an den Imperator präzise ausfiel, war es schon spät, als ich meinen Brief wegbringen ließ. Ich dachte daran, noch etwas zu essen, hatte aber keinen Hunger; mein Verstand war eine brodelnde Masse verwunderter Fragen. Ich trank ein Glas warmer Milch in der Hoffnung, es würde mich schläfrig machen, aber die Wirkung blieb aus.

Ich lauschte auf das Tosen des Windes in den Wipfeln der Bäume im Schlossgarten und beobachtete das sturmgepeitschte Gezweig, bevor ich mich entschloss zu Bett zu gehen; vielleicht brachte die Nähe von Kissen, weichen Baumwollaken und warmen Decken mir den ersehnten Trost; aber ich wusste, ich machte mir etwas vor und ich würde noch lange keine Ruhe finden in dieser Nacht.

Meine Schlaflosigkeit rettete mir das Leben.

Der Mann hätte mich so rasch töten sollen, wie er nur konnte. Man hatte mir die hohe Kunst des Tötens mit dem Werkzeug beigebracht, das sich gerade bot. Mein Lehrer, ein narbiger Sergeant der Infanterie, sagte mir, zu viele Soldaten verliebten sich in eine bestimmte Waffe. Das mochte ein besonderes Schwert sein oder auch eine bestimmte Art von Waffe, und ehrlich gesagt, ich habe Männer gekannt, die schier in Panik gerieten, wenn man ihnen befahl, einen Speer zu nehmen statt ihres geliebten Säbels oder einen Dolch statt der Axt. Der Mann nutzte einen Windstoß, um das Öffnen des Hakens an meinem Schlafzimmerfenster zu kaschieren. Er öffnete das Fenster gerade weit genug, um hereinschlüpfen zu können. Hätte er ein Schwert, ein Messer, ja selbst einen Wurfpfeil gehabt und mich in dem Augenblick angegriffen, in dem er einen festen Stand hatte, so wäre ich tot. Statt dessen nahm er die lange gelbe Seidenschnur vom Hals, die Schnur, die die Würger der Tovieti bevorzugten, und schlich sich auf den Buckel unter der Bettdecke zu.

Er hatte gerade mal einen Augenblick, um zu erkennen, dass dieser Buckel aus nichts weiter als einigen hastig zusammengerafften

Kissen bestand, als ich auch schon von hinten kam und ihm die geballten Hände mit der Schmalseite so hart ich nur konnte ins Genick schlug. Ich roch, dass sich sein Darm leerte, als er starb.

Ich sprang zur Seite nach meinem Schwertgürtel, was mir ein zweites Mal das Leben rettete, da ich die Verstärkung des Würgers nicht hatte hereinkommen sehen. Sie war sehr gut; brennend fuhr mir eine schlanke Klinge über die Brust. Sie nahm wieder Ausgangsstellung ein und machte dann einen Ausfallschritt in Richtung des nackten Mannes vor ihr.

Sie war gut, sie war schnell, vielleicht sogar schneller als ich, aber sie war kein wüster Raufbold, sondern die Finessen der Fechtschule gewohnt. Sie stieß einen spitzen Schrei aus, als ich einen Stuhl nach ihr trat, der sie stolpern ließ. Dann hörte sie das trockene Flüstern, als mein Schwert aus der Scheide fuhr. Ich stieß zu, sie parierte. Wir gingen beide in Ausgangsstellung zurück, umkreisten einander, Augen und Gedanken ganz auf unsere Klingen konzentriert, die das Licht der vom Winde verwehten Fackeln draußen aufblitzen ließ.

Ich hörte Rufen, Schreien, Rumpeln aus anderen Räumen des Palastes, gestattete mir aber nicht, darauf zu reagieren.

Immer wieder umkreisten wir uns. Ihre Klinge schoss vor, ich schmetterte sie ab, schlug zu und erzielte einen Treffer direkt über dem Knie. Sie ächzte und stieß die Schwertspitze nach meinen Augen, gerade dass ich noch zurückzucken konnte. Sie machte einen Ausfallschritt, ich duckte mich unter ihrem Stoß hindurch und wäre fast aufgespießt worden für mein Heldenstück.

Wieder parierten wir, sprangen zurück, bewegten uns hin und her, suchten nach einer Lücke. Ich hörte sie murmeln, achtete jedoch nicht darauf. Ihre Silhouette schimmerte und mir wurde klar, es war Zauber im Spiel. Sie zitterte wie eine Flamme und wurde fast unsichtbar, worauf ich ihre Konzentration mit einem Hieb in Richtung ihres Kopfes zerschlug. Der Zauber zerbrach und ich stand wieder der soliden schlanken Gestalt gegenüber, die nicht einen Augenblick stehen blieb.

Sie ließ die Deckung fallen, aber ich war zu gewieft, um auf die Finte hereinzufallen, und sprang unter ihrer Klinge und ihrer Deckung hindurch – und spürte den Widerstand, als mein Schwert ihr direkt unter den Rippen in die Brust fuhr. Etwas überrascht sagte die Frau: »Oh!« Dann ließ sie das Schwert los, das klappernd zu Boden fiel. Ich zog meine Klinge frei.

Sie fuhr sich mit der Hand an die Hüfte, nahm sie wieder hoch und selbst im Zwielicht konnte ich das Blut an den Fingern sehen. Noch einmal sagte sie: »Oh«, diesmal jedoch so, als habe sie etwas Offensichtliches begriffen. Dann hatte sie keine Kraft mehr in den Knien, den Beinen, sie knickten ihr ein. Noch bevor ihr Körper den Boden berührte, holte Saionji sie wieder zurück auf das Rad.

Ein weiteres Fenster zerbarst und zwei Männer, beide in Schwarz, sprangen in den Raum. Sie sahen mich, riefen etwas und kamen auf mich zugerannt. Beide waren sie mit kurzen Piken bewaffnet. Ich schlug einen der Spieße mit der Klinge beiseite und stieß den Mann mit der Schulter in seinen Kumpan. Sie stolperten beide nach hinten, mit fuchtelnden Armen, und ich durchbohrte den ersten.

Hinter mir krachte eine Tür auf, und ich dachte schon, jetzt bin ich verloren, hatte aber keine Zeit für etwas anderes als den Mann mit dem Speer. Er starb mit meiner Klinge in einem Auge, dann zog ich mein Schwert heraus, fuhr herum, um mich der neuen Bedrohung zu stellen, aber es war zu spät, zu spät …

Es war Karjan, den Säbel in der Hand, flankiert von einem halben Dutzend anderer aus meinem Haushalt, die mit allem bewaffnet waren, vom Kerzenleuchter bis zum Entersäbel eines Seemannes, von denen ich noch keinen gesehen hatte. »Diese Scheißtovieti!«, schrie er.

»Wie viele?« Ich zwang mich zur Ruhe.

»Die Dämonen sollen mich holen, wenn ich das weiß«, keuchte er. »Wir müssen wohl vier, fünf auf der Treppe umgebracht haben, wie wir raufgekommen sind, Sir. Keine Ahnung, wie viele noch da sind.«

166

»Wir ziehen uns in die Rüstkammer zurück«, entschied ich. Dort fänden wir die richtigen Waffen und außerdem war der zu verriegelnde Raum leicht zu verteidigen. Ich griff mir den Schlüsselring an der Wand und schon waren wir auf dem Korridor. Es lagen dort vier Leichen und an der Treppe stand Erivan mit einem anderen Diener. Es wurde gerufen und mir wurde klar, dass noch weitere Angreifer durch mein Fenster kamen. »Geht zu«, befahl ich. »Ich halte sie hier einen Augenblick auf.«

»Ich kämpfe hier mit Euch«, sagte Erivan.

Karjan wollte schon Einwände vorbingen, aber ich rief: »Nun geht schon, Mann! Wir brauchen einen Sammelpunkt!« Er nickte, dann polterten er und die anderen die Treppe hinab.

Nun war ich mit Erivan allein. Er war mit einem alten Schwert bewaffnet, das er aus einem der Wandgehänge im Korridor gezogen hatte. »Dann wollen wir doch mal sehen, was sie taugen«, sagte ich.

»Das werden wir«, erwiderte er, und ich hörte eine merkwürdige Freude heraus, merkwürdig für einen Mann, dem die Blutlust des Kriegers eigentlich fremd sein sollte. Ich warf einen Blick durch die Schlafzimmertür, um zu sehen, wie vielen Tovieti wir gegenüberstanden, sah aber keine. Als ich merkte, dass es sich abermals um Zauberei handelte, legte sich eine gelbe Seidenschlinge um meinen Hals, zog sich zusammen, und ich roch Erivans nelkengewürzten Atem, während er mich zu erdrosseln versuchte.

Einen Mann, der auf der Hut ist, erdrosselt man am besten mit einer dünnen Garotte, vielleicht aus Draht. Diese zerdrückt oder schneidet sich durch die Luftröhre, und das Opfer verliert das Bewusstsein und stirbt sehr schnell. Aber die Tovieti hatten nun einmal eine Schwäche für ihren heiligen Strick, der fast so dick wie mein Finger war, und auch für die Langsamkeit, mit der er tötete, auf dass die rote Hand des Todes sich ganz allmählich um seine Beute schloss.

Ich war auf der Hut, durchtrainiert und stark. Erivan hätte die Schlinge ruckartig stramm ziehen, mir dann den Rücken zukehren und den Strick über seine Schulter zerren sollen, als versuche er mich hochzuheben – wie ein Arbeiter einen Getreidesack.

Wie ein Hammer fuhr ihm meine Faust in den Schritt. Er wollte schreien, bekam aber keine Luft mehr, und so heulte er wie der Sturm vor dem Schloss. Ich drehte mich um, innerhalb seiner Deckung, da ich nicht das Schwert nehmen wollte; der Zorn über seinen Verrat hatte mich gepackt und beutelte mich wie ein Terrier eine Ratte – ich wollte seinen Tod mit den Klauen, den Fängen, und so trieb ich ihm meine Fäuste in die Rippen und in den Bauch.

Er stolperte rücklings gegen die Balustrade. Er war ein großer Mann, fast so groß wie ich, aber ich brauchte mich noch nicht einmal anzustrengen, als ich ihn am Gürtel packte und rückwärts übers Geländer bog. Sein Gesicht war direkt vor dem meinen, seine Augen weit aufgerissen vor Todesangst, und dann brach ich ihm das Rückgrat wie einen Zweig und ließ ihn fallen, die Treppe hinab, über die er leblos davonpurzelte wie eine Stoffpuppe, die ein Kind weggeworfen hat.

Ich hatte mein Schwert in der Hand und ging die Treppe hinab, auf der Suche nach Karjan. Wir würden uns bewaffnen und wie die Bluthunde hinter den Tovieti her sein, um sie zu Tode zu hetzen. Ich hörte Schreie von draußen, das Poltern laufender Füße, und dachte mir, die Tovieti hätten wohl gemerkt, dass ihre Falle leer zugeschnappt und die Reihe zu sterben an ihnen war.

So war es denn auch. Es dauerte nur wenige Minuten, die Waffen auszugeben und meine Männer und gar nicht so wenige Frauen in Trupps aufzuteilen. Alle waren wütend über die Invasion ihres Heims.

Als wir auf die Zufahrt hinaussprangen, kam eine Kompanie Kavallerie, harte, schlachterprobte Männer aus der Leibgarde des Imperators, auf den Palast zugaloppiert. Ihr Capitain hieß die Abteilung, jedem meiner Befehle zu gehorchen.

Noch in derselben Stunde meldeten sich mehrere Kompanien von Kutulus uniformierten Bütteln. Das Anwesen wurde abgeriegelt und umstellt; alles hörte auf mein Kommando.

Systematisch gingen wir von Zimmer zu Zimmer, von Gebäude zu Gebäude. Meine Order war schlicht: Umbringen, einen wie den anderen! Vielleicht hätte ich anordnen sollen, einige Gefangene zu machen, aber ich war nicht weniger rasend als meine Dienerschaft, die Heiligkeit meines Refugiums geschändet zu sehen. Außerdem wusste ich irgendwie, die beiden Anführer des Überfalls waren die Frau gewesen, die mich fast umgebracht hätte, und dieser Verräter von Erivan.

Wir fanden nur vier weitere Tovieti – eine Frau und drei Männer, die sich versteckt hatten. Sie starben, und ihre Leichen wurden vor den Palast gezerrt, zu den anderen, die beim Überfall selbst gestorben waren. Keiner von uns spürte weder den Wind noch den Regen, der auf uns herabprasselte.

Der Sturm legte sich, als der Morgen kam und mit ihm ein sonnenloser, nassgrauer Tag. Es lagen vierzehn Leichen auf dem Kopfsteinpflaster; neunzehn weitere, die meiner eigenen Leute, mit denen wir behutsamer umgingen, waren sorgfältig und mit allen Ehren auf den großen Tischen in der Eingangshalle aufgebahrt. Sie waren gestorben, um mich – und damit letztendlich Numantia – zu verteidigen, tapfer wie nur irgendein Soldat auf dem Schlachtfeld. Ihre Leichen würden unter großem Zeremoniell verbrannt werden, und ich würde Saionji jedes Opfer bringen, ihr, den Göttern Nicias' und ihren eigenen Göttern und Nebengöttern, falls diese in Erfahrung zu bringen waren. Ich hoffte, die Göttin der Schöpfung und der Zerstörung würde ihre Stellung im nächsten Leben um ein gutes Stück verbessern.

Ich hörte einmal mehr Hufgetrappel und sah eine zweite Abteilung Kavallerie, auch sie von der Leibgarde des Imperators, das Tor des Palastes passieren. Ihnen folgten vier lange schwarze Kutschen mit winzigen Fensterschlitzen, zweifelsohne für den Abtransport der gefangenen Tovieti bestimmt. Sie würden leer in den Kerker zurückkehren.

An der Spitze der Truppe ritten Kutulu und eine Person, in der ich vage jemanden aus meinem Gesinde erkannte, eine Frau, die ich kaum für gescheit genug gehalten hatte, die Kerzen zu schnäuzen. Selbst in meinem Kummer und meinem Zorn ermahnte ich mich einmal mehr, nie jemanden nach seinem Ausdruck oder seinem Verhalten zu beurteilen, und ich wusste, Kutulu musste seine Freude daran gehabt haben, ihr zu befehlen, den Dummkopf zu spielen. Jetzt sah sie ganz nach dem aus, was sie in Wirklichkeit war – eine Polizeiagentin mit scharfen Augen und scharfem Verstand, und sie zeigte den Anflug eines Lächelns, als ich ihr zunickte. Ich war ihr nicht böse – Kutulu und der Imperator spionierten jedem nach. Außerdem war ganz offensichtlich sie es gewesen, die um Hilfe gelaufen war.

»Guten Morgen, mein Freund«, sagte Kutulu. »Ich bin froh, Euch am Leben zu sehen.«

»Ich nicht weniger.«

Er stieg vorsichtig ab. »Eines dieser Tage«, bemerkte er, »werde ich wohl Mittel und Wege finden, nie wieder auf ein Pferd zu müssen. Mörderische Viecher!« Das Pferd wieherte, als hätte es ihn verstanden. Kutulu schritt die Reihe der Leichen ab, starrte jeder aufmerksam ins Gesicht, prägte es sich ein. Viermal nickte er, als er den, den er da ansah, trotz der im Tod verzerrten Züge erkannte. Er kam wieder zurück und nahm mich beiseite. »Faszinierend«, sagte er. »Einige davon sind mir bekannt.«

»Das dachte ich mir.«

»Der eine war ein Krimineller, ein Mann, der auf Juwelendiebstahl in den Häusern der Reichen spezialisiert war. Ich nehme an, er hat den anderen gezeigt, wie in den Palast zu kommen war.

Aber interessanter sind die anderen. Sie sind schon vor langer Zeit abtrünnig geworden. Sie hassten den Zehnerrat und haben ihren Verrat auf den Imperator übertragen. Alle kommen sie aus angesehenen Familien, freilich alles Dissidenten.

Wisst Ihr, wären sie keine Verräter, man müsste sie fast respektieren für ihre Hingabe an ihre Sache.«

»Scheiß auf das Gesindel!«, knurrte ich. »Ich respektiere keinen, der mir ein Messer in den Rücken zu stoßen versucht.«

Kutulu zuckte die Achseln. »Hättet Ihr sie in eine Uniform gesteckt und eine offene Schlacht vorgeschlagen? Das wäre töricht und die Tovieti sind alles andere als das.«

Er hatte Recht, aber ich war nicht in der Stimmung für Logik.

»Nun denn, Tribun Damastes á Cimabue«, sagte Kutulu, mit einem Mal förmlich, »es ist meine Pflicht, folgende Order zu übermitteln, die vom Imperator selbst gebilligt ist: Ihr seid hiermit angewiesen, den Palast so schnell zu verlassen, wie Ihr Eure Habe zusammenpacken könnt.«

Ich kam mir vor wie nach einem Schlag mit dem Sandsack. Erst brachte man mich fast um, und dann beliebte es dem Imperator, noch mehr Schande über mich zu bringen, indem er mich aus dem Palast warf, den man mir gegeben hatte? Es war sein Recht, sicher, aber kaum ehrenwert. Wieder bäumte sich ein harter Zorn in mir auf.

Ich hörte eine Stimme: »Das ist meine persönliche Order, Tribun, und ihr ist auf der Stelle nachzukommen.« Ich fuhr herum und sah vor dem offenen Schlag einer der Kutschen den Imperator Laish Tenedos stehen.

Meinen Dienstboten verschlug es hörbar den Atem, es knisterte, als sie in die Knie gingen. Ich verbeugte mich tief.

»Erhebt Euch, Damastes, mein Freund«, sagte er, und ich staunte sogar noch mehr als meine Dienerschaft. »Wir haben diesen Befehl gegeben«, fuhr der Imperator fort, »weil Ihr der beste und vertrauenswürdigste aller meiner Diener seid und ich es mir kaum leisten kann, ohne Euch auszukommen, zumal in dieser unruhigen Zeit.« So war denn meine Zeit in Ungnade vorbei. »Kommt, Tribun«, befahl er. »Geht mit mir in den Garten. Wir haben einiges zu besprechen.«

Ziemlich benommen gehorchte ich. Tenedos wartete, bis wir außer Hörweite und durch ein Tor in einer meiner kleineren Lichtungen angelangt waren. Dann sagte er ruhig: »Wie gesagt, es sind gefährliche Zeiten.«

»Ich denke, mir ist das letzte Nacht klar geworden«, bekam ich hervor.

Sein Mundwinkel zuckte. »In der Tat. Zunächst, was das mit dem Palast anbelangt – Kutulu sagte, er hätte dich gewarnt, dass er nicht zu verteidigen sei, und ich denke, die Tovieti haben das ziemlich gründlich bewiesen. Wenn wir mit ihnen fertig sind, dann kannst du selbstverständlich wieder zurückkehren. Ich beabsichtige, sie bis auf den Letzten auszumerzen, Mann wie Frau, und dann jeden Hinweis darauf zu tilgen, dass es sie jemals gegeben hat. Es muss verhindert werden, dass diese verräterische Irrlehre je wieder Verbreitung findet, noch nicht einmal in den staubigen Bänden, die nur Gelehrte zu Rate ziehen. Aber erst einmal haben wir mit einem größeren Feind fertig zu werden.«

»Maisir?«

»Natürlich. Es ist an unseren Grenzen zu einigen … ungewöhnlichen Zwischenfällen gekommen. Berichten zufolge haben maisirische Patrouillen die Grenzstaaten passiert, um unsere Außenposten auszuspionieren, außerdem sind Spione nach Urey und weiter südlich bis hierher nach Nicias gekommen.

Bisher hat Kutulu noch keinen dieser maisirischen Agenten verhaften können, aber ich bin sicher, dass es ihm noch gelingen wird, und dann werden wir herausfinden, wie König Bairans Pläne aussehen.

Sein Plan, dich anzuwerben, hat mich beeindruckt. Ich habe deinen Bericht heute Morgen gelesen, sofort nachdem die Nachricht von dem Überfall eingegangen war. Ich brauche wohl nicht zu sagen, dass mir klar war, du würdest Baron Salas Worte durchschauen und die wahre Absicht dahinter erkennen, nämlich die, deine Fähigkeiten und deine Beliebtheit künftig aus der Gleichung streichen zu können.«

»Ich danke Euch, Sir«, sagte ich. »So gern ich mich um diesen Halunken Fergana gekümmert hätte, irgendetwas schien mir daran faul.«

»Ich schätze dich sehr, Damastes, und die Absolutheit deines Treueeids.«

»Es macht einem das Leben leichter, Sir.«

Tenedos lachte. »Und es war in jüngster Zeit kompliziert genug, nicht wahr?« Das war alles, was er jemals sagte, was ich von ihm je als Entschuldigung für die Demütigung Maráns und meiner selbst zu hören bekam.

»Allerdings, Sir.«

»Also, dann zur Zukunft. Es waren keine leeren Worte, als ich von einer großen Aufgabe sprach.«

»Und die wäre?«

»Ich bin mir über den genauen Posten noch nicht im Klaren, aber ich will dich irgendwo in Sicherheit wissen... vielleicht auf dem Familienbesitz deiner Frau. Ich bezweifle, dass einer der Tovieti sich auf den Besitz der Agramónte wagt.«

»Ja, Sir.«

»In den anderen Kutschen befinden sich Papiere, Karten und Berichte, mit denen ich dich vertraut sehen will. Sie alle befassen sich mit Maisir. Lass sie niemanden lesen, ja noch nicht einmal von ihrer Existenz erfahren. Studiere die Dokumente gut. Sie werden die beste Waffe sein, die du künftig haben wirst. Denn Maisir ist ein mächtiger Feind, der größte, dem Numantia sich je gegenüber sah.«

»Ihr sagt also, dass ein Krieg unvermeidlich ist?«

Der Imperator machte ein ernstes Gesicht. »Ich befürchte es. Und wenn es dazu kommt, dann wird Saionji Blutopfer erhalten, die selbst über die kühnsten Träume einer Göttin hinausgehen.«

8 *Irrigon*

Fast hätte ich die beiden Gesichter nicht bemerkt, die durch das Gebüsch spähten, aber die Augen eines Soldaten sind wie die eines Jägers darauf trainiert, dass ihnen keine Bewegung entgeht. Die beiden waren bärtig und trugen schlecht gegerbte konische Ledermützen mit Bändern. Ich schnalzte mit der Zunge, und Karjan, der im Sattel vor sich hin gedöst hatte, war sofort wach. Ich hielt die beiden zuerst für Jäger, aber ihre Reaktion ließ mich den Gedanken verwerfen. Einen Augenblick waren sie zu sehen, im nächsten waren die Lücken im Blattwerk der Büsche schon wieder leer.

Noch während mein Begleiter etwas verspätet munter wurde, trieb ich Lucan schon ins Buschwerk und einen kleinen Hügel hinauf. Die beiden Männer liefen wie von Hunden gehetzt und sprangen von Baum zu Baum auf eine Spitzkuppe zu. Sie waren bewaffnet, der eine mit einem Bogen, der andere mit einer kurzen Pike. An der Hüfte des einen sah ich ein Schwert blitzen. Kein Mensch geht mit einem Schwert auf die Jagd, noch nicht mal auf Tiger.

Karjan war neben mir. »Schnappt sie Euch«, bellte ich, und schon trieben wir unsere Pferde, die Schwerter aus der Scheide ziehend, in einen gestreckten Galopp. Wir holten auf, waren kaum vierzig Schritt von den beiden entfernt, als sie sich ins Unterholz verdrückten. Ich hielt Lucan an, rutschte aus dem Sattel und stürzte hinterher. Möglicherweise war ich tollkühn, aber ich bezweifelte, dass sie der Köder für einen Hinterhalt waren.

Das Gestrüpp wuchs aus der Flanke der Spitzkuppe, die aus grauem Fels bestand, die sich fast jäh in den Himmel erhob. Nichts. Die beiden waren verschwunden. Karjan tauchte neben mir auf, das Schwert in der Hand. Ich nickte nach links und Karjan glitt seitwärts davon. Zwischen uns brauchte es weder Befehle noch lange

Diskussionen – wir waren schon viele Male hinter Bewaffneten her ins Unterholz gelaufen und handelten aus schierem Instinkt. Wir durchkämmten das Gestrüpp und dessen Umgebung, fanden jedoch nichts. Wir kletterten auf den Gipfel der Kuppe. Zu diesem Zeitpunkt war schon der Rest der Roten Lanciers eingetroffen und half.

Kein Mensch fand etwas – weder die Männer noch deren Spuren, nicht einen einzigen Hinweis darauf, dass überhaupt je einer diese Erde betreten hatte. Ich hörte jemanden »Zauberei«, flüstern, und das könnte es durchaus gewesen sein. Oder die Männer hatten die Gegend einfach besser gekannt und einen Fluchtweg gewusst, der keine Spur hinterließ.

Wir saßen wieder auf und kehrten auf die Straße zurück. Eine Stunde später führte die Straße von Nicias her an den Penally und folgte den Windungen des vom Wind gekräuselten Flusses. Wir hatten nur noch wenige Meilen bis Irrigon. Irrigon und Marán.

Wie eine gepanzerte Fast stand Irrigon über den Ländereien, die die Agramóntes seit Generationen beherrschten. Es war als Zwingburg auf die Felsen über dem Penally erbaut worden, der auf zwei Seiten der Festung für Sicherheit sorgte. Es verfügte über fünf Stockwerke, und das Dach war mit Pechnasen bewehrt. Auf dem Dach befanden sich noch immer die Feuerstellen mitsamt den eisernen Kochtöpfen zum Sieden des Öls, mit dem die Burgherren sich in primitiven Zeiten ihrer Haut gewehrt hatten. Auf der Seite zum Fluss hin gab es zwei rechteckige Türme, auf den landwärtigen Seiten je einen runden. Vor einem dieser Türme erstreckte sich in saftigstem Grün ein Park, unweit des anderen lagen verstreut die Außengebäude und Stallungen, hinter denen sich die Straße ins nahe Dorf wand.

Marán hatte Irrigon nach dem Tod ihres Vaters bekommen, also gehörte es im Prinzip auch mir. Ich hatte mich jedoch weder in diesem finsteren Gemäuer noch in seiner Nähe je so recht wohl gefühlt und mir so meine Gedanken darüber gemacht. Ich fragte mich, ob ich wohl töricht genug war, Marán um ihren Reichtum zu beneiden, der noch weit größer war als die Reichtümer der Tovieti, die mir der Imperator Tenedos und sein kleiner Dämon geschenkt hatten.

Ich kam zu dem Schluss, dass dem nicht so war. Ich war mir einfach zu sehr der Gewalt bewusst, die die Agramóntes über die Jahrhunderte hinweg ausgeübt hatten, der beiläufigen Arroganz, mit der man andere ihrer von Irisu gewährten Rechte beraubt hatte. Ich sah die Blicke, mit denen die Bauern ihre Herren – Maráns zwei Brüder und die geringeren, aber immer noch mächtigen Mitglieder der Familie – bedachten, voll verstohlener Angst und voller Hass. Nur Marán brachte man aufrichtigen Respekt entgegen, obwohl sie auch ihr gegenüber misstrauisch waren, als wartete man nur ab, dass sie wie die anderen wurde.

So nervös Irrigon mich machte, noch schlimmer war es gewesen, als ihr Vater noch gelebt hatte, und fast ebenso schlimm, wann immer ihre beiden Brüder, Praen und Mamin, zu Besuch waren. Glücklicherweise hatten sie, eine Tagesreise oder mehr von Irrigon entfernt, ihre eigenen Herrensitze und verbrachten so recht wenig Zeit auf dem Familiensitz.

Ich habe mich einmal gefragt, ob sie wohl den finsteren Widerhall des Blutes und der Tyrannei spürten, aber allein schon der Gedanke war dumm. Die beiden interessierten sich nicht im Geringsten für irgendetwas anderes als ihre eigenen Belange. Ich brauchte nicht lange, um zu verstehen, warum Marán nach Nicias geflohen war. Die Männer der Agramóntes wie auch die anderen Angehören des Landadels, die ich so kennen gelernt hatte, waren nicht dumm, aber sie hatten schlicht kein Interesse an irgendetwas, was nichts mit ihnen zu tun hatte. Und ihre Frauen und Kinder orientierten sich an diesem Verhalten.

Nachdem mir klar geworden war, wie eigennützig die beiden waren, zog ich den offensichtlichen Schluss: Sie mochten Irrigon nicht, weil es eine feuchte deprimierende Festung war, die ein gutes Gefängnis abgegeben hätte. Als neue Eigentümer von Irrigon hätten Marán und ich eigentlich die Gemächer der Herrschaft beziehen sollen, aber es war eine Aussicht, die uns mit Entsetzen erfüllte.

Marán sagte, es käme ihr wie Inzest vor, und ich meinte, dass zahllose Generationen von Agramóntes uns über die Schulter gucken würden, gackernd vor Schreck und Entsetzen, wenn sie sahen, auf welch unkonventionelle Weise Marán und ich uns verlustierten.

So richteten wir uns denn in einem der Türme auf der Flussseite ein. Die Mauern waren zwei Klafter dick, ohne dass auch nur ein Eisenträger oder eine Klammer zu sehen gewesen wären. Angeblich waren diese Türme von den besten Steinhauern Numantias mit Hilfe von Zauberern erbaut worden. Die Räume waren altmodisch, winzig klein und hoch. Die Bögen der Fenster beschrieben ein abgerundetes V. Wir ließen die alten, fast schon farblosen krummen Scheiben durch Doppelfenster aus getöntem Buntglas ersetzen. Jedes Scheibenpaar ließ sich durch eine raffinierte Anordnung von Stäben und Hebeln leicht öffnen.

Wir beschlossen, in den oberen Etagen zu wohnen und die unteren als Aufwärmküche, Lagerräume und eine winzige Waffenkammer einzurichten. Maurer durchschlugen die dicken Wände und ließen nur die Bogendecken stehen, um die Festigkeit des Gebäudes zu wahren, und verwandelten einen Karnickelbau von gut zwanzig Kämmerchen in ein halbes Dutzend geräumiger Zimmer. Wir ließen die Mauern mit Holz verkleiden und die Zwischenräume zwischen Stein und Täfelung mit Wollmaterial füllen. Alle Welt hielt das für merkwürdig, aber ich dachte mir, wenn Wolle mir den Körper warm hielt, warum nicht auch einen Raum? Ich hatte Recht, zumal wir die Kamine mit Stahl verkleideten, um die Wärme zu reflektieren.

Die meisten dieser Arbeiten wurden ausgeführt, während ich im Auftrag des Imperators unterwegs war, so dass ich mich jedesmal auf etwas Neues freuen konnte, wann immer ich nach Irrigon kam.

Zweimal im Jahr konnte ich Irrigon gar genießen – wenn die rauen Winterstürme tobten und die gebeutelten Bäume sich rund um unser Nest bogen; und dann in den trägen, verschwitzten Tagen der Zeit der Hitze, wenn ich dankbar war, dass die sengende Sonne nicht durch die Gemäuer drang.

Eine weitere Veränderung machte das Leben in Irrigon erträglicher: Die Agramóntes herrschten noch immer mit Knüttel und Peitsche, wie es ihr gutes Recht war, aber es gab auch Geschichten, laut derer man sich gar härterer Methoden bediente, ohne damit vor ein kaiserliches Gericht zu gehen. Ich zweifelte nicht einen Augenblick an diesen Geschichten, obwohl ich keinen Beweis für sie hatte, aber schließlich herrschte in ganz Numantia noch die harte Landgerichtsbarkeit, vor allem in Bezirken, in denen der alte Adel praktisch das einzige Gesetz war. Wir sagten unseren Aufsehern, das würde sich ändern und dass keiner das Recht hätte, einen anderen zu schlagen, es sei denn, um sich zu verteidigen, und nahmen ihnen die bunt bemalten Bambuspeitschen weg, die sie als Zeichen ihrer Autorität getragen hatten; alle, die nicht glaubten, dass wir zu unseren Worten stehen würden, wurden auf der Stelle entlassen.

Arbeiter und Bauern, die uns für dumm hielten und meinten, uns ausnutzen zu können, wurden nicht weniger schnell auf die Straße gesetzt. In vieler Hinsicht war das eine härtere Strafe als ein Dutzend Schläge, da es weit und breit keinen anderen Dienstherren als die Agramóntes gab. Manchmal fragte ich mich, ob wir nicht besser alles beim Alten belassen hätten, und einige Male fuhr Marán mich deswegen sogar an, obwohl sie nicht weniger für eine Veränderung gewesen war als ich selbst. Ich bin nun mal, wer ich bin, und ertrage es nicht, wenn einer meint, er könnte Gewalt austeilen, nur weil er stärker ist oder es besser hat im Leben und deshalb über dem Gesetz zu stehen glaubt.

Ich hatte mich schon vor langer Zeit, als ich in einem Museum ein Gemälde von Irrigon gesehen hatte, gefragt, wie viele Leute wohl nötig waren, um eine Herrschaft so recht zu verwöhnen. Jetzt wusste ich es genau: 347 – von den Gärtnern über Küchenhilfen, Wachen, Musikern und das Mädchen, dessen einzige Pflicht darin bestand, sich um die Blumen in der Burg zu kümmern, bis hin zu dem Paar schweigsamer Männer, die von Raum zu Raum gingen, um die Feuer zu versorgen, ohne dass man ihre Anwesenheit auch nur mit einem Nicken zur Kenntnis genommen hätte. Ich wusste

178

es, weil ich sie zweimal im Jahr bezahlte. Marán und ich hatten vier Bankiers, die sich ausschließlich um unsere Geschäfte kümmerten. Einmal dachte ich daran nachzufragen, wie viel Geld wir da eigentlich jedesmal ausgaben, bis mir klar wurde, dass mein Herz die Antwort womöglich gar nicht vertrug. Außerdem, wie Marán so schön sagte, wäre es einem, so verschwendungssüchtig man auch sein mochte, schlicht unmöglich gewesen, auch nur eine Delle in das Vermögen der Agramóntes zu machen, warum also sollte ich mir Sorgen machen?

Solcherart in Gedanken versunken, ritt ich auf Irrigon zu. Wir waren vierundzwanzig Leute, ich, die Seherin Sinait und einundzwanzig Männer der rasch wieder zusammengestellten Roten Lanciers unter dem Kommando von Legat Segalle. Capitain Lasta, der normalerweise neben mir ritt, war in Nicias geblieben, um die Roten Lanciers wieder auf die Sollstärke zu bringen. Und dann war da Karjan. Ich hatte es mit einer neuen Taktik versucht, und so blickte er jetzt finster auf die Streifen eines Oberfeldwebels; ich hatte ganz und gar die Absicht, ihn über kurz oder lang zum Regimentsfeldwebel zu machen. Ich war fest entschlossen, dieses Kräftemessen zu gewinnen, das nun schon über neun Jahre währte. Insgeheim freilich fürchtete ich, diese Runde ebenso wenig zu gewinnen wie irgendeine der anderen davor.

Hinter dem Viertelhundert von uns fuhren die drei Kutschen mit den Dokumenten. Ich erschauerte bei dem Gedanken daran, wie sehr mir Bücher und deren Studium zuwider waren. Aber vielleicht war es ja diesmal anders, schließlich hatte ich es mit einem Zauber versucht. Ich hatte mir von Sinait, der Seherin, einen Zauber machen lassen, der sich Teilen des Material bediente, das ich zu studieren hatte. Es handelte sich um eine Erweiterung des Verständniszaubers. Ich las nunmehr jede der sechs maisirischen Sprachen, und wichtiger noch, ich beherrschte neunzehn der gut vierzig Dialekte, die man in dem riesigen Königreich sprach. Falls sich die Befürchtungen des Imperators erfüllten und es zum Krieg kam, so kam ich ohne Dolmetscher aus.

Meine umherschweifenden Gedanken kamen schlagartig in die Gegenwart zurück, als wir den langen Bogen der Straße erreichten, die zur Burg führte. Am Fuß der Treppe zur Burg sah ich eine in einen Mantel gehüllte Gestalt warten, die nur eine sein konnte. Meine geliebte Marán.

Langsam, ganz langsam kehrte ich von den Sternen zurück.

»Beim Dildo der großen Götter Numantias!«, bekam ich hervor. »Wo hast du denn das gelernt?«

Marán sah mich über die Schulter an. Beide waren wir, trotz der Winterwinde vor dem Turm, völlig verschwitzt.

»Das würde ich dir nie sagen«, flüsterte sie. »Belassen wir es doch dabei, dass ich während unserer Trennung gewisse Muskeln einzusetzen gelernt habe – denn genau das habe ich getan.«

»Du sagst es mir besser. Sonst werde ich wahnsinnig eifersüchtig.«

»Na schön. Amiel. Als sie das letzte Mal hier war, hat sie ein paar … Gerätschaften mitgebracht. Die eine ist eine aufblasbare Blase, die man dorthin gibt, wo du gerade bist, und man versucht, mit den Muskeln die Luft herauszudrücken. Sie meinte, das sollte ich zwanzigmal am Tag tun. Und nachdem sie wieder abgereist war, hatte ich nichts Besseres zu tun. Also habe ich geübt … Hat es dir gefallen?«

»Hmmm«, sagte ich und rieb meine Nase an ihrem Nacken, bevor ich sie zärtlich biss. »Ich finde, die Gräfin Kalvedon hat einen wunderbar schlechten Einfluss auf dich.«

»Oh, das hat sie, das hat sie«, flüsterte Marán.

Tags darauf suchte ich unseren Vogt auf, um mich zu erkundigen, wer die beiden Männer mit den Ledermützen gewesen sein konnten. Er war ein narbiger Halunke namens Vacomagi, einer der wenigen Verwalter, die aus der Zeit von Maráns Vater noch übrig waren. Nicht etwa, dass er weniger brutal gewesen wäre als die anderen, die wir entlassen hatten. Aber Marán sagte, er sei geradezu gewissenhaft fair in seiner Brutalität und arbeite nicht weniger hart als irgendeiner der Männer und Frauen, die er, vor allem beim Heumachen und während der Ernte, so antrieb. Sie schlug vor, ihn zu behalten, und ich war einverstanden.

Ich hatte dabei einen ziemlich bösen Hintergedanken: Es ist nicht das Schlechteste, einen bequemen Missetäter bei der Hand zu haben, jemanden, auf den sich alle notwendigen Übel schieben lassen, statt auf den freundlichen, gutherzigen Herrn. Nach diesem Gedanken fragte ich mich, ob ich mich wohl veränderte, ob ich wie die abgebrühten, bestialischen Autokraten zu denken begann, die ich so verachtete.

Ich fragte Vacomagi, wer die Männer im Wald waren.

»Wir nennen sie die Gebrochenen«, sagte er. »Und es gibt auch Frauen und Kinder da draußen. Vielleicht ein halbes Hundert, womöglich mehr.«

»Wer sind sie?«

»Einige haben wir vom Land gejagt. Andere sind umherziehende Gesetzlose. Andere sind einfach Besitzlose, die auf der Straße herumziehen, immer in der Hoffnung, dass ihnen einer richtige Arbeit gibt, anstatt nur mal bei der Ernte mithelfen zu dürfen. Ich habe sogar gehört …« Vacomagis Stimme verlor sich, während er sich umsah.

»Sprecht weiter.«

Er zögerte immer noch, bis ich ihn drängte.

»Bei einigen könnte es sich um Tovieti handeln«, erklärte er, die Stimme gesenkt. »Jedenfalls habe ich das gehört. Wie die, die Ihr und der Imperator niedergeschlagen habt.«

»*Hier*? Auf den Ländereien der Agramónte?«

»So sagt man jedenfalls«, fuhr Vacomagi fort. »Natürlich traut sich keiner, offen über sie zu reden. Jedenfalls nicht zu mir.«

»Haben sie jemanden getötet?«

»Stranguliert, meint Ihr? Wie sie das angeblich mit ihren gelben Stricken machen? Nein, Sir. Jedenfalls nicht bis jetzt. Aber auf der Straße ist durchaus schon der eine oder andere verschwunden.«

Nichts Richtiges. Keiner, der irgendwie gezählt hätte. Nur ein paar Hausierer, die nie wieder aufgetaucht sind, oder Leute, die dumm genug waren, sich unbewaffnet oder ohne Begleitung auf den Weg zu machen. Aber Ihr braucht Euch keine Gedanken zu machen. Die Gebrochenen stehen sogar für die Tovieti zu tief.«

Er spuckte aus. »Scheint so, als gäbe es von Jahr zu Jahr mehr von denen. Eines Tages werden wir wohl eine Hetzjagd veranstalten müssen wie auf Füchse und Dachse. Das Land durchkämmen und alle die abstechen oder anzünden, die nicht gescheit genug sind abzuhauen. Keine Sorge, Herr. Die Agramóntes wissen schon, wie man mit Gesindel wie dem umzugehen hat. Wie der Name schon sagt, die sind gebrochen, krumm wie 'ne Garbe Getreide, die der Wind in den Dreck geweht hat. Denen hat man die Seele aus dem Leib geprügelt, oder sie hat sich aus Angst davongemacht.« Für Vacomagi war die Angelegenheit damit erledigt.

Nicht so für mich. Ich hatte zu viele »Gebrochene« sich erheben und ordentlich zuschlagen sehen mit Schwertern, Messern, Knütteln oder Pflastersteinen, um diese Ausgestoßenen so einfach abzutun.

Ich fragte mich, wieso es davon wohl von Jahr zu Jahr mehr geben sollte, wie Vacomagi gesagt hatte. Es ging doch unter dem Imperator jedermann weit besser als unter dem Zehnerrat. Oder etwa nicht? Und die Tovieti waren, so jedenfalls hatte Kutulu gesagt, bei weitem nicht mehr so einflussreich wie einst.

Gebrochene hier und dort und überall im Königreich hatten Aufstände niederschlagen werden müssen. Was war nur los in Numantia?

Ich hatte keine Antworten darauf, noch nicht einmal Fragen, und so verdrängte ich die Geschichte schließlich.

Ich begann mit meinen Studien in der Hoffnung, sie niemals zu brauchen.

Maisir war eine uralte Monarchie, deren Wappen ein Drache mit zwei Löwenköpfen war, Schwarz auf Gelb. Seine Bevölkerung, und es handelte sich hierbei um eine Schätzung, da das Königreich noch nicht einmal von seinen Herrschern völlig erforscht worden war, belief sich auf 150 Millionen. Das waren 25 Millionen Menschen mehr, als in Numantia lebten, aber meine Heimat war dichter besiedelt. Maisir erstreckte sich über – so jedenfalls schätzte man – mehr als sechs Millionen Quadratmeilen; Numantia, das ich bis dahin für unvorstellbar groß gehalten hatte, hatte gerade mal eine Million.

Numantia reichte von knapp unter dem Äquator bis in die gemäßigten Zonen, während sich Maisir von den gemäßigten Regionen bis in die Arktis erstreckte. Seine auffälligsten Landschaften waren die endlosen Wüsten, die man dort *Suebi* nannte, Ödland, dessen Landschaften sich je nach Saison veränderten – von Eis zu Schlamm zu Staub und wieder zu Schlamm.

Das Land, so las ich, war wahrhaftig riesig, so groß, dass ein Reisender schrieb, die Augen schmerzten ihn, wenn er hinter den Horizont zu schauen versuchte; er hätte sich am liebsten zusammengekauert wie eine winzige, vom Adler gejagte Maus. Die Berge waren weit höher als der höchste in Kait, die Seen hätte man für Meere halten können, bei den Flüssen war das andere Ufer nicht mehr zu sehen und es gab landwirtschaftliche Regionen so groß wie so manche numantische Provinz.

Das Reisen war ein Alptraum. Außerhalb der größten Städte waren die Straßen, wenn es überhaupt welche gab, nichts weiter als Sandpisten. Wann immer schlechtes Wetter herrschte, verwandelten sie sich in unpassierbaren Morast. Die großen Flüsse würden unserer Armee auch nicht weiterhelfen, da die schiffbaren sich quer durchs Land zogen, also von West nach Ost.

Die Hauptstadt von Maisir war Jarrah und lag etwa zwölfhundert Wegstunden südlich der Grenze in den Tiefen des Forsts von Belaya versteckt, im Westen durch die *Suebi* geschützt, im Norden durch die riesigen Sümpfe von Kiot. Es gab noch andere Städte, nicht alle waren uns bekannt, aber keine war so groß wie Jarrah.

Die enorme Größe Maisirs machte auch die Kommunikation zwischen unseren beiden Hauptstädten zum Problem. Kodierte Nachrichten ließen sich über den Heliographen an unsere Grenze schicken, nach Renan. Dann jedoch gingen sie mit schwer bewachten Kurieren über den Sulempass und durch Kait. An der Grenze zwischen Kait und Maisir übergab man die Nachrichten maisirischen Grenzposten, den Negaret, die sie dann zu Pferd durch das Wilde Land brachten, bis man sie normalen Kurieren übergeben konnte, die sie nach Jarrah brachten.

Der König von Maisir hieß Bairan und galt, wenigstens nach maisirischen Maßstäben, als guter Herrscher. Jeder Abschnitt der tausendjährigen Geschichte seiner Familie las sich so faszinierend wie nur irgendeines unserer Sensationsblätter.

»Die einzige Wahl des Maisirers«, so lautete ein Familienmotto, »soll die zwischen der Schlinge und der Knute sein.« Es war ein Motto, das die Familie wortwörtlich befolgte. Einige von Bairans Vorfahren hatten nicht weniger Blut an den Händen als irgendeine Dämonenfamilie der Legende. Einer von ihnen, der beleidigt war, als eine Provinz, die er bereiste, ihm nicht genügend Gehorsam zu zeigen schien, ließ seine Zauberer Dämonen aufstören, denen er befahl, jeden Mann umzubringen, der ihnen über den Weg lief. Damit nicht zufrieden, befahl er eine weitere Welle von Alpträumen gegen die Frauen der Provinz. Den Kindern, zumindest jenen, die nicht verhungert waren, erging es besser. Die Armee erhielt den Sonderauftrag, sie für die Sklavenmärkte zusammenzutreiben. Schließlich und endlich bekam die Provinz einen anderen Namen und wurde mit Bauern wiederbevölkert, die aus anderen Provinzen zwangsrekrutiert worden waren.

Eine weitere Geschichte, die ich freilich kaum glauben konnte, handelte von einer Königin, die in ihrer Lust unersättlich war. Mit einem Riesenaufwand suchte sie sich hundert Männer aus, die schönsten und bestgebauten der ganzen Armee. Sie ließ sich eine Woche lang ununterbrochen von ihnen besteigen, und als sie mit ihnen fertig war, befahl sie, sie allesamt aufs Rad zurückzuschicken, da «jemandem, dem solche Freude zuteil wurde wie ihnen, unmöglich danach sein konnte, wieder in die Welt zurückzukehren.«

Bairan herrschte im Vergleich dazu gut und mit Bedacht, wenn auch streng. Wie auch immer, ich fand keinen Hinweis auf irgendwelche Greuel seinerseits. Die Edelleute, die sich um den Thron scharten, waren nicht besser, als man erwarten konnte, aber im Gegensatz zu seinem Vater schien Bairan seine Berater und Kumpane mehr ihrer Fähigkeiten als ihrer Korruptheit wegen zu wählen.

Ich fragte mich, wie Maisir mit derartigen Schurken auf dem Thron so lange hatte bestehen können. Ein Philosoph, der zehn Jahre in Maisir als Tutor der königlichen Kinder zugebracht hatte, bot eine Erklärung, aber ich bin mir bis heute noch nicht sicher, ob ich sie verstehe: »Es gibt im Allgemeinen nur zwei Klassen von Menschen in Maisir«, schrieb er. »Es gibt die Herrscher und die Beherrschten. Die Beherrschten haben nicht die geringsten Rechte, und selbst die Aristokratie in all ihren Ständen hat nicht mehr Rechte, als der König sie ihr auf Zeit zu gewähren beliebt. Niemandem ist es gestattet, über den Stand hinauszuwachsen, in den er hineingeboren wurde. So ist denn das Leben nichts weiter als ein Streben nach Macht, da Leben nur mit Macht fortgesetzt werden kann. Alle Macht gehört dem König, der sie deshalb auch gewähren kann. Niemand würde auch nur im Traum daran denken, den König für gesellschaftliches Unrecht verantwortlich zu machen, so offensichtlich ist es, dass er mit Billigung der Götter spricht.«

An anderer Stelle schrieb der Mann: »Während beide Länder auf den ersten Blick dieselbe Religion zu haben scheinen, erweist sich diese Gemeinsamkeit bei näherer Hinsicht als reine Maskerade. Es heißt, wir Numantier seien zu stoisch, nähmen zu viel hin in dem Glauben, unsere verborgene Gutmütigkeit werde bei der Rückkehr auf das Rad ebenso berücksichtigt wie unsere Sünden. Handelt es sich bei diesem Gedanken in Numantia lediglich um einen Glauben, in Maisir ist er eine Besessenheit. Ihre Belohnung kommt erst mit dem Tod, wenn Saionji ihr Urteil über einen fällt. Jede andere

Freude ist rasch und voll Schuldgefühl zu konsumieren. Es ist deshalb rechtens, Bauernvolk auszupeitschen, da seine Sünden im vorherigen Leben ja wohl schrecklich gewesen sein müssen, andernfalls sie in einen höheren Stand geboren wären. Einem Edelmann dagegen ist, als Belohnung für ein frommes früheres Leben, nicht nur jede Schwelgerei erlaubt, er wird dazu sogar ermutigt. Sündigt er, so ist das eben der Lauf der Welt und er wird im nächsten Leben dafür bestraft.

Nicht nur ist der Maisirer an sich gottesfürchtiger als selbst der fanatischste numantische Mönch, er hat auch großartige Tempel gebaut und verfügt über eine Unzahl von Manifestationen, die uns unbekannt sind. Ihre Magie ist wie ihre Religion finster und voll Todesverehrung, so dass ich ihren Zauberern so weit wie möglich aus dem Wege gegangen bin.«

Die Zauberei galt als eine der Haupteinnahmequellen des Reichs. Junge Männer und Frauen, die Zeichen des Talents zeigten, wurden schon früh entdeckt und in abgeschiedenen Schulen ausgebildet. Danach entschied sich jeder für eine spezielle Aufgabe – oder man wies ihm eine zu, so genau schien das keiner zu wissen. Es hatte ganz den Anschein, als seien die Zauberer Maisirs wie Soldaten organisiert. Das Einzige, was dem bei uns nahe kam, die Chare-Bruderschaft, war im Grunde nichts weiter als ein Bund zum gegenseitigen Schutz. Der maisirische Zaubermeister war eine schattenhafte Figur, die ironischerweise als *Azaz* – Zeremonienmeister – bekannt war. Wer er war, das war nicht bekannt, noch nicht einmal sein Name, geschweige denn seine Macht.

Was die Armee anbelangte, so waren die Berichte recht widersprüchlich. Ihr Heer war doppelt so groß wie das unsere. Was jedoch nicht unbedingt Anlass zur Sorge.gab. Die meisten Einheiten ließen sich nicht verlegen, weil man sie brauchte, um für Ruhe und Ordnung im Garnisonsbezirk zu sorgen oder um die Grenzen zu verteidigen. Der Legende nach war Maisir angeblich in grauer Vorzeit von Ländern im Westen und Osten erobert worden, Ländern, die Numantia noch nicht kannte, und die Maisirer hatten eine Todesangst vor weiteren Invasionen. Kavallerie und Garderegimenter waren die Elite, ihr Offizierskorps bestand aus Adligen. Sie waren jedoch eine Minderheit und kamen im Allgemeinen nur bei Paraden in den Städten zum Einsatz. Die Infanterie galt als schlecht geführt, ihre miserabel und brutal behandelten Mannschaften waren nichts weiter als Pöbel. Die Offiziere waren schlecht ausgebildet und strategisch zu kaum mehr imstande als zum frontalen Massenangriff. In der Schlacht mochten die Maisirer sich tapfer schlagen, aber genauso gut konnten sie auch davonlaufen und kapitulieren.

Letzteres stellte mich vor ein Rätsel.

Auf einem ganz anderen Blatt stand der Einsatz von Zauberei in der Schlacht. Maisir war seit Jahrzehnten in keinen größeren Krieg mehr verwickelt gewesen und so stammten die meisten Informationen nur aus dem Bereich der Legende. Diese Geschichten jedoch waren grauenhaft und deuteten darauf hin, dass ihre Magier finstere Kräfte von wenigstens so großer Macht heraufzubeschwören vermochten wie unser Zauberer Tenedos.

Es gab einen großen Unterschied zwischen Maisir und Numantia. Wir rekrutierten Soldaten mit Geld und dem Versprechen auf Gold, Beute und Ruhm. Die Maisirer bedienten sich des Alterssystems. Jeder Mann schuldete seinem König zehn ganze Jahre Dienst; er konnte, wie alle anderen seiner Altersgruppe, zu den Fahnen gerufen werden oder nicht, je nach den Bedürfnissen des Königs. Manchmal diente er die vollen zehn Jahre, manchmal wurde er nur hastig ausgebildet und wieder entlassen. Dieses Kapitel war nicht sehr gründlich, da die Analytiker das System schlicht für unmöglich hielten; man bedenke die enorme Größe des Landes, die langsame Nachrichtenübermittlung, das Wetter, die Wahrscheinlichkeit der Korruption und dass man sich einer so mühsamen Pflicht einfach entzog und so weiter und so fort. Wieder hatte ich meine Zweifel.

Ich las weiter: von den Städten des Landes, die aus Stein und Holz gebaut und knallbunt waren, über das scharf gewürzte Essen, die

187

wilde Musik, ja sogar einige Brocken ihrer Erzählungen und ihrer Lyrik.

Ich wollte selbst hin und mehr über dieses faszinierende Land erfahren – aber nicht als Krieger; es hatte sich während meiner Lektüre ein ungutes Gefühl in meinem Magen eingestellt. Maisir könnte durchaus der Untergang Numantias sein.

Ein weiterer Grund dafür, mich in meine Bücher und Berichte zu flüchten, war Marán. Irgendetwas stimmte da nicht. Ganz und gar nicht. Mit mir, mit ihr, mit unserer Ehe – ich weiß es nicht. Ich wusste noch nicht einmal, wie ich danach fragen sollte und wonach. Ich fragte sie mehrere Male, ob sie denn glücklich, ob alles in Ordnung sei. Sie sagte, sie sei so glücklich, wie man es von ihr erwarten könne.

Wir schliefen im selben Bett und liebten uns immer noch, aber unsere Körper schlangen sich ineinander, als suchten auch sie verzweifelt nach etwas, was nicht mehr war.

Mir entging nicht, wie sie mich ansah, vor allem wenn sie meinte, ich bemerkte es nicht. Es war nichts Weiches in diesem Blick, keine Zärtlichkeit, eher eine kalte Intensität, als studiere sie jemanden, den sie gerade kennen gelernt hatte, um zu sehen, ob dieser Jemand Freund oder Feind war.

Es kam mir vor, als trennte mich eine Glasscheibe von der Frau, die ich liebte. Ich versuchte verzweifelt nach einer Antwort, fand aber keine.

Der Winter ging zu Ende und die letzte Zeit des Jahres, die Zeit des Taus, war schon fast gekommen, als ein Pulk Reiter den Weg nach Irrigon heraufkam. Es waren zehn, alle in den dunklen erdbraunen und mattgrünen Kappen und Mänteln von Yonges Truppe, und jeder hatte ein Ersatzpferd dabei. Ihr Offizier, ein junger Mann, dessen Hakennase und dunkler Teint darauf schließen ließen, dass er von irgendwo aus den Grenzstaaten kam, salutierte, stellte sich als Capitain Sendraka vor und reichte mir einen dreifach versiegelten

Umschlag. Ich forderte ihn und seine Männer auf hereinzukommen, aber er schüttelte den Kopf.

»Geht nicht, Tribun. Wir haben strikten Befehl. Und man hat mir aufgetragen, Euch zu sagen, die Post auf der Stelle zu öffnen.«

Sie konnte nur von einem stammen. Ich riss den Umschlag auf und der Nieselregen durchnässte das einzelne Blatt darin. Es war handgeschrieben:

Kommt sofort.
T

Noch während ich den Satz las, zog das Papier sich zusammen und begann zu rauchen, und als ich es in den Schlamm warf, verschwand es in einer Flamme.

»Wir haben unterwegs Pferde zum Wechseln abgestellt, Sir. Für die Rückkehr. Wenn Ihr bereit seid –«

»Wir sind in einer Stunde bereit«, fiel Marán ihm ins Wort.

»Nach Nicias?«

»Ja, Mylady, ich meine, Baronin, aber es war keine Rede von –«

»Gibt es irgendeinen Grund, warum die Frau eines Tribunen nicht bei ihrem Gemahl sein sollte?«

Ich wusste, wie sie ihn ansah, und Capitain Sendraka ging unter dem Blick ein wie eine Primel. »Nein, Baronin. Zumindest … aber wir werden reiten wie die Teufel. Und, nun ja, ich weiß nicht, ob eine Frau …« Seine Stimme verlor sich.

Fast hätte ich gelacht. Der gute Capitain würde seine Meinung bald ändern müssen, was das Standvermögen von Frauen anging. Ich wandte mich um. Marán sah mir fest in die Augen. Einen Moment nahm ihr Blick den kalten, abschätzenden Ausdruck an, den ich so hasste, dann wurde er weich.

»Darf ich mitkommen, Damastes? Bitte?«

»Natürlich.«

Eine halbe Stunde später ritten wir, auf des Imperators Befehl, aus Irrigon los.

9 *Schatten im Palast*

Capitain Sendraka hatte gesagt, wir würden reiten wie die Teufel, um in die Hauptstadt zu kommen, und er hatte nicht übertrieben. Ich hatte gedacht, in leidlich guter körperlicher Verfassung zu sein, und musste einmal mehr lernen, dass einen nichts auf hartes Leben besser vorbereitet als hartes Leben. Schon nach einem halben Tag war mein Arsch wund und es wurde immer schlimmer.

Bei unserem ersten Aufenthalt in einem Gasthaus am Rande der Ländereien der Agramóntes ließen wir einen Mann zurück und Marán nahm sein wartendes Pferd.

Die Männer bedachten Marán mit bewundernden Blicken. Sie beklagte sich nicht, und wann immer sie einer ansah, egal wie schlammbespritzt und müde sie auch sein mochte, so rang sie sich doch ein Lächeln ab.

Wir reisten nach dem beim Militär für den Eilmarsch vorgeschriebenen Schema: eine Stunde Trab, eine Stunde Schritt, eine halbe Stunde zu Fuß, eine halbe Stunde Rast, dann wieder Trab. Da wir uns nicht auf feindlichem Terrain befanden, brachen wir eine Stunde vor Morgengrauen auf und reisten bis eine Stunde nach Sonnenuntergang. Mehr oder weniger. Mehr oder weniger deshalb, weil in Anbetracht meines Ranges jede Tagesreise an einem Gasthaus zu enden hatte, an dem frische Pferde warteten. Die Gasthäuser lagen allesamt außerhalb von Ortschaften und waren ruhig. Da der Imperator meine Ankunft nicht groß bekannt machen wollte, aßen wir auf dem Zimmer oder in einem Nebenzimmer, falls es ein solches gab. Bei unserem ersten Halt sah ich Zeitungen, auf denen in großen Lettern der Grund für den Ruf des Imperators zu lesen war:

Massaker an numantischen Soldaten!
Maisirischer Hinterhalt!
VERRAT IN DEN GRENZSTAATEN!
KEINE ÜBERLEBENDEN!
200 Unserer Tapfersten Kavalleristen Abgeschlachtet!
IMPERATOR FORDERT ERKLÄRUNG!
Strenge Note an König Bairan!
Numantia fordert Rache!

Ich sah die Blätter nach Einzelheiten durch. Viel mehr als das Gejammer der Schlagzeilen war jedoch nicht zu finden. Eines der Blätter sagte mir wenigstens, wo es zu der Tragödie gekommen war: »unweit« von Zante. Ich brauchte einige Augenblicke, bis mir einfiel, wo Zante war. Ich hatte erwartet, die Katastrophe hätte in Kait stattgefunden oder im Hochland von Urshi, wo es ständig zu Kampfhandlungen kam. Zante war weit im Osten von Kait, gleich jenseits der Grenze der numantischen Provinz Dumyat, die in der Hauptsache aus Wüste bestand. Was hatten unsere Soldaten dort verloren?

Eine weitere Frage, die mir so kam, war: Woher wusste man, dass die Mörder Maisirer waren, wenn es doch keine Überlebenden gab? Überall in den Grenzstaaten gab es genügend einheimische Banditen. Ich dachte mir, dass wohl kaiserliche Zauberer für diese Antwort verantwortlich waren.

Dann stellte sich mir eine weitere Frage: Eine normale Schwadron (nicht »Kompanie«, wie es in den Blättern ständig völlig unzutreffend hieß) Kavallerie hatte etwa hundert Mann. Diese Einheit musste wohl eigens verstärkt gewesen sein. Ich suchte vergeblich danach, welche Einheit in den Vorfall verwickelt gewesen war. Natürlich hielten die Blätter das entweder für unwichtig oder ihre Schreiber waren zu dumm oder faul gewesen, die richtigen Fragen zu stellen.

Waren die Fakten mager, so waren die Geschichten im Schankraum des Gasthauses neben unserem Hinterzimmer umso praller: Natürlich waren es die Maisirer gewesen ... hatten wahrscheinlich sogar die Verwundeten gefoltert … Jemand wusste aus verlässlicher Quelle, dass man den größten Teil der schwarzen Magie auf die Falle verwandt hatte … was den Maisirern ähnlich sah, diesen falschen Hundsfötten … Der Imperator sollte nicht lange fackeln und diplomatische Noten schicken, sondern gleich die Armee – zehn, ach was, hundert für jeden unserer tapferen Jungs … Zum Wohl und noch eine Runde! Wahrscheinlich fand die gleiche Unterhaltung in den Kneipen ganz Numantias statt – oder besser die gleiche hirnlose Raserei.

Ich fragte Capitain Sendraka, was er über die Katastrophe wusste, und er sagte, das sei sehr wenig – sein Regiment sei nach dem Überfall in Bereitschaft versetzt worden, ihn selbst habe man sofort nach Irrigon geschickt.

Marán fragte, warum man mich nicht sofort per Heliograph benachrichtigt hatte, und Sendraka antwortete, das Wetter um Nicias sei zu heikel gewesen, um sich darauf zu verlassen.

»Was passiert jetzt?«, fragte sie.

»Könnte ich nicht sagen«, sagte Sendraka, »aber alle Kampfregimenter waren in Alarmbereitschaft, als ich Nicias verließ.«

»Wird es Krieg geben?«

Sendraka schüttelte den Kopf. Ich wusste es auch nicht, fürchtete aber das Schlimmste, und als sie mein Gesicht sah, wusste Marán, was ich dachte. Ich verstand in diesem Augenblick womöglich, warum sie hatte mitkommen wollen. Falls ich wieder in den Krieg zog, so wollte sie zuvor unsere Liebe wieder aufgebaut sehen, bis die Flammen wieder so hoch schlugen wie einst, und ich liebte sie dafür.

Wir ritten weiter und hörten von Abend zu Abend mehr Ärger, mehr Zorn. Als wir in die Nähe der Hauptstadt kamen, passierten wir Kasernen. Sie waren in voller Alarmbereitschaft, die Tore wurden von ganzen Zügen bewacht anstatt nur von einzelnen Wachen; auf den Exerzierplätzen wimmelte es nur so von Männern beim Drill.

Wir ritten kurz nach Einbruch der Dunkelheit in Nicias ein. Auf den Straßen herrschte, wie immer in der Stadt der Lichter, reges Leben, aber es galoppierten so viele Pulks von Uniformierten herum, dass der unsere gar nicht auffiel.

Wir ritten direkt an einen der Hintereingänge des Kaiserpalastes und sahen uns von Tenedos' Adjutanten Domina Othman empfangen, der das letzte Mal noch Capitain gewesen war. Ich bedankte mich bei Capitain Sendraka und ließ uns von Othman durch Nebengänge in unser Privatquartier führen.

Man hatte bereits eine üppige Mahlzeit vorbereitet, neben der wir eine Nachricht vom Imperator fanden.

Willkommen. Bitte wartet, bis man Euch ruft.

T

Als wäre uns etwas anderes übrig geblieben. Marán murrte, sie wüsste nicht, was sie anziehen sollte, und sah sich die Schränke an. Als sie einen öffnete, verschlug es ihr den Atem. An den Stangen hingen zwei Dutzend ihrer Lieblingskleider. In Kommoden fand sich Wäsche und alles andere, was sie brauchte, um sich bei Hofe sehen zu lassen.

In zwei weiteren Schränken fand sich Kleidung für mich: alles Galauniformen. Ich würde mich also nicht als Baron Agramónte vorstellen.

»Wie hat er die nur aussuchen können?«, fragte sie sich laut und hielt den Ärmel eines der Kleider hoch.

»Er ist doch Zauberer.«

»Aber er ist auch ein Mann«, protestierte sie. »Männer wissen über derlei Dinge doch *nie* Bescheid.«

»Vielleicht sind Imperatoren da anders.«

Sie schüttelte nur den Kopf und ging in die Badekammer. Ich hörte es platschen. Ich hob die Deckel der Schüsseln, bis ich etwas fand, was mit den Fingern zu essen war, und sah mich dann, kleine würzige fleischgefüllte Pastetchen kauend, in unserer Wohnung um. Alles war entweder aus Gold, Silber und geschliffenen Edelsteinen oder aus den edelsten handpolierten Hölzern. Ich hätte in diesen Räumen eine Kompanie Infanterie einquartieren können und fragte mich, für wie lange man uns wohl hier zu verstecken gedachte. Es gab einige Bücherwände, deren Inhalt ich mir ansah. Es überraschte mich nicht weiter, dass alle Bände mit Maisir zu tun hatten. Es bestand kein Zweifel mehr daran, warum der Imperator mich hatte kommen lassen.

Wir verbrachten vier Tage in der Wohnung, ohne jemand anderen zu sehen als die lächelnde, aber gesichtslose Dienerschaft. Wir aßen, schliefen und wurden immer nervöser. Früh am Morgen des fünften Tages bat Domina Othman uns, nach dem Mittagsmahl für eine kaiserliche Audienz bereit zu sein, zu der ich meine Orden tragen sollte. Wenigstens eine Stunde, bevor man uns holen kam, waren wir fertig. Man eskortierte uns zum Haupteingang des Palastes, als wären wir eben erst angekommen.

Fanfaren waren zu hören, Lakaien schrien unsere Namen, Titel und Rang, dann traten wir in den riesigen Saal, in dem dicht gedrängt der gesamte Adel Numantias versammelt war. Der Eingang lag etwas höher als der Saal selbst, der kreisrund war und über mehrere Ebenen verfügte; am hinteren Ende befand sich der Thron. Wir stiegen die geschwungene Treppe hinab. Die Menge wogte auf uns zu, das Lächeln so sorgfältig aufgelegt wie Puder und Rouge. Offensichtlich hatten Marán und ich die Gunst des Imperators wieder. Einer der Lakaien brüllte eine kaiserliche »Bitte«, unsere »Freunde« möchten doch ihre Begrüßung noch etwas aufschieben, als Erstes stünden kaiserliche Geschäfte von höchster Dringlichkeit an.

Das Geplapper der Höflinge verstummte für einen Augenblick, dann schwoll es wieder an, als der Hof darüber spekulierte, was wohl passieren könnte. Ich sah den maisirischen Botschafter, Baron Sala, unter der Menge, der mit absolut undurchdringlicher Miene wartete.

Ich sah die Schwestern des Imperators, Dalny und Leh, die eine mit einem hübschen Laffen von Offizier, kaum den Kinderschuhen entwachsen, die andere mit einem bärtigen Lebemann, der mittlerweile vier Ehen hinter sich hatte, die ihm entweder einen neuen Titel oder neue Reichtümer gebracht hatten. Beide Frauen trugen Schwarz, aber ihre tief ausgeschnittenen Kleider zeigten nicht mehr Trauer um ihren Bruder Reufern, als wären sie nackt und mit Schminke auf den Brustwarzen gekommen.

Was die Zeitungen die »Maisirische Krise« genannt hatten, schien auf all diese Dummköpfe dort keinerlei Eindruck gemacht zu haben. Ich erinnerte mich daran, wie ich die Taugenichtse verachtet hatte, die um den Zehnerrat herumgeschwirrt waren, und merkte, dass sie im Imperator eine noch bessere Milchkuh sahen. Hatten wir dafür Hochverrat begangen und diesen Haufen Schwachköpfe gestürzt?

Marán beugte sich zu mir herüber. »Und dazu hat man uns klammheimlich nach Nicias geholt?«, flüsterte sie.

Ich wusste es nicht, nahm aber an, dass Imperator Tenedos, ein Mann von unendlicher Finesse und Verschlagenheit, seine Gründe hatte. Einmal mehr war eine Fanfare zu hören, diesmal doppelt so laut und zweimal so lang. Die Edelleute, die die Stimme ihres Herrn erkannten, hörten mitten im Wort zu plappern auf und wandten sich wie auf Kommando dem Thron zu. Eine Tür ging auf, und der Imperator trat ein.

Seher Laish Tenedos trug etwas, was sehr gut eine Uniform hätte sein können – einen schlichten kragenlosen Waffenrock aus dunkelgrüner Seide, schwarze Reithosen und schwarze Kniestiefel, dazu einen passenden Gürtel. Seine Krone war nicht das schlichte traditionelle Symbol, mit dem ich ihn fast neun Jahre zuvor gekrönt hatte. Diese war neu, aufwendig geschmückt und gearbeitet, mit vielfarbigen Gemmen besetzt. Vielleicht hatte er ein aufwendigeres Symbol nötig gehabt, seit er Numantia zu einem größeren Königreich gemacht hatte.

Vielleicht.

Er setzte sich auf den Thron, nahm ein großes Zepter zur Hand, das ebenfalls neu war, und stieß es dreimal auf. Dann stand er auf und seine Stimme ertönte, verstärkt durch einen Zauber: »Ihr wisst alle von dem Frevel, den die maisirische Armee gegen eine arglose Einheit numantischer Soldaten auf einer routinemäßigen Friedensmission weit innerhalb der von uns geforderten Grenzen begangen hat.

Ich habe Euch gesagt, ich würde König Barain, dem Herrscher von Maisir, eine scharfe Note überbringen lassen, um gegen die Handlungsweise seiner Armee zu protestieren und eine Entschuldigung und Wiedergutmachung dafür zu verlangen, dass das Blut unserer besten jungen Männer vergossen wurde.

Heute Morgen habe ich eine Antwort erhalten, eine Erwiderung so schockierend, dass ich mehrere Stunden überlegen musste, was ich tun soll. Seine Antwort ist, um es kurz zu sagen, ein Schlag ins Gesicht für mich und ganz Numantia. Er behauptet, von einem solchen Zwischenfall nichts zu wissen, und falls tatsächlich etwas dieser Art passiert sein sollte, so sei die Reaktion zweifelsohne gerechtfertigt und stehe ganz im Einklang mit dem jüngsten kriegerischen Auftreten Numantias!«

Tenedos' Stimme troff vor Hohn. Ich sah das Entsetzen auf dem Gesicht von Botschafter Sala, verstand es aber nicht.

»Kriegerisches Auftreten?«, schrie Tenedos. »Der Mann ist ein Schurke, ein ganz gemeiner Schurke der übelsten Sorte! Immer wieder habe ich unseren Soldaten befohlen, die Provokationen der maisirischen Armee an unseren Grenzen zu ignorieren. Ich habe sogar meinem eigenen Volk klare Beweise dafür vorenthalten, dass Maisir Agenten innerhalb unserer Grenzen operieren lässt, sie das Volk verhetzen und Unruhe stiften!

Dafür entschuldige ich mich und bitte um Verständnis, aber ich wollte das Blut meiner Untertanen nicht in Wallung bringen. Ich hoffte, Friede und Ordnung bewahren zu können. Aber damit ist es vorbei. Dieser letzte Skandal drängt unsere beiden Königreiche an den Rand der Konfrontation.

Als ich mir so meine Gedanken darüber machte, was ich in dieser Angelegenheit tun sollte, fiel mir ein, dass unser bester Soldat, der

Erste Tribun persönlich, Damastes á Cimabue, Baron Damastes von Ghazi, Graf Agramónte, jüngst von seinen Gütern zurückgekehrt ist, und so habe ich ihn denn zu mir gerufen. Wir haben das Problem einige Stunden lang diskutiert und sind ganz einer Meinung.

Ich ... wir alle ... wollen den Frieden für Numantia. Aber das Schild des Friedens kann nur schützen, wenn sich hinter diesem Schutz, gut gepanzert und bewaffnet, ein starker Arm befindet. Ich habe daher Befehl gegeben, unsere Armee auszubauen und unsere Kräfte für jede weitere Entwicklung bereitzuhalten. Zeiten der Stärke erfordern starke Maßnahmen.

Ich habe den Ersten Tribun á Cimabue für ein Sonderkommando ausgewählt, einen Posten, zu dem ich mich im Augenblick nicht näher äußern kann, der jedoch über allen anderen Rängen unserer Armee steht. Der Erste Tribun á Cimabue befiehlt ab sofort jeder Einheit, jedem Offizier, jedem einzelnen Mann. Was immer in dieser außergewöhnlichen Zeit nötig ist.«

Ich war dankbar: Die erste Erklärung des Imperators hatte mir einige Sekunden gegeben, eine Maske aufzusetzen. Jetzt, als der Jubel anhob, für den zweifelsohne die unter der Menge verteilten Speichellecker seiner Majestät verantwortlich waren, brauchte ich mich nur noch tief zu verbeugen.

»Ich habe eine Antwort auf König Bairans Insolenz«, fuhr der Imperator fort. »Wir werden sie binnen weniger Minuten dem maisirischen Botschafter übergeben.

Ich wünsche den Tribun á Cimabue privat zu sprechen, da gerade wichtige Informationen über unsere strategische Position eingegangen sind. Das ist alles!«

Trompeten erklangen und die Menge tat schreiend ihren Beifall kund. Ein merkwürdiges kleines Lächeln auf den Lippen, sah Tenedos sie sich einen Augenblick an. Dann wandte er sich ab und schritt davon.

Die Tür zum Audienzraum des Imperators ging auf und Baron Sala stapfte heraus, das Gesicht verkniffen vor Zorn. Als er mich sah, wurde sein Ausdruck zu einer unverbindlichen Maske. Er sprach mich nicht an, sondern nickte nur und ging an mir vorbei.

Der Adjutant des Imperators stand hinter seinem Schreibtisch auf, aber die Tür öffnete sich bereits und Tenedos stand da. »Tretet ein, mein Freund, tretet ein«, sagte er in herzlichem Ton. Er schloss die Tür und wies auf einen Diwan ganz auf der anderen Seite des Raums. Dort setzte er sich neben mich. Auf dem Beistelltisch stand eine Karaffe mit Branntwein und Gläser. Er spielte mit dem Stöpsel und seufzte dann.

»Von den Zeiten, in denen man besser nichts trinkt, sagt einem keiner was, hm?« Er lächelte trocken. »Manchmal wünschte ich, ich hätte deine Disziplin und mich hätte nie nach Alkohol verlangt.«

»Das hat nichts mit Disziplin zu tun, Sir. Ich finde einfach, dass er beschissen schmeckt.«

Er lachte. »Ich nehme an«, sagte er, »ich sollte mich für die kleinen Unwahrheiten da draußen entschuldigen.«

»Ihr braucht Euch für nichts zu entschuldigen.«

»Nein«, meinte er. »Das brauche ich nicht, was? Hättest du statt einer Entschuldigung lieber eine Erklärung?«

»Mit Freuden.«

»Ich habe gleich nach dir schicken lassen, als ich die Note an König Bairan abgeschickt habe, schließlich wusste ich, wie scharf seine Erwiderung ausfallen würde. Die einzig mögliche Reaktion auf meine Post. Ehrlich gesagt, wir haben noch nicht mal Antwort von ihm. Deshalb ist Baron Sala ja auch hier herausgestürmt – nachdem er mich mit jedem nur erdenklichen diplomatischen Ausdruck für *Lügner* bedacht hat.« Er zuckte die Achseln. »Im Dienste seines Landes zu lügen ist wohl kaum eine Sünde. Ich weiß, was Bairan antworten wird, und mir war klar, dass ich eine sofortige Antwort für die Massen parat haben musste.«

»Ich verstehe nicht«, bemerkte ich.

»Bauern haben eine kurze Aufmerksamkeitsspanne«, erklärte er. »Im Augenblick regen die Leute sich auf über das, was da passiert ist. Eine Woche darauf ist ihr Unwille noch wach. Eine weitere Woche später kühlen Eifer und Zorn schon wieder ab. Noch zwei Wochen, und die Angelegenheit ist wahrscheinlich schon wieder vergessen, während man über den jüngsten Skandal aus der Hauptstadt klatscht.«

»Das ist zynisch, Eure Hoheit.«

»In die Höllen damit! Ich nenne es Realismus.« Er stand auf und begann, auf und ab zugehen. »Also, im Grenzland ist Folgendes passiert – aber das bleibt unter uns! Ich mache mir zunehmend Sorgen darüber, dass Maisir das Gebiet gleich auf der anderen Seite der Grenze zu besiedeln beginnt. Man schafft Bauern heran und neue Einheiten für die Grenzpatrouillen, die Negaret. Patrouillen … oder Kundschafter für eine Invasion.

Maisir hat eine verstärkte Schwadron der Zwanzigsten Schweren Kavallerie angegriffen, die wir aus Urey abgezogen hatten. Die zusätzlichen Leute waren Kutscher, Kartographen und so weiter, da das Gebiet kaum bekannt ist.« Das erklärte die zusätzlichen Leute. »Sie hatten direkte Order von mir, wir standen also in magischer Verbindung miteinander. Ich spürte, dass da etwas nicht stimmte, und suchte die Gegend mit der Schauschale ab, und so hat mein Gefühl mich zu der schrecklichen Szene geführt.

Ich sah nichts als Leichen. Leichen und Aasvögel über ihnen. Sie hatten in einer Senke an einer Quelle kampiert. Ich weiß nicht, ob sie nur unachtsam gewesen waren oder ob die Angreifer die Wachen unschädlich gemacht hatten, bevor sie Alarm schlagen konnten. Einige schienen aufgewacht zu sein und sich gewehrt zu haben. Sie setzten den Maisirern heftig zu, aber sie waren zahlenmäßig weit unterlegen. Die Schwadron wurde bis auf den letzten Mann niedergemacht. Mit den Verwundeten trieb man noch seine Spiele, bevor man sie sterben ließ. Als ich dort ›ankam‹, waren die Soldaten bereits zwei, vielleicht auch drei Tage tot.

Wiederum mit Hilfe der Magie habe ich mich nach ihren Mördern umgesehen. Einen Tagesritt gen Süden fanden meine allsehenden ›Augen‹ Spuren, denen ich über die Grenze bis zu einem maisirischen Außenposten folgte. Da man die Leichen verstümmelt

hatte, war es offensichtlich, dass die Maisirer durch zwangs-
rekrutierte Hügler aus der Gegend verstärkt worden waren.

Ich habe Geister heraufbeschworen«, fuhr der Imperator fort,
»und die Leichen meiner Soldaten in heilige Flammen aufgehen lassen. Dann habe ich einen Wirbelsturm über die Gegend geschickt,
so dass nichts mehr bleibt als endlose Sandhügel.

Ich habe Opfer an Saionji befohlen und noch größere versprochen, auf dass man unsere Soldaten ihres Opfers für Numantia wegen auf dem Rad gut und im nächsten Leben bevorzugt behandelt. Die Familien der Männer bekommen großzügige Pensio-
nen.«

Tenedos hielt inne und wartete auf eine Reaktion. Ich konnte
dazu nicht viel sagen, außer ihm dafür zu danken, was er getan hatte. »Was wird nun?«, fragte ich.

»Wir warten die Antwort König Bairans ab«, erklärte Tenedos.
»Wir setzen den Ausbau unseres Heeres fort und marschieren in
Richtung der maisirischen Grenze. Falls sie angreifen, so gehe ich
davon aus, dass das über die traditionelle Handelsroute erfolgt, also
durch Kait über den Sulempass nach Urey. Womit wir zu deiner
Rolle kommen. Ich nehme an, du hast das Material studiert, das ich
dir zukommen ließ?«

»Gründlich, Sir.«

»Meinst du, ein Krieg mit Maisir ist unvermeidlich?«

»Ich weiß nicht«, sagte ich aufrichtig. »Ich habe bei meiner Lektüre nichts gefunden, das mich vermuten ließe, Maisir könnte an einer Invasion Numantias interessiert sein – jedenfalls nicht bis jetzt.
Nicht bevor Bairan den Thron übernommen hat.«

»Das genau ist die Veränderung, die ich spüre«, sagte Tenedos.
»Ich fürchte, er denkt, unsere Provinzen seien reif für die Ernte.
Vielleicht glaubt er ja immer noch, dass wir so schlecht geführt sind
wie in den Tagen des Zehnerrats.« Tenedos lächelte verkniffen.
»Wenn dem so ist, dann hat er sich aber mehr als nur ein wenig ver-
rechnet.«

»Wie sieht denn Kutulus Analyse aus?«, fragte ich.

Die Stimmung des Imperators änderte sich. Er presste die Lippen zu einem dünnen Strich zusammen und ich sah, dass eine Vene an seiner Schläfe zu pochen begann. Seine Augen fingen die meinen und hielt sie mit bohrendem Blick fest. »Kutulu«, sagte er scharf, »ist mit anderen, internen Angelegenheiten beschäftigt. Ich habe andere, womöglich qualifiziertere Leute zu Rate gezogen, um zu verstehen, was in Maisir passiert.«

Hätte ich den Imperator nicht schon so lange gekannt und ihn deshalb nicht nur für meinen Herrn, sondern auch für meinen Freund gehalten, hätte ich das Thema niemals weiter verfolgt.

»Was ist denn mit Kutulu, Sir? Wenn man fragen darf.«

»Kutulu ist völlig vermessen«, sagte er. »Ich sage dir das nur hier und jetzt und ganz im Vertrauen. Kutulu ist in Ungnade, obwohl ich davon ausgehe, dass ich mich mit der Zeit wieder beruhige und er wieder zur Vernunft kommt. Dann könnte er wieder die alte Bedeutung erlangen. Ich habe den Mann jüngst gelobt, privat, und ihm gesagt, er könne jede Belohnung haben, die ich ihm nur bieten kann. Er sagte, er sähe sich gern als Tribun.

Dieser Dummkopf!« Die Schritte des Imperators wurden schneller; seine Absätze knallten auf das Parkett. »Spione sind doch keine Generäle! Und damit auch keine Tribunen. Niemals!«

Mir fiel ein, wie Kutulu am Wasserpalast hochgesehen hatte, mit welcher Bewunderung. Was hatte er dabei gesagt? *Vielleicht, wenn der Imperator sich eines Tages entschließen sollte ...* Zuerst dachte ich mir: *Der arme Hund!* Wie konnte er sich nur einbilden, dass ein Büttel je den höchsten Dienstgrad der Armee innehaben könnte? Dann jedoch verschwand meine Dummheit ebenso wie meine Arroganz. Warum eigentlich nicht? War nicht auch ein Zauberer Imperator geworden? Hatte nicht ich selbst, ein Subalternoffizier der Reiterei, den Gipfel erreicht? Hatte Kutulu dem Imperator nicht ebenso gut, wenn nicht gar besser gedient als ich? Und überhaupt, wen hätte es schon interessiert? Vielleicht sieben, acht alte Kacker, die gemurrt hätten, dass der Usurpator einmal mehr die Tradition geschändet hätte. Aber wer hätte auf diese morschen alten Ungeheuer gehört? Wehte doch in diesen Tagen ein so frischer Wind durch das Reich.

Ich dachte schon daran, mich für Kutulu zu verwenden, war aber dann doch lieber vorsichtig und hielt den Mund.

»Und jetzt zu wichtigeren Dingen«, fuhr der Imperator fort. »Beginnen wir mit deiner neuen Aufgabe, deren Wichtigkeit ich keinesfalls übertrieben habe.« Er zeigte mir ein schelmisches Grinsen. »Nur werde ich dir nicht sagen, worin sie besteht.«

»Wie bitte, Eure Hoheit?«

»Du hast mich schon verstanden. Ach übrigens, ich habe es mir anders überlegt. Schenk mir doch ein Glas aus der Flasche da ein – der da drüben neben meinem Schreibtisch in der Form eines sich aufbäumenden Dämons. In der Vitrine darunter findest du verschiedene Mineralwasser.«

Ich gehorchte. Tenedos setzte sich, das Bein über die Armstütze des Sessels gehängt, und sah mir lächelnd zu. Ich war sicher, länger warten zu können als er. Ich konnte.

»Du wirst wohl nicht fragen, was?«, sagte er.

»Nein, Sir. Ich gehe davon aus, dass Ihr es mir sagt, wenn ich es wissen muss.«

Der Imperator lachte laut auf. »Manchmal habe ich den Verdacht, du kennst mich besser als ich mich selbst. Vermisst du eigentlich je die alten Tage, Damastes? Bevor wir all die Macht und das Gold hatten? Als wir noch haben *wollten*, anstatt zu haben?«

»Nicht wirklich«, erwiderte ich. »Ich kann mir nicht vorstellen, je woanders sein zu wollen als dort, wo ich gerade bin, oder in einer anderen Zeit. Es sei denn, ich stecke in der Scheiße – wie damals am Sulempass. Dann wäre ich lieber sonstwo.«

»Das war in der Tat schrecklich«, sagte er. »Aber auf der anderen Seite auch glorreich. Ich erinnere mich noch an diesen Capitain der Infanterie … wie hieß er doch gleich wieder?«

»Mellet, Sir. Ich opfere ihm, ihm und seinen Männern, jedes Jahr am Jahrestag jenes letzten Gefechts.«

Ich war erstaunt, dass er Mellet vergessen haben konnte, ihn und die anderen Männer des Leichten Fußvolks aus Khurram, deren Tapferkeit es uns und den numantischen Zivilisten, deren Eskorte wir waren, ermöglicht hatte, dem Untergang zu entgehen, den die Hügler für uns geplant hatten.

»Ja«, fuhr Tenedos fort. »Ich erinnere mich an ihn und all die anderen, sehr gut sogar. Ich denke, es ist gut, Männer wie ihn nicht zu vergessen, ja noch nicht einmal tapfere Tiere wie den sterbenden Elefanten, der dem Ruf des Horns zu folgen versuchte, als wir beide uns in Ghazi das erste Mal sahen. Das genau ist doch der Teil des Krieges, der uns groß macht und wert, mit Stolz vor den Göttern zu stehen.«

Ich jedoch erschauerte bei dem Gedanken an all das Blut und die verbrannte Erde, die der Krieg über die Welt bringt. Ich hätte aufmerken sollen bei dem, was der Imperator da sagte, aber ich hielt es lediglich für das romantische Gerede eines Mannes, der kaum je an einem richtigen Krieg teilgenommen hatte, und wenn, dann fast immer nur als Sieger. Ich war dankbar dafür, dass Tenedos keine Antwort darauf zu erwarten schien.

»Ja«, fuhr er fort. »Ruhm will immer noch gesucht und errungen werden, da ein Mann sonst faul, schwach und dumm und damit leicht die Beute des Stärkeren und Brutaleren wird.« Der Imperator nippte an seinem Branntwein und starrte mich an. Merkwürdigerweise, so dachte ich, sah er durch mich hindurch – oder er sah mich an der Spitze einer anderen großen, für die Schlacht gerüsteten Armee. Ich schwieg, bis der Imperator aus seiner Träumerei erwachte.

»Große Zeiten«, sinnierte er. »Aber es stehen uns noch größere bevor.« Er leerte den Schwenker. »Ich sage dir noch immer nicht, wie deine Aufgabe aussehen wird. Aber ich sage dir, wer es dir sagen wird. Geh zu deinem Freund, Tribun Petre. Denn abgesehen von meiner Idee ist alles sein Werk.«

Ich hatte Mercia Petre kennen gelernt, als man uns zu den nicischen Goldhelmen abkommandiert hatte, wo wir beide völlig fehl am

Platz waren. Petre war ein durch und durch humorloser Geselle, dessen einziges Interesse im und am Leben das Militär mitsamt seiner Geschichte und seiner Kultur war. In den ebenso langen wie langweiligen Wochen hohlen Exerzierens hatten wir getan, was viele junge Offiziere so tun – wir bauten verträumt an unserer eigenen Armee. Dann jedoch hatte der Seher Tenedos uns die Möglichkeit gegeben, sie zu verwirklichen, und so waren die lahmen, aufgeblähten Divisionen der Vergangenheit zu schnellen, schlagkräftigen Säbeln geworden, die in Kallio dazwischengefahren waren und dem Bürgerkrieg ein Ende gemacht hatten.

Petre hatte während des Krieges die Dragoner befehligt und wurde dann, als Tribun, nominell Oberbefehlshaber des mittleren Flügels der Armee. Freilich war unser Heer seit der Vernichtung Chardin Shers nicht mehr in voller Stärke aufgetreten und so machte er sich an eine Reform des kränkelnden militärischen Ausbildungssystems. Um zu gewährleisten, dass er auf seinem Kommando nicht einrostete, war Petre immer wieder zu »Inspektionseinsätzen« an der Grenze gewesen, wo er sich ins Getümmel der wüsten kleinen Scharmützel warf wie irgendein frisch ernannter, nach Ruhm dürstender Legat. Irgendwie hatte er dabei immer nur kleine Blessuren davongetragen, so dass sein Glück geradezu sprichwörtlich geworden war, so wie Tribun Le Balafre dafür berühmt war, aus jedem Treffen zwar als Sieger, aber schlimm verwundet hervorzugehen.

Falls Petre überhaupt je einen wirklichen Freund gehabt hatte oder haben wollte, so war das wohl ich. Mit einer Ausnahme, die ich an jenem Tag kennen lernte. Seit dem Krieg hatten wir beide bis über beide Ohren mit Reichsgeschäften zu tun gehabt und uns nur ein halbes Dutzend Mal, meist in abgelegenen Außenposten, gesehen. Ich war nie bei ihm zu Hause gewesen. Ich hatte mir Letzteres nicht groß vorgestellt, da ich Petre als Mann von schlichten Vorlieben kannte, eher wie das Quartier eines unverheirateten Offiziers, aber dafür wahrscheinlich mit einer riesigen Bibliothek.

Petres Haus zog sich einen Hügel in Nicias' reichstem Viertel hinauf. Es war wunderschön, eine Kaskade geschwungener Linien, die Fassade mit dezent gefärbtem Marmor verkleidet, der nirgendwo eine Kante oder auch nur eine gerade Linie zu haben schien. Nirgendwo etwas Hartes, kein schroffer Ton. Selbst die Pflanzen in den Gärten waren tropisch und weich. Zwei lächelnde Männer in unaufdringlicher blasser Livree nahmen mir Lucans Zügel ab und führten die Stute fort. Eine exquisit gekleidete Frau, vielleicht zehn Jahre älter als ich, begrüßte mich und sagte, Tribun Petre erwarte mich in der Bibliothek. Die Hausdiener, größtenteils junge Männer, trugen dieselbe Uniform wie die Lakaien.

Die Bibliothek war groß, offen, luftig mit vielen Oberlichtern und Fenstern zwischen den endlosen Regalen. Jede Menge Karten lagen aufgerollt auf Ständern.

Wenigstens Petre hatte sich nicht verändert. Er trug eine schlichte graue Uniform, keine Orden, die Rangschärpe um seine Taille war schlampig geknotet. Seine Uniform schien direkt aus der Kleiderkammer zu kommen und war eine halbe Nummer zu groß. Außerdem war Mercia barfuß, von Reiterstiefeln keine Spur.

»Also, was soll ich denn nun tun?«, fragte ich. »Was habt Ihr Euch denn diesmal ausgedacht? Ach, übrigens, Ihr dürft mir durchaus was anbieten. Es ist noch recht frisch draußen.«

»Oh«, sagte Petre. »Oh, ja. Äh … Tee? Ja, trinken wir doch einen Tee.«

»Da sage ich nicht nein«, bemerkte ich.

Anstatt nach einem Dienstboten zu klingeln, ging Petre an die Tür und rief. Kurz darauf ging die Tür auf und herein kam ein ausgesprochen schlanker, fast schon unheimlich gut aussehender junger Offizier mit einem Tablett.

»Mein Adjutant«, sagte Petre, und außer mir wäre das leichte Zögern vor dem »Adjutant« womöglich gar niemandem aufgefallen. »Legat Phillack Herton.« Er blickte mich fast herausfordernd an. Wenn er Missbilligung erwartet hatte, so wurde er bitter enttäuscht. Falls Herton mehr war als Petres Diener, na und? Cimabue, meine Heimatprovinz, mag ja in der einen oder anderen Hinsicht rückständig sein, aber im Gegensatz zu Nicias war es den Leuten egal, wen man sich zum Partner nahm. Meine einzige Hoffnung war, dass er Petres Leben etwas weniger einsam machte, obwohl ich nicht wusste, ob dieser merkwürdige Mann die Bedeutung des Wortes kannte. Herton trug den Tee auf, rollte sich dann ungebeten, fast wie eine Katze, auf einem Sofa zusammen und blickte Petre aufmerksam an.

»Ihr und ich, wir werden eine Reihe von Elitedivisionen aufstellen«, fuhr Petre fort. »Ich hatte sie Kommandos genannt, aber der Imperator beschloss, sie Kaiserliche Garden zu nennen und durchzunummerieren. Es soll zunächst ein halbes Dutzend geben, mehr, wenn die nötigen Mannschaften ausgehoben sind. Es werden große Einheiten, wenigstens zehntausend Mann, vielleicht mehr.«

Er trat an eine der Wände und zog einen Vorhang beiseite, so dass ein Schaubild zum Vorschein kam: zwei Regimenter Schwere Reiterei von je tausend Mann; zwei Regimenter leichte Reiterei – Lanciers, je siebenhundert Mann; vier Regimenter Dragoner – berittenes Fußvolk, je tausend Mann; ein Sonderregiment von fünfhundert Mann; eine Pioniereinheit für den Straßen- und Brückenbau von fünfhundert Mann; und dann eine neue Einheit, die Petre Meldereiter nannte – zweihundertfünfzig Kuriere, die es den Kommandeuren der Garden ermöglichte, beim Marsch für eine gewisse Ordnung zu sorgen und in der Schlacht, so hoffte er, wenigstens annähernd den Überblick zu behalten; eine Einheit aus Quartiermeistern, Jägern und Pferdepflegern von tausend Mann; dann eine Einheit, die ich insgeheim als »Restposten« bezeichnete: Feldjäger, Musikanten, Heliographenleute, Bahrenträger, Feldschere, dreihundert bis dreihundertfünfzig Mann; und schließlich der Stab. Der, so sagte Petre, belaufe sich in dieser Einheit auf wenigstens fünfzig bis hundert Mann. Als ich pfiff, schüttelte er den Kopf.

»Nein, nein, das ist eher knapp. So wie die Garden kämpfen, wird der Kommandeur so viel Autorität wie nur möglich delegieren müssen, nur um sich den Kopf für den Überblick freizuhalten. Der Stab wird nicht aus Schleimscheißern bestehen, die rumstehen und ihre Orden polieren.«

»Na schön«, sagte ich. »Ich kann sie mir schon vorstellen, Eure Gardeeinheit – man könnte sie vielleicht als Korps bezeichnen. Aber wie wollt Ihr sie einsetzen? Wie operiert sie innerhalb unserer gegenwärtigen Taktik?«

»So gut wie gar nicht«, meinte Petre. »Unsere Kavallerie ist bereits darauf trainiert, den Feind ins Herz zu treffen. Die Garden sind nichts weiter als eine auf die Spitze getriebene Version. Wie lange kann unsere Reiterei im Augenblick vor den Linien kämpfen?«

»Wenn sie mobil bleiben, vielleicht zwei, drei Wochen«, schätzte ich. »Weit weniger lang, wenn man sie festnagelt und in eine statische Schlacht verwickelt.«

»Genauso werden die Garden kämpfen – aber wenn ein Korps durch überlegene Kräfte gebunden wird, so kann es den Angriff dennoch fortsetzen. Die Ziele der Garden werden dieselben bleiben: Festungen, Kommandeure, die Hauptstadt des Feindes – aber sie werden in der Lage sein, sich aus allem herauszuhalten, in Bewegung zu bleiben, und das länger als bisher. Im Wesentlichen handelt es sich um eine Armee für sich, wenn sie also in der *Suebi* kämpft, dann braucht sie sich keine Gedanken darüber zu machen, wann der Rest der Armee – Quartiermeister, Zauberer, Bäcker – nachkommt. Falls nötig, dann sind sie in der Lage, sich eine feindliche Stadt als Winterquartier zu nehmen, obwohl wir es uns natürlich nicht leisten können, einen Feldzug im maisirischen Winter zu führen – das wäre unser Verhängnis.

Wie Ihr bemerkt haben werdet«, fügte er hinzu, »gibt es keine Kriegselefanten mehr. Sie sind zu langsam, brauchen eine Unmenge Futter, das die *Suebi* nicht hergibt, sie können so viel auch wieder nicht tragen und sind von jedem Infanteristen zu erlegen, der Rüssel und Stoßzähnen ausweichen kann. Und Angst jagen sie bestenfalls patschnassen Rekruten ein.«

»Gut. Ganz zu schwiegen davon, dass sie den Pferden eine Heidenangst einjagen«, ergänzte ich.

Ich studierte sein Schaubild eine ganze Weile.

»Gefällt mir«, sagte ich schließlich. »Aus einer ganzen Reihe von Gründen. Ich würde noch zwei Einheiten hinzufügen. Also erster Bogner. Gebt mir, sagen wir, fünf Kompanien zu je hundert Mann. Lasst sie alle zusammen ausbilden und dann in Abteilungen aufspalten, die eingesetzt werden können, wo immer es nötig ist.«

»Gut«, sagte Petre und machte sich eine Notiz.

»Und noch eine weitere, kleinere Einheit. Zauberer. Wir brauchen schlachterprobte Zauberer, um feindliche Magie aufspüren und neben Bannzaubern auch eigene Zauber wirken zu können.«

Jetzt war es an Petre, überrascht zu sein. »Und welcher Gott soll Magiern beibringen, zum Wohl der Allgemeinheit miteinander auszukommen?«, fragte er skeptisch. »Aharel? Er soll ja zu Königen sprechen, aber ich denke, bei Zauberern wäre selbst er überfordert.«

»Der Gott ist Imperator Tenedos selbst«, erklärte ich entschieden. »Wenn er Euch und mich in die Schlacht bringen kann, dann peitscht er verdammt noch mal auch seine Bruderschaft ins Geschirr.«

»Eine gute Idee«, pflichtete mir Petre bei. »Und ich überlasse das mit Freuden dem Imperator, ganz wie Ihr es vorschlagt. Seht Ihr Probleme?«

»Zunächst einmal«, sagte ich, »wird es seine Zeit dauern, diese Einheiten auszubilden, wenn sie in der Lage sein sollen, in großen Verbänden zu kämpfen, und wir brauchen eine Menge Platz für Manöver.«

»Der Imperator lässt bereits Trainingslager in Amur bauen«, erzählte Petre. »Dort ist genügend Platz für Manöver mit ganzen Armeen.«

Die Provinz war abgelegen und unfruchtbar, lag aber am Latane, was die Kommunikation mit Nicias einfach machte. Und das Gold, das unsere Armee ausgeben würde, käme dort gelegen.

»Wann soll es losgehen?«

Petre zuckte die Achseln. »Sobald Ihr dem Imperator sagt, dass Ihr bereit seid, meine … ich meine, seine Idee in die Tat umzusetzen, wird er ein Dekret erlassen, und wir schicken Leute los, die Kader der künftigen Korps, um in sämtlichen Garnisonen nach Freiwilligen zu suchen. Wenn wir nicht schnell genug genügend zusammenbekommen oder nur Faulenzer kriegen, dann werden wir die Mannschaften, die wir brauchen, eben durch ein kaiserliches Edikt ausheben lassen.«

Ich überlegte weiter und nickte dann. »Vielleicht nimmt mir Eure Idee einige der Sorgen, die mir die ungeheure Größe Maisirs bereitet haben.«

»Es gibt nur noch ein wirkliches Problem«, sagte Petre, und ich meinte so etwas wie Amüsement in seinen Augen aufblitzen zu sehen. »Wir brauchen irgendeine Uniform für sie. Ich nehme an, Ihr findet die Zeit dazu, etwas zu entwerfen?«

Ich sah ihn fest an, aber sein Blick war völlig arglos. Herton studierte einen Gobelin in der Nähe. Ich war … nun ja, ich nehme an, bekannt wie ein bunter Hund, trifft es wohl, für meinen ziemlich extravaganten Geschmack. Marán hatte einige meiner Uniformen entworfen; manchmal hatte ich auch selbst eine Idee.

»Ist der Scherz auf Eurem Mist gewachsen?«, fragte ich.

»Ich fürchte nicht«, erwiderte Petre. »Der Imperator ist darauf gekommen, und als er zu Ende gelacht hatte, befahl er mir, ihn Euch gegenüber zu wiederholen – Wort für Wort.«

»Danke, Mercia«, sagte ich. »Vielleicht bitte ich ihn erst um die Erlaubnis, die Kampfuniform meiner Tribunenkollegen zu überarbeiten. Etwas in Rot und Grün. Knöchellange Kleider. In Samt.«

Marán und ich zogen nicht mehr in den Wasserpalast, sondern in unser eigenes Haus am Fluss, fünf Etagen, die auch als Festung hätten herhalten können. Ich hatte keine Zeit, mir Gedanken um die Tovieti zu machen, und so befahl ich, meine reformierten Roten Lanciers im Haus einzuquartieren: zwei Ballsäle für die Mannschaften, und für die Offiziere gab es unbenutzte Zimmer genug. Marán hatte sich mittlerweile daran gewöhnt, unser Heim von Soldaten besetzt zu sehen. Wenigstens, so meinte sie, sei es groß genug, wir könnten sie uns im Erdgeschoss halten und hätten die oberen Stockwerke ganz für uns.

209

Dann machte ich mich mit Mercia ein zweites Mal daran, dem Imperator eine neue Armee aufzubauen.

»Ah«, sagte Kutulu mit einem Anflug von Überraschung, »das ist doch nun wirklich eine Wende des Geschicks. Ich habe Euch besucht, als Ihr in Ungnade wart, jetzt haltet Ihr es genauso mit mir. Ihr seid wirklich ein Freund.« Er nahm einen Kasten mit seinen allgegenwärtigen gelben Karten zur Hand, auf denen er meiner Ansicht nach jeden Bürger Numantias erfasst hatte, um ihn auf den Boden seines kleinen unordentlichen Büros zu stellen. Er zupfte jedoch zuerst eine der Karten heraus. »Ich darf nicht vergessen, mich um den hier zu kümmern«, murmelte er vor sich hin. »Ich bezweifele freilich, dass Euer Besuch rein privater Art ist«, fügte er hinzu.

Eigentlich war er es größtenteils. Ich hatte zwar ein paar Fragen, aber ich wusste nicht, wie ich es ihm sagen sollte, doch in der Tat, ich erinnerte mich sehr wohl daran, dass er vor kurzem noch mich besucht und dass es mir Mut gemacht hatte.

»Ich wollte nur wissen«, sagte ich, »ob Ihr schon konkrete Hinweise auf eine Verbindung zwischen den Tovieti und Maisir gefunden habt.«

»Nicht einen. Ein weiterer Grund für den kaiserlichen Zorn.« Mit einem Mal verzerrte sich das Gesicht des kleinen Mannes und seine Lippen begannen zu zucken. Ich fühlte mich an Freunde erinnert, deren Geliebte sie verraten hatte; es konnte passieren, dass sie ganz plötzlich an diese Katastrophe denken mussten, und schon war es mit ihrer Selbstbeherrschung vorbei. Tenedos war Sonne, Mond und Sterne für Kutulu gewesen und diese totale Finsternis aller Gestirne musste für ihn nicht weniger schrecklich als eine zerbrochene Liebe sein.

Ich wandte mich ab, blickte ihn dann wieder an und der Büttel hatte sich wieder eisern im Griff. »Entschuldigt. Vielleicht bin ich überarbeitet.« Kutulus Leben bestand nur aus Arbeit, aber ich nickte: *Das wird es wohl sein.*

210

»Wo wir schon bei den Tovieti sind«, sagte ich und änderte das Thema, »hinter welcher Täfelung krabbeln diese Ratten denn jetzt herum? Oder fallen sie nicht länger in Euren Verantwortungsbereich?«

»Ich bin noch immer hinter ihnen her, und hin und wieder bekomme ich den einen oder anderen zu fassen. Ich denke, ihre Zahl nimmt zu – es gibt immer mehr Hinweise auf sie. Aber es ist mir noch immer nicht gelungen, ihre Führung ausfindig zu machen, ihr Führungskader. Vielleicht hat der Imperator Recht. Vielleicht übersteigt das alles meine Fähigkeiten.«

»Das möchte ich bezweifeln«, versicherte ich ihm. »Kommt schon, Mann. Ihr habt mir gesagt, der Imperator würde schon wieder zur Vernunft kommen, was mich anbelangt, und so ist es gekommen. Meint Ihr nicht, dass es bei Euch nicht ebenso kommt? Er hat einfach zu viele Dinge im Kopf. Insbesondere Maisir.«

Kutulu wollte schon etwas sagen, fing sich aber gerade noch.

»Ja?«

»Ist nicht wichtig«, sagte er. »Was ich sagen wollte, könnte mir als Untreue ausgelegt werden.« Ich schnaubte ungläubig. »Ich habe einmal gedacht«, sagte er, und das ganz leise, »ich könnte zwei Herren dienen. Es scheint, als hätte ich mich getäuscht.«

»Ihr stellt mich vor ein Rätsel.«

»Ich sollte nichts weiter sagen, nur so viel, dass ich Büttel geworden bin, weil ich der Wahrheit dienen wollte. Womöglich habe ich sie zu meinem obersten Gott gemacht.«

Mir schwante ganz plötzlich, was Kutulus geheimnisvolle Worte bedeuten mochten, und ich wollte das Thema nicht weiter verfolgen. »Um auf die Tovieti zurückzukommen. Hab Ihr schon mal von einem Phänomen gehört, das man die ›Gebrochenen‹ nennt?«

»Allerdings«, meinte Kutulu. »Numantia hatte schon immer ein Problem mit den Landlosen, für die man eine ganze Reihe von Namen hat. Ich nehme an, jedes Land mit einer so starren Ordnung hat das Gegenstück dazu.

Was mir Sorgen macht ist, dass sie zunehmen. Und ich habe ge-

wisse Verbindungen zwischen diesen Herumtreibern und den Tovieti ausmachen können.«

»Sollten wir uns Sorgen machen?«

»Ihr nicht«, sagte Kutulu, »sondern ich. So wie ich mir über alles Sorgen mache, was die Stabilität Numantias gefährden könnte.
Wie Ihr schon gesagt habt – Ratten hinter der Täfelung.«

»Eine andere Frage«, warf ich ein. »Sollte ich mich noch immer
als Ziel dieser Würger sehen?«

»Unbedingt«, antwortete Kutulu. »Zumal jetzt, wo der Imperator Euch zum Kommandeur der Kaiserlichen Garden gemacht
hat.«

»Ihr mögt ja in Ungnade sein, aber Eure Ohren arbeiten noch«,
sagte ich.

»Natürlich«, erwiderte Kutulu. »Ich bin ja nicht tot.«

»Gut. Ich denke nämlich, dass man Eure Talente in nächster Zukunft noch braucht.« Ich stand auf. »Der eigentliche Zweck meines
Kommens war, Euch eine Einladung meiner Frau zum Essen zu
überbringen, vielleicht morgen Abend?«

Kutulu sah mich verblüfft an, und ich fragte mich, ob ihn überhaupt schon einmal jemand rein privat eingeladen hatte. »Nun ja ...
normalerweise arbeite ich bis spät ... Nein. Das ist unwichtig. Natürlich werde ich kommen. Zu welcher Stunde?«

»Zwei Stunden nach Sonnenuntergang wäre ideal.«

Auf unserer Auffahrt drängten sich ein Dutzend oder mehr teurer
Equipagen. Auf einer davon war das Wappen der Agramóntes zu sehen. Ich fragte mich, was das wohl zu bedeuten hatte, warf Karjan
Rabbits Zügel zu und eilte ins Haus. Mein neuer Kastellan erwartete mich an der Tür. Maráns Bruder und gut vierzehn weitere Edelleute warteten in der Bibliothek. Ich legte Mantel, Helm und
Schwert ab und ging hinauf in den kreisrunden Empfangsraum, um
sie zu sehen.

Praen, Maráns ältester Bruder, stand gleich an der Tür. Es war zuweilen kaum zu glauben, dass dieser große, derbe Mann mit meiner

zierlichen Frau verwandt sein sollte oder andersherum, dass sie tatsächlich eine Agramónte war, da Praen und Mamin, ihr anderer Bruder, ihrem verstorbenen Vater wie aus dem Gesicht geschnitten waren.

Die anderen Männer im Zimmer waren älter als Praen, aber alle vom selben Stand: gut genährte, reich gekleidete Landleute mit Macht und voller Selbstvertrauen.

Marán war als einzige Frau dabei. Ich küsste sie auf die Wange und zog neugierig eine Braue hoch, um zu erfahren, was vor sich ging.

»Tut mir Leid, Damastes«, sagte sie. »Aber Praens Post hat mich erst heute Morgen erreicht, nachdem du bereits zum Kriegspalast unterwegs warst. Ich habe einen Boten losgeschickt, der dich jedoch nicht gefunden hat.«

»Ich hatte außerhalb des Palastes noch das eine oder andere zu erledigen«, erklärte ich.

»Praen sagte, es sei sehr wichtig für ihn und die Herren hier, sich so bald wie nur möglich mit dir zu treffen«, sagte Marán. »Ich habe ihm gesagt, du kämest normalerweise so um diese Zeit nach Hause, und das Beste, was ich vorschlagen könnte, sei hier auf dich zu warten. Er hat mir gesagt, worum es geht, und ich bin ganz seiner Meinung, dass es sehr, sehr wichtig ist.«

Ich wandte mich an Praen. »Ihr seid bei uns wie immer willkommen. Einige der Herren kenne ich noch nicht. Würdet Ihr uns bekannt machen?«

Praen stellte mich reihum vor. Graf dies, Baron das, Lord jenes und so weiter. Einige waren schon immer reich, manche weniger lang. Die meisten kannte ich dem Titel nach. Sie waren alle vom Land, sehr konservativ in ihren Ansichten, mit die Letzten, die die Herrschaft des Imperators durch mehr als Lippenbekenntnisse gestützt hatten. Mir fiel auf, dass nur wenige etwas tranken, obwohl Karaffen und Flaschen genug herumstanden.

»Meine Herren«, sagte ich. »Ich weiß, Ihr seid alle sehr beschäftigt, so lasst mich denn wissen, wie ich Euch zu Diensten sein könnte. Wir brauchen uns nicht mit Artigkeiten aufzuhalten.«

»Wärt Ihr bitte so freundlich, Eure Diener hinauszuschicken«, verlangte Praen. Ich kam seiner Bitte nach.

Einer der Männer, Lord Drumceat, stand auf; er hatte eine lederne Satteltasche dabei. Er nahm vier kleine Ikonen heraus und stellte sie in regelmäßigen Abständen in dem runden Raum auf. »Mein Seher hat die hier heute Morgen besprochen«, sagte er. »Angeblich hindern sie jeden, selbst die Chare-Brüderschaft des Imperators, daran mitzuhören, was hier besprochen wird.«

Mich durchzuckte eine Befürchtung: Diese Männer hatten doch nicht etwa vor, mir etwas vorzuschlagen, was dem Imperator missfallen würde?

Praen räusperte sich. »Das, weswegen wir zu Euch kommen, Damastes, stellt ein ernstes Problem für Numantia dar. Wir leben in einer gefährlichen Zeit, und wir hier meinen dem Imperator womöglich helfen zu können, wo er so sehr mit anderen Dingen beschäftigt ist.«

Ich sagte nichts.

»Habt Ihr schon mal von den Landlosen gehört?«, fragte er. »Sie haben verschiedene Namen, aber in der Gegend von Irrigon nennt man sie die Gebrochenen.«

»Ich habe auf meinem Weg nach Irrigon zwei von ihnen gesehen.«

»Wir hatten schon immer Ärger mit diesen Bastarden«, sagte einer. »Leute, die kein Gesetz kennen, keine Götter. Eine Menge von ihnen sind entflohene Sklaven.«

»Der Graf hat Recht«, meinte Praen. »Und es wird immer schlimmer. Sie sind nicht mehr zufrieden damit, in ihren Nestern im Unterholz zu hausen. Sie sind dabei, sich als Banditen einzurichten, in bewaffneten Haufen.«

»Diese Scheißkerle hatten die Frechheit, eines meiner Dörfer zu nehmen«, berichtete ein anderer Edelmann. »Sie haben zwei meiner Vögte aus ihren Häusern geholt, ihre Häuser angesteckt und ihnen gesagt, sie hätten einen Tag, um zu verschwinden, ansonsten würden sie selbst in Flammen aufgehen.«

Im Raum kam zorniges Gemurmel auf.

»Es ist allgemein bekannt«, sagte Praen, »dass der Imperator mit … nun, sagen wir mal, *externen* Angelegenheiten beschäftigt ist. Aber irgendetwas muss gegen die verdammten Kriminellen unternommen werden, und zwar sofort. Lässt man den Pöbel erst einmal auf die Idee kommen, er könnte über seinen Stand hinauswachsen, so bringt Umar persönlich ihn nicht mehr zur Vernunft.«

»Ihr wisst mehr über sie als irgendeiner von uns, Damastes«, sagte Praen. »Ihr … und der Imperator … Ihr habt sie doch niedergeschlagen.«

»Daran waren schon einige mehr beteiligt«, entgegnete ich trocken.

»Aber Ihr wart im Herzen der Angelegenheit«, meinte Praen. »Deshalb kommen wir zu Euch um Rat.«

»Ich weiß noch immer nicht, was Ihr von mir wollt«, sagte ich.

»Überhaupt nichts, Sir«, erklärte Drumceat. »Aber Ihr seid nun mal der Erste Tribun. Wir wollen einfach, dass Ihr unseren Vorschlag kennt, und es wäre uns recht, wenn Ihr, wann immer Euch die Zeit richtig erscheint, dem Imperator das Ganze erklärt.«

»Ich höre.«

»Was passiert, wenn einer dieser Gebrochenen auf unserem Land erwischt wird?«, fragte Praen. »Im Allgemeinen vertreibt man ihn einfach oder bringt ihn in die nächste Stadt, wo sich der örtliche Richter seiner annimmt.«

»Was meistens nichts weiter bedeutet, als dass er die Peitsche zu spüren bekommt, wenn überhaupt, und dann jagt man ihn ins nächste Dorf und wieder ins nächste«, brummte ein anderer. »Stiehlt hier ein Huhn, sticht dort ein Kalb ab, findet vielleicht irgendwo anders eine offene Hintertür. Früher oder später wird ihm eine Jungfer über den Weg laufen oder ein Kind – und was dann? Ich sage«, fuhr der Mann fort, »man sollte sich um diese *Leute*, auch wenn sie wohl eher Tiere sind, schon frühzeitig kümmern, und zwar rasch.«

»Genau«, sagte Praen und wurde vor Aufregung ganz rot. »Rasch ist das Schlüsselwort. Denn wenn unsere loyalen Dörfler diese Hundsfötte sehen, denen überhaupt nichts passiert, nun, dann denken sich die doch: Wie interessant, ein Leben zu leben ohne Pflichten, sich zu nehmen, was immer man will, wann immer man will, und nie auch nur ein Gedanke an eine Harke oder den Pflug. Wir schlagen vor, Damastes, dass wir uns um diese Männer mitsamt ihren nicht weniger grässlichen Frauen in dem Augenblick kümmern, in dem wir sie auf unserem Land sehen.«

»Ohne das Gesetz einzuhalten?«

»Gesetz«, bellte Drumceat. »Wir kennen das Gesetz, das wirkliche Gesetz, besser als irgend so ein Bauer von einem Richter, der noch Schafscheiße an den Sandalen hat. Zu den Höllen, Tribun, seht Euch um. Wir *sind* doch im Grunde das Gesetz von Numantia. So wie wir das Rückgrat des Landes sind.« Zustimmendes Gemurmel kam auf. Ich sah Marán an. Sie hatte die Lippen geschürzt; offensichtlich derselben Meinung, nickte sie leicht.

»Lasst mich sehen, ob ich das richtig verstehe«, sagte ich und spürte meinen Puls schneller gehen. »Ihr wollt, ja was, private Büttel einstellen? Wo sollten die Männer herkommen?«

»Wir nähmen die besten unserer loyalen Gefolgsleute. Männer, die sich nicht scheuen, selbst etwas zu tun. Sollten wir mehr brauchen, so gibt es da draußen genügend ehemalige Soldaten, die sich einstellen ließen, Männer, die wissen, wie man Befehlen gehorcht.«

»Na schön«, sagte ich. »Was passiert, wenn einer Eurer Büttel einen oder meinetwegen ein Dutzend dieser Gebrochenen findet?«

»Wir durchsuchen sie«, antwortete Praen. »Finden wir Diebesgut oder hat es im selben Bezirk Klagen gegeben, dann kümmern wir uns auf der Stelle um sie.«

»Und selbst wenn sie nichts bei sich haben«, knurrte ein anderer, »wir vertreiben sie aus besiedeltem Land. In die Wüstenei, wo sie hingehören. Lasst sie dort hausen und sich vermehren oder krepieren oder was immer sie wollen, aber nicht bei uns, nicht bei unseren Bauern, die zu beschützen wir geschworen haben.«

»Und das Gesetz, die Büttel, die Richter – die kämen überhaupt nicht ins Spiel?«

»Wer braucht die schon!«, herrschte Praen mich an. Ein halbes Dutzend beifällige Rufe kam auf.

Ich suchte nach Maráns Gesicht, aber es ließ sich nicht lesen. Ich wartete einige Augenblicke aus reiner Höflichkeit, denn für mich konnte es nur eine Antwort geben.

»Meine Herren«, sagte ich so ruhig wie möglich. »Ich danke Euch, dass Ihr Euch so kurz gefasst habt. Ich werde Eure Höflichkeit erwidern. Numantia ist ein Königreich mit Gesetzen. Wenn diese jeder ignoriert, sei er ein Gebrochener oder ein Graf, dann bedeutet das Anarchie.«

Natürlich war das, was ich da sagte, etwas töricht, schließlich war ich nicht naiv genug zu glauben, dass einem Sklaven oder Bauern dieselbe Gerechtigkeit zuteil würde wie einem Edelmann.

»Lasst es mich einfach ausdrücken«, fuhr ich fort. »In den Gegenden, für die ich verantwortlich bin, wird es nicht einen dieser ›Büttel‹ geben. Wenn sich einer sehen lässt, so nehme ich alle – auch die, die sie befehligen – fest. Diese Gefangenen werden dem nächsten Richter vorgeführt und *einer wie der andere* angeklagt, gegen kaiserliches Recht verstoßen zu haben, sowie des Landesverrats, welchen das Gesetz strengstens bestraft.

Ich werde dem Imperator nicht berichten, was hier vorgefallen ist. Wie Ihr selbst gesagt habt, hat er im Augenblick mehr als genug zu tun. Wenigstens werde ich so lange nichts unternehmen, ich mich durch die Umstände nicht dazu gezwungen sehe.

Das ist alles, was ich über diese absurde Angelegenheit zu sagen habe oder dazu sagen will, und ich rate Euch, den Gedanken zu vergessen, um Eurer selbst willen. Ich danke Euch, an mich gedacht zu haben, und wünsche Euch noch alles Gute.« Ich ließ den Blick durch den Raum schweifen, auf dass man aufstand, um mir in die Augen zu sehen. Praen tat es, aber nur für einen Moment, dann sah er weg. Nur Marán starrte mich ruhig an. Schweigend erhoben die Männer sich, man gab ihnen ihre Mäntel, und sie gingen. Praen war der Letzte. Er blickte mich an, als wolle er noch etwas sagen, ging aber dann ebenfalls.

Marán hatte sich nicht bewegt. Ich wartete, dass sie etwas sagte. Lange Augenblicke vergingen, aber sie starrte mich lediglich mit verschlossenem Gesicht an. Schließlich stand sie auf und ging hinaus. Es überlief mich kalt, und ich hatte das Gefühl, in einem fremden Haus zu sein, wenigstens für diese Nacht.

Ich kehrte in den Palast des Krieges zurück, aß eine Schale Suppe im Wachraum und nächtigte auf der Pritsche in meinem Büro.

Tags darauf hätte man meinen können, es sei nie zu dem Treffen gekommen, wenigstens was das Verhalten von Marán anbetraf.

Kutulu kam an jenem Abend zum Essen. Anstatt zu Pferde kam er diesmal mit der Kutsche. Ich weiß nicht, wie sie innen ausgestattet war, aber von außen sah sie wie eine Gefängniskutsche aus.

Marán hatte sich gedacht, die Kupplerin spielen zu müssen, und eine ihrer Bekannten eingeladen, einen wunderschönen blonden Luftikus namens Bridei dKeu. Aber Bridei, die normalerweise pausenlos munteren Unsinn verzapfte, schien vom Entsetzen gepackt in Gegenwart der Schlange, die Niemals Schläft. Und Kutulu beachtete sie kaum mehr als einen der Dienerschaft.

Marán und ich versuchten die Konversation in Gang zu halten, aber Kutulu taute erst auf, als mir die Idee kam, über das Verbrechen zu sprechen. Er erzählte uns von einigen seiner Fälle. Er war freilich kein Geschichtenerzähler, sondern brachte eher kalte Fakten vor, als sage er vor Gericht aus. Tanis sei Dank, dass wir bereits gegessen hatten, als er begann, denn seine Geschichten waren schlicht unwiderstehlich, und sei es auch nur deshalb, weil es um die blutigsten und raffiniertesten Morde ging.

Marán und Bridei tranken etwas zu viel Wein, während sie lauschten, und Kutulu trank selbst zwei Gläser. Er war wie ich kein großer Trinker, da der Alkohol bei ihm auf der Stelle wirkte, Farbe auf seine fahlen Backen brachte und ihm die Zunge erst richtig löste.

Plötzlich hielt er inne. »Es ist schon spät«, sagte er, »und ich habe am Morgen eine Menge zu tun. Ich werde gehen.«

Auch Bridei sagte, sie müsse gehen. Beide ließen ihre Kutschen vorfahren. Bridei wollte schon auf die ihre zugehen, blieb aber dann stehen. »Ach, Guter«, sagte sie zu ihrem Diener. »Ich habe Camlann versprochen, nach dem Essen noch vorbeizukommen, aber jetzt ist es schon viel zu spät. Kutulu, dürfte ich Euch wohl bemühen, mich nach Hause zu bringen, während ich meine Kutsche zum Haus meiner Freundin schicke, um mich zu entschuldigen?«

»Hmmm … ja. Selbstverständlich«, sagte Kutulu.

Bridei wandte sich ihrem Kutscher zu. »Nun denn. Sag er Camlann, ich komme irgendwann morgen vorbei. Und fahr er dann nach Hause.«

Der Kutscher guckte völlig belämmert, als höre er das alles zum ersten Mal, nickte dann aber. »Sehr wohl, Lady dKeu. Gewiss.«

Bridei ging hinüber zu Kutulus Kutsche und wartete. Es dauerte einen Augenblick, bevor er merkte, worauf sie wartete, dann hielt er ihr die Hand hin und half ihr in das Gefährt. Er wollte ihr schon folgen, hielt dann aber inne.

»Ich danke Euch, Gräfin Agramónte.«

»Immer dran denken, ich bin Marán.«

»Ja«, sagte er. »Marán. Ein sehr schöner Name für eine sehr schöne Frau.«

Ich staunte.

»Damastes, mein Freund«, fuhr er fort. »Lasst mich Euch etwas zum Nachdenken geben. Etwas, was Euch womöglich in Zukunft ungewöhnlich vorkommen wird. Ihr erinnert Euch, was in Zante passiert ist?«

Natürlich erinnerte ich mich – das Massaker an der kaiserlichen Kavallerie.

»Dann lasst mich Euch etwas zum Nachdenken geben«, sagte er. »Ich muss das auf großen Umwegen tun. Es hieß, wie Ihr Euch erinnern werdet, der fragliche Vorfall sei ›in der Nähe‹ von Zante passiert. Von ›Nähe‹ war in den ersten Berichten jedoch nichts zu hören«, fuhr er fort. »Es hieß mehr als zehn Tagesreisen südlich der Stadt.«

Er wartete nicht auf meine Antwort, sondern stieg in die Kutsche, worauf sein Kutscher, ohne auf eine weitere Anweisung zu warten, die Zügel schnalzen ließ, und die Kutsche fuhr los.

»Was sollte das denn?«, wollte Marán wissen.

Ich war mir nicht sicher.

Sie zuckte die Achseln und wandte sich ab, um hinter Kutulus Kutsche herzusehen. »Ich dachte schon, ich hätte versagt«, sagte sie. »Aber ... meinst du, blutrünstige Morde sind der Weg zu Brideis Herz?«

Ich verdrängte, was Kutulu mir gesagt hatte, für den Augenblick. »Ich weiß nicht, ob es ihr Herz war, das er ansprach«, sagte ich.

»Jaen sei Dank, dass sie kein Geheimnis behalten kann«, meinte meine Frau. »Denn Kutulu würde uns nie erzählen, was zwischen jetzt und dem Morgengrauen geschieht.«

Marán begann zu kichern, hakte sich bei mir ein, und wir gingen hinein. »Welche Geschichte, meinst du, hat sie wohl so erregt? Die von der Frau, die drei Ehemänner und dann ihren Liebhaber vergiftet hat? Oder die Axt, die ein eigenes Leben zu haben schien?«

»Eher der arme Hund, den man mit seinem eigenen Dildo erschlagen hat.«

Sie lachte. »Nun, ich für meinen Teil bin nicht erregt. Aber wenn du Lust hast, mit nach oben zu kommen, dann könnten wir ja vielleicht etwas dagegen tun.«

»Mit Freuden, meine Liebe. Aber gib mir noch fünf Minuten, ja?«

Wir küssten uns und sie machte sich auf den Weg nach oben. Normalerweise hätte ich dem Hin und Her ihres Hinterns zugesehen, als sie die Treppe hochstieg, aber meine Gedanken waren woanders. Ich eilte in die Bibliothek, rollte eine Karte auf und suchte lange, bis ich Zante gefunden hatte, das tief in den Grenzländern lag. Ich nahm zwei Finger zusammen, in etwa die Distanz, die eine Schwadron Reiterei an einem Tag zurücklegen kann, und legte sie dann zehnmal nacheinander in Richtung Grenze. Mich durchzuckte ein eisiger Schreck. Ich rechnete meine Schätzungen anhand des Maßstabes nach. Zehn Tage südlich von Zante, das war weit jenseits der Grenze – in Maisir!

Warum, im Namen aller Götter, verletzte eine numantische Patrouille das Grenzabkommen? Die Maisirer hatten jedes Recht gehabt, sie zu attackieren.

Was ging vor in der Wüste? Warum log Tenedos alle Welt – einschließlich meiner Wenigkeit – an?

Eine weitere Frage, auf die ich keine Antwort bekam, war, was zwischen Bridei und Kutulu passierte. Alles, was die Frau Marán erzählen wollte, war, sie sei sehr, sehr froh, zum Essen gekommen zu sein.

Zwei Tage später drückte ich dem Imperator die letzten Befehle zum Aufbau der Kaiserlichen Garden in die Hand.

Numantia tat einen weiteren Schritt in Richtung Krieg.

10 *Wandel in der Zeit des Taus*

Das neue Jahr sprach flüsternd von Veränderungen und so mancher hörte darauf.

Allen voran der Imperator. So trennte er sich inoffiziell von seiner Frau Rasenna. Er hatte die Ehe nicht offiziell beendet, hatte sie aber auf eine ausgedehnte Reise durch die äußeren Provinzen geschickt.

Es gab noch immer keine Erben, weder männlich noch weiblich. Man hatte bereits gemunkelt, Tenedos versuche das Problem mit jeder Frau zu beheben, die zur Verfügung stand, wenn sie auch freilich blaublütig genug sein musste, um den Sohn des Imperators zu gebären; ich erinnerte mich daran, das Gekicher in Kallio gehört zu haben. Diese Gerüchte bestätigten sich nun, und die Zahl der Frauen, die in seinen Gemächern aus und ein gingen, war ein gelinder Skandal.

Die erste, so eines der Gerüchte, die schwanger würde, sollte die neue Braut des Imperators werden. Ich fragte mich, ob wohl Frauen darunter waren, die töricht genug wären, Laish Tenedos die Arbeit eines anderen unterzuschieben, und erschauerte bei dem Gedanken, denn schließlich wusste ich, dass der Seher jede nur erdenkliche magische Prüfung bemühen würde, um sicherzugehen, dass das Kind auch tatsächlich das seine war, und schreckliche Rache an der üben würde, die ihm ein Kuckucksei unterzuschieben versuchte.

Eines Morgens, schon ganz früh, kam die nächste Veränderung. Die Wache meines Haushalt übte ihren Drill unten im Hof und ich hatte gerade mein morgendliches Training hinter mir. Marán wachte eben verschlafen auf, aber munter genug, um mich bei meinen Liegestützen zu sehen. »Entschuldigt, Baron«, murmelte sie, »aber die Dame scheint nicht mehr da zu sein.« Ich hörte eine Kutsche auf der Zufahrt. Ich wickelte mir ein Handtuch um und trat an eines der Fenster. Der Schlag der Equipage öffnete sich, und Amiel Kalvedon kam heraus und eilte die Treppe herauf. Ich fragte mich, was sie um diese Zeit schon wollen könnte. Noch mehr als Marán liebte sie die Mitternacht und stand selten vor Mittag auf.

Auf dem Flur waren hastige Schritte zu hören, und noch bevor ich nach meinem Hausmantel greifen konnte, flog die Tür auf und Amiel stürzte herein. Ihre Augen waren rot, sie war nicht geschminkt und trug einen schweren Umhang. Sie sah Marán, brach in herzzerreißendes Schluchzen aus, lief auf das Bett zu und warf sich in die Arme meiner Frau, ohne auch nur zu bemerken, dass ich nackt war. Ich fragte mich, was bei allen Höllen wohl passiert sein mochte, und entschloss mich, wie jeder Mann unangenehm berührt von einer weinenden Frau, davonzuschleichen und die Katastrophe später zu klären. Aber Amiel sah meinen feigen Versuch.

»Nein. Bitte, Damastes, geht nicht.«

Also blieb ich. Ich zog mir allerdings den Hausmantel über und setzte mich. Ich war verlegen, bis Amiel sich wieder im Griff hatte.

»Er hat mich hinausgeworfen«, bekam sie stotternd heraus. »Aus meinem eigenen Haus! Dieser Saukerl! Dieser verlogene, opportunistische Bettnässer von einem Hurensohn!«

Marán machte beruhigende Laute, und nach und nach, zwischen Heulanfällen und Flüchen, erzählte Amiel uns, Pelso sei im Morgengrauen nach Hause gekommen, mehr als nur angetrunken, und habe ihr gesagt, ihre Ehe sei vorbei und dass sie binnen einer Stunde aus dem Haus zu sein hätte. Er würde ihre Siebensachen hinschicken lassen, wo immer sie wollte, könne aber »diese Farce nicht länger ertragen und müsste unbedingt mit der leben, die er wirklich liebt«.

Ich hatte mich oft gefragt, ob es möglich war, eine Ehe wie die von Amiel und Pelso aufrechtzuerhalten, und hatte die Frage mit einem gewissen Zynismus verneint. Ja, ich hatte mich schon gefragt, wieso sie, wo sie doch ohnehin mit jedem ins Bett wollten, der ihnen nur über den Weg lief, überhaupt geheiratet hatten. Ich hatte Marán einmal gefragt und sie sagte, sie fühlten sich einfach wohl miteinander und seien die besten Freunde. Diese Freundschaft war mehr als offensichtlich vorbei.

Es gelang uns, Amiel zu beruhigen, und ich ließ einige Nerventees heraufkommen, dann fanden wir heraus, dass es zu diesem letzten Schlag gekommen war, als der Bruder von Kelsos Geliebter, der Gouverneur von Bala Hissar, deutlich gemacht hatte, er wolle seine Schwester verheiratet sehen und dem Bräutigam dafür eine große Summe in Gold bezahlen. »Also wirft er mich einfach weg, der Dreckskerl. Alles, was ich haben werde, ist das, was er mir in seiner Güte gibt«, sagte sie zähneknirschend, als ihre Qualen sich in Zorn verwandelten. »Alles, was mein Vater mir als Mitgift gegeben hat, alles, was wir durch unsere Investitionen verdient haben – alles gehört jetzt ihm ganz allein. Ich habe nichts!«

»Das denke ich nicht«, sagte Marán. »Ich kenne da einige Leute, die sich mal mit ihm unterhalten werden. Ich habe sie zu Rate gezogen, als meine eigene Ehe zu Ende war. Ich bezweifle, dass er Lust hat, die Angelegenheit in den Zeitungen zu dem Skandal gemacht zu sehen, für den ich sorgen könnte.« Amiel begann wieder zu heulen und stöhnte, sie habe niemanden und könne nirgendwo hin.

»Sei nicht albern«, sagte Marán. »Du bleibst erst einmal hier. Bei uns. Nicht wahr, Damastes?«

Das hätte sie mich nun wirklich nicht zu fragen brauchen, wenn ich daran zurückdachte, was für eine gute Freundin Amiel uns von Anfang an gewesen war. Ich setzte mich auf die Bettkante und begann Amiels Schultern zu streicheln.

»Das hier ist jetzt dein Zuhause«, sagte ich sanft. »Von jetzt bis an dein Ende, wenn du es willst.«

So kam es denn, dass Amiel, Gräfin Kalvedon, bei uns einzog.

Der Imperator saß reglos an seinem Schreibtisch, auf dessen Platte eine Reihe verschiedenfarbiger Edelhölzer eine Karte von Numantia bildeten, das Ganze mit einer Glasplatte bedeckt. Hinter ihm an der Wand hing ein reich verziertes Schwert und daneben, nicht weniger extravagant, ein Zauberstab. Zwei Kohlebecken, größer als ein Mann, schickten lodernde rote Flammen an die Decke des Raums, Flammen, die weder Rauch noch Wärme abgaben.

Die Miene des Imperators war streng. »Setz dich«, befahl er, und ich gehorchte. Auf seinem Schreibtisch lag nichts als eine Heliographennachricht von mehreren Seiten Länge. »Hier. Lies das. Es kam gestern zur Abenddämmerung von König Bairan.«

Ich las es einmal und dann, etwas genauer, ein weiteres Mal. Das Dokument war erstaunlich. Bairan begann mit einem Gruß, in dem er den Imperator bei all seinen Titeln nannte. Er habe endlich Nachricht von der Grenze erhalten, was den fraglichen schrecklichen Zwischenfall angehe, das unselige Treffen zwischen Soldaten unserer beider Armeen. Er sagte, man habe ihm mehrere Erklärungen geboten und keine befriedige ihn. Er habe einen königlichen Untersuchungsausschuss zusammengestellt, der innerhalb einer, vielleicht auch zwei Zeiten die Wahrheit herausfinden würde. In der Zwischenzeit biete er dem Imperator und der numantischen Armee seine aufrichtige Entschuldigung an. Die maisirische Einheit war unter Hausarrest in ihrer Kaserne gestellt und würde aufgelöst werden. Sämtliche Männer würden zu Mannschaften degradiert und anderen Einheiten zugeteilt. Die drei befehlshabenden Offiziere habe man als gewöhnliche Kriminelle gehängt. Was die lokalen Hilfskräfte anbelange, so lasse er sie gerade aufspüren.

Außerdem habe er allen Grenzeinheiten befohlen, sich zwei volle Tagesmärsche von den Grenzen zurückzuziehen, um sicherzustellen, dass es nicht noch einmal zu einem so schrecklichen Zwischenfall kam. Er versprach großzügige Entschädigung für die Witwen und Kinder der ermordeten Numantier und hätte kaum Einwände, falls es Reparationen an den numantischen Staat zu entrichten galt.

Ich stieß einen Pfiff aus. »Sire, Eure diplomatische Note muss ganz unglaublich gewesen sein. Ich habe noch nie gehört, dass ein König derart demütig gewesen wäre.«

»Du glaubst das wirklich, was?«, bemerkte Tenedos kalt.

»Was denn sonst?«

»Lies noch mal den Schluss der Nachricht.«

In den letzten beiden Paragraphen hieß es, der König sei des Gezänks um die Grenzen zwischen Numantia und Maisir Leid und würde gerne eine Konferenz zwischen den beiden Herrschern einberufen sehen, in der man den Verlauf genau festlegte. Darüber hinaus sei es an der Zeit, über die Grenzstaaten nachzudenken, die beiden Ländern schon so lange ein Dorn im Auge seien, und zu einer Lösung zu kommen, mit der alle Einwohner – außer vielleicht die Banditen – der betreffenden Regionen zufrieden seien. Es sei an der Zeit, hieß es in dem Brief, dass »eine Zeit des absoluten Friedens« begann.

»Meine Glückwünsche, Sir«, sagte ich.

»Du glaubst das alles?« Sein Ton troff nur so vor Hohn.

»Nun ja ... ich habe keinen Grund, nicht ... Ja, Sir, doch, ich glaube es. Sollte ich nicht?«

»Da zeigt sich doch«, fuhr der Imperator fort, »weshalb die Magie nur einigen wenigen gegeben ist, die in der Lage sind, den Schleier zu durchdringen und über Worte hinaus die Wahrheit, die Realitäten zu sehen.«

Ich fragte mich blinzelnd, womit ich diesen Rüffel verdient hatte.

»König Bairan schickt diese Nachricht und er hätte genauso gut auf den Knien über die Grenze rutschen können. Er erniedrigt sich«, sagte Tenedos. »Weshalb?«

»Vielleicht hat er Angst, Euch zu provozieren?«

»Vielleicht«, sagte der Imperator kalt. »Vielleicht versucht er aber auch nur Zeit zu gewinnen, um seine Armee auszubauen. Oder er plant einen Überraschungsangriff. Mein Zauber spürt, dass sich etwas zusammenbraut, dass etwas im Kommen ist, und zwar von Maisir her. Oder der versteckte Dolch liegt in seinem Geplapper von einer Konferenz. Es wäre nicht das erste Mal, dass man ein Königreich unter der Flagge des Friedens verraten hätte, oder etwa nicht?« Tenedos hatte seinen Zorn kaum noch im Griff.

»Nein, Sir«, antwortete ich in neutralem Ton.

»Na gut«, sagte Tenedos. »Er zieht es vor, den Wolf im Schafspelz zu spielen. Machen wir es doch ebenso. Für den Augenblick. Damastes, du erinnerst dich daran, dass der Posten eines Oberbefehlshabers des Heeres nach General Protogenes' Tod nicht mehr besetzt wurde?«

Natürlich erinnerte ich mich daran. Es war das Thema Nummer eins in den Offiziersmessen und alle Welt fragte sich, ob der Imperator den Titel wohl für sich selbst behielt. Ältere Offiziere hielten dies für wichtiger, als es den Anschein hatte, denn ein König, der alles zu sein versuchte, wäre letztendlich nichts von alledem. Mir war es völlig egal – der Imperator befehligte die Armee mit oder ohne den Titel, schließlich hatten wir ihm geschworen, ihm zu dienen, und nur der eine oder andere Narr in Uniform wünschte sich die alten Tage des pompösen Unfugs zurück.

»Du wirst diesen Posten morgen bekommen«, erklärte der Imperator. »Ich werde diese Geschichte mit Maisir noch gründlicher studieren als bisher und eine Menge Zeit in anderen Welten und Zeiten verbringen müssen, um der Sache auf den Grund zu gehen. Ich möchte die Armee weiterhin als reibungslos funktionierende Maschine sehen und weiß, du als Erster Tribun wirst mir das garantieren.«

Ich kniete nieder.

»Steh auf, du verdammter Dummkopf«, sagte der Imperator, der sich eines Lächelns nicht erwehren konnte. »Ich tue nichts weiter, als dir noch mehr Arbeit zu machen … obwohl ich will, dass du dich weiterhin darauf konzentrierst, mir meine Kaiserliche Garde aufzubauen. Ich glaube, wir brauchen sie früher denn je. Und zahlreicher, als ich ursprünglich geplant hatte.«

Ich stand gehorsam auf und salutierte. Der Imperator nickte und ich war entlassen. Ich ging rückwärts zur Tür, griff hinter mich und öffnete sie. Als ich hinausging und noch einmal zurückblickte, sah ich, wie sich eine Wolke über das Gesicht des Imperators zog. Er hatte die Heliographennachricht in beiden Händen.

»Du Feigling«, murmelte er. »Du elender Feigling! Versuchst mir alles zu ruinieren!«

Die *Delowa* ist womöglich die einzige Wurst, die je wegen Unsittlichkeit verboten wurde. Etwa hundert Jahre vor meiner Geburt hatte der stets inkompetente und ganz allgemein lachhafte Zehnerrat sich nach etwas umgesehen, worüber es sich entrüsten ließ. Bis sein Blick auf die Neujahrsfeier fiel.

Numantia hat Neujahr seit jeher bei den ersten Anzeichen des Frühlings mit dem Festival gefeiert. Dann ruht einen ganzen Tag die Arbeit und die meisten Gesetze werden schlicht ignoriert. Traditionelle Gebräuche werden aufgehoben oder umgedreht. Lords kleiden und gebärden sich wie Bauern, und Bäuerinnen werden Damen. Männer werden Frauen und Frauen Männer, wobei nicht selten die Kleidung das Verhalten diktiert.

Eines der Symbole dieser Feierlichkeiten ist die *Delowa*, und man braucht sie nur einmal zu sehen, um zu erkennen, dass der Zehnerrat nicht ganz und gar närrisch war. Sie ist aus weißem Hühnerfleisch, Eidotter, Brotkrumen, Petersilie, Schnittlauch, Thymian, Bohnenkraut, Pfeffer und Salz. Diese Zutaten werden gründlich gemischt und dann sorgfältig in Därme von etwa zehn Zoll Länge und zwei Zoll Durchmesser gestopft. Diese werden an einem Ende ohne Zipfel verschnürt, während man am anderen Ende die Wurst konisch formt und dann so abschnürt, dass noch ein Zipfel vorsteht. Das Ganze sieht arg nach dem Schwanz eines Mannes aus. Die Wurst wird gekocht und dann kurz geräuchert und schließlich von den Straßenhändlern gegrillt. Verstärkt wird die Ähnlichkeit noch durch ein besonderes Brötchen, in dem man die *Delowa* serviert, eine Art Wiege, die an einem Ende verschlossen ist. Als Gewürz gibt man daran eine höllisch scharfe weiße Parpikasoße aus Hermonassa, dann ist die Wurst für den lüsternen Genießer bereit.

Der Zehnerrat hatte nicht nur die Feierlichkeiten zu verbieten versucht, sondern eben auch ihr Symbol. Das Ergebnis war, dass der Adel sich größtenteils mitsamt Beamten und Bütteln gezwungen sah, zu Hause zu feiern und einfach zu ignorieren, was draußen vor sich ging, während die Massen Amok liefen und großen Schaden anrichteten. Nach diesem Jahr war von dem Bann nie wieder die Rede und es herrschte wieder die alte muntere Anarchie.

»Wir wollen«, kündigte Marán eines Abends nach dem Essen an, »in drei Tagen das Festival feiern, wie es noch nie gefeiert worden ist.«

Ein Lächeln umspielte Amiels Lippen, was uns ausgesprochen willkommen war. Sie hatte sich alle Mühe gegeben, wieder die muntere alte Amiel zu werden, aber so gut wie ohne Erfolg.

Marán hatte sich an ihr Versprechen gehalten und die Herren Anwälte waren wie tollwütige Wiesel über Pelso hergefallen. Ihr Ingrimm musste ihn sehr überrascht haben, denn er und seine Liebste flohen vorübergehend aus der Hauptstadt in die Anonymität von Bala Hissar.

»Ich bin dabei«, verkündete ich, bis mir die Realität bewusst wurde. »Es wird allerdings ein kleines Problem geben.«

»Probleme sind dazu da, gelöst zu werden«, befand Marán in Königinnenmanier.

»Ausgezeichnet. Dann geh mal das hier an: Es gibt gewisse Leute in Nicias, die weder auf dich noch auf mich gut zu sprechen sind.«

»Die Tovieti«, sagte Marán.

»Ja, Wenn wir also ausgehen, dann werden wir eine Menge waffenstrotzender Leibwächter mitnehmen müssen, so Leid es mir tut.«

»Hmm«, sagte meine Frau. »Nun, was hattest du denn geplant?«

»Nicht viel«, gab ich zu. »Ich dachte, ich arbeite bis zum Einbruch der Dunkelheit. Dann laden wir vielleicht ein halbes Dutzend Freunde zum Essen ein und sehen uns hinterher das Feuerwerk und die Erscheinungen am Fluss an.

»Wie *faszinierend*. Lady Kalvedon«, sagte Marán, »Ihr seid Zeugin, dass mein Gemahl, einst immer der Erste, wenn es ums Vergnügen ging, eine richtige Furzzitze geworden ist.«

»Eine *Furzzitze?*«, kicherte ich. »Was bitte ist das denn?«

»Brauchst nur in den Spiegel zu sehen«, gab sie zurück. »Kommt, Lady Kalvedon. Wir Frauen ziehen die Karre wie gewöhnlich aus dem Dreck.« Sie nahm ihre Freundin bei der Hand und stolzierte hinaus.

Ich dachte wehmütig an die Feier und daran, dass ich nur ein einziges Mal mit meiner Frau in Nicias auf einer öffentlichen Feier gewesen war. Aber es hat auch nie jemand behauptet, das Leben eines Generals bestehe, wie man unter Soldaten gesagt hätte, nur aus Wein, Weib und Gesang.

In jener Nacht gab Marán recht zufrieden mit sich bekannt, sie habe unser Problem gelöst. Wie, das wollte sie nicht sagen. Ich dachte, ich könnte sie hereinlegen und es von Amiel erfahren, aber alles, was ihrer Freundin einfiel, war, mir kichernd zu versichern, es würde noch besser, als Marán vorhergesagt hätte.

»Weh Euch, die es Euch am Glauben an die wahre Magie mangelt«, intonierte die Seherin Sinait, »jetzt werdet Ihr bittere Tränen weinen.«

»Und dann bis in die Morgenstunden zechen«, warf Marán ein. Sie standen hinter meiner Seherin und versuchten, nicht zu lachen. Sinait hatte einen kleinen Koffer mit Apparaturen und eine winzige Flasche dabei. Sie stellte alles auf den Tisch, öffnete die Kiste, nahm Kreise heraus und zeichnete etwas auf den Boden der Bibliothek.

»Das hier ist weniger ein Zauber«, sagte die Seherin Sinait, als sie Symbole in ein merkwürdiges Dreieck mit gewölbten Schenkeln zeichnete, »als ein Gegenzauber. Wir benutzen dazu Ysop, Ulme, Krebswurzel, Sauerampfer, Gelbwurzel und anderes. Aber während diese Kräuter normalerweise der besseren Sicht dienen, wirken wir damit einen Polaritätszauber. Wenn Ihr drei Euch nun an die Ecken der Figur stellen wollt ...«

Wir gehorchten, und Sinait stellte sich in die Mitte. »Die Worte, die ich spreche, haben Macht«, sang sie, »Macht in sich selbst,

Macht zu geben, Macht zu nehmen. Lasst Eure Ohren nicht hören, was ich sage, damit diese Worte nicht Macht über Euch erlangen.« Und noch während sie sprach, war ich mit einem Mal taub. Ihre Lippen bewegten sich, aber ich hörte nichts. Der Lärm der Menge, die sich bereits am Flussufer drängte, war nicht mehr da. Ich blieb einige Augenblicke lang taub, dann nahm sie einen kleinen Zweig mitsamt Blättern aus einem Beutel am Gürtel, wischte damit mit gemessenen Gesten über uns hinweg, und unsere Hörfähigkeit stellte sich wieder ein. »Also, kommt her, jeder von Euch, und lasst mich Euch mit diesem besprochenen Zweig berühren. Erst Ihr, Damastes.« Ich gehorchte, dann rief sie die anderen beiden. »So, das wär's«, sagte sie forsch.

»Was wäre was?«, fragte ich.

»Das war mein Schutzzauber«, erklärte sie. »Und ein ziemlich guter obendrein. Es braucht schon einen Zaubermeister, um ihn zu durchschauen, und er wird sich konzentrieren müssen. Ich denke, die Wirkung wird Euch gefallen. Wenn Euch jemand ansieht, so wird er Euch nicht erkennen, noch nicht einmal ein enger Freund. Sie werden denken, Ihr ähnelt vage jemandem, den sie kennen, aber natürlich könnt unmöglich Ihr es sein. Ein Fremder wird sich überhaupt nicht für Euch interessieren und sein oder ihr Auge wird sich sofort nach etwas Interessanterem umsehen. Und davon wird es diese Nacht zweifelsohne eine ganze Menge geben«, fuhr sie fort. »Also, wenn Ihr jedoch gesehen werden *wollt*, dann braucht Ihr nur ›Pra-Ref-Wist‹ zu flüstern, am besten, ohne über die dummen Worte zu lachen, und die Person, die Euch ansieht, wird Euch erkennen.«

»Habe ich es dir nicht gesagt, Damastes«, sagte Marán. »Ich würde mir etwas ausdenken, wie wir ohne Leibwache auskommen?«

Ich grinste. »Das wird ja, als wären wir wieder Kinder und unsere Eltern sind über Nacht weg.«

»Genau«, sagte Marán. »Nur viel besser. Wirkt Euer zweites Wunder, Seherin.«

Sinait ging an den Tisch und nahm die Flasche zur Hand. »Ich brauche drei Tropfen Blut«, sagte sie. »Einen von jedem von Euch.«

»Was bewirkt der denn?«

»Auf den bin ich besonders stolz«, erklärte Marán. »Amiel hat etwas gesagt, was mich darauf gebracht hat. Sie hat mir mal gesagt, es tue ihr Leid, dass du nicht trinken kannst.«

»*Mag* trifft es wohl besser«, korrigierte ich. »Es schmeckt wie Dung, und mein Kopf tags darauf ist die Quelle für diesen Dung.«

»Aber es spricht doch einiges für Wein«, meinte Amiel. »Er befreit den Geist und beruhigt die Sinne. Jedenfalls einige. Andere dagegen schärft er.«

»Und dann übergibt man sich in den Rinnstein«, bemerkte ich.

»Was wir also brauchen«, sagte Marán, »ist etwas, was dich das Gute am Trinken genießen lässt, ohne dass du die Nachteile hast. Ich habe mich mit Devra beraten und sie sagte, dass so ein Trank möglich wäre. Amiel schlug vor, wir sollten ihn alle trinken, um auf gleichem Niveau zu sein.«

»Was ist denn in diesem Trank?«, fragte ich argwöhnisch.

»Eine ganze Menge«, sagte die Seherin. »Nichts besonders Magisches, aber ich habe beim Mischen einen Wirksamkeitsspruch hinzugefügt, so wie ein Koch, der seine Gewürze um der höheren Wirksamkeit willen sautiert. In der Hauptsache sind Kräuter von den Äußeren Inseln darin. Einige kennt Ihr vielleicht wie etwa Eberwurz, Liebstöckel, Männertreu, Gelsemin, Tausendgüldenkraut, Kalmuswurzel, drei oder vier verschiedene Pilze – mit anderen Worten, das übliche Hexengebräu.«

»Trinken wir es oder beten wir es an?«, fragte ich skeptisch.

»Erst Euren Finger«, sagte Sinait, und sie hatte eine Nadel in der Hand. Diese zuckte vor und schon quoll mir ein Tropfen Blut aus der Fingerspitze. Sie hielt das Fläschchen darunter und das Blut tropfte hinein, so dass die trübe Lösung darin noch dunkler wurde. »Das hier sowie einige Dinge, die ich schon früher erledigt habe, bindet den Trank an Euch.« Sie machte dasselbe mit Marán und Amiel. »Und jetzt trinkt«, sagte sie. »Teilt es gleichmäßig auf.«

Wir gehorchten. Die Mixtur war bitter, würzig, aber nicht unangenehm.

»Und was machen wir jetzt?«, fragte Marán.

»Was immer Euch beliebt«, erwiderte Sinait. »Die Wirkung des Tranks wird ziemlich lange anhalten, bis weit in den Vormittag.«

»Und wann werden wir wissen, ob es wirkt?«, fragte Amiel etwas nervös.

»Ihr werdet es wissen, wenn Ihr es wissen werdet«, erklärte Sinait. »Und Ihr braucht gewiss keine Angst zu haben. Ich habe nur Natürliches hineingegeben.«

»Das sind auch Nachtschatten und Fliegenpilz«, murmelte Amiel, schien aber durchaus beruhigt.

»Amüsiert Euch gut«, sagte Sinait, und ich schwöre, sie war drauf und dran, »Kinder« hinzuzufügen, fing sich aber gerade noch und ging mit einer Verbeugung hinaus.

»Das wäre erledigt«, meinte Marán. »Also, was ziehen wir an? Ich hatte keine Zeit, ein Kostüm zu planen.«

Ich trat ans Fenster und öffnete den Laden. Dieses eine Mal hatten die Weisen mit ihrer Wettervorhersage Recht behalten und ich spürte den Frühling ins Land ziehen. Ein lauer Wind wehte vom Fluss herauf, und ich glaubte, das Meer, das viele Meilen von uns entfernt war, zu riechen, kurz davor, unter Jacinis zarter Berührung aufzuwachen.

Marán und Amiel sahen einander an. »Komm«, sagte meine Frau. »Gehen wir unsere Schränke plündern. Damastes, wir treffen uns in zwei Stunden unten. Zieh dich vernünftig an, denn wir gehen heute Nacht als Pfauen.«

Ich verbeugte mich gehorsam. Diese Nacht sollte ganz und gar Marán gehören.

Ich entschied mich für eine weite Seidenbluse, schwarze Hosen und Kniestiefel, dazu wählte ich einen passenden Umhang, der wasserabweisend war, da ich ja wusste, wie rasch Nicias' Wetter sich verändern konnte. Und auch wenn Sinait gesagt hatte, es wäre nicht nötig, so nahm ich eine schwarze Maske mit. Ich öffnete einen meiner Waffenschränke, kam dann jedoch zu dem Schluss, ich sei in dieser Nacht nicht in Gefahr. Ich überlegte, wie selten ich im Lauf der Jahre ohne Waffe gewesen war, verdrängte den Gedanken jedoch, um mir die Laune nicht zu verderben.

Einige Minuten nach der vereinbarten Zeit kamen die beiden Frauen herunter. Beide waren sie sehr schlicht gekleidet. Amiel trug ein lavendelfarbenes Kleid, das vorne durchgeknöpft war. Es war trägerlos, und sie trug die beiden obersten Knöpfe offen, so dass ich mir schlicht nicht vorstellen konnte, warum es, nachdem es kaum ihren üppigen Busen bedeckte, nicht fiel. Sie trug passende Sandalen mit Lederriemen um Fesseln und Waden. Die Seide war ziemlich dünn, so dass ich kurz ihre geschminkten Brustwarzen zu sehen bekam. Um den Hals trug sie ein passendes Tuch, dazu eine schlichte Augenmaske in derselben Farbe über dem Haar.

Marán hatte sich für ein Kleid aus rotem Tuch entschieden, das ihren Körper wie ein Futteral von den Fesseln bis knapp über die Taille umschloss, über der es bis unter die rechte Achselhöhle spitz zulief. Eine goldene Spange hielt ein dreieckiges Tuch, das über die linke Schulter fiel und den Rücken hinab, was die rechte Schulter bis direkt über dem Busen nackt ließ. An den Füßen trug sie Slipper, die wie ihre gefiederte Maske zu ihrem Kleid passten. Beide trugen sie einen Umhang über dem Arm.

»Na, sind wir nicht Prachtstücke?«, wollte Amiel wissen. »Das schönste Kleeblatt von ganz Nicias.« Ihre Stimmung änderte sich mit einem Mal und sie machte ein trauriges Gesicht. »Ist es nicht jammerschade, dass wir vier nicht öfter ausgegangen sind? Vielleicht …« Ihre Stimme verlor sich, und sie schüttelte sich. »Tut mir Leid. Ich benehme mich dumm, was? Wir brauchen niemanden außer uns dreien.«

»Nein«, sagte Marán leise und ernst. »Brauchen wir nicht.« Wir gingen hinaus auf das Fest.

Am Fluss drängten sich lachende Leute, die aßen und tranken. Einige trugen Kostüme, die meisten jedoch nicht. Wir bestaunten einen Mann und eine Frau, die als kapuzenbewehrte Dämonen verkleidet waren; sie mussten ein geschlagenes Jahr an ihren Kostümen gearbeitet und dann noch eine hübsche Stange Geld einem Zauberer gegeben haben, um sie zu animieren, denn statt der schrecklichen Gesichter von Ungeheuern trugen sie Spiegel, die, anstatt lediglich zu reflektieren, die magisch zu bösen Fratzen verzerrten Gesichter jener zeigten, die unter die Kapuzen spähten.

Wir machten uns auf den Weg ins Künstlerviertel, wo man die Feierlichkeiten mit der größten Hingabe beging.

Es spielte eine zehnköpfige Kapelle, die ganz ernst einen Schlager zum Besten gab, der im vergangenen Jahr in jedermanns Munde gewesen war. Vor jedem der Musiker stand ein Krug. Aber anstatt Geld enthielt er Alkohol, und jeder Passant mit einer Flasche war aufgefordert, etwas hineinzugießen. Ich fragte mich, wie die sich ständig verändernde Mixtur wohl schmecken mochte, und verzog das Gesicht.

Um die Musiker bewegten sich etwa zwanzig Tänzer, die sich im Drehen ihrer Kleidung entledigten. Einige waren bereits splitternackt.

»Was«, so fragte Marán, »wollen die in zwanzig Minuten noch machen? Bis dahin sind sie allesamt nackt, wie Gott sie schuf.«

»Vielleicht ziehen sie sich wieder an und fangen wieder von vorne an«, riet ich.

»Oder sie finden einen anderen Zeitvertreib als Tanzen«, kam Amiels Vermutung.

Ich spürte, dass ich grinste, und das ohne besonderen Grund. Mein Körper war wunderbar behaglich warm, die Nacht voller wunderbarer Düfte. Die Leute um uns herum waren herrlich anzusehen, ob sie nun reich, arm, hässlich oder schön sein mochten. Ich sah mir Amiel und Marán an und wusste, es gab in ganz Numantia keine schöneren Frauen und nicht eine, in deren Gesellschaft ich lieber gewesen wäre. Alles war sanft, weich und gut. Meine Gedanken um meinen Dienst, meine Sorgen wegen Maisir – alles war bedeutungslos. Ich hatte alles im Griff, meine Sinne waren gesteigert, nicht verändert. Alles, was zählte, alles, was mich beschäftigte, war dieser

235

eine Augenblick in der Zeit, die ewig dauern würde und in der alles erlaubt war und unmöglich jemand dem anderen Böses wollen konnte.

Amiel lächelte mich an und ich wusste, sie dachte dasselbe wie ich.

Marán umarmte mich. »Ich denke«, sagte sie leise, »in diesem Trank war ein Trank.«

Hunger stellte sich ein, und wir fanden eine Reihe von Ständen und versuchten festzustellen, welcher *Delowa*-Verkäufer wohl die schmackhafteste Ware hatte. Wir entschieden uns für einen, der drei der Würste vom Grill nahm, deren Aroma uns umgab, und sie in die obszönen Brötchen gleiten ließ. Er schöpfte etwas von der feurigen weißen Soße darauf und reichte sie uns.

An einem anderen Stand gab es zu trinken. Weder Amiel noch Marán wollte Wein, also kauften wir drei Fruchtbowlen, suchten uns eine stille Ecke und nahmen auf einem Mäuerchen Platz.

Marán nahm ihre Wurst aus dem Brötchen. »Ich fange immer so an«, sagte sie und streckte die Zunge heraus, um die Soße vom Fleisch zu lecken, wobei sie mich ansah, während die Zunge die Wurst umschloss.

»Ich komme lieber gleich zur Sache«, erklärte Amiel und biss in Wurst und Brötchen, dass es nur so knackte.

»Autsch«, sagte ich. »So viel zur Sinnlichkeit.«

»Nicht so.« Amiel benutzte ihre Zunge, um Soße aus dem Brötchen zu lecken, streckte sie mir entgegen und kringelte sie dann wieder zurück in den Mund. »Einige haben sie lieber vorher, andere hinterher«, meinte sie.

Mein Riemen regte sich und ich konzentrierte mich auf mein eigenes Mahl.

Wir befanden uns auf einem vieleckigen Platz, in dessen Mitte Parfümbäume standen, zwar immer noch ohne Knospen, aber das Aroma der Bäume zog wie ein Vorhang über mich hinweg. Wir sahen einen Straßenzauberer mit einem kleinen Stand und einer ziemlichen Menschenmenge davor.

»Alles hersehen, seht alle her!«, brüllte er. »Lasst mich Euch aus dieser Zeit entführen, aus dieser Stadt. Lasst mich Euch die Schrecken, die Wunder eines anderen Königreichs zeigen, des bösen Königreichs Maisir.«

Seine Hand bewegte sich und rote Flammen tropften heraus, Feuer, das verschwand, noch ehe es den Boden erreichte. Über uns erstreckte sich ein fremder Himmel, wir sahen weite schneebedeckte Wüsten und dann Ebenen, die sich ins Endlose zogen, und schließlich eine riesige Stadt, wie ich noch keine gesehen hatte. Sie war aus Holz gebaut, Holz, das in tausend verschiedenen Farben bemalt war. Es gab Türme, einige konventionell, andere wie längliche Zwiebeln, wieder andere nach raffinierteren geometrischen Figuren geformt. Ich erkannte sie sofort aus meiner Lektüre – Jarrah!

»Das ist das Herz des Bösen, die Hauptstadt Maisirs«, verkündete der Magier. »Seht die Reichtümer«, und wir befanden uns vor einem Palast. Eine Mauer verschwand und innen war alles aus Gold, Silber, Reichtümern.

»Richtig reif zum Plündern«, rief einer.

Ein anderes Bild erschien, und wir sahen ein junges Mädchen in der Wollkleidung der Bauern, das in schweigender Angst aufschrie, als irgendein Rohling es aus einer brennenden Hütte schleppte. Wir sahen die Kleine wieder und diesmal war sie fast nackt, ihr Körper in transparente Seide gehüllt. Ihre Miene zeigte noch immer Furcht, zumal ein dicker Kerl in phantastischer Aufmachung auf sie zukam. Er winkte und sie schüttelte den Kopf. Wieder machte er ihr Zeichen, und diesmal ging sie zu ihm, langsam, zögernd, Todesangst im Gesicht.

»Das macht der König von Maisir mit seinen Jungfrauen«, rief jemand, und ich erkannte, vielleicht meines durch den Trank gesteigerten Bewusstseins wegen, dass es beide Male derselbe gewesen war, der da schrie. Ich sah mir den Zauberer näher an und erkannte ihn. Ich brauchte einen Augenblick, um seinen Namen aus dem Gedächtnis zu kramen. Es war Gojjam, und ich hatte ihn das letzte Mal vor Jahren gesehen, als er den Soldaten vor Dabormida eine mitreißende Rede gehalten hatte. Er war ebenso wenig ein Straßenzauberer wie ich, sondern arbeitete daran, die Pläne des Imperators umzusetzen. Ich fragte mich, wessen Gold er wohl einsteckte – Kutulus, Tenedos' oder vielleicht das der Chare-Bruderschaft. Aber dies war keine Nacht für derlei Gedanken.

Nicias trägt den Beinamen »Stadt der Lichter« wegen der enormen Erdgasvorkommen unter seinen Felsen, Gas, das in die Stadt geleitet wurde, bis auch die letzte Hütte noch kostenlos Licht bekam. Bei Feierlichkeiten wie dieser dreht man die Hähne auf, so dass die ganze Stadt von einem Ende zum anderen zu brennen scheint. Hier gab es Lichtseen, dort Tümpel der Finsternis. Manche suchen das eine ... manche das andere.

Auch ein alter Wahrsager mit einem weißen Bart bis fast zu den Knien hatte einen Stand. Wir bewunderten dessen aufwendige Schnitzereien. Er sah uns an, sagte aber nichts, sondern wartete ab.

»Ich kenne meine Zukunft bereits«, sagte ich, und das stimmte, da man sie mir schon bei meiner Geburt geweissagt hatte, als meine Mutter zu einem Zauberer gegangen war, der gesagt hatte: »Der Junge wird eine Zeitlang einen Tiger reiten, dann wird der Tiger sich gegen ihn wenden und ihn zerfleischen. Ich sehe großen Schmerz, großen Kummer, aber ich sehe auch, dass sein Lebensfaden weitergeht. Um wie viel weiter, das kann ich jedoch nicht sagen, denn es senkt sich Dunst über meinen Geist, wenn er diesen Augenblick erreicht.« Ich verstand die Weissagung ebenso wenig wie meine Eltern, aber diese finsteren Worte haben mich davon abgehalten, je wieder einen Seher zu Rate zu ziehen.

Amiel schüttelte ebenfalls den Kopf. »Ich will meine Zukunft nicht wissen«, erklärte sie. »Wenn sie Gutes bringt, dann lasse ich mich überraschen, wenn nicht, dann will ich mir nicht jetzt schon Sorgen machen.«

Marán bat mich um eine Silbermünze. »Was wollt Ihr Euch ansehen, Seher?«, fragte sie. »Meine Handflächen?«

»Ich habe bereits alles gesehen«, antwortete der alte Mann ruhig.

»Und was wird kommen?«

Der Wahrsager wollte schon antworten. Dann sah er uns alle drei an, schüttelte sich und warf uns die Münze zurück. »Nicht auf einem Fest«, waren seine einzigen Worte.

»Was soll das bedeuten?«, wollte Marán wissen.

Aber der Alte blickte auf seinen Tisch.

Maráns Gesicht verfinsterte sich. »Wie bei allen Höllen kann er nur Geld verdienen, so wie er sich benimmt?«, fragte sie. »Das ist doch eine totale Zeitverschwendung!« Sie eilte davon. Amiel und ich tauschten Blicke aus und folgten ihr dann.

Einige Augenblicke später war die gute Laune meiner Frau wieder zurückgekehrt. Es mochte der Trank gewesen sein, genauso gut aber auch das Lachen, die Musik der vielen Kapellen von offiziellen Orchestern über Gruppen aus den Vierteln bis hin zu einem fröhlichen Zecher mit einer Blechpfeife.

Auf einem verlassenen Platz stand ein Mann, der die Arme bewegte, als dirigiere er ein ganzes Orchester. Es waren keine Musiker zu sehen, trotzdem umwogte uns brausende Musik.

Eine Reihe Bären kam vorbei, als gehörten sie zu einem Zirkus – Bergbären, tropische Dschungelbären, selbst einer der riesigen Schwarzbären aus Urey. Nur dass kein Wärter zu sehen war, keine Ketten, und dann verschwanden die Bären auch schon in der Nacht.

Wir erreichten den Fluss, auf dessen Promenaden sich nun die Leute drängten. Auch das kleinste Boot von Nicias war mit Blumen, Bändern und vielfarbigen Fackeln geschmückt, während man den Latane auf und ab fuhr. Über ihnen am Himmel gab es weitere Schiffe. Sie waren aus leichtestem Papier und trugen ölgespeiste Lampen, deren Flammen in verschiedenen Farben brannten. Die heiße Luft trug diese kleinen Schiffe himmelwärts. Hin und wieder berührten die Flammen das Papier, worauf ein Funkenregen in den Fluss fiel.

Wir gingen weiter in Richtung des kaiserlichen Palastes, wo die eigentliche Schau stattfinden würde.

Das Festival war der Tag, an dem Numantias Magier ihr Können zeigten, und ihre Hexereien füllten bereits den Himmel, als wir uns dem Palast des Imperators näherten. Dieses Jahr schienen die Zauberer alle ihre bisherigen Versuche übertreffen zu wollen. Lichter völlig unbekannten Ursprungs flackerten in bisher nie gesehenen Farben auf und verschwanden dann wieder. Seltsame Tiere, einige bekannt, andere Fabelwesen, stolzierten die Gehsteige entlang. Bäume wuchsen, veränderten sich, verwandelten sich in Tiere. Riesige Fische, Fische, die kein Mensch je angeln würde, tauchten aus dem Wasser, sprangen hoch in die Luft. Die Menge jubelte und lachte, wenn eine der Kreaturen, halb Löwe, halb Krake über eine Balustrade in die Luft hinausstolzierte und dann auf der Erde zerschlug, wenn sein Schöpfer in seiner Aufregung die Kontrolle über seine Phantasie verlor.

Schließlich verschwanden die Bilder und es war wieder nichts als eine sternenklare Nacht zu sehen – der Beginn der Großen Illusion. Einige lange Minuten passierte nichts, dann wies Marán mit angehaltenem Atem nach oben. Langsam, ganz langsam hörten die Sterne zu funkeln auf. Die Menge sah, was passierte, und das aufgeregte Murmeln veränderte sich, als die Angst um sich griff. Dann herrschte völlige Dunkelheit. Kinder begannen zu weinen. Eine Frau schrie.

Hoch am Himmel wurde ein winziges Licht geboren. Es wurde heller, größer und schließlich zu einem wirbelnden Farbspiel, das sich von einem Horizont zum anderen ausbreitete. Die Farben sammelten sich auf der einen Seite, und es entstand ein riesiges Bild, ein bärtiger Mann, der auf uns herabblickte, weder zornig noch erfreut.

»Umar!«, rief jemand aus, und tatsächlich, es handelte sich bei der Erscheinung um ihn, den Schöpfer des Universums. Eine große Hand erschien und auf dieser ruhte eine Welt. Die Welt begann sich zu drehen und die Hand setzte sie in die Leere.

Ein weiterer Gott erschien, dieser mit einem schwarzen Bart und langem Haar – Irisu, der Bewahrer. Er stellte sich hinter die Welt und hielt schützend die Hände über sie.

Wir starrten die Welt an und sahen darauf alles, groß und klein, nah und fern. Wir sahen Berge, Meere, Flüsse, Ebenen und die Menschen und Tiere, die sie bevölkerten. Nur Imperator Tenedos hätte die Fähigkeiten – und die Kühnheit –, den Göttern ein Duplikat ihrer eigenen Arbeit vorzusetzen.

Umars Gesicht verblasste und verschwand. Jetzt gab es nur noch unsere Welt und Irisu. Aber irgendetwas stimmte nicht, denn eine Fäulnis, ein Pilz begann sich auszubreiten, und ich wusste, unsere Welt alterte, starb. Ich hörte das Pfeifen eines scharfen Winds, obwohl sich rund um mich nichts rührte als eine sanfte Brise, die die Zeit des Taus brauchte und mit ihr das neue Jahr.

Aus dem Nichts kam ein Pferd, ein blasses gespenstisches Pferd. Sattel und Zaumzeug waren aus rotem Leder, rot wie vergossenes Blut. Auf dem Pferd saß eine Frau, nackt bis zur Taille, ein Kollier aus Totenschädeln um ihren Hals. Sie hatte vier Arme – einer mit einem Schwert, einer mit einem Messer, der dritte mit einem Speer und der letzte mit der winzigen Leiche eines Mannes. Ihr Haar war aufgelöst, wild, ungekämmt, und ihr Gesicht war das krasse Antlitz des Chaos. Es war Saionji, die Göttin des Todes, die Zerstörerin, die Schöpferin, die Gottheit, die Tenedos über allen anderen verehrte, die Gottheit, deren Existenz auch nur flüsternd anzuerkennen nur wenige den Mut hatten.

Jetzt waren Schreie zu hören, sowohl von Männern als auch von Frauen, und die Leute begannen, von Entsetzen ergriffen, zu beten. Aber der Schrecken dauerte nur einen Augenblick, als Saionjis Pferd kehrtmachte und die Göttin ihren Speer auf Irisu warf, der getroffen umfiel. Sie schlug mit ihrem Schwert auf die Welt – unsere Welt – ein, und die Fäulnis, die Krankheit verschwand. Lichter erschienen rund um die Welt, und alles war wunderbar, alles lebte, wuchs und gedieh. Dann war Saionji auch schon wieder fort und einen Augenblick später herrschte auch schon wieder das Nichts.

Nur die gemächliche Bewegung des Flusses, das laue Lüftchen, die sternbehangene Nacht. Einige jubelten, aber allzu viele waren es nicht.

Es war einfach eine zu großartige Illusion, um zu applaudieren. Wenn es, so dachte ich bei mir, überhaupt eine Illusion gewesen war.

Die Torwache beäugte mich und ich erinnerte mich daran, den Gegenzauber zu flüstern. Er salutierte hastig. »Entschuldigt, Tribun, aber es ist dunkel und ich muss wohl müde sein und –«

Ich wischte seine Entschuldigungen mit einer Handbewegung beiseite und wir drei betraten den Kaiserpalast. Die Feier des Imperators war schon seit einiger Zeit im Gange. Zwei Betrunkene schnarchten selig in dem langen Korridor, der eine in den Armen eines Steindämonen, der über uns aufragte.

Es hätten wenigstens zwei Wachen vor dem Zimmer stehen sollen, aber es war niemand da. Wie ich bemerkte, stand die Tür des Wachraums nebenan einen Spaltbreit offen, und ich bat die beiden Frauen, mich für einen Augenblick zu entschuldigen, um – stets der diensteifrige Soldat – nach dem Rechten zu sehen und jemandem wenigstens eine kleine Zigarre verpassen zu gehen.

Glücklicherweise schob ich die Tür erst ein wenig weiter auf, bevor ich loslegte. Es lag eine Frau über den Tisch gestreckt, die nur den oberen Teil ihres Kostüms anhatte. Einer der Wachen stand, die Hose um die Knöchel, zwischen ihren Beinen, die sie um seine Taille geschlungen hatte, während zwei weitere darauf warteten, an die Reihe zu kommen. Ein vierter stand, ebenfalls halb nackt, mit dem Hintern zu mir, seinen Riemen bis zum Anschlag im Mund der Frau. Er holte ihn einen Augenblick heraus, reizte sie mit der Eichel, und in diesem Augenblick erkannte ich, selig lächelnd, die Schwester des Imperators, Leh.

Ich schloss die Tür vorsichtig wieder. Es ging mich im Grunde nichts an, wenn hier drinnen mal kein Posten stand. Und selbst Erste Tribunen sind nicht immun gegen die Verleumdungen einer Schwester, die sich in ihrem Vergnügen gestört sieht.

Amiel fragte, was ich gesehen hatte, aber ich schüttelte nur den Kopf, und wir gingen in den Hauptsaal. Die Edelleute ganz Numantias drängten sich hier. Der menschliche Tribut an die Feierlichkeiten war hier deutlicher zu sehen. Zwar spielte das Orchester noch richtig und auch einige Tänzer wichen geschickt den Körpern der auf dem Feld des Alkohols Gefallenen aus. Andere hatten sich einen anderen Zeitvertreib gesucht, in den Nischen rund um den großen Saal.

»Bisschen schmuddelig«, meinte Marán, schien sich aber nicht weiter daran zu stören.

Ebenso wenig wie ich; der Trank ließ mich alles ruhig und zufrieden betrachten. Ich bemerkte, dass der Imperator vor einer Menschenansammlung an dem großen Erkerfenster sprach, von dem aus er sonst seine großen Ankündigungen in den Hof des Palastes rief. Er war ganz rot im Gesicht vom Alkohol oder vom Triumph über den Erfolg seiner Illusion, und seine Stimme war lauter als gewöhnlich. Neben ihm stand, mit nichts weiter als einem Hauch von Seide bekleidet, eine kleine blonde Frau. Ich kannte sie, wenn auch glücklicherweise nicht gut genug. Es war Lady Illetsk, die Witwe von Lord Mahal, einem Mitglied des Zehnerrates, der während des Wahnsinns neun Jahre zuvor von den Tovieti umgebracht worden war.

Sie war die Tochter eines Ladenbesitzers gewesen, als Lord Mahal sie geheiratet hatte, und war ihrer extremen Vaterlandsliebe – und einiger anderer Talente – wegen äußerst beliebt.

Ich hatte sie schon vor dem Tod ihres Gatten als frisch gebackener Hauptmann der Unteren Hälfte kennen gelernt. Man hatte mich in ein mir unbekanntes Haus eingeladen, das sich als das von Mahal entpuppte, und ich war meiner Gastgeberin am Eingang begegnet. Ihr vollkommener Körper war völlig nackt gewesen, sie selbst betrunken; sie hatte mich mit einem kindlichen Lächeln begrüßt und gefragt, ob ich »zwischen ihren Titten kommen« wollte. Ich hatte mich, leicht schockiert, schleunigst aus dem Staub gemacht.

Nach einer Zeit gesetzter Trauer hatte sie ihre geselligen Zusammenkünfte in verschiedenen Arrangements beiderlei Geschlechts wieder aufgenommen.

Was sollte es – das Festival war schließlich dazu da, sich gehen zu lassen, und das hatte sich offensichtlich auch Tenedos bei der Auswahl seiner Gefährtin für diesen Abend gedacht. Der Blick des Im-

243

perators schweifte durch den Saal und blieb an uns dreien hängen. Ich sah ihn die Stirn furchen, dann durchdrang seine Zauberkraft Sinaits Bann und er erkannte mich.

Ich verbeugte mich, mit Amiel und Marán gleich hinter mir, worauf er uns mit einem Nicken zur Kenntnis nahm, bevor er sich wieder Lady Illetsk widmete. »Sollen wir uns ihnen anschließen?«, fragte ich.

Amiel schüttelte den Kopf. »Ich denke nicht, es sei denn, Ihr wollt es unbedingt. Wie heißt es unter Seeleuten doch? Eine Heckjagd ist lang. Es sieht ganz so aus, als müssten wir ganz schön was trinken, um mit den beiden gleichzuziehen.«

»Und was mich anbelangt, mir ist nicht nach trinken«, sagte Marán. »Ich fühle mich absolut vollkommen, so wie ich bin. Kommt, wir suchen uns eine andere Feier.«

»Oder wir machen selbst eine«, schlug Amiel vor.

Marán lachte. »Das könnten wir«, sagte sie. »Wo? Bei uns zu Hause?«

»Hört sich wunderbar an … Nein, wartet«, sagte Amiel. »Ich weiß etwas anderes. Ich habe es gerade erst entdeckt und es ist gar nicht weit. Kommt!«

Amiel führte uns nach hinten hinaus, an den Wachen vorbei in die Kaiserlichen Gärten. Sie waren größtenteils verlassen, da es schon etwas kühl geworden war. Marán fröstelte und schickte sich an, den Umhang überzuziehen.

»Wo wir hingehen, ist es warm«, versprach Amiel.

Wir folgten einem gewundenen Pfad durch die weitläufigen Anlagen. Exotische Bäume wuchsen um uns herum, Pflanzen, die gerade zu blühen begannen.

»Lasst mal sehen«, murmelte Amiel. »Von dem weißen Stein da ist es … hier.« Sie wandte sich vom Weg ab und trat in dichtes Gebüsch, wie es schien. Aber es war eine Art Bogengang aus Zweigen. »Ich frage mich, ob die Gärtner überhaupt noch wissen, dass es das hier noch gibt«, sagte sie. »Ich fand es vor zwei Wochen, als ich ein

Armband verlor, und als ich mich bückte, um es aufzuheben, sah ich die Lücke im Gebüsch.«

Wir folgten ihr das Zweiggewölbe entlang. Plötzlich war es zu Ende und öffnete sich in eine vollkommene natürliche Grotte. Steinstufen führten hinab in eine moosbewachsene Lichtung. Wir stiegen hinunter und schon versanken unsere Füße im Moos. Hier und da standen riesige Steine. Auf der einen Seite perlte ein winziger Bach aus einem in den Fels gehauenen Brunnen und lief dann die Seite entlang, wobei er immer wieder kleine Teiche bildete, bevor er unter der Erde verschwand.

Es hätte kalt und dunkel sein sollen, aber aus einer Gasflamme irgendwo hinter dem Garten schimmerte Licht über das Moos. Windgeschützt, wie sie lag, war es in der Lichtung eher angenehm kühl. Es war eine winzige, von der Zeit vergessene Welt.

»Ist es nicht vollkommen?«, fragte Amiel. »Wir haben es bequem, wir haben Wasser für den Durst, wir haben Licht, wir haben sogar Musik.« Die Töne des Palastorchesters drangen schwach herüber. Ich breitete die Mäntel auf dem Boden aus, und wir setzten uns zusammen hin, schweigend, genossen die Nacht, freuten uns, beisammen zu sein. Amiel legte ihren Kopf an meine Schulter und es war warm und bequem. Marán kuschelte sich an ihre Freundin. In zufriedenem Schweigen saßen wir eine Zeitlang da, spürten die beruhigende Wirkung des Tranks auf unsere Körper, auf unseren Geist.

»Ich möchte tanzen«, verkündete Amiel. Anmutig und ohne die Hände zu Hilfe zu nehmen, stand sie auf und trat in die Mitte der Lichtung. Ihr Tänzerinnenkörper war mir schon des Öfteren aufgefallen und sie hatte diese Kunst vor ihrer Heirat tatsächlich studiert.

Sie stellte sich mit dem Gesicht zu uns und fuhr mit beiden Händen ihren Körper entlang, streckte sich schließlich, bot sich an. Sie begann sich langsam zu bewegen, ganz im Einklang mit der fernen Musik.

Ihr Körper wurde zur Musik, eine schimmernde hellviolette Ikone, die sich wiegend wand.

Marán atmete etwas schneller.

Amiels Hände bewegten sich an ihren Busen und dann langsam die lange Reihe von Knöpfen hinab. Sie warf das Kleid weg und tanzte weiter, geschmeidig, anmutig, bis auf die Sandalen nackt.

Mein Riemen schmerzte, so hart war er. Marán fuhr mit der Spitze ihres Fingernagels daran entlang. Sie lächelte mich an, die Augen halb geschlossen, und wandte sich dann ihrer tanzenden Freundin zu.

Amiel winkte, und Marán stand auf und ging, anmutig wie ein junges Reh, auf sie zu. Sie bewegten sich, als wären sie eins, ohne sich zu berühren; sie drehten sich nur, ohne sich dabei aus den Augen zu lassen.

Mein Puls pochte, und ich hatte das Gefühl, selbst die Musik zu sein, der Tanz.

Amiel berührte Marán und Marán hörte zu tanzen auf. Reglos stand sie da, die Augen geschlossen, wartete ab. Amiel strich mit den Fingern die Flanken meiner Frau hinab, dann wieder hinauf, liebkoste dann Maráns Gesicht. Ich erinnere mich kaum, je etwas Schöneres gesehen zu haben. Amiels Finger wanderten an die Spange auf Maráns Seite, dann fiel das Kleid.

Amiel stand reglos da, die Arme gestreckt. Marán trat ganz nah an sie heran und die beiden küssten sich tief. Marán küsste sich Amiels Hals hinab auf ihre Brüste und reizte Amiels Brustwarzen mit den Zähnen.

Marán kniete nieder, ihre Lippen, ihre Zunge bewegten sich über den Bauch der anderen Frau und berührten dann ihr Geschlecht. Marán umfasste Amiels Hinterbacken, knetete sie, glitt mit den Fingern dazwischen, bevor sie mit der Zunge zwischen Amiels Schenkel fuhr.

Amiel stöhnte kehlig, ihre Beine schmolzen dahin, wurden flüssig, und dann schwebte sie, die Schenkel öffnend, aufs Moos.

»Damastes«, flüsterte Marán, aber ihre Stimme war so klar, als säße sie neben mir. »Damastes, Schatz. Zieh dich aus, mein Liebster.«

Ich gehorchte; mit sicheren Griffen bewegten sich meine Finger über Knöpfe und Schnallen.

»Und jetzt, mein Liebhaber, mein Leben, komm her. Komm zu uns. Liebe uns, so wie wir es uns erträumt und besprochen haben.«

Ganz langsam ging ich übers Moos auf sie zu.

11 *Triade*

Amiel ging auf die Knie. Sachte streichelte sie mir die Eier, nahm meinen Riemen in die Hand, beugte sich vor und küsste die Spitze. Ihre Zunge flatterte über meine Vorhaut und fuhr dann hinab bis zur Wurzel.

Ich kniete mich ebenfalls hin, küsste sie auf die Lippen, schob ihr die Zunge in den Mund, wo sie sich mit der ihren traf. Ein Gedanke kam mir – wie merkwürdig: *Das hier ist die erste Frau, die ich in mehr als neun Jahren außer der meinen geküsst habe.* Ein tiefer Laut entrang sich ihrer Kehle und sie schlang die Arme um mich. Ich legte sie auf das Moos, küsste sie wieder auf die Lippen und dann auf ihren weichen Hals. Marán legte sich auf Amiels andere Seite. »Davon habe ich geträumt«, sagte sie einmal mehr, stützte sich dann auf die Ellenbogen auf und küsste mich. Ihre Zunge fuhr wie ein Wirbelwind durch meinen Mund, dann war sie wieder fort. Sie küsste Amiel wie ich, küsste ihren Hals wie ich, dann wanderten ihre Lippen wieder nach unten, über den flachen Bauch ihrer Freundin, über ihr glattes Geschlecht.

Amiel stöhnte, während sie die Beine auseinander nahm. Marán band Amiels Sandalen auf, legte sich zwischen die Beine der Frau und spreizte ihr mit den Fingern das Geschlecht. Ihre Zunge bewegte sich auf und ab und glitt dann hinein. Amiel legte die Beine um Maráns Rücken und zog sie an sich, während sie die Hände um meinen Kopf legte und sich mein Haar um die Finger schlang.

Ich küsste sie lang und tief, und ihre Küsse wurden rasender, als ihr Körper auf Maráns Zunge reagierte und sie sich zu winden begann. Ihr Mund war feucht und offen; sie keuchte. Ich erhob mich, berührte mit meiner Eichel ihre Augenlider und bewegte mich dann in ihrem Mund.

»Jetzt«, keuchte Marán. »Jetzt, mein Gatte. Komm, liebe sie.« Sie stand auf und hielt Amiels Beine weit auseinander, indem sie ihre Knöchel anhob, bis ihre Hinterbacken den Boden nicht mehr berührten.

Ich rutschte zwischen ihre Beine und sah mir die schöne Frau einen Augenblick an, die ihren Kopf auf dem Kissen ihres Haars hin und her warf. Ihre Augen öffneten sich und hielten meinen Blick. Brutal drang ich in Amiel ein. Sie schrie auf, dann zerrten ihre Hände an mir.

Ich zog mich fast ganz zurück und fuhr dann hart wieder hinein, wieder und immer wieder. Ich spürte ihren Körper pulsierend an meinem, als sie sich wand und zu drehen versuchte, aber Marán hielt sie fest. Ihre Hände krallten sich ins Moos. Ich zuckte auf, als es mir in Amiel kam, und einen Augenblick später kam wimmernd auch sie.

Marán gab die Beine ihrer Freundin frei und sie fielen aufs Moos zurück. Ich brach schlaff auf Amiel zusammen, während ich mich noch immer in sie ergoss.

Marán lag neben uns, ihre dunklen Augen ganz ernst, als sie uns von Kopf bis Fuß ansah. »Ich liebe dich«, flüsterte sie.

»Ich liebe *dich*«, erwiderte ich.

»Und ich liebe Amiel.«

»Dann werde ich das wohl auch lernen müssen.«

»Ach, Damastes, ich hoffe es.

Und jetzt«, sagte sie, «komm, liebe mich genau so wie sie.« Amiel protestierte wortlos, als ich mich aus ihr zurückzog. Maráns Beine öffneten sich und meine Zunge drang in ihre weiche Feuchtigkeit ein. Ich fuhr mit der Zunge über ihre Klitoris, während ich zwei Finger in ihr Geschlecht steckte, einen weiteren in ihren After, um sie dann im Einklang zu bewegen. Marán wälzte sich unter mir, aber ich bewegte mich mit ihr, bis ich auf dem Rücken lag und sie auf mir und rhythmisch ihr Schambein gegen mich rieb, wobei sie laut schrie.

Amiel bat mich, in der Tasche ihres Umhangs nachzusehen und die winzige Phiole herauszunehmen. Ich öffnete den Stöpsel und schon erfüllte der kräftige Duft von Erdbeeren die Lichtung. Das Öl schmeckte auch nach Erdbeeren.

Marán lag neben ihrer Freundin, ganz müde von unserem Akt. Ich träufelte etwas von dem Öl auf meine Hand und rieb Maráns Knöchel, ihre Beine, und dann die Innenseite ihrer Schenkel damit ein.

Die Phiole wurde nicht leer, und ich nahm an, Amiel hatte sie wohl besprechen lassen, um sie unerschöpflich zu machen. Einen Augenblick fragte sich der stets wachsame Soldat in mir, ob wohl die Möglichkeit bestand, diesen Zauber auf die Feldflaschen des Militärs anzuwenden. Ich grinste spöttisch, als ich mich ganz meinen Fingern überließ, die mit solcher Leichtigkeit bei Marán aus und ein glitten. Das Tempo ihrer Atmung nahm wieder zu.

Ich massierte auch Amiel, bis beide Körper im Licht der Gasflamme glänzten. Marán wälzte sich auf den Bauch und begann, an Amiels Brustwarzen zu knabbern, biss dann scharf hinein, bis sie hart waren wie winzige Finger. Amiel bäumte sich auf und drückte ihre Brüste in Maráns Mund. Marán schob zwei, dann drei Finger in das Geschlecht ihrer Freundin, krümmte sie, liebkoste ihren Körper von innen. Amiel stöhnte und keuchte den Namen ihrer Freundin.

Ich schob mich hinter Marán, spreizte ihre Beine auseinander und schob meinen Riemen in sie.

»Ahh«, keuchte Amiel. »Das tat weh.«

»T-tut mir Leid«, stotterte Marán. »Ich wollte nicht beißen. Aber du weißt nicht, was er mit mir macht. Oh, Damastes!«

Ihre Finger wurden schneller, während ich meine Eichel bei ihr aus und ein schob. Immer heftiger pochte das Blut in meinen Schläfen, dann riss ich mich los und verspritzte mich über Amiels Bauch. Marán erhob sich schwer atmend, das Haar schweißnass an die Stirn geklebt, auf die Knie. Sie berührte einen Tropfen meines Samens und beschrieb damit das uralte Symbol der Vereinigung, den gehörnten Kreis.

»Das«, so sagte sie, »wird uns drei auf immer miteinander verbinden.« Sie rieb meinen Samen in Amiels Bauch und legte sich dann auf die andere Frau. Ihre Lippen trafen sich und bewegten sich miteinander. Amiel hob ihre Beine um Maráns Hüfte und bewegte sie auf und ab. Schließlich drehte sich Marán um und legte sich der Länge nach über Amiels Körper, die sich unter ihr, die Beine weit gespreizt, wand. Tief versank Maráns Zunge in Amiel, während ihre Freundin sie auf die gleiche Weise liebte.

Ich war einmal mehr steif, suchte die Phiole und ölte mich ein. Sachte drehte ich die beiden Frauen auf die Seite, und beide hoben sie instinktiv die Schenkel an, ohne mit ihren Bewegungen aufzuhören.

Ich nahm Amiels Hinterbacken auseinander, ölte zwei Finger ein, führte sie ein und bewegte sie vor und zurück, bis sie geschmiert war, den Rest an Feuchtigkeit fügte ihr eigener Körper hinzu.

Ich schob die Eichel meines Riemens gegen ihre Rosette und nach einem kurzen Widerstand spürte ich sie auch schon eng und warm. Ich bewegte mich langsam, rhythmisch, immer tiefer, und sie keuchte bei jedem Stoß. Maráns Zunge umschmeichelte meine Eier, während ich mich bewegte; ich hatte die Arme um Amiel geschlungen und zerrte heftig an ihren Brüsten, bis ihr Körper schließlich meine Seele verschlang – ich erinnere mich an nichts mehr.

Im falschen Morgen des Zodiakallichtes hinkten wir zurück in unser Haus am Fluss, und ich war ausgesprochen dankbar für Sinaits Anonymitätszauber, da ich nicht sonderlich scharf darauf war, dass die Wache unseren Zustand sah. Wir schafften es nach oben, zogen uns aus, wuschen uns, fielen dann alle drei auf das riesige Bett in unserem Schlafzimmer und schliefen auf der Stelle ein.

Es war fast Mittag, als ich erwachte. Ich hatte erwartet, einen Kater zu haben, aber mein Verstand war absolut klar, ich fühlte mich ausgeschlafen, glücklich und ruhig. Die Wirkung des Tranks war ebenso rasch verflogen, wie sie eingesetzt hatte.

Maráns Kopf lag neben mir auf dem Kissen, ihre Hand hatte sie um meine Hoden gelegt. Ein kleines, privates Lächeln umspielte ihre Lippen, das Lächeln eines kleinen Mädchens in der Geburtstagsnacht.

Auf ihrer anderen Seite schlief Amiel, eine Hand um die Taille ihrer Freundin gelegt. Als ich mich aufsetzte, öffnete sie die Augen, schloss sie dann aber wieder.

Ich glitt aus dem Bett und streckte mich mächtig. Ich dachte darüber nach, was passiert war. Ich nehme an, ich hätte mich wie nach einer großen Sünde fühlen sollen. Oder dass wenigstens einer von uns sie begangen hatte. Aber dem war nicht so. Ich wusste nicht, was all das bedeutete, vor allem für unsere Ehe, kam aber zu dem Schluss, dass das die Zukunft entscheiden würde.

Gähnend wanderte ich ins Bad. Ich hatte mir vorgenommen, ein Bad installieren zu lassen, nicht weniger aufwendig als die im Kaiserpalast, war aber noch nicht dazu gekommen. Freilich war das Bad oder die Bäder, die wir hatten, luxuriös genug mit ihren zwei riesigen Wannen aus grünem Nephrit, an deren einem Ende sich sitzen ließ. Marán und ich konnten uns in jeweils eine hineinlegen und uns unterhalten oder uns, wie wir das oft machten, eine teilen. Ich putzte mir die Zähne, schüttelte den Kopf über mein langes Haar, das nach den Abenteuern der Nacht ganz zerzaust war, und bürstete es, während die Wannen voll liefen, aus. Ich stieg in eine davon, seifte mich ein, wusch mich und ließ sie auslaufen in der Absicht, mich in das saubere Wasser der zweiten zu legen.

Amiel kam ins Bad, nackt. Sie streckte sich, ich sah ihre festen Brüste und spürte, wie mein Körper reagierte.

»Guten Morgen«, sagte sie.

»Meinst du nicht eher Nachmittag?«

»Na und?«, meinte sie. »Hattest du denn heute etwas vor?«

Hatte ich nicht. Ich wusste, Numantia würde sich entweder nach den Festivalexzessen ausschlafen, noch feiern oder in den verschiedenen Tempeln um Vergebung beten, und die nächsten zwei, drei Tage würde sich daran nichts ändern.

Sie putzte sich die Zähne und spülte mit einem unserer Mundwasser nach. »Ich nehme an«, sagte sie, ohne dass sie Anstalten gemacht hätte, wieder zu gehen, »ich sollte mir einen von Maráns Mänteln ausborgen und zum Baden in meine eigenen Gemächer gehen.«

»Das könntest du«, sagte ich. Ich hatte plötzlich einen etwas trockenen Mund. »Aber wer würde dir dann den Rücken waschen?«

»Ah. Das ist fürwahr ein Problem.« Sie trat an eines der Regale, wo wir eine Reihe von Seifen hatten, beschnupperte sie und suchte sich eine aus.

Ich griff hinüber und drehte den Hahn der zweiten Wanne auf, als Amiel in meine Wanne stieg. »Zuerst«, meinte sie, »sollten wir erst mal die Vorderseite waschen.« Ich gehorchte und zog die Seife in langen, langsamen Kreisen über ihre Brust, über die harten Nippel, dann über den Bauch. Ich fuhr mit dem Finger in ihren Nabel und sie lächelte.

»Also wirklich«, fragte sie, »wieso sich das für eine Frau wohl so gut anfühlt?«

»Vielleicht ist es ein Hinweis darauf, was noch kommt?«

»Sind wir also jetzt Damastes der Weise anstatt Damastes der Schöne?«

Es war Amiel gewesen, die mir diesen Namen gegeben hatte, den die Zeitungen dann zu meiner großen Verlegenheit aufgegriffen hatten.

»Was noch kommt«, sagte sie dann. »Wie interessant.«

Meine Finger glitten tiefer und rutschten einen Augenblick in sie hinein. Ihre Bauchmuskeln zuckten, als ihr Körper reagierte.

»Jetzt … jetzt bin ich an der Reihe«, bekam sie heraus.

»Aber ich habe mich schon gewaschen.«

»Ich sehe da eine Stelle, die du übersehen hast.«

Sie seifte mir Brust und Bauch ein, langsam, sanft, und dann meinen Riemen. Sie bildete mit Daumen und Zeigefinger einen Ring und streifte ihn mir über.

»Genau die richtige Größe«, meinte sie. »Vielleicht etwas länger, als der einen oder anderen lieb sein mag, aber wie geschaffen dafür, den Dingen … auf den Grund zu gehen. Nun denn, Sir, Ihr dürft mir den Rücken waschen und was immer Euch sonst noch beliebt.«

Sie drehte sich um und ich begann sie einzuseifen. Als ich mich tiefer arbeitete, spreizte sie die Beine und beugte sich, auf die Hände gestützt, über den Rand der Wanne. Ihr Hintern war glatt und vollkommen geformt. Ich steckte einen seifigen Finger in sie und sie spießte sich darauf auf.

»Wie ich sehe«, flüsterte sie, »willst du sichergehen, dass ich auch überall sauber bin.«

»Ist doch meine Pflicht.«

»Und ich weiß doch, dass Euch nichts daran hindern kann, Eure Pflicht zu tun, nicht wahr, Graf Agramónte?«

Ich schob zwei Finger in sie, und ihre Muskeln entspannten sich erst und packten dann kräftig zu.

»Allerdings«, erklärte ich. »Und ich habe einen eigens für diese Stelle geschaffenen Reiniger.«

»Wenn Ihr vielleicht so gut sein wollt, ihn mir zu demonstrieren?«

»Das sollte ich wohl«, sagte ich und seifte meinen Riemen ein. Ich brauchte sie nur zu berühren, da entspannte sie sich und öffnete sich mir. Ich drang in sie ein und sie schob sich mir nach Luft schnappend entgegen. Wir bewegten uns gemeinsam, meine Hände streichelten ihre Brüste, und sie zog mich durch Öffnen und Schließen ihres Muskels tiefer in sich hinein. Schließlich stöhnte sie auf, zuckte zweimal und brach zusammen. Ich war nach wie vor hart und bewegte mich weiter, sachte, langsam, und sie wurde wieder heiß. Sie beugte sich vor, bis ihr Bauch flach auf dem Boden lag, dann griff sie nach hinten und zog ihre Hinterbacken auseinander.

»Jetzt, Damastes«, stöhnte sie. »Jetzt – so fest du nur kannst. Fest und schnell. Zerfleisch mich.«

Ich gehorchte, mein Riemen stahlhart, als ich ihn bis zum Anschlag in sie trieb, und sie stieß einen kleinen Schrei aus, als es uns beiden zusammen kam.

Etwas später beruhigte sich unsere Atmung wieder.

»Ich mag es so«, flüsterte sie. »Manchmal tut es etwas weh ... aber es ist intensiver so. Manchmal habe ich es so lieber als von vorn.« Sie schmiegte sich an mich. »Nicht dass es schlecht wäre. Ich kenne keine schlechte Art, sich zu lieben.«

»Arme Marán«, flüsterte sie kaum hörbar, und ich wusste, sie hatte nicht gewollt, dass ich ihren ausgesprochenen Gedanken mitbekam. Ich gab vor, nichts gehört zu haben, zog mich aus ihr zurück und machte mich daran, die Wanne leer laufen zu lassen und neu zu füllen, während ich an Maráns ersten Gatten denken musste, an die Verachtung, mit der er sie behandelt hatte und wie wenig Liebe es in ihrem Leben gegeben hatte. Aber das war die Vergangenheit, also ließ ich sie ruhen und konzentrierte mich auf die Anmut, mit der Amiel in die andere Wanne umstieg.

Wir lagen in dem warmen, parfümierten Wasser, als Marán hereingewandert kam und sich verschlafen die Augen rieb.

»Ihr beiden macht ja vielleicht einen Lärm«, sagte sie. »Ihr habt mich geweckt.«

»Hätte nicht gedacht, dass das möglich wäre«, antwortete Amiel. »Du hast geschnarcht, als wolltest du deine Nase verschlucken.«

»Ich schnarche nicht!«

Ich lachte. Marán setzte sich anmutig auf die Wannenkante, spritze mir Wasser ins Gesicht, streckte mir die Zunge heraus und wandte sich dann Amiel zu.

»Hast du mir etwas übrig gelassen?«, fragte sie.

»Da musst du schon selbst nachsehen«, erwiderte Amiel. »Wenn nicht, dann mache ich es mehr als nur wieder gut.«

»Ja«, sagte Marán, deren Stimme ganz heiser wurde. »Ja. Das würde mir gefallen.«

Sie streckte ein Bein aus und streichelte meinen schlaffen Riemen mit ihrem Fuß. »Also hier gibt's nichts als eine Nudel«, stellte sie fest, ohne auf meine Reaktion zu achten. »Dann wirst du dich wohl meines Problems annehmen müssen.«

Sie breitete ein Frottiertuch aus und legte sich hin. Amiel hievte sich, geschmeidig und eingeölt, aus der Wanne und streichelte die

Innenseite der Schenkel meiner Frau. Die Augen beider Frauen ruhten auf mir, warteten auf meine Billigung oder auf meinen Schock, jetzt, wo die Wirkung des Zaubertranks sich verflüchtigt hatte.

»Weißt du«, sagte Marán, »Amiel und ich, wir sind schon seit geraumer Zeit ein Paar. Nicht ständig. Aber als du weg warst …« Sie hielt inne und spreizte die Schenkel. Amiel liebkoste mit dem Daumen ihre Klitoris.

»Ich wollte Marán schon, als ich sie das erste Mal sah«, sagte Amiel. »Noch bevor sie dich kennen lernte. Aber es ist nie was passiert.«

»Jedenfalls nicht viel«, meinte Marán. »Ich glaube, ich habe mich ein-, zweimal von Amiel küssen lassen und dann so getan, als wäre ich betrunken gewesen und würde mich an nichts erinnern. Ich hatte Angst. Das erste Mal, dass wir uns geliebt haben, das war nachdem … nachdem ich unser Baby verloren habe. Als du im Krieg warst.«

Ich erinnerte mich sehr gut. Wochenlang nach der Fehlgeburt hatte ich nichts von ihr gehört, von zwei kurzen Briefen abgesehen, dann kam ganz plötzlich eine Entschuldigung, und ich erinnerte mich noch, dass sie geschrieben hatte, sie würde »immer in der Schuld unserer liebsten Freundin Amiel stehen«, die »seit dem Tod unseres Sohnes ein großer Trost für mich war«.

Vielleicht hätte ich wütend sein, vielleicht hätte ich mich bedroht fühlen sollen. Aber ich verspürte nichts als Freude für Marán und auch für ihre Freundin Amiel.

»Weißt du«, sagte Marán, »dass Amiel erst der zweite Mensch war, mit dem ich je im Bett gewesen bin, der meine Seele berührt hat und bei dem es mir kam? Dich mit uns beiden ins Bett zu bekommen ist etwas, worüber wir gesprochen haben, seit wir ein Paar geworden sind, ja wir haben es richtig geplant«, fuhr sie fort. »Um die Wahrheit zu sagen, es ist genau das, was wir uns erhofft hatten, als wir Seherin Sinait um den Zaubertrank baten. Ich hatte das Gefühl, dich jedesmal zu betrügen, wenn ich Amiel liebte, und das wollte ich ändern. Und das hier schien mir die einzige Möglichkeit zu sein. Ich weiß, dass ich Amiel nicht aufgeben kann.«

»Und ich könnte nicht ohne dich leben, Marán«, sagte Amiel. Sie kicherte. »Ganz zu schweigen davon, dass wir uns seit damals nur drei-, vielleicht viermal haben lieben können«, fügte sie hinzu. »Was mir nun wirklich nicht annähernd genügt.«

»Allerdings«, stimmte Marán ihr zu. »Genug war das wirklich nicht. Jetzt weiß ich es. O Amiel, nicht aufhören. Hör bloß nicht auf.«

Amiel senkte den Kopf, ihre Zunge bewegte sich gegen Maráns rasiertes Geschlecht und verschwand. Marán umfasste die Rückseite ihrer Knie, hob die Beine und spreizte sie.

»Lass mich doch mal«, sagte ich. Ich stieg aus der Wanne, kniete mich über Maráns Kopf, nahm ihre Beine in die Hände und hielt sie weit auseinander, so wie Marán es mit Amiel gemacht hatte.

Marán wand sich stöhnend, während Amiel sie liebte. Mein Riemen, der wieder hart geworfen war, berührte ihre Lippen. »Steck ihn mir in den Mund«, bekam Marán hervor. »Ich möchte dich leer trinken. Komm, steck ihn in mich, Damastes.«

Wir liebten uns den ganzen Tag; die Mahlzeiten ließen wir uns heraufbringen. Die Dienstboten hatten ganz und gar ausdruckslose Mienen aufgesetzt, wie sich das für Profis gehört.

Bei Anbruch der Abenddämmerung lagen wir auf dem Bett. Auf dem Boden lagen die Kissen, auf denen wir uns geliebt hatten, lagen Decken, soweit das Auge reichte, und auf dem Nachttischchen standen offene Phiolen mit Ölen und Parfüms. Amiels Kopf lag auf meinem Bauch, während Marán zwischen den Beinen ihrer Freundin lag.

»Ich könnte ewig so liegen bleiben«, sagte Amiel.

»Dann bleibst du eben«, erklärte Marán.

»Nein«, widersprach Amiel. »Ich finde, wir sollten den Skandal nicht noch verschlimmern.«

Ich lachte.

»Was ist daran so komisch?«, wollte Amiel wissen.

»Mir kommt da gerade ein Gedanke«, sagte ich. »Zweifelsohne weiß doch die ganze Stadt, dass du zu uns gezogen bist.«

»Natürlich«, sagte Amiel. »Es stand doch in den Zeitungen, dass meine Ehe zu Ende ist, und ich habe irgendwo gelesen, dass ich bei euch Schutz gesucht habe.«

»Na also – was meinst du wohl, was die Leute sich dabei denken?«

»Ah«, machte Amiel.

»Ich habe bereits den Ruf eines außer Rand und Band geratenen Bocks«, stellte ich fest. »Deshalb stört es mich wirklich nicht. Marán?«

Marán setzte sich auf. »Wir können schlecht …« Sie hielt inne. »Wer sagt das? Warum können wir nicht? Ist mir doch scheißegal, was die Leute denken, außer vielleicht meiner Familie, und die lesen die Boulevardblätter doch sowieso nicht. Damastes hat Recht. Ich schätze, wir werden uns wohl in der Öffentlichkeit benehmen müssen. Mehr oder weniger. Aber das hier ist schließlich unser Zuhause. Hier machen wir, was uns passt, wann es uns passt und wie! Amiel, das Bett hier gehört von jetzt an auch dir. Was davon noch übrig ist«, sagte sie trocken, als sie sich das Chaos ansah.

Amiel zog mit ihren Sachen von ihrem Schlafzimmer in das unsere um. Marán machte für sie eines ihrer beiden Boudoirs frei und damit hatte es sich. Kein Mensch im Haushalt verlor auch nur ein Wort darüber. Einmal bemerkte ich, dass die Seherin Sinait mich sinnend ansah, einen besorgten Ausdruck auf dem Gesicht. Ich fragte sie, ob sie etwas brauche oder eine Frage habe, aber sie verneinte.

Trotz meines festen Entschlusses fragte ich mich, was die Zukunft wohl bringen mochte, was das alles zu bedeuten hatte, vor allem in Bezug auf unsere Ehe. Aber ich hatte keine Antwort darauf.

Mit Amiels finsteren Stimmungen jedenfalls war es vorbei und sie war zufrieden mit unserer Leidenschaft. Ich erfuhr jetzt, warum man sie als Liebhaberin so schätzte – sie gebärdete sich, als sei sie an nichts anderem interessiert als an Sex und als sei ihr jeweiliger Partner die einzige Realität.

Noch etwas war anders geworden: Marán war glücklich, sie lächelte wieder. Den kalten, abschätzenden Blick bekam ich nie wieder zu sehen.

Also war auch ich glücklich.

Aber kein Idyll dauert ewig.

12 *Machtstrategien*

Langsam, aber sicher nagten meine Pflichten an unserem Rausch. Die nicischen Kasernen füllten sich mit Männern, die man sofort in den Süden, in die neuen Manövergebiete von Amur schickte.

Einige davon waren alte Hasen, andere frische Rekruten, von denen die Annahmeoffiziere meinten, sie hätten das Zeug zum Soldaten. Natürlich hatten einige Kommandanten das beim Militär sattsam bekannte Spielchen gespielt, uns ihre Nieten und schlimmsten Bummler zu schicken, aber die waren rasch aussortiert und zurückgeschickt worden.

Etwas, das mir zu schaffen machte, war der Offizier, der den Posten des Kommandanten der Ersten Kaiserlichen Garden bekam. Er hieß Domina Aguin Guil und kam von der berittenen Infanterie – den Dragonern, um genau zu sein. Ich fürchtete, der Imperator hatte ihn weniger seiner Qualitäten wegen genommen als aufgrund der Tatsache, dass er seiner Schwester Dalney den Hof machte, und das mit solchem Erfolg, dass sie alle ihre anderen Flammen aufgegeben hatte. Myrus Le Balafre sagte, Guil sei sicher tapfer, neige aber ein wenig dazu, unter extremem Druck die Fassung zu verlieren.

Wenigstens schien sich in Maisir, allem Argwohn des Imperators zum Trotz, nichts zu tun. König Bairan hielt sich an sein Versprechen, sein Militär zwei Tagesmärsche hinter den Grenzen zu stationieren. Die Spione, die wir hinüberschickten, meldeten keinerlei Anzeichen für einen Ausbau der Truppe.

Nicht dass an den Grenzen deshalb Ruhe geherrscht hätte. Der Imperator persönlich gab den Befehl, die Hälfte von Yonges Kundschaftern in kleine Abteilungen aufzuteilen und als Grenzpatrouillen nach Dumyat zu schicken. Der Rest der Zwanzigsten

Schweren Kavallerie ging ebenfalls nach Dumyat und richtete dort ein Basislager ein, um als Eingreiftruppe bei der Hand zu sein für den Fall, dass es zu einem Angriff auf die Kundschafter kam. Es kam ständig zu kleinen Scharmützeln, wenn auch eher mit den Hügelmenschen als mit den Maisirern selbst.

Lany, Kutulus Statthalter in Kalliom, hielt das ungebärdige Volk dort im Zaum, so dass der Imperator die Verlegung der Zehnten Husaren und meiner eigenen Siebzehnten Lanciers, verstärkt durch die Eliteeinheit der Varan-Garden, nach Urey befahl. Sie wurden auf volle Stärke gebracht und hatten Order, aggressiv die Grenze nach Kait hin zu patrouillieren.

Offiziell wünschte der Imperator die Friedfertigkeit der Hügelmenschen zu gewährleisten und dafür zu sorgen, dass der Sulempass, die traditionelle Verbindung zwischen Numantia und Maisir, passierbar blieb. Was natürlich stimmte. Aber es gab noch einen anderen Grund. Der Handelsweg, der geradewegs durch die Berge und die Wüstenhochebenen nach Jarrah führte, war die einzig mögliche Route, über die ein Einfall in Maisir zu bewerkstelligen war. Besonders beeindruckt war ich von der Finesse des Imperators freilich nicht – mit Sicherheit würde König Bairan durchschauen, was es mit der Massierung von Truppen in Urey auf sich hatte.

Ein anderer Schritt Tenedos' gegen Maisir musste wohl subtiler gewesen sein, denn ich sah keinen Sinn darin. Im Westen des Hochlands von Urshi lag die Grenze zu einem weiteren Königreich, Ebissa, einem völlig rückständigen Land. Numantia hatte keinerlei Interesse daran, da es nicht weniger bergig als das Hochland oder Kait selbst und darüber hinaus noch von einem dichten Dschungel überzogen war. In grauer Vorzeit waren die Ebissäer wilde Krieger gewesen, die als Eroberer bis weit nach Maisir vorgedrungen waren, bis man sie in ihre Dschungelfestung zurückgedrängt hatte. Aufgegeben hatten sie den Anspruch auf das Land, das sie nur wenige Jahre besetzt gehalten hatten, freilich nie. Es war jedoch nichts weiter als die all den aufgeblasenen Banditenreichen der Grenzgebiete eigene Arroganz. Mit einem Mal jedoch gab Imperator Tenedos bekannt, er hätte die Angelegenheit unter die Lupe genommen und sei zu dem Schluss gekommen, an den Ansprüchen der Ebissäer sei etwas dran – er sei bereit, in ihrem Interesse zu handeln. Abgesehen davon, dass das König Bairan ärgern musste, sah ich darin keinerlei Sinn. Aber er war der Diplomat, ich nur sein Soldat.

Ich sah den Imperator in jenen Tagen nur selten. Ich hatte viel zu tun und er noch mehr. Er hatte den Turm, in dem wir seinerzeit, während des Aufstands der Tovieti, Zuflucht gesucht hatten, zu seinem privaten Zufluchtsort gemacht, um in Ruhe zaubern zu können, hatte ihn mit hohen Mauern mit Glasdächern umgeben, handverlesenen Wachen und, wie es hieß, mit den teuflischsten aller magischen Wächter. Manchmal ritt ich spät nachts auf dem Weg nach Hause daran vorbei. Einmal sah ich Flammen aufsteigen, höher als der Turm selbst, in Farben, die zu beschreiben ich keine Worte hatte, und dennoch konnte ich keinerlei Hitze spüren. Ein andermal sah ich einen winzigen Punkt auf dem Dach des Turms, der eine Beschwörungsformel ins Himmelsgewölbe rief. Noch eine halbe Meile weiter konnte ich die Worte des Imperators deutlich hören, wenn ich auch die Sprache nicht verstand. Das Schreckliche daran war, dass es sich bei seiner Zeremonie um ein Ruf-und-Antwort-Ritual handelte, wie die Priester es nennen. Auf jeden der gemessenen Gesänge des Imperators folgte eine lautere, tiefere Antwort, die aus den Tiefen der Erde selbst zu kommen schien.

Lucan wieherte vor Angst, also ließ ich sie lostraben und sorgte nur dafür, dass sie mir vor Panik nicht in Galopp verfiel.

Falls wir in den Krieg zogen, dann hätten wir noch tödlichere Dämonen auf unserer Seite als gegen Chardin Sher. Ich erschauerte bei der Erinnerung daran, wie der Wald zum Leben erwacht war und nach den kallischen Soldaten gegriffen hatte, an den urzeitlichen Dämon unter Chardin Shers Feste, und dann fiel mir die Frage des Sehers Hami ein – welche Belohnung hatte der Dämon wohl für seine Dienste verlangt?

Ich lag auf dem Bett und sah Amiel dabei zu, wie sie Maráns Haar bürstete, bewunderte die Lichtspiele des Kaminfeuers auf ihrem durchsichtigen schwarzen Seidenmantel und gestattete mit wollüstige Phantasien darüber, was wohl passieren würde, wenn die beiden in einigen Minuten ins Bett kamen. Amiel wandte sich an mich.

»Weißt du«, sagte sie, »dass ich mich seit dem Festival von niemandem mehr angezogen fühle? Dein Capitain Lasta zum Beispiel ist ein toller Mann. Früher hätte ich ihm vielleicht zugezwinkert, ihn in einen Winkel gedrängt und ihn denken lassen, dass er mich verführt. Aber ich verspüre kein Verlangen mehr – weder nach ihm noch nach sonst etwas, nur nach uns dreien. Warum?«

»Meine Reptilienzunge«, kicherte Marán.

»Den Spruch hast du mir geklaut«, beschwerte ich mich.

»Ihr, Sir, habt andere lange Dinge, mit denen Ihr prahlen könnt«, sagte meine Frau. »Lasst mir, was ich habe.«

»Also«, sagte Amiel ernsthaft, »bedeutet das nun, dass Pelso mir nicht geben konnte, was ich brauchte, und das vom ersten Tag unserer Ehe bis zum letzten? Oder bedeutet es, dass ich zum ersten Mal in meinem Leben verliebt bin – in euch beide?«

Marán blickte zu Amiel auf. »Kann ich nicht sagen«, meinte sie. »Aber ich weiß, dass ich *dich* liebe. Und ich möchte einen Kuss.«

Ihre Lippen trafen sich und klebten aneinander fest. Ich fragte mich, wie das wohl sein mochte für Amiel. Und für meine Frau.

Eines Abends kam Marán mit einem Päckchen in mein Arbeitszimmer. »Das hier betrifft Amiel nicht«, sagte sie. »Nur uns beide. Es kam heute Nachmittag von meinem Bruder Praen.« Sie kippte mir den Inhalt des Päckchen auf meinen Tisch. Es handelte sich um einen einseitigen Brief und drei gelbe Seidenstricke, die ich auf der Stelle erkannte – die Würgestricke der Tovieti. »Praen hat die hier auf unserem Land gefunden«, fuhr sie fort. »Ihre ehemaligen Besitzer haben keine Verwendung mehr für sie. Er schreibt außerdem, dass zwölf ihrer Freunde denselben Lohn bekamen wie diese drei.«

Ich wurde wütend. Praen hatte meine Warnungen also in den

Wind geschlagen; er und die anderen hatten eigene Büttel eingestellt.

»Da ist etwas, was du wohl nicht verstehst, Damastes«, erklärte
Marán. »Ich mag ja zornig auf meine Familie sein, auf meine Brüder, manchmal machen sie mich ja auch wirklich verrückt. Aber das
bedeutet nicht, dass ich keine Agramónte bin.«

»Das habe ich auch nie gedacht«, sagte ich.

»Ausgezeichnet. Dann wirst du ja wohl verstehen, was es für
mich bedeutet, solches Gesindel auf meinem Land zu haben. Die
mir meine Leute verderben.« Ihre Wangen waren rot, ihr Blick intensiv.

Dieses eine Mal überlegte ich, bevor ich den Mund aufmachte.
»Ist dir je in den Sinn gekommen«, sagte ich so milde, wie ich nur
konnte, »dass Praen sich vielleicht geirrt haben könnte? Dass vielleicht einer, vielleicht sogar mehrere dieser Leute, die er da abgeurteilt und hingerichtet hat, unschuldig gewesen sein könnten?
Dass er auf deren Rechten herumgetrampelt hat wie nur irgendein
Tyrann?«

»*Rechte*«, rief Marán aus. »Ich habe auch meine Rechte. Ich habe
ein Recht auf Frieden, ich habe ein Recht auf mein Leben, ich habe
ein Recht auf mein Land. Wer immer mir dieses Recht zu nehmen
versucht … Tut mir Leid, aber ich schlage so hart zurück, wie ich
nur kann. Wie mein Bruder und seine Freunde es tun.«

»Du hast meine Frage nicht beantwortet.«

»Nein«, gab Marán zu. »Praen könnte sich geirrt haben, obwohl
ich mich frage, was wohl ein Richter gemacht hätte, hätte er fünfzehn Leute mit diesen schrecklichen Stricken gefunden. Ob die Gerechtigkeit des Imperators wohl milder ausgefallen wäre?«

Ich dachte an die Standgerichte zurück, die während der Befriedung Nicias' von Tür zu Tür, von Straße zu Straße gezogen waren und Männer, Frauen und zuweilen auch Kinder umgebracht
hatten, nur weil man ein Stückchen Schnur oder ein unerklärtes
»Beutestück« bei ihnen fand.

»Nein«, antwortete ich wahrheitsgemäß. »Aber die Gerechtigkeit des Imperators ist ein System; ein System, das funktioniert, ein System, das auf Papier geschrieben existiert und nicht im Kopf oder im Schwertarm des Nächstbesten – und die Mehrheit der Leute ist damit einverstanden. Wenn dem nicht so wäre, dann wäre Tenedos nicht auf den Thron gekommen, geschweige denn darauf geblieben, egal ob die Armee nun hinter ihm steht oder nicht.«

»Damastes«, entgegnete Marán scharf, »wir Agramóntes herrschen auf unseren Ländern, wie es uns richtig erscheint, als Könige, als Königinnen, und das seit Jahrhunderten, während der Zehnerrat vor sich hin schusselte. Meinst du, wir haben uns die Mühe gemacht, Missetäter jedesmal bis nach Nicias zu schaffen? Ich erinnere mich noch, wie mein Vater vor den Toren Irrigons zu Gericht saß, Gerichtsbüttel und bewaffnete Gefolgsleute hinter sich, und Leute ins Exil schickte, zum Auspeitschen, und manchmal ließ er auch einen fortbringen und ich habe ihn nie wieder gesehen. Wo liegt der Unterschied zu dem, was Praen jetzt macht?«

Es gab keinen – genau darauf wollte ich ja hinaus. Aber ich hatte keine Lust auf einen Streit.

»Marán«, sagte ich vorsichtig. »Was mich am meisten ärgert, um ganz ehrlich zu sein, ist nicht, was Praen und die anderen da zu treiben scheinen. Aber warum besteht er darauf, es mir unter die Nase zu reiben? Will er, dass ich damit zum Imperator gehe, wie ich es ihm angedroht habe?«

»Natürlich nicht«, sagte Marán. »Vielleicht will er einfach, dass du endlich aufwachst und siehst, wer du bist, verdammt noch mal. Damastes, du bist nicht nur mein Gemahl, du bist auch Graf Agramónte. Früher oder später werden wir Söhne haben, und du wirst ihnen beibringen müssen, was der Name bedeutet, was er wert ist, wie stolz er ist.

Du wirst ihnen beibringen müssen, dass sie Macht über Leben und Tod haben, egal was das Gesetz in Nicias, das schließlich weit weg ist von unserem Land, sagt. Praen versucht dir zu zeigen, was du zu werden hast!«

Ich sah sie an und sah die weite Kluft zwischen uns, für die Jahre, Reichtum, Vorstellungen von Tradition, Macht, Leben und Tod sorgten, eine Kluft, die ich nie verstehen, geschweige denn akzeptieren oder gar überschreiten würde. Mein Zorn legte sich und mit einem Mal war mir merkwürdigerweise zum Heulen zumute.

Gerüchte über die Maisirer kamen auf: dass sie ihre Armen wie Tiere behandelten; dass jedes von ihnen eroberte Land unter den Stiefeln ihrer Soldaten zugrunde ging; dass sie unsere gemeinsame Religion durch Menschenopfer und die Schändung von Jungfrauen pervertiert hatten; Gerüchte über die vollkommene Schlechtigkeit und Perversität ihrer herrschenden Klasse, König Bairan allen voran; und so weiter und so fort. Nicht eines davon war es wert, wiederholt oder gar archiviert zu werden; es handelte sich durch die Bank um genau den Mist, wie er über einen Feind eben in Umlauf zu sein pflegt – kurz vor einem Krieg.

Die dicht bevölkerte Küstenregion von Hermonassa, der direkt westlich an Dara anschließenden Provinz, wurde von einer Katastrophe heimgesucht – der Pest. Man wachte frühmorgens auf und hustete unkontrollierbar. Dann setzten brennendes Fieber und lähmende Bauchschmerzen ein. Das Opfer blutete aus allen Körperöffnungen, bekam Krämpfe und war noch vor dem Abend tot. Jeder um das Opfer herum wurde infiziert und fast alle starben daran. Einige überlebten, aber bevor sie wieder gesund wurden, wünschten sie sich hundertmal, gestorben zu sein.

Die Pest schlug hier zu, tags darauf zwanzig Werst weiter, am nächsten Tag dann auf der anderen Seite der Provinz. Nichts schien sie aufhalten zu können. Hermonassa geriet in Panik und die Panik breitete sich über die Grenze nach Dara und dann bis nach Nicias aus. Hier würde die Pest als Nächstes zuschlagen. Viele Leute flohen aus der Hauptstadt irgendwohin, wo sie sich sicher wähnten. Aber die Krankheit kam nicht; sie schien sich damit zu begnügen, an den Grenzen von Hermonassa zu wüten.

Eine noch schlimmere Epidemie begleitete sie: die Seuche der Dummheit und der Inkompetenz. Der Gouverneur von Hermonassa und seine Regierung waren schon in den ersten Tagen gestorben, fast so, als hätte die Krankheit die Fähigkeit, uns an den heikelsten Punkten zu treffen, und die Leute, die sie ersetzten, waren unfähig und völlig verwirrt. Die Medikamente, die Tenedos hinschicken ließ, gingen verloren oder wurden gestohlen. Zauberer und Ärzte wurden von Regenfällen aufgehalten oder von Kutschern, die sich weigerten, nach Hermonassa zu fahren, egal ob man sie nun bedrohte oder bestach.

Numantia reagierte mit offenem Herzen, schickte Nahrung, Kleidung und Arbeiter in die notleidende Provinz. Aber nichts schien die betroffene Gegend zu erreichen. Das Getreide verrottete auf den Docks oder verdarb auf dem Weg. Kleidung wurde in Lagerhäusern verschlampt und erst viele Zeiten später wiedergefunden. Selbst die Dekrete des Imperators wurden ignoriert oder nicht durchgesetzt und Tenedos raste vor ohnmächtiger Wut.

Unordnung und Pöbelherrschaft breiteten sich in Hermonassa aus, so dass ich mich das Kriegsrecht zu verhängen gezwungen sah. Selbst die Armee blieb von der Geißel der Inkompetenz nicht verschont und vertrauenswürdige Einheiten zerfielen wie untrainierte Rekruten bei ihrer ersten Schlacht. Offiziere verstanden Befehle falsch, führten sie nicht ordnungsgemäß aus oder weigerten sich.

Ich schickte handverlesene Dominas aus, Männer, deren entschlossener Mut selbst Stein zerschmettert hätte, mit der Order, in der Armee wieder für Ordnung zu sorgen, und zwar egal wie. Schließlich tat ihre Brutalität denn auch ihre Wirkung und die geläuterten Soldaten marschierten in der Provinz ein.

Langsam legte die Pest sich wieder und wurde zur Erinnerung. Aber es waren mehr als eine halbe Million Numantier gestorben. Wir opferten sämtlichen Göttern, einschließlich der gefürchteten Saionji, aber nicht ein Seher fand heraus, was Numantia und Hermonassa getan haben sollten, um eine solche Strafe zu verdienen.

Bis auf den heutigen Tage weiß es keiner. Das heißt keiner außer mir und ich brauchte lange, um den schrecklichen Grund zu erfahren.

Eine Geschichte kam auf, bei der es sich nicht um ein Gerücht handelte: König Bairan wies drei Angehörige der numantischen Botschaft in Jarrah wegen Spionage aus. Der Imperator reagierte darauf mit der Schließung der maisirischen Botschaft; das Personal wurde samt und sonders unter militärischer Eskorte an die Grenze gebracht.

Neugierig ritt ich an der mit Läden verschlossenen Botschaft vorbei, als die Maisirer aufbrachen. Der Letzte, der sie verließ, war der Botschafter, Baron Sala, selbst.

Er blieb vor dem kleinen Flaggenmast stehen und nahm höchstpersönlich die maisirische Flagge ab. Sein Stab senkte die Häupter dabei. Er faltete die Flagge sorgfältig auf militärische Art und wandte sich dann einer Equipage zu.

Er sah mich und wir starrten einander an. Sein Gesicht war müde und abgespannt. Er grüßte mich nicht noch ich ihn. Baron Sala stieg in seine Kutsche, ein Lakai schloss den Schlag und sprang auf das Trittbrett, als die Equipage anfuhr. Die Kriegstrommeln wurden immer lauter.

»Ich erwartete«, so sagte der Imperator herzlich, »von deinen Garden inspiriert, ach was, überwältigt zu werden.« Es war warm, die Zeit des Taus war fast vorbei, die Zeit der Geburten stand kurz bevor, und ein Lüftchen zupfte an seinem Bart und meinem frei hängenden Haar.

Wir standen auf dem Vorderdeck des eben vom Stapel gelaufenen kaiserlichen Kurierschiffs *Kan'an*, das mit voller Fahrt auf Amur zuhielt, wo der Imperator und ich Zeuge des ersten ausgewachsenen Manövers des Ersten Kaiserlichen Gardekorps werden sollten.

»Meine Garden, was?«, sagte ich.

»Natürlich sind sie im Augenblick deine Garden«, antwortete Tenedos. »Ich gehe vom schlimmsten Fall aus. Wenn alles gut geht und die Einheit wie am Schnürchen funktioniert, dann mache ich *meine* Garde daraus. Hast du noch immer nicht verstanden, wie das in einer Rangordnung zugeht und dass Kacke immer nach unten läuft? Ach, übrigens, wer spielt den Feind gegen die Garden?«, fragte er.

»Unfertige Rekruten, die wir zu einer provisorischen Einheit zusammengefasst haben«, erklärte ich. »Als Offiziere und Kader hat Yonge mir zwei Regimenter seiner Kundschafter zur Verfügung gestellt.«

»Ich sehe nicht, wie diese Spitzbuben eine große Bedrohung gegen voll ausgebildete Soldaten in Formation darstellen sollen.«

»Ehrlich gesagt, Sir, das sollen sie auch gar nicht.«

»Ach?«

»Man reißt einem Pferd auch nicht gleich das Maul blutig, wenn man es zum ersten Mal an die Kandare nimmt«, sagte ich. »Ich will, dass die neue Garde stolz von dannen zieht mit dem Gefühl, etwas gelernt zu haben. Und dann werden Petres Ausbilder ihnen zeigen, wie viel mehr sie noch zu lernen haben.«

»Gut. Sehr gut«, meinte der Imperator. »Und schließlich wird die richtige Schlacht ihnen zeigen, dass sie letztlich absolut nichts wissen.«

Ich lächelte wehmütig und pflichtete ihm mit einem Kopfnicken bei.

»Dann spricht also nichts dagegen, dass *deine* Garde in drei Tagen die *meine* wird«, sagte der Imperator. Er streckte sich lachend.

»Ah, Damastes, mein Freund. Wie gut es mir, nein, wie gut es uns beiden doch tut, von all dem unsinnigen Kleinkram in Nicias wegzukommen. Ich kann dir sagen, es gibt dort nichts als Höflinge um mich herum, die an mir nagen wie die Ratten, oder ich höre mich selbst Tag und Nacht Zaubersprüche leiern. Ich habe mich schon zuweilen gefragt, ob wir wohl deshalb dem Zehnerrat gesagt haben, dass er sich ins Knie ficken und sich verpissen soll.«

In dieser Laune erinnerte der Imperator mich an den charmanten Spitzbuben, dem zu dienen ich vor Jahren geschworen hatte.

»Nichts als Höflinge und Zaubersprüche?«, fragte ich so unschuldig, wie es nur ging. »Götter, Eure Nächte müssen ja *schrecklich* langweilig gewesen sein.«

269

Der Imperator zog eine Braue hoch. »Durch Schlafzimmerfenster zu gucken steht Euch gar nicht, Erster Tribun. Zum einen bekommt man blutunterlaufene Augen davon. Und nach allem, was ich so gehört habe«, fügte er verschmitzt hinzu, »habt Ihr kaum Grund, so frömmlerisch zu tun, wenn es um das geht, was man so tut, wenn man zu Hause ist.«

Der Imperator hatte also von unserer Affäre gehört. Ich zuckte die Achseln und er klopfte mir auf die Schulter.

»Apropos Hof«, fuhr er fort, die Stimme sofort wieder ernst. »Wie ich höre, ist so mancher der Ansicht, mein Palast sei dekadent geworden. Dass ich mir zu viele Schurken in goldener Spitze und Huren in Seide halte. Aber ich weiß schon, was ich mache. Die Leute mögen nun mal das Spektakel und ich halte es für wichtig, es ihnen zu bieten. Außerdem herrsche ich über das größte Reich überhaupt, und ich meine, zu einem Reich gehört nun mal Prunk. Sollen wir wie graue Mäuse in hausgesponnener Wolle herumhuschen und in Höhlen hausen?

Nein«, fuhr er fort. »Edelleute, die edel leben, sind eine Inspiration für das Volk, vor allem für die Menschen, die weniger begünstigt sind. Ähnlich ist es mit marschierenden Stiefeln und Trommelwirbeln. Wem beim Anblick marschierender Soldaten das Blut nicht in Wallung kommt, dessen Seele ist tot. Man würde ihm einen Gefallen tun, ihn aufs Rad zurückzuschicken.«

Zu meinem Glück kam Domina Othman, Tenedos' Adjutant, mit einer Frage herbeigeeilt, sonst hätte ich dem Imperator womöglich antworten müssen. Ich mochte ja ein Krieger sein, aber ich wusste, dass die meisten Menschen das Schnarren einer Trommel mit Angst und Schrecken hören; sie sehen das dunkle Blut, das gleich vergossen wird, die tosenden Flammen dort, wo einst friedliche Städte waren, die Frauen ohne Männer, die Kinder ohne Väter und Mütter, die Saionjis Manifestation Isa, der Kriegsgott, mit sich brachte.

Mein Imperator, so fürchtete ich, hatte die Realität vergessen und sich, als wahrer Verehrer Saionjis, in den Krieg verliebt.

Das Manöver war eine absolute Katastrophe – für die Garde. Der Plan war einfach: Das Gardekorps sollte in drei Elementen in Linie vorrücken, bis es zum Treffen mit dem »Feind« kam. Konventionellen Taktiken nach hätte das vorgezogene Element den Feind gebunden, während das zweite und dritte Element ihn einzukesseln und zu vernichten versuchte.

Ich jedoch hatte eine andere Strategie ersonnen, die sich eher für die schnelle, mobile Kriegführung in den weiten, offenen Ebenen Maisirs eignete. Das erste Element diente dabei immer noch dazu, den Feind festzuhalten, das zweite und das dritte jedoch sollten die Schlacht umgehen und einen Schlag gegen das Hauptquartier in der Etappe führen. Das würde den Feind entweder zur Kapitulation zwingen, zerbrechen oder zu einem Verteidigungsring zwingen, an dem die Schlacht sich vorbeidrücken konnte. Das Korps, das auf die Speerspitze folgte, konnte dann lange genug anhalten, um die Stellung zu zerstören.

Nur fiel das erste Element zurück, anstatt standzuhalten. Das zweite Element verfing sich im ersten, und das dritte wich so weit aus, dass es nicht mehr zurück auf die festgelegte Achse des Vormarsches fand.

Der Imperator und ich standen im Kommandozelt des Korpsgenerals Aguin Guil und sahen ihm dabei zu, wie er die Kontrolle über fünfzehntausend Mann verlor. Unsere veralteten Karten waren voller Symbole, die kein Mensch zu deuten wusste, Melder huschten hin und her, Stabsoffiziere schrien, und General Guil stand mitten in dem Chaos, während sich sein Mund öffnete und schloss, ohne dass ein Ton herauskam.

Er hätte nach Ruhe rufen und fünf Minuten aus dem Zelt gehen und tief durchatmen sollen, um sich zu beruhigen. Dann hätte er sich das Schlachtfeld vor sein geistiges Auge rufen, sich vorstellen sollen, wo seine Kräfte standen oder stehen sollten, um dann wieder hineinzugehen, um seine Befehle zu geben.

Aber er stand hilflos da, während sein Mund schnappte, als sei er ein gestrandeter Fisch. Ich wollte helfen, wusste aber, dass das nicht ging. Wenn der General ein General werden wollte, dann musste er lernen, dass ich nicht da wäre, wenn er einmal die Kontrolle verlor – und dazu kommt es nun mal fünf Minuten nach Beginn einer Schlacht.

Dem Imperator jedoch war das nicht klar. »Ruhe«, brüllte Tenedos, und wie eine Welle breitete die Stille sich aus, nur ein Capitain mit weit aufgerissenen Augen brabbelte noch einige Sekunden weiter, bis ihm klar wurde, dass seine Stimme das einzige Geräusch im Zelt war. »Also«, sagte der Imperator, »es gilt jetzt, die Lage zu retten. Schickt nach … Wer ist der Domina des Ersten Flügels?«

»Tanagra, Sir.«

»Gut. Ihr da, Melder. Reit er die Straße hinauf, bis er Domina Tanagras Standarten sieht. Sag er ihm …«

Ich sollte den Befehl des Imperators Tenedos nie erfahren, da plötzlich Rufe zu hören waren, Geschrei und Gebrüll, dann donnerten auch schon fünfzig Reiter ins Lager, deren Säbel Zeltschnüre kappten, während sie die Garden niederritten, die in alle Richtungen davonliefen. Ihr Anführer rutschte aus dem Sattel, lief ins Zelt und rief: »Ihr seid alle meine Gefangenen! Ergebt euch, oder ihr seid des Todes!« Es war einer von Yonges Legaten. Drei Bogner sprangen, stumpfe Pfeile im Anschlag, neben den »feindlichen« Offizier.

»Den Teufel sind wir!«, bellte Guil und griff nach dem Schwert. Sachte schlug ihm ein Pfeil gegen die Brust.

»Tut mir Leid, Sir«, sagte der Legat, ohne dass man seiner Stimme ein Bedauern angehört hätte, »aber Ihr seid damit tot.« Er wandte sich nun dem Imperator und mir zu. »Jetzt zu Euch beiden. Keinen –« Seine Stimme versagte mit einem Quieken, als er den Imperator erkannte. Einen Augenblick lang wäre er beinahe niedergekniet, bevor ihm die Rolle einfiel, die er zu spielen hatte. »Eure Majestät! Ihr seid gefangen. Keine Bewegung!«

Tenedos lief puterrot an. Sein Blick sprang den Mann an. »Das«, so begann der Imperator, seine Stimme wie Donnerhall, »ist doch völlig absurd! Ich …«

Er musste mein instinktives Kopfschütteln gesehen haben, da er sich fing. Auf der Stelle hatte er seinen Zorn unter Kontrolle. Das Zähnefletschen wurde zu einem Lächeln, dann lachte er los. Womöglich war ich der Einzige, der wusste, wie falsch dieses Lachen war.

»Absurd«, fuhr er fort. »Und gute Arbeit, Legat. Ihr scheint die Schlacht gewonnen zu haben und damit, wie ich annehme, den Krieg. Verdammt wenige Armeen kämpfen weiter, wenn ihr Imperator in den Händen des Feindes ist. War das Eure Idee?«

»Jawohl, Sir.«

»Ihr seid ab sofort Capitain. Der Oberen Hälfte.«

Wir verloren eine Schlacht und das Manöver, aber den eigentlichen Sieg trug an diesem Tag der Imperator davon.

»Männer der Garde, lauscht Eurem Imperator.« Tenedos' Stimme donnerte über die Ebene. Er stand auf einer kleinen Tribüne, zehn Fuß über dem angetretenen Ersten Gardekorps. »Ich bin gekommen, um zu sehen, was für Soldaten ihr seid«, fuhr er fort. »Und jetzt weiß ich es. Ihr denkt, ihr habt eure Sache nicht gut gemacht, und in gewisser Hinsicht stimmt das natürlich auch. Aber das Blut, das heute vergossen wurde, war nicht echt. Die Leben, die heute gelassen wurden, gingen nicht an Saionji.

Diese Schlacht kann wiederholt und gewonnen werden, wenn wir es wollen. Was ihr euch während der letzten Tage aneignen solltet, war die Kenntnis dessen, wer ihr seid. Ihr seid jung, ihr seid stark und ihr lernt. Keiner von uns – weder ihr noch ich – lernt, ohne Fehler zu machen. Gestern wurde ein Fehler gemacht. Lacht darüber, denn er verdient es, belacht zu werden. Aber lernt aus ihm, denn es ist auch eine großartige Lektion.

Ihr seid die ersten, die den Namen Garde tragen. Es werden andere hinzukommen. Nach euch. Ihr müsst jetzt härter üben, härter arbeiten, auf dass, solange es eine Armee in Numantia, solange es ein Gardekorps gibt, jeder Soldat weiß, das Höchste an Pflichterfüllung, die höchste Ehre, die er erreichen kann, ist es, so gut zu kämpfen wie ihr. Ich salutiere euch, Numantier, Männer der Garde. Ihr seid mein … so wie ich der eure bin.

Heute stehen wir erst am Anfang. Vor uns liegt nichts als Ehre und Ruhm.«

Er salutierte, und das Gardekorps jubelte ihm zu, bis ich dachte, es würde ihnen die Lunge zerreißen – als wollten sie ihre Schmach hinter diesem Wall von Lärm verstecken.

Ich hatte einen weiteren Grund dafür gesehen, weshalb der Imperator der Imperator war. Diese alberne Niederlage in einem Kriegsspiel irgendwo in der Wüste stählte die Erste Garde womöglich mehr als ein Sieg.

»Ich hätte diesen Schlappschwanz in eine Kröte verwandeln sollen«, knurrte der Imperator.

»Ich wusste nicht, dass Ihr die Macht dazu habt«, sagte ich.

»Habe ich auch nicht. Aber ich hätte schon irgendwo einen Spruch aufgetrieben.«

»Ach übrigens, von wem sprechen wir eigentlich? Von dem Legaten?«

»Von dem auch. Aber ich meinte Guil. Ich hoffe, Saionji röstet seine Vorhaut auf einem heißen Feuer, wenn sie ihn auf das Rad zurückholt!«

»Wollt Ihr ihn abgesetzt sehen?«, fragte ich.

Es kam zu einer langen Stille. Der Imperator seufzte.

»Meinst du, es gebühre ihm?«

»Ich weiß nicht«, erwiderte ich. »Er hat das Gefühl für die Schlacht verloren. Aber ich kenne keinen, dem das nicht schon so ergangen wäre. Ihm ist es eben zu einem Zeitpunkt passiert, an dem es etwas peinlich war.«

»Peinlich, bei meinem linken Hoden«, erklärte der Imperator. »Eine verdammte Demütigung war das.«

»Vor allem für mich«, bemerkte ich. »Das hat mir gezeigt, was passiert, wenn ich erst einmal Leuten wie Euch in ein Zelt folge.«

Der Imperator sah mich finster an, dann änderte sich seine Stimmung und er begann zu lachen. »Nein. Setz ihn nicht ab«, sagte Tenedos. »Meine Schwester steht damit in deiner Schuld. Aber sieh zu, dass er was lernt. Ich möchte das nächste Mal nicht dabei sein.«

»Es wird kein nächstes Mal geben«, versprach ich. »Nicht für ihn, nicht für dieses ganze von den Göttern verdammte Korps.

Ich lasse es von Mercia und seinen Ausbildern rannehmen, bis ihnen das Blut aus Augen und Nägeln kommt. Ich gebe die Order heraus, sobald wir wieder in Nicias sind.«

»Nichts wirst du«, sagte der Imperator. »Du bist beurlaubt.«

»Warum? Ich bin ja vom letzten Urlaub kaum wieder richtig da.«

»Sieht so aus, als sei eine gewisse Dame bei mir vorstellig geworden, bevor wir abgereist sind. Eine gewisse Gräfin Agramónte. Sie bat um einen Gefallen. Sie sagte, auf ihren Ländereien feiere man zur Aussaat des Getreides ein bestimmtes Fest. Sie sagt, es sei ein Brauch, der auf eine Zeit zurückgeht, in der es die Agramóntes noch nicht einmal gab. Und dass die Leute es für das schlimmste Unglück halten, wenn ihr Herr dazu nicht anwesend ist.«

Es war das erste Mal, dass Marán den Imperator je um einen Gefallen gebeten hat. »Da ist schon was dran, Sir«, stimmte ich ihm zu. »Aber ich habe es dreimal versäumt, seit wir verheiratet sind, weil ich für Euch irgendwo in den Grenzstaaten herumgestöbert habe.«

»Schrecklich«, meinte der Imperator. »Der Brauch bindet die Bauern an ihren Herrn. Dieses Jahr versäumst du es nicht.«

»Wenn Ihr es sagt, Sir.«

»Außerdem habe ich es Marán versprochen. Und Jaen weiß, deine Frau ist sehr schön und ich habe mein Versprechen einer schönen Frau gegenüber noch nie gebrochen.« Er starrte auf den Latane hinaus und einmal mehr veränderte sich seine Stimmung. »So ist also die Erste Garde doch noch nicht so weit, wie ich gehofft hatte«, sagte er finster. »Und das bedeutet, bei keinem der anderen Korps ist an große Manöver auch nur zu denken.«

»Ich fürchte nicht, Sir«, bestätigte ich ihm.

Er sagte etwas sehr Merkwürdiges: »Saionji sei Dank, dass ich uns eine kleine Galgenfrist verschafft habe.«

»Wie meinen, Sir?«

»Nichts«, antwortete er und änderte hastig das Thema. »Schau. Da draußen. Ist das Kind da auf dem kleinsten Floß der Welt oder wandelt es auf dem Wasser? Dann sollten wir sofort zu beten beginnen.«

Amiel und Marán warteten am Hafen, als wir von Bord gingen – man hatte unsere Abreise aus Amur per Heliographen in die Hauptstadt signalisiert. Trotz des Wetters – ein leichter Lenzdunst, der fast schon ein Regen war – fuhren sie in einer offenen Equipage mit Leinwanddach. Marán trug eine fidele Miene zur Schau; Amiel blickte ärgerlich drein. Ich fragte mich, was passiert war. Ich blickte genauer hin und sah einen dünnen Schweißfilm auf Amiels Gesicht.

»Hier«, sagte Marán und hielt mir etwas entgegen. Ich rollte es auf und sah, dass es sich um einen Damenschlüpfer handelte.

»Deine Frau«, zischte Amiel, »ist ein Flittchen.«

»Das stimmt«, pflichtete ich ihr bei. »Aber wie kommst du darauf?«

Marán begann zu kichern und sagte: »Wir sind brave kleine Mädchen gewesen, während du weg warst. Zwei ganze Wochen, ohne dass wir etwas miteinander angestellt hätten – noch nicht mal allein.«

»Wenn du ohne auskommen musstest, so sollten wir das auch«, ergänzte Amiel. »Genau das haben wir gemacht. Bis heute Morgen.«

Der Aufzug der beiden war so aufreizend, wie man es sich nur vorstellen konnte – kaum dass man sich darin außerhalb des Schlafzimmers sehen lassen konnte. Marán trug einen weiten Rock, der ihr kaum bis über den Schritt reichte, so dass der passende Schlüpfer aus völlig durchsichtiger Seide zu sehen war, dazu eine schwarze Jacke mit nur einem Knopf, der genau zwischen ihren Brüsten und ihrem Nabel saß. Unter der Jacke trug sie nichts.

Amiel trug ein Kleid, das hoch am Hals geknöpft war und sich darunter in einem Halbmond öffnete, der ihr bis unter das Tal zwischen den Brüsten ging. Es schmiegte sich eng um die Hüften und war auf einer Seite geschlitzt.

Marán erklärte, sie habe dafür gesorgt, einen leichten regenfesten Mantel im Wagen zu haben, »für den Fall, dass das Wetter sich verschlechterte.«

»Lügnerin«, unterbrach Amiel sie und nahm die Geschichte dann auf. »Kaum dass wir aus dem Haus waren, zog sie uns den Mantel über den Schoß. Dann fuhr sie mir mit der Hand den Schenkel hinauf und begann mich zu reiben. Ich, na ja, ich ließ sie. Immerhin ist es zwei Wochen her. Irgendwie ist es ihr gelungen, mir den Schlüpfer auszuziehen und ihre Finger in mich zu stecken.

Ich habe mir alle Mühe gegeben, nicht zu schreien, nicht zu zappeln und dafür zu sorgen, dass der verdammte Kutscher nicht sieht, was da vor sich geht. Ich habe ihr gesagt, sie solle aufhören, aber sie wollte nicht. Also habe ich ihr gesagt, sie solle weitermachen, damit ich fertig werden konnte. Kurz bevor ich kam, *hat* sie dann aufgehört. Das Luder!«

»In einem der Bücher, die du mir geliehen hast«, sagte Marán, »habe ich gelesen, das Sex immer besser ist, wenn man eine Weile darauf wartet. Ich wollte dir nur helfen, damit du mir Damastes auch ja nicht enttäuschst.«

»Dann, um Jaens willen, sehen wir doch zu, dass wir nach Hause kommen, bevor es mich zerreißt«, jammerte Amiel.

Kerzen flackerten zu beiden Seiten des Betts. Amiel lag halb auf dem Rücken, auf ein Kissen gestützt, die gespreizten Beine hoch in der Luft. Marán lag auf dem Rücken, an Amiels Geschlecht, während Amiel kräftig Maráns Brüste rieb. Marán hatte die Beine auf meine Schultern gestellt, die Fersen zu beiden Seiten meines Kopfes, während ich ihren Hintern mit beiden Händen von der Matratze hob.

Marán schrie auf, drehte sich mir entgegen und erschlaffte dann. Ihre Beine plumpsten aufs Bett. Nach wie vor in ihr, noch immer hart, lag ich über ihr und Amiels Beinen und suchte mir ein Kissen, mit dem sich mein Gewicht abfangen ließ.

»Das«, so sagte ich, als sich meine Atmung wieder beruhigt hatte, »ist womöglich der beste Empfang, den ich je gehabt habe.«

»Ich würde sagen, du solltest öfter weggehen«, flüsterte Amiel. »Aber wir kommen nicht gern ohne dich aus.«

»Was machen wir bloß, wenn es zum Krieg kommt?«, fragte Marán. »Dann musst du uns heimlich mitnehmen. Vielleicht kann ich mir die Haare kurz schneiden lassen und mich als Trommler ausgeben. Aber was ist mit Amiel? Die Titten lassen sich doch nie verstecken!«

»Ich bin sicher, euch beiden fällt etwas ein«, meinte ich. Ich gähnte. »Ich kann euch nicht sagen, wie schön es ist, wieder zu Hause zu sein.«

»Aber nicht für lange«, erinnerte Marán mich. »Das Kornfest steht an. Wir reisen morgen ab.«

»Marán«, sagte Amiel, und das sehr zögernd, »ich glaube nicht, dass ich morgen mit euch mitkommen kann.«

»Was?«, sagte Marán überrascht. »Du musst! Wir haben doch seit Wochen alles geplant!«

»Wie heißt es so schön? Der Mensch denkt und Jaen lenkt? Eine Seherin hat mir gestern bestätigt, was ich bereits wusste. Ich bin schwanger.«

13 *Das Kornfest*

Marán fuhr herum und setzte sich; völlig unbemerkt rutschte ich aus ihr heraus. »Du bist schwanger?«, fragte sie, starr vor Schreck.

»Bereits eine Zeit und dreißig Tage. Die Seherin und ich haben nachgerechnet. Es ist in der Festivalnacht passiert, der ersten Nacht, in der wir drei zusammen gewesen sind.«

Marán starrte ihre Freundin an, und einen Augenblick lang glaubte ich, einen unaussprechlichen Hass über ihr Gesicht blitzen zu sehen, aber es war so schnell vorbei, dass ich mir nicht sicher war, ob ich im Kerzenschein richtig gesehen hatte. Sie holte tief Luft.

»Das ist ja vielleicht eine Überraschung.«

»Ich hatte gehofft, ich wäre nur zu spät dran«, sagte Amiel. »Aber in Wirklichkeit wusste ich, dass dem nicht so war. Ist es nicht komisch, Damastes – all die Jahre, die Pelso und ich ein Kind zu machen versuchten. Und dir gelingt es beim ersten Versuch. Dein Samen ist wohl besonders stark.«

Ich verbarg meinen Schmerz. Amiel hatte genau das Falsche gesagt in Anbetracht all der Male, die Marán und ich versucht hatten, ein Kind zu machen.

»Also«, fuhr Amiel nach einer Weile fort, »genau deshalb kann ich nicht mit nach Irrigon.«

»Das verstehe ich nicht«, sagte ich. »So weit bist du nun auch wieder nicht. Hat die Seherin gesagt, es gibt ein Problem?«

»Nein, nein«, sagte Amiel. »Mir geht es ausgezeichnet. Aber ich hätte gern ein paar Tage, um mich von der Behandlung zu erholen.«

»*Was?*«, entfuhr es Marán.

»Ich bin doch schon ein Skandal«, erwiderte Amiel. »Das würde alles nur noch schlimmer machen.« Sie zuckte die Achseln. »Also

279

werde ich mich darum kümmern. Ich musste es schon einmal tun, vor langer Zeit, als ich noch jung war.«

»Du meinst ... du willst das Kind abtreiben lassen?«, fragte Marán.

Amiel nickte. Ich wollte schon etwas sagen, verkniff es mir aber.

»Willst du denn das Kind nicht?«, fragte Marán scharf.

Amiel lächelte wehmütig. »Natürlich hätte ich gerne ein Kind. Ein Kind von Damastes dem Schönen? Einem Mann, der mich mit offenen Armen hier aufgenommen, mich immer als Freundin behandelt und besser geliebt hat als irgendjemand zuvor. Die Seherin sagt, sie ist sich sicher, dass es ein Mädchen ist. Wer wünschte sich nicht so ein Kind? Ich wollte schon seit einigen Jahren eines, seit mir klar wurde, dass meine Zeit knapp wird.«

»Dann wirst du das Kind auch haben«, sagte Marán entschieden. Ihr fiel ein, dass ich auch noch da war. »Tut mir Leid, mein Gemahl. Ich habe noch nicht einmal daran gedacht, dich zu fragen.«

»Das brauchst du auch nicht«, antwortete ich und es war aufrichtig gemeint. Wir würden damit das Kind bekommen, das wir uns beide gewünscht hatten, und es war mir völlig egal, was der Rest der Welt sagte oder dachte. Nicht dass ich eine große Wahl gehabt hätte – nicht wenn ich beim Rasieren noch in den Spiegel sehen wollte.

»Amiel, wir haben dir einmal gesagt, dass du hier willkommen bist«, erklärte ich. »Ich sage es noch einmal. Willkommen für immer. Wir werden so weiterleben. Zu dritt.« Ich hielt Marán die Hand hin. Amiel umfasste unser beider Hände; Tränen liefen ihr übers Gesicht.

»Ich danke euch. Ich wagte gar nicht, daran zu denken ... Ich danke euch. Ich danke euch, Jaen, Irisu.«

»Der Imperator hat Damastes und mich in der Ehe verbunden«, sagte Marán. »Er hat zu den Göttern und Göttinnen gebetet, unsere Verbindung zu segnen. Ich bete zu denselben Göttern für uns drei.«

»Ich auch«, sagte ich heiser.

»Und ich«, flüsterte Amiel.

»Jetzt lasst uns den Bund besiegeln«, sagte Marán. Zärtlich nahm sie Amiels Kopf in die Hände und küsste sie lange und fest. Die beiden fielen um, die Beine ineinander verschlungen, und rieben sich aneinander, als ihre Leidenschaft wuchs. Marán nahm ihre Lippen von Amiels Mund.

»Damastes, komm, liebe uns. Liebe uns beide. Und wenn du kommst, dann komm in uns beiden. Wir sind jetzt für alle Zeit drei.«

Die beiden Frauen ritten hinter mir und unterhielten sich aufgeregt über die Ausstattung der Kinderzimmer in unseren drei Palästen, ob es besser wäre, sie alle drei gleich einzurichten oder in verschiedenen Stilen, damit das Kind etwas über Vielfalt erfuhr.

Karjan ritt neben mir; auf unseren Flanken hatten wir zwanzig meiner Roten Lanciers, auch diesmal wieder unter dem Kommando von Legat Segalle.

Ich hatte ein wenig Hunger und großen Durst und freute mich schon auf unser Mittagsmahl. Wir waren seit einigen Tagen unterwegs und hatten vor zwei Stunden die Grenzen der Agramóntes passiert. Marán und ich hatten es uns zur Gewohnheit gemacht, in Caewlin einzukehren. Es war ein wunderbares kleines Dorf mit vielleicht hundert Einwohnern, nur wenige Tage von Irrigon entfernt. Es gab einen Kaufmann – bei dem es alles gab von Gewürzen bis hin zu Bohnen, und das alles gegen Kredit auf die Ernte –, eine Dorfhexe und eine ausgezeichnete Schenke, die berühmt war für ihren Bauernschinken, ihr frisch gebackenes Brot, das selbst gebraute Ale und den von der Wirtin mit selbst gezogenen Kräutern gewürzten Salat. Wir hatten den Garten mit exotischen Kräutern aus der Hauptstadt erweitert und nun drohte er die Taverne zu überwuchern.

Ich hätte sofort sehen sollen, dass etwas nicht stimmte, als wir um die letzte baumgesäumte Kurve kamen, da ich weder spielende Kinder sah, noch das Muhen der Rinder oder das Geschnatter der Gänse zu hören war. Nur dass ein Teil meines Verstands mit meinem Magen und der Rest mit der weiteren Verbesserung des Gardekorps beschäftigt war.

Dann ritten wir auch schon in die Wüstenei ein. Das Dorf war völlig zerstört. Die sauberen Strohdächer waren verschwunden, während das Mauerwerk umgestürzt unter dem gleichgültigen Himmel lag. Caewlin hatte gebrannt, dann hatte der Regen das Feuer gelöscht. Die Fenster der Taverne waren eingeschlagen, die Tür lag, aus den Angeln gerissen, im Hof. Man hatte den hübsch bemalten Zaun um den Garten umgestürzt, dann hatten Pferde die Pflanzen zertrampelt. Überall lagen Leichen herum, einige Tierkadaver, aber vor allem Menschen. Sie waren bereits gut eine Woche tot, schätzte ich, lange genug, um sich aufzublähen und schwarz zu werden, so dass sie, den Göttern sei Dank, nicht mehr zu erkennen waren.

Amiel stockte der Atem, Marán fluchte, obwohl es auch gut ein Gebet hätte sein können.

Meine Soldaten hatten die Lanzen gesenkt, obwohl nichts mehr zu befürchten war, denn um uns herum war nichts außer dem Tod und dem trockenen Gesumm der Fliegen in der Stille des Lenzes.

»Wer …« Amiel versagte zunächst die Stimme, bevor sie weitersprechen konnte. »Wer war das? Warum?«

Legat Segalle deutete auf einen Baum mit einer breiten Steinbank rundherum, ein Baum, der als Dorftreffpunkt gedient hatte. An den Stamm genagelt sahen wir einen ramponierten, aufgedunsenen Kopf, der gerade noch als der eines Menschen zu erkennen war. Ich konnte nicht sagen, ob er einer Frau oder einem langhaarigen Mann gehört hatte. Darunter hatte man einen Dolch in den Stamm getrieben, um dessen Griff eine gelbe Seidenschnur geknotet war.

»Das waren Tovieti!«, sagte Segalle.

»Nein«, widersprach ich. »Andersherum. Jemand hat die Leute hier für Tovieti gehalten. Ich habe einen gewissen Verdacht, wer der Mörder ist – oder besser wer den Tod dieser Leute befohlen hat.«

Marán wandte sich ab, hielt dann meinem Blick jedoch tapfer

stand. »Wenn die Leute Tovieti waren«, sagte sie, »dann haben sie bekommen, was sie verdient haben.«

»Tovieti, Herrin?« Es war Karjan. »Meint Ihr, dass das hier ein Tovieti war?« Er wies auf die Leiche eines Babys, das mit dem Gesicht im Staub lag. Man hatte dem Kind den Schädel eingeschlagen, außerdem befand sich ein dunkler Fleck an dem Baum.

Maráns Gesicht lief rot an vor Zorn. »Ihr«, fuhr sie ihn an, »Ihr schweigt gefälligst still!« Sie drehte sich zu mir um. »Kannst du deinen Leuten den Mund nicht verbieten?«

Ich starrte die Kindsleiche unverblümt an, dann wieder Marán. Sie erwiderte meinen Blick, senkte aber dann die Augen. Schweigend ritten wir weiter.

Der Rest der Reise hatte mit dem ersten Teil nichts mehr zu tun. Marán und ich sprachen nur miteinander, wenn es unbedingt nötig war, und Amiel schwieg. Als wir an einem Gasthaus hielten, schliefen wir in getrennten Kammern. Die Reise schien endlos, aber schließlich kamen wir um die letzte Biegung und sahen Irrigon.

Vor dem Haupthaus angebunden standen dreißig Pferde. Sie waren noch gesattelt und zeigten alle Spuren eines gewaltigen Rittes. Eines davon war ein schlankes Vollblut, das mir bekannt war. An den meisten Sätteln hingen Bogenhalter, um die Satteltaschen die Köcher dazu. Einige hatten Speergehänge unter den Steigbügeln, viele Satteltaschen waren prall gefüllt, ebenso die Mantelsäcke und Rollen, in denen sich ganz offensichtlich Beute befand. Mir gingen die Gäule durch.

»Legat!«

»Sir!«

»Lasst die Lanciers absitzen. Kampfbereit! Jeder, der uns bedroht, wird niedergemacht! Vier Männer beschlagnahmen die Pferde!«

»Sir!«

Zwei Männer in Rüstung spähten aus dem Haupteingang, sahen meine Soldaten, gaben Alarm und liefen, die Schwerter ziehend, herbei.

»Legat!«

»Feuer!«, rief Segalle. Bogensehnen sangen und die beiden rutschten, gefiederte Pfeilschäfte in der Brust, die Treppe herab. Weitere Männer kamen herausgelaufen und schrien. Meine Stimme übertönte sie alle.

»Ruhe!« Und schon wurde es still. »Ihr alle«, befahl ich, »legt die Waffen nieder, oder ihr seid des Todes! Ich zähle bis fünf! Eins ...«

»Diese Männer gehören zu mir«, brüllte eine andere Stimme, dann kam Maráns Bruder Praen aus dem Haus. Er trug Reitausrüstung, Brustpanzer und Schwertgurt.

»Ich habe Stille befohlen«, rief ich. »Graf Agramónte, kommt meinen Männern noch einmal in die Quere und Ihr habt die Folgen zu tragen! Zwei! Drei!«

Schwerter plumpsten zu Boden, Männer lösten die Gürtel und warfen sie weg.

»Hände hoch«, befahl ich.

»Damastes«, mischte sich Marán ein.

»Ich habe Stille befohlen!«

Sie gehorchte.

»Legat, bringt die Männer hier in die steinerne Scheune da. Holt alle Tiere heraus und alles, was sich als Waffe benutzen lässt. Sichert und bewacht die Türen, bis sie vernagelt sind.«

»Jawohl, Sir.«

»Ich habe gesagt, diese Männer stehen unter meinem Befehl«, rief Praen. »Du hast kein Recht –«

»Graf Agramónte«, sagte ich. »Ich bin ein Offizier des Imperators. Diese Männer haben eine Reihe schrecklicher Verbrechen begangen, und ich beabsichtige, sie in die nächste Stadt zu bringen, sie dort den Bütteln zu übergeben und sie unter Anklage zu stellen. Genau so, wie ich es Euch gesagt habe.«

»Anklage? Weswegen? Ungeziefer vernichtet zu haben?«

»Mord, Sir.«

»Das kannst du nicht!«

»Und wie ich das kann! Und ich werde es tun«, erklärte ich. »Darüber hinaus werde ich mir noch überlegen, ihren Anführer unter Anklage zu stellen.«

»Zu den Teufeln mit dir! Diese tapferen Männer sind Soldaten und sie haben mir geholfen, das Land von Verrätern zu befreien! Tovieti! Siehst du denn nicht, dass sie nur Gutes getan haben? Oder bist du selbst einer von diesen Kerlen mit dem gelben Strick?«

»Legat«, sagte ich, »dieser Mann ist ganz offensichtlich nicht richtig im Kopf. Er befindet sich auf Grund und Boden, auf dem sich aufzuhalten er ohne meine Erlaubnis nicht das Recht hat. Nehmt zwei Männer und eskortiert ihn aus der Burg.«

Segalle zögerte, sagte dann aber: »Jawohl, Sir.«

»Ihr habt die Wahl, Graf«, fuhr ich fort. »Verlasst Irrigon aus freien Stücken – oder gefesselt über den Sattel Eures Pferdes gelegt!«

»Du Hundesohn!«, schrie Praen. Trotzdem kam er rasch die Treppe herab und nahm dem Soldaten, der sie hielt, die Zügel seines Vollblüters ab. Er zog sich in den Sattel, dann blickte er mich finster an. »Ihr solltet Eure Entscheidung besser noch einmal überdenken, Cimabuer«, sagte er. »Denn Ihr wisst nicht, dass Ihr da in ein Hornissennest stecht!«

Er wartete meine Antwort erst gar nicht ab, sondern spornte sein Ross zum Galopp an.

»Legat, geht Euren Leuten zur Hand«, befahl ich, stieg dann ab und ging hinein, ohne abzuwarten, um zu sehen, was Marán und Amiel machten.

Marán fand mich in der Bibliothek. »Ich kann nicht glauben, was du da eben getan hast«, sagte sie. »Meinen Bruder … meinen eigenen Bruder zu behandeln, als wäre er ein gemeiner Verbrecher.«

»Genau das ist er auch«, antwortete ich und versuchte, Ruhe zu bewahren.

»Du denkst also, du kannst machen, was du willst, jedes Versprechen ignorieren«, fuhr sie mich an, »jeden Eid, den du geschworen hast.«

Mir platzte der Kragen.

»Welchen Eid, meine Dame?«, rief ich. »Meinst du, meine Ehe mit Euch zwingt mich dazu, jedem in den Arsch zu kriechen, der den Namen Agramónte trägt? Oder dass ich beide Augen zudrücken soll, wenn Euer Totschläger von einem Bruder ein Verbrechen zu begehen beliebt? Einen Eid? Die einzigen Schwüre, an die ich mich erinnere, sind die, dem Imperator treu zu dienen, und mein Eheversprechen an Euch.

Ich habe keinen von beiden auch nur einmal gebrochen, noch auch nur daran gedacht! Darf ich Euch an mein Familienmotto erinnern: Auf Immer Treu. Wie lautet das Eure? Wir machen, was immer uns passt? Ist es das, Gräfin? Nennt Ihr das Ehre? Ich scheiße auf Eure Art von Ehre, auf Eure Würde, wenn Ihr denkt, der Name Agramónte berechtigt Euch dazu, jeden umzubringen, der Euch nicht passt!

Erinnerst du dich an das Kind, Marán? Erinnerst du dich an das Kind, das du verloren hast? Glaubst du, die Mutter des Kindes dort hatte auch nur einen Augenblick, um zu trauern, um zu schreien, bevor dein verdammter Bruder sie niedergemacht hat?«

Maráns Augen waren eisig und hart. »Praen hat dich einen Hundesohn genannt«, zischte sie. »Und das bist du auch!« Sie stürmte hinaus.

Ich musste in unseren Turm, um mich umzuziehen. Die Tür zu unserem Schlafzimmer war geschlossen. Amiel kauerte auf dem Sofa davor. Ihre Augen waren rot, ihr Gesicht abgespannt. Ich sprach sie nicht an noch sie mich. Ich ging in meine Umkleidekammer, holte mir, weswegen ich gekommen war, und trat wieder in den Vorraum hinaus. Amiel starrte die geschlossene Schlafzimmertür an, dann mich, dann quollen ihr die Augen einmal mehr über. Hinter mir schloss sich die Tür.

Tags drauf begann das Kornfest. Das kleine Dorf hinter Irrigon war gerammelt voll; man hatte zu beiden Seiten auf einen Werst hinaus

Zelte aufgebaut. Jedes Dorf auf den Ländereien der Agramóntes hatte wenigstens einen Vertreter geschickt; dazu kamen wenigstens hundert Marktschreier und Händler mit Bauchläden oder Ständen. Der erste Tag war freilich kein Festtag, da das aufwendige Mahl und der Tanz erst beginnen konnten, nachdem das Getreide ausgesät war. Vor der Aussaat aßen wir ungesäuertes Brot, kein Fleisch und rohes Gemüse ohne Salz.

Nachdem die Saat in der Erde war und die Seher eine magische Nachricht an die anderen Dorfzauberer ausgeschickt hatten, mit der Aussaat zu beginnen, sollten die eigentlichen Feierlichkeiten beginnen – fünf Tage der Völlerei, des Tanzes und der allgemeinen Festlichkeit.

Unsere Pflichten dabei waren, den Annahmen des Imperators zum Trotz, recht einfach. Wir beteten lediglich für den Erfolg der Saat, dann standen wir edel und mit billigender Miene dabei, als ein Seher einer Maid, die man ihrer Jungfräulichkeit wie ihrer Schönheit wegen ausgesucht hatte, befahl, das erste Saatkorn in die Scholle zu werfen. Man erwartete von den Agramóntes, sich an diesem ersten Tag unter die Leute zu mischen, und so verließen wir denn zwei Stunden nach Tagesanbruch die Burg und gingen hinaus ins Dorf und auf die Straße zwischen den Zelten.

Marán tat, als existierte ich nicht, und die unglückliche Amiel kam hinterdrein. Wir trugen farbenprächtige Kleidung und sollten eigentlich nicht bewaffnet sein. Es war jedoch absurd, sich ohne Waffen unter diese Menge zu wagen, und so trug ich einen Dolch im Ärmel und in dem Beutel an meinem Gürtel ein besonders heimtückisches Gerät, das Kutulu mir gegeben hatte. Es glich einem Degenbügel mit einer schlanken, durch einen Federmechanismus ausgelösten Klinge im Griff, die von einem Knopf gehalten wurde, der mit dem Daumen zu bedienen war. Darüber hinaus hatte ich Karjan, Svalbard, den Hünen von einem Lancier, der schon seit Kait bei mir war, und zwei weitere Rote Lanciers. Ich hatte daran gedacht, sie die Livree der Agramóntes tragen zu lassen, aber mir drehte sich der Magen um bei dem Gedanken, ehrliche Soldaten die Kleidung

287

von Mördern tragen zu lassen, und so trugen die vier ihre Arbeitsuniform, ihre Messer versteckt.

Wir erreichten die Zeltgasse und schlenderten sie entlang. Ich sah mir ein Schmuckstück an, eine raffinierte Schnitzerei aus Wurzelholz, die ziemlich genau Irrigon darstellte, als ich Schreie hörte. Ich reckte den Hals, um zu sehen, was da vor sich ging. Es waren Praen und zwei seiner Kreaturen! Ich fluchte – ich hatte angenommen, Praen würde vernünftig genug sein, sich an diesem Tag nicht blicken zu lassen. Aber da kam er daher, in prächtigem Putz, ein Strahlen auf dem ungeschlachten, arroganten Gesicht, hatte aber keine Soldaten dabei.

Das Geschrei wurde lauter, wütender, aber Praen schien nicht darauf zu achten. Er drängte sein Pferd in die Menge in der Absicht, so dachte ich jedenfalls, den Festweg hinab zum Saatfeld zu reiten. Eine Melone flog in hohem Bogen durch die Luft und zerplatzte an seiner grünen Seidenweste. Praen wurde sich der Stimmung unter der Menge bewusst und tat, schließlich war er Praen, genau das, was er nicht hätte tun dürfen. »Ihr dreckigen Schweineficker«, brüllte er und schüttelte eine Faust.

Brüllendes Lachen ertönte, dann schlug ihm ein Stein gegen die Seite. Er schrie vor Schmerz auf und ein weiterer Stein traf sein Pferd, das mit einem überraschten Wiehern hochging. Praen griff nach dem Schwert. Er hatte es halb gezogen, als ein Mann auf ihn zusprang und nach seinem Bein fasste. Praen trat nach ihm, konnte sich jedoch nicht befreien. Sein Schwert flog durch die Luft, während er um sein Gleichgewicht rang, dann zog man ihn auch schon vom Pferd in die Menge. Der Mob knurrte vor Vergnügen und drängte sich um ihn. Ich sah Fäuste, dann hoben und senkten sich Keulen.

»Wir müssen ihm helfen«, schrie Marán und wollte schon los. Ich packte sie am Arm.

»Nein! Die packen dich auch. Geh zurück in die Burg«, befahl ich. Sie wehrte sich, ohne auf mich zu hören. »Karjan«, rief ich. »Nehmt sie! Wir müssen hier weg!«

Eine schreiende Menge wogte dort, wo Praen und seine Gefolgsleute gewesen waren, aber ich achtete nicht weiter darauf. Wir hatten zornige Gesichter näher bei uns und die blickten uns finster an. Mein Dolch blitzte in meiner Hand und ich trat den Tisch eines Händlers vor uns um. Seine Augen waren vor Entsetzen ganz groß. Ich schob ihn beiseite und drängte mich, meine Lanciers und die Frauen im Schlepptau, durch sein Zelt. Die Zelte der nächsten Reihe standen fast Rücken an Rücken mit dem unseren und wir sahen uns vor einem Irrgarten aus Seilen und gestapelter Ware. Ich kappte die Seile des Zelts, durch das wir gekommen waren, und als es schlaff in sich zusammenfiel, hielt es unsere Verfolger für einen Augenblick auf.

Über Seile springend, liefen wir den verstellten Weg hinauf. Amiel riss sich den Rock weg, um schneller laufen zu können, und Maran tat es ihr nach. Sie hatte unsere verzweifelte Lage endlich erkannt. Wir erreichten das Ende der Reihe und ich hob die Hand.

»Jetzt«, sagte ich, »hinaus ins Freie. Aber gehen! Versucht, ruhig zu wirken. Vielleicht hat sich der Wahnsinn noch nicht bis hierher ausgebreitet.«

Keuchend traten wir, alle sieben, ins Freie und versuchten so zu tun, als wäre überhaupt nichts geschehen. Aller Augen waren auf den schreienden Pöbel um die Leichen von Praen und seinen Lakaien gerichtet, so dass uns zunächst keiner bemerkte. Wir eilten aus der Zeltgasse auf die Straße zurück zur Burg.

Ich warf einen Blick zurück und sah Praens Pferd, das sich blutüberströmt aufbäumte und mit den Hufen in die Menge trat. Ein Mann im Kittel eines Schlachters hielt sein blutiges Beil bereit und wartete auf eine Gelegenheit, schlug dann zu und begrub das Beil im Hals des Tieres. Es schrie wie eine Frau, als es zu Boden ging. »Jetzt lauft«, befahl ich, da ich genau wusste, wie das Blut an das Beil gekommen war und dass die Mörder sich bald nach weiteren Opfern umsehen würden.

Einige kostbare Augenblicke lang blieben wir ohne Verfolger. Irrigon lag vor uns, als ich eine Gruppe von Waldarbeitern mit ihren Werkzeugen auf den Herrensitz zukommen sah. Sie erblickten uns, gerieten auf der Stelle schreiend in Zorn und machten ihre Äxte und Buschsicheln bereit.

Jetzt war es ein Rennen – wir würden sehen, wer als Erster die gähnenden Tore der Burg erreichte. Wir schafften es, aber der Vorsprung war knapp. Die Wache ließ die Lanze fallen, lief an die Seile, mit denen das Tor zu schließen war, und fummelte an den Knoten herum. »In den Turm«, rief ich und schrie dann den Befehl, dass die Lanciers antreten sollten.

Einer der Waldarbeiter, ein Bauer in zerlumpten hausgewebten Hosen und ohne Hemd, lief durch das nach wie vor klaffende Tor, ein rostiges altes Schwert in der Hand. Er sah mich, brüllte vor Hass und griff an. Er schlug zu und ich parierte seinen Schlag mit dem Dolch. Genau am Heft brach meine Waffe entzwei. Der Waldarbeiter schrie triumphierend auf, ging unbeholfen in Ausgangsstellung und griff dann gleich wieder an. Ich duckte mich unter seiner Deckung hindurch, schlug ihm den Degenbügel ins Gesicht, ließ die Klinge ausfahren und schnitt ihm, als er zurückstolperte, die Gurgel durch. Dann hatte ich sein Schwert.

Zwei Männer griffen den Mann an, der mit den Seilen am Tor beschäftigt war; seine Panik wuchs, als er sich zu verteidigen und gleichzeitig die Seile freizubekommen versuchte. Einer der Waldarbeiter schlug ihm das Blatt seiner Schaufel in den Hals und trennte ihm fast den Kopf damit ab.

Die Lanciers quollen aus ihrem Quartier, schnallten sich die Panzer um, griffen nach ihren Waffen. Es gab keine Möglichkeit mehr, das Tor zu schließen, da weitere Landmänner in den Hof gerannt kamen. Einer der Bauern schlug mit seinem Buschhaken auf mich ein und ich schlug ihm den hölzernen Griff mittendurch. Er starrte mit offenem Mund auf den Stummel in seiner Hand, und ich durchbohrte ihn, stieß seine Leiche dann gegen den nächsten, drehte mich um und floh.

Marán und Amiel verschwanden in unserem Turm am Fluss, und Karjan und die anderen drei blieben am Eingang stehen.

»Zieht Euch zurück«, rief ich den Lanciers zu. »Zieht Euch in meinen Turm zurück!« Ich lief, was ich konnte, auf die Tür zu. Unsere einzige Chance bestand darin, uns darinnen zu verbarrikadieren, den Inhalt der kleinen Waffenkammer auszugeben und uns auf eine Belagerung einzurichten. Ich weiß nicht, ob Segalle meinen Befehl nicht verstanden oder ob er andere Vorstellungen hatte, jedenfalls war, als ich den Turm erreichte, kein Mensch hinter mir. Stattdessen traten die Lanciers in Linie in die Mitte des Burghofes. Vielleicht dachte Segalle, der Mob würde an seiner dünnen Linie zerbrechen und dass er die Angreifer dann aus der Burg treiben konnte. Vielleicht hätte er das auch geschafft, wenn er hundert Mann statt etwas mehr als einem Dutzend gehabt hätte. Fünfzig, hundert Bauern stürzten in den Burghof, sahen das Häuflein Soldaten, schrien in rasender Wut auf und griffen an. Meine Lanciers waren gute Leute, erfahrene, gut ausgebildete Soldaten. Aber vierzehn Mann und ein Offizier richten gegen hundert Leute nichts aus. Die Welle überrollte sie, löste sie auf in Häuflein kämpfender Männer, und dann war von den purpurnen Uniformen nichts mehr zu sehen, nur noch der brüllende Mob.

»Hinein!«, befahl ich, und Karjan und die anderen gehorchten. Innerhalb der Tür befanden sich zwei mächtige Querriegel. Die hievten wir über die schweren eisernen Haken in der Mauer und damit war der einzige Zugang gesichert. Die inneren Türen aus dem Turm blockierten wir mit klafterhohem Feuerholz und damit waren wir für den Augenblick sicher. Es gab im Erdgeschoss keine Fenster und die darüber waren mit schweren Eisengittern versehen. Männer warfen sich von draußen gegen die Tür und ich hörte sie zornig schreien. »Ein Mann bleibt als Wache hier«, befahl ich, und einer der Soldaten nickte.

Wir stiegen die Wendeltreppe hinauf in den ersten Stock. Hier befanden sich eine kleine Aufwärmküche und Lagerräume. In einem davon hatte ich eine Reihe von Waffen. Ich fand die Schlüssel dazu in unserem Schlafzimmer, schloss die Waffenkammer auf, und wir holten Bogen, Pfeile und Schwerter heraus und gingen dann in unsere Wohnung hinauf.

Marán hatte einen Dolch gefunden, den sie griffbereit hielt. Amiel war einer Panik nahe; sie sah sich verstört um. »Komm schon«, sagte ich und versuchte, ruhig zu wirken. »Wir sind jetzt sicher. Zwei Klafter Stein durchbrechen die nicht.« Sie nickte nervös und zwang sich zur Ruhe.

Marán nahm einen Bogen mitsamt Pfeilen von Svalbard entgegen und spannte ihn. Sie trat ans Fenster und öffnete es. Ein Stein klapperte gegen die Mauer darunter und sie zog sich zurück.

»Öffnet sie alle«, befahl ich. »Zerschlagt das Glas. Wenn etwas die Scheibe zerschmettert, könnten fliegende Scherben euch blenden.« Das Zerschlagen der Scheiben sorgte draußen für Freudengeheul.

Der Burghof war eine brodelnde Masse von Menschen, die riefen und schrien; alles starrte zu uns herauf. Ein Pfeil kam geflogen und ich trat vom Fenster weg. Die Fenstersimse waren mit Pechnasen bewehrt, durch die sich hindurchspähen ließ, ohne zum Ziel zu werden.

Der Mob kreischte vor Freude, als fünf Männer auf der Treppe des Hauptgebäudes erschienen. Sie hatten zwei nackte Frauen bei sich, die sich zur Wehr setzten. Ich erkannt sie beide, es waren junge Bauernmädchen, die Marán als Zofen ausgebildet hatte. Einer der Kerle hob eine auf und warf die schreiende junge Frau in die Menge, die sich sofort um sie schloss. Die zweite landete gleich in der Nähe. Ihre Schreie drangen durch das Gebrüll des Pöbels, und ich wandte mich ab. Ich wünschte ihnen eine rasche Rückkehr aufs Rad.

Ich machte drei Leute aus – zwei Männer und eine Frau –, die Befehle riefen, um für Ordnung unter der Menge zu sorgen. Alle drei hatten sie gelbe Seidenstricke um den Hals. Ein Pfeil fuhr der einen Frau in den Brustkorb; sie stieß einen Todesschrei aus und fiel. »Krepier, du Drecksluder«, rief Marán, und ich grinste verkniffen. Aber es waren noch mehr Tovieti da unten, die sich hinter den anderen hielten, während sie Ordnung zu schaffen versuchten.

Sie bekamen den Mob jedoch nicht in den Griff. Er schwappte hin und her, aus der Burg, in die Burg, zerschlug und plünderte.

Weitere Dienstboten wurden umgebracht oder schlossen sich, wenn sie vernünftig waren, dem Chaos an. Der Pöbel fand die vernagelte Scheune, riss die Barrikaden weg und entdeckte die von Praen ernannten Büttel. Die Leute erkannten sie auf der Stelle und zerrissen sie in der Luft. Ihnen wünschte ich einen langsamen Tod. Einige Augenblicke später zerrten sie Vacomagi, unseren Vogt, aus dem Haupthaus; seine Rückkehr aufs Rad dauerte schrecklich lang.

Es wurde ruhiger und ich hatte einen Augenblick Zeit, um die Situation zu überdenken. Es dauerte nicht lange und war auch nicht gerade ermutigend. Außer Amiel, Marán, mir selbst, Karjan und den drei Soldaten hatten wir noch eine Spülmagd und einen unserer Kerzenanzünder im Turm. Keiner von beiden wusste mit Waffen umzugehen, also nützten sie uns auch nichts.

»Was jetzt?«, fragte Marán, ihre Stimme knapp, kontrolliert, womit sie sich einmal mehr als Agramónte erwies.

»Wir haben zu essen«, antwortete ich. »Und Waffen.«

»Für wie lange?«

»Wir müssen unsere Vorräte eben sorgsam einteilen.«

»Was werden sie als Nächstes versuchen?«, fragte Amiel.

»Wahrscheinlich suchen sie sich Leitern«, erwiderte ich. »Wir schießen jeden ab, der heraufzuklettern versucht.«

»Und dann?«, fragte sie.

»Sie versuchen es wieder und wir halten sie wieder auf.«

»Werden sie gewinnen?«

Ich überlegte und kam zu dem Schluss, dass Ehrlichkeit das Beste war. »Durchaus möglich«, sagte ich. »Hängt ganz davon ab, ob jemand von uns sein Leben riskiert und um Hilfe reitet. Oder ob ein vorbeikommendes Schiff sieht, was hier passiert.« Ich warf einen Blick aus dem Fenster zum Fluss hinüber. Ruhig und verlassen lag der Wasserlauf da.

Die Spülmagd stöhnte. »Zwei, drei Tage, bevor einer was merkt? Da nagen die doch längst an unseren Knochen.«

»Nicht an den meinen«, sagte Marán und griff nach dem Dolch. »Ich gehe ohne deren Hilfe aufs Rad zurück, wenn es dazu kommt.«

293

»Gut«, pflichtete ich ihr bei. »Keiner von uns wird ihnen die Freude machen.« Ich ging zu Marán und umfasste ihre Schultern. Ich fühlte, wie sie sich versteifte, und nahm den Arm rasch wieder weg.

Draußen wurde gerufen und ich riskierte einen Blick hinaus. Ein Mann stand in der Mitte des Hofs.

»Agramóntes«, rief er. »Seht Ihr, was wir hier haben?« Er schwenkte etwas. Marán kam neben mich, aber ich schob sie zurück. Ich hatte gesehen, was der Mann in der Hand hielt – einen Hodensack nebst Gemächt.

»Schätze, damit hat der Graf sich wohl die letzte unserer Frauen zu seinem Vergnügen gegriffen, eh?«, fuhr der Mann fort. »Jetzt kommt's anders herum! Wie viele Männer wird Eure Gräfin mit ihren feinen Tittchen wohl verkraften, bis sie wahnsinnig wird? Und ihre Freundin? Vielleicht schafft die ja alle von uns!«

Ich hörte Svalbard am Fenster nebenan grunzen, dann fuhr in hohem Bogen ein Speer über den Hof. Der Mann versuchte auszuweichen, war aber zu langsam, und die Waffe drang ihm durchs Kreuz und nagelte ihn auf die Erde, wo er dann schreiend lag. Ich hätte ihn mit einem Pfeil erledigen können, ließ ihn aber langsam krepieren.

»Jetzt greifen sie wohl an«, sagte ich grimmig. Aber ich täuschte mich. Sie kamen mit Feuer.

Die ersten Feuer mochten wohl versehentlich ausgebrochen sein. Aber nachdem Irrigon erst einmal brannte, machte keiner den Versuch, es zu löschen. Der Jubel, das Gelächter, das Geschrei wurden lauter, und ich sah Männer und Frauen Dinge in die Flammen werfen.

Einige dieser »Dinge« bewegten sich noch.

Es konnte nicht ausbleiben, dass die Flammen sie auf eine Idee brachten, und so kam es denn auch. Svalbard sah sie als Erster – Männer mit zusammengebundenen Reisigbündeln kamen auf den Turm zu. Wir schossen sie nieder, aber es kamen andere, und die schlichen heimlich an den Wänden entlang.

Jetzt war es an der Spülmagd, mich wegen meines Mangels an Vertrauen in sie zu beschämen. »Ich habe keine Lust, hier zu verbrennen«, wimmerte sie und eilte nach unten. Ich dachte, sie wollte sich ein Versteck suchen und wünschte ihr alles Glück in der Hoffnung, man würde sie nicht finden, wenn die Tür erst einmal verbrannt war.

Sie rief nach dem Kerzenknecht, der ihr zögernd die Stiege hinab folgte. Einige Minuten später kamen die beiden schwankend wieder herauf. Sie hatten einen großen Topf an einem Schürhaken dabei. Der Topf kochte blubbernd und mir fielen die alten Ölbehälter auf Irrigons Dächern ein.

»Die würden uns glatt verbrennen«, sagte sie fast schon fröhlich, »aber erst kochen wir sie mit Wäschelauge.« Sie trat an das Fenster über dem Tor und spähte hinaus. Dann kippten sie und ihr Gehilfe den Topf über den Fenstersims. Schmerzensschreie zerrissen die Dämmerung, und die Frau strahlte zufrieden. »Das hält sie erst einmal auf.«

Und das tat es. Eine Zeitlang. Dann wurde mir plötzlich heiß – wie einer Ameise unter dem konzentrierten Sonnenstrahl aus der Lupe eines bösartigen Kindes. Ich roch Rauch und sah, dass das stets in unserem Kamin bereitliegende Feuerholz zu rauchen begann, bevor es sich aufdrehte und schwarz wurde. Noch mehr Rauch tauchte auf, diesmal von der Decke, von dem hölzernen Kronleuchter, von dem hölzernen Fachwerk an einer Wand, dann von der Täfelung selbst. Sie hatten einen Seher gefunden, dessen Zauber nun jedes Stück Holz im Turm angriff.

Ich rief dem Soldaten, der die Tür bewachte, zu, er sollte heraufkommen, und wir warfen die Möbel die Treppe hinab.

Mit einer Grimasse sah Karjan mich an. »Wisst Ihr, Sir, ich hätte bei den Lanciers in Urey bleiben können und nichts von alledem wäre passiert. Wenigstens nicht mir.«

»Nicht gar so munter, du Bastard«, zischte ich ihn an.

Ich ging zu Amiel und umarmte sie. Ihr wenigstens war die Zärtlichkeit willkommen. »Haben wir noch eine Chance?«

»Natürlich«, sagte ich. »Es ist noch nicht vorbei.«

Ich sah Marán an, aber deren Blick war immer noch eisig und unversöhnlich. Aber ich musste es versuchen. Ich ging zu ihr hinüber. »Wenn es zum Schlimmsten kommt«, fragte ich sie leise, »gehen wir dann als Feinde zurück auf das Rad?«

Sie wollte schon etwas sagen, fing sich aber dann und holte tief Luft. »Nein, Damastes«, sagte sie schließlich. »Du bist mein Mann. Wir sterben zusammen.« Sie schwieg einen Augenblick, hustete dann. Der Rauch wurde dicker. »Vielleicht in unserem nächsten – wenn wir zurückkehren, vielleicht …« Sie sprach nicht zu Ende. Ich wartete, aber sie schüttelte nur den Kopf und starrte zum Fenster hinaus.

Amiel tränkte Taschentücher in Wasser, die wir uns um die Gesichter wickelten.

»Die Steine brennen nicht«, sagte ich, meine Stimme gedämpft, »und ihre Hexerei ist nicht stark genug, um die Luft zu entzünden. Wir warten, bis die Türen durchgebrannt sind und sie heraufkommen. Dann werden wir schon sehen, wie lange sie kommen können.« Ich hoffte, meine Worte hörten sich für die anderen nicht so sinnlos an wie für mich selbst.

Dann kam mir eine Idee. »Wer kann schwimmen?«, fragte ich.

Ich brauchte niemandem etwas zu erklären. Marán schwamm wie ein Aal, und die Soldaten sollten es wohl können, da es schließlich Teil ihrer Ausbildung war.

»Ich«, sagte Amiel. »So einigermaßen.«

»Ich schwimme neben dir«, erklärte Marán. »Keine Bange.«

»Oder ich«, bot Svalbard an. »Ihr braucht Euch nicht zu sorgen.«

»Ich würde wetten, dass ich nicht untergehe«, sagte die Spülmagd. »Besser als gebraten zu werden ist es allemal.«

Der Kerzenanzünder nickte nur.

»Na schön«, sagte ich. »Marán, du gehst unsere Garderobe durch. Sieh zu, dass du was Dunkles findest. Wir sollten alle Hosen tragen und irgendeine Art Hemd. Keine Schuhe. Wir springen, sobald wir fertig sind. Wenn ihr meint, ihr könnt eine Waffe mitnehmen, dann nehmt ein Messer. Aber werft es weg, wenn es euch zur Last wird. Springt mit den Füßen nach unten und haltet die Hände über den Kopf. Es dürfte nichts im Wasser sein, woran ihr euch verletzen könntet, und unter dem Turm ist es tief.

Wenn ihr im Wasser seid, dann haltet auf das andere Ufer zu. Ich springe als Letzter, um zu helfen, wenn es bei einem nicht klappt. Versucht nicht zu planschen, um keine Aufmerksamkeit auf euch zu ziehen.«

Wir zogen uns hastig um und versuchten, nicht an den langen Fall zu denken und was für schreckliche Dinge uns da unten womöglich erwarteten.

»Ich glaube«, sagte Amiel, »ich möchte ein Gebet sprechen. Sonst noch jemand?« Wir beteten alle bis auf Karjan und die Spülmagd. Ich betete nicht nur zu meinen eigenen Göttern, sondern auch zu Varum, dem Wassergott, und hoffte, dass einer von ihnen mir zuhörte.

Der Qualm wurde dicker und die Flammen züngelten durch den Raum. Alle husteten wir. Ich spähte zu einem der Fenster am Fluss hinaus und sah keinerlei Anzeichen für Leben unter uns oder auf dem Fluss.

»Jetzt«, befahl ich.

Die beiden Soldaten sprangen als Erste und kamen sauber auf dem Wasser auf. Sie tauchten wieder auf und schwammen auf das gegenüberliegende Ufer zu, das kaum hundert Fuß entfernt war. Marán nahm Amiel bei der Hand und führte sie ans Fenster.

»Bereit?«, sagte ich und küsste erst sie auf die Lippen, dann Amiel.

»Los«, rief meine Frau, und die beiden sprangen in die Dunkelheit. Ich hörte ein kleines Japsen und zuckte zusammen. Aber offensichtlich hörte man es unten nicht. Als Nächste kam die Spülmagd, gefolgt von Karjan und Svalbard. Noch während die sprangen, hörte ich Freudenschreie und das Tosen der Flammen nahm zu. Die äußere Tür musste wohl nachgegeben haben und die hereinströmende Luft nährte die Flammen.

Ich zählte bis drei, Zeit genug für die unten davonzuschwimmen, und sprang. Einen Augenblick fiel ich, dann fuhr ich in ein kühles Dunkel und schwamm davon. Die Flammen Irrigons machten das Wasser zu einem schwarzen Spiegel, so dass ich die Köpfe auf das andere Ufer zutreiben sah.

Ich war etwa halb hinüber, als eine dunkle Gestalt aus dem Fluss kletterte. Einer der Soldaten, so schätzte ich. Wir waren gerettet – aber meine Hoffnung schwand, als ich den Schrei hörte. Zwei Männer kamen aus dem Dunkel gelaufen, ein Schwert blitzte auf, als es dem Mann in den Leib fuhr. Er schrie auf und fiel.

»Stromab«, schrie ich und sah das Spritzen des Wassers, als meine Leute, die mich gehört hatten, vom Ufer weg und in die kräftige Strömung zurückschwammen. An beiden Ufern flammten Fackeln auf. Ich versuchte, tief im Wasser zu bleiben, Hände und Füße direkt unter der Oberfläche. Die Strömung erfasste mich und nahm mich mit.

Ich weiß nicht, was die Bauern sich dachten, jedenfalls bewegten die Fackeln sich weder stromauf noch stromab, sondern blieben an beiden Seiten des Flusses in dichten Häuflein beisammen, ihre Flammen winzig gegen das tosende Chaos, das einmal Irrigon gewesen war. Es regnete Pfeile, Speere, Steine, aber sie platschten ins Leere.

Etwa einen Werst weiter unten wurde der Fluss schmaler, dort gab es eine Furt. Waren wir erst einmal am Ufer, konnten wir der Straße nach Osten folgen, im Schutz der Bäume, und fänden in einigen Tagen, jenseits der Ländereien der Agramóntes, vielleicht Schutz. Ich wusste genug über das Leben im Wald, um jedem Verfolger, selbst Waldarbeitern oder Jägern, zu entgehen. Wir würden Menschenfallen bauen für sie.

Vielleicht, so gestattete ich mir zu denken, vielleicht brauchten wir ja nicht alle zurück aufs Rad in dieser Nacht. Ich schwamm mit kräftigen Stößen, blickte mich um, sah nach den anderen. Ich hielt mich in der Flussmitte und sah dann vor mir die zwei Backsteininseln, die man an beiden Ufern des Flusses gebaut hatte. Der Raum

298

dazwischen war vertieft, um kleinere Boote hindurchzulassen. Wenn jemand über den Fluss wollte, so hatte er schwere Planken mit Seilen an beiden Enden, die sich als Brücke über den Fluss ziehen ließen, die dann zu Fuß zu überqueren war.

Die Strömung nahm zu, als der Fluss schmaler wurde, und ich schwamm hinaus, bis ich Steine und Sand unter den Füßen spürte. Ich watete auf das Ufer zu, bis das Wasser hüfttief war, und blickte dann durch die Nacht. Ich sah einen Kopf auf mich zutreiben, watete darauf zu und zog die Spülmagd an mich. Sie war halbtot und sagte, sie hätte dem Kerzenanzünder zu helfen versucht, aber der habe um sich geschlagen und sei dann gurgelnd untergegangen. Sie watete ans Ufer und brach auf dem Kies zusammen. Dann kamen Svalbard und Karjan. Sie hatten niemanden gesehen.

Ich hörte ein Planschen und ferne Hilferufe und schwamm auf den Lärm zu. »Helft mir! Hilfe!« Es war Marán. Ihr reichte das Wasser über den Kopf, das mir nur bis an die Brust ging. Sie zog die leblose Amiel mit sich. »Tanis sei Dank«, keuchte ich, und dann hatte ich Karjan und Svalbard neben mir.

Ich blickte mich nach dem anderen Soldaten um, konnte ihn aber nirgendwo sehen. Ich weiß nicht, ob man ihn umgebracht hatte wie seinen Kameraden oder ob er ertrank.

Ich schleppte mich durchs Wasser, hinter Amiel und meiner Frau her. »Seid vorsichtig«, hörte ich Marán sagen. »Irgendwas stimmt mit ihr nicht.«

Ich legte einen Arm um Amiel, und sie keuchte vor Schmerz auf, als ich auch schon, direkt unter ihrer rechten Brust, den abgebrochenen Schaft eines Pfeils zwischen meinen Fingern spürte. Wir trugen sie ans Ufer. In der Nähe gab es dichtes Gestrüpp, in das wir uns hineinarbeiteten; dann legten wir sie auf das Moos. Ich knöpfte ihr Hemd auf und sah im spärlichen Licht die Wunde. Um den Pfeil herum sickerte langsam das Blut heraus.

»Damastes«, sagte Amiel. »Es tut weh.«

»Das wird schon wieder«, versuchte ich sie zu trösten.

»Damastes, ich will nicht sterben.«

299

»Wirst du auch nicht.« Ich hoffte, mich überzeugend anzuhören.

»Ich möchte nicht, dass mein Baby stirbt. Bitte, hilf mir.«

»Ich gehe mal los, Sir«, sagte Svalbard. »Ich kann die Grenze Eures Landes in zwei Tagen erreichen, wenn ich ordentlich laufe. Und Hilfe bringen. Ihr geht langsam darauf zu, am besten nachts, dann wird es schon gehen.«

Das Plan war so gut wie jeder andere auch.

»Passt auf Euch auf«, sagte er. »Wir lassen schon keinen zurück.« Ich hatte Svalbard in all den Jahren, die ich ihn gekannt hatte, noch nie so viel reden gehört. Ohne lange zu fackeln, verschwand er in der Dunkelheit.

»Amiel«, flüsterte Marán, »mir fällt da eine Hexe ein. Nur zwei Dörfer von hier. Ich weiß, sie würde sich den Schweinen nie anschließen. Wenn es hell wird, gehe ich sie holen.«

»Gut«, sagte ich anerkennend. »Und Karjan wird dich begleiten.«

»Ich bleibe bei der Lady«, versprach die Spülmagd. »Ich und der Tribun hier sehen zu, dass ihr nichts passiert.«

Amiels Lippen zuckten. »Schön«, flüsterte sie. »Jetzt habe ich das Gefühl, dass mir alle helfen. Jetzt weiß ich, ich komme durch. Und meine Kleine auch. Nicht wahr, Damastes?«

»Aber sicher«, antwortete ich.

»Gut«, murmelte Amiel. Ihre Hand bahnte sich einen Weg ins Freie und ich nahm sie. »Marán«, sagte sie, »nimm meine andere Hand.« Ich spürte meine Frau neben mich kommen. »Ich liebe euch«, sagte Amiel. »Ich liebe euch beide.«

»Ich liebe dich auch«, flüsterte ich, und Marán tat es mir nach.

»Ich denke, ich schlafe jetzt etwas«, sagte sie. »Wenn ich aufwache, vielleicht ist dann ja die Hexe da und gibt mir was gegen den Schmerz.« Sie schloss die Augen.

Marán weinte leise. »Warum bei allen Höllen lassen die Götter so etwas zu?«, flüsterte sie grimmig. Ich schüttelte den Kopf; ich hatte keine Antwort darauf.

Amiel, Gräfin Kalvedon, starb, ohne noch einmal aufzuwachen, eine Stunde vor Tagesanbruch.

Flammen loderten hoch in den wolkenverhangenen Himmel und nahmen Amiel in Empfang. Daneben prasselte ein zweiter Scheiterhaufen und fraß das wenige, was man noch von Praens Leiche gefunden hatte.

Dreihundert Soldaten umstanden das Feld, alle in voller Kampfuniform, die Waffen präsentiert. Svalbard hatte Glück gehabt und war kaum einen halben Tag hinter dem Fluss einer Armeepatrouille begegnet. Man hatte im Galopp Verstärkung geholt, war dann zurückgeritten, immer der Straße zum Fluss nach, und wir waren anderthalb Tage hinter Irrigon zu ihnen gestoßen.

Wir waren nach Irrigon zurückgekehrt und die Soldaten hatten die Gegend durchkämmt. Die Gefangenen, die sie machten, wurden in eilig aufgestellte Pferche gesteckt; von Tag zu Tag wurden es mehr. Mir waren sie scheißegal; ich hätte das Gesindel mit Freuden freigelassen und mit Gold belohnt, hätte uns das Amiel wiedergebracht.

Marán und ich standen zwischen den Scheiterhaufen. Hinter uns stand die rauchende Ruine Irrigons.

»Es ist vorbei«, flüsterte meine Frau.

»Was?«, fragte ich.

»Damastes á Cimabue«, sagte sie, und ihre Stimme war fest; sie bebte noch nicht einmal. »Ich erkläre hiermit das Ende von uns. Was einmal war, ist nicht mehr und wird nie wieder sein.

Es ist vorbei«, wiederholte sie.

14 *Im Namen des Imperators*

Wir waren noch nicht ganz miteinander fertig, aber Marán hatte die Wahrheit gesagt und nichts konnte unsere Ehe oder unser gemeinsames Leben retten.

Wenigstens hatte ich noch meine Ehre und meine Pflicht als Soldat. Bei unserer Rückkehr nach Nicias ließ ich auf der Stelle die wenigen Dinge, die ich zu behalten gedachte, aus unserem Haus am Fluss bringen. Ich zog wieder in den Wasserpalast. Kutulu schickte einen Mann vorbei, um mir auszurichten, die Tovieti seien aktiver denn je; es sei womöglich töricht von mir, mich ihnen derartig zu präsentieren. Ich lächelte verkniffen und hart. Ich wünschte ihnen, so sagte ich, viel Erfolg und sie seien jederzeit eingeladen, sich noch einmal an mir zu versuchen. Der Mann sah mich an, das Schwert an meiner Seite und den Dolch in der Scheide darüber, verbeugte sich dann und zog sich zurück.

Ich ging selbst zu Kutulu und erzählte ihm alles, was passiert war, auch von meinem Treffen mit Praen und seinen Spießgesellen und den Mordbanden, die sich daraufhin bildeten.

»Ich hatte schon so einen Verdacht, dass da noch etwas anderes im Spiel war als die traditionellen Prügelbanden der Großgrundbesitzer«, sagte er. »Aber Ihr gebt mir da den ersten Hinweis darauf, dass diese Banden von einer zentralen Gruppe organisiert sind. Ich wollte, Ihr wärt damit zu mir gekommen, als Euer Schwager – verzeiht, Euer ehemaliger Schwager – sich an Euch gewandt hat.«

»Ich bin kein Verräter.«

Kutulu neigte den Kopf, antwortete aber nicht.

»Was ist mit diesen Gebrochenen?«, fragte ich. »Jetzt haben wir doch den Beweis, dass sie unter dem Befehl der Tovieti stehen.«

»Innerhalb des letzten Monats hatte ich fünf Beweise für diese

Information«, sagte der Büttel. »Es hat mehr als nur einen Ausbruch von Gewalt auf dem Land gegeben, alle natürlich scheinbar spontan. Aber es gibt da ein Problem.«

Ich wartete. Kutulu wand sich.

»Alles will bezahlt werden«, erklärte er schließlich. »Selbst Spione und Mörder. Sie vielleicht mehr als alle anderen, da sie für Rotgold die beste Arbeit leisten.

Aber es gibt kein Geld mehr für weitere Ermittlungen gegen die Tovieti. Alle Mittel des Geheimdienstes gehen an die Arbeit gegen Maisir. Absolut alle.«

»Auf Befehl des Imperators«, ergänzte ich.

»Natürlich«, bestätigte er, und ich sah die ohnmächtige Wut in seinem Blick.

Ich versuchte so zu tun, als hätte es Marán und unsere Ehe niemals gegeben, und ging Nicias' guter Gesellschaft, wo ich Marán oder ihren Freunden begegnen könnte, geflissentlich aus dem Weg. Mir kamen Geschichten zu Ohren über das, was sie machte und sagte, und ich versuchte sie zu ignorieren, obwohl sie eine schreckliche Faszination für mich hatten. Irisu, Jaen und Vachan sei Dank, dass ich nie hörte, sie hätte sich einen Liebhaber genommen, denn ich weiß nicht, ob ich damit fertig geworden wäre.

Das Einzige, was nun für mich zählte, war die Armee, vor allem die neue Garden. Ich reiste häufig den Fluss hinauf nach Amur, um ihre Ausbildung zu überwachen. Und dann gab es immer genug Papierkrieg und Aufklärungsberichte über Maisir zu studieren.

Den Imperator sah ich jetzt wieder häufiger, aber er kam nie auf meine Ehe zu sprechen, wofür ich ihm dankbar war. Ein- oder zweimal sah ich, wie er mich mitfühlend anblickte, aber er sagte kein Wort.

Die Zeit der Geburten kroch vorbei und die Zeit der Hitze begann. Ich versuchte mir einzureden, dass meine Wunde am Heilen sei, aber immer wieder sprach jemand versehentlich ihren Namen aus oder ich warf einen Blick in eine Zeitung und las einen Artikel

über die Pläne der Gräfin Agramónte für die bevorstehende gesellschaftliche Saison, und schon riss der Schorf wieder auf. Marán
kehrte nicht zu ihrem alten Leben zurück, in dem sie den flatter-
haften Hof zugunsten intellektueller Interessen geschmäht hatte.
Dieser Tage gab es keinen Anlass bei Hofe, keinen Ball, der ohne die
Gräfin vollkommen gewesen wäre, ohne sie, ihre Anhänger oder ihr
neuestes phantastisches Kleid.

Dunkel war mir bewusst, dass nur die Zeit den Schmerz heilen
würde.

Nachdem sich erst einmal herumgesprochen hatte, dass der
Schöne Damastes wieder in Umlauf war, hatte ich die Post voller
Offerten - einige durch die Blume, andere erschreckend direkt.

Weit obszöner freilich waren die Andeutungen von Brüdern und
Vätern, die nichts lieber getan hätten, als eine derart hohe Verbindung einzufädeln, sei es durch eine Heirat oder eine weniger of-
fizielle Beziehung. Ich machte keinen Gebrauch davon. Ich verspürte kein Verlangen, keine Lust. Meine Gelüste waren mit Irrigon
verbrannt, mit Amiel gestorben und, als Marán mich abgewiesen
hatte, verdorrt.

Die schlechte Nachricht traf in Form eines freundlichen kleinen
Maisirers in Renan ein. Er war einer von Kutulus Agenten, der sich
als fahrender Marketender etabliert hatte und vor allem mit ver-
botenem Alkohol handelte; so kam er von Lager zu Lager des maisirischen Heeres. Seine Entdeckung war so wichtig, dass er das Risiko eingegangen war, damit selbst – durch den tödlichen Sulempass – über die Grenze zu gehen, anstatt wie üblich einen heimlichen Boten zu schicken.

König Bairan hatte drei »Klassen« – oder Altersgruppen – auf-
gerufen, ihre volle Zeit beim Militär abzudienen, wozu es unseres
Wissens nach seit dreißig Jahren nicht mehr gekommen war. Außerdem hatte man der gegenwärtigen Klasse befohlen, im Dienst zu
bleiben, anstatt sie zu entlassen. Maisir machte mobil und es konnte nur einen Grund dafür geben – einen potentiellen Feind.

Einen Tag später traf eine womöglich noch schlimmere Meldung ein, diesmal aus unserer Botschaft in Jarrah. König Bairan hatte in der Hauptstadt eine Konklave der höchsten Zauberer einberufen – für eine Sonderkonferenz. Bedenklich war, dass das Thema der Konferenz als Staatsgeheimnis galt.

Ich befahl Petre, den Ausbildungsplan der Garden zu beschleunigen; es gab keine Pausen zwischen den Ausbildungszyklen mehr. Außerdem schickte ich weitere Werbeoffiziere aus mit dem Versprechen noch größeren Lohns für den Erfolgreichsten von ihnen.

Der Krieg kam immer näher.

Eines Nachts polterte Donner über den Himmel wie ein endloser Trommelwirbel – ganz so, als galoppiere die Kavallerie der Götter in einer Parade vorbei. Blitze zuckten auf, leuchteten aber nicht beruhigend weiß, sondern in Rot, Grün, Violett und Farben, von denen noch nie ein Mensch gehört hatte. Es war ein ungeheurer Sturm, ohne dass ein Tropfen Regen gefallen wäre, die ganze Nacht über.

Einen Tag nach dem Sturm rief man mich gegen Mitternacht in den Kaiserpalast. Ich hatte festgestellt, dass ich besser schlief, wenn ich bis zur Erschöpfung arbeitete, und so saß ich noch am Schreibtisch, als der Ruf kam. Ich legte meinen Schwertgurt um, setzte meinen Helm auf und galoppierte zum Palast des Imperators, wobei Lucan mit Leichtigkeit vor meiner Eskorte blieb.

Imperator Tenedos sah aus wie von Dämonen gehetzt, als hätte er kaum geschlafen und als wären seine Träume dabei noch schlimmer gewesen als die Realität.

»Damastes, dieses Treffen muss für immer geheim bleiben«, begann er ohne Umschweife.

»Wenn Ihr es wünscht, Sir.«

»Ich meine für *immer*, ganz gleich was passiert.«

Ich war etwas irritiert. »Wenn mein Wort Euch einmal nicht genügt, wieso sollte das zweite besser sein? *Sir.*«

305

Tenedos wollte schon zornig werden, fing sich aber gerade noch. »Du hast Recht. Ich entschuldige mich.«

Selbst jetzt, selbst so, wie die Dinge jetzt liegen, selbst nach so viel Verrat fällt es mir noch immer schwer, fortzufahren und dieses längst bedeutungslose Versprechen zu brechen. Aber ich muss.

Der Imperator ging auf und ab, die Hand auf dem Herzen, als schwöre er sich selbst einen Eid. »Dieser Sturm letzte Nacht war ein Zauber von mir«, begann er. »Ich werde … ich kann … dir nicht sagen, wen oder was ich dafür heraufbeschwor. Ich habe versucht, in die Zukunft zu sehen, um einen kleinen Blick auf das zu werfen, was für Numantia in den Sternen steht. Derlei ist im Allgemeinen nicht klug. Diese Dämonen … oder Götter … die womöglich die Macht haben, über den Augenblick hinauszusehen, sind nicht gerade erfreut darüber, von Nichtsen wie unsereins um Hilfe gebeten zu werden. Noch ist die Zukunft offensichtlich in Stein gehauen. Alles kann sich von Augenblick zu Augenblick ändern, und das als Folge der kleinsten Ereignisse. Ein Kind zum Beispiel könnte einen anderen Weg auf den Markt nehmen, und anstatt etwas Wunderbares zu sehen, das seine Neugier entflammt und es zu einem großen Zauberer macht, sieht es nichts als die staubige Straße und langweilige Menschen, so dass es nichts weiter als einer von ihnen wird.«

Ich wartete geduldig, weil ich erkannte, dass der Imperator sich sammelte. Er sah mich intensiv an, als lese er meine Gedanken. »Nun gut«, meinte er. »Ich will direkt zur Sache kommen. Wir dürfen keinen Krieg gegen Maisir führen.«

»Sir?«, platzte ich völlig verdutzt heraus.

»Wir haben beide gedacht, dass das vorbestimmt sei, dass es für unsere Nation keinen anderen Weg gibt«, sagte Tenedos. »Aber wenn wir den Krieg erklären, dann sind wir verloren. Maisir wird uns völlig zerstören. Das habe ich von den Dämonen, Geistern, was auch immer, die ich zu Rate gezogen habe, erfahren.

Wir sind nach wie vor vom Schicksal dafür bestimmt, gegen Maisir zu marschieren, da es auf dieser Erde nur eine große Nation geben kann. Aber wir müssen damit wenigstens noch fünf Jahre warten, bis unser Land weit stärker und unsere Armee weit größer ist als jetzt.«

»Darf ich offen sein, Sir?«, fragte ich.

»Natürlich.«

»Es wäre einfacher gewesen, wenn Ihr das erfahren hättet, als König Bairan seine Antwort auf die erste Note schickte, nachdem man die Schwadron der Zwanzigsten Kavallerie niedergemacht hatte.«

»Ich weiß«, sagte Tenedos, ohne zornig zu sein. »Ich habe mich übernommen. Nicht dass mir das irgendwie hilft, verdammt noch mal, ebenso wenig wie es einem hilft, die Vergangenheit zu bedauern. Die Frage, die sich jetzt stellt, ist, was tun? Was können wir tun, um uns zurückzuziehen, um Zeit zu schinden?«

»Der König hat doch schon einmal um eine Konferenz zwischen Euch beiden gebeten«, schlug ich nach einigem Überlegen vor. »Wenn Ihr ihn daran erinnert – wäre das eine Möglichkeit? Oder wenn Ihr vielleicht selbst nach Renan geht und um eine solche Konferenz bittet?«

»Das kann ich nicht«, antwortete der Imperator entschieden. »Das würde ja ganz so aussehen, als bettle ich. Und Bairan würde unsere Schwäche auf der Stelle sehen und fast sicher sofort zuschlagen. Oder um mich zu korrigieren: Ich kann es nicht ohne Vorbereitungen tun. Und dazu brauche ich dich. Damastes, ich habe dich, seit wir zusammen sind, schon auf einige außergewöhnliche Missionen geschickt. Das hier ist die gefährlichste.«

»Schlimmer als in Chardin Shers Festung zu schleichen mit einem Stück Kreide und einem Zaubertrank?«, sagte ich halb im Scherz. »Das sollte ich doch wohl gar nicht überleben.«

»Ja«, sagte Tenedos. »Viel schlimmer. Ich bitte dich nämlich darum, eine Aufgabe zu erledigen, die nichts mit den Fähigkeiten und Talenten eines Soldaten zu tun hat. Ich möchte, dass du für mich als Bevollmächtigter an König Bairans Hof gehst.«

»Sir, ich bin kein Diplomat!«

»Genau deshalb bitte ich ja dich darum. Ich habe hundert Leute, die dir binnen einer Stunde einreden, dass du nicht Damastes á Cimabue, sondern ein Ziegenbock seist. Und König Bairan hat selbst ein Korps aalglatter Politiker. Wenn du nach Jarrah gehst, als mein Vertreter, so sieht der König, es ist mir Ernst. Stünde *sein* berühmtester General auf meiner Schwelle, um über Frieden zu sprechen, ich hörte ihm zu.«

Ich überlegte. An dem, was er da sagte, war etwas dran. »Aber was soll ich dort sagen, was hätte ich zu bieten?«

»Du hast völlige Freiheit, alles zu tun, um einen Krieg zu verhindern. Mach jedes Handelszugeständnis, das man verlangt. Wenn es nötig sein sollte, dann tritt einen Teil der Grenzstaaten ab, meinetwegen auch alle, nur zu. Wenn König Bairan auf die alten Ansprüche Maisirs auf Urey besteht, na schön. *Alles* steht zur Verhandlung, Damastes. Wir *brauchen* diesen Frieden und müssen einen Krieg verhindern.

Ich hab's«, sagte Tenedos aufgeregt. »Komm auf deine Idee zurück, ich sollte nach Renan gehen. Ist erst einmal alles besprochen und der Frieden scheint dir erreichbar zu sein, so sage dem König, ich treffe mich mit ihm in Renan … oder sogar jenseits der Grenze in Maisir, wenn man mir meine Sicherheit ausreichend garantiert.

Damastes, du musst gehen und wieder für Frieden sorgen. Worum ich dich bitte – nein, was ich da *verlange*, ist die wichtigste Aufgabe, mit der man einen Numantier betraut hat, seit ich den Thron übernommen habe.«

Seine Augen durchbohrten mich lodernd und ich spürte die Wahrheit darin. »Nun denn, Sir. Dann gehe ich … und werde mein Bestes tun.«

Tenedos fiel in sich zusammen. »Saionji sei Dank«, flüsterte er. »Du hast eben unser Land gerettet.«

Aber wie, bei allen Höllen, sollte ich nach Jarrah kommen? Die einzige vernünftige Route, die ich kannte, führte über den Sulempass, an Sayana, der Hauptstadt Kaits, vorbei, und dann über die Grenze nach Maisir auf der traditionellen Handelsroute nach Jarrah.

In Sayana saß jedoch immer noch Achim Baber Fergana auf dem Thron. Er würde jeden Krieger in seinem Königreich das Schwert vor meinem Bild wetzen lassen. Noch der letzte Jaske auf seinem Berg würde Bannsprüche murmeln, auf dass mir ein Blitz in die Hose fuhr.

Ich versuchte zu entscheiden, was wohl die schnellste und sicherste Art der Reise wäre – von einem vollen Regiment Reiterei, wahrscheinlich von den Ureyischen Lanciers, eskortiert oder schnell und inkognito, wie ich es auch schon gemacht hatte.

Ich ließ mir Karten kommen und das war mein Fehler. Ich hatte sie kaum zwei Stunden in meinem Arbeitszimmer studiert, als man mir Besuch meldete. Tribun Yonge. Es sei unbedingt nötig, ihn auf der Stelle zu empfangen. Ich legte hastig etwas über die Karten und öffnete eine unverdächtige Akte. Yonge kam herein, kaum dass er mir zunickte, trat an den verdeckten Tisch und meinte feixend: »Ihr haltet Euch wohl für besonders schlau, Numantier, eh?«

Ich wusste nicht, wovon er sprach.

»Wie wollt Ihr durch Kait kommen?«, fragte er.

»Wie zum Teufel könnt Ihr das wissen?«, stammelte ich, kaum die raffinierteste Art, einer Befragung zu entgehen.

»Ihr seid ein Dummkopf, und seid Ihr auch zehnmal ein Tribun«, meinte Yonge. »Ihr vergesst, dass ich Kaiter bin. Ich diene Numantia – für den Augenblick –, aber ich stamme aus Kait. Ich weiß *alles*, was es über mein Land zu wissen gibt, und von jedem, der sich dafür interessiert. Wenn der Erste Tribun, Oberbefehlshaber über die Armee, nach Karten vom Sulempass und die Handelsroute über Sayana zur maisirischen Grenze verlangt und ich die Anforderung ganz zufällig mitbekomme, was, meint Ihr wohl, denke ich dann?«

»Yonge, so hinterlistig kann doch wohl keiner sein.«

»Ja!«, bekam ich zur Antwort. »Und nur weil Ihr ein Barbar seid, der mit einem kräftigen Schluck nicht zurechtkommt, heißt das noch lange nicht, dass Ihr nicht endlich lernen solltet, wie man sich als rechter Gastgeber zu benehmen hat.«

»Dritter Schrank vom Fenster«, sagte ich. »Gläser sind auf der Anrichte.«

Yonge kramte sich durch das Sortiment von Schnäpsen, fand einen nach seinem Geschmack, riss das Wachssiegel ab, zog den Korken mit den Zähnen heraus und spuckte ihn auf den Boden.

»Ich nehme an, Ihr trinkt sie gleich aus.«

»Natürlich«, sagte er. »Was wäre denn sonst ein angemessener Lohn für einen Mann, der drauf und dran ist, Euch das Leben zu retten?« Er schenkte sich ein Glas ein, kippte es hinunter und grunzte. »Gut. Richtiger Mordbrenner. Dreifach destilliert. Mit dem Stoff bekommt Ihr sogar Rost vom Schwert.« Er schenkte sich ein weiteres Glas ein. »Armes Kerlchen«, säuselte er, als er wieder an den Tisch trat, um das Tuch von den Karten zu ziehen. »Versuchen wir zu entscheiden, wie wir am besten durch meine Heimat kommen – auf Zehenspitzen oder mit Pauken und Trompeten, eh?«

»Man gönnt mir auch nicht das kleinste Geheimnis«, beklagte ich mich.

»Wenn man mit einer blöden Kuhmiene rumläuft wie Ihr, verdient man auch keines. Meiner Ansicht nach sind beide Ideen beschissen«, erklärte er. »Wenn Ihr mit Soldaten loszieht, nicht wenigstens eine ganze von den Göttern verdammte Armee mitnehmt, dann hetzt Achim Baber Fergana Euch mit einer größeren Streitmacht zu Tode. Ich verstehe den Mann, denn ich habe mir selbst beigebracht, wie ein Schwein zu denken. Ein raffiniertes Schwein wie Fergana, eh? Der wird alles tun, um Euch in einen der kleinen Käfige von Sayana zu stecken und zuzuschauen, wie Ihr verfault. Nachdem er Euch alles ausgerissen hat, was Euch nicht gleich umbringt.

Die erste Art ist blöde«, schloss er. »Pah.« Er trank. »Die zweite wäre natürlich, klammheimlich zu gehen. So wie wir seinerzeit in die Höhle von Thak dem Dämonen sind und all die Tovieti umgebracht haben. Uns wie Bauernlackel anziehen und dann beten. So denkt Ihr Euch das doch, nicht wahr?«

Ich nickte.

»Pah«, sagte Yonge mit noch stärkerer Betonung und schob die Karten auf den Boden. »Also, Numantier, ich sage Euch jetzt, was Ihr macht. Ihr geht über die Grenze, aber nicht in der Nähe von Kait.«

»Dann soll ich wohl fliegen«, murrte ich.

»Nein. Ihr geht rüber, wo selbst eine Bergziege beim bloßen Gedanken daran die Scheißerei überkommt. Ihr werdet so hoch über den Wolken sein, dass Ihr durch sie hindurchpissen könnt und Euer Wasser gefriert, bevor es auf dem Boden aufkommt. Ich, Yonge, kenne einen besseren Weg. Einen geheimen Weg. Einen Weg, der Euch ins Herz von Maisir führen wird.«

Eine teuflische Freude leuchtete aus seinem Gesicht.

»Also, kann ich die Flasche jetzt behalten?«

Es war eine Stunde nach Tagesanbruch und die Straße am Fluss war verlassen. Ich saß auf meinem Pferd und blickte das fünfgeschossige Haus hinauf, in dem ich einmal zu Hause gewesen war.

Im obersten Stock, hinter einem Balkon, in dem Raum, der unser Schlafzimmer gewesen war, bewegte sich ein Vorhang.

Ich meinte, eine Gestalt dahinter zu sehen.

Noch einmal bewegte der Morgenwind den Vorhang, dann erstarb er. Es rührte sich nichts mehr, es war völlig still. Keiner kam heraus auf den Balkon.

Ich wartete einige Zeit, dann schnalzte ich mit der Zunge. Mein Pferd wieherte und ich ritt, ohne mich noch einmal umzusehen, davon.

Eine Stunde später schiffte ich mich nach Maisir ein.

15 *Der Schmugglerpfad*

Die *Kan'an* machte gute Fahrt flussaufwärts in Richtung Renan. Per Heliograph waren bereits verschlüsselte Nachrichten an die Grenze gegangen und Melder würden sie nach Jarrah bringen, damit mich am vereinbarten Ort die Negaret, die maisirischen Grenzkommandos, in Empfang nehmen konnten.

Ich nahm fünf Männer mit und Capitain Lasta als Adjutanten und Sektionskommandeur. Ich dachte daran, die Seherin Sinait mitzunehmen, aber Tenedos sagte, das verstoße gegen das Protokoll. Heute frage ich mich, ob das die Wahrheit war oder ob es dafür nicht andere Gründe gab.

Aus schierer Böswilligkeit beförderte ich Karjan zum Oberfeldwebel, sah mich aber enttäuscht. Er funkelte mich nur böse an, murmelte etwas davon, dass sich mit der Zeit alles rächte, und ging dann zum Packen in sein Quartier. Die anderen, die ich bei mir hatte, waren Feldwebel Svalbard, der verdrießliche Haudegen, der Bogner Feldwebel Curti, ein weiterer Lancier, dessen Talente ich respektierte, und schließlich Lancier Manych, an dessen Fertigkeiten im Umgang mit dem Bogen ich mich noch aus Kallio erinnerte. Ihn machte ich, zu seinem beträchtlichen Erstaunen, zum Feldwebel. Als er merkte, dass er trotzdem der rangniedrigste unter den Männern war, wandte er sich brummend an Karjan.

Karjan lachte. »Da Ihr der Jüngste von uns seid, braucht Ihr Euch nicht lange umzuschauen, wenn einer ein Feuer zu machen befiehlt. Und der Grund für Eure Beförderung ist, wie Ihr merken werdet, der, dass mein Herr und Meister nicht weniger Leute unter die Erde bringt, als er befördert. Wenn nicht mehr. Aber die Rente für Eure Witwe fällt besser aus. Ist eben ein Gemütsmensch, mein Herr.« Ich zog mich zurück, bevor Karjan merkte, dass ich ihn belauschte.

Pferde mitsamt Ersatz wollten wir uns in Renan besorgen, dann sollte es in westlicher Richtung losgehen. Sobald wir das Hochland und Urshi passiert hatten, sollte es in die Grenzstaaten gehen, wo wir direkt auf Yonges Geheimweg zuhalten würden.

Yonge und ich hatten vier Tage damit zugebracht, die Route durchzugehen, immer wieder, und das nicht nur anhand der eher ungenauen Karten der Gegend um das Hochland, sondern auch aufgrund von Yonges Erinnerung, die – auf ihre Art – recht genau war: »Ihr verlasst diesen Pfad, wenn Ihr an die dritte Gabelung des Baches kommt. An der steht ein hoher Baum mit einem Ast fast so dick wie der Stamm, der nach links wegsteht. Ihr werdet ihn sofort erkennen, weil daran noch immer die Reste eines Stricks hängen. Ich habe da einen alten Freund von mir aufgehängt, weil er in einer geschäftlichen Angelegenheit recht unhöflich war. Womöglich liegen noch ein paar Knochen neben dem Baum, falls die Schakale sie noch nicht verstreut haben sollten.«

Yonge trennte sich nur widerwillig von den Geheimnissen des Pfades, da er uns eigentlich hatte begleiten wollen, da einer aus dem Flachland den Anfang des Weges nicht finden würde, geschweige denn, dass er ihm über die Berge folgen könnte. Ich sagte entschieden nein, und er begann zu streiten, zu drohen, ja er bettelte gar. Aber ich blieb fest. Er wusste genau, dass ich einem Tribun und Oberbefehlshaber aller Späher unmöglich erlauben konnte, sich auf ein solches Abenteuer einzulassen, ganz gleich, wie wichtig meine Mission dem Imperator war. Er funkelte mich an und nickte dann kurz. »Na gut, Numantier, ich beuge mich Eurem Befehl.« Er schien das Thema zu vergessen. Ich hätte es besser wissen sollen.

Ich verließ meine Kabine für zwei Tage nach unserer Abreise in Nicias nicht, da ich zentnerweise Befehle zu lesen und zu unterzeichnen hatte. Aber schließlich gab es nichts mehr, was mich an Nicias, Schreibtische oder Papierkrieg erinnert hätte, und ich ging an Deck. Es nieselte, ohne richtig zu regnen, und ich ließ mir von der Feuchtigkeit das Gesicht waschen, meinen Verstand, meine Seele und streifte alles Gewesene ab.

Wir befanden uns noch immer im Mündungsgebiet des Latane, und die Ufer kamen zuweilen recht nahe, obwohl das Fahrwasser künstlich vertieft war. Ich beobachtete einen besonders farbenprächtigen Wasservogel, bestaunte sein wunderbares Gefieder, ohne auf die Person hinter mir zu achten, die ich für einen faulenzenden Matrosen hielt.

»Da hat der Vogel aber Glück gehabt, Numantier. Wärt Ihr an Land, mit Pfeil und Bogen, sein Gefieder landete zweifelsohne auf einem Eurer Hüte.« Es war natürlich Yonge.

Ich war drauf und dran, ihn zu fragen, fing mich aber gerade noch. Es hätte die hämische Freude des Kaiters doch nur erhöht. Ich erinnerte mich an meine Tage als Ausbilder und machte bewusst ein zorniges Gesicht. »Wie könnt Ihr es wagen, Tribun! Ihr habt gegen meine ausdrückliche Order verstoßen!«

»Das stimmt«, gab Yonge zu.

»Ich könnte Euch unter Arrest stellen und in Ketten nach Nicias zurückschaffen lassen.«

»Ihr könntet es versuchen«, sagte er drohend. »Aber Ihr könntet es auch einfach als geschehen betrachten und mir einen ausgeben.«

Wenigstens damit hatte ich ihn. »Es ist nichts an Bord«, sagte ich. »Da ich nicht trinke und wir in kaiserlichem Auftrag unterwegs sind, habe ich ausdrücklich befohlen, keinen Alkohol zu laden.«

»Ihr … Ihr seid eine böse Schlange!«, zischte Yonge. »Ihr müsst es gewusst haben! Ihr habt es erraten!« Ich legte einen Finger an meine Nase und machte ein weises Gesicht.

An einem kleinen Landesteg auf der anderen Seite von Renan gingen wir von Bord; ich wollte nicht unbedingt Aufmerksamkeit erregen und mich eine Woche lang von jedem Politiker und Offizier in Urey feiern lassen. Unsere Pferde warteten schon. Wir beluden sie mit unserer Ausrüstung und ritten durch die Außenbezirke der schönen Stadt in die regennasse Landschaft hinaus. Je weiter wir uns von der Zivilisation entfernten und je näher wir dem Unbekannten kamen und damit der Gefahr, desto glücklicher wurde ich.

Der Weg war breit und einladend, und wir lockerten, einer wie der andere, die Waffen in unseren Scheiden, dazu brauchte es keinen Befehl. »Ihr Flachländler lernt ja dazu, jedenfalls hin und wieder«, meinte Yonge. »Das hier ist eine Route für einen Hinterhalt. Für Dummköpfe. Gescheite Leute nehmen sie als Wegzeichen, um sich zu vergewissern, dass sie auf dem richtigen Weg sind.«

Ich achtete nicht auf seine Beleidigungen, da ich mich ganz darauf konzentrierte, den auswendig gelernten Anweisungen zu folgen. Ich erspähte den konischen Felsen, wartete, bis er in einer Linie mit dem gerade noch auszumachenden Wäldchen war, das auf halber Höhe einen Hügel hinauf lag, und sah mich dann nach der Abzweigung um. »Hier«, rief ich und zog die Zügel meines Pferdes auf etwas zu, das nach nichts weiter als einer Felsspalte aussah. Der Spalt weitete sich zum dem gesuchten Weg und Yonge stieß ein beifälliges Grunzen aus.

Vor uns wuchsen die Hügel zu baumlosen, abweisenden Bergen auf.

Ganz plötzlich ragte der Tempel aus dem wütenden Schneesturm; wie ein brütender Adler hing er über dem schmalen Tal. Er war aus dunklem Holz erbaut, aufwendig gearbeitet und mit großen Steinstatuen von Fabelwesen aus keinem mir bekannten Mythos geschmückt. Statuen von Dämonen zierten die nach oben gebogenen Traufen des Dachs. Ich fragte mich, wer den Tempel wohl erbaut hatte und wann, denn es war einfach unmöglich, dass die Männer und Frauen, die die paar Dutzend Hütten darunter bewohnten, diese Arbeit geleistet haben konnten, noch nicht einmal mit der Kraft der Götter, und hätten sie auch eine Ewigkeit dazu gehabt. Ich blickte auf die leeren Löcher der Fenster, die von Glas und Vorhängen nichts wussten, und erschauerte, ohne zu wissen warum.

Yonge starrte das mächtige Gebäude oder besser die untereinander verbundenen Bauten an und aus seiner Miene sprach der schiere Hass. In seinen Anweisungen hatte er diesen Ort nicht weiter erwähnt, außer dass wir hier unsere Pferde gegen trittsichere

315

Tiere eintauschen würden. Ich fiel zurück, bis ich neben ihm war, und wollte schon fragen, was hier faul war.

Er schüttelte den Kopf. »Kein Wort«, sagte er. »Nicht jetzt.«

Ich sagte nichts mehr, sondern gab meinen Leuten Zeichen: ein Klaps auf den Knauf meines Schwerts, ein zweiter auf meine behandschuhte rechte Hand. Das Signal ging die Reihe entlang und wir waren auf jede Überraschung gefasst. Ein Gong dröhnte durch das Tal, als wir auf die Treppe des Tempels zukamen, und ein mächtiges Tor schwang auf. Ein Mann kam auf uns zu. Er war noch sehr jung, kaum über zwanzig, schlank und am Kopf rasiert; trotz des Sturms trug er nur einen leichten Kittel, der in allen Farben des Sommers schimmerte. Er schritt einher wie ein König inmitten eines unsichtbaren Hofstaats.

Er blieb stehen und wartete, die Arme verschränkt. »Ich grüße Euch«, sagte er auf Numantisch, aber mit starkem Akzent.

»Wir grüßen Euch, Sprecher«, antwortete Yonge.

»Ihr kennt meinen Titel«, sagte der Mann. »Ihr wart also schon einmal hier.«

»Ich ja, meine Freunde hier nicht.«

Der junge Mann sah uns der Reihe nach sorgfältig an, und ich spürte seinen Blick wie einen Wind, der durchdringender, eisiger war als der Sturm, auf den keiner mehr achtete. »Ihr reist leicht für Kaufleute«, befand der Sprecher. »Oder habt Ihr Gold in Euren Taschen, um in Maisir einzukaufen?«

»Wir haben dort anderes zu tun.«

»Ah«, sagte der Sprecher. »Ich hätte es spüren sollen. Ihr seid Soldaten. Ich sehe es an der Kleidung, an der Art, wie Ihr im Sattel sitzt. Und Euer Begehr?«

»Packtiere«, erklärte Yonge. »Einen Platz für die Nacht. Vielleicht etwas zu essen. Wir sind bereit zu bezahlen.«

»Ihr kennt den Brauch?«

»Ich kenne ihn.« Yonge hatte gesagt, jeder von uns hätte ein Geschenk zu geben, wenn wir das Dorf erreichten, und zwar etwas Warmes zum Anziehen. Was ich für überaus vernünftig hielt.

»Dann seid willkommen«, sagte der Sprecher. »Aber nur bis zum Tagesanbruch. Dann müsst Ihr weiter.«

»Wir halten uns daran«, erwiderte Yonge. »Aber warum legt Ihr Eurem Besuch Grenzen auf? Das war das letzte Mal, als ich hier war, nicht so.«

»Ich war damals nicht der Sprecher, noch erinnere ich mich an Euch«, sagte der junge Mann. »Aber ich spüre Blut. Um Euch ist Blut, hinter Euch ist Blut, und vor Euch noch viel mehr. Ich möchte nicht, dass Ihr verweilt, auf dass nichts davon an uns kleben bleibe.« Er wies auf das Dorf, wo ich zwei offene Türen sah, deren eine in eine Hütte führte, die andere in einen Stall. »Geht jetzt«, sagte er weder grob noch freundlich und ging wieder in den Tempel zurück.

Zwei Männer halfen uns dabei, die Pferde zu striegeln, und drei Frauen trugen Essen auf, einen dicken Eintopf aus Linsen, Tomaten, Zwiebeln und anderen Gemüsen, stark abgeschmeckt mit Gewürzen, wie ich sie noch nie gekostet hatte. Nach dem Essen rollten wir unser Schlafzeug auf den Bänken aus, auf denen wir gegessen hatten. Trotz des massiven hölzernen Riegels stellte ich meine Bank quer vor die Tür, damit niemand hereinkonnte, und ich hielt mein Schwert griffbereit.

Ich schlief schlecht und hatte schreckliche Träume, an die ich mich kaum erinnerte, Träume von seltsamen Ungeheuern, verschneiten Schlachtfeldern voller Leichen, Flüssen rot vor Blut, gar noch röteren Feuersbrünsten und den hallenden Schreien sterbender Frauen. Ich wachte immer wieder auf, lauschte eine Weile benommen, wie unter Drogen, auf den Sturm, der draußen tobte, und schlief dann wieder ein.

Die Nacht dauerte eine Ewigkeit, bis endlich jemand an die Tür pochte. Ich zog den Riegel beiseite. Es waren die drei Frauen, eine mit einem Zuber dampfenden Wassers, die zweite mit Handtüchern, die dritte mit einer Schüssel dampfenden Haferbreis. Wir wuschen uns, aßen hastig, und als wir fertig waren, war das Stampfen von Hufen und das Schnauben von Tieren zu hören.

Es standen zehn Zebus draußen mit langen bereiften Mähnen, die x-förmigen hölzernen Packrahmen bereits aufgeschnallt, Feuerholz unten an jeden der Rahmen geschnürt. Jede Hornspitze war mit einer leuchtend roten Metallkugel versehen, was unsere Chancen, aufgespießt zu werden, deutlich verringerte. Wir näherten uns ihnen vorsichtig und sie schienen uns mit dem gleichen Misstrauen anzusehen. Aber sie waren durchaus gefügig und reagierten freundlich auf ein Reiben der Nase oder ein Kraulen hinter dem Ohr. Capitain Lasta schien sofort in seinem Element zu sein bei diesen merkwürdigen Tieren, und ich fragte mich, ob er wohl in einem anderen Leben ein Fuhrmann gewesen war; und dann fragte ich mich, ob als Soldat wiedergeboren zu werden wohl eine Belohnung oder eine Strafe war.

Wir schnürten unsere Ausrüstung auf die Rahmen und waren marschbereit; jeder Mann führte ein Zebu, an dessen Packsattel ein zweites gebunden war. Wir boten den Männern des Dorfes Silber, den Frauen Gold an, aber außer den Kleidungsstücken, die wir ihnen bereits gegeben hatten, wollten sie nichts.

Der Sprecher stand mitten auf dem Weg aus dem Dorf. »Ihr seid zufrieden«, sagte er und es war keine Frage.

»Das sind wir«, antwortete ich. »Ich danke Euch für Eure Gastfreundschaft.«

»Es ist eine Pflicht, die uns von Göttern auferlegt wurde, die nicht genannt werden dürfen«, sagte er. »Ich brauche keinen Dank. Aber Ihr habt Euch ordentlich benommen letzte Nacht, wart weder arrogant gegenüber meinen Männern noch beleidigend zu meinen Frauen. Dafür werde ich Euch etwas schenken, ein Rätsel, das Ihr lösen sollt, während Ihr weiterreist. Letzte Nacht habe ich einen gewissen Zauber gewirkt. Unser Gott lässt die Neugier zu. Jetzt werde ich die Eure wecken:

Der Gott, dem Ihr zu dienen glaubt, Ihr dient ihm nicht. Die Göttin, die Ihr fürchtet, ist nicht Euer wahrer Feind, während Euer wahrer Feind mehr zu werden versucht, ein Gott sogar, und letzten Endes doch nichts weiter sein wird als ein Dämon, da seine wahren Herren Dämonen sind. Der letzte Teil des Rätsels lautet folgendermaßen: Dient, wem Ihr dienen mögt, dient, wem Ihr dienen könnt, Ihr dient doch nur einem, und dieser eine gibt Euch absolut nichts.«

Er senkte den Kopf, und ich schwöre, ich sah ein Lächeln aufflackern, dann schritt er in seinen Tempel zurück.

»Was bei allen Teufeln sollte das denn bedeuten?«, brummte Karjan.

»Wer weiß«, sagte ich schließlich. »Aber habt Ihr je einen Priester gekannt, der Euch nicht zu verwirren versuchte?«

Jemand brachte ein Lachen zustande, aber als wir weiterritten, schwiegen wir beunruhigt.

»Wer waren die Leute?«, fragte ich Yonge.

»Ich weiß nicht ... aber es gibt Geschichten darüber, dass das Dorf und der Tempel schon immer da waren. Schon zu Zeiten meines Großvaters waren sie als Ort uralter Geheimnisse bekannt.«

»Welchen Gott verehren sie?«

»Auch das weiß ich nicht.«

»Warum hasst Ihr sie? Sie gaben uns zu essen, sie gaben uns ein Dach über dem Kopf, sie haben uns die Pferde umgetauscht.«

»Weil«, so sagte Yonge vorsichtig, »ich alle hasse, die mehr wissen als ich und es sich es zu lehren weigern. Ich hasse alle, die mehr Macht haben als ich, obwohl sie sie nicht brauchen. Ich hasse Leute, die wissen, dass jemand verraten wird, aber dann einen Schritt zurücktreten, um zuzuschauen, wie es passiert. Und ich hasse Leute, denen irgendein Blechgott ins Ohr flüstert, und schon denken sie, er hätte sie in seine gottverdammte Familie adoptiert!

Ich war einmal mit dreien meiner Leute hier, schlimm verwundet, und der Vater unserer scheinheiligen kleinen Rotznase hier, dieser Dreckskerl, hat uns abgewiesen, und das aus Gründen, die ich heute noch nicht verstehe, aber ich hoffe, er wurde dafür als Schleimwurm wiedergeboren. Also, Numantier, sind das Gründe genug?«

Ich ging Yonge für den Rest des Tages aus dem Weg.

»Tribun, ich habe so das Gefühl, dass ein Sturm im Anzug ist«, meinte Capitain Lasta. Der Wind wurde heftiger, eisig und nass.

»Der Pfad führt, soweit ich mich erinnere, hinunter an den Fuß des Berges dort«, sagte Yonge. »Schutz finden wir –«

»Große Götter!« Der Schrei kam von Manych. Er wies den Hang hinauf, der sich über uns erhob. Einen Augenblick lang konnte ich nichts erkennen, dann wehte der Schleier aus Schnee zur Seite, und ich sah, völlig reglos auf einem Felsgrat, einen Leoparden, aber einen Leoparden mit einem Muster, wie ich im Dschungel nie eines gesehen hatte. Seine Rosetten waren schwarz, und das Fell darum herum schneeweiß. Er war riesig, fast so groß wie ein Tiger. Er starrte uns an, reglos, neugierig.

»Wird er angreifen?«, flüsterte Manych.

»Ich werde nicht darauf warten«, sagte Curti und ging langsam auf sein Zebu zu, an dem, in einem Köcher, sein Bogen hing. Er erstarrte, als ein Mann aus dem Schneegestöber trat und auf die gewaltige Katze zuging. Er war groß und hatte langes Haar, länger noch als meines, und einen Vollbart, der ebenso dunkel war wie sein Haar. Er trug eine ärmellose Fellweste, Fellhose und Stiefel, unter der Weste ein wollenes Hemd. Er stand nicht weniger reglos da als der Leopard und musterte uns interessiert. Die Hand des Mannes streckte sich und strich dem Leoparden über den Kopf, der sich die Berührung gern gefallen ließ. Schnee umwirbelte die Felsen, und als die Sicht sich wieder klärte, waren weder der Mann noch das Tier mehr zu sehen.

Wir erreichten das Kopfende des Passes. Zu unserer Rechten befand sich eine nahezu senkrechte Steilwand, zu unserer Linken ein kahler Berghang unter einer tiefen Schicht Schnee. Ich hörte – ganz deutlich – eine Stimme: »Halt! Kehrt um!« Es war eine sanfte Stimme, die einer Frau, wie ich dachte, und sie kam aus dem Nichts.

»Was?« Laut tönte meine Stimme in die frische, eisige Stille.

»Was ist, Sir?«, fragte Lasta. Ich hörte die Stimme noch einmal und ich wusste, dass ich ihr gehorchen musste.

»Schafft die Tiere zurück«, befahl ich. »Sofort! Bewegt Euch!«
Es herrschte Verwirrung, aber meine Männer gehorchten und unsere winzige Formation machte auf dem Fleck kehrt. Ich fluchte, da ich aus irgendeinem Grund wusste, dass wir schnell machen mussten – noch schneller. Die Männer sahen mich an, als wäre ich verrückt geworden. Dann hob ein Rumpeln an, ein grollender Trommelwirbel, der von überall kam.

»Seht! Da oben!«

Auf dem Gipfel des Abhangs brodelte eine Wolke aus Schnee, die immer größer wurde, je tiefer sie kam. Brodelnd und dampfend kam der Berg in einer Lawine herab. Es brauchte keine weitere Aufforderung mehr, um die Männer zur Eile zu treiben, keine geschrienen Befehle, und selbst die Zebus schienen zu wissen, wie nahe der Tod war, und versuchten sich an einem unbeholfenen Galopp durch hüfthohen Schnee.

Wir kamen nur langsam voran, viel zu langsam, und das Tosen war jetzt lauter und so nahe, dass ich mich nicht umzublicken wagte, um dem Tod, der da kam, ins Auge zu sehen. Er packte mich, riss mich mit sich, und ich sah mich in einer Wolke stechenden Eises und weicher Daunen begraben. Es war eiskalt, ich bekam keine Luft mehr, ich drehte mich lebendigen Leibes im Grab. Weicher, tödlicher Schnee füllte mir Mund und Nase mit sanfter Gewalt.

Dann stand alles still. Ich sah nichts mehr. Ich versuchte die Arme zu bewegen, sah, dass es ging, und ruderte wie wild, hart am Rande der Panik. Dann sah ich den Himmel – trübe, grau – und stellte fest, dass ich unter kaum einem Fuß Schnee am Rand der Lawine begraben war. Reglos lag ich da und dachte, dass ich noch nie einen so schönen Himmel gesehen hatte wie diesen grauen Sturmboten, während mir Eiswasser den Rück hinunterrann.

Taumelnd rappelte ich mich auf und musste feststellen, dass ich, der ich als Letzter davongelaufen war, als Einziger verschüttet worden war. Meine Männer versammelten sich um mich herum und ich starrte mit offenem Mund den Berghang an. Wo zuvor noch tiefe Schneewehen gewesen waren, befand sich jetzt nichts mehr als grauer Fels. Hoch oben, wo die Lawine begonnen hatte, sah ich winzige tanzende Punkte, und vage wehte ein enttäuschtes, zorniges Keifen zu uns herab. Ich erkannte zwar den Zorn, der darin enthalten war, aber die Stimmen gehörten keinen menschlichen Wesen. »Was ist das denn?«

»Keine Ahnung«, meinte Karjan. »Sie bewegen sich auf zwei Beinen … aber nicht wie Menschen.«

Die Punkte kamen zu Gruppen zusammen, gingen über den Kamm und waren verschwunden.

»Sir? Was hat Euch dazu bewogen, uns umkehren zu lassen?«

»Ich weiß es nicht«, antwortete ich. »Vielleicht habe ich aus den Augenwinkeln etwas gesehen. Teufel auch, vielleicht habe ich einfach Glück.«

Sie nickten – Damastes á Cimabue war als Glückskind bekannt. Jede andere Erklärung wäre höchst beunruhigend gewesen.

Wir beruhigten die Tiere und gingen weiter über den Kamm und machten uns dann an den langen Abstieg nach Maisir. Und bei jedem Schritt fragte ich mich, wem wohl die Frauenstimme gehört hatte. Ja ob es überhaupt eine Frau gewesen war. Der Mann, den man als Sprecher bezeichnet hatte, hatte doch eine sehr weiche Stimme gehabt. War er es gewesen? Wenn ja, wieso sollte er mich warnen? Uns? Ich hatte keine Antwort darauf.

Wir gelangten an einen schmalen Hohlweg, in dem, wie wir sahen, eine enge Klamm zur Seite wegführte.

»Wollt Ihr einen Augenblick anhalten?«, fragte Yonge.

»Natürlich«, erwiderte ich und brachte unsere Gruppe zum Stehen. »Kommt mit, wenn Ihr so gut sein wollt«, bat mich der Kaiter. Ich kam seiner Bitte nach. »Lasst uns einen Augenblick allein«, sagte Yonge den anderen.

Ich folgte ihm in die Klamm bis an eine Stelle, wo sie von einem brusthohen Wall aus Felsbrocken verschüttet war. Yonge stand vor dem Wall und wartete ab. Ich spähte darüber hinweg. Die Klamm ging nicht weiter als vielleicht sechzig, siebzig Schritt und endete dann im schieren Fels. Ihre Wände schützten sie vor Schnee, und die Felsen waren gerade eben von etwas Pulver bedeckt. Der Boden war mit Knochen – Menschenknochen – übersät. Dazwischen sah ich rostige Rüstungen, zerbrochene Bogen, ein zerschmettertes Schwert und Tiergebein.

»Fünfzig Mann«, sagte Yonge. »Gute, ehrliche Schmuggler. Sie hatten bei dieser Überquerung fünf neue Mitglieder dabei. Die Neuen haben sie verraten.«

Yonge wies auf einen Schädel, der noch immer in einer Panzerkappe steckte. »Das war ihr Anführer. Juin. Ein guter Mann. Er hatte noch Zeit, vier der Verräter niederzumachen, dann befahl er seinen Männern, sich hierher zurückzuziehen und bis aufs Messer zu kämpfen. Bevor man sie erschlagen hat, haben sie noch ihre Ware verbrannt und zerstört, auf dass die Räuber nichts davon hätten. Er starb als Letzter und sein Schwert pfiff den Totengesang für so manchen von denen, die sich ihm stellten.« Yonge verstummte. Es herrschte Stille bis auf das Flüstern des Winds.

»Woher wisst Ihr, was passiert ist?«, fragte ich. »Wart Ihr dabei?«

»Nein.«

»Dann –«

»Ich wusste es«, sagte Yonge, »Der letzte der Verräter hat es mir erzählt, bevor auch er starb.« Er sah sich den Schädel mit dem Helm noch einmal an. »Ein guter Mann«, sagte er noch einmal. »Mein Bruder.«

Ich fuhr zusammen. »Warum … warum habt Ihr ihn nicht begraben? Oder den Flammen übergeben?«

Yonges kalte Augen trafen sich mit den meinen. »Ihr trauert auf Eure Weise, Numantier, ich trauere auf die meine.«

Er schickte sich an, zu unserem Zug zurückzugehen, wandte sich aber dann noch einmal um.

»Keiner der Kerle, die Juin aufgelauert haben, ist noch am Leben«, sagte er. »Nicht ein Einziger.« Er zeigte mir ein schreckliches Lächeln und seine Hand legte sich instinktiv auf den Knauf seines Schwertes.

Yonges düstere Stimmung verflog, und als wir uns tiefer hinab auf die Ebene zuarbeiteten, war er wieder laut und munter wie eh und je. Wir waren jetzt tatsächlich in Maisir.

Alles roch anders, fühlte sich anders an. Kait war schon fremd gewesen, aber doch auch wieder wie die Felsspitzen und Schluchten des Hochlands von Urshi oder die Grenzgebiete Ureys.

Rund um uns herum erhoben sich Bäume, aber im Gegensatz zu den Dschungeln Numantias handelte es sich hier um hohe Nadelbäume, Fichten und Zedern, deren Gezweig die Geheimnisse dieses unbekannten Landes flüsterten, wenn der Wind durch sie fuhr. Wir sahen Bären, einige größer als alle, die ich je in meinem eigenen Land gejagt hatte, und die Fährten riesiger Katzen. Die Luft war frisch und sauber, und Nicias und meine eigenen Probleme schienen zu einer anderen Welt zu gehören. Yonge, der normalerweise den Schwanz, das heißt den Letzten im Zug machte, tauchte neben mir auf.

»Ein schönes Land, Numantier«, sagte er.

»Allerdings.«

»Und wisst Ihr auch warum?« Er wartete nicht auf eine Antwort. »Weil es hier keine Menschen gibt.« Wir grinsten einander gelassen an. »Ich habe immer davon geträumt, mir hier irgendwo eine kleine Hütte zu bauen«, fuhr Yonge fort. »Mit ein paar Vorräten – Getreide, Salz, Pfeilspitzen, ein bisschen Saatgut für den Winter –, und was ich sonst noch zum Leben brauche, das jage und angle ich mir.«

»Ein schöner Traum«, meinte ich.

»Und er hat nur einen Fehler«, sagte er.

»Und der wäre?«

»Das hier ist Maisir.«

»Na und? Ich bezweifle, dass einer von denen Euch die eine oder andere Bärenhaut missgönnt oder mal einen Lachs.«

»Vielleicht steckt noch mehr dahinter als das«, sagte er mit einem geheimnisvollen Blick. Er schlug mir auf die Schulter. »Wie auch immer, Tribun Damastes á Cimabue, Ihr habt Euch gut gehalten unter meiner Führung, und ich möchte Euch nur sagen, dass Ihr – vielleicht und vor allem im Hinblick auf den Mangel an wirklich guten Männern – jetzt vielleicht auch mal eine eigene Patrouille führen könnt. Ihr dürft Euch hiermit einen Späher nennen, wenn Ihr es wollt.«

Er scherzte natürlich, aber ich war gerührt und nahm den Titel sehr ernst. »Ich danke Euch, Tribun.«

Auch er wurde plötzlich wieder ernst. »Wenn man mich also plötzlich abberufen sollte, so weiß ich, dass alles gut gehen wird – na ja, vielleicht nicht gerade gut, aber wenigstens nicht allzu schief.«

»Und was hat das zu bedeuten?«

»Seid Ihr es nicht müde, mich das zu fragen?«, fragte er und fiel auf seinen normalen Platz in der Reihe zurück.

Der Nebel war dick und wir bewegten uns nur langsam den Pfad entlang. Wir gingen lautlos, die Geräusche der Stiefel und Hufe durch die dicke Schicht Nadeln gedämpft, die auf dem Weg lag. Wir kamen um ein Knie und dort erwartete man uns auch schon.

Fünfzehn Männer auf schwarzen Pferden, von denen eines dem anderen glich. Alle in schwarzer Rüstung. Zu beiden Seiten stand eine Reihe Bogenschützen, die Pfeile in die Kerbe gelegt, und zielte auf uns. Ich erkannte die Männer von den Radierungen in Irrigon her. Es handelte sich um Negaret – die Grenzgarden des maisirischen Reichs.

»Wer sich rührt, stirbt!«, sagte einer mit einem zottigen Bart. »Lasst die Hände von den Waffen.« Er trieb sein Pferd auf mich zu.

Meine Männer hielten sich ebenso reglos wie ich – nur Yonge war nicht mehr da! Die Zügel seines Zebus baumelten lose auf den Boden.

»Macht die richtige Meldung – oder sagt Euer letztes Gebet an Eure Götter«, befahl mir der bärtige Mann.

Die Spitze seiner Lanze berührte meine Brust.

16 *Die Negaret*

Ich bin Damastes á Cimabue«, verkündete ich beherzt, »von Imperator Laish Tenedos zum Botschafter mit besonderen Vollmachten an den Hof König Bairans entsandt – im Namen der Göttin Saionji.« Letzteres fügte ich hinzu, weil ich nicht sicher war, ob man die Grenzgarden davon in Kenntnis gesetzt hatte, wer ich überhaupt war; mit dem Gedanken an die viel gerühmte Frömmigkeit der Maisirer versprach ich mir davon einen gewissen Schutz. Und tatsächlich sah ich zwei der Reiter zusammenfahren, als ich die gefürchtete Zerstörerin beim Namen nannte. Der Bärtige machte ein enttäuschtes Gesicht und senkte die Lanze.

»Und wie kommt Ihr hierher?«, wollte er wissen.

»Per Schiff, zu Pferd und zu Fuß«, berichtete ich, und einer der Negaret kicherte und sah sich von seinem Offizier mit einem finsteren Blick bedacht.

»Ich meinte … Aber Ihr werdet mir Euren Weg wohl nicht verraten, eh?« Ich antwortete nicht. »Sei's drum. Vielleicht kenne ich ihn ja. Ich bin Jedaz Faquet Bakr. *Jedaz* ist mein Titel und bedeutet so viel wie –«

»Kommandant der Schwelle«, sagte ich. »Wir nennen es die Grenze.«

Bakr blickte mich etwas überrascht an. »So habt Ihr von uns Negaret gehört, eh?«

»Nicht annähernd genug.«

»Na, dann kommt. Dann lasst uns zusammen lernen und wachsen.« Er stieß ein brüllendes Lachen aus. »Ich habe Befehl von König Bairan, dem größten aller Monarchen, Eure Ankunft abzupassen und Euch in jeder Hinsicht zu Diensten zu sein. Ich habe Euch seinen Vertretern in Oswy zu überbringen, wo Ihr mit allen Ehren empfangen werdet, bevor es in die Hauptstadt Jarrah weitergeht. Gestattet mir, der Erste zu sein, der Euch in Maisir willkommen heißt.«

»Ich danke Euch«, erwiderte ich.

»Euer Hornvieh braucht Ihr nicht mehr. Sagt mir, reiten Eure Männer, oder sind sie *raelent*?« *Raelent* bedeutete »keine richtigen Männer«, und ich nahm an, das war für die Negaret gleichbedeutend mit jedem, der zu Fuß daherkam.

»Sie reiten«, sagte ich.

»Gut. Wir haben Pferde mitgebracht.« Er winkte seinen Männern und zwei von ihnen führten gesattelte, aber reiterlose Pferde auf uns zu. »Sagt mir, Tribun Damastes«, fuhr er fort, »wieso habt Ihr denn so lange gebraucht? Wir reiten nun schon zwei Wochen auf und ab und stochern in den Zähnen herum. Die Berge waren wohl schwieriger, als Ihr erwartet habt?«

»Nicht im Geringsten«, antwortete ich. »Wir fanden sie so bezaubernd, dass wir noch auf einen Urlaub im Schnee blieben. Tut mir Leid, dass Ihr Euch gelangweilt habt.«

Wieder brüllte Bakr vor Lachen. »Gut. Sehr gut. Ihr seid erst der zweite Numantier, der mir unterkommt. Ich denke, Ihr gebt recht gute Feinde ab, wenn es zum Kampf kommt.«

»Aber wir sind nicht im Krieg«, entgegnete ich.

»Aber wie lange noch?«, fragte Bakr. »Es liegt doch in der Natur der Starken, ihre Stärke zu prüfen, oder was meint Ihr?«

Ich zuckte die Achseln.

»Ich hätte eine soldatischere Antwort erwartet«, sagte Bakr. »Man hat uns von Eurem Ruf als Krieger berichtet und ich habe mir jemand weit Grimmigeren vorgestellt.«

»Wenn ich unter Freunden bin«, sagte ich, »brauche ich nicht grimmig zu sein.«

Er sah beeindruckt aus. »Ein Krieger … und womöglich auch noch ein Mann des Wortes. Nun denn, dann lasst uns doch sehen, wie gut Ihr zu Pferde seid. Unser Lager ist zwei Stunden von hier. Lasst uns doch mal sehen, wie lange wir mit unserem neuen Gepäck brauchen.«

Es ging nun durch die Ausläufer der Berge und weiter hinab. Je tiefer wir kamen, desto spärlicher wurde der Regen, und schließlich hörte er auf.

Mit großer Neugier sah ich mir Gebaren, Kleidung und Bewaffnung der Negaret an. Die Männer selbst kamen aus den verschiedensten Stämmen. Einige waren dunkelhaarig, andere blond; einer hatte langes Haar fast so hell wie bei einem Albino. Sie waren groß, klein, stämmig, mager, und ihr Teint war nicht weniger abwechslungsreich. Alle trugen sie dunkle Rüstung und darunter eine wilde Vielfalt von Kleidungsstücken – Fellwesten, Lederhosen, Seide, schweres Leinen und Stiefel –, als hätte jeder von ihnen seine Ausrüstung in einem anderen Basar gekauft.

Was die Bewaffnung anging, so hatte jeder von ihnen eine Lanze mit Stahlspitze. Ihre Zweitwaffe war entweder ein Säbel, den man in einer Scheide auf dem Rücken oder in einem Sattelschuh trug, eine kurze zweischneidige Axt oder ein Hammer. Sie trugen zwei Dolche: einen langen krummen, der wie ein kleiner Säbel aussah, und einen einschneidigen geraden, der beim Essen und beim Nahkampf zum Einsatz kam. Einige hatten Schilde dabei, von der Größe einer Zielscheibe bis hin zum konventionellen Schild. Die Waffen waren mit Edelsteinen besetzt und die Scheiden teuer gearbeitet, aber die Griffe waren abgewetzt vom vielen Gebrauch. Jeder der Negaret ritt, als wäre er auf dem Rücken eines Pferdes geboren worden.

Wir kamen über eine Anhöhe, und das Lager der Negaret tauchte vor uns auf. Es standen zwanzig mächtige Zelte über eine Wiese mit einem Teich in der Mitte verstreut. Die Zelte waren achteckig, etwa sechzig Fuß im Durchmesser und aus schwerem schwarzem Filz. Über jedem Zelt befand sich eine kleinere runde Kuppel aus Filz, um Regen oder Schnee zu absorbieren.

Die Negaret hoben ein Mordsgeheul an, als wir uns näherten, ein Geschrei, das über mehrere Werst der offenen Prärien hinweg tragen musste, die man hier *Suebi* nannte. Die Schreie waren auf die eine oder andere raffinierte Art moduliert, um einfache Botschaften zu übermitteln.

Als wir auf sie zuritten, kamen Männer, Frauen und Kinder aus den Zelten und sahen uns neugierig an. Die Frauen der Negaret trugen bunte Kleidung in allen möglichen Stilen. Sie sahen nicht weniger unheimlich aus als ihre Männer. Und sie benahmen sich ausgesprochen kühn, als stünden sie ihren Männern gleich, was denn auch tatsächlich zutraf, wie ich später erfuhr.

Ein großes Durcheinander von Gelächter, Fragen und Befehlen hob an. Weitere Gruppen ritten ins Lager, bis es vor Negaret im Lager nur so wimmelte; es waren zweihundert oder mehr. Man gab uns zu Ehren an diesem Abend ein Fest.

»Tribun Damastes«, brüllte Bakr mit einem Mal, »wir haben da ein Problem, und ich fürchte, Ihr tragt, auch wenn Ihr ein großer *Shum* seid, die Schuld daran.«

Ich nahm an, dass der ganze Clan Zeuge der Unterhaltung werden sollte, und so hob auch ich meine Stimme, wie es sich für jemanden, den man eben einen Herrn – *Shum* – genannt hat, geziemt.

»Es liegt mir fern, großer Jedaz, irgendetwas anderes als Scham zu empfinden, wenn ich meinen neuen Freunden schon zum Problem geworden bin. Wie, meint Ihr, soll ich es wieder gutmachen?«

»Wären wir richtige Maisirer, wir würden uns für den Rest des Tages mit geistlichen Liedern bei allen möglichen Göttern für Eure sichere Ankunft bedanken«, rief Bakr. »Und Ihr und ich, wir würden rumsitzen und einander Komplimente über unseren Charme und unseren Heldenmut machen. Aber meine Leute brauchen Fleisch, und da es noch früh am Tag ist, wollen wir auf die Jagd. Sagt mir, großer Numantier, sähet Ihr darin eine Schmach?«

»Aber sicher«, sagte ich. »Aber Ihr könnt sie wieder wettmachen, indem Ihr uns mitkommen lasst. Nachdem wir uns gewaschen haben.«

Bakr stieß einen spitzen Schrei aus. »Gut! Gut! Natürlich seid Ihr willkommen. Wir brechen auf, sobald wir uns erfrischt haben.«

Bakr kam zu mir, während ich mich mit dem Ross bekannt machte, das man mir gegeben hatte. Er hatte einen hageren, weißhaarigen und weißbärtigen Mann dabei. Der Mann war geradezu unglaublich dünn und auch nicht sonderlich groß, aber sein Körper erinnerte mich an den eines Windspiels, und vermutlich hielt er mit einem Pferd Schritt, bis es zusammenbrach. »Das hier ist Levan Illey, mein *Nevraid*«, sagte er. Ich wusste, dass *Nevraid* maisirisch für »Zauberer« war.

»Gehen Eure Männer mit unseren Reitern auf die Jagd?«, fragte er.

»Ja«, erwiderte ich. »Wenigstens bis sie etwas erspähen. Dann steigen sie ab und nehmen ihren Bogen.«

»Gut«, sagte der *Nevraid*. »Ich habe da eine Idee, die ihren Tag lohnender machen wird. Wir Negaret jagen vom Sattel aus, aber es wird kein Problem sein, Eure Soldaten zu beteiligen. Vielleicht, Faquet, könntet Ihr sie von einem Reiter etwa einen halben Werst in den Süden der Herde führen lassen? Es gibt da einige Felsen, von denen einer aussieht wie ein kauernder Dicker, und die Herde wird daran vorbeifliehen, wenn wir angreifen.«

Ohne auf eine Antwort zu warten, hastete er davon.

»Woher kennt der *Nevraid* den Weg, den die Tiere nehmen werden?«, fragte ich.

»Er ist eben ein *Nevraid*«, sagte Bakr etwas erstaunt. »Können Eure Zauberer denn so etwas nicht?«

Ich hatte nie von einem gehört.

»Na so was«, stellte Bakr fest. »Die Jagd muss ja riskant sein bei Euch. Wenn Ihr mich entschuldigen wollt.« Er rief nach einem Leutnant und gab ihm einige Befehle. Einige Minuten später waren meine fünf Leute auch schon aufgesessen und ritten mit drei Begleitern davon.

»Also, und was ist mit Euch?«, fragte Bakr, als er zurückkam.

»Ich würde es vorziehen, mit Euch zu reiten und dann auf eigene Faust auf die Jagd zu gehen.«

»Wie Ihr wollt.« Bakr grinste. »Ihr seid ein recht ungewöhnlicher

Mann für einen Diplomaten, Tribun. Auf die Jagd zu gehen ... Eure Eskorte davonreiten zu lassen, ohne sich Sorgen zu machen, das könnte gefährlich sein.«

Ich antwortete wahrheitsgemäß. »Ich bin kein Gott, noch ist einer meiner Männer einer. Wenn Ihr uns schaden wolltet, meint Ihr, wir sechs könnten Euch länger als ein paar Minuten beschäftigen?«

Bakr nickte gedankenvoll. »Na, wenn ich Euch bewiesen habe, dass ich kein Meuchler bin, gehen wir doch auf die Jagd.«

Wir ritten dorthin, wo man die Antilopen vermutete, und stiegen dann unter der Hügelkuppe ab; drei Mann schlichen den Hügel hinauf. Illey breitete seine Karte auf der Erde aus und beschwerte sie mit Steinen voll magischer Zeichen. Die Späher rutschten wieder herab. Die Herde war da – etwa vierzig Stück.

»Gut«, sagte Bakr. »Lasst das Leittier in Ruhe. Und auch die Jährlinge. Nehmt einen jungen Bock oder ein Schmaltier ohne Junges. Eines pro Mann.«

Wir saßen auf. Ich machte mein Jagdgerät bereit, das ich aus einigen Gegenständen gefertigt hatte, die ich mir im Lager ausgeliehen hatte, eine Waffe, von der ich dachte, sie könnte die Negaret interessieren.

»Jetzt!«, rief Bakr, und wir sprengten im Galopp über den Kamm. Die Antilopen sahen uns und gerieten in Panik. Dann jedoch hörte ich ein grimmiges Brüllen, auf das zwei Löwen über den Kamm gegenüber gesprungen kamen. Die Antilopen stoben auseinander, und einen Augenblick vergaß ich sie, während ich mich verwünschte, keine bessere Waffe gegen angreifende Menschenjäger zu haben. Doch die Löwen wurden unschlüssig und trollten sich, und schließlich wurde mir klar, dass es sich um Illeys Zauber handelte.

Mit den Zügeln peitschte ich mein Ross in einen gestreckten Galopp, suchte mir aus dem Rudel einen jungen Bock aus, dessen Gehörn sich fast bis auf den Rücken bog, und vergaß alle anderen. Er lief, was er konnte, aber mein Pferd war schneller. Ich stellte mich

331

in die Bügel und machte die Waffe bereit, die ich mir gebaut hatte. Es waren vier Eisenkugeln, von denen sich jede in einem winzigen Netz am Ende eines Riemens befand. Ich hatte mein Gerät an einer der Kugel gepackt, schwang es zweimal über dem Kopf, dann segelte es auch schon los.

Ich hatte Tage, ja Wochen damit verbracht, dies zu lernen, als Junge schon, nachdem mir mein Vater von dem Trick erzählt hatte, den er bei den Wüstenstämmen von Hailu gesehen hatte. Es sah einfach aus, war es aber nicht, und ich hatte mir oft genug die Knöchel zerschunden, Beulen am Kopf geholt und so manche dieser Fußangeln verloren, bevor ich mein erstes Perlhuhn damit erlegte.

Die Kugeln flogen los, drehten sich an den Enden der Riemen und peitschten dann um die Hinterläufe der Antilope. Sie schlug einen Purzelbaum und landete auf dem Rücken. Ich brachte mein Pferd zum Stehen und hatte bereits den Dolch gezogen, noch bevor ich selbst auf den Beinen stand.

Die Antilope stieß mit den Beinen, aber es war zu spät, da ich bereits über ihr war. Sie stieß noch einmal mit den gebogenen Hörnern nach mir, dann war ich auch schon innerhalb ihrer Deckung und schlitzte ihr die Gurgel auf. Das Blut spritzte, ich sprang zurück, und einen Augenblick später war das Tier tot. Ich ließ es ausbluten, schnitt die Moschusdrüsen aus dem Innenschenkel, weidete es aus, bewahrte Leber und Herz auf und wischte die Bauchhöhle dann mit Gras aus. Es gelang mir, den Kadaver auf die Schultern zu hieven – ich schätze, der ausgeweidete Bock wog nicht ganz einen Zentner –, und taumelte dann zurück zu meinem Ross.

Hufe donnerten auf mich zu und Bakr zügelte kurz vor mir sein Pferd. Er saß ab, nahm die Vorderläufe des Tieres und half mir, es aufzuladen. Mein Pferd wieherte einmal auf, wehrte sich ansonsten jedoch nicht.

»Ihr jagt ja wie ein Wilder, Numantier«, sagte Bakr, und ich hörte ihm seine Billigung an.

»Ich bin eben hungrig«, antwortete ich.

»Sind wir das nicht alle«, meinte er und wies mit der Hand auf die Ebene, auf der hier und da die Jäger abgesessen waren und ausnahmen, was sie getötet hatten. Unter einer felsigen Anhöhe gar nicht so weit von uns sah ich meine Männer, die genauso beschäftigt waren.

»Nicht schlecht, Shum Damastes«, sagte Bakr. »Vielleicht haben die Götter meinen Scherz gehört und ihn wahr werden lassen. Vielleicht lernen wir tatsächlich das eine oder andere von Euch.«

Das Festmahl an jenem Abend war so bemerkenswert, dass ich heute noch die meisten der Gerichte aufzählen kann. Die Nacht war kühl, aber klar, und man hatte die Regendächer von einigen der Zelte abgenommen und zu einem langen Festzelt zusammengefügt. Auf der Windseite hatte man eine Feuerstelle gegraben und trockenes Holz hineingeschichtet, das keinen Rauch abgab, und so hatten wir es richtig warm. Auf der anderen Seite brannten die Bratfeuer. Ich fand es bewunderungswürdig, dass die Männer das Essen auftrugen, während die Frauen kochten und dann als Gleiche unter uns saßen.

»Ihr dürft gleich für mehrere Dinge dankbar sein«, verkündete Bakr zu Beginn des Banketts. »Zunächst einmal dafür, dass wir Negaret im Gegensatz zu anderen Maisirern nicht ständig Toasts ausbringen müssen. Es besteht also die Möglichkeit, dass wir den Abend überleben, und wir wachen nicht mit den Trommlern Gottes hinter den Augäpfeln auf. Zweitens ist letztes Jahr unser Priester gestorben, und bisher hat sich noch kein neuer Mann der Götter zu uns gesellt. Es kommen uns also auch keine langen Gebete dazwischen bei unserer Völlerei. Wir fühlen uns richtig von den Göttern verflucht.«

Bakr versuchte, fromm dreinzuschauen, aber es gelang ihm nicht. Wie ich bemerkte, furchten nur einige Negaret ob seiner Frivolität die Stirn.

»Und drittens sind wir alle Halunken, jeder Einzelne von uns.« Er wartete wie jeder gute Spaßvogel darauf, dass ich meine Verwirrung zeigte, dann fuhr er fort: »Wir saufen nicht länger das angebliche Lieblingsgetränk der Negaret – in einem behandelten Magen vergorene Stutenmilch mit Blut.« Er schnitt eine Grimasse und sagte dann leise. »Ich habe mich schon immer gefragt, ob wohl jedes Volk ein Gericht hat, das keiner ausstehen kann, nur um zu beweisen, was für harte Brocken sie sind. Na, jedenfalls trinken meine Männer und Frauen jetzt wie zivilisierte Leute.«

Er wies auf einen mit Krügen beladenen Tisch. Es gab süße Weine und mehrere Sorten Branntwein, aber das Lieblingsgetränk der Leute war Yasu, das aus zu Maische vergorenem und destilliertem Getreide bestand. Der klare Schnaps war mit verschiedenen Pflanzen wie zum Beispiel Zitronen, Fenchel, Dill und Anis gewürzt. Bakr hatte mich mit einem ungläubigen Blick bedacht, als ich ihm sagte, dass ich nicht trank. Er sagte mir einmal mehr, ich sei kein würdiger Diplomat, aber dafür bliebe um so mehr für ihn.

Das Essen begann mit winzigen frischen Fischeiern auf winzigem heißen Gebäck. Dazu gab es hartgesottene Eier, Zwiebeln, kleine würzige Beeren oder einen Spritzer Zitronensaft. Der zweite Gang bestand aus den Lebern der Antilopen, die wir an jenem Nachmittag erlegt hatten, zusammen mit wilden Pilzen, wilden Zwiebeln und Gewürzen sautiert. Als Nächstes kam Präriegeflügel, mit gewürztem Marschreis gefüllt. Der Hauptgang bestand aus gerösteter und gespickter Antilope. Zwischen den Gängen gab es Gemüse, darunter eine ganze Reihe von Pilzen in Sauerrahm und Brunnenkresse in Sesamöl.

Das Finale war ein Dessert aus Ziegenkäse, Eidottern, Nüssen, Korinthen, Sahne und frischem glasiertem Obst.

Ich könnte lügen und sagen, ich war angenehm satt, aber in Wirklichkeit hatte ich das Gefühl, gefressen zu haben wie ein Schwein und dass ich mich nach einem Schlammloch umsehen sollte, um mich zu suhlen. Bakr rülpste sonor und winkte mich näher zu sich heran.

»Ihr seht, was für ein hartes, karges Leben wir Prärienomaden führen«, sagte er düster. »Jammert Euch unsere karge Existenz nicht?«

Am Morgen weckte man uns für die Reise nach Oswy. Die Negaret waren zivilisierte Leute – sie unterhielten sich nach dem Aufwachen so gut wie nicht, und nach dem Waschen bekamen wir Brötchen und starken Tee; dann hieß es mit Hand anlegen. Als die Negaret das Lager abbrachen – auch wenn sie es aufbauten –, fasste alles mit an, von den *Cede* bis hin zu den kleineren Kindern. Binnen einer Stunde waren wir abmarschbereit.

Ich sah, wie oft sie Zauberei einsetzten. Die Zelte zum Beispiel waren in Wirklichkeit kaum mehr als winzige Filzstreifen, Stricke und Hölzchen in der Größe von Zahnstochern, die allesamt besprochen waren. Illey eilte geschäftig durch den Tumult. Wo immer ein Zelt abgebaut war, blieb er stehen, sprach einige Worte, und schon verschwand der schwere Filzhaufen, und einige Leute beeilten sich, die winzigen Teile zusammenzuklauben, aus denen das Zelt im Grunde bestand. Ihre Schlafkleidung, die Lampen, die Kissen – alles war so klein, dass es auch aus der Puppenstube eines reichen Kindes hätte stammen können.

»Ein Jammer«, sagte Bakr, »dass es noch keinem gelungen ist, Hühner und dergleichen wegzuzaubern, so dass wir ganz auf die Wagen verzichten könnten.« Er wandte sich ab, um zwei Jungen zuzusehen, die hinter einer Ziege her waren; einen Augenblick später war die Ziege hinter ihnen her. »Ja. Vor allem Ziegen«, sinnierte er und rieb den Schenkel, wo ihn mal eine erwischt hatte.

Dann war nichts mehr da als die Kochstellen und Pfannen und Töpfe, um die ein reges Treiben herrschte. Wir bekamen ein richtiges Essen: Eier mit einer Soße, die sie gebraten hätte, wären sie nicht bereits hart gekocht gewesen, also verbrannte man sich statt dessen den Mund; dazu gab es frisches Roggenbrot, Kuchen und wieder Tee. Als die Mahlzeit vorbei war, baute man die Küchen ab. Die Eisentöpfe waren mit einem Mal Miniaturen, desgleich die großen eisernen Bratpfannen. Illey sagte mir, er hätte nicht den Zauber, etwas Feuerfestes zu schaffen, also tauschten sie sie in den Städten ein, wo sie von Zauberern gebaut wurden, deren Beschwörungen Shahriya, der Feuergöttin, gefielen. Und dann marschierten wir ab.

Wir waren ungefähr zwei Stunden unterwegs, als es zu nieseln begann, aber es war angenehm, so durch die letzten sanften Ausläufer auf die Ebene zuzureiten, die sich bis weit an den Horizont erstreckte. Bakr kam neben mich geritten und fragte: »Mit wie vielen Männern habt Ihr, falls das kein Geheimnis ist, Numantia verlassen?«

»Nicht mehr, als ich jetzt bei mir habe.«

»Sehr gut«, sagte er. »Die meisten Leute, die die Berge herausfordern, lassen dort Gebeine zurück.«

»Ich schätze, wir haben wohl Glück gehabt.«

»Wahrscheinlich«, antwortete Bakr, in Gedanken versunken. »Ich frage deshalb, weil ich noch nie gehört habe, dass ein Diplomat mit so wenig Gepäck und Gesinde reist. Die umgeben sich doch gern mit Pomp und allem möglichen piekfeinen Mist, wie ich aus meinen Begegnungen mit Gesandten des Königs weiß. Oder ist das in Numantia anders?«

»Es ist auch nicht anders«, erwiderte ich. »Ich nehme an, Politiker sind wohl überall gleich.«

Eine Weile ritten wir schweigend, aber in freundlichem Einverständnis nebeneinander her.

»Noch etwas«, meinte er. »Wenn Ihr ein Maisirer wärt mit einem Rang so hoch wie Ihr ihn habt, dann wäre jeder in Eurer Begleitung ein Offizier.«

»Und wer würde dann Holz machen und kochen?«

»Der *Pydna* mit dem niedrigsten Rang, ist doch klar«, sagte Bakr. »Maisirer haben die unteren Klassen nicht gern um sich, die *Calstors* und *Devas*, außer um sie herumzukommandieren und tapfer sterben zu sehen. Soldaten sind nicht viel mehr als Tiere.«

»Das habe ich gelesen«, bemerkte ich. »Und ein Offizier, der so denkt, kann unmöglich ein guter Führer sein. Wenn überhaupt einer.«

»Genau«, stimmte Bakr mir zu. »Deshalb desertieren ja auch so viele Soldaten, um Negaret zu werden.

Wir sind ein Ventil für die Maisirer, so wie ein bedeckter Topf auf dem Feuer ein Loch haben muss. Wenn einer, Mann oder Frau, seinen Herrn nicht ausstehen kann, nun, dann läuft er eben an die Grenze, anstatt ihm mit dem Beil aufzulauern. Und wenn er es zu uns schafft – dann ist er ein Negaret.«

»Woher wisst Ihr, dass einer, der ausbüxt, einen guten Negaret abgibt?«, fragte ich.

»Wenn er lange genug lebt, um zu uns zu stoßen, dann ist er auch gut«, sagte Bakr. »Er muss den Hunden seines Herrn entgehen, er muss durch ein Land, in dem ein geschnappter Flüchtling eine nette Belohnung einbringt, er muss sich mit Wölfen, Bären und Wasserfällen auseinander setzen. Wenn so einer bis zu uns durchkommt, dann ist er ein harter Brocken. Oder wir finden im Lenz seine Knochen.«

So ein Neuling wurde dann einer der Arbeitsgruppen rund um die Ansiedelungen der Negaret zugeteilt. Wenn ein Zug – den man eine *Lanx* nannte – wie der von Bakr dann zu Tauschgeschäften dorthin kam, konnte der Flüchtling sich der *Lanx* anschließen, wenn er – oder sie – wollte. »Nach einer Zeit dann«, erzählte Bakr weiter, »ist der Mann oder die Frau dann ein vollwertiger Negaret und darf auf unseren *Riets*, unseren Versammlungen, sprechen. So war das auch mit mir.« Ich war überrascht. »Aber ja«, sagte Bakr. »Der Niedrigste kann der Höchste werden. Bei unseren *Riets* kann jeder zum Kandidaten für das Amt des Anführers werden. Oder er wird von anderen ernannt. Jeder Erwachsene hat eine Stimme und so wird der neue *Jedaz* gewählt. Wenn einer den neuen Jedaz nicht leiden kann, dann steht es ihm frei zu gehen und sich einer anderen *Lanx* anzuschließen. Das ist auch dazu gut, Unstimmigkeiten zu beseitigen, abgesehen davon, dass dadurch frisches Blut in eine *Lanx* kommt, so dass wir nicht eines Tages statt mit Kriegern mit wankenden und sabbernden Hühnerfickern dastehen.«

»Gibt es denn keinen obersten Anführer?«

»Natürlich. König Bairan.«

»Aber keinen Oberbefehlshaber für die Negaret?«

»Wozu bräuchten wir den? Unsere Städte haben einen *Kantibe*, einen Bürgermeister. Der wird auf den *Riets* der Städte gewählt. In jüngster Zeit schickt der König seine eigenen Leute in unsere Städte, um nach den maisirischen Interessen zu sehen.«

»Und das schmeckt euch nicht?«

Bakr wollte schon etwas sagen, hielt dann aber an sich. »Wieso, schließlich sind wir doch alle loyale Untertanen König Bairans«, sagte er unverbindlich. »Und wenn es uns wirklich nicht passte – man kann nur staunen, was für scheußliche Unfälle so einem maisirischen *Shum* zustoßen können, macht er abends einen Spaziergang am Fluss. Bislang war es noch immer so, dass der Ersatzmann nach so einem bedauerlichen Zwischenfall weitaus talentierter und vernünftiger war.«

»Wenigstens was Spaziergänge am Fluss angeht.«

Wir kamen aus den Hügeln auf die *Suebi*. Sie war genauso, wie die Reisenden sie beschrieben hatten – ein Land, das sich bis an einen geradezu unmöglich fernen Horizont erstreckte. Aber sie war weder eine Wüste noch völlig flach – eine Ausnahme, die den Arglosen rasch in den Tod führen konnte. Die *Suebi* war von tiefen Schluchten durchzogen, in der ein Zug Banditen oder auch eine Schwadron Kavallerie im Hinterhalt liegen konnte.

Hier und da war das Land moorig, andernorts trocken, und ein Reisender musste schon sehr vorsichtig sein, um nicht in einem Sumpf stecken zu bleiben oder gar zu ersticken. Es gab Wälder, wenn auch nicht die hohen Fichten, die wir eben hinter uns gelassen hatten, oder die Urwälder Numantias. Die Bäume waren niedrig, knorrig, gewunden, und dazwischen wuchs dichtes Gestrüpp. Und es wehte ein ständiger Wind – manchmal nur ein sanftes Seufzen, das einem Wunder hinter der nächsten Biegung versprach, manchmal aber auch brausend und wild.

Ich verliebte mich in die *Suebi* auf den ersten Blick, ich mochte das Locken des endlosen Himmelszelts, das mächtiger war als alles, was ich je gesehen hatte oder mir nur vorstellen konnte. In einigen von uns erweckte sie Argwohn und sie waren sofort auf der

Hut. Curti hielt mehr denn je die Augen offen, weshalb, das wollte er allerdings nicht sagen. Und wenigstens einen, Capitain Lasta, erfüllte die immense Weite des Landes mit Angst. Tapfer wie er war, sprach er es nur einmal an, als wir uns über einige Wolken unterhielten und er barsch meinte, für ihn sitze ein Dämon da oben, der nur darauf warte, sich einen achtlosen Soldaten zu schnappen – wie ein Adler über einer dahinhuschenden Maus.

In den folgenden Tagen überkam angesichts dieses Himmels und der *Suebi* auch noch einige andere von uns Numantiern dieses Gefühl. Und es sollte mehr als genug Falken geben, die für den Tod armer Mäuse sorgten.

Es war kälter geworden während unseres Ritts; die Flussufer waren von Reif und Eis überzogen und mein Atem war zu sehen. Illey stand auf einem flachen Felsen etwa fünfzig Fuß in den mächtigen Fluss hinein, der von Ufer zu Ufer gut anderthalb Werst messen mochte und voller Sandbänke war. »Werft hierhin«, rief er und wies auf etwas, das ich für nichts weiter als einen kleinen Strudel hielt.

Ich gehorchte und schleuderte die lange Harpune mit aller Kraft. Es zerriss den Fluss, und ein großes graues, wie eine Schlange gerolltes Ungetüm tauchte auf. Sein Gesicht war das eines vorzeitlichen Untiers mitsamt Barthaaren und Fangzähnen. Mein Speer hatte sich direkt hinter die mächtigen Kiemen gebohrt, aus denen das Wasser rann.

»Wir haben ihn«, kreischte Illey.

»Sichert ihn gut«, befahl Bakr, und die Männer, die das Ende der Angelschnur hielten, liefen auf den nächsten Baum zu und wickelten sie mehrere Male um den Stamm.

Das Ungeheuer von einem Fisch warf sich derartig in die Leine, dass der Baum sich fast bis auf den Boden bog. Der Fisch sprang fast ganz aus dem Wasser, und mir blieb fast die Luft weg, als ich sah, wie groß er war – fast dreißig Fuß! Er schwamm mit aller Kraft stromabwärts in dem Versuch, den Speer los zu werden oder die

Schnur zu zerreißen. Aber sie hielt. Immer wieder versuchte das Tier, sich loszureißen, aber es hatte keinen Sinn, und schließlich drehte es sich auf den Rücken und war tot.

Die Negaret jubelten und zogen den Kadaver ans Ufer.

Ich wandte mich an Bakr. »Ihr habt mir eine große Ehre damit erwiesen«, sagte ich, »mich die Harpune werfen zu lassen.«

Er nickte. »Ihr und Eure Männer seid uns gute Gefährten gewesen. Es reist sich gut mich Euch. Wir haben nur etwas von dieser Ehre zurückzugeben versucht.«

»Ich danke Euch, Jedaz Bakr«, sagte ich mit einer Verbeugung.

»Schluss mit dem Unsinn. Wir haben einen Fisch auszunehmen und Rogen zu schneiden. Wir werden ohnehin die halbe Nacht über in Fischeingeweiden stehen«, knurrte er, da ihm Gefühle ebenso unangenehm waren wie mir.

Von Horizont zu Horizont zuckten Blitze über den Himmel und dann grollte der Donner los, als kegelten die Götter mit steinernen Kugeln. Karjan und ich gingen nach dem Abendessen aus dem Lager. Hinter uns hatten wir das Licht der flackernden Feuer und den vagen Schein, der aus den Zelten kam. Ich war in Gedanken versunken, als Karjan mit einem Mal sagte: »Wisst Ihr, für immer so zu leben wäre gar nicht mal so schlecht.«

Blinzelnd kam ich zurück in die Gegenwart. Mein Diener war bei einer schlanken Frau in etwa seinem Alter untergekommen, der Witwe, wie ich erfuhr, von einem der besten Krieger der *Lanx*.

»Ihr meint als Negaret?«

Er nickte.

»Ganz und gar nicht«, sagte ich. »Keine Sklaven, keine Herren. Keine Arbeit, bei der man tagein, tagaus dasselbe macht. Jagen, fischen, reiten – es gibt Schlimmeres im Leben.«

»Ich schätze, ich habe mich nie so richtig gut gemacht in der Zivilisation«, meinte Karjan. Ich sah seine Zähne hinter dem Bart blitzen. »Ihr seid besser gut zu mir, Tribun. Ihr braucht mir eines Tages bloß ein Offizierspatent zu geben oder was ähnlich Gemeines anzutun, und schon bin ich fort.«

»Dann lauft aber schnell«, empfahl ich ihm. »Denn ich werde Euch auf den Fersen sein.«

Tags darauf sahen wir Rauch am Horizont. Und wieder einen Tag später ritten wir in Oswy ein und unsere Zeit mit den Negaret war vorbei.

17 *Alegria*

Oswy schien eigentlich aus zwei Städten zu bestehen – die eine ziemlich sauber, jedenfalls für eine Grenzstadt, die andere schäbig und größtenteils ungestrichen. Die Hauptstraße, die sehr breit und sehr schlammig war, trennte die Stadtteile. Zuerst dachte ich, auf der einen Seite wohnten die Wohlhabenden, soweit es sie gab, auf der anderen die Armen, aber Bakr korrigierte mich. »Auf dieser Seite sind die Händler und alle die, denen es nicht scheißegal ist, wie es auf der Straße aussieht. Auf der anderen ... nun, die Negaret, denen mehr an der Sauberkeit ihrer Seelen und Körper liegt und die so wenig Zeit wie möglich hinter Mauern verbringen.« Der Beweis für die Ungerechtigkeit dieser Welt war der, dass aus der Hälfte der Negaret Musik und Lachen kam, während den maisirischen Händlern mit ihren verkniffenen Gesichtern offenkundig gar nicht wohl in ihrer Haut war.

Bakr hatte seine Zelte jenseits der Stadtmauern aufgeschlagen, wie das, so erklärte er, für Negaret-Stämme Pflicht war, dann eskortierten er und seine Krieger mich zum *Balamb* oder Militärgouverneur. Oswy, die erste Stadt an der Haupthandelsroute innerhalb der maisirischen Grenze, war zu wichtig, um sie von einem zivilen *Kantibe* regieren zu lassen.

Balamb Bottalock Trembelie und sein Stab erwarteten mich innerhalb der Tore seiner weitläufigen Kaserne. Trembelie sah recht merkwürdig aus. Er musste einmal ein Prachtexemplar von einem Soldaten gewesen sein, der zu viel Zeit in der Kantine und nicht genug in den Gräben zugebracht hatte. Er dürfte einmal zweieinhalb, wenn nicht gar drei Zentner gewogen haben. Aber es war wohl etwas passiert, vielleicht ein Siechtum, von dem er sich gerade erst erholte, denn er war so rasch abgemagert, dass seine Haut keine Zeit

342

gehabt hatte, auf die richtige Größe zurechtzuschrumpfen. Das Doppelkinn hing ihm herab und die Haut seiner Hände war in dicke Falten gelegt. Er hätte einen Bart tragen sollen, da er wie ein aus dem Leim gegangenes quengeliges Kleinkind aussah. Er trug edelsteinbesetzte rotsamtene Breeches und eine passende Weste, dazu ein Seidenhemd, dessen Ärmel nur bis zu den Ellenbogen reichten. Seine Unterarme waren mächtig, aber nicht vom Fett, sondern von Muskeln, und ich wusste, er hätte keine Mühe, ein schweres Schwert zu führen.

Es regnete, als wir durchs Tor ritten, aber Trembelie achtete gar nicht darauf und kam aus dem Zelt, in dem er und seine Höflinge sich untergestellt hatten. »Botschafter Damastes á Cimabue, Tribun und Baron«, sagte er, und das mit einem festen, klaren Bariton, der gut für Befehle auf dem Schlachtfeld geeignet war. »Willkommen in Oswy. Willkommen in Maisir.«

Ich saß ab und begrüßte ihn. Mit dem üblichen Geplapper stellte man sich einander vor.

»Balamb Trembelie«, rief Bakr. »Meine Pflicht ist damit erledigt und so übergebe ich den Mann hiermit Eurer Obhut. Behütet ihn mir nicht weniger gut als ich.« Er sah mich an. »Passt gut auf Euch auf. Und wenn Ihr wiederkommt, dann geht mit uns auf die Jagd. Und wenn nicht, dann freut Euch auf den Tag, an dem wir einander jagen.«

Ich salutierte mit einer offenen Hand, und er riss sein Pferd herum, trat es in den Galopp und sprengte aus der Kaserne.

»Darf man fragen, was das zu bedeuten hatte?«, sagte Trembelie.

»Jedaz Bakr ist zu dem Schluss gekommen, dass der Krieg zwischen unseren Königreichen nicht zu vermeiden ist«, erklärte ich ihm.

»Was für eine Frechheit.«

»Nicht in seinen Augen«, sagte ich. »Seiner Ansicht nach wäre es durchaus eine herrliche Zeit.«

»Und was denkt Ihr?«

»Meine Order, meine Wünsche und die meines Imperators sind

ganz auf Frieden ausgerichtet. Lasst die, die den Krieg wollen, sich einen anderen Feind suchen als Numantia.«

»Gut«, sagte Trembelie. »Ganz meine Meinung. Meine alten Gebeine haben genug Blut gesehen. Ich habe nicht das Verlangen, sie über irgendein vergessenes Terrain zu verstreuen. Nach dem, was Ihr da gerade gesagt habt, entbiete ich Euch persönlich ein weiteres, noch herzlicheres Willkommen in Oswy. Kommt herein, Ihr und Eure Männer, und wir bereiten Euch einen gebührenden – und trockenen – Empfang.«

Das Bankett in jener Nacht war interessant, wenn auch für meinen Gaumen etwas zu stark gewürzt. Die Maisirer geben ihren Gerichten gern blumige Namen, genauso wie die Köche in Varan. Eines davon hieß zum Beispiel Himmlischer Waldbaum mit allen Düften des Lenzes. Es handelte sich um eine Hirschlende mit viel zu vielen Gewürzen, zu viel Wein und viel zu viel Knoblauch, das Ganze mit blauen und weißen Zwiebeln, Schalotten und Lauch. Ich beschloss, besser nur schlichte Gerichte zu mir zu nehmen, wann immer ich allein war, wenn die Maisirer mich in der Öffentlichkeit derart mästeten.

Trembelies Brauen hoben sich, als ich ihm sagte, dass ich nicht trank, aber schon einige Augenblicke später hatte er mir gleich mehrere gekühlte Wasser bestellt, einige mit Kohlensäure, andere mit dem Duft von Blumen und Obst.

Es saß nur eine Hand voll Frauen am Tisch und sie waren die Konkubinen von Trembelie und seinem Beraterstab. Ich wusste nicht, ob diese Beamten Ehefrauen in Oswy hatten, aber falls dem so war, dann hielt man sie unter Verschluss.

Bakr hatte mich ja schon vor den endlosen Trinksprüchen gewarnt und so geschah es denn auch: für den Anfang einer auf Imperator Tenedos, dann auf König Bairan, dann auf uns, auf Oswy und so weiter und so fort.

Nach dem Essen übergab ich Trembelie und vier seiner Berater unsere Geschenke. Es handelte sich um raffiniert gemachte Zylinder, die bei jeder Drehung eine andere Ansicht Numantias boten, wenn man durchsah, winzige Statuetten aus merkwürdig bearbeiteten Metallen und Halbedelsteinen und dergleichen mehr. Für Trembelie hatte ich einen Dolch mit skelettierter Klinge und verschiedenfarbigen Edelsteinen im Heft.

»Auch wir haben Geschenke für Euch«, verkündete er. »Nicht von uns, sondern von seiner Königlichen Hoheit. Ich muss sagen, dass unser König, der ja alles gut macht, sich damit selbst übertroffen hat.«

Als Erstes kamen teure weiche Winterpelze, dann ein edelsteinbesetztes und aufwendig graviertes Schwert.

»Wir haben noch etwas«, Trembelie hörte sich fast wehmütig an. »Der König hat Euch eine große Ehre gewährt, eine, der ich – um ehrlich zu sein – eines Tages selbst würdig zu sein hoffe.« Er klopfte mit einem Holzhammer auf den Tisch und eine junge Frau trat in den Raum.

Ich weiß nicht, ob ich nach Luft schnappte oder ob es jemand anderes war. Sie war die schönste Frau, die ich jemals gesehen hatte. Sie war groß, vier Zoll unter sechs Fuß, und hatte glattes schwarzes Haar, das ihr bis auf die Taille reichte und hinten von einer juwelenbesetzten Spange gehalten wurde. Ihre Augen waren mandelförmig und grün. Sie hatte eine kecke kleine Nase, ebenso kleine verlockende Lippen und hohe Wangenknochen. Ihr Teint war ein goldenes Wunder, absolut klar, wie glatt gehämmertes Metall mit einer Schicht feinsten Lacks. Sie war gertenschlank, hatte aber volle Brüste. Sie trug ein Kleid, das in ein Schlafzimmer gehörte oder eine kaiserliche Audienz – hoch geschlossen und eng anliegend passte es sich jeder Wölbung ihres Körpers bis hinab zu den Fesseln an. Es war hellblau mit einem erhabenen Muster in einer noch helleren Nuance. Ihrer Miene nach zu urteilen, lachte sie nicht weniger rasch, als ihre Neugier oder Leidenschaft geweckt war.

»Das hier ist Alegria«, sagte Trembelie. »Sie ist eine Dalriada.« Er sagte dies, als gehe er davon aus, ich wüsste, was eine *Dalriada* war, und müsste entsprechend beeindruckt sein.

Sie hob den Kopf und sah mich an. Einen Augenblick rührte mich ein unbekanntes Gefühl. Es war Lust, ging aber darüber hinaus. Ich sehnte mich schlagartig danach, sie in die Arme zu nehmen, ihr das Kleid auszuziehen und sie zu lieben. Ich sage Liebe und meine das auch, nicht nur Lust.

»Das hier ist, wie ich schon gesagt habe, eine der höchsten Ehren, die unser König vergeben kann«, sagte Trembelie. »Unser gütiger König gibt Euch Alegria nicht nur für Eure Zeit hier in Maisir, Ihr dürft sie auch mit zurück nach Numantia nehmen, wenn es Euch beliebt.« Er hielt inne und fügte dann hinzu: »Es sei denn, es ergäben sich daraus Probleme, versteht sich.«

Jemand kicherte, und ich fürchte, ich lief rot an, aber nicht weniger vor Zorn als aus anderen Gründen, und davon gab es eine ganze Reihe. Der offensichtliche war die Frage, weshalb Menschen sich derart ungesittet benehmen. Einen Augenblick lang meinte ich, einen Anflug von Belustigung über Alegrias Gesicht huschen zu sehen.

Wieder ertönte der Holzhammer und der Bann war gebrochen. Zwei Diener traten ein.

»Bringt die Frau hier in das Gemach von Tribun á Cimabue und nehmt auch seine anderen Geschenke mit.«

Alegria verbeugte sich und verließ den Saal mit der Gelassenheit einer Königin, die einen Audienzraum verlässt.

Wir saßen eine weitere Stunde beisammen und ergingen uns in Platitüden über Frieden und Brüderschaft. Ich nehme an, ich habe wohl meinen Teil dazu beigetragen, war aber mit den Gedanken nicht ganz dabei. Ich war nicht erpicht darauf, den Abend zu beenden oder wenigstens nicht, bis ich mir darüber im Klaren war, was ich wegen der Frau machen sollte. Aber mir kam keine Idee.

Schließlich gähnte Trembelie ungeniert und meinte, es sei vielleicht an der Zeit, sich zur Ruhe zu begeben. »Ich nehme an, Ihr würdet Euch gern die … äh, Geschenke näher betrachten, die unser König Euch gab.« Es brachte ihm ein Lachen ein, wenn auch nicht von mir. Ich rang mir ein Lächeln ab, stand auf, und ein Bediensteter kam herbei.

Meine Gemächer verteilten sich auf drei Ebenen im obersten Stock des Gebäudes und gingen nach Osten, so dass die aufgehende Sonne ihr Licht hineinwerfen würde; unter mir lagen Oswy und der Fluss. Alles war Seide, Lederpolster und Luxus, überhaupt hatte die Einrichtung einen betont weiblichen Stil.

Alegria kniete in der Mitte des Raumes. »Guten Abend, Herr.« Ihre Stimme war, wie ich erwartet hatte, weich, sanft, schnurrend, aber mit der Kraft einer Tigerin dahinter.

»Steh auf«, sagte ich.

Sie gehorchte und stand, ohne dass ihre Hände den Boden berührten, mit vollkommener Anmut auf.

»Also, zunächst einmal heiße ich Damastes. Ich möchte nicht *Herr* genannt werden.«

»Wie Ihr wünscht, He –, wie Ihr wünscht.«

»Setz dich irgendwo.« Sie gehorchte und rollte sich auf einem runden, lehnenlosen Polstersessel zusammen. »Fangen wir noch mal von vorne an«, sagte ich. »Alegria, es freut mich, dich kennen zu lernen.«

»Mich aus«, murmelte sie. Sie musterte mich von Kopf bis Fuß. »Ich glaube, ich habe großes Glück gehabt.«

»Sei da mal nicht so sicher«, sagte ich und fragte mich, weshalb meine Stimme so barsch klang; ich bemühte mich, freundlicher zu sein. »Aber warum sagst du das?«

»Vergebt mir, wenn ich mich arrogant anhöre«, sagte sie. »Aber die Leute, die mein Herr und Meister, König Bairan, sonst des Geschenks einer *Dalriada* für würdig hält, sind im Allgemeinen, sagen wir mal, nicht gerade jung, sondern von einem ihrem Rang angemessenen Alter. Von ihrem Umfang ganz zu schweigen«, fügte sie mit einem Lächeln dazu, das kam und ging.

»Danke für das Kompliment«, sagte ich. »Aber du solltest wissen, dass ich verheiratet bin.«

Alegria hob beide Hände, die Handflächen nach oben. »Das ist nicht wichtig.« Sie öffnete den obersten Knopf ihres Kleids und nahm etwas heraus, das wie eine kleine Steintafel aussah. »Würdet Ihr mir einen Gefallen erweisen, mein Herr?«

»Wenn ich kann«, antwortete ich, erpicht darauf, das Thema zu wechseln.

»Nehmt das hier einen Augenblick in den Mund.« Ich nahm die Pastille, in die winzige Symbole graviert waren. Ich kam ihrer Bitte nach und schmeckte Parfum, von dem ich wusste, dass es ihr Körpergeruch war. »Jetzt gebt es mir wieder zurück.«

Ich nahm die Pastille aus dem Mund, zögerte aber dann. »Zauberer versuchen etwas Speichel von einem zu bekommen, Blut … oder andere Substanzen derer, die sie kontrollieren wollen«, sagte ich. »Hat das etwas mit Zauberei zu tun?«

»Ja. Aber nicht in Bezug auf Euch. Es ist etwas, was von jeder Dalriada verlangt wird, wenn sie ihren Meister zum ersten Mal trifft.«

»Ich sagte doch, ich bin nicht dein Meister! Bitte, benutze das Wort nicht mehr. Und was passiert jetzt?«

»Euch gar nichts, wie ich schon gesagt habe. Ich nehme das hier nur einen Augenblick in den Mund. Damit ist der Zauber der Tablette erschöpft und Ihr dürft sie zurückhaben, wenn Ihr wollt.«

»Was bewirkt die Tablette?« Sie zögerte. »Sag es mir!«

»Sie bindet mich an Euch. Für immer.«

»Ein Liebestrank?«

»So ähnlich. Aber viel geschickter gewebt. Ich … ich werde Euch lieben, gewiss, aber ich werde nicht blind sein gegenüber Euren Fehlern. Ich werde also weder nach Euch vergehen, noch werde ich Euch mit hündischer Hingabe verfolgen. Sie macht, was immer Ihr tut, Euer Glück, Euren Erfolg zum Wichtigsten für mich überhaupt.«

»Wenn ich also sagen würde, dass dein Tod nötig sei?«

Sie senkte den Blick und deutete ein Nicken an.

»Absoluter, völliger und verachtungswürdiger Mumpitz!«, fuhr ich sie an, als mein Zorn durchbrach. Ich trat an ein Fenster und schleuderte die Tablette hinaus in die Nacht. »Also den Unsinn vergessen wir mal!«

Alegria verzog das Gesicht und begann zu weinen. Ich wusste nicht, was ich tun sollte, aber schließlich setzte ich mich neben sie und legte ihr einen Arm um die Schultern. Sie fand keinen Trost darin und so saß ich einfach da, bis sich ihr Schluchzen legte. Sie entschuldigte sich, ging ins Bad, und ich hörte das Planschen von Wasser. Sie kam wieder heraus und setzte sich mir gegenüber.

»Das will mir nicht einleuchten«, sagte sie, »es geht gegen alles, was man mir beigebracht hat. Verzeiht mir.«

»Da gibt es nichts zu verzeihen.«

»Eure Frau muss wirklich sehr glücklich sein, jemanden zu haben, der sie so sehr liebt.«

Die wohlfeile und bequeme Lüge, die ich ihr erzählt hatte, kam mir plötzlich wieder hoch, wie Magensäure hatte ich sie im Schlund. »Nein«, gestand ich. »Meine Frau hat mich kürzlich verlassen und sie wird sich von mir scheiden lassen, wenn sie es nicht schon längst getan hat.«

Alegria blickte mich forschend an. »Oh«, sagte sie sanft. »So hasst Ihr also jetzt alle Frauen?«

»Natürlich nicht. Ich … ich fühle mich nur irgendwie … tot.«

»Man hat mir Dinge beigebracht, von denen meine Lehrer sagen, sie entfachten bei so gut wie jedem die Leidenschaft.«

»Ich meine das nicht im fleischlichen Sinn«, sagte ich und fragte mich, warum ich dieser Frau so viel erzählte. »Es ist nur einfach so, dass ich mich von niemandem angezogen fühle.«

Alegria stand auf und ließ das Kleid fallen. Darunter trug sie einen durchsichtigen Unterrock, der rot und grün schimmerte, um Taille und Geschlecht dunkler und dann wieder heller wurde. Ich sah das zarte Braun ihrer Brustwarzen, die hübschen festen Brüste. »Nein?«, hauchte sie. »Selbst ohne die Tablette fühle ich mich zu Euch hingezogen und möchte Euch glücklich machen.«

»Nein«, sagte ich entschieden und meinte es auch so.

»Was soll ich dann für Euch tun? Wollt Ihr, dass ich gehe?«

»Ich bezweifle, dass dein Herr und Meister das gern sehen würde. Obwohl mir das egal ist. Aber was würde aus dir?«

»Dasselbe, was aus mir wird, wenn Ihr Maisir wieder verlasst, da Ihr offensichtlich kein Interesse daran habt, mich in Euer Königreich mitzunehmen«, sagte sie. »Ich kehre in die Dalriada zurück.«

»Was ist das?«

»Ein Ort. Ein Orden. Bei dem ich aufgewachsen bin, wo man mir beigebracht hat, was ich weiß, wo meine Freundinnen sind. Wo ich alt werde und sterben werde. Wahrscheinlich wollen sie, dass ich Novizinnen unterrichte, obwohl ich nicht weiß, was ich weiterzugeben hätte. Vielleicht, dass sogar die Schönen versagen können.«

»Du hast nicht versagt«, widersprach ich. »Sei nicht albern. Hast du denn keine, na ja, Freunde? Männer?«

Alegria sah mich genau an. »Ich sehe, dass du nicht scherzt. Man hat dir also wohl nichts über das gesagt, was ich bin. Man hat mich auserwählt, zu den Dalriada zu gehen, als ich sieben Jahre alt war. Von diesem Tag an bis heute Abend war es mir nie erlaubt, mit einem Mann allein zu sein.«

»Ach.« Das wurde langsam unangenehm. »Aber wenn du zurückgehst, dann kannst du doch wohl sicher machen, was immer du willst. Du hast deinem König gedient. Es ist schließlich nicht deine Schuld, wie es gekommen ist.«

»Nein. Würde ich heiraten oder auch nur einem Manne beiwohnen, so würde man darin eine Schmach für den König sehen. Ich hätte damit mein Leben verwirkt.« Sie blickte sich instinktiv nach beiden Seiten um, als wolle sie sich vergewissern, dass auch niemand sie hörte. »Ich sehe nicht, warum das eine Schmach für meinen Herrn und Meister sein sollte, aber andererseits bin ich auch weder Mann noch ein König.«

Fast wäre es mir entfahren, dass sie auch kein von den Göttern verdammter Dummkopf sei und ich ein solches Denken ebenso wenig verstehen könne wie sie, aber ich hielt an mich.

»Geht das allen Dalriada so?«, fragte ich.

»Den meisten. Aber nicht allen. Die eine oder andere von uns hat

Glück. Manche werden die Mätressen derer, denen wir gehören. Man erzählt sich sogar, dass schon einige Ehefrauen geworden sind.«

»Und dass man euch freilässt? Dass ihr nicht länger eine ... eine ...«

»Eine Sklavin bin? Das wäre schrecklich«, erwiderte sie. »Wer würde mich dann beschützen?«

»Der erste Mann, der dir begegnete«, erklärte ich. »Du bist sehr schön.«

Sie errötete. »Danke. Aber Ihr kennt die Gebräuche hier in Maisir nicht.«

»Offensichtlich. Aber ich werde sie kennen lernen. Die Frage ist nur, was wir beide jetzt machen sollen.«

»Bitte, bringt mich nicht heute Nacht in Schande. Erlaubt mir, auf dem Boden zu schlafen. Morgen werde ich tun, was ich tun muss.«

»Das ist auch keine Lösung«, sagte ich. »Sag doch mal – gehen die Talente einer Dalriada über das Schlafzimmer hinaus?«

»Aber natürlich! Warum, meint Ihr, schätzt man uns so?«, fragte sie unwillig. »Ich kann singen. Tanzen. Bücher führen. Ich unterhalte mich mit Euch, worüber Ihr wollt, vom Geplauder auf einer Festlichkeit bis hin zu Kunst, Literatur, ja sogar Diplomatie. Wir sind darin sehr geübt. Vielleicht weil die meisten unserer Meis –, unserer Herren dieses Handwerk ausüben, und das zuweilen so sehr, dass sie an gar nichts anderes mehr denken. Jedenfalls hat man mir das gesagt.«

»Na, das ist doch die Lösung, wenigstens für den Augenblick«, sagte ich. »Alegria, willst du mich auf meiner Reise begleiten? Als meine Lehrerin? Ich muss nämlich unbedingt alles lernen, was es über dein Land zu wissen gibt.« Ich brauche wohl nicht zu sagen, dass ich nicht hinzufügte, dass es letztlich der Eroberung dienen würde.

»Ja«, sagte sie. »Ja, natürlich. Ich gehöre ganz Euch.«

»Mmm.« Ich war noch immer am Überlegen. »Ich nehme an,

Trembelie wird meine Dienstboten kommen lassen, um sie zu befragen, was heute Nacht passiert ist, nicht wahr?«

»Ich nehme es an. Er hatte großes Interesse an mir.«

»Wir haben nur ein Bett. Wäre es nicht besser für alle Beteiligten, ich meine … Ich möchte nicht …« Mein Gestammel verlor sich.

»Ich danke Euch, Damastes.«

Ich blickte ihr nicht in die Augen, als wir ins Schlafgemach gingen. Es war ziemlich peinlich – mit jemandem zu übernachten, der einem völlig fremd war, ohne dass man mit ihm zu verkehren gedachte. Ich fand einen dicken Hausmantel aus Frotteestoff und das half. Ich blickte geflissentlich in alle möglichen anderen Richtungen, während wir uns wuschen, unsere Zähne reinigten und uns parfümierten. Ich kann mir vorstellen, ein Beobachter hätte sich vor Lachen gebogen, aber für mich war es nur peinlich.

Wir gingen ins Schlafgemach und sie setzte sich auf eine Seite des Bettes. »Eine Gefälligkeit noch«, sagte sie, ohne mich anzusehen. »Habt Ihr ein kleines Messer?«

Ich hatte eines, ein kleines Taschenmesser, in meinem Nähzeug, das zum Reinigen der Nägel und dergleichen sehr nützlich war. »Sei vorsichtig, es ist scharf.«

»Gut«, sagte sie, und noch bevor ich etwas tun konnte, schnitt sie sich in die Spitze ihres Ringfingers.

»Was machst du?«, rief ich aus.

»Dasselbe wie Ihr. Klatsch vermeiden.« Sie zog die Decken beiseite und ließ etwas von dem Blut auf die Laken tropfen, genau in der Mitte des Bettes. »Habt Ihr vergessen? Ich bin … ich war eine Jungfrau.« Alegria kicherte plötzlich. »Ihr seid ja ganz rot.«

»Ich weiß«, sagte ich wütend.

»Sogar am Hals.«

»Zweifelsohne.«

»Wie weit hinunter errötet Ihr denn, Damastes?«

»Schluss damit, Frau. Ich meinte, was ich sagte.«

Sie beugte sich vor und blies das Licht aus. Ich nahm den Hausmantel ab, legte mich hin und deckte mich zu. Sie stieg ins Bett. Es

352

war mucksmäuschenstill bis auf das ferne Klappern eines Karrens irgendwo jenseits von Trembelies Haus. Dann kicherte sie noch einmal. »Gute Nacht, Herr.«

»Gute Nacht, Alegria.«

Angesichts der Merkwürdigkeit unserer Situation hätte ich gedacht, ich würde mich stundenlang schlaflos hin- und herwälzen. Aber dem war nicht so. Innerhalb weniger Augenblicke übermannte mich der Schlaf. Ich weiß nicht mehr, was ich träumte. Aber als ich aufwachte, der Morgen begann gerade zu grauen, da war ich so glücklich, dass ich ein Lächeln auf den Lippen hatte. Und mein Riemen war eisenhart.

Am Morgen machten wir uns auf in Richtung Jarrah. Wir hatten eine Eskorte aus zwei vollen Schwadronen der Dritten Königlichen Kavallerie aus Taezli. Ihre eigentliche Sollstärke lag bei etwa vierhundert Mann, so informierte mich der dienstältere Capitain, Shamb Alatyr Philaret, der damit den Befehl über beide Schwadronen hatte. Aber mehr als um die zweihundertfünfzig habe man nie zusammengebracht, und fünfzig der Männer seien jüngst »als Ausbildungshelfer für die neuen Einheiten« abgestellt worden, ein weiterer Hinweis darauf, dass Maisir seine Armeen aufstockte.

Der zweite *Shamb* war ein Mann namens Mars Ak-Mechat, der – wie ich rasch erfuhr – aus einer der ältesten und »besten« Familien Maisirs kam. Um die Wahrheit zu sagen, er erinnerte mich an einen gewissen arroganten Dummkopf von Subalternoffizier namens Nexo, dem – den Göttern sei Dank – während des Tovieti-Aufstands ein Bauer den Schädel eingeschlagen hatte. Ak-Mechat war ein paar Jahre älter als Nexo, gescheiter war er freilich nicht. Sein Lieblingsthema war er selbst, gleich danach kam das blaue Blut seiner Familie. Ich versuchte, ihn zu ignorieren.

Wir hatten einen Zug aus fünf Equipagen, die zwar mit eisernen Blattfedern ausgerüstet waren, aber das ständige Schaukeln auf den maisirischen – fast hätte ich gesagt *Straßen*, besinne mich aber eines Besseren – *Pfaden*, was es eher trifft, war nicht weniger erschöpfend, als wäre ich geritten oder auf dem hölzernen Karren eines Bauern gefahren. Ich dachte immer wieder sehnsüchtig an die riesige, sündhaft luxuriöse Kalesche, die ich mir hatte bauen lassen, um mich mit so etwas wie Komfort durch die Weiten Numantias kutschieren zu lassen, ein Wort, dessen Bedeutung ich langsam, aber sicher vergaß.

Die Equipagen waren, so vermutete ich, umgebaute Omnibusse, achtspännig, mit Lederpolstern und Öltuch an den Fenstern gegen die Witterung. Ich bin sicher, man hielt mich für wahnsinnig, weil ich die Rollläden selbst bei schlimmstem Wetter halb offen ließ. Ich weiß, dass Alegria, auch wenn sie sich nie beklagte, sarkastisch etwas von ihrem »Glück« gemurmelt haben dürfte, denn sie saß in einen riesigen Pelzmantel gehüllt, aus dem nichts weiter als ihre Augen, ihre Nase und die Fingerspitzen herausguckten, obwohl wir noch in der Zeit des Regens waren und die Zeit der Veränderungen noch nicht einmal begonnen hatte.

Ich erklärte ihr, ich sei als Kind einmal in einem winzigen Zimmer eingesperrt gewesen und das hätte mich seither verfolgt. In Wirklichkeit ging es mir darum, alles und jedes zu beobachten, was ein Invasor wissen müsste, von der Tiefe der Furten bis hin zur Furage, die auf dem Land zu bekommen war. Hinter mir, in der zweiten Kutsche, machten es meine Männer genauso. Jeden Abend kamen wir zusammen, angeblich, um zu beten, damit uns keiner der Maisirer, die großen Respekt vor allem hatten, was mit Göttern zu tun hatte, dazwischenkam. In Wirklichkeit berichteten wir Capitain Lasta alles von militärischem Wert, und er führte in seiner winzigen Handschrift Buch darüber auf einer langen Rolle, die er in seinem Tschako mit sich führte. Die anderen drei Kutschen enthielten Notverpflegung und Lagerausrüstung, die wir allzu oft brauchten.

So krochen wir immer tiefer in das Innere des Landes. Ich wollte, ich könnte sagen, wir kamen gut voran, aber dem war nun einmal nicht so. Viel zu oft mussten wir warten, bis der Pegel eines reißenden Flusses sich senkte, umgestürzte Bäume beiseite geschafft oder ein schlimmes Gewitter vorüber war. Das maisirische Straßensystem war eine einzige Katastrophe. Einem Witz zufolge, der gerade zu hören war – nicht dass er sonderlich komisch gewesen wäre –, war es ganz einfach, die Straße vom Schlamm zu unterscheiden: Sie war dort, wo die beiden Furchen waren.

Die maisirischen Straßen boten Grund zur Besorgnis, denn ohne ordentliche Straßen würde unsere Armee, falls wir angreifen sollten, genauso langsam dahinkriechen wie in der alten Zeit, als sie noch durch Offiziersmätressen, überflüssigen Ballast und Marketender behindert war.

Wir kamen durch winzige, schmutzige Städte, kaum mehr als Hüttendörfer mit ein bisschen Kopfsteinpflaster hier und da, um uns ordentlich durchzuschütteln – trostlos und grau. Die einzigen stabilen Gebäude waren die steinernen Tempel, die durch die Bank die prächtigsten Bauten waren, die wir sahen. Dann ging es wieder zurück auf die *Suebi* – grauer Himmel, grauer Regen, grauer Schlamm, graues Buschwerk, bis das Auge nach Erleichterung schrie. Das einzig Farbige waren unsere Uniformen und Alegrias bunte Kleidung.

Ich hätte nie gedacht, dass es mich je stören würde, nass zu werden, schließlich war ich im Dschungel aufgewachsen, aber dieses graue Land, der Umstand, ständig nass bis auf die Knochen zu sein, ohne zu frieren, aber stets klamm, von morgens bis abends, um dann wieder in Kleidung zu schlüpfen, die noch nicht getrocknet war – es machte uns zu schaffen. Ich war sehr stolz auf Alegria. Sie mochte für Paläste und Luxus geboren sein, aber sie war eine vortreffliche Gefährtin, immer einen Scherz auf den Lippen, wenn wir müde waren, eine Geschichte für unterwegs oder eine kleine Anekdote über den Fluss oder den Weiler, den wir eben passiert hatten. Wenn wir abends die nächste Stadt nicht erreicht hatten, so hatte sie eine Geschichte fürs Lagerfeuer oder ein Lied.

Wenn es ans Schlafen ging und wir uns in unserer Kutsche einrollten, versuchte ich, nicht daran zu denken, wie nahe sie war und dass sie nichts dagegen gehabt hätte, wenn ich die Elle Distanz zwischen uns überwunden hätte. Natürlich war das, als verlange man von jemandem, nicht an ein grünes Schwein zu denken. Alegria war mein grünes Schwein – und sie wurde immer grüner, je tiefer wir in das Land eindrangen.

Wir hatten uns wirklich festgefahren. Unser Kutscher fluchte und ließ die Peitsche knallen, und die Pferde wieherten protestierend auf, aber die Kutsche bewegte sich lediglich ächzend hin und her. Offiziere riefen ihren Männern zu abzusitzen, sich gegen die Räder zu stemmen und sich ordentlich ins Zeug zu legen. Ich sprang zum Seitenschlag hinaus in die Dämmerung und schloss mich ihnen an, ein weiterer schnaufender, schlammverschmierter Soldat.

Gleich daneben saßen Männer auf ihren Pferden, und ich hätte dem faulen Gesindel fast zugeschrien, sich mal etwas Bewegung zu verschaffen, sah aber dann, dass es Offiziere waren.

Über das Ächzen und die Flüche hörte ich deutlich Shamb Ak-Mechats verächtliches Schnauben: »Wenn dieser ungewaschene Wilde und die Schlampe, auf die er so scharf ist, mit dem Augengeklimper aufzuhören beliebten, ihre schlaffen Ärsche hochkriegen und aussteigen –« Mehr hörte ich mir nicht an. Ich hatte Ak-Mechats Stiefel in den Händen und riss ihn aus dem Sattel. Er schrie auf, ruderte mit den Armen und landete dann mit dem Gesicht voran im Schlamm. »Du … du verdammtes Schwein … Ich …« Er stand auf, bekam meinen Stiefel vor die Brust und setzte sich mit einem großen Platschen ein weiteres Mal in eine Pfütze. Ak-Mechat rollte sich herum, kam auf die Beine, erkannte mich dann. »Du Hund, wie kannst du es wagen, du uneheliche Schwuchtel, wie bei allen Teufeln kannst du es wagen, Hand an mich zu legen«, zischte er, völlig außer Kontrolle geraten, während seine Hand schon am Säbel zerrte.

Ich war drauf und dran, ihn gleich noch einmal flachzulegen, als eine Bogensehne sang, dann spross dem Shamb auch schon ein Pfeil aus dem Bauch. Er schrie auf, packte den Pfeil und versuchte ihn herauszuziehen, aber dann fuhren ihm drei weitere Pfeile in die Brust, von denen einer seine Hand durchbohrte. Noch bevor Ak-

Mechat ein drittes Mal im Schlick landete, war Ak-Mechat schon mausetot.

Hinter mir stand ein grimmiger Shamb Philaret, einige Bogner an seiner Seite. Er blickte die Leiche mitleidlos an. »Dummer Hund. Dachte, mit seiner von den Göttern verdammten Familie könnte er sich alles erlauben ...« Philaret hielt inne. »*Calstor*«, rief er.

Ein Unteroffizier kam herbei. »Ihr befehlt, Sir?« Die übliche Antwort auf den Ruf eines Offiziers.

»Nehmt diesen Sack Scheiße da und hängt ihn an den nächsten Baum. Steckt ihm einen Zettel an: ›Dieser Hund hat seinem Herrscher nicht gehorcht‹.«

»Zu Befehl, Sir«, sagte der Mann mechanisch, als hätte man ihm nichts weiter befohlen, als sicherzustellen, dass ein *Deva* vor der nächsten Inspektion sein Gerät reinigte.

»Dieser Schweinehund hat uns entehrt«, wandte Philaret sich an mich. »Ich entschuldige mich. Wenn Ihr dem König von dem Vorfall zu berichten wünscht, ich würde es verstehen.«

»Was würde passieren, wenn?«

»Die Einheit würde wahrscheinlich dezimiert«, vermutete er. »Die Offiziere würden als erste sterben. Höchstwahrscheinlich müsste Ak-Mechats Familie einen Blutzoll bezahlen. Er hat einen Sohn und eine Tochter, und deren Leben wäre damit verwirkt. Der König könnte außerdem entscheiden, dass das Leben von Ak-Mechats Vater in die Waagschale gehörte.« Philarets Stimme war völlig ruhig, ebenso ruhig wie die des *Calstors* einige Augenblicke zuvor.

»Ich sehe keinen Grund, die Angelegenheit je wieder anzusprechen, Shamb. Die Idiotien eines Dummkopfes sollte man so schnell wie möglich vergessen.«

»Ich danke Euch, Sir.« Ohne weiter darauf einzugehen, ritt der Offizier zu seiner Schwadron. Ich wandte mich wieder dem Rad zu, und eine halbe Stunde später, nachdem wir die Schaufeln ausgepackt hatten, war die Equipage wieder frei.

Ich hätte ihm auch sagen können, was ich dachte – wie absolut unnötig dieser Tod gewesen war. Er hätte seinen Säbel nie und nimmer aus der Scheide gebracht, bevor er wieder im Dreck gelegen und eine ordentliche Tracht Prügel bezogen hätte; vielleicht hätte er ja daraus gelernt – aber ich sagte nichts.

Es stimmte, was ich gelesen hatte: die Offiziere der maisirischen Armee hielten ihre Mannschaften für nicht besser als Nutzvieh und sprangen entsprechend mit ihnen um. Shamb Philaret und seine untergebenen *Pydnas* waren entsetzt, als ich darauf bestand, dafür zu sorgen, dass meine Männer untergebracht und gespeist waren, bevor ich selbst etwas aß. Für sie waren Soldaten nichts weiter als Dienstboten. Ich entsinne mich noch einer Nacht, als kein Quartier aufzutreiben war, so dass wir Zelte aufschlugen. Kaum hatten die Offiziere ein Dach über dem Kopf und bekamen von ihren Burschen das Essen gemacht, hätte man meinen können, die armen Schweine von Mannschaften existierten nicht mehr. Wie sie ihre Rationen aus Gerste und rohem Speck kochten, wo sie schliefen, das war völlig egal.

Aber Isa stehe dem Soldaten bei, der am nächsten Morgen nicht wie aus dem Ei gepellt antrat und abmarschbereit war. Es spielte dabei übrigens keine Rolle, ob er in dem Jahr schon gebadet hatte oder ob er tropfnass war, solange an seiner tropfnassen Uniform keine Spuren von der Schlammschlacht am Vortag zu sehen waren. Aber die *Devas* und *Calstors* beklagten sich nicht oder jedenfalls nicht, wenn ich in der Nähe war.

Eines Nachts kampierten wir neben einer Karawane von Kaufleuten und ich schlenderte vor dem Abendessen hinüber, um mich mit ihnen zu unterhalten. Wie die meisten Händler waren sie selbst in einer völlig belanglosen Plauderei sehr vorsichtig mit dem, was sie sagten, schon gar gegenüber einem Soldaten. Aber ich erfuhr etwas mehr über das Land, das die Karte vervollständigen half, die ich mir im Geiste davon anlegte; außerdem hatte ich so endlich wieder einmal mit Leuten zu tun, die keine Uniform trugen. Als ich zurückkam, hatte ich ein kleines Geschenk für Alegria. Es war eine Anstecknadel mit einem Kätzchen, das nach einem Schmetterling schlug, und ziemlich raffiniert gearbeitet und auf Hochglanz poliert. Es bestand aus verschiedenen Goldlegierungen, so dass das Edelmetall in verschiedenen Nuancen erstrahlte – gelb, rot und weiß. Hielt man es in der Hand, nahm das Kätzchen die Farben eines lebenden Tieres an und schlug miauend um sich, ohne dem Insekt je zu nahe zu kommen, das ihm spielerisch um den Kopf flog. Als ich den Anstecker Alegria gab, traten ihr Tränen in die Augen. Ich fragte sie nach dem Grund – er war nicht sehr teuer gewesen und war eine mindere Zauberei, eine Spielerei im Vergleich zu dem, was sie bei den Reichen und Mächtigen gesehen haben musste.

»Es ist das erste Mal, dass mir etwas persönlich gehört«, sagte sie. »Wirklich mir.«

»Was ist mit deinen Kleidern, all den Juwelen an deiner Brust?«

»Sie gehören dem König. Oder meinem Orden. Sie gehören nur so lange mir, wie ich bei Euch bin.« Sie schniefte. »Tut mir Leid, mein Herr. Ich möchte nicht ständig Tränen vergießen wie eine Regenwolke. Aber ...« Sie verstummte.

»Ich denke, der Zeitpunkt ist so gut wie jeder andere, endlich das ›mein Herr‹ zu vergessen«, sagte ich munter. »Wie wäre es mit ›Damastes‹?«

»Wenn Ihr meint, *Damastes*.« Sie wollte noch etwas sagen, hielt dann aber inne und konzentrierte sich auf das Spiel des winzigen Kätzchens in ihrer Hand.

Wir stiegen in Dorfgasthäusern ab, wann immer es sich einrichten ließ, was mir die Gelegenheit gab, durch die Straßen zu spazieren und mit den Leuten zu reden. Es gab nicht viele Händler, Handwerker, ja überhaupt wenig Mittelstand. Und auch reiche Leute gab es kaum. Die Bauern waren schmutzig, heiter, freundlich und über die Maßen religiös. Heiter, aber mit Soldaten hatten sie nichts im Sinn, obwohl die Mannschaften aus ihrem eigenen Stand kamen.

Nur zwei Beispiele dafür, warum dem so war, die sich beide aus ein- und demselben Vorfall ergaben: Wir waren gezwungen, auf dem Hof eines Bauern Zuflucht zu suchen, und schlugen unsere Zelte an der Traufe seiner baufälligen Scheune auf. Nur widerwillig gab der Bauer uns frische, warme Milch von einer seiner beiden Kühe, zwei Hühner und etwas verhutzeltes Gemüse für eine dünne Suppe ab. Am Morgen darauf sah er zu, wie wir uns zum Aufbruch bereitmachten. Mir wurde klar, dass keiner dem Mann angeboten hatte, ihm seine Gefallen zu vergüten. Sie waren schlicht, sicher, aber es war das Beste, was er zu bieten gehabt hatte. Ich sprang rasch noch einmal aus der Kutsche, trat auf den Mann zu und gab ihm drei Goldmünzen. Er brachte kein Wort hervor in seiner Dankbarkeit, was mir über die Maßen peinlich war.

Wir brachen auf. Ich weiß nicht, was mich dazu veranlasste – vielleicht hatte ich aus dem Augenwinkel etwas gesehen, was meinen Argwohn erweckte –, aber wir waren etwa anderthalb Werst gefahren, als ich anhalten ließ und mir von Shamb Philaret ein Pferd ausbat. Ich müsse zurück auf den Bauernhof, weil ich etwas vergessen hätte. Er sagte, er würde einen *Pydna* schicken, aber ich lehnte ab. Karjan sah mich skeptisch an, schließlich kannte er mich mittlerweile in- und auswendig, und wahrscheinlich war er wütend, weil ich mich ohne Eskorte in irgendein idiotisches Abenteuer begab. Ich ritt zurück und drosselte das Tempo kurz vor dem Tor. Dann hörte ich Schreie. Ich rutschte aus dem Sattel, das Schwert in der Hand, und lief los.

Drei unserer Soldaten, ein *Calstor* und zwei *Devras*, hatten den Bauern an eines der riesigen Räder seines Fuhrwerks gebunden, und der *Calstor* hatte sich eine Peitsche aus einem aufgetrennten Strick mit Knoten an den Enden gefertigt. »Du sagst uns jetzt, wo der Rest des Goldes und Silbers ist oder du zeigst uns deine Knochen«, rief er, und die Peitsche pfiff noch einmal auf den Mann hinab. Ich nehme an, es handelte sich bei den dreien um Flankenreiter, die sich wohl gedacht hatten, ihr Schurkenstück über die Bühne zu bringen und sich uns wieder anschließen zu können, bevor man sie vermisste. Ich hatte den Hof überquert und war hinter dem

360

Unteroffizier, noch bevor er mich hörte. Ich drosch ihm den Knauf meines Schwerts gegen den Hinterkopf und er sank gurgelnd in den Schlamm. Die beiden *Devas* sahen mein kampfbereites Schwert und schrien vor Angst auf.

»Schneidet ihn los.« Sie beeilten sich, meinem Befehl nachzukommen, dann sah mich einer der beiden, das Messer in der Hand, berechnend an. Ich stieß ihm vier Zoll Stahl durch den Unterarm, noch bevor er seinen Gedanken in die Tat umsetzen konnte.

»Sucht den Rest des Stricks«, befahl ich, und als sie ihn brachten, er maß etwa fünfzig Fuß, ließ ich die drei an einem Ende Schlaufen hineinknüpfen, etwa fünf Fuß voneinander entfernt, und die Köpfe hineinstecken. Der Bauer plapperte etwas von »großer Herr«, »großer Vater«, aber er schuldete mir nichts. Ich gab ihm noch einige Goldstücke. Dann nahm ich das andere Ende des Stricks und machte mich auf den Weg zurück zu unserem Zug. Ich blieb immer knapp unter dem Trab, so dass die Männer stolpernd den schlammigen Weg entlanglaufen mussten. Jeder von ihnen fiel mehr als einmal hin, also ritt ich ein Stück im Schritt und zog sie, tretend und mit den Armen rudernd, hinter mir her, bevor ich lange genug anhielt, um sie wieder auf die Beine kommen zu lassen. Als wir die anderen eingeholt hatten, waren die drei nichts weiter als Schlammkreaturen.

Philaret verlangte zu wissen, was passiert war, aber ich gab ihm keine Antwort, sondern warf ihm lediglich das Tauende zu, gab dem *Pydna* das Pferd zurück und stieg wieder in die Kutsche. Ich weiß nicht, was aus den drei Möchtegernräubern geworden ist, erinnere mich aber auch nicht mehr daran, sie während des Rests unserer Reise gesehen zu haben.

Das maisirische Militär bestand freilich nicht nur aus Idioten und Räubern. Als wir einmal einen Hochwasser führenden Fluss passierten, wurde ein Mann vom Pferd gerissen und weggeschwemmt. Ohne zu überlegen, ohne auch nur einen Augenblick zu zögern, sprangen vier *Devas* hinter ihm her. Sie retteten den ersten nicht, und drei der vier Männer, die ihn zu retten versucht hatten, ertranken mit ihm.

Edel, aber Shamb Philaret wäre weitergeritten, ohne die Tapferkeit dieser drei Männer auch nur zur Kenntnis zu nehmen.

Ich bat mir einen Augenblick aus und sprach ein Gebet, mehr eine Ansprache an die maisirischen Mannschaften als eine Anrufung der Götter. Dann ritten wir weiter, während das Rauschen eines namenlosen Flusses, der gerade vier Menschen das Leben gekostet hatte, allmählich erstarb.

Wir erreichten den Anker, der etwa auf zwei Dritteln des Weges von der Grenze nach Jarrah lag. Der Fluss, der von Ost nach West verlief, war breit, von Ufer zu Ufer an die drei Werst. Für den Handel allerdings ging er in die falsche Richtung, außerdem war er ziemlich versandet, so dass er sich nur mit kleinen Schiffen befahren ließ. Hier bei Sidor, einem Dorf, teilte er sich in viele kleine Läufe mit Sandbänken und kleinen Inseln dazwischen auf. Auf einigen dieser Inseln fristeten ein paar armselige Fischer ihr Dasein.

Es führten zwei lange Brücken über den Anker, etwa zehn Klafter voneinander entfernt. Beide waren sie etwa dreißig Fuß breit, aus Holz, mit niedrigen Geländern, als führten lange Dämme von Insel zu Insel. Philaret sagte, es sei durchaus normal, dass während der Schneeschmelze im Frühjahr einer oder mehrere Abschnitte zerstört wurden, so dass der Verkehr für Wochen zum Erliegen kam oder die Leute dazu gezwungen waren, per Schiff zum nächsten intakten Abschnitt zu fahren. Sidor, das fast ganz aus Steinhäusern bestand, war etwas solider als die anderen Orte, durch die wir gekommen waren. Wir bestaunten den hohen, sechsseitigen Kornspeicher aus Stein, der das Wahrzeichen der Gegend war, kauften gesalzenen, geräucherten und durch einen Zauber haltbar gemachten Fisch, um etwas Abwechslung in unsere unglaublich langweiligen Rationen zu bringen, und zogen dann den niederen Hügel auf der anderen Seite hinauf.

Es gab noch etwas viel Schlimmeres als die *Suebi* und das waren die Sümpfe. Sie waren auf unserer Route nicht so tief wie nach Osten hin, wo das Moor von Kiot lag, bei dem es sich eigentlich um eine eng miteinander verbundene Reihe von Sümpfen handelte, die von einigen Inselzungen durchzogen waren. Aber die Welt war nach wie vor grau, und nicht etwa wegen des nunmehr verborgenen Himmels, sondern wegen des Mooses, das von farblosen, regennassen Bäumen hing, deren wirres Geäst aussah, als wäre es weder am Leben noch tot. Dörfer gab es nur einige wenige. Laut Philaret wagten sich nur die kühnsten Maisirer durch dieses Land, obwohl man sich Geschichten von geheimnisvollen Leuten erzählte, die in den Sümpfen lebten, ohne sich um König Bairan oder seine Regierung zu scheren.

Die Straße war besser und schlechter zugleich. Es handelte sich nicht länger um eine Wagenspur, sondern um einen Knüppeldamm – Baumstämme, sauber gestutzt, Seite an Seite gelegt und mit Riemen verschnürt – mit primitiven Brücken über die zahlreichen Wasserläufe. Wir fuhren die Kutschen nicht mehr so oft in den Schlamm, dafür schüttelte es uns pausenlos von Stamm zu Stamm zu Stamm. Ich fragte Philaret, wie viele Männer es brauchte, um die Straße instand zu halten, und er sagte mir, dass die Zauberer des Königs mithalfen, indem sie das grüne Holz und die Lederriemen mit einem Konservierungszauber besprachen; trotzdem sei es nötig, jedes Jahr, nach der Eisschmelze in der Zeit der Geburten, Soldaten mit Äxten und Schaufeln durchzuschicken.

Es wimmelte nur so von Kreaturen im Halbdunkel um uns herum. Karjan und ich erspähten eine, etwa hundert Schritt von der Straße, die zuerst nach einem Affen aussah, nur dass sie je zwei Paar Arme und Beine und einen langen, nahezu kopflosen Körper hatte, so dass sie doch wieder eher einer mannsgroßen Spinne als einem Affen glich. Sie schnatterte zornig, dann war sie wieder verschwunden. Ich erfuhr, dass niemand viel über diese Wesen wusste – oder wissen wollte. Angeblich waren sie intelligent, fast so intelligent wie Menschen, lebten in primitiven Kolonien und stahlen die Kinder der Bauern, die am Rand der Sümpfe lebten. »Entweder sie haben sie gestohlen«, berichtete Capitain Lasta, da er derjenige war, der die Geschichte gehört hatte, »oder verspeist. Es gibt da zwei Theorien.«

Wenigstens gab es so spät in dieser Jahreszeit kaum Insekten. Aber ich hätte es lieber mit tausend summenden Blutsaugern zu tun gehabt als mit der schrecklichen Angst, die sich über uns gelegt hatte, eine Furcht vor dem Unbekannten, das sich nicht sehen ließ. Ich konnte mich des Gefühls nicht erwehren, von etwas – oder Etwassen – beobachtet zu werden, das sich womöglich in dieser überwucherten Insel dort oder hinter jenem knorrigen, gewundenen Baumstamm verbarg. Manchmal hörten wir Geräusche, aber keiner sah etwas.

Wir kamen an einen Abschnitt, wo die Stämme des Knüppeldamms am Verfaulen waren. Hier stiegen wir aus und gingen zu Fuß weiter; die Kutscher führten ihre Gespanne am Zügel. Wir schickten Kundschafter zu Fuß voraus, um uns zu warnen, falls die Straße unterhöhlt war. Ich fragte mich, wo wir wohl einen Lagerplatz finden würden, als ein Schrei des Entsetzens erklang. Mit einem Wetzen fuhren die Schwerter aus der Scheide, hastig wurden Pfeile an Bogensehnen gelegt.

Einer der Kundschafter kam auf die Karawane zugerannt, und das unter panischem, völlig geistlosem Geheul. Aber nicht einer hätte ihn einen Feigling geheißen, denn was da, prallel zur Straße, auf ihn zugerast kam, war schlicht und ergreifend ein Alptraum. Man stelle sich eine Schnecke vor, gefleckt, schleimgelb und kackbraun, augenlos, aber dafür mit zwanzig oder mehr klaffenden Mäulern den mit schleimigen Blasen besetzten Rüssel entlang, eine Schnecke mit einer Länge von dreißig Fuß oder mehr. Sie bewegte sich lautlos und schneller, als der Kundschafter lief. Sie hatte ihn fast erreicht, und der Mann warf einen Blick über die Schulter, kreischte abermals auf und stürzte von der Straße auf eine kleine Baumgruppe zu. Vielleicht meinte er, dem Alptraum davonklettern zu können.

Philaret und ein anderer Offizier brüllten dem Mann entgegen, auf die Straße zurückzukommen, oder er sei des Todes, was nicht gerade einleuchtend war.

Die Schnecke bäumte sich in der Bewegung auf und brach dann über dem Soldaten zusammen, so dass sie ihn unter ihrem widerlichen, nassen Körper begrub. Pfeile schossen hinüber und bohrten sich in die Kreatur und gleich darauf war ihre Flanke mit Speeren besetzt. Aber das Ungeheuer kannte keinen Schmerz. Es rutschte mit derselben Geschwindigkeit davon, mit der es aufgetaucht war, zurück ins Zwielicht, zurück in das Schattenreich. Von dem Kundschafter fehlte jede Spur.

»Dieser dumme Hund!«, fluchte Philaret. Ich fragte ihn, was der Mann denn falsch gemacht hätte und was wir tun sollten, wenn einer von uns angegriffen würde.

»Ich weiß nicht, ob es sich dabei um ein Geheimnis handelt … aber ich habe keinen Befehl, nichts zu sagen«, sagte er. »Ich habe Euch schon gesagt, dass die Stämme hier besprochen sind, damit sie weniger schnell verfaulen. Es gibt da noch einen weiteren Zauber, der die Sumpfwesen davon abhält, die Straße zu überqueren oder sie auch nur zu betreten. Bleibt auf der Straße, und Ihr seid sicher. Verlasst sie …« Mehr brauchte er nicht zu sagen.

Wir marschierten eine Stunde weiter und lagerten dann einfach da, wo wir waren, auf der Straße. Wir schliefen in den Kutschen, und die maisirischen Soldaten breiteten die Planen der Fuhrwerke aus und bauten sich ihren Unterschlupf auf der Straße. Es war unbequem, aber ich glaube ohnehin nicht, dass jemand groß ein Auge zugetan hat in jener Nacht. Ich jedenfalls nicht. Nicht so sehr aus Angst, die Schnecke könnte zurückkehren, sondern weil mir durch den Kopf ging, was Philaret gesagt hatte. Soweit ich wusste, verfügte kein Zauberer, noch nicht einmal die Chare-Bruderschaft, über die Macht, einen Zauber zu schaffen wie den, den Shamb Philaret da beschrieben hatte. Der Imperator hatte schon Recht gehabt: die maisirische Magie schien weitaus fortgeschrittener zu sein als die unsere.

Schließlich hatten wir die Sümpfe dann hinter uns und kamen in einen Wald, Teil des ungeheuren Forsts von Belaya, der Jarrah wie ein letzter Schutzwall umgab. Das Land bestand aus sanften Hügeln. Die Krume war sandig und schlecht. Der Wald bestand aus hohen Nadelbäumen, die sich Tag und Nacht im Wind wiegten, der pausenlos wehte, manchmal als Flüstern, manchmal tobte er auch.

Der Pfad wurde besser, bis er zu einer richtigen Straße wurde, die von einer Kleinstadt zur anderen sogar gekiest war, und in den Städten waren die Straßen ohnehin gepflastert. Wir näherten uns Jarrah.

Wir erreichten die großen Anwesen des maisirischen Adels, die sich einen Werst um den anderen vor uns hinzogen. Sehr oft jedoch hätten die Herrensitze erheblicher Instandsetzungsarbeit bedurft, und die Dörfer, die sie umgaben, waren schäbig, das Land karg und unfruchtbar. An diesen Herrensitzen wurden wir mit Jubel begrüßt, schließlich waren wir die ersten Besucher »ihrer Klasse« seit einem halben Jahr und man war ganz erpicht auf alles, was hier als Neuigkeit galt.

Im Grunde lechzten die Leute freilich nur nach Klatsch darüber, was die Reichen und Mächtigen in Oswy oder auf anderen Herrensitzen machten und trugen. Richtige Nachrichten wie etwa die Spannungen zwischen unseren beiden Ländern langweilten sie. Man sei einsam, bekam man zu hören, aber wie ich feststellte, hätte nicht einer daran gedacht, eine der Kaufmannskarawanen zu sich einzuladen. Langeweile war immer noch besser, als etwas mit den unteren Klassen zu tun zu haben.

Wir hielten vor einem Dorf, und ein Bauer kam mit Eimern voll Milch heraus, die er schöpflöffelweise verkaufte. Wir tranken, was er hatte, und wollten mehr. Ich ging mit ihm auf seinen Hof, diesmal vernünftig genug, Karjan und Svalbard mitzunehmen. Ich fragte ihn nach seinem Land, seinem Hof, den Saatzeiten, wie viele Leute er brauche, um sein Land zu bestellen, aber der Mann grunzte nur einsilbig. Ich hatte gehofft, ihn fragen zu können, was er vom König hielt, von seinen Herrschern, merkte jedoch, dass aus diesem Stein nichts herauszubringen war.

Sein Hof war etwas sauberer als die meisten, die wir bislang gesehen hatten, auch wenn er nach numantischem Standard recht klein war. Über eine der Türen war ein interessantes Symbol gemalt: Es war gelb und sah aus wie ein auf den Kopf gestelltes U. Die Enden waren dicker, wie Knoten in einem Seil.

»Was ist das denn?«, fragte ich in möglichst unschuldigem Ton. Der Bauer blickte mich hart an, eine Drohgebärde, die bei einem Mann seines Standes ziemlich merkwürdig war.

»Ein altes Familienzeichen für Glück und gutes Wetter«, brummte er. »Nichts weiter.«

Die Zeichnung sah mir ganz nach einem der gelben Würgestricke der Tovieti aus.

»Lasst mich Euch etwas fragen«, sagte ich ganz beiläufig. »Sagt Euch das hier etwas? Stellt es Euch nur in Rot vor.«

Mit der Spitze meines Schwerts zog ich einen Kreis in den Lehm, einen Kreis, aus dem eine Reihe von Linien züngelte – das Emblem der Tovieti: tödliche Schlangen, die sich aus dem Blut der Märtyrer des Kults erhoben, um Rache zu nehmen.

»Nein«, sagte der Bauer rasch. »Sagt mir nichts.« Aber ansehen wollte er mich dabei nicht.

So gab es denn die Tovieti auch hier in Maisir.

Zerborsten ragte der Herrensitz in den grauen Himmel, sein Mauerwerk noch immer schwarz von dem Brand, dem er zum Opfer gefallen war. Es mochte lediglich ein Unfall gewesen sein, aber wir waren bereits eine Stunde davor durch ein winziges Dorf gekommen, das ebenfalls nur noch eine Ruine gewesen war. Ich fragte Shamb Philaret, ob er wüsste, was passiert sei, und er nickte. Ich musste ihm die Geschichte aus der Nase ziehen, aber schließlich sagte er mir, die Bauern hätten sich gegen ihre Herren erhoben.

Mir fiel das Grauen von Irrigon ein, die Flammen und Amiels Tod, und ich musste mich gegen ein Schaudern wehren. »Warum?«

»Die üblichen Gründe, nehme ich an«, sagte er mit einem Achselzucken. »Bauern vergessen manchmal, dass ihr Los aus Krume und

Peitsche und nichts weiter besteht und ihr Herr das Recht hat, zu tun und zu lassen, was ihm beliebt. Dann spielen sie verrückt. Es ist wie eine Pest«, fuhr er fort. »Keiner von ihnen denkt darüber nach, was er da tut, was passieren wird – sie wüten und töten wie ein Bär unter Hunden.«

»Dann hat die Armee das Dorf abgebrannt, als sie den Aufstand niederschlug?«

»Nicht die Armee«, erwiderte er grimmig. »Die Zauberer des Königs haben Feuerwinde gegen die Mörder geschickt und allesamt von Shahriyas Feuer vernichten lassen – Männer, Frauen, Kinder. Der König hat das Land geächtet und verboten, dass sich hier jemand ansiedelt oder das Land bestellt. Es sollte ein Exempel für die Ewigkeit statuiert werden, auf dass der Mensch seinen Platz und seine Pflicht kennt.«

»Wann ist das denn passiert?«, fragte ich in der Annahme, es müsste wohl schon ein, zwei Generationen her sein, dass eine derartige Barbarei möglich war.

»Vor fünf, nein, sechs Jahren.«

Wir ritten weiter über verbrannte Erde und durch das eine oder andere zerstörte Dorf.

Das Gasthaus, das nur eine Tagesreise vor Jarrah entfernt lag, stand auf einem Hügel über einem See, und es war ein Genuss, dort zu verweilen. Nicht selten machte der maisirische Adel hier Ferien und so war es recht luxuriös. Es gab Stallungen, überdachte Waschplätze für die Equipagen und Nebenhäuser für die Dienstboten der Gäste. Wie bei vielen maisirischen Häusern war das Untergeschoss des mächtigen Gebäudes aus Stein und kräftigen Pfosten, die oberen Etagen aus Holz. Meine Männer waren im ersten Stock untergebracht, jeder in seinem eigenen Zimmer. Capitain Lasta war derartigen Luxus gewohnt, desgleichen Karjan, die anderen jedoch freuten sich wie Kinder auf ihrer Geburtstagsfeier.

Ich war völlig erschöpft und bat darum, uns ein schlichtes Mahl in unseren Räumen zu servieren. Alegria und ich hatten drei riesige Zimmer im obersten Stock; sie waren mit Gas beleuchtet, das über Rohre aus einer nahen Erdspalte kam, eine große Seltenheit in Maisir. Wir hatten uns Schlaf- und Wohnzimmer der Suite kaum angesehen, denn in diesem Gasthaus gab es das Herrlichste auf der Welt, etwas, was wir seit Oswy kaum noch gesehen hatten, nämlich ein Bad. Es war ganz in handpoliertem Holz und Stein gehalten und hatte regulierbare Lüftungsschlitze, über die Heißluft aus den unteren Stockwerken kam. Hier erfuhr ich, wie der maisirische Adel sich sauber hielt.

In der Wand waren steinerne Ungeheuer eingelassen, und zog man an den Ketten darunter, spuckten sie Wasser in verschiedenen Temperaturen in hölzerne Eimer. Man machte sich nass, seifte sich ein und wusch sich ab, das Ganze wenigstens zweimal. Dann ging man in die Wanne, ein halbiertes Weinfass mit einem Durchmesser von zwanzig Fuß. Alegria sagte, man verschmutze das Wasser weder durch Dreck noch Seife, sondern lege sich lediglich zum Entspannen hinein. Es gab noch weitere Köpfe steinerner Ungeheuer mit Ketten über uns, und wenn man daran zog, neigten die Köpfe sich und kippten heißes oder kaltes Wasser über einen.

Während ich mich gegen den Schlaf wehrte, ging Alegria als Erste ins Bad. Jeder Muskel in meinem Körper jammerte über die Plackerei der vergangenen anderthalb Zeiten.

»Ihr könnt jetzt hereinkommen«, sagte sie, und ich gehorchte. Alegria trieb mit geschlossenen Augen auf dem Rücken in der Wanne. Ich war zu müde, zu abgekämpft, um mich einen Dreck darum zu scheren, ob sie mir zusah. Ich hing meinen Mantel an einen Haken, füllte einen Eimer, nahm Seife und einen großen Meerschwamm und begann zu schrubben. Es brauchte drei Durchgänge, bevor ich spürte, dass sich der Schmutz der Reise aufzulösen begann, und meine Haut war rosig wie die eines Babys. Eines haarigen Babys freilich, und so holte ich Messer und Spiegel heraus und rasierte mich – zu meinem Erstaunen, ohne mir in meiner Erschöpfung die Gurgel durchzuschneiden.

Alegria planschte selig trällernd vor sich hin. Wenigstens sie war putzmunter. Ich dachte schon daran, sie zu ertränken. Ich überlegte, ob ich mir den Mantel wieder überziehen sollte, hieß mich dann einen Dummkopf, trat an die Wanne und stieg hinein. Das Wasser hatte etwas über Körpertemperatur und war ungefähr drei Fuß tief. Als ich untertauchte, spürte ich mein Haar wie Seegras über dem Kopf. Schließlich musste ich wieder nach oben, um Luft zu holen; auf dem Rücken, den Kopf am Wannenrand, streckte ich mich aus.

Das Wasser war ungewöhnlich, blubbernd umschmeichelte es meine Haut und beruhigte sie, hatte aber nicht den üblichen Gestank warmer Mineralquellen an sich. Alegria lag mir gegenüber und spähte mich durch ihre Zehen an, die sie von Zeit zu Zeit bewegte.

»Seid Ihr glücklich, Damastes?«, fragte sie.

Ich musste zu meiner Überraschung feststellen, dass ich zumindest nicht unglücklich war. Das bleierne Elend, das auf mir lastete, seit Marán mich weggeworfen hatte, war zwar noch da, aber wie in weiter Ferne, eine Erinnerung fast. »So ziemlich«, antwortete ich.

»Ich auch.«

Ich gähnte.

»Alles, nur das nicht, Sir«, sagte sie. »Ihr bleibt mir schön wach zum Essen. Wir haben nun seit Zeiten nichts anderes gegessen als Schnecken, Würmer, Getreide und Dinge, die ich noch nicht mal an eine Ente verfüttern würde.«

»Na, dann warten wir damit besser nicht allzu lang«, meinte ich. »Sonst ertrinke ich noch in der Suppe.« Merkwürdigerweise spürte ich, noch während ich sprach, die Müdigkeit von mir abfallen, als hätte das Bad eine verjüngende Kraft.

»Natürlich nicht«, sagte Alegria. »Ich habe mir sagen lassen, dass diese Wannen ohnehin gefährlich sind.«

»Wie das denn? Zu warm, so dass man zu Tode schmilzt?«

»Nein«, antwortete sie und setzte eine besorgte Miene auf. »Es ist das Holz, aus dem diese Fässer sind. Ich habe gelesen, dass da-

rin kleine Kreaturen wohnen, die nach einer gewissen Zeit aus-
schlüpfen.«

Ich zog eine Braue hoch.

»Nein, ehrlich«, sagte sie. »Sie sind gefährlich, weil sie eine Klaue
haben und für ihr Leben gern beißen.«

»Du machst mir Angst«, sagte ich.

»Ahhh! Ich habe eben eines gespürt«, quietschte sie. »Unten auf
dem Boden, und es kommt auf Euch zu.«

Im selben Augenblick umschloss eine Zange meinen Riemen und
ich spürte, dass etwas ihn hob. Dann merkte ich, dass es sich bei der
»Klaue« um Alegrias Zehen handelte.

Ich stand auf und das Wasser lief von mir ab. »Dirne! Göre! Lügnerin!« Meine Entrüstung wäre vielleicht etwas überzeugender gewesen, hätte mein Riemen sich nicht vor mir in die Höhe gereckt.
»Ich habe dir doch gesagt, dass du das lassen sollst«, sagte ich, ohne
bei meiner Empörung die rechte Würde zu bewahren.

»Tut mir Leid, Damastes«, sagte Alegria. »Zumal ich höre, dass
man draußen unseren Tisch deckt. Wollen wir zu Tisch?«

Wir wollten und taten uns gütlich an frisch gebackenem, war-
mem Brot, Töpfen mit Bauernbutter, einem wunderbaren Salat aus
den verschiedensten Sorten und winzigen Garnelen, die – wie
Alegria schwor – aus den Wannen des Gasthauses stammten – wie
die, dich mich gerade gebissen hatte, nur ohne Klauen. Wir hätten
auch Fleisch oder Fisch haben können, aber uns war beiden nach
Gemüse, und so nahmen wir kurz angebratene Balsambirne mit
Schwarzen Bohnen und verschiedenen Pilzen. Alegria trank zwei
Gläser Wein; ich trank Mineralwasser. Dann rief ich nach einem
Dienstboten und ließ ihn die Ruinen unseres Mahl abtragen.

»Und jetzt, mein Herr, zu Bett?«

»Und jetzt zu Bett«, sagte ich gähnend.

»Eigentlich«, meinte sie, als sie aufstand und ins Schlafzimmer
ging, »bin ich ganz dankbar für unser Arrangement.«

»Ach?«

»Wären wir etwas anderes als das, was wir sind, wir verlören wo-

371

möglich wertvollen Schlaf, den wir brauchen, um unsere Körper für den morgigen Tag zu stärken.«

»Du hörst dich an wie meine Mutter«, sagte ich.

»Aber sehe ich ihr auch ähnlich?« Noch während sie sprach, ließ sie das Kleid fallen. Ich erhaschte einen Blick auf ihren geschmeidigen, nackten Körper, dann schloss sie den Gashahn. Es wurde dunkel bis auf die Sichel eines mageren Mondes, der durch die fliehenden Wolken schien. »Komm zu Bett«, flüsterte sie, und ich hörte das Knarren der Federn.

Ich gehorchte. Es war riesig, weich, warm und wunderbar, obwohl ich in dem Augenblick eher Probleme hatte, an das Bett und an Schlaf zu denken. Alegria lag auf der Seite, mit dem Rücken zu mir. Ich tat einige tiefe Atemzüge, aber es wollte nicht helfen.

»Ich schlafe schon fast«, sagte Alegria, hörte sich aber gar nicht müde an. »Sagt mir etwas, Damastes. Küssen Numantier eigentlich?«

»Natürlich, Dummerchen.«

»Warum bin ich dumm? Mich hat noch nie jemand geküsst. Schon gar nicht Ihr. Da dachte ich mir, Euer Volk hält das für schlecht oder was weiß ich.«

»Alegria, du bist nicht brav.«

»Nein? Was wäre schon Schlimmes an einem einzigen kleinen Kuss? Ich meine, nur um meine wissenschaftliche Neugier und so zu befriedigen.«

»Na schön.«

Sie drehte sich auf den Rücken und streckte beide Hände über dem Kopf. »Küssen Numatier mit offenem oder geschlossenem Mund?«

»Ich für meinen Teil mit geschlossenem, da ich keinen Ärger haben will«, brummte ich. Ich beugte mich vor und küsste sie zärtlich. Ihre Lippen bewegten sich ein wenig unter den meinen. Ich küsste ihre Mundwinkel, und ihre Lippen öffneten sich etwas. Aber ich hielt an meinem Entschluss fest und küsste sie auf die Wangen, dann sachte auf die Augenlider. Es erschien mir als nicht vermessen, ihre Lider mit der Zunge zu streicheln.

»Numantier sind sehr zärtlich«, murmelte sie. »Macht das noch einmal.«

Ich tat es, und irgendwie öffnete sich mein Mund dabei ein wenig und ihre Zunge rutschte hinein. Mit einem Seufzen schlang Alegria die Arme um mich. Der Kuss dauerte an und die Zärtlichkeit verflüchtigte sich. Ihre Arme fuhren über meinen Rücken auf und ab. Es schien mir angebracht, mit der Zunge ihren Hals auf und ab zu streicheln, bis sie schneller atmete. Sie nahm einen Arm von meinem Rücken und zog die Decke beiseite. Ihre Brüste drückten sich an die meinen, ihre großen Nippel waren steinhart.

Ich küsste den einen, dann den anderen, reizte sie mit den Zähnen und widmete mich dann wieder ihrem Mund. Mit einem Arm in ihrem Kreuz zog ich sie an mich, die andere Hand fuhr kosend an ihr hinab, bis sie über der Wölbung ihrer Hinterbacken zu liegen kam.

Sie hob ein Bein, legte es um mich, und ich spürte Feuchte und ein lockiges Kitzeln an meinem Oberschenkel.

Dann stieß sie einen Schrei aus, entzog sich mir, rollte sich aus dem Bett und kam davor zum Stehen.

»Was zum –«

»Mich hat etwas gezwickt! Autsch! Verdammte Ka – macht Licht, rasch!«

Ich tastete auf dem Nachttischchen nach einer Lunte, strich sie an und entzündete das Gas wieder.

Alegria stand nackt in der Mitte des Raumes und blickte argwöhnisch auf das Bett. »Ich gehe da nicht wieder hinein – zieht die Decken beiseite, mein Herr.«

Ich tat, wie mir geheißen, und eine schwarze Spinne huschte über das Laken. Ich zerschlug sie mit dem Handballen.

»Wo hat sie dich gebissen?«

»Hier«, sagte sie. »Hinten am Arm.«

Sie hatte eine rote Stelle dort, die rasch anschwoll. Ich klingelte nach einem Dienstboten. Augenblicke später kam einer und ich ließ ihn Essig und Backpulver bringen. Als er wiederkam, mischte ich

373

beides und strich ihr damit immer wieder über den Arm. Ich war noch dabei, als auch schon die Wirtin auftauchte. Sie war entsetzt, dass so etwas in ihrer Wirtschaft passiert sein sollte, vor allem so edlem Besuch, und bestand darauf, gleich das ganze Bett durch ein neues zu ersetzen. Sie wollte auch gleich die Kammer ausräumen lassen, um sicherzugehen, dass die Spinne auch wirklich tot war, und uns in einer anderen einquartieren, obwohl das nicht die beste wie die unsere war – und so weiter und so fort. Schließlich jedoch wurde ich sie los und ging wieder zu Alegria zurück. Etwa eine halbe Stunde später sagte sie, dass der Schmerz verschwunden sei.

»Aber wenn wir nach Jarrah kommen«, sagte ich, »möchte ich, dass du zu einem Seher gehst. Spinnenbisse können hässlich ausgehen.«

»Mir passiert schon nichts«, sagte sie. Sie sah mich ironisch an. »Aber ich glaube langsam, Irisu möchte, dass ich für immer Jungfrau bleibe.«

Ich brachte ein mattes Lächeln zustande. Meine romantische Stimmung und der Anflug von Lust waren dahin. Jetzt wollte ich …

Ich wusste nicht, was ich wollte.

Alegria wusste meine Miene zu deuten. »Kommt, Damastes. Lasst uns schlafen. *Wirklich* schlafen.« Sie löschte das Licht zum zweiten Mal und wir gingen einmal mehr ins Bett.

»Gute Nacht«, sagte sie, und ihre Stimme war gleichgültig und ausdruckslos.

»Würde es dir etwas ausmachen, wenn ich dir einen Gute-Nacht-Kuss gebe?«, fragte ich.

Nach einem Augenblick sagte sie: »Nein«, und ihre Stimme hatte wieder einen Hauch von Leben. Wir küssten uns und es war ein sehr sanfter, sehr zärtlicher Kuss ohne Lust. Sie drehte sich um und ich gähnte. Ihre Atmung wurde flach, ein leichtes Schnarchen stellte sich ein.

Ich spürte, wie ich versank, aber ich bemerkte noch, dass sie auf mich zu rutschte, ihr Hintern warm gegen meinen Bauch. Sie stellte die Füße gegen die meinen, bis wir aneinander geschmiegt dalagen, ihr Kopf direkt unter meinem. Ich küsste sie auf die Spitze ihres Ohrs.

Mit der rechten Hand umfasste ich eine ihrer Brüste und sie seufzte zufrieden. Die Brust passte genau in meine Hand.

Dann übermannte mich der Schlaf.

Ich weiß nicht, was passiert wäre, wenn wir noch einen oder zwei Tage in dem Gasthaus geblieben wären … Oder vielleicht doch.

Aber wir brachen am nächsten Tag wieder auf und zur Abenddämmerung waren wir in Jarrah.

18 *König Bairan*

Jarrah erstreckte sich über viele Werst, und seine symmetrisch angeordneten Straßen waren von Parks und kleinen Seen durchbrochen, von denen es sogar noch mehr als in Nicias gab. Die Boulevards waren breit und baumgesäumt und von Osten nach Westen schlängelte sich träge ein Fluss. Die Stadt hatte eine Mauer, die jedoch scheinbar zufällig angelegt war. Sie war usprünglich als Achteck geplant worden, mit belagerungssicheren Mauern von fast dreißig Fuß Stärke und zwiebelförmigen Wachtürmen an jedem Eck. Die Stadt jedoch hatte die Mauern überwuchert, und jedes Mal, wenn es dazu gekommen war, hatte man eine neue Mauer gebaut, die dann, wenn die Metropole sie verschluckte, durchbrochen wurde und Torbögen bekam, so dass der Verkehr passieren konnte.

Gegen Süden hin war die Stadt auf sanfte Hügel gebaut und hier standen die Paläste der Reichen. In einem befand sich die numantische Botschaft und sie war unser Ziel. Hinter diesen Anwesen begann, durch eine Parklandschaft abgegrenzt, Moriton, die Königsfeste, deren Mauer viele weitere Anwesen, Kasernen und Verwaltungszentren umschloss. Hier wohnten König Bairan und seine Satraps mitsamt Dienerschaft, Sklaven und Tausenden von Verwaltern.

Shamb Philaret hatte bereits in der Nacht Reiter vorausgeschickt und so erwartete man uns. Man hatte gegen die gelegentlichen Regenschauer vor einem der Stadttore ein Zeltdach aufgestellt, unter dem reich gekleidete Würdenträger warteten.

Ich trug ein hüftlanges rotes Cape gegen das Wetter, kniehohe schwarze Schaftstiefel, weiße Breeches, einen weißen Uniformrock mit rotem Besatz und einen Tschako. Bewaffnet war ich mit dem Schwert von König Bairan.

Alegria trug ein Kostüm aus dunkelbrauner, fast schwarzer Seide mit hohem Kragen und Stickereien. Von der Taille an weitete es sich zu Pluderhosen, unter denen sie Halbstiefel trug. Zum Schutz gegen das Wetter trug sie einen Kapuzenmantel aus durchsichtigem Stoff, wie es schien, mit Stickereien, aber das Kleidungsstück war besprochen, so dass es nicht nur den Regen abhielt, sondern auch den Wind.

Der Erste, der mich begrüßte, war Baron Sala, seine Augen traurig wie eh und je. Ich hätte nicht sagen können, ob ich den höheren Rang hatte, aber es konnte wohl kaum schaden, wenn ich mich als Erster verbeugte, zumal der Imperator Frieden wollte und ein friedliebender Mann nie und nimmer arrogant ist. Sala sah mich ein wenig überrascht an, verbeugte sich dann ebenfalls, zuerst mir gegenüber, dann zu meiner großen Überraschung auch vor Alegria, die er mit ihrem Namen begrüßte, den er mit dem Titel einer *Woizera* – einer Edelfrau – versah. Sie mochte ja nichts weiter als eine Leibeigene gewesen sein, aber Sala war ein anständiger Mann.

»Herr Baron«, begann ich. »Ihr habt mir einmal gesagt, dass Ihr daran zweifelt, dass mein König einen Besuch in Eurem Land gestatten würde. Zu meiner großen Freude habt Ihr Euch geirrt, auch wenn ich über die Umstände zutiefst unglücklich bin.«

»So wie ich und mein König«, antwortete Sala. »Und übrigens, ich trage jetzt den Titel eines *Ligaba*. Mein König hat mich über die Maßen geehrt.«

»Ein weiser Schritt«, sagte ich aufrichtig. Der *Ligaba* war der höchste Kanzler am Königshof.

»Ich danke Euch, Botschafter. Ich hoffe, Ihr behaltet Recht. Der König hat mich außerdem damit beauftragt, Maisir in unseren Verhandlungen zu vertreten.«

»Das ist nun wirklich ausgezeichnet«, sagte ich, etwas weniger aufrichtig diesmal. Es mochte von Vorteil sein, es mit jemandem zu tun zu haben, der Nicias, den Imperator und Numantia kannte, auf der anderen Seite wäre er nur sehr schwer zu täuschen.

Ein anderer Mann kam auf uns zu, dieser in ausgesprochen wür-

377

diger grauer Uniform und mit zahlreichen Auszeichnungen an der Schärpe, die er über der Schulter trug. Ich kannte ihn von einem Porträt her, kennen gelernt hatten wir uns jedoch nie. Es war Lord Susa Boconnoc, der numantische Botschafter in Maisir. Er stammte aus einer sehr alten Familie, die reich belohnt worden war, als sie dem Imperator bereits einen Tag nach dem Einlenken des Zehnerrats seinen Forderungen gegenüber ihre Loyalität zugesagt hatte. Boconnoc war immer schon Diplomat gewesen und so hatte man ihn mit dem außerordentlich wichtigen Posten in Jarrah betraut. Ich hatte seine Akte gelesen, mich diskret bei anderen im Auswärtigen Amt erkundigt und herausgefunden, dass er als lediglich durchschnittlich intelligent und nicht eben kreativ galt. Er war jedoch sehr gut im Umgang mit Menschen, vor allem Leuten von hohem Rang, und bewegte sich völlig unbefangen in diesen Kreisen.

Einer der Leute hatte mir, ganz offen gesagt, anvertraut, die meisten Leute hielten ihn für etwas dümmer als Bohnenstroh, und ich fragte mich, weshalb der Imperator ausgerechnet ihn gewählt hatte. Dann wurde mir klar, dass Tenedos Maisir für zu wichtig hielt, als dass sich jemand anderer darum kümmerte als er selbst, und so hatte er sich den idealen Mann für die Aufgabe ausgesucht: jemanden, der jeder Anweisung bis aufs i-Tüpfelchen gehorchte, ohne dabei kreativ zu werden, jemanden, der genau berichten würde, was vor sich ging, ohne zu interpretieren, jemanden von absoluter Loyalität.

Boconnoc war in seinen Fünfzigern, hatte einen distinguierten, sorgfältig gestutzten Bart, kurzes Haar und eine würdige Haltung. Er sah, je nach Wahl der Miene, aus wie ein Günstling, wenn auch etwas streng, wie ein Großvater oder, wenn er zornig war oder Zorn simulierte – wie das alle Diplomaten, Kommandanten und Eltern lernen müssen –, wie die Verkörperung von Aharel, dem Gott, der mit Königen spricht.

»Botschafter á Cimabue«, sagte er, »na, das ist vielleicht eine Überraschung. Eigentlich solltet Ihr ja bei uns in der Botschaft einquartiert werden. Aber der König hat es sich anders überlegt und verlangt, dass Ihr innerhalb der Mauern von Moriton wohnt. Das ist eine große Ehre, Herr Botschafter, eine, die man noch keinem Numantier gewährt hat. Ich werde dafür sorgen, dass man Eure Leute aufs Beste versorgt.«

»Der König hat diese Entscheidung nicht nur getroffen«, mischte Sala sich ein, »um Euch eine Ehre zu erweisen, sondern auch um Euch zu zeigen, wie ernst er diesen Disput nimmt und wie rasch er die Angelegenheit geregelt zu sehen wünscht ... bevor er sich zu alternativen Schritten gezwungen sieht. Er hofft wie ich, dass eine friedliche Lösung möglich ist.«

»Sie ist möglich«, antwortete ich. »Rasch, ja sofort. Ich bringe ausdrückliche Order meines Imperators mit.«

Beide Berufsdiplomaten schienen überrascht, ja etwas schockiert. Sala brachte ein Lächeln zustande. »Nun ... ich habe mich schon gefragt, weshalb man Euch für diese Aufgabe gewählt hat – bevor ich Eures Talents für raffiniertes Verhandeln gewahr wurde.«

»Ich habe keines«, sagte ich. »Aus genau dem Grund hat man mich gewählt.«

»Das«, so sinnierte Sala, »verspricht ja interessant zu werden.« Er zögerte. »Botschafter á Cimabue«, fragte er, »darf ich mich nach Euren Kräften erkundigen?«

Ich war verdutzt, dann grinste ich. »Fordert Ihr mich etwa zu einem Wettlauf?«

Sala lachte. »Ich wurde angewiesen, Euch diese Frage zu stellen, weil es da jemanden gibt, der Euch, falls Ihr Euch dem gewachsen fühlt, gerne auf der Stelle sprechen möchte, noch bevor Ihr Euch erfrischt.«

Boconnoc machte nicht weniger große Augen als ich. Das konnte nur einer sein. Und es gab nur eine Antwort darauf. »Ich stehe zu Diensten, Sir.«

Ich stieg mit Sala in die Prachtequipage und wir fuhren in Jarrah ein. Die Straßen waren voller jubelnder, singender Menschen. Ich bewunderte König Bairan dafür, in der Lage zu sein, so kurzfristig ein solches Spektakel auf die Beine zu stellen. Die Leute skandierten in etwas bemühtem Unisono den Namen ihres Königs, die von Imperator Tenedos, Maisir und Numantia, und hin und wieder hörte ich auch den meinen heraus.

Ich winkte huldvoll und lächelte dabei. Wie ich bemerkte, blickten genauso viele Gesichter nach oben wie auf unseren kleinen Zug, und so spähte ich selbst hinauf. Über uns kamen und gingen eine Reihe magischer Erscheinungen, die Gestalten wanden sich wie Drachen in einem heftigen Wind. Einige davon waren Fabelwesen, andere Ungeheuer, die, so schätzte ich, wohl in Maisir zu Hause waren, und selbst die Sumpfschnecke und die spinnenartigen Affen erspähte ich.

Wie schon in Oswy waren auch hier die Untergeschosse der Häuser aus Stein, die oberen aus mit herrlichem Zierrat versehenem Holz; alle waren sie grell bemalt und geschmückt. Oswy hatte jedoch kaum hohe Häuser gehabt, während es in Jarrah davon um so mehr gab. Manche hatten gar acht oder neun Stockwerke und obenauf eine Kuppel in der phantastischsten Form. Es schien sich um Wohnhäuser zu handeln, was Sala mir bestätigte. »In der Hauptsache für die Armen«, erklärte er. »Wir bauen ständig neue, aber diese Leute scheinen sich schneller zu vermehren, als wir Holz zusammenzunageln vermögen. Das liegt wohl daran, dass Kinder zu machen interessanter ist, als Nägel einzuschlagen.«

Ich äußerte mich darüber, wie sorgfältig geplant Jarrah war. »Das ist ein versteckter Segen von Shahriyas Feuer«, sagte Sala und erklärte, dass die Stadt während der letzten zwei Jahrhunderte dreimal abgebrannt war – einmal nach einer Brandstiftung, einmal in einem großen Feuer, das von den Wäldern auf die Stadt übergesprungen war, einmal aus ganz unerfindlichen Gründen.

Die Leute kleideten sich etwas besser als in den Dörfern und Städten, durch die wir gekommen waren, wenn auch nicht sehr. Abgesehen von seiner Größe, der Architektur und der Farbenpracht war Jarrah nicht so spektakulär, wie ich es mir vorgestellt hatte.

Ich hörte Schreie der Angst und des Erstaunens und blickte wieder nach oben. Heerscharen von Kriegern marschierten über den Himmel, einige zu Fuß, andere zu Pferd. Alle waren sie bis an die Zähne bewaffnet und ihre Rüstung war ganz darauf ausgerichtet, einem Angst einzujagen. Sie stießen lautlos Rufe aus und schwenkten ihre Waffen. Wen sollten diese magischen Krieger wohl beeindrucken? Die Menge? Oder mich?

Wir kamen an einem riesigen Tempel vorbei und ich hörte das Auf und Ab eines Chorals. Es mussten wenigstens mehrere Tausend Männer und Frauen in der Gemeinde gewesen sein. »Was wird denn gefeiert?«

»Nichts«, sagte Sala, »wenigstens nicht dass ich wüsste.«

Wie ich bemerkte, betete man zu Umar, dem Schöpfer, der sich nicht mehr zu erkennen gab. »Wir verehren ihn seit jeher«, erzählte Sala. »Der Älteste, der Weiseste, der, der uns allen, Menschen wie Göttern, das Leben gegeben hat. Vielleicht kommt er, wenn wir nur fest genug beten, wieder zurück.«

Er sagte dies, als glaube er tatsächlich daran.

Vor dem Tor von Moriton war keine Menschenmenge zu sehen. Die grimmigen schwarzen Mauern, die sich vor uns erhoben, hätten auch den Furchtlosesten abgeschreckt. Es waren auch keine Wachen zu sehen, es gab keinen Anruf und das Tor ging lautlos auf. Es gab einen Innenhof, auf dem sich eine halbe Armee hätte versammeln können, dann kam ein zweites Tor. Als dieses sich öffnete, befanden wir uns in der Königsfeste. Moriton war riesengroß, eine Stadt in der Stadt, nur dass es wohl wenige Städte gibt, die ausschließlich aus Palästen bestehen. Einige davon waren riesig, andere nur mächtig, und dazwischen gab es Kasernen und unauffällige Gebäude, laut Sala die Büros des diplomatischen Korps und anderer Behörden. Jeder schien in seine Geschäfte vertieft und keiner bedachte uns auch nur mit einem Blick.

Unsere Equipage bog auf eine lange Auffahrt ab, die mit bunten Steinen gepflastert war. Sie führte zu einem ungeheuren, von

Stützpfeilern flankierten Bau, Flügeln geradezu, die einen in sein steinernes Herz zogen.

Die Kutsche hielt an und ich wartete auf einen Dienstboten. Es kam keiner. »Geht nur«, sagte Sala. »Ihr verlauft Euch schon nicht.«

Ich folgte seiner Aufforderung und stieg die Treppe hinauf. Mit jeder einzelnen Stufe ertönte ein Gong, und mir flatterte das Herz, je höher ich kam. Selbst der Regen ließ einen Augenblick nach, als fürchte sich auch er. Halbmondförmige Pforten von über fünfzig Fuß Höhe öffneten sich, als ich näher kam, und ich trat in ein langes Vorzimmer, dessen Gewölbe sich im Zwielicht verlor. Es gab Wandteppiche aus prächtigster Seide, gold- und silberdurchwirkt, einige abstrakt, andere mit phantastischen Kreaturen, die – wie ich hoffte – in den Bereich des Mythos gehörten.

Zwei weitere Flügel öffneten sich und ich trat in einen weiteren gewaltigen Raum. Ihn schützten durchscheinende Rollläden an den Fenstern gegen Regen und Kälte, dazu loderten in den vier Ecken gewaltige Feuer in den Kaminen. Der Raum maß vielleicht der Länge nach zweihundert Fuß, fünfzig oder mehr in der Breite, und er war etwa fünfundsiebzig Fuß hoch. Er war gleichmäßig ausgeleuchtet, ohne dass ich auch nur eine Fackel, eine Kerze gesehen hätte. Am hinteren Ende des Saals stand, auf einem großen runden rot-goldenen Teppich, ein Mann, dessen Größe der des Raumes alle Ehre machte. Hinter ihm befand sich, mit einem Vorhang verhängt, ein Alkoven.

Ich selbst bin ja schon groß, aber König Bairan war noch einen Kopf größer als ich. Er war Ende vierzig, Anfang fünfzig, hager, hart, und hatte ein glatt rasiertes Adlergesicht mit dem passenden räuberischen Ausdruck darauf. Er trug ein schlichtes Golddiadem mit einer Gemme von der Größe einer Faust in der Mitte, graue Hose, grauen Rock. Die dünnen grauen Lederaufsätze auf den muskulösen Schultern, dem Oberkörper, der schlanken Taille und den Oberschenkeln erinnerten an eine Rüstung. Um die Taille trug er einen schlichten Ledergürtel mit einem ebenso schlichten Dolch.

Er hätte seine Aufmachung nicht besser wählen können, um zu suggerieren, ein Krieger zu sein. *Kommt in Frieden*, sagte sie, *oder seid gefasst auf das, was Euch blüht.*

Ich ließ mich auf ein Knie nieder und beugte den Kopf. Ich mochte mit einem Potentaten auf vertrautem Fuß stehen, aber das hier war etwas anderes. Ich hatte den Imperator schon als jungen Zauberer gekannt, es war also eine gewisse Vertrautheit da, das Wissen, dass Tenedos nur allzu menschlich war. König Bairan war der Letzte einer Linie, die nun schon seit Jahrhunderten auf dem Thron saß, und sein Königreich war weit größer als Numantia.

»Willkommen in Maisir. Und Jarrah«, sagte er. Seine Stimme war frostig und fest.

Ich erhob mich. »Ich danke Euch, Eure Hoheit, für den Empfang und die Ehre, mich so schnell nach meiner Ankunft selbst zu begrüßen.«

»Wir haben Großes vor«, erklärte er. »Ich nehme an, Ihr wünscht – wie ich – eine Einigung zu erreichen ... der einen oder anderen Art ... so dass unsere beiden Königreiche entweder einen neuen Weg finden oder den alten fortsetzen können.«

»Eure Majestät«, erwiderte ich, »darf ich so kühn sein, eine dritte Möglichkeit vorzuschlagen? Eine, die mein Herr ersonnen hat?«

»Und die wäre?« König Bairan wurde gar noch kälter.

»Einen Frieden, Sir. Einen Frieden, der allen Problemen zwischen uns ein Ende macht und ewige Freundschaft garantiert.«

»Ich, Botschafter á Cimabue, wäre schon mit etwas zufrieden, das so lang währt wie das Leben Eures Imperators und das meiner selbst. Seid doch so gut und tretet näher. Wenn wir Wichtiges zu diskutieren haben, so möchte ich es nicht herausschreien müssen.« Ich gehorchte. »Euer Herr wünscht also Frieden?«

»Von ganzem Herzen.«

»Dann, so muss ich sagen, bin ich doch etwas verwirrt von gewissen Zeichen aus Numantia«, fuhr er fort. »Die Spannungen wachsen ja nun schon seit einiger Zeit. Ich hatte schon das Gefühl, am Rande gewisser ... unseliger Ereignisse zu stehen, und habe deshalb Maßnahmen befohlen. Jetzt sagt Ihr mir, Euer Imperator wünscht Frieden. Ich bin verwirrt.«

»Deshalb bin ich hier, Eure Majestät. Der Imperator hat mir alle Vollmachten gegeben, einen umfassenden Friedensvertrag zwischen Numantia und Maisir auszuhandeln, einer, der uns in der Tat den Frieden, die Ruhe bringt, die beide Nationen wollen.«

Der König schwieg und blickte mir hart in die Augen. »Ligaba Sala sagte mir, Ihr seid ein Mann, der ohne Umschweife zur Sache kommt.«

»Es wäre mir lieb, würde man mich so sehen.«

»Er hat mich außerdem darauf hingewiesen, dass Ihr der engste Freund des Imperators und sein engster Vertrauter seid.«

»Ich wäre auf nichts so stolz wie auf das, Sir. Aber ich kann nicht mit Sicherheit sagen, ob dem so ist.«

»Bis in die allerjüngste Zeit glaubte ich die Entwicklungen unserer beiden Länder unabänderlich auf Kollisionskurs zu sehen«, fuhr Bairan fort. »Aber als ich hörte, man hätte Euch zum Botschafter mit allen Vollmachten ernannt, gestattete ich mir eine gewisse Hoffnung. Denn Ihr müsst wissen, Botschafter Baron Damastes á Cimabue«, sagte er, und seine Stimme war knapp und fest, jedes Wort ein Hammerschlag, der ein Gesetz in Stein meißelt, »ich wünsche keinen Krieg. Maisir wünscht keinen Krieg. Ich hoffe sehr, dass Ihr und ich zu einer Übereinkunft kommen können, die den Frieden sichert.«

»Eure Majestät, Ihr habt mein Wort darauf, dass ich alles tun kann und will, um eben dieses Ziel zu erreichen.«

»Dann heiße ich Euch wirklich in Jarrah willkommen.« Er streckte mir die Hand entgegen. Sie hatte den festen Druck eines Kriegers.

Vor dem Anwesen, das man mir, wir ich erfahren hatte, für die Dauer meines Aufenthalts stellte, stieg ich aus der Equipage. *Privat* war es, das musste man dem Haus lassen – die Mauer rundum, mit ihren nach außen gerichteten messerscharfen Eisenspitzen obenauf, hatte eine Höhe von fast dreißig Fuß. Auf einer Seite war ein Tor in der Mauer, an dem sich ein großer Ring als Klopfer befand. Ich hob ihn und hörte einen sonoren Trompetenstoß. Einen Augenblick später öffnete sie sich, und Alegria stand da, in einem kleinen Vorzimmer, dessen Wände, Boden und Decke mit exotischen Intarsien geschmückt waren. Die hintere Wand öffnete sich in einen weiten Garten.

Alegria trug ein tief ausgeschnittenes violettes Kleid, das bis auf den Boden ging und ein schwarzes Blumenmuster hatte, das asymmetrisch vom Nabel auf ihre rechte Hüfte und dann zu ihrer Schulter führte. Ich konnte beinahe durchsehen, aber nicht ganz.

»Du hast verdammtes Glück gehabt, dass ich das war«, sagte ich etwas scharf.

»Oh, aber ich konnte Euch doch sehen. Seht her.« Sie bat mich, den Ring noch einmal zu heben, und ich kam ihrem Wunsch nach. Als ich es tat, war es, als öffne sich ein magisches Bullauge in der ansonsten blinden Oberfläche der Tür. »Wenn nicht Ihr es gewesen wärt, dann hätte ich mir den dicken Mantel hier übergezogen, damit niemand auf dumme Gedanken gekommen wäre.«

»Ach übrigens«, fragte ich, »wo ist denn unser Stab, unsere Dienstboten, wo wir doch schon so schrecklich geehrte Gäste sind?«

»Ich habe den Torhüter schockiert, als ich ihn wegschickte und ihm sagte, ich warte lieber selbst auf Euch.«

»Dann ist es ja gut«, sagte ich, »dass König Bairan nicht zu einem nächtlichen Saufgelage aufgelegt war.«

Sie seufzte theatralisch und murmelte: »Männer!«

Ich blickte über das Vorzimmer hinaus in den Garten und sah, dass er in der ersten Blüte des Frühlings stand anstatt in der Feuchtigkeit der letzten Tage der Regenzeit.

Alegria begann zu lachen.

»Was ist denn so komisch?«

»Ihr werdet schon sehen.«

Noch während sie sprach, sah ich es. In der Mitte des Gartens

385

stand das Haus. Nur dass es nicht unbedingt ein Haus war. Es sah aus wie ein riesiges, eckiges Zelt. Ich konnte es nicht glauben. »Das ist ja wohl ein schlechter Scherz«, murmelte ich. »Wir leben seit fast sechzig Tagen unter Segeltuch, und im Freien schlafe ich sogar noch viel länger, und mit freundlicher Genehmigung des Königs soll das jetzt so weitergehen. Das ist wohl eine große Ehre? Wir sollten besser zurück in das Gasthaus vor Jarrah. Die haben uns wenigstens ein Bett gestellt, auch wenn es in Wirklichkeit einem Spinnentier gehört hat.«

»Ich weiß«, gluckste Alegria und schüttelte sich vor Lachen. »Aber es ist nicht wirklich Leinwand. Seht genauer hin.«

Ich sah, dass das »Zelt« in Wirklichkeit aus aufwendig bearbeitetem Holz gebaut war, um genau wie ein Zelt auf einem Feldzug auszusehen, die Klappen hochgezurrt wie bei schönem Wetter. »König Bairan nennt das hier sein Kriegerrefugium«, erklärte Alegria.

»Was für ein Glück«, murmelte ich, »was für ein Glück.«

»Aber es ist wunderbar. Kommt, ich zeige es Euch.«

Es war tatsächlich wunderbar, ein Kunstwerk sowohl hinsichtlich der Holzarbeit als auch der Zauberei. Das »Zelt« war riesig. Die äußeren Bereiche dienten uns zum Schlafen und Essen. In der Mitte befand sich ein Bereich, den wir nie betraten, wo unsere Dienstboten die Mahlzeiten zubereiteten und auf Zeichen von uns warteten. Sie kamen und gingen durch einen unterirdischen Tunnel, der in Küchen, Ställe und Personalunterkünfte führte, die hinter der rückwärtigen Mauer versteckt waren.

Auf jeder Seite des »Zelts« befanden sich vier Zimmer – Arbeitsraum, Bad, Essbereich und Schlafzimmer, jedes einzelne in einem ganz und gar eigenen aufwendigen Stil. Der Garten, der es umschloss, war auf allen vier Seiten haargenau gleich, nur dass auf der einen Seite Frühling herrschte, auf der nächsten Sommer, auf der dritten Herbst und auf der vierten tiefster Winter mitsamt dem Schnee. Es hatte ganz den Anschein, als erstreckte sich jeder dieser Gärten ins Endlose, die hohe Mauer, die ihn einschloss, war nicht zu sehen. Überhaupt gab es weder Mauern noch Fenster, ein Zauber sorgte dafür, dass die Zimmer sommermild blieben und eine sanfte Brise scheinbar aus dem Nichts wehte. Machte man das Licht aus, senkte sich auch die Temperatur und man fühlte sich in leichtester Kleidung herrlich wohl. Alegria führte mir diese Wunder so stolz vor, als gehörten sie ihr.

»Wie weit geht denn der Garten wirklich?«, fragte ich.

»Nicht so weit, wie es den Anschein hat. Geht man auf das hintere Ende zu, hat man plötzlich keine Lust mehr weiterzugehen und man kehrt einfach um.

»Na schön«, räumte ich ein. »Es ist wunderbar. Aber es ist ein Zelt, verdammt noch mal!«

»Also mir gefällt es«, murmelte Alegria. »Wir können jede Nacht in einer anderen Jahreszeit schlafen. So hat es den Anschein, als wären wir sehr, sehr lange zusammen und nicht nur …« Sie sprach den Satz nicht zu Ende, sondern drehte sich um, als ein Vogel planschend in einem Brunnen landete.

Ich legte die Arme um sie und steckte die Nase in ihr Haar.

»Und«, fuhr sie nach einer Weile leise fort, »ich kann so tun, als gäbe es außer der unseren keine andere Welt.«

Ich antwortete nichts, weil ich nicht wusste, was ich hätte sagen sollen. Ich erwachte langsam, aber sicher wieder, aber zwischen uns lag noch immer der Schatten der Vergangenheit, der Schatten Maráns. Früher oder später … aber ich war nicht hier, um mir Gedanken um einen Mann oder eine Frau zu machen; ich war hier aus Sorge um mein ganzes Volk. Das Naheliegende musste auf später verschoben werden. An erster Stelle kam König Bairan.

Tags darauf machte ich mich in unserer Botschaft mit Botschafter Boconnoc an die Vorbereitungen. Die Botschaft war so gut wie verlassen. Bei Beginn des Ärgers hatte Boconnoc alle numantischen Frauen und Kinder zurück in die Sicherheit Renans geschickt.

Boconnoc war voller Ideen über diplomatische Feinheiten und meinte, wir sollten am ersten Tag erst einmal darüber diskutieren, worüber wir diskutieren sollten. Ich war etwas – nun, mehr als nur *etwas* – unhöflich zu ihm.

»Der König sagte, er möchte über Frieden sprechen und die Angelegenheit so rasch wie möglich beilegen. Genau diesen Auftrag habe ich vom Imperator«, sagte ich in einem Ton, der klarstellte, dass ich keine Diskussion wünschte.

Boconnoc blickte mich von oben herab an und meinte dann: »Na schön, Herr Botschafter. Womit *sollen* wir denn dann beginnen?«

Ich sagte es ihm und ihm krochen dabei die Brauen schier aufs Haupt. Er hätte mich am liebsten einen jungen Dummkopf oder gleich einen Idioten, wenn nicht gar Schlimmeres genannt. Aber ganze Generationen schrecklich besonnener Vorfahren geboten ihm schreiend Einhalt, so dass er sich schließlich mit einem tiefen Seufzer begnügte und sagte: »Na schön. Es ist zwar recht ungewöhnlich … aber es wird eine interessante Lektion.« Einem kleinen Seitenhieb freilich konnte er nicht widerstehen: »Für den einen oder anderen von uns.« Er seufzte noch einmal. »Wollt Ihr, dass ich mich erkundige, ob ein Vertreter des besagten Königreichs in der Stadt weilt?«

»Wenn Ihr wollt«, sagte ich. »Aber falls es keinen gibt … dann eben nicht.«

Ich glaube, die Wände blähten sich etwas unter dieser zweiten heftigen Bö.

»Wo sollen wir anfangen?«, fragte König Bairan, etwas belustigt über meinen Mangel an Förmlichkeit. Wir befanden uns in einem kleinen Konferenzraum in seinem Palast. Wir waren zu sechst – der König, Ligaba Sala, Botschafter Boconnoc, ich selbst und ein kleiner Mann mit besorgter Miene, der mir als Patriarch von Ebissa vorgestellt wurde.

»Am Anfang, Eure Hoheit«, sagte ich. »Ihr sagtet vor zwei Tagen, die Signale, die Euch aus Numantia erreichten, hätten Euch verwirrt. Zuerst Krieg, dann Frieden.«

»Ja, allerdings.«

»Dann lasst uns doch nicht nur damit beginnen, reinen Tisch zu machen, sondern auch mit einem Zeichen unserer Aufrichtigkeit«, sagte ich. Der Patriarch, der so gar nicht wie ein Vertreter seines kriegerischen und barbarischen Volkes aussah, saß kerzengerade da. »Ebissa erhebt Ansprüche auf einen gewissen Teil maisirischer Erde«, sagte ich. »Imperator Tenedos hat vor einiger Zeit verlauten lassen, dass Numantia diese Ansprüche zu unterstützen gedenkt. Ich sage hier und heute, dass man den Imperator da missverstanden hat. Er wollte damit im Grunde nur seine Hoffnung ausdrücken, Ihr, König Bairan, würdet Euch auf ehrenhafte Weise um diese Ansprüche kümmern als der gütige Monarch, als den man Euch sieht.«

»Und wenn ich sie einfach ablehne?«

»Ihr habt dem Imperator nie gesagt, wie er regieren soll«, erwiderte ich. »Wie sollten dann wir das Recht zu einer solchen Anmaßung haben?«

Der König blickte mich ernst an. »Fahrt fort.«

»Mehr ist dazu nicht zu sagen, wenigstens nicht vom Standpunkt Numantias aus«, sagte ich kalt. »Ebissa ist und bleibt ein unabhängiges Königreich mit genau definierten Grenzen, auf die Ihr Euch in einem Abkommen zwischen Euren beiden Ländern geeinigt habt. Falls Ihr sie zu ändern wünscht, so ist das eine Angelegenheit zwischen Ebissa und Euch.«

Der Patriarch glotzte mich an. »Vielleicht, Herr Botschafter«, wandte ich mich an Boconnoc, »würdet Ihr den Patriarchen hinausgeleiten, da alles Weitere den Herrn nicht mehr betrifft.« Der Mann stand von alleine auf und schlurfte zitternd aus dem Raum. Einen Augenblick reute es mich, aber ich riss mich zusammen. Ebissa, ein bedeutungsloser Dschungel, oder Numantia? Da gab es nichts zu überlegen.

Der König saß eine Weile still da. »Damit habt Ihr in der Tat einiges zur Reinigung der Atmosphäre getan«, bemerkte er.

»Ich würde in den kommenden Tagen und Wochen gern noch mehr dafür tun«, erklärte ich, »und das auf nicht weniger direkte Art. Zuerst zur Frage unserer beider Grenzen. Zweitens zu dem ewigen Ärgernis des Wilden Landes an Eurer Grenze und der Grenzstaaten an der unseren. Vor einiger Zeit habt Ihr vorgeschlagen, wir sollten zu einer gegenseitigen Übereinkunft kommen und vielleicht sogar gemeinsam gegen die Banditen in diesen Ländern vorgehen.«

»Das ist ein komplexes Thema«, sagte er.

»In der Tat. Aber womöglich nur, weil wir zugelassen haben, dass es so komplex wird. Eure Majestät, ich bin in diesen Ländern gewesen, bei diesen Menschen. Sie taugen nicht als Untertanen Numantias noch – wenn Ihr mir die Freiheit gestattet – als Untertanen Maisirs. Diese Leute verbringen ihre Zeit lieber damit, einander die Hälse abzuschneiden, wenn sie gerade mal nicht mit den Gurgeln und Beuteln von Händlern beschäftigt sind, die durch ihr Reich ziehen.«

»Wie wahr.«

»Es ist töricht und teuer obendrein«, fuhr ich fort. »Mir scheint, es müsste doch eine einfache Lösung geben, wenn zwei großen Nationen an einer gelegen ist.« Der König nickte. »Die dritte Angelegenheit ist eine uralte, aber bringen wir sie doch aufs Tapet. Seit Jahrhunderten, noch vor Eurem Vater und dem Vater Eures Vaters, beansprucht Maisir einen bestimmten Teil Ureys, und das gilt ja im Allgemeinen als numantische Provinz. Wenn Ihr bedenkt, dass zwischen Urey und Maisir auch noch das Königreich Kait liegt, ganz zu schweigen von den unwegsamsten Bergen der Welt, so scheint mir doch, dass dieser Anspruch von allen Beteiligten in Zweifel gezogen werden sollte.«

»Wie ich gehört habe, ist Urey sehr schön«, sagte der König.

»Das ist es«, bestätigte ich. »Aber wie stehen die Chancen, dass Ihr dort in absehbarer Zeit einen Sommerurlaub verbringt?«

Der König blickte mich hart an, dann breitete sich unter seiner Hakennase ein Lächeln aus. »Na schön«, meinte er. »Gestehen wir mal zu, dass es nicht sehr wahrscheinlich ist, dass ich – nun, Tausende von Werst reise und mich dann durch eine Banditenfalle schleiche, nur um eine Landschaft zu sehen, so schön sie auch sein mag. Ich würde sagen, der Streit um Urey ließe sich lösen.« Er trat an ein Fenster und drehte sich dort um. »Dieses kurze Treffen war sehr interessant. Herr Botschafter, ich beginne langsam zu glauben, dass es hier zu mehr als nur einem Austausch von Worten kommt.«

»Das hoffe ich doch auch.«

»Es ist ein Anfang«, sinnierte der König. »Ein guter Anfang, in der Tat. Da sieht die Zukunft doch gleich nicht mehr gar so düster aus.

Signale gingen nach Norden, kamen irgendwie in Rekordzeit durch Kait und dann per Heliograph nach Nicias. Innerhalb von sechzehn Tagen hatten wir eine Antwort darauf. Der Imperator versicherte, es gebe keinen Grund, Ebissa zu unterstützen, und man setze bereits die Verträge auf. Außerdem sagte er, man solle die Grenzstaaten auf der Stelle befrieden, auf welche Weise auch immer König Bairan es für angebracht hielt.

Er rief zwei Feiertage für ganz Numantia aus, an denen für den Frieden gebetet und geopfert werden sollte.

Um seinen guten Willen zu unterstreichen, befahl er den Botschaftsangehörigen, nach Jarrah zurückzukehren.

Das Beste aber kam zum Schluss: Die Einheiten, die man in Urey auf Kriegsstärke aufgestockt hatte, sollten auf Friedensstärke reduziert werden. Alle jüngst gebildeten Einheiten sollten ab sofort so rasch wie möglich aufgelöst werden.

In einer persönlichen, verschlüsselten Nachricht an mich sagte er:

> *Du hast es geschafft, Damastes, oder wenigstens sieht es so aus. Sowohl Numantia als auch ich stehen tief in deiner Schuld. Friede jetzt, Friede auf immer.*
>
> *T*

»Es kam da vor einiger Zeit zu einem Zwischenfall«, begann Ligaba Sala vorsichtig, »zwischen den Militärs unserer beiden Länder, angeblich in der Provinz Dumyat.« Er hatte um eine private Unterredung gebeten und ich hatte mich schon gefragt, worum es wohl ging. Jetzt wusste ich es und entschloss mich, mit der Wahrheit als erster Waffe zu operieren. »Ihr liegt da nicht ganz richtig, Ligaba«, sagte ich. »Es herrschte in Nicias große Verwirrung, was diese Angelegenheit anbetraf. Wir haben Nachforschungen angestellt und herausgefunden, dass unsere Patrouille die Grenze überschritten hatte und ein gutes Stück nach Maisir hineingeraten war, ja bis in die Nähe des maisirischen Zante.«

Sala verbarg seine Überraschung. »Wir hatten nicht den Eindruck, dass Ihr dieser Ansicht wart. So wie wir das sehen, habt Ihr gedacht, Eure Kräfte wären in einen Hinterhalt geraten.«

»Wie ich schon sagte, es herrschte Verwirrung. Es tut mir Leid, aber um einmal persönlich zu werden, Eure Soldaten wurden dafür bestraft, dass sie ihr Terrain verteidigten, auch wenn sie vielleicht etwas zu rasch reagiert haben.«

»Das mag sein«, sagte Sala. »Es ist freilich keiner ihrer Offiziere mehr am Leben, mit dem sich das erörtern ließe.«

»Darf ich fragen, weshalb Ihr es angesprochen habt? Ich hielt die Angelegenheit für geklärt.«

»Der König bat mich, danach zu fragen und Euch, je nach Eurer Antwort, entweder nichts weiter zu sagen oder das, was ich jetzt zu sagen habe: Es ist schrecklich früh, jetzt schon optimistisch zu sein, aber König Bairan wünscht keinerlei Hindernisse im Friedensprozess. Aus diesem Grund zieht er einmal mehr sämtliche maisirischen Truppen drei Tagesmärsche von der Grenze zurück, bis die Verhandlungen zu Ende gebracht sind. Das dürfte gewährleisten, dass sich während der nächsten Zeiten keine neuen Probleme ergeben, sei es durch eine Überreaktion oder was auch immer.

Ich kann Euch überdies versichern, dass der König, falls die Verhandlungen so weitergehen, wie sie begonnen haben, die Klassen wieder entlassen wird, die er jüngst zur militärischen Ausbildung gerufen hat. Falls es kein … keinen Ärger gibt, so ist das Geld, das diese Männer kosten, anderweitig besser ausgegeben.«

Ich war glücklich und, ja, ich spürte einen gewissen Stolz in mir aufkommen. Vielleicht würde ich, trotz meiner Befürchtungen, meinem Land ja doch einen großen Dienst erweisen.

»Ich danke Euch, Ligaba.«

»Wenn sich alles in diesem Tempo entwickelt«, sagte Sala, »dann sind wir rasch bei Damastes und Khwaja, eh?«

»Hoffen wir das Beste.«

Auch diese Nachricht ging nach Norden und fünfzehn Tage später kam die Antwort des Imperators darauf: Auch er würde alle numantischen Einheiten von der Grenze abziehen. Militär würde sich bis zur Unterzeichnung des Vertrags in diesen Gebieten nur aufhalten, wenn man Banditen auf den Fersen war. Wir hatten einen weiteren Schritt weg vom Abgrund getan.

Zwischen jedem Schritt zwei bis drei Wochen zu warten, während die Nachrichten zwischen Nicias und Jarrah hin- und hergingen, hätte auch zum Verrücktwerden sein können, aber es war nicht gerade so, als hätte ich sonst nichts zu tun. Alegria und ich wurden zum Mittelpunkt des gesellschaftlichen Trubels. Wir waren etwas Neues.

Der Adel der Hauptstadt war nicht weniger dumm als seine Gegenstücke vom Land. Jeder kannte jeden und war auf die eine oder andere Weise mit fast jedem verwandt. Jahr für Jahr, Jahrzehnt für Jahrzehnt war man mit denselben Leuten auf dieselben Feste gegangen und betrunken mit denselben falschen Leuten im Bett gelandet. Kein Wunder, dass die großen Bälle, auf denen man die heiratsfähigen jungen Herren und Damen in die Gesellschaft einführte, so gut besucht waren. Ich ging auf einen und fühlte mich an eine Schar Geier erinnert, die auf den Tod einer sterbenden Gaurkuh wartet, um sich auf ihr Kalb zu stürzen.

Es wurde zur Mode, das Haar lang zu tragen, und einige bleichten es sich sogar mit scharfen Mineralien so blond wie das meine. Alegria meinte, ich solle mich was schämen, für so manchen kahlen

Kopf bei älteren Männern verantwortlich zu sein, die sich in der Wirkung der Bleichmittel verschätzt hatten. Ich sagte, ich sei nicht schuldiger als sie, da man viele Frauen wie Alegria in eng anliegenden, offenherzigen Kleidern sah. Das war in Ordnung, solange es sich um eine junge Frau handelte. Aber wenn es sie zum watschelnden Koloss machte, dann musste ich mir alle Mühe geben, keine Grimasse zu schneiden und einfach zu gehen.

Die Zeit der Veränderung ging zu Ende, die Zeit der Stürme begann und arktische Orkane tobten vom Süden her übers Land.

Man hatte ein Fest geplant, einen Maskenball, der wegen des Wetters abgesagt werden musste. Jarrah war durch den Sturm gelähmt, so dass den Leuten nichts anderes übrig blieb, als selbst für Unterhaltung zu sorgen. Ich war ganz zufrieden damit, in unserem »Zelt« auf den Polstern herumzuliegen. Wir bewohnten die »Sommerseite«, im Garten sangen die Vögel, und die Bienen summten in der warmen Stille.

Ich studierte Karten der Grenzstaaten in dem Versuch, zu einer Entscheidung zu kommen, ob eine meiner Ideen Hand und Fuß hatte.

Alegria lag auf dem Boden auf drei riesigen Kissen. Sie trug nichts weiter als einen Streifen Stoff um die Brüste und einen zweiten um die Hüften und las ein gewaltiges Buch, ein Werk, in dem Götter und Göttinnen als nicht weniger lüstern dargestellt wurden als die Menschen, die sie geschaffen hatten. Selbstverständlich hatte die maisirische Priesterschaft das Werk auf den Index gesetzt, und natürlich konnten die, die des Lesens mächtig waren, es gar nicht erwarten, ein Exemplar zu bekommen.

Sie merkte, dass ich sie ansah, lächelte mich an und widmete sich dann wieder ihrer Lektüre.

Ganz plötzlich wurde mir etwas klar: Ich war dabei, mich zu verlieben, wenn ich sie nicht gar schon liebte. Heute frage ich mich, weshalb es so lange gedauert hat, bis ich es merkte, aber ich kenne die Antwort schon. Es war natürlich Marán.

Es gab noch immer unerledigte Gefühle zwischen uns, Worte, die ich meiner Frau oder ehemaligen Frau, was immer sie nun sein mochte, gerne gesagt hätte. Aber warum spielte das eine Rolle? Die Vergangenheit war vergangen, tot und vorbei. Warum stand ich dann nicht einfach auf, ging hinüber zu Alegria, küsste sie und ließ geschehen, was geschehen sollte? Ich wusste es damals ebenso wenig, wie ich es jetzt weiß.

Ich machte eine Depesche zurecht und der Bote brachte sie fort. Mir wurde mit einem Mal klar, wie erschöpft ich war. Ich hielt die Botschaft nicht mehr aus, mein Quartier, die ganze Stadt. Ich musste hinaus, ein paar Stunden auf dem Land verbringen. Ich sagte das Alegria und sie verzog das Gesicht, trug es aber dann mit Fassung.

»Na schön, Herr. Gehen wir hinaus in den Sturm, und wenn ich mir etwas abfriere, so ist es Eure Schuld.«

Eine Stunde später standen wir warm eingepackt, in Mäntel gehüllt und zitternd im Stall. Alegria stieg auf ihr Pferd und blickte dann wehleidig zu mir herab. »Also, wo wollen wir sterben?«

»Die Dämonen sollen mich holen, wenn ich das weiß. Du bist hier zu Hause, nicht ich.«

»Man hat mir kaum mehr als ein Dutzend Mal gestattet, meinen Orden zu verlassen, um in die Hauptstadt zu gehen«, meinte sie. »Das ist doch zu dumm.«

»Ich weiß … aber macht es nicht Spaß?« Und tatsächlich wirkte der scharfe Wind aus dem Norden belebend auf meinen Geist wie meinen Verstand.

»Sollen wir zur Botschaft und uns einige Reiter als Begleitschutz besorgen?«, fragte sie.

»Wozu? Liegt uns nicht ganz Maisir zu Füßen? Nein, ich brauche keine weitere Gesellschaft außer uns beiden«, antwortete ich.

Alegria saß einen Augenblick unentschlossen auf dem Pferd. »Ich habe eine Idee. Aber es ist eine Stunde von hier, vielleicht weiter. Und ich muss nach dem Weg fragen.«

»Ich stehe zu Diensten, *Woizera*.«

395

»Und wenn man uns als gefrorene Leichen findet, dann ist das vor den Augen der Götter ganz allein meine Schuld.«

»Natürlich. Hast du die Männer immer noch nicht verstanden?«, sagte ich. Sie schnaubte und schon ging es los.

Kein Mensch achtete auf der Straße auf uns. Viel zu sehr war man damit beschäftigt, die eigenen Geschäfte zu erledigen, bevor der Sturm die Straßen unpassierbar machte. Niemand außer einem – und schon knallte mir ein wohl gezielter Schneeball in den Nacken, so dass mein Tschako in den Graben flog. Fluchend drehte ich mich um und sah ein Straßenkind in eine Gasse fliehen.

»Wie kann er es wagen«, sagte Alegria und versuchte sich an einer grimmigen Miene. Ich antwortete nicht, sondern stieg ab und hob meinen Helm auf – und noch etwas anderes. Der Bengel und seine drei Mitverschwörer streckten die Köpfe heraus, als ich wieder aufsaß - und ich schleuderte den Schneeball, den ich heimlich geknetet hatte. Er traf die Mauer neben ihnen, aber immerhin nahe genug, um die Jungs mit eisigen Splittern zu übersähen. Sie schrien überrascht auf und liefen davon.

»Wer sich mit Bullen anlegt«, zitierte ich ein altes cimabuanisches Sprichwort, »bekommt das Horn.«

Alegria schüttelte verzweifelt den Kopf und wir ritten weiter.

Wir hielten zweimal an, als Alegria Passanten nach dem Weg fragte, und setzten unseren Weg fort. Nach einer Stunde hatten wir die Außenbezirke von Jarrah erreicht.

»Und jetzt?«

»Weiter, Ihr Schwächling«, sagte sie. »Wir fangen eben erst an.«

Um die Wahrheit zu sagen, mir war ein wenig kalt und ich hatte Bilder unseres schönen Sommergartens vor mir. »Die Frau hat vor, mich an die Wölfe zu verfüttern, weil ich sie vernachlässigt habe«, sagte ich bitter, gehorchte jedoch. Der Schnee wurde tiefer, aber die Straße war breit. Wir kamen durch offenes Gelände, dann ein kleines Dorf, dann waren wir wieder auf dem Land. Ich wollte schon wieder zu jammern anfangen, als wir um eine Kurve kamen.

Auf einem hohen Steilhang stand eine finstere Burg, deren Mauern aus dem Fels gehauen waren. Es war nicht die größte, die ich jemals gesehen hatte, aber eine der abweisendsten mit winzigen vergitterten Fenstern und einem Tor und Wachtürmen auf jeder Seite. Eine gewundene Straße führte hinauf vor das Tor.

»Da wären wir«, verkündete Alegria.

»Und wo ist das?«

»Mein Zuhause. Es ist die Burg der Dalriadas.«

»Große Götter«, sagte ich sinnierend. »Wie konnte etwas derart Grimmiges etwas anderes als Mönche und Sauertöpfe hervorbringen?«

»Kommt. Ich zeige es Euch.« Wir ritten die gewundene Straße hinauf und wurden von vier Wachen angerufen, zwei in jedem Turm. Alegria gab sich und mich zu erkennen und eine der Wachen verschwand.

Ich beugte mich zu ihr. »Eine Frage, Mylady. Wenn Ihr und der Rest der Dalriadas so, nun, so *unschuldig* seid, wie Ihr sagt, was lässt die Wachen denn dann so tugendhaft sein? Oder hatten sie eine unselige Begegnung mit dem Messer, so dass sie jetzt in den oberen Registern singen?«

»Ihr meint, ob sie Eunuchen sind? Nein. Früher einmal, aber der Orden hat dem ein Ende gemacht.« Sie kicherte. »Wir Mädchen haben da Geschichten gehört, dass diese Eunuchen zuweilen gar nicht so eunuchisch waren, wie sie sein sollten. Jetzt dienen hier für jeweils zwei Jahre Freiwillige aus der Armee. Es sind etwa dreihundert und sie überwachen jeden, der sich Dalriada nähert. Ihr Quartier befindet sich hinter der Mauer auf der rückwärtigen Seite. Während ihres Dienstes stehen sie unter einem Zauber, der sie nicht nur unfähig, sondern auch lustlos macht.«

»Was für ein herrliches Leben«, meinte ich. »Kommt, wir verbringen zwei Jahre mit Gesprächen über … über Tulpenzwiebeln und Rüstungspolitur.«

»Immer noch besser, als an der Grenze mit einem Banditenpfeil in der Brust zu sterben.«

»Vielleicht«, sagte ich. »Vielleicht auch nicht.«

Die Wache kam zurück, salutierte und sagte, dass wir willkommen seien. Er würde sich um die Pferde kümmern. Wir stiegen ab und traten durchs Tor. Eine Frau erwartete uns. Sie war in ihren Vierzigern und sehr schön, fast so schön wie Alegria. Mit einem Freudenschrei stürzte Alegria sich in ihre Arme. Die beiden plapperten eine Weile überglücklich, dann wurde ich vorgestellt. Die Frau, sie hieß Zelen, verbeugte sich.

»Alegria hat in der Tat großes Glück gehabt«, sagte sie. »Und Eure Anwesenheit ist eine große Ehre für uns.« Sie führte uns über den Hof. Eine Tür öffnete sich und sieben kleine Mädchen sprangen heraus, kreischend vor Lachen. Alle waren sie unsäglich schön, kleine Püppchen mit den verschiedensten Haut- und Haarfarben. Sie bewarfen einander mit Schneebällen, sahen mich, schrien in gespieltem Entsetzen auf und schossen in Richtung auf eine andere Tür davon. Wir traten ins Haus und stiegen eine lange Treppe hinauf. Zelen war etwas zehn Stufen vor uns.

»Zelen«, erklärte Alegria leise, »war eine meiner Lehrerinnen.«

»In was?«

»Muskelkontrolle«, sagte Alegria, und ihr Gesicht lief noch röter an, als es durch den eisigen Wind ohnehin schon war.

»Ah.«

»Sie hatte großes Glück und großes Unglück zugleich«, sagte Alegria, während wir die Treppe hinaufstiegen. »Man hat sie einem *Lij*, einem Prinzen, gegeben, der kurz zuvor Witwer geworden war. Sie haben sich ineinander verliebt und er hat ihr einen Heiratsantrag gemacht. Noch bevor sie heiraten konnten, kam er bei einem Jagdunfall um. Also kam Zelen wieder hierher.«

Die nächsten paar Stunden erwiesen sich als recht interessant. Es wurden etwa hundert bis hundertfünfzig Mädchen und junge Frauen dort unterrichtet, dazu kam eine in etwa gleiche Zahl von Dalriada, die als Lehrerinnen und Dienstboten in die Burg zurückgekehrt waren. Das Ganze glich einem exklusiven Mädchenlyzeum. Mehr oder weniger. Ich sah Mädchen, denen man eine korrekte Aussprache beibrachte, das Nähen, Mathematik. Eine Gruppe lauschte einer Frau, die Lyrik vortrug, um dann bewandert wie eine Gelehrtenversammlung das gerade Gehörte zu diskutieren.

Es gab noch andere Räume, die ich nicht betreten durfte, und keine der beiden Frauen wollte mir sagen, was dort unterrichtet wurde. Ich warf im Vorbeigehen einen Blick in einen verlassenen Raum. Drinnen standen statt der Studiertische Pritschen, auf denen je die Puppe eines nackten Mannes mit einer Erektion lag. Ich tat, als hätte ich nichts gesehen.

Zum Schluss gab es Kräutertee und frisch gebackene Brötchen mit der Priorin der Dalriada. Sie war über sechzig und trotz ihrer Schönheit etwas abweisend. Sie musste sich ihre Art nach ihrer Rückkehr zugelegt haben – oder ihr »Herr und Meister« war einer gewesen, der lieber Befehle entgegennahm als gab. Es war interessant, aber ich war froh, wieder draußen zu sein.

»Da kommst du also her«, sinnierte ich mit einem Blick zurück, als wir wieder im Tal waren.

»Ja.« Alegria wartete ein Weilchen. »Was haltet Ihr davon?«

»Was gibt es davon zu halten? Ich würde dort nicht leben wollen«, sagte ich und versuchte, meine Worte vorsichtig zu wählen.

»Ah. Aber Ihr habt die Wahl«, erwiderte Alegria. »Ich nicht. Und«, sagte sie mit einem bitteren Unterton, »es gibt Schlimmeres.«

»Du hast gesagt, du kamst mit sieben hierher«, sagte ich. »Erinnerst du dich denn noch an dein Leben davor?«

»Natürlich«, antwortete sie scharf. »Ich erinnere mich daran, Hunger gehabt zu haben. Ich erinnere mich daran, gefroren zu haben. Ich erinnere mich daran, von dem einen oder anderen Trunkenbold geschlagen worden zu sein, mit dem meine von den Göttern verdammte Mutter schwankend in unsere Hütte kam. Ich erinnere mich noch daran, wie sie mich an die Dalriada verkaufte.«

Mir war danach, sie in die Arme zu nehmen, aber ich war gescheit genug, es zu lassen.

»Seht Ihr jetzt?«, fragte sie. »Versteht Ihr jetzt?«

Es war eine Frage, die keiner Antwort bedurfte. Wir ritten

schweigend dahin. Ich hätte mir denken können, dass die meisten Mädchen und jungen Frauen dort aus Verhältnissen wie denen Alegrias stammten. Alle kamen sie von den Ärmsten – oder sie waren aus einem anderen Grund unerwünscht. Mir fiel ein, dass mir Jahre zuvor als Legat auf dem Weg zu meinem ersten Kommando ein Bettler seine mutterlose Tochter zu verkaufen versuchte, ein halb verhungertes Ding von wohl kaum zehn Jahren. Die Leute klagen über die Übel, die die Götter dem Menschen zufügen, und wundern sich, wie sie so grausam sein können. Aber wenn ich an die Grausamkeiten denke, die der Mensch seinem Mitmenschen zufügen kann, besonders wenn es sich um Frauen oder Schwächere handelt, dann frage ich mich zuweilen, warum unsere Schöpfer und Herren nicht noch schlimmere Barbareien über uns bringen.

Bis wir schließlich wieder in Moriton waren, war Alegria wieder munter wie eh und je. Oder, was wahrscheinlicher war, sie hatte ihre Maske wieder aufgesetzt. Ich dagegen war ausgesprochen düsterer Stimmung, hatte jedoch Verstand genug, meinen Trübsinn zu kaschieren.

Einige Tage später kehrten, zu jedermanns Überraschung, die Botschaftsangehörigen zurück. Sie waren in Renan abgereist, kaum dass sie die Nachricht erhalten hatten, und waren durch Kait schnell vorangekommen. Der Rest der Zeit der Veränderung war mild gewesen und die Stürme waren an ihnen vorbeigezogen auf ihrem Weg durch Maisir. Zweimal hatten sie schon gedacht, vom Winter gefangen zu sein, aber die Stürme waren rasch vergangen, nachdem sie die Straßen zwar gefroren, aber nicht unter Schnee begraben hatten, und so kamen sie gut voran. Jetzt war die dunkle Botschaft vom Geplapper der Frauen und dem Lachen junger Männer erfüllt, so dass sich die allgemeine Laune sichtlich besserte. Mir fiel auf, auch wenn ich nichts sagte, dass keine der Frauen ihre Kinder mit zurückgebracht hatte. Die Zeichen standen zwar auf Frieden, aber er war keinesfalls garantiert, und die Frauen im diplomatischen Corps waren nicht weniger scharfsinnig als ihre Gatten oder Liebhaber.

Fast ebenso willkommen war, was sie mitbrachten: konservierte numantische Delikatessen, Briefe von Freunden, das Ganze in Zeitungen gewickelt, in denen Neues aus der Heimat zu lesen war. Man bügelte sie und gab sie von Hand zu Hand weiter. Hier in diesem fernen Land war es herzerwärmend, zu erfahren, was der Wein aus Varan kostete, bei welchem Händler Spitze aus Wakhijr zu haben war und so weiter und so fort. Ich verbrachte eine müßige Stunde über diesen Nichtigkeiten und nahm gerade ein neues Blatt zur Hand.

Im Leitartikel ging es um die Ehe des Tribun Aguin Guil, dem Kommandeur der ersten Kaiserlichen Garde, mit der Schwester des Imperators, Dalny. Ich nahm an, es musste eine ganz schöne Zeremonie gewesen sein, und in der Tat, als ich die Liste der Persönlichkeiten durchging, sah ich, wie richtig ich gelegen hatte.

Dann war meine gute Laune dahin:

Unsere Kaiserliche Hoheit ehrte den Anlass nicht nur mit seiner Gegenwart, sondern ließ es sich nicht nehmen, die Trauung selbst zu vollziehen. Er sah absolut prächtig aus in kaiserlichem Purpur und schwarzem Leder. Seine Begleiterin war Marán, Gräfin Agramónte, nicht weniger umwerfend in einem grünweißen Spitzenkleid, das ebenso aufregend wie prächtig war …

Ein Mann ist ein von den Göttern verdammter Narr, gewisse Dinge zu verfolgen, anstatt sie zu ignorieren, und es wäre besser, wenn er die finsteren Zweifel akzeptierte, statt nach Gewissheit zu suchen. Ich war ein solcher Narr, bin es vielleicht immer noch. Ich fragte herum und fand heraus, dass einer der Sekretäre in Urey frisch zum Stab der Botschaft gestoßen war, nachdem dieser von Nicias den Fluss heraufgereist war. Wie die meisten Diplomaten stammte er aus dem niederen Adel, und seine Pflichten bestanden darin, sich um Botschafter Boconnocs gesellschaftliche Termine zu kümmern. Ich bat den Mann um einen Augenblick Zeit.

»Selbstverständlich. Wie kann ich Euch dienen, Herr Botschafter?«, fragte der junge Mann mit der Gewandtheit von Generationen von Adel und Dienstleistungen hinter den Kulissen.

»Es handelt sich um einen persönlichen Gefallen.«

»Ihr braucht nur zu fragen, Sir.«

»Wie Ihr wahrscheinlich wisst, hat meine Frau vor einiger Zeit die Scheidung eingereicht.«

»J-ja, Sir. Ich weiß.«

»Wisst Ihr zufällig, ob sie gewährt wurde? Ich habe nichts gehört.«

»Sie wurde, Sir. Sehr rasch sogar, Sir. Da Ihr abwesend wart und keinen Widerspruch eingelegt habt, schien es angebracht ... oder jedenfalls habe ich das gehört.«

»Ich verstehe.«

Somit hatte ich also keinerlei Einfluss mehr auf das, was Marán tat. Noch hatte ich Grund, meinen Verdacht bestätigt zu sehen.

»Wie ich höre«, so fuhr ich fort, »hat sie den Imperator auf die Hochzeit seiner Schwester begleitet.«

»O ja, Sir. Oder wenigstens hat man mir das gesagt. Mein Rang reicht noch nicht aus, um eine Einladung zu bekommen. Aber einer meiner Onkel war dort und sagte, es handelte sich unbedingt um die ... die Affäre der Saison.«

Hätte ich nicht genau zugehört, mir wäre womöglich das leichte Zögern vor dem Wort *Affäre* entgangen. Als handelte es sich angesichts des Zusammenhangs um eine unglückliche Wortwahl.

»Nur um meine Neugier zu befriedigen«, sagte ich so trocken, wie ich nur konnte, »und da ich meiner ehemaligen Gattin nur das Allerbeste wünsche – hat der Imperator sie mit weiteren Einladungen dieser Art beehrt?«

»Ich ... das weiß ich wirklich nicht, Sir. Ich habe vor meiner Abreise nicht so sehr darauf geachtet, was in Nicias so passierte. Ich war mit dem Studium Maisirs und seiner Gebräuche befasst.« Wenn der Mann Diplomat bleiben wollte, musste er besser lügen lernen.

Ich dankte ihm, entließ ihn und schickte nach sämtlichen Zeitungen, die gekommen waren. Ich ordnete sie der Reihe nach und las sorgfältig die Klatschspalten durch. Marán und der Imperator bei dieser Parade ... auf jenem Kostümfest ... und dann, in einem gesonderten Artikel: Marán, Gräfin Agramónte, habe ihre Pläne für den Rest der Saison abgesagt, einschließlich zweier Maskenbälle, und würde nach Irrigon zurückkehren, um den Wiederaufbau des Familiensitzes zu arrangieren.

Die Zeitspanne zwischen der ersten Erwähnung der beiden bis zur letzten betrug ziemlich genau eine Zeit. Lange genug für einen Seher, um zu erkennen, dass eine Frau nicht schwanger war, und sie wegzuschicken, wie er auch alle anderen weggeschickt hatte.

Ich lief rot an vor törichtem Zorn und hatte mich kaum noch im Griff. Fragen brodelten in mir. Hatte das Miststück das mit Absicht gemacht? Ich versuchte das Ganze zu ihren Gunsten auszulegen – sie hatte den Imperator immer bewundert. Was sollte sie nach der Scheidung für einen Grund haben, nicht mit ... ihn nicht zu sehen? Ich versuchte, die Angelegenheit sachlicher zu beurteilen. War es möglich, dass ich mir da etwas einbildete? Vielleicht, aber ich glaubte es nicht. Es mochte ja kein Verrat sein, mies war es in jedem Fall.

Als Nächstes dachte ich an den Imperator. Wie bei allen Dämonen konnte er mir das antun? Hatte er keine Ahnung? Oder war es ihm egal? Einmal mehr fiel mir das Sprichwort ein: »Könige tun, wovon andere nur träumen«, aber ein Trost war das nicht. Ich hatte Tenedos nicht nur für meinen Herrscher gehalten, sondern auch für einen Freund. Freunde gehen, wenigstens dort, wo ich herkam, nicht mit der Frau des Freundes ins Bett. Oder doch?

Ich kam wieder zu mir und merkte, dass der kurze Wintertag seinem Ende zuging. Was jetzt? Ich konnte nichts tun, als weiterzumachen, grübelte ich dumpf.

Ich ging hinaus zu meiner Kutsche, und ich sah kaum etwas und erwiderte den Salut der Wachen auch nur flüchtig. Ich wollte nicht zurück zum Anwesen und zu Alegria, aber wo sollte ich sonst hin? Ich befahl dem Kutscher, direkt zu den Stallungen zu fahren, ging dann durch den unterirdischen Gang in den Dienstbotenbereich und schlüpfte ins Haus. Alegria war nirgends zu sehen.

Ich fragte mich, ob Alkohol mich wohl betäuben würde, bis der schlimmste Schmerz vorbei war. Vielleicht konnte ich so wenigstens schlafen oder Erleichterung finden. Ich trieb eine Flasche Wein auf, öffnete sie und ging in den Winterabschnitt des Zelts. Dort setzte ich mich auf den Boden und starrte auf den magisch geschaffenen Sturm im Garten hinaus, dessen Gegenstück ich in mir verspürte.

Ich hob die Flasche, setzte sie jedoch wieder ab. Vielleicht wartete ich besser noch einen Augenblick.

Der Schnee wehte gegen die flackernden Steinlaternen; am Schilf der Teiche wuchs Eis. Hinter mir öffnete sich die Tür.

»Damastes?« Es war Alegria.

»Was ist?«

Ich antwortete nicht. Sie kam neben mich und ich roch ihr süßes Parfum. Sie setzte sich im Schneidersitz vor mich hin und blickte mir in die Augen. »Irgendetwas ist los. Irgendetwas Schlimmes«, stellte sie fest.

Ich habe immer nach dem Grundsatz gelebt, dass ein Krieger auf sich allein gestellt ist. Diesmal jedoch brach ich damit. Ich konnte nicht anders. Ich erzählte Alegria, was ich entdeckt hatte – oder was ich entdeckt zu haben glaubte. Ich merkte zwischendurch, dass ich vor Tränen nichts sah. Sie ging ins Bad und brachte ein feuchtes weiches Tuch.

»Dämonen!«, fluchte ich. »Vielleicht bilde ich mir nur etwas ein... vielleicht ist ja gar nichts passiert.«

Alegria wollte etwas sagen, hielt dann aber inne.

»Was?« Sie holte tief Luft. »Darf ich Euch etwas sagen?« Ich nickte. »Vor drei Tagen, als Ihr mich mit zur Botschaft nahmt und den Neuen vorgestellt habt, da wart Ihr zu einer Besprechung weg.« Ich erinnerte mich. »Nun, ich spazierte durchs Haus, unterhielt mich mit Leuten, vergewisserte mich, dass ich mir ihre Namen gemerkt hatte. Ich weiß, man sagt, Leute, die lauschen, verdienen zu hören, was sie hören.« Alegria schluckte und begann zu weinen. Sie nahm sich zusammen und fuhr fort: »Ich war gerade bei einer Frau gewesen – ich sage nicht, wer sie ist –, als mir einfiel, dass ich sie noch etwas fragen wollte. Ich ging zurück und wollte eben an ihre Tür klopfen, als ich hörte, dass sie mit einem Mann sprach.

Sie sprachen über mich. Der Mann sagte, wie schön ich doch sei, und die Frau meinte, ich sei wohl durchaus attraktiv. Dann sagte sie, und ich wiederhole ihre Worte: ›Da sieht man doch wieder mal deutlich, dass es bei den Reichen und Mächtigen anders zugeht als bei uns. Ich schätze, sie nehmen das Leben wohl nicht so ernst wie unsereins – oder jedenfalls nicht so wie ich. Damastes' Frau schickt ihn fort, und er verlustiert sich mit dieser Schönen fast ebenso rasch, wie die Gräfin die Hintertreppe des Imperators hochstieg.‹

Der Mann lachte und sagte, Ihr scheint ihm ganz anständig und er hoffe, ich würde länger in Eurem Bett bleiben, als Eurer Gemahlin die Gunst des Imperators vergönnt sei.

Dann kam jemand den Flur entlang und ich eilte davon. Ach, Damastes, Damastes, es tut mir so Leid.« Wieder traten ihr Tränen in die Augen, aber sie hielt sie zurück.

Also hatte mich der Imperator doch verraten.

19 *Der zweite Verrat*

Ich schlief nicht in jener Nacht. Alegria wollte sich zu mir setzen, aber ich ließ es nicht zu. »Seid Ihr sicher, dass ich nichts tun kann … damit Ihr Euch besser fühlt? Was immer Ihr wollt?«

Ich schüttelte den Kopf. Schließlich graute der Morgen. Alegria kam auf Zehenspitzen ins Zimmer und wollte etwas sagen, ging aber wieder hinaus. Ich riss mich zusammen, wusch, rasierte mich, zog mir was Frisches an. Ich versuchte eben zu einem Schluss zu kommen, was ich tun sollte, als ein Kurier aus der Botschaft eintraf.

Es war ein Signal aus Nicias eingegangen. Der Imperator billigte meinen Plan und befahl, ihn sofort umzusetzen. Seine Nachricht war voll des Lobs für mich, der mir nun wie grausamster Hohn erschien.

Das Treffen mit König Bairan war ausgesprochen merkwürdig. Anwesend waren der König, Ligaba Sala, Boconnoc, ich und der Sekretär. Ich hatte meine Karten und Tabellen auf Staffeleien ausgebreitet und sprach frei, schließlich waren mir meine Ideen vertraut. Aber ich hatte das Gefühl, neben mir zu stehen, nein, über mir zu schweben und mich zu beobachten. Ich lächelte, ließ an den richtigen Stellen meinen Witz spielen, aber ich spürte nichts.

Meine Idee, die ich mühsam ausgearbeitet hatte, bestand darin, das Wilde Land und die Grenzstaaten zu einer einzigen Verwaltungseinheit zusammenzufassen. Diese Region sollte dann von Numantia und Maisir gemeinsam regiert werden. Sie sollte in selbständige Unterbezirke eingeteilt werden, und zwar nach den allgemein anerkannten Grenzen der Banditenkönigtümer in der Region.

Das erste Stadium sollte in einer absoluten militärischen Befriedung bestehen. Sie sollte durch ein Zusammenwerfen maisirischer und numantischer Kräfte geschehen. Ich schlug vor, neue Korps aufzustellen, in denen Offiziere und Mannschaften aus beiden Reichen zusammengewürfelt wurden. Es würde etwa zwei Jahre dauern, diese Einheiten aufzustellen und auszubilden, aber wir könnten uns Schritt für Schritt in den Wilden Ländern ausbreiten. Es würde teuer werden, sehr teuer. Aber wären diese Verluste größer als die Überfälle auf Handelskarawanen, die diese Banditen unternahmen? Die Städte wären als Erste zu nehmen. Wurden sie erst einmal – wann immer es möglich war durch lokale Führer – gut und weise regiert, dann würde das Umland ja womöglich die Vorteile des Friedens sehen.

»So sollen die Wölfe also zu Lämmern werden, eh?«, fragte Bairan skeptisch.

»Nein. Erst machen wir zahme Wölfe aus ihnen und hetzen sie auf ihre wilderen Brüder. Dann machen wir sie zu Hirtenhunden, denn ich glaube nicht, dass diese Berge jemals ganz und gar zu befrieden sind. Das Beste, was wir uns erhoffen können, ist, dass die Hirtenhunde zähneknirschend den Schäfern aus Maisir und Numantia gehorchen.«

»Ihr habt Euch ja gründlich damit befasst«, sagte Sala mit einem Blick auf die Karten.

»Ich wollte mich nicht völlig zum Narren machen, falls der Plan sich als unmöglich erweist«, antwortete ich. »So sieht zwar alles herzlich unwahrscheinlich aus, aber wenigstens grandios.«

Sowohl der König als auch Ligaba Sala lächelten.

»Und falls in dieser Region der Friede Einzug hält oder wenigstens etwas, was danach aussieht, so hätten weder Numantia noch Maisir einen Vorwand für einen Krieg«, warf der König ein. »Nicht wahr, Herr Botschafter?«

»Nicht solange beide Nationen diesen Frieden wirklich wollen. Aber wenn jemand wirklich Krieg will, nun, so wäre das alles hier freilich zu nichts weiter aus zum Arschwischen wert«, sagte ich. »Ein Mann, der Streit sucht, findet ihn für gewöhnlich auch in den ruhigsten Tavernen.«

»Armeen und Regierung zu gleichen Teilen?«, wollte der König wissen.

»Ja, Sir«, erwiderte ich. »Mit regelmäßigen Konferenzen zwischen dem Imperator und Euch oder Euer beider Gesandten. Damit keine Missverständnisse aufkommen können.«

»Interessant«, sinnierte Bairan. »Also, wenn Ihr mir gesagt hättet, Ihr wärt eben erst auf den Gedanken gekommen, ich hätte Euch ausgelacht und für wahnsinnig oder einen Träumer gehalten, und die Gegenwart beider macht mich nervös. Aber da Euer Imperator sich hinter den Plan gestellt hat … hmm. Interessant. Entweder ist etwas dran, oder ich habe es mit zwei Wahnsinnigen zu tun. Ich weiß nicht, Botschafter á Cimabue. Vielleicht könnten wir ja zwei Regimenter aufstellen und sehen, was sich entwickelt. Und an einem Ende der Grenze beginnen mit einem Staat.«

»Eine ausgezeichnete Änderung, Eure Majestät«, sagte ich hastig. Natürlich hatte ich einen langsamen Anfang geplant, anstatt überall auf einmal einzumarschieren, aber eine Idee ist immer leichter zu verdauen, wenn man sie für die eigene hält.

»Sehr schön. Versuchen wir es doch. Ligaba, würdet Ihr mit den Numantiern einen Plan ausarbeiten?«

»Mit Vergnügen, Sir.«

König Bairan stand auf. »Euer Imperator hat eine weise Wahl getroffen, als er Euch schickte, Botschafter á Cimabue. Ich denke, Ihr habt beiden Ländern einen großen Dienst erwiesen, und vielleicht wird Euer Name künftig lauter erklingen als der meine oder der des Imperators.«

»Ich danke Euch, Sir.« Ich verbeugte mich tief.

Bairan ging auf die Tür zu, blieb dann aber stehen und legte mir eine Hand auf den Arm. »Damastes, Ihr scheint beunruhigt? Stimmt etwas nicht? Falls ja …«

»Nein, Eure Majestät«, bekam ich heraus. »Ich habe nur nicht genug Schlaf bekommen letzte Nacht. Ich wollte sichergehen, dass ich heute keinen Schnitzer machen würde.«

Er blickte mir in die Augen. »Na dann«, meinte er skeptisch.

»Aber vergesst mein Angebot nicht. Bei einer so dringlichen An-gelegenheit wie dieser braucht es einen kühlen Kopf.«

Für mich gab es nun kaum noch etwas zu tun. Sala und Boconnoc begannen die Details auszuarbeiten und mir war es ganz recht, im Hintergrund bleiben zu können. Ich konnte mich suhlen, ja ich konnte ertrinken in meinem Zorn und meiner Depression.

Aber ich hatte noch Alegria.

Bei dem Gedanken an sie und die schäbige Art, mit der ich sie behandelt hatte, legte sich mein Zorn, mein Schmerz, und ich riss mich zusammen, um mich nicht so kindisch zu benehmen und mich um etwas anderes zu sorgen als um mich selbst.

Ich hatte eine Idee und war fest entschlossen, sie auszuführen. Vielleicht würde die Umgebung ja zu einer Veränderung führen.

»Wenn *ich* Euch aus Jarrah hinausbringe, dann wenigstens in eine großartige Burg«, sagte Alegria skeptisch.

»Eine großartig deprimierende Burg.«

»Ihr seid vielleicht heikel. Außerdem, wie kann sie deprimierend sein, wo doch Eure liebste … liebste … was immer ich für Euch sein mag, von dort kommt? Damastes, was bin ich eigentlich für Euch? Ihr braucht mir nicht ehrlich zu antworten.«

»Dann lasse ich es eben«, sagte ich. »Hör auf zu jammern und hilf mir lieber, den Schlitten abzuladen. Du führst dich auf wie eine ner-vöse Braut in der Hochzeitsnacht.«

»Aaach?« Alegria sah sich mit unschuldiger Miene um. Ich warf sie in eine Schneewehe. Sie spuckte Schnee, ruderte mit den Armen, und ich reichte ihr wie ein vornehmer Trampel die Hand. Sie ergriff sie und zog. Ich schrie auf und fiel mit dem Gesicht voran neben ihr in den Schnee.

»Das war unfair«, brachte ich, als ich wieder auftauchte, spu-ckend hervor.

»Ihr habt Recht«, sagte Alegria. »Ich bezahle die Buße mit einem Kuß.«

»Na, das ist doch ein Vorschlag.«

»Fragt sich nur zu was«, murmelte sie, und ich kam ihrer Aufforderung nach. Der Kuss dauerte eine Weile.

»Mmmmh«, sagte sie leise, als unsere Lippen sich trennten. »Ich würde ja sagen, macht es noch einmal, aber ich weiß nicht, wie lange diese Pelze dem Schnee standhalten.«

»Auf immer«, sagte ich. »Ich habe sie sechsmal besprechen lassen.«

»Dann küsst mich noch einmal.« Ich tat es. Sie fuhr mir mit dem behandschuhten Finger über die Lippen. »Meinen Glückwunsch«, sagte sie.

»Wozu?«

»Dass Ihr nicht mehr so miesepetrig seid wie seit … seit … na, Ihr wisst schon.«

»Ich war es Leid, mir selbst Leid zu tun«, sagte ich wahrheitsgemäß.

»Dann steht auf. Ihr habt schon wieder geschwindelt. Der Schnee kommt durch.«

Ich half ihr auf die Beine und sie sah sich das baufällige niedrige Blockhaus an. »Was ist das?«, fragte sie.

»Es ist ein Ort, wo numantische Gesandte sich heimlich mit maisirischen Verrätern treffen.«

»Wie habt Ihr davon gehört?«

»Ich fragte Ligaba Sala nach einem stillen Ort, an den ich mit jemandem verschwinden könnte.«

»Ich schätze«, bemerkte Alegria, »maisirische Verräter werden nicht allzu alt, wenn Sala von dem Haus weiß.«

»Da hast du wohl Recht. Und jetzt hilf mir mit dem Proviant.«

Ich reichte ihr zwei Netze voller Lebensmittel. Sie warf noch einen Blick auf das Haus. »Malerisch«, sagte sie. »So nennt man wohl eine Hütte, der ein Baum durch das Dach wächst.«

»Zwei sogar«, korrigierte ich sie. »Da hinten ist noch einer.«

»Wunderbar. Ob es wohl einen Kamin gibt? Es wird wieder schneien.«

»Sieh doch einfach nach. Sala hat gesagt, in einem Kästchen neben der Tür hängt ein Zauberstab, der als Schlüssel dient.«

Ich trug den Rest unserer Vorräte auf die Veranda, dann führte ich die Pferde in die Scheune nebenan. Gleich daneben gab es eine Quelle, die nicht zugefroren war, und ich tränkte, fütterte und striegelte die Tiere. Als ich fertig war, hatte ein leichtes Schneetreiben eingesetzt. Wir standen kurz vor dem Ende der Zeit der Stürme und das Wetter besserte sich. Aber es war nach wie vor kalt, zumal für jemanden aus den Tropen, und ich kam bis auf die Knochen durchgefroren ins Haus.

Das Haus war in Wirklichkeit ein Refugium für Botschaftsangehörige, obwohl Sala mir davon erzählt und gesagt hatte, man hätte es einst für heimliche Treffs benutzt, bis König Bairan den Unfug Leid geworden war und einen gewissen Diplomaten – er sagte nicht, ob es Boconnoc gewesen war oder nicht – von einer Schwadron Kavallerie hatte empfangen lassen, als er zu einem Treffen mit einem Agenten kam. Damit war Schluss mit dem politischen Einsatz des Landhauses.

Es stand am Ufer eines zugefrorenen Sees und hatte eine Veranda rundherum. Es gab acht Schlafräume, von denen jeweils vier von Fluren beiderseits der Haupträume abgingen. Der mittlere Raum war nicht allzu hoch, aber groß wie ein Saal. In dem aus Flusssteinen aufgemauerten Kamin hätte ich aufrecht stehen können und die Stapel mit Feuerholz zu beiden Seiten reichten bis unter die Decke. Davor lagen dicke Felle verschiedener Tiere. Alles, auch die Möbel, war aus grob bearbeitetem Holz. Die Sessel und Sofas sahen aus, als würden sie einen verschlingen, wenn man ihnen zu nahe kam, und das Nickerchen, zu dem sie einen zwangen, könnte für die Ewigkeit sein.

Auf der einen Seite befand sich ein Speisesaal und daneben die Küche, die Speisekammer gefüllt mit jeder Art von eingemachten Viktualien, die man sich nur vorstellen konnte. Geheizt wurde mit Holz, jedes der Schlafzimmer hatte seinen eigenen Kamin. Auf dem Hügel über dem Haus entsprang eine heiße Quelle, deren Wasser in das Haus geleitet wurde; das kalte Wasser kam aus einem Bach.

Zwei Bäume wuchsen durch das Haus, einer in jedem Flur. Sie brachten angeblich Glück und waren beim Bau des Hauses gesegnet worden. Alles war völlig anspruchslos, hatte aber viel Charme; es war eine Welt für sich.

Es war genau das, was ich mir erhofft hatte.

»Na?«, fragte Alegria. In der kurzen Zeit, in der ich draußen gewesen war, hatte sie zwei Lampen entzündet, Anmachholz gesucht und mit zusammengeknülltem Papier zum Brennen gebracht. Drei kleine Scheite standen in einer Pyramide über den prasselnden Flammen und fingen rauchend zu brennen an.

»Na was?«

»Seid Ihr nicht überrascht, dass eine Frau, zumal eine Dalriada, hier draußen in der *Suebi* mitten unter Wölfen und Drachen ein Feuer zu machen weiß?«

»Nicht im Geringsten. Du hast mir ja schon gesagt, es gibt nichts, was eine Dalriada nicht kann.«

»Das war vielleicht etwas übertrieben. Kommt, Damastes, bewundert mich.«

»Mache ich doch die ganze Zeit.«

»Tatsächlich?« Sie erhob sich von dem weißen Bärenfell vor dem Kamin, auf dem sie im Schneidersitz gesessen hatte. Sie hatte ihre Pelze abgelegt und trug eine weiche weite Hose aus einem Stoff mit Leopardenmuster und ein passendes tief ausgeschnittenes Oberteil, das an der Seite geknotet war. Sie drehte sich um, auf dass ihr Körper sich gegen den Feuerschein abhob, und murmelte noch einmal: »Tatsächlich?« Sie löste den Knoten und zog das Oberteil aus. Ihr Körper war fest, die Brustwarzen hart.

Sie kam auf mich zu und ich wollte sie in die Arme nehmen. »Nein«, sagte sie leise. »Nicht so hastig, wir haben es nicht eilig.«

Ich ließ die Arme sinken, und sie knöpfte mir langsam den schweren Pelzmantel auf, öffnete die Riemen an meiner Fellhose und ließ sie langsam auf meine Knöchel sinken. Ich streifte die Stiefel ab, stieg aus der Hose und hatte nur noch einen Lendenschurz an.

»Ihr seid sehr schön«, flüsterte sie.

»Nicht so schön wie du.«

Sie bückte sich und küsste meine Brustwarzen. Ich strich mit den Fingern über ihre glatte Haut.

»Ich würde Euch gerne küssen«, sagte sie, und ihre Lippen öffneten sich. Unsere Zungen verwoben sich ineinander, und ich schlang die Arme um sie und zog sie an mich. Heftig atmend entzog sie sich mir.

»Man hat mir beigebracht … dass es das erste Mal langsam gehem muss«, meinte sie. »Aber ich schwöre Euch, lange halte ich es nicht aus.«

»Ich auch nicht«, sagte ich heiser und hob sie auf. Die Knie versagten ihr, als hätte sie jede Kraft verloren, und ich legte sie auf den Teppich.

»Ich möchte, dass du mich jetzt liebst, jetzt, bitte, lieb mich«, flüsterte sie. »Am ganzen Körper, ja, Damastes. Hör nicht auf, bis er zufrieden ist, überall.«

Ich küsste ihren winzigen Nabel, bohrte die Zunge hinein, während ihre Finger sich an den Knoten ihrer Hose zu schaffen machten. Sie hob die Hüften, ich zog sie ihr aus, sie hob ein Bein und ließ es zur Seite sinken. Sie hatte nur einen winzigen Haarwisch vor ihrem Geschlecht, und den küsste ich, bevor ich meine Zunge da unten spielen ließ und die kleine harte Stelle zwischen ihren Lippen liebkoste.

Ihre Hände fuhren mir durch das Haar, während ich sie mit dem Mund liebte und sie schneller zu atmen und zu keuchen begann. Der Atem stockte ihr, sie stöhnte, zuckte mir entgegen, aber ich hörte nicht auf. »Komm jetzt zu mir, bitte, jetzt«, sagte sie, und ich gehorchte, indem ich mich zwischen ihre Beine schob, meinen Riemen gegen ihr Geschlecht rieb, auf und ab. Sie war nass von meinem Speichel, nass durch ihren eigenen Saft. Ich drängte langsam, fest gegen den Widerstand an, und als er brach, schrie sie auf. Ich stieß nicht weiter zu, sondern bewegte mich sachte vor und zurück, nicht mehr als einen Finger breit, und dann bewegte sie sich stöhnend mit mir. Ich drang tiefer in sie ein, und sie schlang die Beine um mich und zog mich an sich. Ich küsste sie, und ihre Zunge erforschte hektisch meinen Mund. Ich zog mich zurück, bis ich fast draußen war, dann stieß ich fest zu und sie schrie wieder auf, diesmal vor Lust; ich wiederholte die Bewegung und bezahlte für die langen Monate der Dummheit und der Verweigerung, bis ich mich in sie ergoss.

»Bei allen Dämonen«, murmelte ich.

»Still«, befahl sie, während ihre Finger nach unten krochen, um die Rückseite ihrer Schenkel herum, und meine Hoden berührten, meinen Riemen, hier und da, und schon wurde ich wieder hart. Diesmal bewegten wir uns miteinander. Wir waren das erste Mal beisammen, aber es war, als hätten wir es schon viele Male getan, Partner in einem lange geübten Tanz, und dann schrie sie laut auf, warf den Kopf hin und her, und ihre Muskeln spannten sich um mich wie im Krampf, während es mir zum zweiten Mal kam. Ihr Gesicht war zu einer Grimasse verzerrt, ihre Augen geschlossen, und ich streichelte ihren nassen Körper eine ganze Weile, bevor sich ihre Augen öffneten.

»Ich hatte ganz Recht vor all den langen Monaten, als ich sagte, ich hätte Glück gehabt.«

»Nein«, sagte ich. »Ich bin derjenige, der Glück gehabt hat.«

»Mit der Zeit mag sich das vielleicht sogar bewahrheiten«, flüsterte sie und drehte mich auf den Rücken. »Das war jetzt einmal«, sagte sie und erhob sich auf die Knie. Sie kniete vor mir und streichelte meinen Riemen. »Ach, Kleiner, du hast deine Übungen nicht gemacht, sonst wärst du nicht so müde. Du brauchst etwas Zuspruch.« Sie bearbeitete meine Eichel mit der Zunge, zog dann meine Vorhaut zurück und reizte mich mit den Zähnen. Ihre Zunge berührte mich hier und dort, während ihre Finger mir die Hoden streichelten, den Hintern, den Bauch. Ich war wieder fest, und sie bewegte sich auf und ab, nahm meinen Riemen ganz in den Mund, die Zunge flach dagegengedrückt, und meine Welt drehte sich einmal mehr. Nun war es an mir aufzuschreien. Sie hob den Kopf und

414

schluckte. »Schmeckt in Wirklichkeit besser als all die Mixturen, die man uns gegeben hat«, stellte sie fest. »Oder wenigstens deiner.«

Ich zog sie neben mich und küsste sie.

»Zweimal«, sagte sie.

Wir lagen zufrieden nebeneinander, streichelten einander, spürten die Hitze des Kamins und die größere Hitze eines anderen, unsichtbaren Feuers um uns.

»Höre ich mich wie ein Dummkopf an, wenn ich sage, dass ich dich liebe?«, sagte ich.

Ihr gingen vor Überraschung die Augen auf. »N-nein. Natürlich nicht. Aber ...«

»Aber was?«

»Ich ... Das sollte eigentlich nicht ... Ach, verflucht, ich weiß gar nichts mehr!« Tränen traten ihr in die Augen, aber sie rieb sie weg.

»Tut mir Leid«, versuchte ich mich an einem Scherz. »Ich sage es nie wieder.«

»Sei nicht albern.«

Sie holte tief Luft. »Ich liebe dich, Damastes.«

»Schön, dass wir uns so einig sind.«

Wir küssten uns.

»Weißt du, wann ich mich in dich verliebt habe?« Ich schüttelte den Kopf. »Gleich in der ersten Nacht, als du die Tablette vom Balkon geworfen hast.«

»Augenblick mal«, protestierte ich. »Da komme ich nicht ganz mit. Ich sagte, keine Ketten, und –«

»Und ich habe sie mir angelegt. Aber wer sagt denn, dass Liebe eine Kette ist?«

Ich verzog das Gesicht und antwortete nicht.

»Vergiss sie«, sagte Alegria. »Das ist vergangen. Es ist vorbei. Denk an etwas anderes.«

»Na schön«, sagte ich langsam und etwas verlegen, aber immer noch neugierig. »Ich habe da eine Frage, auf die du mir aber nicht zu antworten brauchst. In jener ersten Nacht hast du dich geschnitten, damit die Leute nicht darüber reden würden, was *nicht* passiert ist.«

»Ja?«

»Und heute hatte ich den Eindruck, es war das erste Mal für dich, jedenfalls fühlte es sich so an.«

»Hast du nicht gesagt, du seist vom Land?«

»Das bin ich«, sagte ich. »Ich verstehe nicht.«

»Hast du nie einen von diesen alten Witzen über das arme Mädchen gehört, das gerne auf den Heuboden zu den Bauernjungen geht? Und dann kommt irgendein alter reicher Bauer auf die Idee, sie zu heiraten? Aber nur wenn sie noch Jungfrau ist?«

Ich erinnerte mich an die alten Witze, die alle damit endeten, dass irgendein junger Bursche bekam, was der alte Bauer als sein alleiniges Eigentum ansah. »Doch, habe ich.« Das Ganze hätte peinlich sein können, wie Alegria schon gesagt hatte. Aber mir kam es plötzlich komisch vor. »Dann standest du wohl bei deiner Abschlussfeier, als du eine ausgewachsene Dalriada wurdest, zusammen mit den anderen Schlange bei einer Hebamme, die euch wieder zugenäht hat?«

»Nein, du Dummkopf! Man machte es mit Magie.«

»A-ha. Das erklärt doch einiges, denn du hast wirklich einige Talente, die ich noch nie bei einer Jungfrau gefunden habe.«

»Es gehörte zu meiner Ausbildung«, gab Alegria zu und errötete ein wenig dabei. »Ich sah dich einen Blick in das Zimmer mit den … wir nennen sie Steckenpferde … werfen. In einem gewissen Alter machte man uns mit ihnen vertraut und wir mussten alle möglichen Positionen auswendig lernen. Alle, die irgendein Lüstling sich je ausgedacht hat, und noch ein paar mehr.«

Jetzt war es an mir, rot zu werden.

»Ja«, fuhr sie fort. »Sie werden genauso benutzt, wie du dir das vorgestellt hast. Und es gab noch anderen Ersatz, mit dem wir uns vertraut machen mussten, der eine größer, der andere kleiner. Die kleinen nannten wir *Lijs*, also Prinzen, da wir lernten, dass das Spielzeug umso kleiner ist, je älter und mächtiger der Mann ist.«

»Das hört sich ziemlich mechanisch und verdammt unromantisch an. Und etwas schmerzhaft obendrein.«

»Ach, die Schwestern der Dalriada sind nicht brutal«, sagte sie. »Erst lernten wir, uns selbst Lust zu bereiten, da waren wir kaum mehr als kleine Mädchen. Dann brachte man uns mit viel Geschick andere Techniken bei. Einiges davon lehrte man uns im Traum. Ich erinnere mich noch gut an eine Sequenz. Ich muss wohl dreizehn gewesen sein. Er war groß und hatte einen wunderbaren schwarzen Bart, der mich kitzelte, als er auf mir lag. Er hat mir große Lust bereitet, und als ich aufwachte, war ich fast ebenso nass zwischen den Beinen, als hätte ich tatsächlich einen Mann gekannt, und als ich merkte, dass niemand da war, brach mir das Herz. Und es wurde erst wieder ganz, als mir die Zauberer der Dalriada ihn in der Nacht darauf wieder schickten.

Ich war so töricht, schockiert, ja eifersüchtig zu sein, als ich einer meiner Freundinnen von ihm erzählte und sie lachen musste und sagte, er hätte in jener Nacht auch sie geliebt. Man schickte uns die Träume in Zyklen, damit alle von uns dasselbe zur gleichen Zeit lernten. In anderen Träumen kamen andere Männer. Männer und Frauen. Manchmal auch mehr als einer.

Die meisten von uns gingen hin und wieder auch richtig mit jemandem ins Bett, mit den älteren Frauen oder unseren Freunden. Es gibt eine Tradition bei den Dalriada, nach der ältere Mädchen jüngere Schülerinnen anlernen. Die Frau, die du kennen gelernt hast, Zelen, war einige Wochen lang meine Liebhaberin. Ich hatte nicht das Gefühl, dass es falsch sei, auch jetzt noch nicht, schließlich habe ich gelesen, die meisten Menschen suchen sich ihre Lust, wo es nur geht. Gefangene stillen ihre Begierde aneinander, nicht wahr?«

»Ich weiß es nicht«, antwortete ich. »Ich war noch nie gefangen.«

»Und ich habe gelesen, dass Soldaten, die weder Jungfrauen zum Schänden noch Huren haben, sich heimlich ihren Brüdern zuwenden, ohne an die mögliche Strafe zu denken.«

»Das stimmt«, bestätigte ich. »Aber in Numantia braucht man das nicht heimlich zu tun. Ich kann mir nicht vorstellen, dass man ein Gesetz gegen etwas ganz Natürliches macht.«

»Hier in Maisir schon«, sagte Alegria. »Obwohl man es nicht durchsetzt, es sei denn, es ist das einzige Mittel, einen Feind zu vernichten.

Aber um das Thema zu wechseln«, fuhr sie fort, »dir ist doch klar, dass ich dir das alles gar nicht erzählen darf.«

»Warum denn nicht?«

»Du darfst nicht vergessen, ich bin – ich war eine Jungfrau, und das ist ein wichtiger Bestandteil einer Dalriada.«

»Du meinst, der Mann, dem man eine Dalriada … schenkt«, das Wort kam mich hart an, »soll denken, dass all ihre Talente, alles, was sie mit ihrem Körper so anzustellen weiß, ein Geschenk der Götter ist?«

»Genau. Genau gesagt von Jaen.«

»Bei Vachan, meinem Affengott, Männer sind dumm«, sagte ich.

»Vielleicht, aber ich finde sie süß. Und wert, dass man sich um sie kümmert.«

Alegria war fast vollkommen, dachte ich, während ich mich von Tag zu Tag mehr in sie verliebte. Ihr größter Fehler war, dass sie schlicht und ergreifend nicht kochen konnte. Nicht weil sie das Wesen der Nahrungsmittel nicht verstanden hätte, schließlich hatte sie eine gute Schule hinter sich, sondern weil sie einfach nicht glauben wollte, wie wichtig die Präzision dabei war. Ein bisschen zu viel Salz, etwas zu wenig Gewürz, ein bisschen zu lange im Ofen, ein bisschen weniger geknetet als vorgeschrieben – ihr schien das ohne Bedeutung zu sein.

»Aber andererseits«, klärte sie mich auf, »ist das Kochen auch nicht wichtig für eine Dalriada. Die Edelleute, die uns bekommen, haben Köche, Bäcker, Tafelmeister und Dienstboten, die bringen uns die Mahlzeiten ans Bett. Nur Barbaren würden eine zarte Blume wie mich ganz allein in die *Suebi* verschleppen und von ihr so ganz und gar Widernatürliches wie Töpfeschrubben verlangen!«

»Ich entschuldige mich vielmals«, sagte ich mit einer tiefen Verbeugung. »Aber ich bin nun mal ein Barbar, Woizera Alegria, und ein ausländischer obendrein. Vielleicht ist die folgende Aufgabe ja mehr nach Eurem Geschmack. Würdet Ihr so gut sein auszuprobieren, ob Ihr nicht vielleicht Eure Knöchel links und rechts von meinen Ohren platzieren könnt?«

Sie salutierte mir spöttisch und legte sich auf das Bett. »Zu Befehl, Sir!«

Nicht dass es eine Rolle spielte – sie hatte, pflichtbewusste Schülerin, die sie war, viele Rezepte auswendig gelernt, die sie mir aufsagte, während ich mit Töpfen und Pfannen hantierte. Ich kann nicht sagen, ob ich ein guter Koch war oder bin. Jedenfalls kochte ich besser als Alegria. Nicht dass wir allzu viel Zeit mit Essen verbracht hätten. Wenigstens nicht im eigentlichen Sinne des Wortes.

Ich wollte, es wären fünf Wochen gewesen anstatt der fünf Tage, aber die Zeit ging vorbei und wir kehrten zurück nach Jarrah. Uns erwartete eine Einladung, noch für denselben Abend, eine, die ich nicht ausschlagen konnte.

Ich zeigte sie Alegria, die ein Schauer überlief, während sie ganz blass wurde vor Angst.

»Was will *der* denn von dir?«

»Ich weiß nicht. Aber ich bin sicher, er wird es mir sagen.«

»Sei vorsichtig, Liebster. Sei sehr, sehr vorsichtig.«

»Ihr dürft mich *Azaz* nennen, bei meinem Titel«, sagte der kleine Mann leise. »Denn meinen Namen nenne ich keinem. Ich bin sicher, Euch ist bekannt, dass die Kenntnis des Namens eines Zauberers einem Macht über ihn zu geben vermag, und auch wenn ich niemanden fürchte, so sehe ich keinen Grund, anderen je auch nur den geringsten Vorteil zu geben.«

Der Azaz war der geheime Zeremonienmeister, der maisirische Obermagier und der mächtigste Zauberer im ganzen Land. Kein Mensch in der Botschaft wusste etwas über den Mann, der diesen Posten innehatte, außer dass er schrecklich gefürchtet war. Kein Numantier, Botschafter Boconnoc nicht ausgenommen, hatte ihn je kennen gelernt. Der Azaz bevorzugte wie sein Vorgänger die Abgeschiedenheit seiner Burg, ein fünfseitiger schwarzer Monolith im hintersten Winkel von Moriton, gleich an der hohen Mauer zum Forst von Belaya hin.

Wenn er bei Hofe war, so saß er in einem Vorzimmer oder einer Nische, die mit einem schweren Vorhang versehen war. Und wenn er jemanden vor sich zitierte, so kam der Betreffende auch, obwohl man ihn womöglich nie wieder sah.

Der Azaz war ein kleiner Mann Anfang vierzig, wie ich schätzte, glatt rasiert und mit angehender Glatze. Er hatte scharf geschnittene Züge und erinnerte mich an einen anderen sehr zurückhaltenden Mann: Kutulu, die Schlange, die Niemals Schläft. Aber wo Kutulus Augen sorgfältig alles registrierten, was sie sahen, waren die des Azaz eisblaue, fast farblose Lanzen, voll Macht und Autorität.

Das mag sich anhören, als hätten sie dasselbe Feuer wie die des Imperators. Die Augen des Imperators sogen einen auf, hielten einen fest und verlangten Gehorsam. Der Blick des Azaz glich fast dem eines Irren. Er brauchte keine Befehle zu geben, denn seine Macht war so groß, dass er einen einfach zertrat, wenn man ihm im Weg stand – oder wenn er das auch nur einen Augenblick dachte.

Hose und Hemd, die er trug, waren aus schwerer, kostbarer dunkelbrauner Seide, und er hatte einen herrlichen geschnitzten Zauberstab aus Elfenbein in der Hand, mit dem er spielte, während er sprach.

Er empfing mich gleich an der Tür des Vorzimmers in seiner Burg. Die Mauern waren völlig kahl, es gab keinerlei Schmuck außer einem schwarzen Banner an einer Wand, auf dem sich ein rotes Symbol befand, das ich nicht kannte. Mit einer Verbeugung stellte ich mich vor. Dann sagte er ohne Umschweife und Artigkeiten:

»Ich mag Euch nicht, Damastes á Cimabue«, und sein Ton war dabei so beiläufig, als hätte er eben das Wetter erwähnt.

Ich blinzelte, erholte mich dann. »Weshalb? Weil ich Numantier bin?«

»Ich habe für Euer Volk wenig übrig, fürwahr, aber meine Abneigung ist persönlicher Art. Erinnert Ihr Euch an einen Mann, der Euch als Mikael von den Geistern bekannt gewesen sein dürfte?«

Mikael Yanthlus, Chardin Shers Obermagier. Ich war in die Feste eingedrungen, in der er und sein Meister sich verkrochen hatten, hatte den Zauber des Sehers Tenedos ausgelöst und war dann geflohen, nur wenige Augenblicke, bevor ein gewaltiger Dämon aus der Erde fuhr und die Festung mitsamt den Aufrührern, die sie beherbergte, vernichtete. Ein Bindeglied zur Vergangenheit mehr.

»Selbstverständlich.«

»Mikael und ich waren befreundet, soweit Zauberer sich Freunde gestatten. Wir waren noch Kinder. Er kam zu dem Schluss, mehr lernen zu können und schneller, indem er auf Wanderschaft ging. Er hat viel gewonnen, aber Ihr und Euer Imperator habt ihn auf das Rad zurückgeschickt. Ich habe seinen Geist zu erreichen oder wenigstens herauszufinden versucht, ob er wieder geboren wurde, aber keiner der Dämonen, die ich beschwor, wusste etwas über ihn. Vielleicht weilt er noch bei den Göttern. Oder vielleicht ward er auf unaussprechliche Weise vernichtet. Ich habe also wenig übrig für Euch, Numantier.«

Ehrlichkeit verdient meiner Ansicht nach, dass man ihr mit Ehrlichkeit begegnet. »Er hat einem Aufrührer in einem fremden Land gegen die rechtmäßigen Herrscher dieses Mannes geholfen«, erwiderte ich kalt. »Ihn ereilte genau das Schicksal, das er verdient hatte. Genauso wie der Verräter, dem er diente.«

»Wie ich sehe, erstreckt sich Eure Unverblümtheit, die ich bei Eurer ersten Begegnung mit meinem König festgestellt habe, auch auf alles andere«, sagte der Azaz mit einem freudlosen Lächeln. Mir fiel der Alkoven mit dem Vorhang im Rücken des Königs ein.

»Was Mikael anbelangt, so bin ich nicht Eurer Meinung, dass er bekommen hat, was er verdient, aber ich möchte auch nicht sagen, dass sein Schicksal ungerecht war. Er war immer ehrgeiziger als ich. Hätte er übrigens überlebt – ich bezweifle nicht, dass er Chardin Sher gestürzt hätte. Dann wäre es zu einem Wettstreit der Zauberer gekommen, bei denen den Göttern vor Staunen die Luft weggeblieben wäre.«

Ich antwortete nicht.

»Aber so kam es nun einmal nicht. Also muss ich derjenige sein, der Euren großen Seher Tenedos prüft«, sagte der Azaz. »Und sei es auch aus keinem anderen Grund, als zu sehen, ob es Eurem Imperator gelungen ist, sich Mikaels Kräfte anzueignen, als dieser starb. Ich und die Kriegszauberer gegen Tenedos und seine Chare-Bruderschaft.«

»Ich sehe nicht, wie so ein Wettstreit zustande kommen könnte, wenn es Frieden zwischen unseren Königreichen gibt«, sagte ich. »Und das wird es. Oder wollt Ihr die Verhandlungen sabotieren?«

»Ganz und gar nicht«, antwortete der Azaz. »Mein König wünscht den Frieden und ich folge seinem Befehl aufs Wort. Wie gesagt, ich bin nicht so ehrgeizig wie Mikael. Genau genommen bin ich etwas argwöhnisch gegenüber jedem, der nach den Sternen greift. Und ich meine damit sowohl Euch als auch Euren Imperator. Ich möchte nicht despektierlich sein, aber ich meine, es ist kaum zehn Jahre her, da war er ein in Ungnade gefallener Zauberer, den man ins Exil geschickt hatte, und Ihr der jüngste Kavallerielegat der ganzen Armee.«

»Ihr wisst eine ganze Menge über uns beide«, antwortete ich. »Ich habe über die Ziele meines Imperators nichts zu sagen, kann von mir jedoch mit aller Ehrlichkeit sagen, dass mein eigener Erfolg sehr überraschend war. Er überrascht mich immer noch, um offen zu sein.«

Der Azaz blickte mich skeptisch an.

»Und«, fuhr ich, nun doch etwas zornig, fort, »für einen Mann, der behauptet, nicht despektierlich sein zu wollen, so gebt Ihr Euch diesbezüglich doch mehr Mühe, als mir angenehm ist. Wenn Ihr mich nur gerufen habt, um mich zu beleidigen, dann bitte ich um die Erlaubnis, mich verabschieden zu dürfen.«

»Beruhigt Euch, mein junger Kampfhahn«, sagte der Azaz ruhig. »Ich habe einen ganz bestimmten Grund, Euch allein sprechen zu wollen. Wenn das, was ich zu sagen habe, von meinem Herrn käme, so wäre es leicht als Drohung misszuverstehen. Was es nicht ist. Es ist vielmehr eine Warnung. Wie gesagt, ich misstraue Leuten mit allzu großen Ambitionen, die man meiner Ansicht nach womöglich Euch, Eurem Imperator, ja Eurem ganzen Volk vorwerfen kann.

Wenn meine Vermutung richtig ist, dann besteht die große Wahrscheinlichkeit, dass dieser wunderbare Friede, den wir alle so lieben, kaum mehr als ein paar Jahre dauern wird.

Ich gebe Euch einen weiteren Grund für meinen Argwohn: Imperator Tenedos hat immer wieder von seiner Hingabe an Saionji, die Göttin der Zerstörung, gesprochen.«

»Zerstörerin und Schöpferin«, ergänzte ich und plapperte damit etwas nach, was der Imperator immer wieder gesagt hatte. »Denn es ist zuweilen vonnöten, etwas abzureißen, um es wieder aufzubauen.«

»Fürwahr. Euer Imperator spricht größtenteils von den schöpferischen Aspekten der Göttin. Aber laut dem Großteil der Priesterschaft beschränken sich Saionjis Schöpferkräfte auf ihre Kontrolle über das Rad. Sie reguliert lediglich, wann und wie ein jeder von uns auf die Erde zurückkehren darf. Nirgendwo steht geschrieben, dass ihr Wesen schöpferisch im Sinne von Umar sei. Aber vielleicht hat Euer Imperator ja eine persönliche Beziehung zu Saionji und weiß mehr über ihre Eigenschaften als der Rest von uns.«

»Vielleicht«, sagte ich ungeduldig. »Aber ich bin weder ein Priester, noch habe ich großes Interesse an den Göttern und ihren Aspekten.«

»Selbstverständlich nicht. So geht es den meisten Soldaten – außer im Todeskampf«, meinte der Azaz. »Aber es ist Teil meiner Warnung, also nehmt Euch in Acht. Euer Imperator kann Saionji ruhig verehren. Aber meiner Ansicht nach kann eine solche Verehrung zu viel Aufmerksamkeit seitens der Göttin nach sich ziehen. Vielleicht ist das schon passiert. In diesem Falle würde es mich doch überraschen, forderte sie nicht einen Blutzoll der einen oder anderen Art.

Wie etwa eine Kriegserklärung an Maisir«, sagte er, und jetzt war ihm die zornige Drohung anzuhören.

»Ihr irrt Euch, Sir«, beteuerte ich und zwang mich zur Ruhe.

»Tatsächlich? Vielleicht. Ich hoffe es, trotz meines Interesses, mich mit den magischen Kräften Eures Imperators zu messen. Aber falls nicht, dann nehmt das als zweite Warnung. Ich weiß, Ihr seid ein Mann der Tropen, der Wärme, und Euch ist das maisirische Klima neu. Also nehmt die Gelegenheit wahr, ein Stück Eis ins Wasser zu legen. Seht Euch an, wie wenig davon über Wasser zu sehen ist. Das ist Numantia, Damastes á Cimabue, und Maisir verhält sich Eurem Königreich gegenüber wie ein Meeresberg gegenüber Eurem kleinen Stückchen Eis.

Fordert uns auf eigene Gefahr – Eure, die Eures Imperators und Eures Landes.«

Meinen Zorn zurückhaltend, verbeugte ich mich.

»Wir können beide aufatmen, Sir«, sagte ich. »Denn ich kann Euch mein feierliches Wort darauf geben, meinen Eid, der – falls Ihr etwas über mich und meine Familie wisst – noch nie gebrochen wurde, dass Numantia keinen Krieg will, weder ihn noch das kleinste Stückchen maisirischer Erde oder den Tod eines Soldaten, eines Mannes, einer Frau, eines Kindes, mögen es Maisirer oder Numantier sein.«

Die kalten Augen des Azaz fixierten mich. Keiner von uns beiden senkte den Blick. Plötzlich nickte er und ich war entlassen. Ich ging aus dem Palast zurück zu meinem Schlitten.

Als ich mich von dem finsteren Haus des Azaz entfernte, gingen mir seine Worte durch den Kopf. Meiner Ansicht nach hatten wir im Azaz einen ausgesprochen tödlichen Feind. Aber wenigstens hatte er mir seine Gefühle gezeigt.

Drei Tage später, am achtzehnten Tag der Zeit des Taus, trafen wir uns mit König Bairan, um die endgültige Fassung des Vertragsentwurfes zu diskutieren. Ich hatte tatsächlich in solchen Widersprüchen zu denken gelernt. Alles lief gut und der Entwurf sollte auf der Stelle an den Imperator gehen. Ich fragte mich, von wo aus der Azaz wohl lauschte, verdrängte den Gedanken dann jedoch.

Der Frieden war zum Greifen nahe, wir brauchten nur die Finger zu schließen und er war unser. Unser für die nächste Zeit und, wie ich hoffte, nach der Befriedung der Grenzländer für alle Zeit.

»Das hier ist eine viel bessere Art zu feiern, als zu viel zu essen und zu trinken und zu singen und zu schreien«, hauchte Alegria. »Meinst du nicht?«

Sie kniete über mir und führte meinen Riemen in sich ein, ließ sich darauf nieder, legte sich auf mich und stöhnte, als ich die Hüften hob und zustieß, während unsere Lippen sich malträtierten. Nach einer Weile setzte sie sich auf und wand sich, während ich mich in ihr bewegte. Sie rutschte mit den Beinen nach vorne, bis sie auf mir saß, die Füße neben meinen Kopf, und drehte sich dann um, indem sie ein Bein über meinen Körper schwang.

Sie atmete rasselnd, als sie mahlend die Hüften gegen mich bewegte und mich mit ihren inneren Muskeln knetete. Ich kam beinahe und musste mich beherrschen, als sie ein Bein herumnahm, bis es das meine berührte. Sie drehte sich vollends um, so dass sie mit dem Rücken zu mir zu sitzen kam, setzte die Füße zu beiden Seiten der meinen auf, beugte sich vor, umfasste meine Knöchel und streckte dann langsam die Beine, so dass ich mich zuckend in einem festen, weichen Schraubstock sah, unfähig, mich noch länger zu beherrschen. Sie hob sich von meinem Riemen, rutschte nach oben, nahm mich in den Mund, während ich sie mit der Zunge liebkoste, dann wälzten wir uns herum, unter dem Zucken unserer Körper, während mein Verstand in ihrer warmen Feuchte ertrank.

Kurze Zeit später kam ich wieder zu mir. »Große Götter«, bekam ich heraus. »Das ist zu viel Arbeit. Ich denke, ich brauche eine Schiene. Hältst du mir für einen Turner?«

»Sei still«, sagte sie. »Ich musste schließlich die ganze Arbeit tun.«

»Wenn mein Riemen je wieder hart wird, was ich nicht glaube, dann zeige ich dir eine *meiner* Lieblingsstellungen. Alles, was es dazu braucht, ist eine Winde, zwölf Klafter Holz, zweihundert Ellen Seil und sechzehn Schafe.«

»Prahlhans«, sagte sie. »Aber ich weiß, wo es hier einen sehr weichen Seidenstrick gibt. Wenn es dich interessiert.«

Es dauerte drei Wochen, bis wir aus Nicias hörten, und ich hatte schon angefangen, mir Sorgen zu machen, obwohl ich keinen Grund gehabt hätte, bedenkt man das nach wie vor scheußliche Wetter und die anderen Probleme, die die Kommunikation mit Numantia mit sich brachte. Aber es hatte bisher so wenig Probleme gegeben, und ich war schon immer der Meinung, das Glück sei eine feste Summe, die man nicht überziehen kann.

Ich machte mir Sorgen und die Zeit des Taus kroch vorbei.

Es war der vierzigste Tag der Zeit, als die Nachricht schließlich eintraf. Der Imperator billigte den Vertrag. Er wollte einige minimale Veränderungen vornehmen, dann konnte es an die Vorbereitungen für seine Reise an die Grenze und das große Treffen zwischen den beiden Herrschern gehen.

Ich glaubte, jedermann in Jarrah spielte ein wenig verrückt. Man feierte quer durch alle Schichten, alle Welt schien sich mit einem Lächeln zu begegnen und einem fröhlichen Gruß. Die Tempel waren voll, Dankgebete stiegen auf zu Umar und Irisu, die besonderen Götter Numantias und Maisirs, desgleichen zu so gut wie jeder Gottheit, zu der zu beten sich lohnte.

Mit Ausnahme von Saionji. Niemand wandte sich an ihre blitzenden Schwerter, an ihr fahles Ross.

Drei weitere Wochen vergingen, dann traf eine hastige Nachricht aus Nicias ein. Die Piraten, die die Küste im Ticao unsicher machten, der Provinz, die an mein eigenes Cimabue grenzte, hatten sich zusammengetan und waren an mehreren Stellen gelandet, aber nicht als bloße Plünderer, sondern als Eroberer, und sie hatten sich zu den Gründern eines unabhängigen Staates erklärt. Sie hatten zwei mächtige Zauberer und der Imperator selbst hatte die Leitung der Expedition dorthin übernommen.

Die Nachricht war voller Entschuldigungen und versicherte uns, dass alles in Ordnung sei. Sobald die Schurken vernichtet seien, würde er nach Nicias zurückkehren und den Vertrag unterzeichnen; das Dokument würde dann von Kurieren nach Maisir gebracht.

Ich überbrachte die Botschaft König Bairan und Ligaba Sala und ließ sie den entschlüsselten Originaltext lesen, um sicherzugehen, dass niemand argwöhnisch würde, obwohl kein Grund für Misstrauen bestand. Auch eine Zeit mehr dürfte keine Rolle spielen.

Lord Boconnoc gab bekannt, dass der vierte Tag der Zeit der Geburten ein Botschaftsfeiertag und jeder, der die numantische Küche kosten wollte, willkommen sei. Es war nur ein Vorwand für etwas Heimweh, für einen Versuch, einige numantische Gerichte mit maisirischen Zutaten und lange gehorteten Delikatessen zu kreieren.

Es kamen an jenem Abend nur zwischen zehn und fünfzehn maisirische Gäste in die Botschaft. Vor dem Essen versammelte sich alles im großen Ballsaal auf ein Glas guten Varanweins. Ich trank natürlich Wasser. Alegria fand den Wein etwas zu herb für ihren Geschmack - maisirischer Wein war viel süßer als jeder numantische Jahrgang -, bat jedoch um ein zweites Glas.

Ich grinste und wollte es ihr schon holen, als die Türen zum Ballsaal aufflogen und ein Dutzend Soldaten in Rüstung hereingestürmt kam. Hinter ihnen kamen im Laufschritt zwanzig Bogner und reihten sich, Pfeile in der Kerbe, die Bogen auf halber Höhe, entlang der Wand auf. Es herrschte absolute Stille, dann schluchzte eine Frau auf.

König Bairan stolzierte in den Saal. Er trug eine schwarze Rüstung und ein blankes Schwert.

»Was ... was ist ...«, brachte Botschafter Boconnoc stammelnd hervor.

»Vor sieben Tagen hat die numantische Armee ohne Kriegserklärung die maisirische Grenze überschritten«, rief der König. »Wir erhielten heute Nachricht von dem Verrat und dass die maisirische Stadt Zante gefallen und von Euch Barbaren geplündert worden ist.

Es handelt sich um eine Infamie ohnegleichen. Ihr Numantier habt uns verraten mit Eurem Gesäusel von einem Vertrag, vor allem Ihr, Damastes á Cimabue, mit Eurem falschen Schwur, Ihr wolltet den Frieden, Ihr und Euer Hund von einem Imperator.

Das hier war weder ein Akt von Banditen, Kriegern, Diplomaten noch von zivilisierten Menschen. Ich erkläre deshalb hiermit alle Numantier für vogelfrei. Ihr werdet als Gesetzlose abgeurteilt, so wie Euer betrügerischer Imperator abgeurteilt wird, ist seine Armee erst einmal zerstört.

Aber keiner von Euch wird diesen Tag erleben. Schafft sie fort.«

20 *Der Fluch des Azaz*

Wären da nicht die vergitterten Fenster und Balkone gewesen, man hätte meine Zelle für eine luxuriöse, wenn auch fadenscheinige Wohnung halten können. Auf Befehl des Königs hatte man alle Numantier mitsamt unseren maisirischen Dienstboten nicht gerade sanft in Karren gesteckt und eilig durch Jarrah gefahren. Ich weiß nicht, wer es der Bevölkerung gesagt hatte, aber man war zuhauf auf den Beinen, schrie Obszönitäten und Drohungen und bewarf uns mit Unrat. Zweimal versuchten sie, nach unserem Tod schreiend, die Karren zu stürmen, aber unsere Eskorte trieb sie mit Peitschen zurück. Ich war dankbar für meine Vorliebe für schmucke Sachen, denn ich hatte den Gürtel von der Hose genommen und das lose Ende um meine Faust gewickelt. Die Schnalle bestand aus etwa einem Pfund massiven Golds und der Gürtel selbst war mit schweren Goldreliefs besetzt. Der erste Wahnsinnige, der auf unseren Karren gesprungen wäre, hätte ein neues Gesicht gebraucht. Aber die Soldaten hielten sie zurück, bis wir Moriton erreicht hatten.

Jarrah hatte viele Gefängnisse, gar mehr noch als Nicias, und in das gefürchtetste davon brachte man uns. Es war das Octagon und absolut uneinnehmbar. Vor den acht hohen Mauern der Zellen befand sich ein Wall aus Speeren, der nicht zu durchbrechen war; die Speere waren Spitzen aus exotisch geformtem Glas. Danach kam ein Graben mit senkrechten Wänden, über dreißig Fuß tief, mit zehn Fuß tiefem Morast auf dem Grund, in dem man ertrinken würde. Auf der äußeren Mauer gingen im Abstand von fünfzig Fuß Wachen auf und ab, alle zwei Stunden fand ein Wachwechsel statt. Nur wenige, die die Tore des Octagons passierten, verließen sie wieder. Hier sperrte man die berüchtigtsten Feinde des Königs weg, bis

Bairan sich entschlossen hatte, mit welchen Qualen sich sein Missvergnügen am besten ausdrücken ließ.

Wir passierten ein Tor in der äußeren Mauer, dann stieß man uns, von Wachen umringt, von den Karren. Man trieb uns über eine schmale Brücke, die sich über den Graben und die gläsernen Spitzen wölbte, und dann hinab in das Innere des Octagons. Ich achtete kaum darauf, weil ich mich nach Alegria umsah. Ich hoffte, sie hatte sich verstecken oder in der allgemeinen Hektik fliehen können, fürchtete aber das Schlimmste – dass der König wegen ihres engen Kontaktes zu mir ein Exempel an ihr statuieren würde.

Der Chef der Aufseher im Octagon, Shikao, ein schmaler, weißhaariger Mann mit einem Lächeln, das auch von einem Totenschädel gestammt haben könnte, erklärte uns die Hausordnung, die recht einfach war, auch wenn er eine halbe Stunde brauchte, um sie herunterzuleiern: Gehorche jedem Wärter oder es wird dir Leid tun.

Man fragte mich, ob ich einen Diener hätte. Ich wusste nicht, ob es eine gute Idee war, einen Namen zu nennen, aber noch bevor ich mich entscheiden konnte, trat Karjan vor und rief: »Das bin ich.« Shikao machte eine Geste und einer der Wärter stieß Karjan auf mich zu. Dann trieb man uns eiligst in unsere Zellen. Ich wohnte im obersten Stock des fünfgeschossigen Gefängnisses. Die anderen Numantier waren ebenfalls in diesem Stock und dem unmittelbar darunter. »Unsere« Maisirer hatte man etwas weiter unten auf der anderen Seite des Hofes eingesperrt.

Ich kam langsam wieder zu Sinnen und achtete genau auf meine Umgebung; schließlich sollte ein Häftling stets seine Flucht planen. Da ich jedoch kein gestandener Knastschieber war, sah ich keine Gelegenheit, noch weiß ich, was ich getan hätte, hätte ich eine entdeckt; schließlich hatte ich ja nur eine Stadt voll rasender Leute und zwölfhundert Werst Feindesland zwischen mir und der Sicherheit, ganz zu schweigen davon, was dann mit meinen Freunden geschehen würde.

Meine Zelle hatte eine innere und eine äußere Tür mit zehn Fuß

Gewölbe zwischen den beiden. Die Wärter öffneten die eine, eskortierten Karjan und mich hindurch, verschlossen sie, dann öffneten sie die innere Tür. Es gab einen langen Hauptraum, zwei kleinere Schlafkammern gleich nebenan, einen Abtritt und einen Alkoven für Karjan. Das Bad und der Alkoven für den Dienstboten waren mit einem Vorhang versehen. Die Räume waren großzügig eingerichtet, mit einst teuren, jetzt aber ramponierten Möbeln. An den Wänden hingen verblichene Teppiche und auf den Innenhof führten zwei Balkone hinaus. Bei schlechtem Wetter schloss man die Balkone mit hölzernen Falltüren ab. Das hier war meine Welt, bis König Bairan beschloss, es sei an der Zeit, dass ich sie wieder verließ.

Ich hätte nach Papier und Schreibzeug schicken und auf der Stelle eine Protestnote an den König senden können, nach diesem ungerechten und nach allen Regeln der Diplomatie illegalen Akt. Aber mich beschäftigten andere Dinge wie etwa Imperator Tenedos' zweiter Verrat. Im Gegensatz zum ersten gab es diesmal kaum etwas zu verstehen.

Was er da getan hatte, ergab durchaus einen Sinn, obwohl es meinen Zorn nicht minderte, dass ich es verstand. Imperator Laish Tenedos hatte mich ganz bewusst an der Nase herumgeführt, um König Bairan einzuseifen, Ligaba Sala, ja selbst den Azaz.

Jedermann wusste, dass ich unverbesserlich ehrlich und nicht bekannt dafür war, ein Heuchler oder gar ein guter Lügner zu sein. Also behauptete Tenedos, der Frieden gehe ihm über alles, und ich glaubte ihm, glaubte ihm als Imperator und Freund. Außerdem war ich sein ranghöchster Tribun, der beste Kommandeur seiner Kavallerie, Chef seiner ganzen Armee. Nur ein Dummkopf würde einen solchen Mann in die Hände des Feindes schicken, wenn er auf einen Krieg aus wäre. Und schon war der Hinterhalt, in den Maisir laufen sollte, belegt.

Nicht dass meine eigene Dummheit dabei ganz schuldlos gewesen wäre. Warum hatte mir die Kehrtwende des Imperators nicht zu denken gegeben? Schließlich hatte er wegen Ebissa monatelang mit dem Säbel gerasselt und seine Agenten und Zeitungen hatten die Maisirer als Fleisch gewordene Dämonen dargestellt. Hätte mich die Nacht der Magie, diese große Enthüllung seinerzeit nicht wenigstens stutzig machen sollen, kam sie doch von einem Meister der Vorsicht und der Magie?

Widerstrebend anerkannte ich die Finesse, mit der Tenedos auf eine neue Invasionsroute gekommen war, auf der sich die Furagierung der Armee durch die maisirischen Siedler in der *Suebi* bewerkstelligen ließ. Er hatte sein Blatt meisterhaft ausgespielt, zumal nach dem Angriff auf die Zwanzigsten Husaren, die diesen Weg nach Maisir ausgekundschaftet hatten.

Er hatte in Urey Einheiten aufgebaut, um König Bairans Aufmerksamkeit auf den traditionellen Kriegs- und Handelsweg durch Kait zu lenken, weg von dem, was sich in Dumyat und Rova tat. Meine Aufrichtigkeit kam König Bairans Wunsch nach Frieden entgegen, also zog er seine Soldaten von den Grenzen zurück, so dass den maisirischen Patrouillen Tenedos' Kriegsvorbereitungen entgingen.

Jeder Schachzug Tenedos', angefangen von der Behauptung, dem Truppenabzug des Königs mit einem eigenen zu folgen, über das Zaudern wegen einiger Spitzfindigkeiten im Vertrag bis hin zu den »Piraten« von Ticao diente einzig und allein dem Ziel, ihm Zeit zu geben, seine Armeen für die Invasion zusammenzuziehen.

Ich fragte mich bitter, welchen letzten Dienst mein Imperator wohl noch von mir erwartete? Zu sterben selbstverständlich, hier im Kerker von Jarrah, als edles Symbol. Ich würde in der Erfüllung meines Eids gegenüber Tenedos sterben, jenes Schwurs, den meine Familie nie gebrochen hatte: *Auf Immer Treu.*

Und jetzt war mir kaum mehr geblieben als mein Stolz, da der Einzige, der wusste, dass meine Ehre noch intakt war, Tausende von Werst entfernt an einem neuen Netz spann.

Einmal mehr war ich dankbar für meine Vorliebe für auffälligen Putz. Ich stemmte eine der Goldschnitzereien aus meinem Gürtel und gab sie Karjan. Er bestach damit eine Wache und fand heraus, dass man Alegria zu den Dalriada zurückgebracht hatte. Ihr Augenblick der »Freiheit« war vorbei. Alles, was ihr jetzt noch blieb, war die Gesellschaft ihrer Schwestern in den finsteren Steinmauern der Burg. Aber wenigstens brachte man sie nicht um.

Eine Stunde nach dem Morgenmahl führte man unsere maisirischen Dienstboten in den Innenhof. Die dreißig Männer und Frauen drängten sich aneinander, ihre Augen huschten angsterfüllt hin und her. Aber es passierte nichts und sie begannen sich zu beruhigen; ich hörte ihre fragenden Stimmen zu mir heraufklingen.

Klappernd ging ein Tor auf und im Laufschritt kamen etwa vierzig Bewaffnete in den Hof. Einer der Diener ging auf sie zu, um etwas zu fragen. Stahl blitzte auf und ein Schwert bohrte sich in seinen Bauch. Dann hoben flehentliche Schreie um Gnade an. Aber keiner wurde erhört; die Schwerter und Äxte hoben sich und sausten nieder.

Von den Balkonen rings um mich herum hörte ich die Numantier Flüche ausstoßen; wütend schrien sie, unsere Dienstboten hätten schließlich nichts zu tun gehabt mit dem, was passiert war. Aber das Schlachten ging weiter und nicht einer der Mörder warf auch nur einen Blick herauf. Die Schreie verebbten zu Schluchzern, zu Weinen. Mit Dolchen gingen die Mörder von Körper zu Körper. Und danach hörte ich nichts mehr als ihr Gelächter und hier und da einen Scherz. Schließlich schleifte man die Leichen hinaus, und alles, was übrig blieb, waren die Spritzer und Blutlachen auf dem Pflaster des Hofs; langsam wurde Purpur zu Schwarz.

Wir warteten auf weitere Gräuel, aber für den Augenblick schien der Zorn des Königs gestillt. Oder er hatte, was wahrscheinlicher war, das Geschehen im Norden des Landes im Kopf.

Wir richteten uns in der Kerkerroutine ein – Aufwachen, Essen, Hofgang, Essen, der Versuch, den Kopf während der endlosen Nachmittagsstunden mit irgendetwas zu füllen, Essen, Hinlegen, Beten um Schlaf.

Die Ernährung war akzeptabel, aber eintönig. Brot und Tee am Morgen, ein fader Gemüseeintopf am Mittag, dasselbe am Abend, aber mit dem einen oder anderen Brocken Fisch oder Fleisch. Karjan und ich unterhielten uns eine Weile damit, uns Gang für Gang an die besten Mahlzeiten unseres Lebens zu erinnern. Aber als die Wochen ins Land gingen, wurde uns das langsam zur Qual.

Wir trainierten hart, marschierten endlos in unserer Zelle auf und ab, rangen miteinander, spannten die Muskeln gegen den Zug des anderen, absolvierten einen improvisierten Drill. Wir übten unseren Verstand mit einem Spiel, auf das Karjan gekommen war. Da wir so lange zusammen auf Feldzügen gewesen waren, begann einer von uns mit der Beschreibung eines Ortes, einer Schlacht, einer Parade, einer Person und machte dann weiter, bis der andere ihn bei einem Irrtum ertappte. Die Strafe: ein Bier für Karjan, sollte man uns je wieder freilassen, für mich eine exotische Süßigkeit. Dann war der andere dran, über dasselbe Thema weiterzusprechen, bis auch ihm ein Fehler unterlief. Auf diese schlichte und alberne Weise hielten wir unseren Geist beweglich.

Der Krieg war allgegenwärtig. Undeutlich hörten wir den Lärm marschierender Männer, Militärkapellen und ratternde Karren, das Wiehern von Pferden und ihren Hufschlag dazu.

Selbst hinter diesen steinernen Mauern erreichten uns Nachrichten vom Krieg. Karjan pflegte eine Freundschaft mit einem der maisirischen Häftlinge aus der Küche und der sammelte ihm zu Gefallen die Geschichten über den Krieg.

Zunächst lief der Krieg gut für die Numantier, als unsere riesigen Armeen durch das Wilde Land über gerade urbar gemachte Ländereien gegen Maisir fegten.

Es war schwer zu sagen, wie gut die Numantier sich schlugen. Natürlich waren die Geschichten voller unglaublicher Heldentaten, aber sosehr man auch gewisse Einheiten eine Weile lang preisen mochte, plötzlich war von ihnen nichts mehr zu hören. Ich war dankbar für mein Gedächtnis, denn die Strafe für das Führen eines Tagebuchs wäre zweifellos schrecklich gewesen.

Karjan erfuhr, die Verluste auf beiden Seiten seien enorm, schlimmer jedoch auf Seiten Maisirs. Manchmal kämpften ihre Soldaten wie Dämonen, manchmal brauchte es nur einen numantischen Soldaten am Horizont, schon warfen sie die Waffen weg, um zu kapitulieren. Von Kriegszauberei hörte ich nichts, bekam auch nichts darüber heraus.

Als die Provinzhauptstadt Penda fiel, rief man in Jarrah einen Trauertag aus. Es war eine brutale Schlacht, ohne Gnade auf beiden Seiten, und die Maisirer wurden langsam, aber sicher zurückgedrängt. Aber zurückgedrängt wurden sie und die Stadt gehörte uns.

Einige Numantier jubelten, ich nicht, dazu kam unsere Armee viel zu langsam voran. Niemand – weder der Imperator noch meine Kollegen, die Tribunen, noch die Generale – schien sich der Tatsache bewusst, dass der größte Feind das scheußliche maisirische Wetter war. Die Armee hielt sich viel zu lange in Penda auf. Vielleicht hatten die erbitterten Kämpfe ihren Tribut gefordert. Dann hörten wir, dass der Imperator selbst den Befehl übernommen habe und die Numantier wieder auf dem Marsch seien. Aber dieses Land war anders als alle anderen, die sie gewöhnt waren. Hinter Penda war Schluss mit den neuen landwirtschaftlichen Gebieten und die *Suebi* begann.

Die Sommerhitze brach aus und die Zeit des Regens begann. Numantia quälte sich durch den Morast, als der Gegenangriff der Maisirer kam. Unser Heer fiel nach Penda zurück, wurde von drei Seiten her eingekesselt, und das Octagon wurde zu einem Ort völliger Verzweiflung. Ich war eher wütend als deprimiert. Der Imperator musste angreifen, schließlich hatten wir vor dem Winter nur noch eine Zeit. Aber die Numantier blieben in Penda und fochten blutige, aber ergebnislose Schlachten rund um den Verteidigungsring der gefallenen Stadt.

Der erste Numantier, der starb, war Lord Susa Boconnoc. Er starb nicht ehrenhaft, aber schließlich verlangte man von einem Politiker auch nicht dieselbe Furchtlosigkeit wie von einem Soldaten. Boconnoc hatte sich zurückgezogen, war noch grauer geworden und gealtert. Als ich ihn beim Hofgang aufzumuntern versuchte, sprach er von nichts anderem als seinem Landsitz im Latane-Delta und seinen Plänen, es zu renovieren, wäre der Krieg erst vorbei.

Der Trommelwirbel begann im Morgengrauen und grollte stundenlang vor sich hin. Wenn im Octagon etwas von der Routine abwich, verhieß das nichts Gutes. Als man mittags die Flagge über dem Gefängnis aufzog, schob man ein fahrbares Blutgerüst in den Hof. Zwei Wächter kamen hinterdrein, der eine unter der Last eines schweren Holzblocks gebeugt, der andere einen schwarzen Koffer mit sich tragend. Ein Mann mit rotem Umhang und Halbmaske kam herein und blieb an der Treppe hinauf zum Schafott stehen. Reglos stand er da.

Die Fenster der Zellen waren schon seit dem Beginn des Trommelwirbels dicht besetzt; alles wartete darauf zu erfahren, wie die nächste Gräueltat aussah. Vom Korridor vor meiner Zelle kam undeutlich lautstarker Protest. Die Stunde eines Numantiers hatte geschlagen. Unten ging eine Tür zum Hof auf, dann zerrten zwei Wärter Lord Boconnoc heraus. Er war schlaff vor Angst und konnte kaum gehen. Er sah den Scharfrichter und brach in ein wortloses Wehklagen aus, versuchte sich zu wehren, aber die Wärter hielten ihn fest. Halb trugen sie ihn die Stufen hinauf und warfen ihn über den Block. Der Scharfrichter öffnete den Koffer und entnahm ihm ein großes einblättriges und mit scheußlichen Hörnern versehenes Beil. Langsam stieg er die Stufen hinauf. Boconnoc flehte um Gnade, aber die gab es an jenem Tag nicht.

Ein Wärter griff Boconnoc ins Haar, zog brutal daran und streckte seinen Hals über den Block. Das Beil hob sich, und Boconnoc wand sich wie wahnsinnig, als es fiel. Das Blatt verfehlte sein Ziel und landete krachend in Boconnocs Schädel – es hörte sich an, als schlage man eine Melone auf. Der Körper des Botschafters zuckte, als der Scharfrichter die Axt herausriss und noch einmal zuschlug. Diesmal traf er, das Blut spritzte, Boconnocs Kopf fiel.

Es hatte keinen Prozess gegeben, keine Ankündigung. Nichts als den Tod. Ich würde der Nächste sein.

Aber so kam es nicht. Der Nächste war, aus Gründen, die ich nicht kenne, Capitain Athelny Lasta, mein Adjutant und Kommandeur meiner Roten Lanciers. Er starb wie ein Held. Nicht wie man sich den »guten« Tod eines Aristokraten vorstellen würde, mit einer edlen Ansprache, die man noch nach Jahrhunderten weitergab, sondern wie ein Soldat.

Wieder schoben zwei Wärter das Blutgerüst in den Hof, wieder wartete der Henker davor. Mit einem Knall ging die Tür zu unserem Flügel auf, und Lasta trat heraus, die Arme in Hüfthöhe gefesselt, auch er von zwei Wärtern flankiert. Er jedoch schritt stolz einher, wie es sich für den Tapferen ziemt.

Er riss sich von den Wärtern los und sprang die Stufen zum Schafott hinauf wie einer, der sein Verhängnis kaum noch erwarten kann. Er ließ ein sonores »Lang lebe der Imperator!« hören und die Gefängnismauern erzitterten unter unserem Jubel. Die dunkelrot anlaufenden Wärter schickten sich an, die Treppen hinaufzusteigen, um ihn übers Schafott zu strecken. Der Erste, anstatt ein demütiges Opfer vorzufinden, wurde mit einem Kopfstoß empfangen, der ihn zu Boden warf. Lasta kniete nieder, bekam den Dolch am Gürtel des Wärters zu fassen und stieß ihn dem Mann in den Hals.

Das war der Erste.

Die eigene Klinge ziehend, sprang der zweite Wärter auf Lasta zu. Aber er sah sich einem gut ausgebildeten Soldaten gegenüber, und Lasta ließ sich fallen, schwang die Beine wie Dreschflegel und warf den Mann vom Blutgerüst, so dass er kopfüber auf das Pflaster krachte und reglos liegen blieb.

Nummer zwei.

Der Scharfrichter brüllte wie der Bulle, der er war, griff nach seinem Koffer und riss ihn auf. Das Beil bereit, hielt er auf die Treppe zu, warf einen Blick nach oben und schrie entsetzt auf. Lasta hatte seine Fesseln durchtrennt und den Dolch bereit. Das Beil fiel klappernd auf das Kopfsteinpflaster, und der Scharfrichter trat, vor

Angst wimmernd, einen Schritt zurück, die Hände ausgestreckt gegen den Tod.

Ich war nie gut gewesen, wenn es daran ging, ein Messer zu werfen, aber Lasta hatte sich und andere damit amüsiert, so gut wie jede scharfe Waffe auf so gut wie jede Entfernung zu werfen, und das haargenau ins genannte Ziel. Der Dolch des Wärters drehte sich einmal um die eigene Achse und grub sich dem Mann dann dort, wo der Umhang auseinander klaffte, direkt unter den Rippen, bis zum Heft in den Bauch. Der Mann heulte in Todespein auf und riss den Dolch heraus. Die Eingeweide quollen ihm heraus, rotgraues Geschling landete auf dem Hof. Sich windend ging der Henker zu Boden und lag dann reglos im eigenen Blut.

Nummer drei.

Lasta sprang vom Schafott und hatte sofort das Beil des Mörders in der Hand, während die beiden anderen Wärter in Richtung des vergitterten Tores flohen. Sie riefen um Hilfe, kratzten an der verschlossenen Tür, als Lasta sie gnadenlos von hinten erschlug.

Nummer vier und fünf.

Mit einem Krachen flog die Tür auf, und zehn oder mehr Wärter stürmten, mit Speeren und Schwertern bewehrt, in den Hof. Lasta schlug einen Speer beiseite, hieb einem Mann in die Flanke, parierte einen Schlag und ließ einen weiteren Kopf übers Pflaster rollen.

Sechs. Sieben.

Ich brüllte Hochrufe hinaus; ohne dass ich es spürte, rannen mir die Tränen übers Gesicht, als Lasta ein achtes Opfer zu Boden gehen ließ, und dann aufschrie, als einer mit dem Schwert seinen Schenkel aufriss.

Der neunte Mann starb, während Lasta eine weitere Klinge in die Brust fuhr. Er taumelte zurück, riss seinem Angreifer das Schwert aus der Hand und fand noch die Kraft, dem Mann das Beil ins Gesicht zu schlagen. Noch ging er in die Knie, doch schon waren die Wärter über ihm und wir sahen nichts mehr als das wahnsinnige Auf und Ab blitzenden Stahls.

Nach Ordnung brüllend, kam ein Offizier in den Hof gelaufen, und einer nach dem anderen lösten sich seine Männer aus der wütenden Meute.

Lastas Leiche lag über die seines neunten Opfers gestreckt, seine Hände um die Gurgel des zehnten gekrallt. Der Mann riss sich los und stolperte taumelnd davon. Shikao stand schreiend im Hof, völlig außer Kontrolle, und niemand verstand, worum es ging.

Unser Jubel verebbte. Karjan wandte sich an mich. »Neun von ihnen«, sagte er rau. »Der Mann setzt uns ein schweres Ziel.«

Aber es war ein Ziel, und ich schwor mir, nicht bereitwilliger abzutreten als Capitain Lasta. Und falls ich jemals zu einem Sohn kommen sollte, so trüge er den Namen des Capitains.

Sie holten mich im Morgengrauen. Ich wachte auf, wälzte mich von meiner Pritsche, da stand ein Dutzend schwarz gekleideter Männer in meiner Zelle. Zwei griffen mich an und ich schlug sie nieder. Karjan wachte auf und griff sofort ein. Ich hörte Schläge landen, Schmerzensgestöhn, dann den dumpfen Schlag eines Knüppels, dann hörte ich, wie Karjan fiel.

Ich stieß einem den Daumen ins Auge, ein anderer schlug mich hart in den Bauch, worauf ich einen Augenblick vornüberging, es aber noch schaffte, ihm die Kniescheibe zu zertrümmern; mit einem Aufschrei hüpfte der Mann davon. Ein Knüppel traf mich über die Schulter, und ich ging fast zu Boden, drehte mich aber dann um und riss meinem Angreifer die Keule aus der Hand.

Ich stieß ihm das hintere Ende in den Schritt und zog sie über das Gesicht eines anderen hoch, dann jedoch erwischte mich eine geballte Faust im Nacken und ich spürte nichts mehr.

Benommen kam ich wieder zu mir, hatte einen Augenblick, um zu erkennen, dass ich an einen Stuhl gefesselt war, und bekotzte mich dann, als mein Magen sich hob. In meinem Kopf drehte sich alles. Ein Eimer Wasser schwappte über mich hinweg, und ich erbrach mich erneut, worauf ich eine weitere Dusche bekam. Die Welt und mein Magen hörten langsam auf, sich zu drehen, und ich zwang meine Augen auf. Auf der anderen Seite des Raumes stand ein schwerer hölzerner Tisch. Dahinter saß, von zwei weißen Wachskerzen in Bodenständern beleuchtet, der Azaz.

Auf den Boden zwischen uns waren Kreidesymbole gemalt; aus Kohlebecken ringelte sich Rauch in die feuchte Luft. Es fühlte sich an, als wären wir unter der Erde, und das ziemlich tief.

Der Azaz sah mich völlig ruhig an, nicht den geringsten Ausdruck auf dem Gesicht. »Es hat heftige Debatten gegeben, Damastes á Cimabue, zwischen dem König und mir, wie Eure Strafe aussehen könnte.«

»Strafe wofür?«, bekam ich hervor. »Dafür, meinem Imperator zu dienen?« Nie und nimmer würde ich einem Feind von der Unehrlichkeit und dem Verrat meines Herrschers erzählen.

»Dafür, den Tod vieler Tausender, wenn nicht gar einer Million Maisirer verursacht zu haben«, antwortete der Azaz. »Für gemeinen Mord, wenn Ihr so wollt.«

»Nach diesem Prinzip könnte jeder Eurer Soldaten, jeder Eurer Generäle desselben *Verbrechens* schuldig sein.«

»Vielleicht«, sagte der Azaz. »Es gibt jedoch einen Unterschied. Ihr befindet Euch in unserer Hand und deshalb steht es uns zu, die Regeln zu machen.«

»Genug der Debatte«, grollte eine Stimme, und König Bairan trat hinter mir hervor. »Es genügt zu wissen, dass dieser Bastard Maisir übel geschadet hat, und dafür muss er bezahlen.«

»Meine Entschuldigung, Euer Majestät. Selbstverständlich.«

Der König trat an den Tisch und stand dann mit gekreuzten Armen davor. Er trug dunkle Kleidung und in einer Scheide am Gürtel einen Dolch.

»Ein einfacher Tod wäre viel zu leicht«, sagte der Azaz. »Natürlich könnten wir Euch durch eine Folter zu Tode bringen, die sich so lange hinzieht, dass man sich noch in tausend Jahren flüsternd von ihren Schrecken erzählt.«

Er redete dummes Zeug. Ein Mann ist nur so lange zu foltern, bis er den Mut – oder die Hoffnungslosigkeit – aufbringt, sich die Zunge abzubeißen und leise zu verbluten.

»Aber das«, so warf König Bairan ein, »würde zu nichts weiter führen, als dass ich mich etwas besser fühlte.«

»So haben wir ein etwas … interessanteres Schicksal ersonnen«, sagte der Azaz. »Bereitet ihn vor!«

Zwei Männer in Kutten, deren Gesichter ich wegen der Kapuzen nicht sehen konnte – wenn es überhaupt Männer waren – rissen mir die Uniformjacke auf und hielten mich fest. Der Azaz nahm ein seltsames Gerät vom Tisch und kam auf mich zu. Es sah nach einem kleinen, schmalen Messer aus, aber es war aus Glas. Er zog es mir blitzartig über die Brust, von der Schulter zum Schenkel, dann gleich noch einmal, so dass das Blut in Form eines X hervorzuquellen begann.

Der Azaz bewegte das Messer über den Schnitt, kaum dass die Spitze mich berührte, und ich hatte das Gefühl, mit einer Fackel verbrannt zu werden. Ich versuchte, mich nicht zu winden, was mir jedoch nicht gelang. Er zeigte keinerlei Interesse an meinem Schmerz, sondern konzentrierte sich ganz darauf, die Schneide des Messers den Schnitt entlangzuziehen. Die Klinge färbte sich dabei ein, bis die ganze Waffe scharlachrot war. Er trat zurück, aber das höllische Brennen blieb.

»Euer Majestät«, sagte der Azaz. »Es wäre besser für das Königreich, wenn Ihr Euch einen Augenblick nach draußen begebt. Ich glaube nicht, dass ein großes Risiko besteht, aber doch ein gewisses. Und wir kämen in diesen Zeiten wohl kaum ohne Euch aus.«

Der König ging an mir vorbei, eine Tür ging auf, dann wieder zu.

Der Azaz trat an die hohen bunten Kerzen, die in Wandhaltern im ganzen Raum verteilt waren. Wenn er mit dem seltsamen Messer hinauflangte, geriet die jeweilige Kerze in Brand. Als er fertig war, brannten fünf. Er ging in die Mitte des Raums und sprach einen Satz. Weißer, blauer, grüner, schwarzer und roter Rauch quoll von den Kerzen, ohne dass der Raum sich damit füllte, noch erstickte ich an dem Qualm.

441

Wieder sprach der Azaz und die Welt veränderte sich. Alles wurde grau oder schwarz, und was am schwärzesten war, hätte am hellsten sein sollen. Jetzt begann der Azaz etwas zu skandieren, nur dass ich kein Wort verstand. So leierte er vor sich hin.

Der Azaz berührte mit dem merkwürdigen Messer den Steinboden, und Blut – mein Blut – quoll heraus. Ein Feuer, das fast bis an die Decke reichte, loderte auf, wo der Azaz stand. Unversehrt trat er aus den Flammen und stellte sich daneben. Er sprach ein einziges Wort und die Flammen konzentrierten sich und griffen nach mir. Als sie auf mich zukamen, veränderten sich die Flammen von Rot über Gelb bis hin zum tiefsten Schwarz.

Ein Feuerfinger berührte meine Schnitte und wieder durchzuckte mich ein rasender Schmerz. Zweimal zog der Finger meine Wunden nach und ich verlor fast die Besinnung vor Schmerz.

Jetzt konnte ich die Worte des Azaz verstehen:

>»Jetzt bist du sein.
Jetzt bist du mein.
Wie Wachs.
Ich befehle,
Du gehorchst.
Ich befehle,
Du gehorchst.«

Die letzten beiden Sätze wiederholte er immer wieder, immer lauter, bis sie mein Universum füllten, mein Universum wurden, dann verebbten sie, verhallten, und es wurde still. Ich war in Glas gegossen, eine Fliege in Bernstein. Ich hatte eine Distanz zwischen mir und allem um mich herum, obwohl ich nach wie vor mit eigenen Augen sah. Aber gleichzeitig sah ich mich aus der Ferne. Geräusche, Gerüche, alles war weit, weit weg.

»Steh auf, Damastes«, sagte er. Die Fesseln waren nicht mehr da und ich gehorchte. Ich fühlte mich wie unter Wasser, langsam bewegte ich mich durch glasklaren Morast.

»Sehr gut«, sagte der Azaz. »Ruft den König.«

Wieder öffnete und schloss sich die Tür, und König Bairan stand vor mir. Er trat nahe an mich heran und inspizierte mich wie das Exemplar einer seltenen Spezies. »Hat es gewirkt?«

»Ja.«

»Ich hätte gern einen Beweis.«

»Gewiss.« Der Azaz überlegte. »Wie wäre es mit der Dalriada, die Ihr ihm gegeben habt?«

Der König schnaubte. »Das würde nichts bedeuten. Keinem Mann liegt etwas an einer Hure, schon gar nicht, wenn sie nur eine Sklavin ist.«

Ich verspürte Zorn, aber er war weit weg, fast so, als schildere mir ein anderer das Gefühl.

»Ich habe es«, sagte der Azaz. Er winkte und einer der Männer in Kutten trat heran. Der Azaz sprach leise mit ihm, der Mann nickte und ging hinaus. Eine Weile standen wir drei nur da. Ich spürte nichts, keine Sorge, keine Langeweile. Als wäre ich aus Stein.

Die Tür öffnete sich und der Mann in der Kutte trat wieder ein. Er hatte Karjan dabei.

»Geh zu deinem Herrn«, befahl ihm Azaz.

Karjan blickte ihn argwöhnisch an, gehorchte jedoch. Er starrte mich intensiv an. »Tribun?«, fragte er, als spüre er, dass etwas nicht in Ordnung war.

»Ja?«

»Seid Ihr –«

»Schweig!«, fuhr der König ihn an, und Karjan zuckte zusammen und gehorchte. »Ihr beiden«, fuhr der König fort. »Haltet den Mann.«

Die beiden Männer mit den Kapuzen hielten Karjans Arme fest. Der König zog seinen Dolch und hielt ihn mir mit dem Knauf voran hin.

»Damastes«, sagte der Azaz fast säuselnd, und zum ersten Mal sah ich Erregung in seinem Blick. »Nimm das Messer.«

Ich gehorchte.

443

»Töte den Mann.»

Karjan gingen vor Überraschung die Augen auf. Ich nahm das Messer vorsichtig entgegen, und sein Mund öffnete sich, vielleicht, um vor Entsetzen zu schreien. Ich stieß Karjan den Dolch in die Brust, im Winkel nach oben, um ihm die Klinge ins Herz zu bohren. Blut spritzte und lief das Heft des Messers herab über meine Finger.

Karjan, mein Offiziersbursche, mein Freund, mein Retter in einer ganzen Reihe von Schlachten, grunzte, dann erstarb das Licht in seinen Augen, die Knie gaben ihm nach. Die beiden Männer ließen ihn fallen.

»Gib dem König den Dolch zurück«, befahl der Azaz, und ich gehorchte.

König Bairan kniete nieder, wischte die Klinge an Karjans Hemd ab und steckte den Dolch in die Scheide zurück. »Gebt ihm seine Befehle«, sagte der König, und seine Stimme war vor Erregung belegt.

»Damastes, hörst du mich?«

»Ja.«

»Wirst du mir gehorchen?«

»Ja.«

»Wir werden dich freilassen. Dich und die anderen Numantier. Wir geben euch freies Geleit nach Penda, dort warten eure Armee und euer Imperator auf euch. Du gehst zu ihm und sagst ihm, dass du allein mit ihm sprechen musst.

Und dann tötest du ihn.«

21 *Das heilende Feuer*

Zwei Tage darauf verließen alle überlebenden Numantier das Octagon in Richtung der numantischen Linien um Penda; man tauschte Gefangene aus. Ich erinnere mich kaum an die Reise, außer dass es kalt und nass war, aber es war mir egal. Wieder dienten uns die Taezli, die Königliche Kavallerie, als Eskorte, da ich mich an Reiter in vertrauter Uniform erinnere. Ich war ein winziger Damastes, der in der Fruchtblase des größeren Damastes schwamm, den der Azaz und König Bairan geschaffen hatten. Ich konnte zusehen, ich konnte zuhören, ich konnte sogar teilhaben, solange ich nicht zuließ, dass auch nur der geringste Gedanke an die mir gestellte Aufgabe nach oben kam.

Svalbard fragte mich, was mit Karjan passiert war. Ich weiß nicht mehr, was ich geantwortet habe. Er starrte mich merkwürdig an und fragte, ob etwas nicht stimme. Ich – mein wirkliches Ich – schaffte es, ihn anzublaffen, dass alles in Ordnung sei, er solle wieder seinen Pflichten nachgehen. Er schlug sich die Faust an die Schulter und gehorchte, und als er ging, spürte ich den Zorn des anderen, des falschen Damastes in mir. Ich hatte Svalbard das Leben gerettet, denn hätte er auf einer Antwort bestanden, wäre er gestorben. Ich hätte einen weiteren Freund umgebracht, ohne zu zögern, wie schon Karjan.

Dieser Augenblick gab mir, dem *wirklichen* mir, etwas Hoffnung. Ich war nicht ganz und gar in der Gewalt des anderen. Mir fielen die Hefeblasen im Sauerteig der Köchin bei uns zu Hause ein. Derlei kleine Gedanken waren erlaubt. Aber wenn sie nach oben kamen und durchbrachen, dann würde dem anderen Damastes, dem Mörder, klar werden, dass er mich nicht so in der Hand hatte, wie er gedacht hatte. Dann würde er mich weiter hinabtreiben, viel-

445

leicht bis ich ertrank und nicht mehr war. Dann wäre das Schicksal des Imperators besiegelt.

Während des Ritts, als weitere Tage vergingen, kamen mir Fetzen einer Idee, die ich vor dem anderen Damastes versteckte. Im Grunde war es weniger eine Idee als eine verzweifelte Hoffnung, die höchstwahrscheinlich unsinnig war. Aber ich hielt daran fest, so sehr ich nur konnte, ohne die »Blasen« den Damastes sehen zu lassen, in dessen Körper ich dahintrieb. Dieser Damastes aß, schlief, gab Befehle, wenn es nötig schien, aber auf seine eigene Weise trieb er genauso dahin wie ich; er würde erst richtig zum Leben erwachen, wenn er dem Imperator gegenüberstand.

Ich bemerkte benommen, dass wir stets von Soldaten umgeben waren – frischen Rekruten, alten Hasen; sie alle marschierten gen Penda und auf die Schlachtfelder zu. Die andere Erinnerung, die ich habe, ist das Bild des maisirischen Volkes, das gegen die uniformierte Flut anschwamm auf seinem Weg tiefer nach Maisir herein, weg von den Kämpfen, weg von den Soldaten. Sie reisten auf Pferden, schwer beladenen Karren, zu Fuß, schleppten das bisschen, was sich tragen ließ, voller Hoffnung auf einen Zufluchtsort.

Wir waren fast schon in der Zeit der Stürme; Regen, dann Schnee und Wind droschen auf diese armen Wanderer ein, und wir stießen immer wieder auf Leichen neben den primitiven Wegen, denen wir folgten, Leichen, die gnädigerweise vom rasch fallenden Schnee zugedeckt wurden.

Mir war nicht kalt, ich spürte die Nässe nicht, ich war wie ein Baby kurz vor der Geburt, das nicht in diese raue Welt wollte. Ich würde geboren, um auf der Stelle zu sterben, denn kaum hätte ich den Imperator getötet, träfe der nächste Stoß mich.

Und wenn schon? dachte ich dumpf. Dieses Leben war eine Last. Ich hatte alles verloren, meinen Herrscher, meinen Respekt, meinen Freund – und bald wäre es auch mit meiner Ehre vorbei, denn wer würde je glauben, dass ich im Banne eines Zaubers stand, wenn ich die größte Sünde überhaupt beging und den Vater unserer Nation ermordete? Man würde munkeln, Damastes habe sich von dem bösen maisirischen König anwerben lassen, seinen besten Freund und Herrscher zu meucheln. Vielleicht würde man mir etwas Ruhe gönnen, wenn ich auf das Rad zurückkam, bevor Saionji in ihrem harten Urteil – und ich wusste, es würde hart ausfallen für einen Königsmörder, einen Verräter, ein Ungeheuer – mich ins Leben zurückspuckte in irgendeiner schrecklichen, niedrigen Form, um für meine Sünde zu büßen.

Ich hatte noch genügend Leben in mir, um es zu spüren, als wir uns Penda und dem Schlachtengetümmel näherten. Ich spürte Blut, den scharfen Stich der Gefahr, und regte mich, wachte ein wenig auf. Der andere Damastes spürte mich und zwang mich wieder nach unten. Ich gab vor zu gehorchen und breitete eine Decke des Nichts über mich. Dann waren wir an der Front – schmutziger grauer Schnee, Leichen, zerschmetterte Bäume, Ruinen.

Verhandlungen, uns in die Stadt zu lassen, begannen. Ich achtete kaum darauf. Der andere Damastes wurde immer lebendiger, je wacher seine Sinne wurden, um für die größte, die einzige Aufgabe seines kurzen Lebens bereit zu sein.

Numantische ersetzten die maisirischen Uniformen, und ein großer Jubel darüber begann, endlich wieder sicher, unter Freunden zu sein. Der andere Damastes gab vor, sich zu freuen, und sagte dem Mann, der für den Gefangenenaustausch verantwortlich war, meinem Freund, dem Tribun Linerges, Damastes hätte eine dringende Nachricht für den Imperator.

»Euer Wunsch trifft sich mit meiner Order«, sagte Linerges. »Ich soll Euch auf der Stelle zu ihm bringen.«

Der andere Damastes brachte Freude zum Ausdruck, und wir passierten die Linien, die Stellungen, Pendas zerstörte Straßen und Ruinen zu einem Palast im Herzen der Stadt, in dem der Imperator sein Hauptquartier hatte.

Ich war unbewaffnet, aber spielte das eine Rolle? Einen schmächtigen Mann wie Tenedos brachte ich auf hundert Arten mit bloßen Händen um, bevor einer dazwischentrat.

Meine Sicht klärte sich etwas, aber mir war, als sehe ich alles als

Reflexion eines auf Hochglanz polierten Kupferspiegels. Alles war rot, gelb und orange. Ich begann in Panik zu geraten, ich suchte meine Chance, meine einzige Chance, denn die Zeit wurde knapp.

Wir traten in einen großen Raum voller mit Karten bedeckter Tische. Ein Feuer loderte in einem großen Kamin, neben dem Imperator Tenedos stand. Er war schlicht gekleidet, wie ein Gemeiner, nur dass seine Uniform aus feinster schwerer Seide und seine Stiefel spiegelblank poliert waren.

Ich wollte schon niederknien, aber Tenedos hob eine Hand. »Nicht doch, Damastes, mein bester Freund. Willkommen zu Hause, willkommen in der Sicherheit.«

Ich erhob mich und trat auf ihn zu, etwas schneller mit jedem Schritt. Bestürzung zuckte ihm übers Gesicht; ich hatte die Hände hoch genommen, zu Krallen geformt, bereit, ihm die Gurgel herauszureißen, und irgendwo hinter mir hörte ich vage Linerges' Entsetzensschrei.

Aber ich, der alte Damastes, war zu raffiniert für den neuen und seinen Schöpfer, den Azaz, und König Bairan von Maisir. Noch bevor meine Hände den Imperator erreichten, warf ich mich seitwärts in das sengende Feuer mit seinen hochschlagenden Flammen.

Ich spürte den anderen Damastes vor Entsetzen aufschreien, dann griffen auch schon die freundlichen Flammen nach mir, hielten mich, nahmen mich auf, umarmten mich, und ich spürte nichts mehr als glutroten Schmerz, dann war alles vorbei.

Ich hatte erwartet, beim Aufwachen endlich Saionji oder eine ihrer Manifestationen oder Dämonen zu sehen oder – besser noch – überhaupt nicht mehr aufzuwachen, durch ihre Krallen gerutscht und in die Freuden absoluter Vergessenheit gefallen zu sein. Stattdessen spürte ich weiches Linnen unter und über mir, die Wärme einer Decke, und ein parfümierter Wind strich mir um die Nase.

Ich öffnete die Augen und sah mich in einer großen Schlafkammer, in einem Luxusbett. Imperator Tenedos saß neben mir. »Schön, dich wiederzuhaben, Damastes, mein Freund«, säuselte er.

Vielleicht …

»Nein, du träumst nicht«, sagte er. »Und du bist auch nicht tot.«
Aber ich erinnerte mich an das Feuer, den brennenden Schmerz
am ganzen Körper, und bekam es mit der Angst, einer Angst, die
jeder Soldat eingestand. Es gibt schlimmere Schicksale als den Tod:
verstümmelt zu werden, verkrüppelt, entmannt, so verunstaltet zu
werden, dass selbst die eigene Mutter schaudernd vor einem zurückschreckt. Ich hatte Shahriya Männer und Frauen umarmen sehen, die trotzdem noch lebten, ihre Haut verschrumpelt, verworfen
wie Treibholz, jede Bewegung ein einziger Schmerz. Aber ich hatte keine Schmerzen. Ohne dass ich es gewollt hätte, hob sich meine Hand und berührte mein Gesicht. Ich spürte weiche, warme, gesunde, narbenlose Haut.

»Nein«, fuhr der Imperator fort. »Du hast auch keine Narben.«
Er lächelte grimmig. »Ein Zauber hat dafür gesorgt.«

»Wie?«

»Willst du das wissen? Willst du das wirklich?« Ich hätte nicht
nicken sollen. »Es gab da drei maisirische Gefangene. Maisirische
Edelfrauen, oder jedenfalls gaben sie sich als solche aus. Sie täuschten Leidenschaft für zwei meiner Dominas vor, die töricht genug
waren, sich darauf einzulassen. Der Festschmaus war vergiftet und
meine Soldaten fanden statt Liebe den Tod.

Ich hatte einen schrecklichen Tod für die Frauen geplant, so wie
ich jeden Zivilisten zu Tode bringe, der einem meiner Offiziere zu
schaden wagt. Dann kam mir ein anderer Gedanke, nachdem du …
nachdem du getan hast, was der maisirische Zauber dich zu versuchen zwang. Mit einem Zauber häutete ich die drei Frauen bei lebendigem Leib. Ihre Haut hat die deine ersetzt, und in deinen
Adern fließt etwas von ihrem Blut.

Es war eine finstere Tat – aber eine, die mein Gewissen nicht be-
lastet. Ich selbst hatte einen noch schwärzeren Preis zu bezahlen,
aber ich habe ihn gern bezahlt, nicht nur als dein Imperator, sondern als dein Freund. Ich brauche dich, Damastes. Und ich stehe tief
in deiner Schuld.«

Ein Teil von mir erschauerte bei den Worten des Imperators, ein anderer jedoch kochte vor Zorn. Er brauchte mich wieder? Wie wollte er mich diesmal verraten?

Aber der Imperator fuhr fort:

»Du hast fünfzig Tage wie eine Leiche dagelegen in dieser Zeit des Sturms, kaum geatmet, nur Brühe zu dir genommen, und auch das nur selten, trotzdem ist es ein wahres Wunder, dich so rasch wiederzuhaben. Ich weiß alles, Damastes á Cimabue. Während du zwischen den Welten schwebtest, zwischen Leben und Tod, habe ich mit Hilfe eines weiteren Zaubers den schrecklichen Fluch entdeckt, mit dem König Bairan und sein Lakai dich belegt haben, dass du den getreuen Karjan ermordet hast und mich meucheln solltest.

Das war ungeheuerlich und die beiden Schweine werden auf ungeheuerliche Weise dafür bezahlen. Denn dieser Krieg hat erst begonnen. Willkommen zu Hause, Damastes. Ich brauche dich jetzt für größere Taten und wir werden zusammen unserem größten Triumph entgegengehen.« Tenedos stand auf.

»Ja«, fuhr er fort. »Ich brauche dich, um meine Armee zum Sieg zu führen. Denn wir sitzen hier in Penda ganz aussichtslos fest. An eine Umkehr ist jedoch nicht zu denken. Es kann nur ein Ende geben – entweder die Zerstörung Maisirs oder Numantias.

Und du wirst dafür sorgen, dass es nicht Numantia ist.« Ohne auf eine Antwort zu warten, eilte er hinaus.

Welche Gefühle ich darauf hatte? Eine bessere Frage wäre, welche nicht. Stundenlang ging in meinem Kopf alles durcheinander. Ich war am Leben und dafür sollte ich dankbar sein. Aber ich hatte nach wie vor große Schmerzen und ein Teil von mir zog noch immer die Vergessenheit einer Rückkehr ins Leben vor. Ich war Tenedos dankbar, während ein anderer Teil von mir grollte, mein Dienst bei ihm würde nie ein Ende nehmen und dass er mich selbst aus dem Grab zurückholen würde, ja bereits aus dem Grab zurückgeholt hatte, um auch den Rest seiner Visionen – seiner unrealistischen Wahnvorstellung – verwirklicht zu sehen.

Aber ich hatte keine Wahl und so konzentrierte ich mich darauf, wieder zu Kräften zu kommen. Ich war heil, aber schwach. Heil ja – aber als ich mir einen Spiegel suchte, stellte ich Veränderungen fest. Die offensichtlichste betraf mein Haar, von dem kaum noch Stoppeln übrig waren, schließlich hatte es im Feuer wie eine Fackel gebrannt, und ich befürchtete, es würde womöglich nie wieder in der alten Pracht nachwachsen.

Ich war noch immer gefühllos, gleichgültig gegenüber allem und jedem. Nur ein Funke war mir geblieben und das war die vage Hoffnung, irgendwie Alegria wiederzufinden. Das führte zu einer anderen Erkenntnis. Die einzige Möglichkeit, sie wiederzufinden, bestand darin, genau das zu tun, was der Imperator wollte: diesen Krieg zu gewinnen.

Ich wusste nicht, weiß noch immer nicht, ob der Imperator über Alegria Bescheid wusste und darüber, welchen Einfluss meine Liebe auf mich haben würde. Vielleicht wusste er alles, schließlich war er raffiniert genug, alles andere herauszufinden, was in Jarrah passiert war, und dieses Wissen, wie mir plötzlich klar wurde, einzusetzen wie jedes Werkzeug, jeden Menschen – als Mittel zum Zweck.

Und ich hatte einen Eid geschworen. Das brachte mich denn mehr als alles andere wieder ins Leben zurück.

Auf Immer Treu.

Na schön. Man verwehrte mir den Tod, man verwehrte mir die Vergessenheit. Dann würde ich, so schwor ich mir grimmig, eben beides austeilen. Das genau schien Irisus Wunsch zu sein. Irisus – oder wahrscheinlicher noch Saionjis und ihrer Manifestation als Tod.

Na schön. Ich würde mir diese Manifestation zur Braut, zu meiner Avatara nehmen und sie willkommen heißen, die Todesgöttin auf ihrem fahlen Ross, das Schwert gehoben, das Leuchten des grinsenden Schädels unter dem schwarzen Tuch.

So würden wir von nun an zu dritt sein: der Imperator, ich selbst und Saionji.

So lasst die Welt denn schreien vor Entsetzen und Pein.

22 *Der Ausbruch*

Am dreizehnten Tag der Zeit der Geburten brach die numantische Armee in südlicher Richtung aus dem Kessel von Penda aus. Wir hatten drei Ziele: die Vernichtung der maisirischen Armee, die Einnahme und Besetzung Jarrahs und, auch wenn dies unausgesprochen und etwas verschwommen blieb, den Sturz von Bairan. Seine einzige Chance würde darin bestehen, dem Imperator als Vasall zu dienen.

Fast ein Jahr war vergangen seit dem Beginn des Krieges, fast die Hälfte davon hatten wir im Kessel von Penda zugebracht. Als ich in der Lage war, schwankend mein Krankenbett zu verlassen, sah ich mich von Problemen und deren Ursachen überschwemmt. Als Erstes gehorchte ich meinem eigenen Gebot und befahl meinen Untergebenen, die mich wie Moskitos umsummten, mich verdammt noch mal in Ruhe zu lassen, bis ich sie rief, es sei denn, dass ein wirklicher Notfall vorlag.

Dann rief ich, mit Erlaubnis des Imperators, alle Tribunen und Generäle zusammen. Meine Ansprache an sie war kurz und pointiert: Wir befanden uns im Krieg. Wir würden diesen Krieg gewinnen. Falls nötig, würde ich ihn selbst gewinnen und den letzten Maisirer mit dem Kopf des letzten Generals erschlagen, der die Frechheit hatte, meine Befehle in Frage zu stellen. Dies zeitigte ein Grinsen bei denen, an deren Grinsen mir lag, eine ausdruckslose Miene bei einigen der anderen. Sie merkte ich mir; sie schienen meiner Aufmerksamkeit wert.

Yonge und Le Balafre blieben zurück. »Kämpfen wir nun endlich?«, fragte Yonge. »Oder soll ich meinen Männern sagen, neben den Löchern, in denen sie hausen, für eine weitere Ernte zu säen?«

Le Balafre antwortete für mich. »Wir kämpfen.«

»Gut«, sagte Yonge und lächelte schief. »Aber gewinnen wir auch?«

»Es bleibt uns wohl nichts anderes übrig«, antwortete ich.

»Man hat immer die Wahl«, meinte der Kaiter. »Möglicherweise freilich eine, die keinem schmeckt.«

»Defätist«, sagte Le Balafre grinsend.

»Raus mit Euch beiden«, befahl ich. »Es wird Zeit, dass endlich alle an die Arbeit gehen.«

Höchste Zeit, wenn es nicht gar zu spät war. Die Probleme waren einfach und begannen, nicht ganz unerwartet, oben, mit dem Imperator. Es ist eine Sache, einer Einheit den Angriff auf eine Anhöhe zu befehlen, die in Sichtweite ist, ja selbst auf eine Kreuzung, die vom bequemen Generalszelt auf dem Hügel aus zu sehen ist. Ein anderes Paar Stiefel ist es, eine Armee im Griff zu behalten, die über fünfundzwanzig Werst um eine schäbige, halb zerstörte Stadt verteilt liegt, eine Armee mitsamt Tross. Der Imperator hatte die Kontrolle verloren, ironischerweise aufgrund desselben Fehlers, wegen dem er mit seinem neuen Schwager, Auguin Guil, beim Manöver Schlitten gefahren war.

Kontrolle war alles. Wenn er angriff, dann verstießen seine Manöver gegen eine eiserne Grundregel: Such dir ein einziges Ziel und schlage dann mit aller Kraft zu. Der Imperator schwankte, ohne sich je auf einen Plan festzulegen, und so gelang ihm auch nichts. Alle seine Pläne kosteten mehr numantischen als maisirischen Soldaten das Leben. Und die Maisirer konnten sich diese Menschenopfer leisten, wir nicht.

Ich hatte so etwas befürchtet, als ich im Octagon gehört hatte, unsere Armee stecke fest. Aber alles, was mir blieb, war der Schwur, meinen Imperator nie wieder in eine so unmögliche Situation geraten zu lassen. Dazu waren wir, seine Tribunen und Generäle, schließlich da, und ich sah Tenedos' Versagen eher als das unsere als das seine. Immerhin war er der Imperator, der Herrscher, kein General, auch wenn er davon träumte. Aber wir haben schließlich alle Träume, die nicht zu erfüllen sind.

453

Wer hätte das besser wissen sollen als ich, dessen Träume fast alle mit einer Burg namens Irrigon abgebrannt waren; und der, den ich noch hatte, befand sich im Herzen des Feindeslandes. Ich versuchte, nicht an Alegria zu denken, und machte mich wieder an unsere Probleme.

Der Imperator hatte, wie ich aus persönlichen Beobachtungen wusste, einen weiteren Fehler, dessen ich mir zuvor nur am Rande bewusst gewesen war. Er suchte sich Günstlinge, wie das ein König zu tun pflegt, nur hatten die seine Gunst womöglich nur für eine Stunde, für einen Tag. Dann salbte er einen anderen und mit den glorreichen Träumen des ersten war es vorbei. Meiner Ansicht nach war Tenedos wankelmütig, bis ich sah, dass er das absichtlich machte, obwohl ich nie hätte sagen können, ob sich dessen bewusst war oder nicht. Solange sich ein Höfling Gedanken über seinen Augenblick in der Sonne machte, solange plante der Mann nichts gegen ihn. Selbstverständlich dachte niemand an eine Verschwörung gegen ihn, aber ich nehme an, gekrönte Häupter können nie so ganz sicher sein, ob sich hinter einem Lächeln nicht ein Dolch verbirgt. Wieder einmal war ich froh, nie davon geträumt zu haben, mehr zu sein als nur ein schlichter Soldat.

Das Problem war nicht zu lösen, aber, nachdem ich es erst einmal erkannt hatte, leicht zu umgehen. Ich verfolgte einfach nur meine eigenen Pläne, sprach sie regelmäßig mit dem Imperator ab und achtete nicht weiter darauf, welcher General am Abend zuvor an der kaiserlichen Tafel gesessen hatte und weshalb ich nicht eingeladen war.

Ich hatte mich um andere persönliche Angelegenheiten zu kümmern. Meine drei Stabsfeldwebel – Svalbard, Curti und Manych – bekamen ihr Offizierspatent und wurden Legaten, und zu den Höllen mit jedem, dem ob ihrer »für einen Offizier unziemlichen Manieren« die Spucke wegblieb. Wir brauchten Krieger, keine Tanzlehrer. Außerdem beförderte ich Balkh, den einst übereifrigen jungen Legaten aus Kallio, zum Kommandeur meiner Roten Lanciers, die ich durch eiskalte Plünderung anderer Einheiten wieder auf die Sollstärke bringen ließ.

Soweit ich mir überhaupt Gedanken an persönliche Angelegenheiten gestattete, hätte ich gern mehr über meine Exfrau erfahren, wusste aber, so subtil ich die Angelegenheit auch angehen mochte, es würde nicht unbemerkt bleiben, und irgendjemand würde den Kopf über den armen Damastes schütteln, der noch immer nach *dieser Frau* verging. Also fragte ich nicht und erfuhr so viel, dass sie immer noch im Exil auf Irrigon weilte und sich so mancher über sie lustig machte, seit ihr kaltblütiger Versuch, sich den Imperator zu angeln, fehlgeschlagen war.

Mein geheimstes Problem jedoch war mein Mord an Karjan. So sehr ich mir auch einredete, unter der Kontrolle eines anderen gehandelt, keinen eigenen Willen gehabt zu haben, ich schämte mich dieser schmutzigen Tat. Ich fragte mich, ob Blut die Angelegenheit wohl bereinigen könnte, und beschloss es wenigstens zu versuchen. Allmählich jedoch trat das Ganze in den Hintergrund, je mehr ich mich in anderen Sorgen vergrub.

Numantia hatte im Jahr zuvor eine miserable Ernte gehabt, und es dauerte ewig, bis Nachschub da war, der obendrein allzu oft unterwegs verdarb.

Dasselbe galt für den Ersatz bei den Mannschaften. Wir hatten die Grenze mit fast zwei Millionen Mann überschritten und fast hundertfünfzigtausend davon waren verwundet, vermisst oder tot. Wir brauchten nicht nur Ersatz, um die Armee wieder aufzubauen, sondern auch mehr Soldaten für den Ausbruch aus Penda. Die neuen Gardekorps mussten ihre Ausbildung, egal in welchem Stadium sie sich befand, beenden und sich gen Penda in Marsch setzen; sie steckten dabei große Verluste ein. Die Armee hatte kaum große Anstrengungen unternommen, sich mit den maisirischen Bauern anzufreunden, als sie über die Grenze ging, und ihre Furage kaiserlicher Taktik gemäß im Umland »organisiert«.

Jetzt hatten wir in unserem Rücken statt einer unterworfenen und kooperationsbereiten Bevölkerung eine Unzahl von »Banditen«, denn was sollte einer schon machen, dem man das Vieh weggetrieben, die Felder abgeerntet, die Speisekammer ausgeräumt und – zu meiner großen Scham – allzu oft auch die Frau geschändet hat? Numantia hatte Gesetze, die eine derartige Barbarei verboten, aber wer war schon bereit, sie durchzusetzen, zumal die Armee selbst nur durch organisierte Plünderung über die Runden kam?

Diese Verbrechen schufen Partisanen, die Unterstützung bei den Negaret fanden, die ihrerseits viel zu gescheit waren, um sich unseren Soldaten in einem offenen Kampf zu stellen. Stattdessen machten sie uns mit kleinen Überfällen zu schaffen, schnitten unseren Nachschub ab und plünderten ihn. Was Versprengte anbelangte – falls es sich um einen Offizier handelte, dem man seinen Reichtum ansah, so konnte er freigekauft werden. Manchmal. Ein einfacher Soldat dagegen war verloren. Man konnte noch von Glück sagen, wenn man als Sklave verkauft wurde.

Neue Einheiten, im Kampf noch unerfahren, mussten zahllose kleine Stiche einstecken, wobei sie jedes Mal ein, zwei Mann verloren. Wie ein Pferd, das von Stechmücken schier in den Wahnsinn getrieben wird, schlug man auf dem Marsch nach allen Richtungen aus, und die Bauern, denen man übel mitspielte, schlossen sich rasch den Banditen an.

Die beste Lösung, auf die ich kam, bestand darin, Kavallerie abzustellen, die die »Neuen« mitsamt dem Nachschub von einer Garnison zur nächsten eskortierte – wodurch ich mit einem anderen meiner Gebote brach, was das Zusammenhalten meiner Reiterei als geschlossene Einheit anging. Diese Einheiten in der Etappe fehlten mir natürlich in »meiner« Armee. Aber der verstärkte Zufluss von Nachschub und frischen Leuten machte das wieder wett, und wir bauten unser Heer nach und nach wieder auf.

Ich betrieb eigenhändig Aufklärung unsere ganze Linie entlang, wobei ich mich nach Schwachstellen umsah. Der Imperator wollte einen Frontalangriff auf der ganzen Linie, was wie schon seine anderen Ausfälle zum Scheitern verurteilt war. Unsere Debatten gerieten einige Male zu lautstarken Wortgefechten, und wenn der gesunde Menschenverstand allzu sehr strapaziert wurde, ging schließlich das sprichwörtliche Temperament der Cimabuaner mit mir durch und ich fuhr ihn an: »Was bei allen Höllen wollt Ihr denn eigentlich? Dass Eure ganze verdammte Armee im Gleichschritt aufs Rad zurückmarschiert? Wenn dem so ist, dann sucht Euch verdammt noch mal einen Tribun, der sie dabei führt.« Ich stapfte hinaus. Tenedos erwischte mich, bevor ich mein Pferd erreicht hatte, beschwichtigte mich und holte mich in seine Kammer zurück.

Sein Verhalten änderte sich, als wäre er nichts weiter als ein gewöhnlicher Zauberer und ich sein Gehilfe – wie in längst vergangenen Zeiten. Er schenkte sich ein Glas Branntwein ein und mir einen Saft, der nicht völlig nach aufgekochtem und in Quellwasser eingeweichtem Trockenobst schmeckte. Dann sagte er, den Stahl seiner Stimme in Samt gehüllt: »Also, wo *greifen* wir denn nun an?«

Während ich auf die Karte von Penda starrte, fiel mir ein Hügel ein, der in die maisirischen Stellungen hineinragte, die kaum mehr als hastig aufgeworfene Schanzen waren. Hinter diesem Hügel konnte man nach Belieben Mannschaften zusammenziehen, wenn die Magie des Imperators ausreichte, sie vor den maisirischen Zauberern zu verbergen. »Hier«, sagte ich und tippte auf den entsprechenden Fleck.

»Dann macht es«, sagte er.

»›Ihr befehlt mir‹, wie die Maisirer sagen«, antwortete ich. Das endlose Planen begann, stets im Geheimen aus Angst vor der Entdeckung entweder durch Spione, denn schließlich gab es noch Maisirer in Penda, oder durch Zauberei. Der Imperator schwor, er und die Chare-Brüder seien in der Lage, sämtliche derartige Versuche zu durchkreuzen, obwohl er trocken hinzufügte, wenn einer einen wirklich wirksamen Zauber legen würde, dann wäre der so verborgen, dass ihn niemand enthüllen könnte.

Nachdem der Plan fertig war, wurde der Generalstab eingeweiht und auf absolute Geheimhaltung eingeschworen. Dann begannen sich die Einheiten zu bewegen und verlegten ihre Stellungen an der Front. Ich riskierte es, die Einheiten der Kavallerie aus dem Nachschub nach Penda zu verlegen, um sicherzugehen, dass jeder Mann, jedes Pferd bereitstand.

Mein Plan war einfach: Erst sollten Spähtrupps, dann drei Korps der Kaiserlichen Garde über den Außenposten die maisirischen Linien angreifen. Sie sollten die Front aufbrechen, dann nach rechts schwenken in einem Versuch, diese aufzurollen. Durch diese Bresche würde ich die Hälfte meiner – oder besser Nilt Safdurs – Kavallerie schicken, die dann einen Bogen nach links beschreiben sollte, um die Maisirer von hinten anzugreifen. Die Infanterie wäre dann bereits durch die Bresche und könnte nach einem Schwenk den Elementen des Ersten Gardekorps zur Seite stehen. Dann könnte der Hauptteil der Armee durch die Bresche vorrücken und dem Beispiel der ersten Elemente folgen mit dem Ziel, die ganze maisirische Front zu zerschlagen.

Ich gab Yonge seine Befehle: Vorstoß geradewegs durch die Bresche und dann so tief, wie du nur kannst. Du hast schwere Kavallerie und berittene Infanterie hinter dir. Treib den Angriff voran, bis die Verluste zu groß werden, dann lass die stärkeren Einheiten durch. Dann konzentriere dich darauf, so großen Schaden anzurichten, wie es nur geht.

»Ihr wollt damit sagen, Ihr beabsichtigt tatsächlich, einige von uns Spähern am Leben zu lassen, und dass wir uns nicht an den maisirischen Stellungen aufreiben sollen? Was für ein origineller Plan.«

»Nicht weil mir so viel an Euch läge«, sagte ich. »Es ist nur einfach zu teuer, eine neue Einheit von Drückebergern heranzuziehen.«

»Wurde aber höchste Zeit«, meinte Yonge, »dass ein Quentchen Verstand im Oberkommando Einzug hält. Welt, sieh dich vor. Das Ende ist nahe. Umar wird aufwachen, Irisu nimmt den Kopf aus dem Arsch, und Saionji bekommt eine neue Manifestation als Göttin der Lämmer und Gänseblümchen.«

Ich musste lachen. »Ihr könnt gehen.«

Die Chare-Bruderschaft schickte ihren Zauber aus. Wäre ihre Magie zu sehen gewesen, unsere Front hätte ausgesehen, als hätte man dahinter Rauchtiegel aufgestellt, deren dicke Wolken sich über die Maisirer hinwegwälzten, auf dass ihre Zauberer uns nicht sahen.

Der Angriff begann kurz vor dem Mittagsmahl.

Es muss schrecklich gewesen sein, die Numantier in massierter Formation über den Hügel kommen zu sehen. In hohem Bogen stiegen Pfeile auf, Speere bohrten sich durch die Luft, unsere Männer gingen zu Boden, aber die Lücken in unseren Linien waren rasch geschlossen, und der Moloch wälzte sich weiter und brach die Front der Maisirer auf.

Der Imperator und ich standen auf einem kleinen Außenposten und sahen zu, wie unsere Armee hinab in das Blutbad strömte. Die erste unserer Standarten erreichte das freie Gelände auf der anderen Seite der maisirischen Front. Ich winkte einem Kurier. »Geh er zu Tribun Safdur und sag ihm, dass er mit meinen besten Wünschen angreifen soll!«

»Sir!«

Svalbard stand in der Nähe; er hielt mein Pferd.

»Eurer Majestät«, sagte ich, »dann reite ich jetzt nach vorn.«

»Das dachte ich mir schon«, bemerkte Tenedos trocken. »Und ich kann hier auf und ab laufen und nichts weiter tun, als ein paar Formeln zu sprechen.«

»So bin ich nun mal, Euer Hoheit. Selbstsüchtig wie eh und je.«

Wir grinsten einander an, und einen Augenblick war es, als wäre es nie zu einem Verrat gekommen. Aber die Erinnerung holte mich ein, ich wandte mich ab und saß auf. Mein Ross war ausgezeichnet, ein fünfzehnjähriger Hengst mit einer Blesse, der einst Rennen für einen maisirischen Blaublüter gelaufen war. An die Schlacht war er freilich noch nicht gewöhnt und so tänzelte er nervös. Ein ausgezeichnetes Reittier, aber er war weder Lucan noch Rabbit. Ich hatte ihn Brigstock getauft.

Hinter dem Außenposten standen meine Roten Lanciers bereit, die Infanteriemäntel trugen, um meine Anwesenheit an der Front nicht preiszugeben. Auf mein Zeichen rief Capitain Balkh seine Befehle und alles saß auf und warf die graue Camouflage ab. Vielleicht hätte ich hinten bleiben sollen, um die Schlacht zu dirigieren. Aber ich hätte mir nur etwas vorgemacht. Ich – oder besser der Imperator – hatte kompetente Tribunen und Generäle. Die Zeit war gekommen, auf sie zu vertrauen.

Ich wollte Blut sehen und das Beben meines Schwertes spüren, wenn es auf Knochen traf. Aber vielleicht suchte ich auch etwas anderes. Wer weiß.

Im Trab ging es den Hügel hinab, auf meinen Flanken Brust an Brust die Lanciers.

Hinter uns kam die numantische Kavallerie, grimmig hinter Bannern und unter Trompetenschall. Mehr als hunderttausend Kavalleristen ritten diesen Hügel hinab in die Schlacht.

Unsere Garde befand sich noch in Formation, obwohl die Schlacht sich bereits in die Strudel des Handgemenges aufzulösen begann. Dann sahen die Maisirer die Kavallerie und über die Schreie der Sieger und das Geheul der Sterbenden hinweg hörte ich ihr Geschrei.

Die Lanzen wurden eingelegt. Der Feind zögerte, dann lief er davon. Zuerst nur einige wenige, dann immer mehr, und schließlich brach die weichende Front. Wir ritten durch die Überreste der ersten Linie nach hinten. Soldaten, die tapferer und gescheiter waren, bildeten ein Karree – eine solide Mauer greift ein Pferd nämlich nicht an. Ich gab Befehl zum Galopp und schon griffen wir an. Brigstock lief, genau wie ich es beabsichtigt hatte, den Lanciers davon.

Zwanzig Fuß vor uns befand sich die Wand aus Speeren, dann zehn, und kurz bevor wir sie erreichten, stellte ich mich in den Steigbügeln auf und riss die Zügel meines Pferdes zurück. Ganz der Springer, den ich in ihm vermutet hatte, flog er los, anmutig, in hohem Bogen über die Speere hinweg, mitten ins Herz der Formation, und ich sah mich vor einem maisirischen Offizier. Meine Lanze erwischte ihn an der Brust, er taumelte zurück, packte die Lanze, riss sie mir aus der Hand. Ich zog das Schwert und riss Brigstock herum und zurück in die Front des Karrees. Aber sie war nicht mehr da. In dem Augenblick, in dem ihr Anführer gefallen war, brach die

Formation auf, die Männer warfen die Waffen weg und ergriffen Hals über Kopf die Flucht.

Capitain Balkh hielt neben mir an, die Augen vor Bewunderung tellergroß. Ich ließ ihn denken, ich sei ein Held – wenn er über das nachdachte, was da eben passiert war, dann würde ihm klar werden, dass ich das einzig Mögliche getan hatte, und das hat meiner Ansicht nach mit Heldentum nichts zu tun.

Wir trabten vor der unbesiegbaren Masse her, ohne groß auf die Maisirer zu achten, die sich rund um uns zurückzogen, es sei denn, dass sie versuchten, uns aufzuhalten oder sich zu wehren – oder wenigstens die meisten von uns. Ich sah einen Legaten, nicht einen meiner Lanciers, der einem Fliehenden den Speer in den Rücken stieß, so dass der Mann tot zu Boden fiel. Er schrie auf vor schierer Freude, und ich schnitt eine Grimasse dabei, diesen Mann zu hören, der dachte, einen Menschen zu töten sei ein Sport wie das Eberstechen. Der nächste Mann, den er attackierte, war jedoch um einiges gescheiter und warf sich herum, bevor die Lanze ihn erwischte, und zog sie an der Spitze tief in den Dreck. Die Lanze hob den Legaten über den Kopf seines Pferdes aus dem Sattel. Noch bevor er seine Sinne wieder beisammen hatte, war der Maisirer über ihm, ich sah einen Dolch hochgehen und fallen. Zweimal. Dann erwischte den Soldaten ein Pfeil, der ihn tot über den numantischen Kavalleristen warf, den er gerade getötet hatte. Wir ritten weiter.

Hier und da sammelten maisirische Offiziere und *Calstoren* ihre Männer, und Sehnen surrten, als Bogner ihre Pfeile verschickten. Ein Mann zu Pferd zielt nicht so genau, aber viele geschickte Bogner warteten, bis wir nahe genug waren, und schossen dann auf eine Gruppe, nicht auf den Mann. Es fanden sich einige Reiter, und es kam zum Kampf; ich tötete einige und wir setzten unseren Weg fort; meine Augen, meine Gedanken suhlten sich im roten Chaos der Schlacht.

Wir kamen über eine Hügelkuppe und sahen uns vor den Zelten im Rücken der maisirischen Front. Männer wie Frauen kreischten auf, als sie uns sahen, und liefen davon. Wie ein Wirbelwind fiel die

Kavallerie über das Lager her, warf die Lanzen weg, ging mit blitzenden Säbeln auf Menschen, Zelte und deren Seile los – Chaos breitete sich aus. Hier und da sah ich Männer absitzen und mit dem Plündern beginnen. Ein Mann trabte in ein Zelt, das noch stand, und kam einen Augenblick später mit einem schreienden jungen Mädchen über der Schulter wieder heraus.

Ich nahm Brigstock herum, beugte mich über seinen Hals, schlug dem Mann mit der flachen Seite meines Schwerts auf den numantischen Lederhelm, und er ging zu Boden. Das Mädchen lief in das Chaos. Ich hoffte, dass sie einer mit anderen Vorstellungen gefangen nahm.

Dann waren wir auch schon über die Zelte hinaus, die Offiziere befahlen schreiend, sich neu zu formieren, die Reiter bekamen sich wieder in den Griff und gehorchten. Wir fanden wieder zu einer Art Formation und waren bereit, uns durch die Linien durchzuschlagen, um uns den Gardekorps anzuschließen. Ich roch schon den Sieg.

Es bot sich kurz die Gelegenheit, sich umzublicken, um zu sehen, wie groß unsere Verluste waren: nicht allzu groß, und kaum mehr als ein, zwei Mann von meinen Lanciers.

Tribun Safdur gab seinem Pferd die Sporen und ritt, flankiert von zwei Hornisten und einem Fähnrich, nach vorn, bereit, den Angriff zu befehlen. In diesem Augenblick sah ich etwas, oder besser sah ich nichts – und schon gab ich Brigstock die Sporen und hielt im scharfen Galopp auf Safdur zu. Die Hornisten hatten bereits die Trompeten gehoben, und er rief ihnen zu, noch zu warten. Ich zügelte mein Pferd.

»Sir!« Er schlug sich mit der Faust auf die Schulter. »Stimmt etwas nicht?«

»Ja«, bellte ich. »Seht!« Ich wies auf die Schlachtlinie.

»Ich sehe nichts«, sagte er.

»Genau«, antwortete ich. »Wo sind der Rauch und der Staub? Wo wird gekämpft?«

Er spähte durch den Dunst. »Ich sehe nichts! Was ist los? Was ist passiert? Die Garden sollten doch –«

»Sollten«, sagte ich. »Aber sie sind nicht da! Und wir sind weit hinter den Linien. Ohne Unterstützung, verdammt noch mal!«

Safdur machte große Augen, als ihm klar wurde, dass wir uns in den Klauen einer Zange befanden, die jeden Augenblick zur Falle werden konnte. »Eure Befehle?«

Ich hätte ihn knurrend nach *seinen* Befehlen fragen sollen. Schließlich hatte nicht ich den Befehl über seine von den Göttern verdammte Kavallerie. Aber für Spitzfindigkeiten war jetzt keine Zeit. »Den Maisirern scheint nicht klar zu sein, dass sie uns haben – oder jedenfalls fast«, sagte ich. »Wir müssen zu unseren Linien zurück, bevor sie es kapieren!«

»Alles klar, Sir. Ich lasse zum Rückzug blasen.«

»Das werdet Ihr nicht«, bellte ich. »Wollt Ihr, dass eine Panik ausbricht? Wir ziehen uns nämlich nicht zurück. Wir gehen geradewegs durch sie hindurch. Haltet Euch«, ich wies auf einen von Pendas zerstörten Kirchtürmen in der Ferne, »in diese Richtung. Das Gelände ist ziemlich flach, ziemlich eben. Formiert Euer Regiment in einem weiten V. Wir halten nicht an, bis wir wieder in Penda sind.«

Safdur nickte hastig. Er war kein schlechter Offizier, vorausgesetzt, er entfernte sich nicht zu weit von seinen Vorgesetzten.

Die Trompeter bliesen ein neues Kommando und die Dominas des Kavallerieregiments kamen auf uns zugaloppiert. Safdur bellte seine Befehle und die Offiziere zogen sich zurück. Die Zeit wurde knapp – Staubwolken wiesen auf Infanterie auf dem Marsch hin, massive, tödliche Käfer, die kamen, um uns zu umzingeln und zu vernichten. Aber wir handelten zuerst, im Schritttempo, und die Regimenter bildeten im Vormarsch die befohlene Formation. Ich sah diese perfekte Maschinerie, alles bewegte sich wie ein geschmiertes Räderwerk, und meine Zuversicht kehrte zurück. Zu allen Höllen mit den Millionen von Feinden. Jeder von uns nahm es mit zehn, ach was, fünfzig von denen auf.

Wir griffen die Front ein zweites Mal an; die maisirischen Soldaten sammelten sich bereits und erwarteten uns. Aber wir überrannten sie und schlugen uns eine Schneise in die Sicherheit durch. Ich sah mich nach unserer Armee um, nach unseren Gardekorps. Ich sah sie, rechts von der Schneise, die sie in die Linien geschlagen hatten, aber kaum näher am Herz der Maisirer, als sie es vor einer Stunde gewesen waren, als wir sie passiert hatten – zur Hölle, als ich auf die Sonne blickte, stellte ich fest, dass das bereits einen halben Tag her war.

Sie saßen fest, hielten die Stellung. Warum? Aber die Frage musste warten, denn im Augenblick griffen fünfzig Mann schwere maisirische Kavallerie an in der Absicht, die nur leicht bewaffneten Lanciers zu zerschlagen. Aber wir spornten unsere Tiere zum Galopp an, schwärmten aus, dann waren wir unter ihnen und schon krachte Stahl auf Stahl. Ich schlug die Klinge eines Mannes im Panzer beiseite, mein Schwert schoss unter seinen Helm, das Blut spritzte und er erstickte daran.

Neben mir bewegte sich etwas, zum Teil sah ich, größtenteils spürte ich es, dann duckte ich mich auch schon, als mir ein Kriegshammer fast den Schädel einschlug. Aber der Mann, der ihn schwang, geriet aus dem Gleichgewicht, mir bot sich eine ungepanzerte Stelle an seiner Schulter, dann fiel er auch schon vom Pferd. Das Tier geriet in Panik, stieß Brigstock mit dem Kopf, worauf mein Hengst mit einem zornigen Wiehern hochging, dem Pferd den Huf an den Schädel schlug, so dass es taumelnd davonlief. Ich stand in den Steigbügeln und wäre beinahe nach hinten weggekippt, blieb aber im Sattel, als Brigstock wieder ins Lot kam. Stahl schlug mir gegen die Brust und ich hatte einen narbigen, grinsenden Maisirer vor mir. Er hatte einen Dolch in der einen Hand, den ich jedoch mit meinem Armschild abwehrte, bevor ich ihm die scharfe Kante des Schilds übers Gesicht zog, dann war er fort.

Svalbard erwehrte sich zweier Männer, die mit dem Rücken zu mir standen, also schlug ich zu, dann noch einmal, und er war sie los.

Schweiß blendete mich und der Atem rasselte mir durch die Lunge, als unsere Infanterie einen Ausfall unternahm und das breite V der Kavallerie durchbrach und zurück nach Penda fegte, zurück in die Sicherheit.

Ich überließ es Safdur, die Männer wieder zu sammeln, und machte mich auf die Suche nach einer Antwort.

»Ja«, sagte Tenedos fest. »Ja, ich habe den Halt befohlen.«

»Warum?« Ich hatte alle Mühe, an mich zu halten. Hinter mir standen Le Balafre, Petre, Herne und Linerges.

»Es war nicht der richtige Zeitpunkt«, erklärte er.

Irgendwie schaffte ich es, ihm nicht den Gehorsam aufzukündigen. »Sir«, sagte ich und hoffte, ich war nicht zu laut, »darf ich um eine Erklärung bitten?«

»Ihr dürft«, meinte Tenedos. »Ihr verdient eine. Ich spürte, dass da ein Zauber im Aufbau begriffen war, und konnte nicht erkennen, welche Art von Magie die Maisirer versuchten. Zweitens, und das ist der Hauptgrund, sah ich von meiner Position aus, dass wir nichts weiter taten, als die maisirische Linie aufzubrechen.«

»Und was, bitte, ist daran falsch?« wollte Le Balafre wissen. Linerges pflichtete ihm ungewollt nickend bei.

»Ich möchte ihre ganze verdammte Armee vernichtet sehen. Auf einen Schlag«, sagte der Imperator. »Ich will sie nicht hier treffen, dann dort. Die Bastarde scheinen in der Lage zu sein, sich augenblicklich zu erholen. Wir treffen sie, und tags darauf ist die Wunde geheilt, ja, es scheint sogar, sie sind dann stärker denn je.«

»Das ist wahr«, gab Linerges widerwillig zu. »Es wäre das Beste, sie ein für alle Mal zu brechen, wenn es möglich ist.«

»Natürlich hat der Imperator Recht«, sagte Herne entschieden, wie immer auf der Seite der Autorität.

»Es gab noch ein anderes Problem, dessen sich keiner der Herren gewahr war«, fuhr der Imperator fort, »so weit vorn wie Ihr wart. Wir hatten höllische Schwierigkeiten, die dritte und vierte Welle nach vorn zu bringen, und ich hatte Angst, nur mit der Hälfte meiner Männer kämpfen zu können. Aber morgen passiert mir das nicht noch einmal. Dafür habe ich bereits gesorgt«, erklärte er grimmig. »Ich habe bei den unterstützenden Elementen für gewisse … gewisse Korrekturen gesorgt. Selbst ein Quartiermeister tut besser daran, meinem Befehl auf der Stelle zu folgen, und das aufs Wort, wenn er weiterhin dienen will. Jetzt haben wir die Maisirer. Wir haben sie hart getroffen. Seht her.«

Er wies den Hang hinab in die zunehmende Dunkelheit. Die Positionen beider Armeen waren unschwer zu sehen. Hier waren die Lagerfeuer unserer Kräfte, die Penda hielten und eine große Blase Terrain, die wir an diesem Tag erkämpft hatten. Zwischen den Linien herrschte Dunkelheit. Dann begannen die Feuer des Feindes, die sich die Hügel hinauf erstreckten und dann verschwanden.

»Wir haben sie zurückgetrieben, sie aus ihren netten, bequemen Stellungen herausgestemmt. Sie verbinden ihre Wunden, schockiert, verängstigt, voll verzweifelter Angst vor dem, was der Morgen wohl bringen mag. Wir wissen, was das sein wird, nicht wahr, meine Herren?«

Tenedos wartete und natürlich war es Herne, der begeistert zu nicken begann. Le Balafre und Linerges lächelten, das harte Lächeln von Wölfen, die auf eine Herde hinabblicken und keinen Schäfer sehen. Nur Petre waren seine Zweifel anzusehen.

»Tribun?«, fragte Tenedos.

»Ich weiß nicht so recht, Euer Majestät«, sagte er. »Es ist schön und gut, sich die Vernichtung Maisirs auf einen Schlag vorzustellen. Aber meiner Ansicht nach liegt Ihr falsch. Ich denke, wir hätten uns heute unseren Teil nehmen und uns morgen Gedanken über den Rest machen sollen.«

Ich erwartete einen Zornesausbruch, aber der blieb aus. »Nein, Mercia«, antwortete Tenedos freundlich. »Diesmal sehe ich weiter als Ihr. Der morgige Tag bringt die größte Katastrophe, die Maisir je gekannt hat. Wir greifen an, und zwar auf der ganzen Linie, während sie eine Attacke dort erwarten, wo wir heute den Vorteil errungen haben. Wenn sie davonlaufen, dann greift die Kavallerie ein zweites Mal an und räumt auf. Bis zur Abenddämmerung wird alles vorbei sein – außer ihrem Geschrei. Ich verspreche es Euch.«

Sein Blick begegnete dem Petres und hielt ihn mit jenem Leuchten, das Männer wie Weiden zu biegen vermochte, und Petre lächelte – dasselbe mörderische Lächeln, das Le Balafre und Linerges gezeigt hatten. »Jawohl, Sir. Ich bin sicher, Ihr habt Recht.«

Die vier salutierten und ich tat es ihnen nach, obwohl ich noch nicht zufrieden war. »Tribun Damastes«, sagte der Imperator. »Bleibt noch einen Augenblick, ja?«

»Selbstverständlich, Sir.«

Er wartete, bis die anderen gegangen waren, nahm mich dann am Arm und führte mich von seinen Adjutanten weg. »Fühltest du dich im Stich gelassen, Damastes? Wieder einmal?«

Ein Teil meines Zorns verwandelte sich in Verwirrung. »Jawohl, Sir.«

»Ist dir nie der Gedanke gekommen, dass ich keinen Augenblick daran gezweifelt habe, dass du zurückkommst – mit all deinen Männern –, nachdem ich mich gezwungen sah, meine Pläne zu ändern? Es hat seinen Grund, dass du mein Erster Tribun bist, vergiss das nicht.«

Er starrte mich ausdruckslos an. Mit einem Mal verschwand auch der Rest meines Zorns. Ich lachte lauthals auf, und Tenedos lächelte und fiel dann in mein Gelächter mit ein. »Na dann«, sagte er. »Hört auf zu jammern, Soldat. Übrigens, könntest du es einrichten, mit mir zu dinieren?«

»Nein, Sir. Ich treffe besser noch einige Vorkehrungen –«

»Scheiß drauf«, sagte er grob. »Es ist zu spät, um noch große Veränderungen vorzunehmen, und all die kleineren dürften längst von deinen Untergebenen erledigt worden sein. Oder liege ich da falsch?«

»Ihr habt Recht, Sir«, gestand ich widerwillig ein.

»Na denn. Die Angelegenheit ist erledigt. Außerdem siehst du mir ein bisschen mager aus. Ich habe den Verdacht, du bist nach wie vor nicht so gesund, wie du denkst. Aber statt einer Brühe biete ich dir den besten Braten, der in diesem ausgehungerten Land zu haben ist. Frisches Gemüse. Die beste aller Cremetorten. Statt in

Milch getränktes Brot … na ja, Wein trinkst du ja nicht. Aber ich habe gelernt, eine Mixtur aus verschiedenen Säften zu kredenzen, die selbst einen Heiligen nach Musik und Jungfrauen schreien ließe.

Komm, Damastes. Geh bis zum Essen noch etwas spazieren mit mir.«

Genau das taten wir, als schlenderten wir an einem der Seen im Hyder Park von Nicias entlang. Wir hörten die Schreie der Verwundeten, die noch immer nicht behandelt worden waren, die Anrufe der Wachposten und die Antworten darauf, die lauten Befehle, aber unsere Soldatenhirne nahmen nichts davon wahr. Stille hätte uns Anlass zur Besorgnis gegeben. Wir unterhielten uns über dies und jenes, die Vergangenheit und die Gegenwart, bis mir ein Gedanke kam.

»Majestät? Darf ich eine womöglich unhöfliche Frage stellen?«

»Warum nicht? Womöglich fällt ja auch meine Antwort unhöflich aus«, sagte Tenedos leichthin.

»Was kommt als Nächstes?«

»Die Vernichtung Maisirs.«

»Und dann?«

Tenedos starrte mich an, sein Ausdruck mit einem Mal eisig. »Ich verstehe nicht.«

»Haben wir dann Frieden?«, fragte ich. »War das der letzte Krieg?«

Tenedos stieß einen Seufzer aus. »Ich gebe dir die Antwort, die mir meine Weissagungen eingegeben haben, weiß aber nicht, ob sie dir gefällt. Nein. Es wird keinen Frieden geben. Es wird immer einen weiteren Feind geben. Maisir hat Feinde an den Grenzen und sie werden die unseren sein. Außerdem«, fügte er hinzu, »*müssen* wir unsere Eroberungen fortsetzen.«

»Warum?«, fragte ich entsetzt.

»Weil wir sterben, tun wir es nicht«, antwortete der Imperator. »Entweder man wächst – oder man stirbt. Eine Nation wächst, indem sie ihre Grenzen erweitert. Ein Mann wächst, indem er vor keiner Herausforderung zurückschreckt, vor keiner Gefahr, vor keiner Heldentat, indem er diese harten, kalten Freunde mit offenen Armen empfängt. Ist es nicht so?«

Ich blickte auf die flackernden Lichter hinaus, auf die Million Sterne, auf die maisirischen Lagerfeuer, und wusste, dass meine Antwort sich niemals mit seiner decken würde.

Ich nehme an, er wurde des Wartens müde.

»Komm«, sagte Tenedos. »Wollen mal sehen, was meine Köche sich ausgedacht haben.«

»Ja«, sagte ich zögernd. »Mal sehen.«

Am Morgen darauf waren die Maisirer verschwunden. Sei es durch Zauber oder durch heimliches Vorgehen, sie hatten die Lager abgebrochen, uns mit den verlassenen Feuern eingelullt und sich zurückgezogen. Weiter zurück in das Herz von Maisir. In Richtung Jarrah.

23 Blutige Straßen

Wir formierten uns, bis ins Mark erschüttert, und machten uns an die Verfolgung der maisirischen Armee. Weniger als zwei Stunden hinter Penda fanden wir sie. Oder besser gesagt, wir stießen auf eine Schwadron berittener Bogner. Sie schossen zwei Salven in unseren Zug und flohen dann, bevor unsere Flankenreiter sie zu fassen bekamen. Im allgemeinen Tumult stürzten sich zwei Kompanien Negaret auf unseren Tross und stahlen ein halbes Dutzend unserer Wagen, ohne dabei mehr als einen Mann zu verlieren.

Damit begann der lange Aderlass. Jeden Tag wurden wir überfallen: hinten, an den Flanken, selten von vorn. Selten stellten die Maisirer sich auf ihrem Rückzug der offenen Schlacht. Und wenn, dann erwiesen sie sich als unglaublich tapfere Einheit, die bis aufs Messer focht. Aber diese »famosen Siege« fügten den Bannern unserer Regimentsfarben keine großen Namen hinzu, da es lediglich um die Kreuzung zweier Feldwege oder ein verlassenes und brennendes Dorf von vielleicht einem Dutzend Hütten ging. Und bei jedem Treffen steckten wir Verluste ein.

Was auch auf die Maisirer zutraf. Nach Petres Schätzung kamen auf jeden getöteten Numantier vier Maisirer. Aber immer mehr Maisirer strömten zu den Fahnen, bereit zu sterben. Manchmal kämpften sie gut, meist kapitulierten sie einfach oder liefen davon. Aber sie kämpften, und nicht einer unserer Gefangenen hatte auch nur den geringsten Zweifel daran, dass König Bairan uns letztendlich vernichten würde. Merkwürdigerweise wollten dennoch viele in unseren Dienst. Einer der Gefangenen sagte achselzuckend, es genüge, den Tag so gut zu überleben, wie es eben ging. Der morgige Tag würde neue Übel bringen.

Der Mut der Bauern stellte das Verhalten der Offiziere in den Schatten. Wann immer wir einen gefangen nahmen, so fragte er kaum nach seinen Leuten, aber sofort nach der Höhe des Lösegeldes. In der Zwischenzeit verlangten sie, wie die großen Herren behandelt zu werden, für die sie sich hielten.

Wir hofften auf irgendeine Art Kommunikation mit der maisirischen Armee, denn die Gefangenen zehrten an unseren Vorräten und erschöpften sie schneller, als der immer länger werdende Nachschub sie auffüllen konnte. Aber egal, ob wir durch Magie oder Unterhändler anfragten, eine Antwort bekamen wir nicht.

Man stelle sich die numantische Armee auf ihrem triumphalen Vormarsch durch Maisir vor. Es ist sehr leicht, sich eine stolze Phalanx von Reitern in leuchtenden Rüstungen vorzustellen, dazu tapferes Fußvolk, das in sauberen Reihen folgte. Und natürlich befanden sich an der Spitze Imperator Tenedos und sein edler Tribun Damastes á Cimabue.

Die Realität sah folgendermaßen aus: eine brodelnde Masse von fast fünf Werst Weite, wenn das Land flach genug war, um unsere Heuschreckenplage in die Breite gehen zu lassen, und das Ganze reichte zurück bis zum Lager der letzten Nacht. Und es waren mehr als nur die zwei Millionen Männer, die wir unter Waffen hatten. Es kamen dazu die Marketender, die ihren Handel von Rucksäcken oder Fuhrwerken aus trieben. Es kamen dazu die Frauen, einige aus jeder numantischen Provinz – und wie sie nach Penda gekommen waren, das werde ich wohl nie erfahren. Und schließlich noch die Maisirer, die sich uns auf unserem Marsch angeschlossen hatten.

Da waren die Gefangenen, die kaum bewacht dahinschlurften. Hin und wieder lief einer oder gleich ein Dutzend fort und versteckte sich in einer Schlucht. Manchmal ließen wir sie einfach laufen, manchmal jagten Bogner oder Lanciers sie, aber mehr um der Eintönigkeit des Marsches zu entgehen als aus Angst, die Leute könnten wieder zu ihrer eigenen Armee stoßen.

Wir hatten Pferde, Ochsen, halb zahme Kamele aus der Wüste

von Rovan und die Götter wissen, was noch. Die meisten von uns gingen jedoch zu Fuß. Unser Fuhrpark umfasste alles von der Staatskarosse des Imperators über Lazarettwagen, Fuhrwerke bis hin zu Feldbäckereien, Beutekutschen, Heuwagen und Gigs.

Unter dem Zehnerrat hatte die numantische Armee ausgesehen, als würde eine Stadt evakuiert. Petre und ich hatten das alles auf eine Faustregel reduziert: Alles, was marschiert, kämpft. Ohne Ausnahme. Aber das war zu hart, zu anstrengend – und verdiente ein Offizier, zumal der hoch gestellte, nicht das eine oder andere Privileg? So war es denn zuerst ein Packpferd, dann ein Wagen, dann ein kleiner Tross, und mittlerweile ein fahrendes Irrenhaus mit Köchin, Trägern, Dienstboten und so weiter und so fort. Wie ich hörte, hatten die Offiziere eines der Regimenter zehn Pferde, die angeblich ihre eisernen Rationen, in Wirklichkeit jedoch die Weine des Regiments trugen. Ich weiß selbst – wenn ich es auch erst viel später erfuhr –, dass ein General fünfzig Kamele mit der Ausrüstung für sich und seinen Adjutanten mitführte. Wie man wohl nicht eigens zu sagen braucht, blieb den Mannschaften derlei Luxus verwehrt.

Nur eines war von unserer Reform übrig geblieben: Wir marschierten nach wie vor hart und nach wie vor schnell. Wir brachen bei Morgengrauen auf, machten jede Stunde für fünf Minuten Halt, alle fünf Tage einen ganzen Tag Rast. Wenn wir eine Stunde vor der Dämmerung anhielten, packten wir die Stangen von zehn Fuß Länge aus, die wir mitführten, jede etwa eine Spanne stark und an beiden Enden zugespitzt, und errichteten eine Palisade zu unserem Schutz.

Jeden Tag, den wir marschierten, legten wir sechzehn Werst zurück, die Zeit, die wir durch einen gelegentlichen Hinterhalt verloren, wurde wieder aufgeholt. Nachzügler schlossen im nächsten Lager wieder auf. Allzu oft jedoch sahen wir sie nie wieder. Einige wurden von den Negaret und den Partisanen verschleppt, die uns an den Flanken zu schaffen machten, aber mehr noch desertierten, hielten sich am Rande des Heeres und schlugen sich mehr recht als schlecht durch. Sie waren es auch, die im Allgemeinen die übelsten Raubzüge gegen maisirische Bauern führten. Im Allgemeinen.

Langsam, aber sicher, so sicher wie das Rad sich dreht, kamen wir auf unserem Marsch in Richtung Jarrah voran.

Die Zeit der Geburten ging zu Ende und wir befanden uns in der Zeit der Hitze. Es war heiß und trocken wie in der Wüste und die Sonne brannte herab. Staub wirbelte auf und hing dann reglos und zum Schneiden dick in der Luft. Er verkrustete unsere Pferde, unsere Körper, unsere Seelen. Mit der Tollkühnheit der Vorhut war es nicht mehr allzu weit her, so sehr uns auch ein gelegentlicher Pfeil lieber war, als in der schweren, trockenen und staubgeladenen Luft zu ersticken und nichts weiter als den Arsch des Mannes vor uns zu sehen.

Wenn ich an der Flanke des Hauptzuges ritt, sah ich hier und da einen Reiter oder gar eine Gruppe, die auf eine Gelegenheit wartete heranzugaloppieren, eine Gurgel durchzuschneiden, ein Fuhrwerk zu stehlen. Jagte man sie, zogen sie sich zurück. Jagte man sie zu weit, geriet man in einen Hinterhalt.

Wir befanden uns in der Zeit der Hitze, aber das Wetter war merkwürdig. Es war ofentrocken, dann huschten mit einem Mal Wolken über den Himmel und eiskalter Regen durchnässte uns. Augenblicke später hatte es sich ausgeregnet, und wir plagten uns durch Schlamm, bis dieser wieder hart wie Backsteine war; dann erhob sich wieder der Staub.

Die Negaret sammelten hin und wieder ein halbes Hundert Leute, und die Kavallerie hielt sich für einen Gegenangriff bereit. Aber die Negaret griffen nie an. Schließlich hob man die Alarmbereitschaft auf, nur um sofort wieder in den Sattel zu müssen, wenn man den nächsten Negaret sah. Dies ging Tag für Tag so, und unsere Pferde begannen zu sterben, völlig erschöpft davon, pausenlos unter dem Sattel zu stehen.

Andere Pferde starben, weil wir als Furage nichts weiter fanden als grünen Roggen und hartes Gras. So wurde denn Pferdefleisch, gekocht oder geröstet, bald zum festen Bestandteil unserer Kost.

473

Die Flankenreiter begannen sich nach zwei Kräutern umzusehen – einer knoblauchartigen Wurzel und einem niederen Strauch, dessen breite Blätter wie Pfeffer brannten. Beide kaschierten, wie lausig das Fleisch in unserem Eintopf am Abend war. Wann immer wir am fünften Tag unsere Rast einlegten, rackerten die Feldbäcker sich höllisch ab, aber nur selten erreichten die frischen Wecken alle Mannschaften, vor allem nicht die kämpfende Truppe in der Vorhut und an den Flanken der Formation, auch wenn der Stab des Imperators seinen Anteil bekam und mehr.

Der Himmel, der geradezu unglaublich blau oder grau war, der lauernde Feind, die *Suebi*, das alles zog sich endlos hin, weiter als das Auge reichte, weiter als jede Erinnerung. Die Männer sonderten sich ab, wurden trübsinnig, gingen über die Feuer der Wachposten hinaus, und manchmal hörte man dann jemanden einen erstickten Schrei ausstoßen. Die Kameraden liefen hinaus und fanden einen sterbenden oder toten Soldaten, sein Schwert, sein Speer im eigenen Blut. Wie ich das schon früher bemerkt hatte, waren es gerade die jungen Männer, die ihr Leben so bereitwillig wegwarfen. Fast alle Rekruten kamen an diesen Grad der Verzweiflung, aber wenn sie stark genug waren, darüber hinwegzukommen, oder die Kameraden aus ihrem Zug aufpassten, dann waren sie auf dem besten Weg, Krieger zu werden.

Was unsere Kranken und Verwundeten anging, so marschierte jeder, der laufen konnte, mit seiner Einheit weiter. Keiner wollte in die Revierwagen. Die Soldaten hatten das Gefühl, ihre einzige Chance bestehe darin, bei den Kameraden zu bleiben. Wir schickten schwer bewachte Kolonnen nach hinten, wann immer es ging, und richteten in den Dörfern Garnisonen ein. Aber allzu oft wurden diese winzigen, von Kranken und Hinkebeinen bemannten Posten von Partisanen angegriffen, und die gönnten keinem einen einfachen Tod.

Eines Tages schäumte der Imperator vor Wut, und kein Mensch, noch nicht einmal Domina Othman, hätte sagen können, warum.

Ich fand es schließlich heraus. Ein Meldereiter mit einer versiegelten und verschlüsselten Nachricht aus Nicias war eingetroffen. Man hatte sie dem Heliographen nicht anvertrauen können, also blieb nur der Kurier.

Ich erfuhr von der Nachricht und der Antwort darauf nur, weil ich Tenedos' Chiffrieroffizier auch für meine eigenen geheimen Kommandos benutzte und der Mann wie so viele andere war, die mit der Verschlüsselung befasst waren: Er hielt es einfach nicht aus, nicht wenigstens einem von den schrecklichen Geheimnissen zu erzählen, mit denen er zu tun hatte. Da ich es nicht weitersagte, vertraute er sich mir des Öfteren an.

Die Nachricht war von Kutulu. Er teilte dem Imperator mit, dass in und um die Hauptstadt erneut Dissidenten aktiv waren, ihre Anführer waren Scopas und Barthou, zwei ehemalige Angehörige des Zehnerrats. An eine aktive Rebellion denke man noch nicht, man überlege nur, ob man dem Imperator nicht einen höchsten Rat zur Seite stellen sollte, um ihm einen Teil seiner Bürde abzunehmen, die die Regierungsgeschäfte darstellten, vor allem, wenn es um »alltägliche Staatsangelegenheiten« ging. Sie stellten bislang keine Bedrohung dar, aber Kutulu hatte alle Beteiligten unter Beobachtung gestellt.

Der Imperator, so erfuhr ich, hatte einen Tobsuchtsanfall gehabt und noch binnen einer Stunde einen Kurier nach Nicias zurückgeschickt: Er habe Kutulu schon einmal gesagt, er solle damit aufhören, sich Verschwörungen einzubilden, die es nicht gab, und sich, anstatt sich Gedanken über längst vergessene Sabbergreise zu machen, lieber um die wirkliche Bedrohung kümmern – die Tovieti. Da er seinem Befehl nun zum wiederholten Male nicht gehorcht hatte, sei er von seinen Pflichten in Nicias entbunden. Er sei ab sofort in Ungnade und in eine der entlegensten Provinzen versetzt – möglicherweise Chalt oder Bala Hissar, mein Mann erinnerte sich nicht mehr genau daran.

Während also die besten Männer des Imperators in Maisir fielen, vernichtete er einen weiteren seiner Besten, nur weil er seine Pflicht tat. Freilich war es möglich, dass Kutulu sich damit das Leben gerettet hatte. Ich kann es nicht mit Sicherheit sagen, denn ich habe seither von dem Mann nichts mehr gehört.

Selbst die Moral der Tribunen litt unter dem tagtäglichen Einerlei des Marschs durch die *Suebi*. Ich hörte zu meiner Überraschung, wie Herne, der politisch vorsichtigste aller Tribunen, seine Bewunderung für den geschickten Rückzug der Maisirer zum Ausdruck brachte, fast so, als handele es sich um ein geplantes Manöver. Der Imperator sprang ihm fast ins Gesicht und beendete seine Standpauke damit, ihm knurrend zu sagen, er solle sich den Maisirern doch anschließen, wenn er so beeindruckt von ihnen sei.

Dann stürmte er aus der Messe. Herne sah ihm mit einem seltsamen Blick nach und murmelte: »Ich kann nur hoffen, dass unser Rückzug genauso geordnet vonstatten geht.«

Unser Feuer speiender Myrus Le Balafre hörte seine Bemerkung, verzog jedoch, anstatt seinerseits wegen des defätistischen Tribunen die Beherrschung zu verlieren, nur still das Gesicht.

Schließlich und endlich verließen wir die verhasste *Suebi* und erreichten Kulturland. Wir fanden Vieh für unsere Mahlzeiten, Zäune, die sich als Feuerholz verwenden, und Häuser, die sich – wenigstens für die Offiziere – als Quartiere requirieren ließen. Aber da wir nun mehr Bauern denn je plünderten, ließen wir hinter uns auch mehr Partisanen zurück; unsere Verluste nahmen zu.

Wir hielten lange genug, um Heu für das Vieh zu machen, aber eine Armee kann sich nicht lange aufhalten. Nach zwei Tagen war im Umkreis von zwei Werst alles vertilgt, was sich essen ließ, einen Tag später im Umkreis von vier Werst und so weiter, so dass wir uns stets im Zentrum eines immer größer werdenden Kreises der Verwüstung bewegten.

Die plötzlichen Regengüsse wollten nicht aufhören, und wir fragten uns: Hatten die Maisirer womöglich die Wettermagie gemeistert? Warum warteten unsere eigenen Magier nicht mit einem Gegenzauber auf?

Dann fanden die Maisirer eine neue Waffe: Sie verwüsteten auf ihrem Rückzug ihr eigenes Land. Selbst die grünen Weiden wurden abgebrannt, was nur mit Zauberei zu bewerkstelligen war.

Ein Dorf nach dem anderen stand in Flammen, wenn es nicht schon eine rußgeschwärzte Wüstenei war. Dazu bedurfte es jedoch nicht der Zauberei, sondern nur entschlossener Männer und Frauen, die ihr Land so liebten, dass sie es lieber zerstörten, als es in der Hand eines anderen zu sehen. Die Maisirer töteten, was sich an Vieh nicht mitnehmen ließ, und verdarben die Kadaver der Tiere mit ihrem eigenen Kot. Sie verschütteten die Brunnen außer einigen wenigen und diese vergifteten sie. Die Chare-Brüder konnten einigen dieser Gifte begegnen, aber kaum einer von uns vertraute auf ihre Magie, so dass wir aus Weihern und Bächen tranken.

Nach einer Besprechung eines späten Abends verließ ich das Zelt des Imperators und es war taghell. Vor uns stand eine blutrote Wolke, die von Flammen umzüngelt war. An den Flanken schossen Lichtsäulen nach oben und stießen in den Himmel, als handelte es sich bei den Lichtern um die Pfeiler, auf denen das Himmelsgewölbe ruhte.

Die Soldaten begannen die Maisirer zu fürchten. Sie konnten nie genau wissen, ob der Feind standhielt oder weglief, ob er kapitulierte und einem ewige Gefolgschaft schwor oder einem lächelnd die Gurgel durchschnitt. Soldaten müssen den Feind respektieren, auf der Hut vor ihm sein, ansonsten riskieren sie die Vernichtung durch ihr übertriebenes Selbstvertrauen. Aber niemals dürfen sie ihn fürchten.

Auch der Respekt vor den Maisirern wuchs, marschierten sie doch Tag für Tag mit nichts weiter als einer Hand voll Getreide und einem Schluck trüben Wassers und kämpften dennoch. Und wenn sie kämpften, konnten sie unglaublich tapfer sein. Man erzählte sich die Geschichte von einem Soldaten, der schlimm verwundet wurde, als sein Außenposten dem Ansturm unserer Kavallerie erlag. Zwei Tage lag er reglos im eigenen Blut, stellte sich tot, gab keinen Mucks von sich, bis eine Nachschubeinheit rund um ihn herum ihre Zelte aufgebaut hatte. Er brachte fünfzehn Männer und Frauen um, bevor er selbst starb.

Man erzählte sich die entsetzlichsten Geschichten: Partisanenfrauen, die Lust vortäuschten, scharfen Stahl in ihrem Körper versteckt; Bauern, die sich in Wölfe oder wilde Ochsen verwandelten, kehrte ein Soldat ihnen den Rücken zu.

Aus Rache fügten wir den Maisirern auf unserem Vormarsch unsererseits Gräuel zu. Diese freilich waren keine Legenden, sondern schrecklich real.

Das Ende des Kulturlandes markierte der Anker. Als ich den Fluss seinerzeit überquert hatte, weiter im Westen, war er breit und ziemlich seicht gewesen, von zahlreichen Inseln durchsetzt. Hier war er tief genug, um schiffbar zu sein, und es gab eine kleine Hafenstadt namens Irthing. Sie war etwa halb so groß wie Penda und nicht abgebrannt. Ich ging nach vorn mit dem Entschluss, die Stadt mit unseren ersten Elementen zu betreten. Sie schien verlassen, obwohl ich Rauchfahnen aus den Schornsteinen kommen sah. Ein Bote des Imperators brachte die Warnung, sehr vorsichtig zu sein, denn Tenedos spüre Gefahr.

Ich ritt mit Domina Bikaner an der Spitze der Siebzehnten Ureyschen Lanciers, die durch meine Roten Lanciers Verstärkung bekommen hatten. Zur Untersützung hatten wir die Zwanzigste Schwere Kavallerie dabei. Ich hatte vor, durch die Stadt zum Fluss vorzustoßen, die Brücken zu nehmen, bei denen es sich um bewegliche Holzkonstruktionen handelte, und dann das andere Ufer zu sichern.

Die Stadt bestand aus gewundenen schmalen Straßen mit Kopfsteinpflaster und Gebäuden, die sich eng aneinander drängten. Es gab viele kleine Plätze – ideal für einen Hinterhalt. Aber ich hatte nicht vor, in eine Falle zu laufen. Wir ritten im Trab in die Stadt ein und schwärmten in getrennten Zügen durch die gewundenen Straßen. In meinem Zug befanden sich die Roten Lanciers, Domina Bikaner und sein Stab, außerdem die Schwadronen Sambar und Tiger der Siebzehnten Lanciers.

Ich trug einen Brustpanzer und rechts eine Armschiene, einen of-

478

fenen Helm, einen kleinen Rundschild am linken Unterarm, den Dolch, den Yonge mir vor langer Zeit geschenkt und der mir so oft das Leben gerettet hatte, ein schlichtes zweischneidiges Schwert und schwere Lederstiefel mit Knieschutz. Ich trug kein Emblem, denn das einzige, woran mir etwas lag, war das Alegrias – und von ihr hatte ich nichts außer Erinnerungen.

Wir wollten gerade einen leeren Platz überqueren, als Rauch aus der Straße qoll, als brenne ein Feuer unter dem Kopfsteinpflaster. Männer schrien, Pferde wieherten, keiner konnte seinen Nebenmann sehen, dann verschwand der Rauch mit einem Mal wieder. Die andere Seite des Platzes war durch eine hölzerne Barrikade blockiert und auf den Dächern wimmelte es von Männern und Frauen. Einige hatten Pfeil und Bogen, andere Speere, wieder andere schleuderten Pflastersteine herab. Man hatte uns ebenso sicher in der Falle, wie seinerzeit während des Aufstands in Nicias die Tovieti eine Schwadron Goldhelme in die Falle gelockt und ausgelöscht hatten.

Ich griff nach dem Bogen an meinem Sattel, spannte ihn hastig und zog einen Pfeil aus dem Köcher hinter meinem linken Bein. Ein Pfeil schwirrte an mir vorbei und fand ein Ziel. Ich erspähte den Bogenschützen auf dem Dach und setzte ihm meinen Pfeil in die Brust. Pfeile und Speere klapperten auf das Pflaster oder fanden ihr Ziel, Pferde wieherten, Männer schrien. Ich sorgte dafür, dass ein weiterer Maisirer in den Tod stürzte, und dann schwangen Türen auf und Männer, die mit langen Messern und Hellebarden bewaffnet waren, stürmten auf die Straße hinaus. Sie gingen so vor, dass ein Maisirer seinen Reißhaken in die Kleidung eines Reiters schlug, ihn vom Pferd zog und ein anderer ihm mit dem Messer den Rest gab.

Ich hängte meinen Bogen über den Sattel und zog mein Schwert. Ich schlug eine Pike entzwei, die nach mir stieß, und nahm beim Zurückziehen der Waffe die Hälfte des Schädels ihres Besitzers mit. Es kam einer mit einem Messer auf mich zu in der Absicht, Brigstock abzustechen; ich trat ihm ins Gesicht und das Pferd trampelte ihn zu Tode, als er fiel. Jemand rief »Tribun!« Ich duckte mich instinktiv und ein Pfeil zischte vorbei. Einen Augenblick später streifte ein weiterer Pfeil meinen Panzer, prallte ab und bohrte sich einen Finger tief in meinen Arm. Ich spürte den Schmerz kaum; ich packte den Pfeil und zog ihn, ohne auf das Blut zu achten, heraus.

Immer mehr Maisirer strömten auf den Platz, und ich fragte mich schon, wo bei allen Teufeln sie herkamen. Dann, es war reiner Zufall, sah ich etwas. Ein schlecht geworfener Speer flog auf die Barrikade zu, aber anstatt sich ins Holz zu bohren, segelte er einfach hindurch. Ich rief »Stürmt die Barrikade!« ein absurder Befehl, aber die Lanciers, die darauf trainiert waren, jeden Befehl auszuführen, gaben ihren Rössern die Sporen.

Ich bereitete mich schon darauf vor, aus dem Sattel zu rutschen und die ganz offensichtlich magische Barrikade anzugehen, da keines der Pferde drauf zulaufen wollte, aber es erübrigte sich. Wie der Rauch begann das hohe Tor plötzlich zu zittern, dann war es fort und unser Weg war frei. Wir passierten den Platz im Galopp, und ich erspähte einen Mann auf einem der Dächer, der die Arme bewegte, während er sang. Ich griff nach dem Bogen, aber Curti war schneller, außerdem schoss er viel besser als ich, und im nächsten Augenblick wuchs dem maisirischen Zauberer ein grauer Pfeil aus der Brust. Er stieß einen Todesschrei aus und griff mit einer Hand nach dem Pfeil, doch noch bevor seine Finger den gefiederten Schaft berührten, war er schon tot.

Wir kamen auf einen weiteren, größeren Platz und ich rief Bikaner zu, einen Halt zu befehlen. »Auf die Dächer!«, rief ich. »Macht alles nieder, was nicht zu uns gehört!« Türen wurden eingeschlagen und Bogner polterten die Treppen zu den flachen Dächern hinauf. Von dort oben war es einfach, unsere Feinde zu sehen. Pfeile schossen los und die Partisanen, gelegentlich auch ein Zauberer, begannen zu fallen.

Wir ritten den Weg zurück, den wir gekommen waren, und rollten die Stadt Haus für Haus auf. Wir waren keine Infanteristen, aber meine Arroganz, der Erste zu sein, der dieses armselige kleine Kaff nahm, zwang uns, zu Fußvolk zu werden. Garden und andere Infanterieeinheiten fanden uns und das erleichterte uns den Kampf. Trotzdem hieß es Haus für Haus, Straße für Straße. Es war nicht so grauenhaft wie die Kämpfe um so manche andere Stadt, die ich erlebt hatte, aber es war schlimm.

Als der Abend dämmerte, gehörte Irthing uns, aber die Schlacht hatte die Siebzehnten Lanciers fast zweihundert Mann gekostet, fast die Hälfte ihrer ohnehin schon dezimierten Reihen. Unter ihnen befand sich Manych, ein weiterer der tapferen Soldaten, die mit mir über die Berge nach Jarrah gegangen waren. Das brannte schlimmer als der Pfeil, der mir über die Brust geschrammt und in den Arm gefahren war.

Wir hielten uns in Irthing nicht auf, und das war unser Glück, denn kaum hatten die letzten Elemente unserer Armee den Anker überquert, als ein Sturm aufkam. Vom Wind aufgetürmte Wellen zerrten an den Brücken, und der Fluss schwoll an, als hätte die Schneeschmelze begonnen. Hätten die Brücken das Gewicht unserer Soldaten zu tragen gehabt, sie hätten sich sehr gut losreißen können und die Verluste wären schrecklich gewesen. Die Magie der Maisirer war großartig, aber diesmal war sie zu langsam.

Wir hielten auf der anderen Seite des Anker auf einer großen Wiese, um auszuruhen und uns neu zu formieren, denn wir hatten die gefürchteten Sümpfe von Kiot vor uns. Ich hatte gerade in Manychs Namen ein Opfer dargebracht und zu Saionji gebetet, ihm ein gutes nächstes Leben zu geben, da er schließlich ein guter Krieger gewesen war, da kam Yonge mit einer Idee.

Ich fluchte, weil mir nicht aufgefallen war, was er gesehen hatte, und ich sagte Yonge, wir müssten damit auf der Stelle zum Imperator gehen. Yonge hatte keinen Vortrag parat – er war ein Krieger, kein Diplomat. Noch war er ein Theoretiker wie Mercia Petre. Aber seine Begeisterung schlug hohe Flammen, während er sprach. Er kam so in Fahrt, dass er sich ohne Erlaubnis ein Glas vom Tisch griff, sich Branntwein aus der Privatkaraffe des Imperators eingoss und gleich ein zweites Glas hinterherkippte.

Der Imperator sollte alle Maisirer für frei erklären. Den Bauern von der Leibeigenschaft gegenüber dem Grundherren, den Aristokraten von der seit Generationen bestehenden Schuld gegenüber dem König. Er sollte ihnen das Recht geben, Numantier zu werden, ihr eigenes Land zu besitzen, vom Land in die Stadt umzuziehen, wenn ihnen danach war. Den Frauen sagen, dass sie nicht in einer Ehe zu bleiben brauchten, es sei denn, sie wollten es. Verkünden, dass niemand ein Privileg genoss, es sei denn, sein neuer Herr, Imperator Laish Tenedos, hatte es ihm gewährt.

»Das wird sie uns zuführen«, sagte Yonge. »Und dann lasst sie der Armee beitreten. Bei allen Höllen, hebt sie einfach aus. Bairan hält es so, also sind sie dran gewöhnt und werden sich kaum groß wehren. Das würde dazu beitragen, diese von den Göttern verdammten Banditen loszuwerden, die uns bei lebendigem Leib auffressen, und obendrein dabei, unsere Truppe wieder aufzubauen. Hinter den Partisanen, die noch übrig bleiben, können wir mit ihren eigenen Landsleuten her, die ihre Verstecke besser kennen als wir.

Ich kann bezeugen, dass die Maisirer für uns kämpfen, schließlich habe ich einige von ihnen zwischen meine Späher gesteckt, als Jäger, Fallensteller und dergleichen, und sie sind mir nicht unsympathisch, solange man sie die Köpfe nicht zusammenstecken lässt und nicht vergisst, dass einer wie der andere durchaus zum Verrat neigt. Scheint mir ganz so, als würde davon jeder profitieren – außer den Maisirern, Sir.«

Er strahlte den Imperator an und erwartete, über den grünen Klee gelobt zu werden. Stattdessen starrte Tenedos ihn lediglich an. Er wandte sich an mich. »Da Ihr den Vorschlag bereits gehört habt, unterstützt Ihr ihn offensichtlich.«

»Selbstverständlich, Eure Majestät. Yonge hat einen Vorteil nicht erwähnt, den ich noch sehe. Mir scheint, wenn Ihr den Bauernstand für frei erklärt, dann würde auch ihre Armee dahinschmelzen. Haben wir erst einmal Jarrah genommen, würde das bedeuten, Maisir gehört für immer uns. Sie hätten allen Grund, Euch gegenüber loyal zu bleiben. Es würde keine dieser ewig rebellischen Provinzen wie, nun ja, Kallio.«

»Ich verstehe.« Der Imperator stand auf. »Seid Ihr beide von allen guten Geistern verlassen?«

»Wie meinen, Eure Hoheit?«

»Ihr habt mich schon verstanden. Ist Euch klar, was passieren würde, wenn ich dumm genug wäre zu tun, was Ihr da vorschlagt? Es bräche auf der Stelle in ganz Maisir das Chaos aus. Keine Gesetze, keine Regeln, keine Autorität.«

»Schön«, sagte Yonge begeistert. »Dann sind Armee und König nebenher noch mit was anderem beschäftigt als mit uns.«

»Anarchie«, sagte Tenedos noch einmal, diesmal mit dem Zischen einer Schlange. »Fällt ein Land erst einmal ins Chaos, wer will sagen, ob wieder Ordnung hineinzubringen ist? Offensichtlich ist keinem von Euch beiden klar, wie knapp das damals im Bürgerkrieg war – mit den Tovieti und Chardin Sher. Ich – wir hätten beinahe alles verloren!

Und jetzt schlagt Ihr beiden vor, noch einmal zu würfeln in der selbstgefälligen Hoffnung, dass schon irgendwie alles gut gehen wird. Erinnert Ihr beiden Euch daran, dass die Tovieti auch hier in Maisir aktiv sind? Meint Ihr nicht, dass diese Narretei sie ermutigen würde? Und wie wirkte sich das auf gewisse Klassen daheim in Numantia aus? Meint Ihr nicht, eine solche Erklärung würde auch dort wieder zu Unruhen führen? Wir könnten gut einen Aufruhr zu Hause haben, während wir hier Krieg in diesem schrecklichen Land führen. Ich verspüre nicht den geringsten Drang, plötzlich einen gelben Seidenstrick um den Hals zu tragen.

Ich hielt bisher keinen von Euch beiden für einen Dummkopf. Jetzt bin ich mir da nicht mehr so sicher. Und jetzt lasst mich allein. Und dass Ihr mir diesen Gedanken nie wieder irgendjemandem gegenüber erwähnt – andernfalls seid Euch meines Zorns und der strengsten Bestrafung gewiss. Geht!«

Yonge ging hinaus. Ich nahm Haltung an und salutierte, bevor ich ging. Der Imperator erwiderte den Gruß nicht.

Yonge wartete vor dem Zelt. Ich erwartete, ihn blind vor Wut zu sehen, schließlich wusste ich, dass er das Temperament eines Hüg-

483

lers hatte. Ich war selbst mehr als verärgert. Aber Yonge war blass, und das vor Angst – und ich hatte immer gedacht, dass diese in Kait völlig unbekannt sei.

»Was ist denn?«

»Nicht hier. Kommt.«

Er führte mich auf einen kleinen Hügel ein Stück abseits vom Lager, wo nur zwei Männer zu sehen waren, und zwar die Posten auf ihrer Runde, einige Dutzend Schritt weit von uns.

»Tut mir Leid wegen dem, was der Imperator da gesagt hat«, begann ich. »Er hat Unrecht. Ich glaube nach wie vor, dass Euer Plan –«

Yonge winkte ab. »Vergesst meine Idee. Der Imperator wird eines Tages lernen, dass einer, der sein Gegenüber einen Dummkopf nennt, für gewöhnlich nur in den Spiegel starrt. Numantier, wir haben mächtigen Ärger am Hals.«

»Ich verstehe nicht«, sagte ich.

»Ich bin weder Zauberer noch Priester«, erklärte Yonge, »aber lasst mich Euch eines fragen: der Imperator hat doch oft genug gesagt, dass er Saionji dient, nicht wahr? Der Göttin des Chaos, habe ich Recht?«

»Des Chaos, des Krieges, des Rades und der Wiedergeburt.«

»Aber vor allem des Todes und der Zerstörung, eh?«

»Ja«, sagte ich.

»Er hat doch selbst gesagt, es ist nötig zu zerstören, bevor man etwas wieder aufbauen kann, oder nicht?«

Ich nickte.

»Ich denke, es ist ziemlich offensichtlich, dass er seiner Göttin gut dient. Und jetzt sagt er uns, dass er Angst vor dem Chaos hat? Was, meint Ihr, denkt Saionji, falls sie existiert, wenn sie diese Worte hört? Was hält sie wohl jetzt von ihrem größten Diener, eh?«

Ich habe nie behauptet, besonders gläubig zu sein oder ein Studiosus der Theologie, aber mit einem Mal ergriff mich eine eisige Furcht und ich blickte unwillkürlich zu dem dunklen, fernen Himmel hinauf.

»Fluch über das Chaos, Fluch über die Göttin«, sagte Yonge.

»Ich denke, wir haben gerade die Unabhängigkeitserklärung von Saionjis Diener gehört. Er will nicht länger ihr Vasall sein. Und ihm wurde gar nicht klar, was er da gesagt hat. Glaubt Ihr nicht, dass sie nun nach Rache trachtet, einer Rache, die an Größe ihrem Lohn gleichkommt?«

»Jetzt übertreibt nicht, Yonge«, versuchte ich ihn zu beruhigen. »Die Götter sind weit weg und hören selten die Dummheiten der Menschen.«

»Vielleicht«, meinte Yonge. »Oder wir haben gerade die Prophezeiung unseres Untergangs gehört.«

»Jetzt ist es genug«, sagte ich etwas gereizt. »Außerdem, was könnten wir dagegen tun?«

»Wenn ich Recht habe, nur dreierlei. Eines werde ich nicht ansprechen, da ich nicht bereit bin, einem Mann Gewalt anzutun, dem ich einen Eid geschworen habe. Jedenfalls noch nicht, das andere wäre, den Dienst bei diesem Wahnsinnigen zu quittieren, der da meint, über die Götter bestimmen zu können.«

»Nette Auswahl«, sagte ich und versuchte, mir mein Entsetzen darüber nicht anmerken lassen, wie beiläufig Yonge von der Ermordung eines Königs sprach. »Und die dritte?«

»Ihr könnt mitkommen und mir dabei zusehen, wie ich besoffen werde, Cimabuer. Besoffen und gefährlich. Und wenn Ihr nicht der Dummkopf wärt, den der Imperator Euch gerade genannt hat, dann würdet Ihr die Flasche als Erster leeren.«

Als ich am Morgen darauf aufwachte, war mir, als hätte ich kein Auge zugetan, denn Yonges Worte hatten mich daran erinnert, was der Zauberer, der sich der Sprecher nannte, gesagt hatte, vor nun schon so langer Zeit, als wir sein Dorf mit dem riesigen Tempel verließen, hoch oben in den Bergen zwischen Numantia und Maisir: *Der Gott, dem Ihr zu dienen glaubt, Ihr dient ihm nicht. Die Göttin, die Ihr fürchtet, ist nicht Euer wahrer Feind, während Euer wahrer Feind mehr zu werden versucht, ein Gott sogar, und letzten Endes doch nichts weiter als ein Dämon sein wird, da seine wahren Herren bereits jetzt Dämonen sind.*

Ich sann über die Worte des Mannes nach, versuchte eine Bedeutung dahinter zu sehen: Der Gott, dem ich zu dienen glaube? Irisu? Der Kriegsgott Isa? Aber er ist doch nichts weiter als eine Manifestation Saionjis. War Saionji die Göttin, die ich seiner Ansicht nach fürchtete? Es hätte Hand und Fuß. Und wer war mein Feind? König Bairan? Kaum.

Es konnte nur eine Antwort geben: der Imperator selbst. Ich konnte sehr wohl glauben, dass er ein Gott zu werden versuchte. Aber mein Feind? Nein, das konnte ich nicht glauben – trotz seinem Unrecht mir gegenüber. Und dass er einem Dämon diente? Oder gleich mehreren? Trotz Yonges Worten bezweifelte ich, dass er Saionji abgeschworen oder sie ihn verlassen hatte.

Ja, war es möglich, dass er selbst eine Manifestation Saionjis war? So wie der Tod mit seinem Schädel, den Schwertern und dem fahlen Ross eine Manifestation der Göttin der Zerstörung und der Schöpfung war? Mit Sicherheit hatte er – genauso wie ich – genügend Leute auf das Rad befördert, um Saionji im Gedächtnis zu bleiben.

Aber der Mann, dem ich diente, eine direkte Manifestation dieses Alptraums? Der schreckliche Gedanke ließ mich auffahren. Ich war hellwach. Ich erschauerte und einmal mehr erinnerte ich mich an meinen Eid.

Aber als ich von meiner Pritsche aufstand und an das Waschbecken aus Leinwand trat, klangen mir die Abschiedsworte des Sprechers im Ohr: *Dient, wem Ihr dienen mögt, dient, wem Ihr dienen könnt, Ihr dient doch nur einem, und dieser eine gibt Euch absolut nichts.*

Am letzten Tag der Zeit der Hitze betraten wir die Sümpfe von Kiot. Wir hätten direkt nach Westen gehen und dann die traditionelle Handelsroute nach Jarrah nehmen können, aber dann hätten wir wieder in die *Suebi* gemusst, und Tenedos war sich der aufreibenden Wirkung dieser Wüstenei auf unsere Soldaten sehr wohl bewusst.

Der Imperator hatte sich der Zauberei bedient, um herauszufinden, wo hinter Irthing das Sumpfland am schmalsten war. Es würde keine Woche dauern, um die Wälder um Jarrah zu erreichen, die Stadt wäre dann – laut unseren eher unzuverlässigen Karten – noch eine weitere Woche entfernt. Und schließlich, so dachte sich der Imperator, stünden, da die Sümpfe für die Maisirer nicht weniger unheilvoll waren als für uns, die Chancen dort gleich. *Welche Chancen?* dachte sich so mancher, nachdem die Armee in den Sumpf geplanscht war.

Es gab Straßen – kaum mehr als Pfade – durch diese Wildnis, aber nicht viele. Bei den meisten handelte es sich um Trampelpfade von Tieren, die besseren, so dachten wir, hatten wohl die Sumpfmenschen angelegt. Gefangene hatten uns dasselbe gesagt wie Shamb Philaret: Die Leute aus den Sümpfen hatten König Bairan nie anerkannt. So hofften wir darauf, dort weniger Ärger mit Partisanen zu haben.

Der Imperator gab die Order aus, die Leute aus den Sümpfen als mögliche Verbündete zu behandeln, so dass sie also weder auszuplündern noch sonstwie zu belästigen waren. Dies zeitigte ein schiefes Lächeln bei Yonge und Gelächter bei den meisten der anderen Offiziere, die sich nicht vorstellen konnten, dass ein numantischer Soldat, der einem fetten Suppenhuhn oder seiner Besitzerin begegnete, sich nur lächelnd an den Helm tippen würde. Aber im Großen und Ganzen ließ man die Sumpfbewohner doch zufrieden, waren wir erst einmal über das erste ihrer Dörfer hinaus.

Ich ritt hinter der Vorhut der Kavallerie, als es plötzlich nicht mehr weiterging. Ich ritt mit den Roten Lanciers nach vorn, um nach dem Rechten zu sehen. Ich fand ein halbes Regiment Reiterei und dahinter eine quirlige Masse von Gardeleuten vor einem ausgedehnten flachen Stück Moor. In dessen Mitte befand sich ein unbefestigtes Dorf aus zwei Dutzend langen, riedgedeckten Hütten – jede mit einem Obergeschoss und einer überdachten Plattform in der Mitte. Ich sah eine Reihe von Schweinen und Hühnern, aber nicht einen Menschen. »Was ist los?«, fragte ich den Domina, der den Befehl über die Kavallerie hatte. Wie ich bemerkte, waren er und fünf oder mehr seiner Männer tropfnass, obwohl es ein trockener, wenn auch verhangener grauer Tag war. »Wieso geht es nicht voran?«

»Wir kamen an das Dorf hier und wollten hineinreiten«, erklärte der Domina etwas belämmert. »Keiner meiner Kundschafter konnte einen Weg ausmachen, also ritten wir einfach drauflos.«

»Und dann begannt Ihr zu versinken«, ergänzte ich. »Ich nehme an, es ist niemand ertrunken.«

»Nein, Sir. Aber wir steckten wirklich fest. Die mussten uns mit Stricken rausziehen, Sir. Ich habe andere Kundschafter losgeschickt, einen Weg ins Dorf zu finden, um, äh, wegen Verpflegung verhandeln zu können.«

»Ich verstehe.« Ich fragte mich, ob sich das Dorf wohl umgehen ließ, aber meine Neugier ließ das nicht zu. Außerdem, so überlegte ich, wäre es gut, diese Menschen kennen zu lernen, da wir schließlich noch mehr wie ihnen begegnen würden.

Aus einer der Hütten kam ein Mann. Er war nicht sehr groß, aber ein wirkliches Schwergewicht, das da auf uns zugewatschelt kam. Er trug eine geschnitzte Rute unter dem Arm, einen Lendenschurz und etwas, was nach den Überresten einer maisirischen Offiziersuniform aussah. Darüber trug er einen merkwürdigen Panzer, der mehr und mehr nach den gegerbten Schuppen einer riesigen Schlange oder eines Krokodils aussah, je näher er kam. Ich fragte mich, ob er betrunken war, so wie er im Zickzack über die Moorlandschaft kam, von einem Grashügel zum nächsten und manchmal einfach durch offenes Wasser.

In einer Entfernung von zwei weiten Speerwürfen blieb er stehen und starrte uns eine ganze Weile an. Schließlich legte er die Hände an den Mund und rief in einem Maisirisch mit starkem Akzent: »Geht weg!«

Ich stieg ab, ging an den Rand des Sumpfes und antwortete, dass wir keine Maisirer seien, sondern deren Feinde. Wir wollten über einen Frieden sprechen, wir hätten gehört, die Leute aus dem Moor hätten mit den Maisirern nichts am Hut, und jeder Feind unserer Feinde sei unser Freund.

Die Antwort kam prompt: »Geht weg!«

»Das ist unmöglich.«

Der Dicke starrte noch eine Weile herüber und ging dann ohne ein weiteres Wort zu seiner Hütte zurück, und das auf demselben Zickzackkurs wie zuvor. Er verschwand in seiner Hütte, und auch auf weiteres Rufen hin ließ sich niemand mehr sehen.

»Nun, Sir?«, fragte der Domina. Er gab sich alle Mühe, keine Miene zu verziehen, aber ich hörte verhaltenes Gelächter aus den Reihen.

Ich glaubte die Situation im Griff zu haben. »Dass er sich für sicher hält«, sagte ich, »liegt daran, dass der Weg zu seinem Dorf unter Wasser liegt. Er führt im Zickzack hinüber, und wenn man damit nicht vertraut ist, dann sinkt man ein.«

»Ja, Sir?«

»Ich habe zugesehen, wo er hingetreten ist«, sagte ich. »Lasst Männer in Linie antreten. Schwimmer. Hinter ihnen eine zweite Reihe mit Stricken. Geht voran, bis ihr den Anfang des Pfades findet. Wenn wir den erst einmal haben, gehe ich voran ins Dorf, und dann werden wir schon sehen, was er zu sagen hat.«

»Ja, Sir.«

Und so machten wir es denn auch und nach einer sehr nassen, sehr schlammigen Stunde fanden wir den Anfang des Wegs. Die Männer schritten vorsichtig voran, stocherten mit Zweigen vor sich her, und es war, wie ich gesagt hatte: Es befand sich ein Weg direkt unter der Wasseroberfläche, gekiest und breit genug für vier Mann. Wir pflanzten Pfähle zu beiden Seiten des Wegs, um ihn nicht wieder zu verlieren, und schließlich wand er sich bis zu der Stelle, an der der Mann gestanden hatte.

»Na also«, sagte ich. »Svalbard … Curti … Domina, ein halbes Dutzend Männer soll mir folgen.« Ich planschte voran und vielleicht fünfhundert Soldaten sahen mir zu. Ich kam mir etwas dumm vor, dachte aber immer daran, dass ein Führer nicht nur bereit sein musste, in einer Parade zu reiten, sondern auch in der Scheiße zu stehen. Unbeschadet kamen wir an die Stelle, wo der Pfad endete.

»Sehr gut.« Ich fühlte mich ausgesprochen zuversichtlich. »Also, er stand hier, und als er ging, trat er …«

Und vier Schritte weiter stand ich bis über den Kopf unter Wasser. Spuckend tauchte ich wieder auf und Svalbard zog mich zurück auf den Pfad. Diesmal wurde am Ufer wirklich gelacht.

»Lasst mich mal, Sir«, meinte der große Mann und watete in eine andere Richtung los, bis er prompt in Treibsand geriet. Es brauchte Curti und einen weiteren Soldaten, um ihn wieder herauszuziehen. Danach war ich bereit, nicht mehr auf meiner Führungsrolle zu bestehen und andere nach dem Pfad suchen zu lassen. Eine weitere Stunde, und wir hatten ihn noch immer nicht gefunden.

Ich sah einen Meldereiter hinten am Ufer, dann winkte der Domina, und ich wusste, dass es ein Kurier des Imperators war, der sich fragte, was bei allen Teufeln unseren Vormarsch aufhielt. Na gut, beschloss ich, sollten diese Sumpfratten ihren von den Göttern verdammten Sumpf behalten. Scheiß auf das Volk! Ich ging zurück ans Ufer und befahl, den Marsch fortzusetzen und das Dorf zu umgehen.

Ich schwöre, als wir weiterzogen, hörte ich aus dem Dorf Gelächter über das düstere Gewässer hallen.

Die Zeit des Regens begann und der Marsch glich dem vor einem Jahr – an einem guten Tag nieselte es nur, an einem schlechten konnte man den Rücken seines Zugführers nicht mehr sehen, so schüttete es. Flüsse und Bäche schwollen an und der Weg war ein einziger Schlammpfad.

Eines Abends, die Armee wartete darauf, dass unsere Pioniere Brücken über einen angeschwollenen Fluss errichteten, da erreichte mich ein Meldereiter und sagte, der Imperator lasse anfragen, ob ich Lust hätte, mit ihm im Hauptquartier von Tribun Aguin Guil zu Abend zu essen. Ich sagte, sehr gern, und als es dämmerte, ritt ich nach hinten zu Guils Stab.

Er hatte ein riesiges Zelt aufschlagen lassen, für dessen Transport wenigstens ein halbes Dutzend Fuhrwerke nötig sein mussten, und große Feuer brannten rundherum. Das Holz dafür musste durch Zauberei getrocknet worden sein, denn ich hatte seit vier Tagen nichts anderes mehr zustande gebracht als qualmende Haufen und seitdem keine warme Mahlzeit mehr gehabt. Ich leckte mir die Lippen, roch wunderbare Düfte – Roastbeef, frisch gebackenes Brot und Gewürze. Urplötzlich war ich hundemüde, und ich fühlte mich als genau das, was ich war – als völlig durchnässter, hungriger Soldat, der ziemlich entmutigt und mit seiner Weisheit so gut wie am Ende war.

Ich sah Dienstboten in trockenen, frischen, sauberen Uniformen Teller auf leinengedeckte Tische legen, und die Teller reflektierten golden funkelnd die Kristallleuchter, die über den bequemen Stühlen aufgehängt waren. Ich hörte Lachen, das eine oder andere von Frauen, das Klingen von Gläsern, und ich sah die Kutsche des Imperators vor dem Zelt stehen.

Ich ließ Brigstock anhalten und rutschte aus dem Sattel. Ein Mann kam auf mich zu und salutierte. Er trug die Schärpe eines Legaten. Wenn Tribunen Imperatoren bewirten, dann sind Reiter, ja selbst Lanciers nicht gut genug, die Pferde zu halten.

»Tribun á Cimabue, der Imperator freut sich, dass Ihr es einrichten konntet.«

»Nicht halb so sehr, wie ich mich freue«, antwortete ich und ging auf das Zelt zu. Ich wandte mich noch einmal nach dem Legaten um, um zu fragen, ob es möglich sei, etwas Getreide für Brigstock aufzutreiben, und sah dabei am Rande des Feuerscheins um die zwanzig Mann stehen. Sie waren alle Infanteristen, nicht mehr als Fußknechte oder Gefreite, und alle waren sie nass, abgerissen und völlig verdreckt. Haar und Bärte sahen aus, als seien sie Vogelscheuchen ausgerissen worden. Keiner der Männer schien an diesem Tag etwas gegessen zu haben, womöglich schon länger nicht mehr. Das einzig Saubere an ihnen waren ihre Schwerter und Speere.

Ich kannte jeden Einzelnen von ihnen, denn es waren die Männer, die mir auf dem schrecklichen Rückzug aus Sayana gefolgt waren, durch die grauenhafte Unterdrückung der Tovieti und den

491

Feldzug gegen Kallio. Danach hatte ich sie in hundert namenlosen Scharmützeln und Treffen an unseren Grenzen bei mir gehabt. Es waren liederliche Kerle, ungehobelt, meist nicht einmal des Lesens mächtig. Sie stanken und fluchten und es war ihnen weder in Schenken noch Bordellen zu trauen.

Aber sie waren immer da gewesen, und wenn ich ihnen befohlen hatte, nach vorn zu gehen, dann hatten sie mich als mörderischen Hurensohn verflucht – und waren gegangen. Männer ihres Dienstgrades starben zuhauf, manchmal schreiend, manchmal lautlos, manchmal mit einem rauen Scherz auf den Lippen.

Jetzt starrten sie dieses goldene Zelt an, völlig ausdruckslos.

Ich ging zu dem Legaten zurück.

»Sir?« Seine Miene war etwas besorgt, als hätte ihn bereits der Erste Tribun bei einem Fehler ertappt.

»Diese Männer da?«

»Ja, Sir?«

»Waren die schon da, als der Imperator eintraf?«

»Ich weiß es nicht, Sir. Ich nehme es an.«

»Hat er sie gesehen?«

»Könnte ich nicht sagen, Sir.«

Er warf einen Blick auf die abgerissenen Krieger. »Stimmt etwas nicht, Sir? Soll ich ihnen sagen, sie sollen gehen?«

»Nein. Aber wenn Ihr so gut wärt, dem Imperator zu sagen, dass mich dringende Geschäfte weggerufen hätten. Und vergesst nicht, mich zu entschuldigen.«

Ich spürte den Regen nicht mehr, auch nicht meine schmerzenden Knochen. Ich saß wieder auf, ritt zurück nach vorn und verbrachte die Nacht bei den Pionieren, bis an die Brust im eisigen Wasser, wo ich grob behauene Stämme zusammenband.

In der Morgendämmerung reichte mir einer eine Tasse lauwarmen Tees und einen Kanten Brot und es war mir wie ein Bankett. Ich stieg auf Brigstock, ritt über die knarrende Brücke und rief der Armee den Befehl zum Abrücken zu.

Die Sümpfe hörten nicht auf; sie wurden nur seichter und trockener, und es gab mehr Inseln und Bäume, die immer öfter aus festem Grund wuchsen. Wir befanden uns jetzt im Forst von Belaya, und eine große Erleichterung machte sich unter den Mannschaften breit, da das Schlimmste vorüber war. Endlich sahen wir durch den leichten Regen – fast mehr ein Nieseln –, dass der Boden zu einer Reihe sanfter Hügel anzusteigen begann, die sich fast wie die Ausläufer eines Gebirges ausnahmen. Über eine gewundene Kette winziger Halbinseln marschierte die Armee darauf zu. Links und rechts von uns – im Westen und Osten – hatten wir die Ausläufer der Stümpfe. Wir legten an Tempo zu, uns war nach trockenen Füßen, trockener Kost und der Möglichkeit, auf dem ansteigenden Gelände vor uns ein Feuer zu bauen.

Unsere letzten Elemente kamen eben aus den Ausläufern, als die maisirische Armee vom Sumpf aus zuschlug.

Ihre Magier sorgten mit ihrem Verwirrungs- und Gleichgültigkeitszauber für eine Art Unsichtbarkeit: niemand machte sich die Mühe, sich zu überlegen, was im Westen lag, alles glaubte, ohne sich dessen zu vergewissern, es gebe dort nichts als Nässe und Schlamm. Dort lagen die Maisirer versteckt und passten uns ab.

Ihr Angriff, für den noch nicht einmal ein Signal gegeben wurde, kam wie eine Welle aus dem Sumpf; unter Kriegsgeheul kamen sie auf uns zu.

Sie hätten uns Platz lassen sollen, in unserer Panik zu fliehen. Hätten wir rechts von uns den Wald oder die *Suebi* gehabt, die Männer hätten vielleicht kapituliert. Aber mit Sumpf auf allen Seiten außer nach vorne zu konnten wir nirgendwohin.

Die Maisirer hatten noch immer nicht bemerkt, dass unsere Armee beim Marsch die kämpfende Truppe über den ganzen Zug verteilte, so dass sie nicht nur auf Versorgungseinheiten stießen. Nachdem sie Versprengte und den Tross niedergemacht hatten, stießen sie auf einige von Mercia Petre und Myrus Le Balafre geführte Korps.

Die beiden reagierten auf der Stelle, ruhig, wenn auch lautstark, und befahlen allen Elementen, nach links zu schwenken und für den Angriff bereitzustehen. Offiziere und Unterführer brüllten von schrecklichen Strafen für jeden, der nicht wenigstens ein halbes Dutzend Maisirer erschlug – und Saionji persönlich helfe jedem, der zauderte oder auch nur an Flucht dachte. Hier erfüllte sich der Sinn der Ausbildung: Bringe einem Soldaten bei, seine Führer mehr zu fürchten als den Feind, und er kämpft hart und lang.

Dazu kam ein lange verhaltener, siedender Zorn darüber, dass die Maisirer sich nicht dem Kampf stellen wollten, sondern uns immer nur in den Rücken gefallen waren. Jetzt hatten wir sie vor uns in einer offenen Schlacht und wir wollten Blut sehen.

Der Zug schwenkte nach links ab und stellte sich in Linie auf. Versorgungs- und andere »weiche« Einheiten rief man nach rechts, wo jetzt mit einem Mal hinten war. Ich möchte hier nicht so tun, als hätte das alles wie am Schnürchen, ja überhaupt durch die Bank bei allen Zügen geklappt. Aber wir hatten genügend Soldaten, die Sack und Pack fallen ließen, die Schwerter bereit, genügend Bogner, die sich eine Hand voll Pfeile aus dem Köcher griffen und in hohem Bogen auf den Feind zuschickten, und so war die erste Welle des maisirischen Angriffs gestoppt.

Bevor die zweite Welle aus der zaudernden ersten heraus angreifen konnte, hatten andere von uns die Pfähle geholt, die wir unter den Wagen als Lagerpalisaden mitführten, und in den weichen Boden gerammt, im Winkel gegen den Feind. Dann brandete die zweite Welle gegen unsere Linie an.

Ich befand mich ziemlich weit vorn, bei der Zwanzigsten Schweren Kavallerie, und ein Stück hinter mir befand sich die Kutsche des Imperators, als ein Reiter herangaloppiert kam – obwohl ich aus dem Lärm natürlich schon auf das geschlossen hatte, was passiert war.

Offiziere brüllten ihre Befehle, Männer schüttelte ihre Packen ab und schlugen die Mantelsäcke von ihren Pferden, Lanzen oder Schwerter erschienen in jeder Hand.

Ich rutschte von der Stute, die ich geritten hatte, um auf den bereits gesattelten Brigstock zu steigen. Ich spornte ihn zum Galopp an und ritt nach hinten zur Kutsche des Imperators. Tenedos hatte seine Wagen zu einem Kreis auffahren und seine Leibgarde absitzen und die Wagenburg umringen lassen. Er kommandierte die Brüderschaft in ihren Kutten herum und die ganze Gegend wimmelte nur so von Stabsoffizieren und Zaubergehilfen. Einer der Letzteren sprenkelte gerade in geheimnisvollen Mustern ein farbiges Pulver aufs nasse Gras, da sich die Moorlandschaft schlecht mit Kreide bemalen ließ, andere entzündeten Kohlebecken. Magier befahlen Kräuter zu mischen und in die Becken zu werfen, rollten Bündel aus und gingen den Inhalt durch.

»Damastes, übernimm den Befehl über die Kavallerie«, befahl der Imperator. Seine Stimme war völlig ruhig. »Nimm sie herum und versuche, den Bastarden in die Flanke zu fallen. Ich werde ihnen selbst etwas zusetzen. Ich habe bereits Verstärkung die Linien hinauf zu Le Balafre und Petre geschickt.«

Ich salutierte und trieb Brigstock zurück zur Zwanzigsten. Meine Meldereiter und die Roten Lanciers warteten schon. Ich schickte rasch Befehle an die Dominas, die die Vorhut an der ehemaligen Spitze befehligten: Wir würden nach rechts abmarschieren und uns dann in einem Schwenk wieder der Schlacht zuwenden. Nach der Wende würden wir uns in Linie formieren und zum Angriff übergehen. Im Schritttempo marschierten wir los.

Ich spürte eine Art Schimmern, ein Krabbeln, einen Schauer an Muskeln und Nerven. Wir waren von Magie umgeben. Der Imperator wirkte seinen Zauber. Ich stand etwas abseits, sah Bäume und Reben sich neigen und drehen und spürte das Böse, bis man uns als »Verbündete erkannte«. Es war derselbe Zauber, den Tenedos gegen Chardin Shers Armee gewirkt hatte, damals in jenem Wald um Dabormida. Ich hatte seinerzeit Tanis gedankt, nicht Zeuge von so viel Bösem geworden zu sein. Jetzt würde mir nichts anderes übrig bleiben. Die Bäume würden zum Leben erwachen und nach ihren Feinden greifen, würden sie im Fallen erdrücken; Äste würden sie erwürgen; Wurzeln würden sich erheben, um sie in der Luft zu zerreißen. Männer würden wahnsinnig in diesem Grauen – Dinge

495

zu sehen, die es nicht geben durfte! – und davonlaufen, nur um von einem anderen Alptraum erdrückt oder von heranstürmenden Soldaten niedergemacht zu werden.

Die Bäume bewegten sich, es kam Leben in sie, als beugte sie ein Orkan, nur dass kein Wind zu spüren war und der Regen lotrecht vom Himmel fiel. Männer drehten sich um, sahen mich an, die Gesichter kreidebleich, voller Angst. Ich tat, als lache ich, und rief ihnen zu, die Magie des Imperators habe es wirklich in sich, und sie rissen sich zusammen. Dann war das Krabbeln verschwunden und alles war wieder normal. Ich wusste nicht, was passiert war, aber die Logik sagte mir, dass die maisirischen Magier Tenedos' Zauber neutralisiert hatten. Jetzt wären sie an der Reihe, es sei denn, es gelang dem Imperator, seine Macht rasch wieder aufzubauen. Er war jedoch nicht schnell genug und rote Blitze durchzuckten den Regen. Es war, als griffen uns Glühwürmchen an oder die winzigen roten Kolibris, von denen es in den Dschungeln von Cimabue während der Zeit der Geburten so viele gab. Dann waren sie auch schon über uns, und sie waren alles andere als sinnlich oder freundlich, sondern schiere Flammen direkt aus Shahriys Reich, die auch der Regen nicht zu löschen vermochte. Sie fanden uns, blieben kleben, blitzten auf, und das Schreien begann.

Ein Blitz streifte meinen Unterarm und ein sengendes Feuer brach aus. Die Flamme wuchs, nährte sich von mir, von meiner Energie, und mir drehte sich der Kopf vor Höllenqualen und Angst. Es war wie das größere Feuer, in das ich mich vor noch gar nicht so langer Zeit geworfen hatte. Meine andere Hand tastete nach meiner Taille, bis sie Yonges Dolch fand. Ich kratzte wie ein Wahnsinniger drauflos, und die Flamme fiel ab, der Schmerz war verschwunden, obwohl mein Ärmel durchgebrannt war. Zuerst dachte ich, es sei das Silber an Knauf und Heft des Messers, aber dann wurde mir klar, dass alles, womit ich die Flamme berührt hatte, der blanke Stahl war. Andere Männer machten dieselbe Entdeckung und kratzten mit Messern, Schwertern, ja selbst Pfeilspitzen auf die winzigen Mörder ein, und sie verschwanden. Aber es gab auch jene, die nicht schnell genug gewesen oder in Panik geraten waren. Ihre Körper loderten auf, kippten um, krümmten sich, dann waren sie tot. Pferde gingen hoch, wieherten auf vor Angst und Schmerzen und verbrannten dabei. Fast wäre die Formation auseinander gefallen, aber dann waren die Flammen fort, als hätte der Regen und nicht ein Gegenzauber sie gelöscht.

Der Imperator schickte den Befehl die Linie hinab, dass Le Balafre und Petre angreifen sollten. Aber die beiden hatten den Befehl nicht gebraucht; sie wussten, ein Gegenangriff kommt am besten sofort, und einem Hinterhalt begegnet man am besten, indem man die Angreifer geradewegs überrennt. Die beiden Tribunen waren die Ersten, die angriffen, die Schwerter gehoben, gleich neben ihren Standarten. Unsere Männer ließen ein lautes »Numantia!« hören und griffen an.

Sie machten die zweite Welle ebenso nieder wie die Reste der ersten und setzten ihren Weg fort, ihre Linien erst schwankend, dann fest, und unter dem Regen, der das Blut von ihren Schwertern und Speeren wusch, wälzten sie sich unerbittlich auf die maisirischen Linien zu.

Für mich war es jetzt an der Zeit, meine Reiterei vorzuschicken und den Maisirern in die Flanke zu fallen, sie aufzureißen. Nur dass …

Ich behaupte nicht, auch nur das geringste Talent für die Magie zu haben oder irgendetwas, das über die normalen menschlichen Sinne hinausgeht. Und so hörte ich vielleicht etwas in weiter Ferne. Oder es mochte das Blitzen eines Harnischs, einer Flagge, ja selbst eines Feuers gewesen sein.

Jedenfalls blickte ich nach rechts, also weg von den maisirischen Linien, hinauf zu den verlockenden sanften Hügeln, auf die wir zugeeilt waren. Ein herrlicher Platz zum Lagern. Oder um von dort aus einen Angriff zu führen; das Gefälle verliehe ihm noch zusätzliche Wucht. Und außer einigen Vorreitern hatte ich von der maisirischen Kavallerie nichts gesehen …

Ich rief nach meinen Meldern und gab knapp meine Order. Einige glotzten mich an, und ich rief: »Ja doch, ja!« Und fügte hinzu: »Also, nun reitet schon los, verdammt noch mal!« Sie gehorchten. Tribun Safdur, der im Prinzip das Kommando über die Reiterei hatte, starrte mich mit offenem Mund an, blieb aber stumm. Ich schickte zwei meiner Stabsoffiziere zurück zur Armee, den einen zum Imperator, um ihm von meinem dummen Ungehorsam zu berichten, den anderen zu Linerges, der das Korps gleich hinter dem meinen befehligte, auf dass er mit uns angriff.

Träge schwenkte die graue Masse der numantischen Kavallerie nach rechts, weg von der maisirischen Attacke auf das höher gelegene Gelände zu, anscheinend dem dümmsten Befehl folgend, den ich mir je geleistet hatte, deshalb gab ich Zeichen zum Trab. Signalhörner erklangen und die ungeheure gepanzerte Faust begann sich zu strecken. Ich spornte Brigstock zum Galopp an, und wir schossen durch die Flankenreiter an die Spitze der Kavallerie, meine Roten Lanciers direkt hinter mir.

Männer und Pferde eine fein abgestimmte Waffe, schossen wir die sanfte Steigung hinauf, über die Kuppe, mitten hinein in die maisirische Kavallerie. Sie stand in Linie, wartete auf die Gelegenheit für ihren Überraschungsangriff, als wir ihnen in die Flanke fuhren wie eine Lanze in die ungepanzerte Seite eines Soldaten. Sie versuchten einen Schwenk, waren aber zu langsam, und wir zerschlugen sie wie ein Vorschlaghammer Kristall.

Ein Mann schwang einen Morgenstern, und ich ließ die Kette der Waffe sich an meiner Lanze aufwickeln und riss sie ihm dann aus der Hand. Er ruderte mit den Armen, wusste nicht, was er machen sollte, und Curti schoss ihn ab. Ich schleuderte die nun nutzlose Lanze dem nächsten Maisirer ins Gesicht und ließ Svalbard ihm den Rest geben. Ich hatte das Schwert in der einen Hand, Yonges langen Dolch in der anderen, als ich einen Schwertstreich parierte, nach meinem Angreifer schlug und ihn verfehlte, worauf der Mann im Getümmel verschwand.

Ein Speer schoss auf mein Gesicht zu. Ich zuckte zurück und dem Werfer wuchs ein Pfeil aus dem Auge, dann kippte er um. Ein reiterloses Pferd schlug nach Brigstock aus und mit einem Wiehern erwischte der Hengst es mit einem eisernen Hufeisen, während ich einen Mann aufspießte, der mit erhobenem Schwert auf mich zugerannt kam, das er über dem Kopf schwang. Dann fielen gleich zwei über mich her, gerieten sich ins Gehege, beschimpften einander, und ich steckte dem einen die Klinge in den Bauch und ließ ihn gegen seinen Kameraden fallen, dem ich den Schenkel öffnete, worauf er das Interesse an mir verlor.

Die Schlacht zog sich hin, als wolle sie kein Ende nehmen, aber schließlich durchbrachen wir ihre Linie, formierten uns neu und schlugen uns in einem Blutband von der anderen Seite her durch. Ich sah mich nach Standarten um, die auf König Bairan hingewiesen hätten – oder, besser noch, den Azaz –, in der Hoffnung auf ein rasches Ende der Schlacht, dieses Krieges, und ich verspürte eine weiß glühende Wut dabei, aber ich konnte nichts sehen.

Ich sah fünfzig Mann auf völlig gleichen weißen Hengsten, alle in Schwarz, über ihren Köpfen ein gelbes Banner. An ihrer Spitze ritt ein Mann in Harnisch und geöffnetem Helm. Ich erkannte in ihm Rauri Rewald, den Kommandeur ihrer Kavallerie, den ich in Jarrah kennen gelernt hatte, und im selben Augenblick erkannte er auch mich; beide brüllten wir denselben Befehl:

»Auf den Mann da!«

»Tötet ihn!«

Meine Roten Lanciers und seine Leibwache wogten aufeinander zu und schon war ein höllischer Wahnsinn im Gange. Einer schlug nach meinem Bein, und ich verspürte einen Schmerz, sah etwas Blut, dann schlug ich meinerseits zu, und sein Schwert flog – mitsamt dem Arm – durch die Luft, worauf ich ihn vergaß.

Ein anderer Maisirer geriet unter einem Schlag ins Taumeln, den er nicht hatte kommen sehen, und ich drosch ihm meine Klinge auf den Helm, worauf er davontaumelte. Ich mag noch den einen oder anderen getötet haben, vielleicht auch drei, aber ich erinnere mich nicht genau.

Ich erinnere mich nur noch an die Lichtung, die plötzlich in dem wogenden Gemetzel entstand, mit niemandem sonst darauf als Rewald auf seinem tänzelnden weißen Pferd und mir selbst.

Rewalds Beidhänder kam mir entgegen, und ich schlug ihn beiseite und riskierte dann einen Stoß, der harmlos gegen seinen Brustpanzer schlug. Dann versetzte er mir einen Schlag von solcher Wucht, dass mein Arm ganz taub wurde, als ich ihn mit dem Schild abfing.

Er öffnete den Mund, um etwas zu schreien, ohne Zweifel eine großartige Herausforderung, von der noch Generationen später berichtet werden sollte, und ich hatte keine Antwort außer einem blitzschnellen Stoß, der ihn im Gesicht erwischte und bis ins Gehirn drang, durch den Schädel, dann sprang auch schon der Helm davon. Die Augen gingen ihm auf, dann kippte er weg, rutschte mir von der Klinge, und ich hörte ein großes Geheul.

Trotzdem hörten seine Männer nicht auf zu kämpfen. Der tödliche Strudel setzte sich fort, riss sie mit, und dann scharrten blutüberströmte Pferde im Todeskampf, schrien Haufen schwarz gerüsteter Körper gegen das Locken Saionjis an. Aber viel zu viele meiner Lanciers waren gefallen. Ich schnappte nach Luft, konnte mich nicht mehr daran erinnern, während der letzten Stunden, Tage, geatmet zu haben, und sah, dass man auf der anderen Seite der blutigen Walstatt Waffen wegwarf, Reiter davongaloppierten, Männer die Hände hoben und sich ergaben. Mir wurde klar, wir hatten gesiegt.

Dann schickte der Imperator seinen letzten Zauber gegen die Maisirer im Sumpf. Einen langen Augenblick wusste keiner der Numantier, was er davon halten sollte, aber die Maisirer schienen plötzlich wahnsinnig geworden zu sein, schlugen ins Nichts, kratzten sich an den Augen, schrien vor Schmerz, vergaßen den Krieg – und dann fuhren unsere Soldaten in ihre Reihen.

Der Zauber war simpel – Bremsen, weiter nichts. Oder nicht ganz. Sie waren nämlich unsichtbar, ihre Stiche brannten wie zuvor das maisirische Feuer und die beängstigenden Schmerzen störten den Kämpfer bei seinem Geschäft, und so hatte sein Gegner ein leichtes Spiel. Der Zauber hielt nur wenige Sekunden, aber das war genug. Die zaudernde maisirische Linie löste sich auf und die Soldaten ergaben sich zu Tausenden oder liefen davon.

So waren wir denn endlich auf die maisirische Armee getroffen und hatten sie zerschlagen. Von König Bairan hörten wir nichts, nichts von den *Jedaz*, den Generälen seiner Armee. Die Reste der maisirischen Armee flohen weiter in den Norden des Landes.

Der Imperator jedoch war zufrieden. »Wir haben sie«, sagte er. »Ihr König kann es sich nicht leisten, diesen Krieg weiterzuführen. Nicht nach dem hier.« Dann sagte er etwas Merkwürdiges. »Und der Preis wurde bezahlt. Jetzt habe ich die Macht auf meiner Seite. Jetzt ist der Weg nach Jarrah frei.« Der Preis jedoch war schrecklich. Fast dreißigtausend unserer Besten – Fußvolk, Reiterei, Späher – waren auf diesem namenlosen Schlachtfeld gefallen, lagen im Sterben oder waren tödlich verwundet. Die Zauberer und Feldscheren taten, was sie konnten, um den Verwundeten zu helfen. Aber allzu oft blieb nichts mehr zu tun, als ein kurzes Gebet zu sprechen und einen Fetzen Tuch zu finden, der sich über die gerade leer gewordenen Augen legen ließ. Unter den Toten waren auch Mercia Petre und sein Adjutant Phillack Herton, der ihm, so hoffe ich von ganzem Herzen, mehr als nur Gefährte und Offiziersbursche war und meinem Freund Liebe gegeben hat.

In jener Nacht schichteten wir Scheiterhaufen auf und brachten Opfer dar.

Ich sah dem Wüten der Feuer zu und dachte an Mercia zurück, diesen emotionslosen, trockenen, manchmal liederlichen Mann, für den es nichts gegeben hatte als die Armee.

Ich spürte einen Mann neben mir und sah, dass es Le Balafre war. Sein Bein war bandagiert und er trug einen Arm in der Schlinge. Lange starrte er in Petres loderndes Ehrenmal, dann sagte er so leise, dass ich es kaum hörte:

»Er starb einen guten Tod. Unsere Art Tod.« Dann ging er, hinaus in die Dunkelheit.

Der Weg nach Jarrah war frei.

24 *Die verlassene Stadt*

Wieder einmal blickte ich hinab auf das weitläufige Jarrah, nur dass es mir diesmal eiskalt über den Rücken lief. Es ist eine Sache, eine kleine Stadt wie Irthing verlassen vor sich zu sehen, eine ganz andere jedoch, eine Metropole wie Jarrah im Nieselregen ohne eine Menschenseele auf der Straße zu erblicken, ohne ein einziges Pferd, ohne einen rauchenden Schornstein, ohne Geräusch außer dem Wind, der durch die leeren Straßen pfeift.

Wir hatten den Marsch nach Jarrah in knapp sechs Tagen geschafft und unsere Kundschafter und Späher hatten sich am Morgen des siebten in die Außenbezirke der Stadt gewagt. Sie hatten nichts gefunden und waren gescheit genug gewesen, sofort Stellung zu beziehen und den Imperator zu benachrichtigen. Er war mit dem gesamten Korps vorgerückt und hatte die Chare-Bruderschaft mitgenommen. Sie wirkten einen Zauber nach dem anderen, um zu sehen, ob man Jarrah in eine riesige magische Falle verwandelt hatte, entdeckten jedoch nichts.

Ich versuchte, mir ein Volk vorzustellen, das so gehorsam war, auf Befehl seines Königs in die Wildnis zu gehen, und dachte daran, wie viele unselige Menschen dazu verurteilt wären, auf das Rad zurückzukehren angesichts der Rauheit der Wälder im Süden der Stadt. Was hatte Bairan vor? Was beabsichtigte er? War er wahnsinnig geworden?

Der Imperator befahl der Armee, vor der Stadt zu lagern. Er wollte Jarrah nicht als geplünderte Ruine, sondern intakt. Das enttäuschte Brummen der Armee hielt sich in Grenzen, schließlich wusste keiner, welche Fallen man ihnen gestellt hatte.

Wir schickten zwei Regimenter Kavallerie zur Aufklärung in die Stadt, und ich machte Safdur den »Vorschlag«, die Siebzehnten und das Zwanzigste zu nehmen, meine liebsten Eliteeinheiten; außerdem sagte ich, ich würde sie führen.

Das Klappern der Hufe klang laut auf dem Kopfsteinpflaster, als wir in die Stadt einritten. Diesmal machte ich alles nach Vorschrift, postierte Züge an jeder Kreuzung und ließ meine Leute in keine Gegend, die nicht ausgekundschaftet war. Mein Ziel war Moriton, war Bairans Palast. Auf halbem Weg durch die Stadt gingen mir die Männer aus, und ich schickte nach zwei Infanterieregimentern, um meine Posten zu ersetzen, dann setzte ich meine Bocksprünge nach vorne fort. Wir fanden ein paar Maisirer, in der Hauptsache Greise oder Gesetzlose. Sie huschten in irgendwelche Verstecke und wir versuchten nicht, sie aufzuhalten.

Die Tore von Moriton waren verriegelt. Wir warfen Enterhaken hinüber und ein halbes Dutzend Freiwilliger kletterte die Stricke hinauf. Einige Minuten darauf schwang das Tor auf. Wir ritten am Octagon vorbei, dessen Tore klaffend offen standen. Mit drei Mann ging ich hinein. Die Zellen waren leer. Ich fand eine Leiche, aufgespießt auf einer der hohen Glaspiken der inneren Mauer. Es war der Chef der Wärter, Shikao, der Mann mit dem Lächeln eines Totenschädels. Das stellte mich vor ein Rätsel – gewiss hätten König Bairans Soldaten so etwas nicht zugelassen. Also was war mit den Gefangenen passiert? Wo waren sie?

Wir ritten die vielfarbige Zufahrt zu König Bairans Palast hinauf. Ich ging hinein, sah meinen Atem in ungeheizten, leeren Korridoren und Audienzräumen kondensieren und hörte meine Stiefel durch die Leere hallen.

Ich machte noch einen weiteren Ausflug ans hintere Ende von Moriton, wo hinter den Mauern der Forst von Belaya dräute, zur finsteren Burg des Azaz. Wir sahen keine Menschenseele und die Tore waren verschlossen. Mit Sicherheit hatte der Azaz Vorkehrungen gegen Besucher getroffen.

Wir erstatteten dem Imperator Bericht.

Tenedos ging in die Luft. »Wie kann dieser barbarische Bastard es wagen, sich einen König zu nennen? Und dieses verdammte

Volk, das ihm untertan ist – was für ein idiotisches Bauernpack! Was machen sie? Sind sie zu gottverdammt dumm, um zu sehen, dass sie verloren sind? Wo bei allen Höllen bleibt Bairans Friedensdelegation? Wo bei allen Höllen sind die weißen Fahnen?«

Ich war viel zu gescheit, um meine Gedanken auszudrücken: Angenommen, König Bairan und die Maisirer hielten sich nicht für besiegt? Angenommen, Jarrah spielte keine Rolle für sie – keine größere als der Rest von Maisir, den sie aufgegeben hatten? Es gab immer noch viele Tausend Werst im Süden, Norden und Westen, wo kein Mensch je von Numantiern gehört hatte. Hatte der Krieg für sie womöglich noch gar nicht richtig begonnen? Waren sie immer noch zuversichtlich, ihn gewinnen zu können?

Mich überlief ein eisiger Schauer, denn jeder, der so etwas glauben konnte, nachdem die Hauptstadt und tausend Werst seines Landes sich in der Hand des Feindes befanden und Maisir nicht eine Schlacht gewonnen hatte, der musste nicht weniger unmenschlich sein als nur irgendein von Zauberern gerufener Dämon.

»Nicht dass es eine Rolle spielt«, sagte Tenedos und zwang sich zu einem leichteren Ton. »Ich – wir haben seine Hauptstadt, das heißt, wir haben Maisir. Wir untersuchen die Stadt morgen, beim ersten Tageslicht.«

Ich fragte mich, was für eine Art Triumph das wohl sein würde, lächelte aber, pflichtete ihm bei, salutierte und bat, wegtreten zu dürfen. Ich hätte mich sofort an die Vorbereitungen für den morgigen Tag machen sollen, welche Einheiten wann wohin marschieren sollten, aber schließlich hatte ich einen Stab, und so ließ ich mein Herz entscheiden, etwas, was ich vielleicht öfter hätte tun sollen. Ich befahl Svalbard, Capitain Balkh aufzutreiben und die Lanciers in zehn Minuten zum Abrücken bereitzuhalten.

Ich machte mich an ein sinnloses Unterfangen, schließlich wusste ich, wie hoffnungslos mein Traum war. Wir ritten rasch durch Jarrah in die Außenbezirke im Süden der Stadt, dann setzten wir unseren Weg aufs Land hinaus fort. Es war spät, es wurde langsam dunkel und das Nieseln nahm zu.

Wir hatten ein kleines Dorf vor uns und Svalbard lenkte sein Pferd neben das meine. »Ich bitte um Vergebung, Sir. Aber würdet Ihr mir den Gefallen tun, mir in die Augen zu schauen?« Ich war verblüfft, zumal dies von einem sonst so verschlossenen alten Soldaten wie Svalbard kam, aber ich sah ihn an.

»Na schön«, murmelte er. »Ich schätze, verhext seid Ihr nicht. Aber wie ich das mit Sicherheit sagen sollte, weiß ich auch nicht ...« Er ließ sein Pferd in die Formation zurückfallen. Meine Sorgen verschwanden, mit meiner finsteren Laune war es vorbei und ich lachte laut auf. Zweifelsohne beunruhigte dies meine Lanciers noch mehr.

Das Dorf war nicht nur verlassen, man hatte es auch geplündert und niedergebrannt. Wir passierten es und ritten tiefer ins Land, kamen schließlich um eine Biege, und der steile Fels mit der finsteren Burg der Dalriada türmte sich vor uns auf.

Ich sah eine Bewegung am Fuße der Burg, und wir ritten, die Waffen bereit, im Trab die gewundene Straße hinauf. Einen Bogenschuss vor dem Tor standen sechzehn Männer in kunterbunter Kleidung, von abgerissenen numantischen Uniformen über Waldläuferlumpen bis hin zu zweien in maisirischen Uniformröcken. Meine Schützen hatten die Pfeile in der Kerbe, die Bogen gespannt, als einer der Männer wild mit den Armen winkend auf mich zugerannt kam. »Wartet«, rief er. »Nicht schießen. Wir gehören zu Euch. Wir sind Yonges Leute.«

Ich bin sicher, ihr Anführer hielt das, was er da veranstaltete, für einen ausgesprochen zackigen Salut. »Feldwebel der Kundschafter Lanbay«, sagte er. »Von der dritten Hundertschaft von Yonges Spähtrupp.«

»Was bei allen Teufeln treibt Ihr so weit weg von der Armee?«

Lanbay wand sich und sah außerordentlich verlegen aus. »Ah ... wir, na ja, wir wollten sehen, was mit ... na ja, aus den Sachen ... geworden ist.«

Einer meiner Leute kicherte.

»Ihr meint, Ihr wart am Plündern?«

»Nein, Sir.« Lanbay durchsuchte seinen Katalog von Mienen, fand aber keinen für »beleidigte Unschuld« und begnügte sich damit, die Augen zu verdrehen, so dass er wie ein Dorftrottel aussah. »Würde mir nicht im Traum einfallen, Sir. Kann man gehängt werden für, nicht wahr?«

Es war mehr als nur ein Lachen zu hören.

»Lassen wir das, Feldwebel, aber lasst Euch gesagt sein, dass Ihr ein beschissener Lügner seid«, erwiderte ich. »Also, was habt Ihr hier in Dalriada verloren? Und versucht es mit der Wahrheit. Womöglich sterbt Ihr ja gar nicht daran.«

Lanbay holte tief Luft, prüfte meinen Ausdruck, dachte daran, dass ich schon so manchen numantischen Soldaten wegen Kriegsverbrechen hatte aufhängen lassen, und entschloss sich dann, meinem Vorschlag zu folgen. »Wir hatten Angst vor der Stadt, Sir. Wir wussten ja nicht, was für ein Zauber uns da womöglich erwartete. Da haben wir uns gedacht, suchen wir uns was ein bisschen abseits und arbeiten uns dann vielleicht wieder auf unsere Linien zu.«

Seine Männer kamen neben ihn, erleichtert, dass ich sie offensichtlich nicht gleich aufhängen lassen würde. »Wir haben uns gedacht, vielleicht finden wir was in dem Dorf da hinten«, sagte einer seiner Männer. »Aber das hatten sie schon ausgeräumt und abgebrannt. Dann haben wir die Burg hier gesehen. In so einer Burg, da gibt es immer was zu holen. Aber die wehren sich.«

»Irisu am Seil!« Ich schrie fast auf und sah mich nach einer Deckung um, als ich die Linie grimmiger Männer mit Helmen auf den Zinnen sah. Ich war entsetzt über unsere unglaubliche Unvorsichtigkeit, meine eigene wie die meiner Männer. Meine Lanciers nahmen sofort Deckung, die Bogner fummelten Pfeile an ihre Sehnen.

»Keine Bange, Sir. Die greifen nicht an. Schätze, sie sind nicht genug für eine ordentliche Verteidigung, also warten sie ab, um zu sehen, was wir machen, eh?«

Ich starrte hinauf und sah, dass da etwas nicht stimmte. Eines der Gesichter rührte an etwas in mir, dann ein zweites. Ich suchte nach der Erinnerung, dann hörte ich das Knarren eines Räderwerks und langsam gingen die Tore auf. Eine schlanke Gestalt in einem Militärmantel kam heraus.

Eine Frau. Sie kam auf uns zu, ich erkannte sie und schon war ich aus dem Sattel, und dann liefen wir beide los, Tränen strömten mir aus den Augen und ich genierte mich nicht. Ich fing Alegria auf und hielt sie ungläubig eine Ewigkeit lang fest. Ich schätze, wir haben uns geküsst, ich weiß es nicht mehr, mein Herz war einfach zu voll, so wie es jetzt zu voll ist beim Gedanken daran.

»Wie …«, bekam ich schnaufend hervor.

Auch Alegria weinte. Sie brachte ein Lächeln zustande. »Soll ich jetzt nicht sagen: ›Ich wusste doch, dass du kommst‹?«

Ich drückte sie noch einmal an mich, mein Verstand bedankte sich stammelnd bei Irisu, Isa, Vachan, Tanis, ja selbst bei Saionji – Göttern, die ich kannte, Göttern, die mir unbekannt waren.

»Möchtest du mit deinen Leuten nicht hereinkommen?«, fragte Alegria.

Ich versuchte, einen Befehl zu schreien, hatte aber einen Frosch im Hals. »Wir kommen rein«, sagte ich schließlich und hörte mich dabei weniger nach dem Ersten Tribun einer Armee als nach einem wimmernden Halbwüchsigen an. Dann kam ich wieder zu Sinnen. »Sag bitte deiner Wache Bescheid.«

»Meiner Wache brauche ich nicht Bescheid zu sagen«, sagte Alegria. »Die kennen jeden meiner Gedanken.« Sie kicherte.

Ohne einen Gedanken an meine Männer, nichts anderes im Kopf, als mit meiner Liebsten allein sein zu wollen, allein sein zu müssen, in einem Raum mit einem riesigen Bett, trat ich wie betäubt durch das Tor.

»Meine Männer, Sir«, sagte sie mit einem Knicks. »Wie Ihr Euch vielleicht erinnert, sind sie eher für … einen anderen Dienst bekannt.« Ich blickte zur Brustwehr hinauf und schnaubte entsetzt. Sämtliche Wachen, die ich sah, waren für den Kampf gerüstet, mit Helmen und Panzerhemden. Die Speere standen neben ihnen an die Mauer gelehnt. Nur waren sie, einer wie der andere, von den Hüften abwärts nackt, und nicht einer von ihnen ließ sich von seinem Wachdienst abbringen, um uns neugierig anzustarren. Und was noch merkwürdiger war: Ihre Riemen, so groß oder klein sie sein mochten, waren steif.

Dann fiel mir ein, wo ich sie gesehen hatte – als ich in eine Tür spähte, die nicht offen hätte sein dürfen, und sie auf den Pritschen liegen sah, die Riemen stramm für die nächste Gruppe von Schülerinnen. Mir fiel ein, dass mir Alegria den Spitznamen der Dalriada für sie genannt hatte: *Steckenpferde.*

»Die Soldaten des Königs waren hier«, erzählte Alegria, »und sagten, wir müssten fort, weg von Jarrah, weil die bösen Männer aus dem Norden kämen und wir nicht hier sein dürften, um nicht ihren Grausamkeiten ausgesetzt zu sein. Es ging drunter und drüber, und in all dem Durcheinander habe ich mich an einem Ort versteckt, von dem ich wusste, dass mich dort niemand finden würde. Schließlich wusste ich, dass du bei den Barbaren wärst und ich nichts zu fürchten hätte.

Dann wurde mir klar, dass es womöglich eine Weile dauert, bis du kommst, und ich wollte keine numantischen Soldaten kennen lernen, die meine Geschichte womöglich nicht interessiert. Die Wachen sind natürlich mit den Dalriada abgezogen. Aber die Steckenpferde waren noch da, und da sie ohnehin ständig mit ihrer Männlichkeit prahlen, dachte ich mir, gibst du ihnen eine Möglichkeit, sich zu beweisen. Ich fand Waffen und Rüstzeug in einem der Magazine und habe einigen mit Schwärze Bärte und Schnauzer angemalt, schließlich haben die Handwerker, die sie geschaffen haben, ihnen allen dasselbe Gesicht verpasst. Ich würde sagen, meine Männer haben sich ganz wacker gehalten, nicht wahr?«

Aber ich hörte ihr freilich kaum zu. »Alegria«, sagte ich heiser, und in meinem Kopf drehte sich alles. »Ich brauche dich. Götter, ich brauche dich. Jetzt!«

»Ihr befehlt mir, Sir«, sagte sie geziert.

»Wenn ich gewusst hätte, dass du vorhast, *so* schnell zu kommen, dann hätte ich dich mit dem Mund geliebt«, meinte Alegria. »Ich wusste gar nicht, dass ein Mann so viel in sich haben kann.«

»Das und mehr«, sagte ich. »Denn ich bin mit keiner zusammen gewesen seit dir.«

»Wie ich sehe, seid Ihr noch immer so hart wie irgendeiner der Männer auf der Brustwehr, Sir, es ist also kein Verlust.« Alegrias leichter Ton änderte sich, ihre Stimme wurde kehlig. »Und jetzt liebe mich noch mal, denn bei allen Göttern, ich liebe dich.«

Unsere Kleidung rund um uns verstreut, lagen wir auf einem Teppich vor einem Kaminfeuer, in das Leben zu kommen begann. Nach wie vor in ihr, nahm ich sie bei der Taille hoch. Sie schlang die langen Beine um meine Hüften und ich trug sie zu ihrem kleinen Bett. Dann sah ich etwas Besseres – eine lange Bank mit Kniepolstern an der Wand des mit Teppichen behängten Raums; auf die legte ich sie, die Hüften genau an der Kante.

»Du bist rausgerutscht«, stellte sie enttäuscht fest. »Und jetzt tropfst du aus mir raus.«

»Nicht lange«, sagte ich, ging auf die Knie und steckte meinen Riemen in ihre Feuchte zurück. Rhythmisch bewegte ich mich ein und aus, gerade dass ich nicht herausrutschte, und sie bewegte stöhnend die Beine neben den meinen auf und ab.

Ihr Keuchen wurde lauter und sie rief etwas, Obszönitäten, meinen Namen. Ihre Beine hoben sich an meine Schultern, und ich hielt sie fest, tief in ihr, und zerrte an ihren Schenkeln, bis sie schreiend kam.

»Wäre es nicht wunderbar«, sagte sie verträumt, »wenn mir diese Nacht ein Kind von dir bringen würde?«

Ihre Worte brachten mich für einen Augenblick zurück in die Wirklichkeit. »Möchtest du das?«

»Gewiss«, antwortete sie. »Ich bin völlig schamlos geworden, Damastes, und was immer mir einfallen will, mich dir näher zu bringen … nun, das werde ich tun.«

509

»Du brauchst nicht mehr zu tun als bisher«, sagte ich wahrheitsgemäß. »Denn ich bin dein, so lange du willst.«

»Wie lange ist für immer?«, flüsterte sie.

Irgendwann kurz vor dem Morgengrauen kam ich wieder zu Sinnen, und mir wurde klar, dass ich mich nicht um meine Männer noch um unsere Sicherheit gekümmert hatte. Ich murmelte etwas von meiner Dummheit, stieg aus dem Bett, ohne Alegria aufzuwecken, zog mir einen Mantel über die Schultern und trat, etwas bange vor dem, was ich womöglich sehen würde, an ein Fenster. Ein Roter Lancier ging vor dem nächsten Zinnenkranz auf und ab und unten im Hof machten zwei Wachen ihre Runde.

Nein, man hatte mich nicht gebraucht und mir ein paar Stunden Trost gegönnt. Ich wusste, keiner von ihnen würde ein Wort über mein Vergehen verlieren, auch nicht über den Gefallen, den sie mir getan hatten. Ich schwor mir, diesen Männern zum großartigsten Lohn für diesen großartigen Gefallen zu verhelfen, sobald sich mir Gelegenheit dazu bot.

Jetzt denke ich, wie sinnlos dieser Schwur war, denn alles, was ich ihnen zu geben vermochte, war Pein, Tod und ein trostloses Grab fern der Heimat.

Der nächste klare Gedanke erinnerte mich daran, dass in einigen Stunden der Imperator Jarrah betreten würde, und wenn sein Erster Tribun nicht zugegen war, dann gäbe es Streit. Ich stupste Alegria an, damit sie aufwachte, und wir zogen uns an. Ihre paar Habseligkeiten lagen schon bereit. Sie lächelte schüchtern und zeigte mir das Kätzchen zum Anstecken, das ich ihr vor langer Zeit geschenkt hatte.

Dann ritten wir, Alegria hinter mir im Sattel, in gestrecktem Galopp zurück nach Jarrah.

Der Einzug von Numantias Großer Armee in Jarrah war eher ein Trauerspiel als ein Triumph. Endlose Reihen abgerissener Männer schritten durch den dünnen Regen und kein Mensch stand am Straßenrand und jubelte ihnen zu. Die Hälfte unserer Kavallerie war mittlerweile ohne Pferd und unser Wagenpark ein verblasstes Durcheinander ohne Farbe. Der Putz unserer Kapelle war abgewetzt und verdreckt; zu viele Musiker waren gestorben oder krank; so war die Musik, die da von den Häusern mit ihren finsteren Augen widerhallte, dünn und schrill.

Aber wir hielten den Kopf hoch und der Rhythmus, in dem unsere Stiefel auf das Pflaster knallten, war unheilvoll. Wir mochten etwas angeschlagen sein, aber wir waren nach wie vor kampfbereit.

Aber wo war der Feind?

Tenedos hatte die Lippen geschürzt und war puterrot. »Damit wollen sie Numantia das Wasser reichen?«, murmelte er. »Pah. Die Stadt hier ist die beste, die sie zu bieten haben? Außer groß ist sie doch nichts. Und wo bei allen Höllen ist König Bairan? Er sollte hier warten, mit eingezogenem Schwanz, um mir sein trostloses Sumpfloch von einem Königreich zu übergeben.

Na schön. Wenn uns die Einnahme Jarrahs schon nichts bringt, dann werde ich wenigstens dafür sorgen, dass es meinen Soldaten an nichts fehlt. Domina Othman!«

Sein stets gegenwärtiger Adjutant lenkte sein Pferd heran.

»Sir?«

»Gebt folgende Order aus und seht zu, dass man sie auch versteht:

Gute Soldaten von Numantia, Ihr sterbt und blutet nun schon so lange. Aber Euer Opfer war nicht umsonst. Ich gebe Euch die Stadt Jarrah. Im Lauf der Zeit werden wir ihr einen neuen Namen geben, einen Namen, der Euren Ruhm verkündet. Jetzt quartiert Euch in den schönsten Häusern ein und stellt Eure Gesundheit wieder her mit dem guten Fleisch und dem Wein, den Eure Quartiermeister Euch besorgen werden.

Es ist Euch jedoch verboten zu plündern. Bei Todesstrafe. Jarrah soll so schön bleiben, wie es heute ist. Passt gut auf Jarrah auf, denn es gehört Euch und es wird den Ruhm der numantischen Armee widerspiegeln, so lange es steht.

Nicht schlecht, was?«, fragte Tenedos. »Und, Othman, ich möchte, dass jeder Kommandeur, der meine Order erhält, kapiert, dass sie ernst gemeint ist. Ich hänge jeden Mann, sei es ein Gemeiner, ein Unterführer oder ein General, der mein Gebot bricht.«

Und so besetzte die Armee Jarrah. Jeder Offizier hatte einen Herrensitz und fast jeder Mann sein eigenes Haus. Die Straßen bekamen neue Namen, um dem Anlass Rechnung zu tragen, und so gab es eine Avenue der Varan-Garden, eine Straße der Ersten Garden und so weiter. Die Pferde der Einheiten waren auf den Plätzen der Stadt untergebracht, ihre Wagen schief auf dem Randstein geparkt.

Natürlich wurde geplündert, aber relativ vorsichtig, zumal Tenedos bewies, dass er es ernst meinte, indem er bereits binnen weniger Stunden nach unserem traurigen Einmarsch zwei Sergeanten und einen Capitain hängen ließ.

Wir fanden einige wenige Maisirer, da nicht jeder dem Befehl, Jarrah zu verlassen, nachgekommen war. Meist handelte es sich um alte Leute, obwohl auch einige darunter waren, die sich gedacht hatten, entweder von der leeren Stadt profitieren zu können oder von uns. Einige, im Allgemeinen Frauen, behielten Recht; man nahm sie bei den Soldatenprostituierten auf.

Die Soldaten badeten und suchten sich neue Gewänder; Seide und weichste Wolle waren selbst dem gemeinsten der Gemeinen gerade gut genug. Und jeder Mann hatte einen versteckten Beutel, wenn nicht gar einen Packen mit wirklichen Reichtümern versteckt – zuerst Silber, dann Gold, dann taten es nur noch die besten Edelsteine. Gewisse Marketender, die sich mit Steinen ein wenig auskannten, waren bald sehr beliebt und verlangten Bares für ihren Rat.

Durch die Straßen zu reiten, ja sich nur eine vor Wind und Regen geschützte Stelle zu suchen und dem Treiben der Armee zuzusehen, lohnte sich. Hier spielte eine Kapelle in einem Musikpavillon im Park, dort reinigten Soldaten ihr Gerät, während der geschickteste Erzähler eine Geschichte zum Besten gab. Aber es war kaum jemand zu sehen, der nicht in Uniform gewesen wäre, und noch weniger Frauen.

Trotzdem schien mir Alegria keiner zu neiden.

Es war dies jedoch nicht die einzige Mangelware. Es gab Wein, Süßigkeiten, exotische Tees, Branntwein und, eingemacht, die feinsten Bissen der Welt, aber es gab weder Frischfleisch noch Schlachtvieh. Es gab kein Brot, nur zwiebacktrockene Laibe, luftdicht verpackt. Wir stellten unsere Feldbäckereien auf, stießen aber auf ein weiteres Problem: Es gab fast kein Getreide, weder für Brot noch – was wichtiger war – als Furage.

Das Wetter verschlechterte sich, als die Zeit der Veränderung begann und der Winter näher rückte.

Tenedos litt unter irgendeiner Art Lethargie und brachte viele Stunden in König Bairans Bibliotheken zu, ohne dass man hätte sagen können, was er dort las. Ich schätzte, er wartete darauf, dass König Bairan sich meldete, einen Waffenstillstand anbot, die Kapitulation. Aber es rührte sich nichts.

Ich fragte ihn nach seinen Plänen, und er sagte, uns bleibe nichts anderes übrig, als die Verfolgung der hurtigen Maisirer fortzusetzen und sie, wenn es nötig war, bis ans entfernteste Meer zu jagen. Ich erinnerte ihn daran, die Armee sei kaum in der Verfassung, den Feldzug fortzusetzen, und obendrein stehe der Winter bevor. Er sagte mir, ich solle mich nicht von ihrer kunterbunten Erscheinung täuschen lassen. Warme maisirische Kleidung würde ihren Zweck ebenso erfüllen wie numantische Uniformen, mochten die Mannschaften darin auch etwas scheckig aussehen. Außerdem träfen schließlich Tag für Tag Ersatztruppen ein.

Tenedos hatte recht, aber er war nicht in den Depots gewesen, hatte sich die neuen Männer nicht angesehen. Von jeweils hundert Mann, die die numantische Grenze nach Maisir passierten, starben fünfzehn unter der Hand von Banditen oder der Negaret. Weitere achtzehn erlagen der einen oder anderen Krankheit. Weitere achtundzwanzig hinkten krank oder verwundet in die Stadt ein und taugten bestenfalls dazu, die Herrensitze zu füllen, die wir zu Lazaretten umfunktioniert hatten.

Aus unserer Etappe erreichte uns eine Katastrophenmeldung:

Banditen und Partisanen, die sich in den Sümpfen von Kiot zusammengerottet hatten, waren heimlich über den Anker gekommen und hatten die Garnison in Irthing angegriffen. Sie hatten sie bis auf den letzten Mann ausgelöscht und die Stadt für zwei Tage besetzt.

Es war reines Glück, dass ein frisch aufgestelltes Gardekorps unter dem Kommando eines erfahrenen Generals erst Kundschafter ausschickte, bevor man die Stadt betrat. Er griff an und Irthing gehörte wieder uns – aber das Gardekorps war gezwungen, sich dort als Garnison einzurichten, anstatt als Verstärkung zu unseren Reihen zu stoßen.

Alegria saß mit gespreizten Beinen auf mir auf der langen Bank im Speisesaal, und ihre Zunge spielte mit der meinen, während ihr Becken sich mahlend gegen das meine schob; als ich ihre Hinterbacken packte und jäh an mich riss, japste sie auf und kam. Den Kopf an meiner Schulter, brach sie zusammen, ihr pochender Körper um meinen Schwanz. Nach einiger Zeit hob sie den Kopf. »Bin ich zu schwer?«

»Überhaupt nicht.«

»Das sagst du nur aus Höflichkeit.«

»Nein. Ich habe deinen Busen gern so an mich gequetscht.«

»Was für ein charmantes Bild.« Sie setzte sich gähnend auf. »Ich nehme an, wir sollten schlafen gehen.«

»Sollten wir wohl«, pflichtete ich ihr bei. »Ich muss früh raus, um herauszubekommen, warum diese götterverdammten Garden zu denken scheinen, dass die Feldbäckereien ihr Privateigentum sind. Und ich habe ein Kriegsgerichtsverfahren gegen einen dummen jungen Capitain, der nicht nur gegen alle Vorschriften verstoßen hat, als er seinen Domina forderte, sondern obendrein auch noch so geschmacklos war, ihn zu töten.« Wir waren mitten in einem späten Abendmahl gewesen, das aus nichts weiter als einer dünnen Suppe und Brötchen bestand, was einem eine Vorstellung davon vermitteln soll, wie knapp unsere Vorräte wurden, als uns die Leidenschaft überkam.

Sie trat an eines der Fenster und blickte hinaus in die Nacht. Wir bewohnten einen riesigen Palast, der dem maisirischen *Rauri*, dem Oberbefehlshaber der Kavallerie, gehört hatte, und es schien passend, dass er ausgerechnet mir zugefallen war.

»Was wird jetzt werden?«, sagte sie in einem jähen Stimmungswechsel, wie er für die Maisirer so typisch war.

»Ich weiß nicht«, antwortete ich.

»Capitain Balkh sagte heute etwas davon, hier in Jarrah zu überwintern und den Krieg dann im Lenz weiterzuführen.«

»Ich sehe nicht, wie das gehen soll,«, kommentierte ich. »Was sollen wir essen? Womit sollen wir unsere Pferde füttern? Wenn wir hier bleiben, werden wir nur von Tag zu Tag schwächer.«

»Weißt du, Damastes«, sagte sie vorsichtig. »Missversteh mich jetzt nicht, ich liebe dich, und ich bleibe bei dir, solange du nur willst, und gehe überall mit dir hin. Aber ich glaube nicht, dass ich je eine Numantierin werde.«

Ich antwortete nicht.

»Ich bin noch immer eine Maisirerin«, sagte sie, ohne sich umzudrehen. »Das hier ist immer noch meine Heimat, und im Grunde meines Herzens halte ich noch immer König Bairan für meinen Herrscher, auch wenn in meinem Leben jetzt der Imperator befiehlt. Erwarte nicht von mir, dass ich mich über das freue, was mit meinem Land passiert ist, auch wenn du meine Welt von Grund auf verändert und mir ein Leben gegeben hast, von dem ich nie geträumt hätte.«

»Etwas anderes hätte ich auch nicht angenommen«, erklärte ich wahrheitsgemäß.

»Es stört dich nicht?«

»Es ist nicht gut, sich von Dingen *stören* zu lassen, die nicht zu ändern sind, oder?«

Sie wandte sich mir zu. »Danke. Ich liebe dich wirklich.«

»Und ich liebe dich auch. Wirklich.« Hand in Hand gingen wir in das Schlafzimmer, das wir uns für diese Nacht ausgesucht hatten.

Alegrias Treuebekenntnis war kein Problem für mich. Ich hatte ein ganz anderes: Was *sollte* jetzt werden? Wir konnten Jarrah nicht verlassen und König Bairan tiefer in die Wüstenei hinein verfolgen, schon gar nicht, wo das Land hinter uns im Aufruhr war. Wir konnten in Jarrah nicht überwintern, es sei denn, die Zauberer trieben etwas zu essen auf. Ich sah nur eine Möglichkeit. Und ich musste damit zum Imperator.

»Bist du erschöpft, Damastes?«

»Nein, Sir. Noch bin ich wahnsinnig, ein Verräter oder ein Narr.«

»Ich akzeptiere alles außer dem Letzten«, sagte der Imperator. Erstaunlicherweise hatte er nicht gleich getobt. »Der Vorschlag, uns zurückzuziehen, nachdem wir seit unserem Grenzübertritt pausenlos nur gesiegt haben, ist einfach absurd.«

»Ich sehe keine andere Möglichkeit«, antwortete ich. »Jeder Tag länger in Jarrah kostet die Armee Kraft. Früher oder später werden die Maisirer das erkennen, und dann –«

»Dann zerschlagen wir sie ein für alle Mal!«, sagte Tenedos. »Überleg doch, mein Freund. Wie sollte ich der Armee unter die Augen treten und ihr sagen, wir ziehen uns zurück? Wie sollten sie mich danach noch weiter so achten wie jetzt? Und dann ist da noch etwas, woran du vielleicht noch nicht gedacht hast«, fuhr er fort. »Die numantische Armee wurde noch niemals besiegt. Niemals! Ist dir klar, wie wenige von uns überhaupt wissen, wie so ein Rückzug vonstatten geht? Du … ich … einige der Halsabschneider, mit denen du dich umgibst, die schon dabei waren, als man uns aus Kait vertrieben hat, und das ist es auch schon. Und ich sehe auch keine Möglichkeit für eine Übung, du vielleicht?

Nein, nein, mein Freund«, sagte er und packte mich fest an der Schulter. »Rückzug ist ein Wort, das für Numantier nicht existiert. Früher oder später wird König Bairan zur Vernunft kommen, und der Krieg ist vorbei. Überlass mir die große Strategie und kümmere du dich um das, was du am besten kannst – meine Befehle in die Tat umzusetzen.«

Also sagte ich – und tat – nichts. Als die Tage jedoch kürzer und die Nächte kälter zu werden begannen, wurde das Heer sich der drohenden Gefahr bewusst. Man handelte nach wie vor mit Wertgegenständen, aber am begehrtesten war, was am leichtesten mitzunehmen war, sowie Nahrungsmittel, Winterkleidung und festes Schuhwerk. Ich mischte auf dem Schwarzmarkt mit, wobei ich schamlos meinen Rang ausnutzte. Ich erwarb zwei robuste Kutschen, die die Maisirer hatten stehen lassen, und acht Pferde für jede. Falls wir Jarrah verließen, so ließe sich damit nicht nur Alegria transportieren, sondern auch das Gepäck, das für einen Wintermarsch nötig war.

Ich fragte Svalbard und Curti, ob es ihnen recht wäre, einige neue Aufgaben zu übernehmen. Sie lachten lauthals und sagten, ich verlange ja Schreckliches, aber sie würden schon sehen, wie es sich mit der Schande leben ließ. Ich wollte Pökelfleisch, doppelt gebackenes Brot, anregende Tees und harte Süßigkeiten als Nahrungsmittel, dazu Branntwein sowie Hafer für die Pferde. Außerdem bat ich meine beiden Spitzbuben, nach kleinem Goldnippes Ausschau zu halten, der sich in die Tasche stecken oder auf dem Boden eines Packs unterbringen ließ, Dinge, die Bauern für kostbar genug halten könnten, um mit dem zu reden, der sie zu vergeben hatte.

Dann war nichts mehr zu tun als zu warten. Den nächsten Schritt würde Tenedos tun. Oder die Maisirer.

Domina Othman ließ durch einen Kurier ausrichten, ich solle auf Wunsch des Imperators zum Octagon reiten und mit der Person sprechen, die man dort entdeckt hatte. Möglicherweise konnte ich dem Imperator eine Erklärung liefern.

Im Gefängnis fand ich einen Capitain, der, wie ich mich vage erinnerte, zum Nachrichtendienst des Imperators gehörte, dazu ein halbes Dutzend Männer der Garde. Ein Spähtrupp hatte entdeckt, dass das Gefängnis noch einen Bewohner hatte, der in einer abgelegenen Zelle kauerte. Es war ein bärtiger Mann von vielleicht dreißig Jahren, vielleicht auch sechzig, und er war ziemlich verrückt.

»Allein ... ja ... jetzt bin ich allein«, sagte er, ohne dass ihn einer gefragt hätte, »weil ich nicht mit wollte ... mit den anderen ... obwohl der Käfig offen stand ... Ich wusste, es war eine Falle ... draußen lauerte der Tod ... mein Tod ... und dass ich sicher und geborgen war, solange ich hier drin blieb ... sicher in meinem Schoß ... Ich bin hinausgekrochen ... heimlich und leise ... Es gab Brot, es gab Wein ... von den Wärtern ... Ich sah die Leiche von Shoaki ... angespuckt habe ich den Bastard ... Er hat mich mal foltern lassen ... und gelacht, gelacht ...«

»Alter«, sagte der Capitain, »sagt dem Mann hier, was Ihr mir gesagt habt.«

»Oh nein, neinneinnein, er ist viel zu fein, viel zu hübsch.«

»Ist er nicht. Er ist Euer Freund.«

»Ein Freund?«, sagte der Verrückte skeptisch.

»Ihr habt mein Wort.«

»Wort ... Wort ... Wörter gibt es hier nicht ... nicht eines ... nur herrliche Stille, seit sie fort sind.«

»Die anderen Gefangenen?«

Der Mann nickte.

»Wo sind sie hin?«

»Ah ...« Die Augen des Mannes leuchteten wie die einer Ratte. »Hinaus ... hinab.«

»Sie haben die Stadt verlassen?«

»Nein, neinneinnein. Sie hatten eine Aufgabe ... hat man ihnen gesagt. Sie sollten warten und dann tun, was man ihnen sagt.«

»Warum?«

Der Ausdruck des Mannes veränderte sich und wurde fast wieder normal.

»Weil«, flüsterte er, »man ihnen etwas versprochen hat. Und zwar« – er blickte um sich, um sich zu vergewissern, dass keiner zuhörte – »der Azaz. Eine Aufgabe, einmal arbeiten, und ihnen wäre alles verziehen. Sie wären dann freie Leute, wenn der König wieder nach Jarrah kommt.«

»Was sollten sie tun?«

»Noch nicht, noch nicht, noch nicht«, schnatterte der Mann.

»Was *sollen* sie tun?«

»Aah, aber das ist ja das Geheimnis, und wenn ich Euch das Geheimnis verrate, dann erfährt es der Azaz und er wird mir dafür etwas tun.«

»Nein, wird er nicht. Ihr seid jetzt sicher. Ihr seid jetzt in den Händen der Numantier«, sagte ich.

Der Wahnsinnige lachte lange und aus vollem Hals, als hätte ich ihm gerade den besten Witz der Welt erzählt. »Nein, neinneinnein. Nicht sicher, nicht vor ihm. Niemals!«

»Sagt mir, was diese Gefangenen machen sollen. Sind sie noch hier in der Stadt? Wo halten sie sich versteckt?«, wollte der Capitain wissen. »Sir«, fügte er hinzu und wandte sich dabei an mich, »wir haben schon das eine oder andere von ihm erfahren, und es geht irgendwas vor oder es passiert irgendwas, aber er will uns nicht sagen, was. Ich würde ihn mit anderen … Methoden fragen, aber ich weiß nicht, ob es einen Sinn hätte.«

»Neinneinnein«, gackerte der Mann. »Folter hilft bei mir nicht. Es hat den Bastarden des Königs nicht geholfen, es hat den Nägelziehern des Azaz nicht geholfen, es wird Euch nicht helfen.«

Er hörte sich für einen Augenblick ganz normal an und ich ergriff die Gelegenheit. »Sagt uns doch, was der Capitain wissen will, und Ihr seid frei. Frei und reich.«

»Und danach tot. Oh, nein, neinneinnein. Aber ich sage Euch Folgendes. Sie sind da. Sie sind hier. Und Ihr werdet sie bald sehen. Sehr, sehr bald.«

Der Mann sackte zusammen und seine Augen starrten weit, weit über die Mauern hinaus.

Ich schüttelte den Kopf. »Ich habe nicht die geringste Idee, wovon der Mann spricht. Richtet dem Imperator mein Bedauern aus.«

Ich zog Mantel und Helm über und rückte meinen Schwertgurt zurecht. Der Häftling bekam die Bewegung mit.

»O ja. Ihr werdet sie sehen«, sagte er noch einmal. »Sehen, sehen, sehen. Bald. Sehr, sehr bald.«

25 *Das Verhängnis von Jarrah*

Ich wachte schlaftrunken auf, fragte mich, weshalb die Welt plötzlich orange war, orange und flammend rot, und weshalb es sich so schwer atmen ließ. Feuer! Nackt lief ich an eines der Fenster und schob es, ohne auf den eisigen Wind zu achten, nach oben.

Das Feuer kam aus dem nach wie vor verschlossenen, nie näher untersuchten Palast des Azaz. Flammen schlugen hinauf bis an die Bäuche der finsteren Sturmwolken, und der Qualm, der auf uns zukam, nahm einem die Luft.

Alegria war wach, und ich sagte ihr, sie solle sich warm und für den Abmarsch anziehen, da es keine Zufälle gibt, wenn ein Zauberer im Spiel ist. Ich zog eine dicke Hose und die Uniformjacke an, Schafstiefel und eine schwere Jacke. Als Waffen trug ich mein Schwert und, auf der anderen Seite des Gurts, Yonges Dolch mit dem silbernen Heft. Ich schnappte mir noch Stulpenhandschuhe und einen engen Helm und lief, nach den Roten Lanciers schreiend, die Treppe hinab. Sie waren bereits auf den Beinen und schnallten sich die Waffen um, während sie klappernd auf die Ställe zuliefen.

Das Feuer war das Signal und in ganz Jarrah kamen Männer und Frauen aus ihren Verstecken gehuscht. Jeder hatte ein Bündel ölgetränkter Kleidung als Zunder mit, dazu Feuerstein und Stahl. Winzige Feuer flackerten auf, in Kellern, Geschäften, Magazinen, und breiteten sich aus. Weitere Feuer kamen dazu, die nicht von Menschenhand stammten, als eine Horde der Feuerflecken, die die Kriegszauberer geschaffen hatten, zum Leben erwachten und Holz zu umschmeicheln begannen, Kleiderballen, Branntweinlager. Jarrah, das größtenteils aus Holz bestand, nahm das Feuer wie einen Liebhaber auf.

Der Lärm der sich ausbreitenden Flammen wuchs an, so dass ich schreien musste. »Capitain Balkh!«

»Sir?«

»Nehmt Svalbard, Curti und noch zwei Mann. Sorgt dafür, dass meine Dame an einen sicheren Ort gebracht wird. Ich übernehme das Kommando über die Lanciers.«

»Sir«, sagte er, aber die geschürzten Lippen sagten mir, dass der Befehl nicht nach seinem Geschmack war. Ich achtete nicht weiter auf ihn.

»Der Imperator! Zum Imperator!« Pferde wieherten laut auf vor Angst, als man sie herausbrachte, und wir schwangen uns in die Sättel und galoppierten in Richtung von König Bairans Palast. Aber das Feuer war vor uns dort angekommen, Flammen schlugen heraus, und aus einigen der Türme, die aus metallverkleidetem Holz waren, quoll schon der Rauch.

Auf den Korridoren herrschte der Wahnsinn, als Höflinge und Stab durcheinander liefen, Befehle schrien und keinem gehorchten. Ich griff mir einen der Dummköpfe und schüttelte ihn, bis er halbwegs zur Ruhe kam.

»Der Imperator! Wo ist er?«

»Nicht in seinem Quartier … Er ist im großen Arbeitszimmer.«

Die Lanciers hinter mir, lief ich darauf zu und stürzte in den Raum. Auch hier brannte ein Feuer – ein kleines gemütliches im Kamin. Der Imperator trug seine Seherkutte und hatte die riesigen Kartentische zurückgeschoben. Zwei Akoluthen zeichneten Symbole auf den Porpharboden. Tenedos war ziemlich zufrieden mit sich. »Guten Morgen, Damastes. Die Maisirer sind endlich aufgewacht.«

»Ja, Sir. Und Ihr müsst jetzt weg hier. Ihr müsst an einen sicheren Ort.«

»Alles zu seiner Zeit«, meinte er. »Wenn ich den Feuergeist nicht in die Knie zwingen kann, der von Jarrah Besitz ergriffen hat.«

»Sir?!«

»Schweigt, Tribun! Ihr habt meinen Befehl gehört.«

521

Also schritt ich zornentbrannt auf und ab, versuchte Ruhe zu bewahren und die kaiserliche Magie nicht zu stören. Murmelnd sagte er Formeln auf und seine Gehilfen und ein halbes Dutzend Chare-Brüder probierten gleichfalls einen Zauber nach dem anderen durch. Trotzdem wurde das Licht, das durch die Fenster kam, immer greller. »Sieht ganz so aus«, sagte er, nach wie vor ruhig, »als hätte die Magie des Azaz, hinter der ich Urkräfte vermute, bereits gegriffen. Das Feuer wird wohl einige Zeit brennen müssen.«

Ich rief Othman zu, die kaiserliche Equipage bereitzumachen und die Truhen des Imperators hineinzupacken, dann setzte ich Tenedos so lange zu, bis er sich anzog. Sein Stab bedurfte keiner Aufforderung, und als wir schließlich aus dem Palast liefen, waren die meisten bereits verschwunden. Halb schob, halb stieß ich den Imperator in seine Kutsche und hieß den Kutscher, direkt zum Palast des Azaz zu fahren, das Tor gleich daneben zu öffnen und zuzusehen, dass er aus der Stadt kam.

»Aber … da warten doch wahrscheinlich feindliche Soldaten auf uns!«

»Vielleicht, aber das Feuer hier ist sicher da! Macht schon, Mann!« Widerstrebend gehorchte er und die Kutsche schwankte davon. Ich schickte mit dem Imperator meine sämtlichen Lanciers los. Ich würde sie nicht zu kommandieren brauchen, falls es da draußen wirklich Maisirer gab.

Ich schwang mich in Brigstocks Sattel und ritt auf den nächstgelegenen Stab eines Gardekorps zu. Ich kam an einem Herrenhaus vorbei, das Alegria und ich drei Nächte zuvor besucht hatten, um uns einen höchst amüsanten Tanz anzusehen, den die Varan-Garden inszeniert hatten: junge Legaten hatten, völlig beeindruckt von der Tatsache, dass es keine geeigneten Partner gab, Tänze der Einheimischen vorgeführt, und das so wild und ausgelassen, dass sie die Negaret in der Wildnis darum beneidet hätten. Jetzt waren die Fenster des Hauses gelbe und rote Augen, die Mauern blähten sich auf. Das Haus explodierte und das Metalldach flog, die Flammen reflektierend, hoch in die Luft. Es schlug einen Purzelbaum und knallte dann nur ein knappes Stück weiter auf das Pflaster. Es regnete Asche, Funken und Flammen, und Brigstock tänzelte vor Angst, aber wir waren bereits heil daran vorbei.

Ich fand Aguin Guil und sagte ihm, wo der Imperator war und dass er am besten einige Regimenter losschickte, um zu gewährleisten, dass Tenedos sicher war. Dieses eine Mal zauderte er weder, noch bat er um weitere Befehle. Ich vergaß ihn und den Imperator und versuchte, mir etwas einfallen zu lassen, wie dem Feuer zu begegnen wäre. Mir fiel nichts ein. Kein Mensch wusste, wo die Maisirer ihre Gerätschaften zur Feuerbekämpfung lagerten. Ich wusste noch nicht einmal, ob es in der Stadt so etwas gab; ich hatte, wie mir einfiel, gehört, dass Jarrah bereits dreimal abgebrannt war. Und selbst wenn wir derlei Gerätschaften gefunden hätten, wir hätten ja nicht damit umgehen können. Soldaten sind dazu da, Leute zu töten, Sachen zu zerstören, nicht um sie zu retten.

Ich schickte Patrouillen aus mit der Order, die Brandstifter mit allen Mitteln aufzuhalten. Grimmig und voller Angst, ihren einzigen Schutz gegen den maisirischen Winter verschwinden zu sehen, brauchten die Soldaten keine weiteren Details. Zuerst hängte man jeden auf, den man mit Material zum Feuermachen oder in der Nähe eines frisch gelegten Brandes erwischte. Das jedoch dauerte zu lange, zumal es auch ein Schwertstreich oder ein Lanzenstich tat. Aber die Feuer weiteten sich aus, und schließlich lief jeder, der sich auf den vom Feuer umtanzten Straßen ohne numantische Uniform blicken ließ, Gefahr, niedergemacht zu werden.

Aus meiner Knabenzeit in Cimabue fiel mir ein, dass wir Gegenfeuer legten, wenn wir nach der Ernte die Reisfelder abbrannten, und so versuchte ich das. Aber die Winde waren zu kräftig oder der Zauber des Azaz zu stark, und die Feuer, die für Sicherheitszonen sorgen sollten, verschlimmerten die Katastrophe letztlich nur.

Schließlich graute der Morgen, schwarze Wolkenstrudel kreisten über der Stadt, so dass kaum mehr als trübes Zwielicht durchkam, während das Feuer wuchs. Ich ritt auf einen Platz mit einem mächtigen Brunnen in der Mitte. Das Feuer hatte sämtliche Häuser rundum verschlungen, und die Soldaten, die in ihnen ihr Quartier gehabt hatten, waren in die vermeintliche Sicherheit des Brunnens geflohen, in den sie wie verschreckte Frösche eintauchten. Aber das Feuer war zu heiß gewesen und sie waren bei lebendigem Leibe gekocht worden. Auf den Straßen sah ich weitere Leichen, schwarz wie Kartoffeln, die zu lange im Feuer gelegen haben, so verkohlt, dass sie nicht mehr nach Männern oder Frauen aussahen.

Die Toten hatten noch Glück gehabt. Die anderen, vor Brandwunden nicht mehr zu erkennen, konnten von Glück reden, wenn sie vor Schock keinen Schmerz mehr spürten, aber allzu viele waren noch in der Lage zu schreien. Ich hatte nicht gewusst, dass ein sterbender Mann lauter zu schreien vermag als ein Pferd. Yonges silberner Dolch verrichtete eine finstere Arbeit an jenem Morgen und half vielen mit der einzigen Wohltat, die ich zu geben hatte: eine rasche Rückkehr aufs Rad. Einmal sah ich Alegria – sie hatte Balkh davon überzeugt, sie wieder in die Stadt zu lassen, hatte sich einen unserer Ärzte gesucht und sich als Krankenschwester nützlich gemacht.

Jarrah brannte weiter. Die einzigen Gebäude, die sicher waren und nicht brennen würden, waren die steinernen Tempel, also besetzten wir sie und machten Lazarette, Unterkünfte und Kommandozentralen daraus. Ich wusste, die frommen Maisirer würden darin eine Schändung sehen, aber wir hatten keine andere Wahl.

Der Feuersturm wütete drei Tage lang, und dann heulten, als wären die anderen Elementargeister über Shahriyas Genusssucht erzürnt, Winde auf, und der Himmel öffnete seine Schleusen.

An diesem dritten Tag lief ich dem Imperator über den Weg. Er schritt durch die Asche und sah sich dabei neugierig um. Ganz benommen vor Müdigkeit, schaffte ich einen Salut. Er erwiderte ihn. »Ich danke dir, du hast mir vermutlich das Leben gerettet«, sagte er. »Das ist schrecklich. Ich kann mir nicht vorstellen, dass ein Mensch … ein Volk … so barbarisch sein kann, seine eigene Hauptstadt niederzubrennen. Obwohl man es zweifelsohne auf die primitiven Numantier schieben wird.

Viel Schönheit ging hier verloren«, sagte er leise. »Pracht. Aber wenn es wieder aufgebaut ist, wird Jarrah, wenn es dann noch so heißt, noch tausendmal prächtiger sein.«

Ich war erschüttert darüber, dass Tenedos in dieser Katastrophe noch etwas Gutes zu sehen vermochte. Er las meinen Gedanken. »Ja, Damastes, es ist schrecklich. Aber es ist auch eine große Belohnung.«

Eine Belohnung? Ich dachte, er sei unglaublich zynisch und mache einen finsteren Scherz. Aber dann kam mir ein anderer Gedanke. Angenommen, es sollte kein Scherz gewesen sein?

Die rußgeschwärzten Ruinen erstreckten sich über viele Werst. Nur eine Hand voll von Jarrahs Häusern war stehen geblieben. Hier und da flammte eines aus unerklärlichen Gründen auf und ging in die Luft. Schutt, wo man hinsah, von offenen Linien durchkreuzt, wo einst die Straßen gewesen waren. Jetzt blieb uns keine andere Wahl.

»Ich bin zu einer Entscheidung darüber gekommen«, sagte der Imperator, »wie es weitergehen wird.« Seine Worte hallten gegen die hohen Steinwände des Tempels. Es standen einige Hundert von uns um ihn herum – Tribunen, Generäle, einige der höchsten Dominas. »König Bairan weigert sich, Vernunft anzunehmen, zu verhandeln, ja auch nur um einen Waffenstillstand zu bitten«, erklärte Tenedos. »Es ist offensichtlich, dass er völlig wahnsinnig ist und sich einbildet, weiterkämpfen zu können.

Er ist sich ganz offensichtlich weder der Macht seines Feindes bewusst noch der Tatsache, dass Numantia nie – noch niemals – kapituliert hat. Wir müssen ihn weiterhin unter Druck setzen. Ich habe erfahren, das Heer des Königs steht südlich und westlich von Jarrah. Wir werden losmarschieren und mit ihm kämpfen. Ich bin sicher, wir stellen ihn auf einem Feld unserer Wahl.

Wenn nicht, dann marschieren wir weiter nach Norden und folgen der traditionellen Handelsroute, bis wir eine geeignete Stadt finden, in der wir überwintern und uns mit Vorräten eindecken können. Zu meinen Zielen gehört eine Rückkehr nach Jarrah im Lenz, falls wir Bairan bis dahin nicht vernichtet haben.

Er hat in seiner unendlichen Arroganz beschlossen, dass Maisir nur er allein ist, er allein und sein korrupter Adel, und sein Volk ist ihm völlig egal. Wenn das der Krieg ist, den er sich wünscht, dann soll er ihn haben.

Unser gerechter Zorn wird unerbittlich sein. Wir werden Bairan und seine Armee so gründlich vernichten, dass sich in zwei Generationen kein Mensch mehr an seinen Namen erinnert, weder in Numantia noch in Maisir. Macht Eure Leute marschbereit.«

Man brachte ihm ein Hurra aus, wenn auch kein sonderlich kräftiges, und die Offiziere verteilten sich auf ihre Kommandos. Der Imperator hatte mir während seiner Ansprache nicht ein einziges Mal in die Augen gesehen. Noch hatte er das Wort »Rückzug« erwähnt. Aber genau den hatte er gerade befohlen.

Man hielt es für einfacher, das Heer für den Abmarsch einfach umzudrehen, wodurch die Eliteeinheiten, die bisher den Feldzug geführt hatten, jetzt praktisch die Nachhut bilden würden. An der Spitze würden Le Balafres Einheiten reiten, die auf dem Anmarsch die Nachhut gebildet hatten, zusammen mit langsamen oder versprengten Kampf- und Versorgungseinheiten. Nicht dass das eine Rolle spielen würde, wie man uns versicherte. Wir würden vor dem Treffen mit den Maisirern mehr als genug Zeit haben, uns neu zu formieren.

Offiziell fand kein Rückzug aus Jarrah statt. Wir ließen eine winzige Garnison zurück, die die Stadt bis zum Frühjahr halten sollte, und außerdem waren die Lazarette mit unseren Kranken und Verwundeten gefüllt. Was die anderen Garnisonen auf unserer Invasionsroute anbelangte, so schickte man angeblich Melder aus mit dem Befehl, sich entlang der Marschroute nach Penda zurückzuziehen.

Nur dass keiner dieser Kuriere die Garnisonen erreichte. Vielleicht gerieten sie in einen Hinterhalt der Negaret oder wurden von Partisanen ermordet. Meiner Ansicht nach wurde nie einer losgeschickt. Der Imperator konnte seine schreckliche Niederlage nicht eingestehen.

Ungeachtet der dahinter liegenden Absicht ließ man alle diese Einheiten, Garnisonen, Versorgungsdepots und, was am schlimmsten war, die Lazarette mit allen Verwundeten – vielleicht hunderttausend Mann, ich glaube mehr – schmählich im Stich. Soviel ich sagen kann, kehrte nicht ein Mann, von Irthing bis Penda, je wieder nach Numantia zurück. So verriet Imperator Tenedos seine Armee.

»Wie schlimm wird es werden?«, fragte Alegria.

»Ich weiß es nicht«, sagte ich aufrichtig, während ich ihr in unsere Kutsche half.

»Aber es wird uns doch nichts passieren. Oder?«

»Nein«, sagte ich ganz ehrlich und dachte dabei an die Schrecken der Flucht aus Kait. Aber auch wenn mehr als die Hälfte unserer Armee ausgefallen war, so hatten wir doch noch fast eine Million Mann, die beste Armee, die die Welt je gesehen hatte, unter der Führung des größten Zauberers aller Zeiten. Und die Götter waren nun gewiss auf unserer Seite.

Der Imperator fragte mich, ob ich die Nachhut anstelle der ganzen Armee führen wollte. Meiner Ansicht nach hatte er nicht mehr Ahnung, wo das maisirische Heer wirklich lag, als ich, und ich fürchtete das Schlimmste. Ich sagte ja, vorausgesetzt, ich könnte die drei besten Einheiten haben – meine Eliteregimenter von der Grenze, die Zehnten Husaren, die Zwanzigste Schwere Kavallerie und die Siebzehnten Ureyschen Lanciers. Er zog die Stirn in Falten und sagte dann ja. Ich ließ es darauf ankommen und bat um noch zweihundert von Yonges Spähern zur Unterstützung, worauf er sagte, da müsste ich Yonge selbst fragen.

Manchmal fragte ich mich, ob der Imperator nicht ein wenig Angst vor dem Kaiter hatte. Yonge blickte mich finster an und sagte, ich ließe ihm da praktisch nur eine Hand voll Männer, aber wenigstens waren die anderen in der besten Position, die Beutestücke aufzusammeln, die man wegwarf. Und so marschierten wir los.

Man erzählte mir später, Imperator Tenedos hätte neben dem Nordtor gestanden, durch das er vor nicht ganz einer Zeit in Jarrah einmarschiert war. Hinter ihm rauchten noch die Ruinen der Stadt, von Straßen durchkreuzt, die vom Nichts ins Nichts führten. Trompeten erklangen und die spröden Kadenzen des Zapfenstreichs klangen in die Wüstenei. Regimentsstandarten und Lanzen gesenkt, die Soldaten starr in dem Versuch, wenigstens halbwegs im Tritt zu bleiben, ihre Offiziere steif im Sattel, die geballten Fäuste an die Schulter gelegt.

Tenedos war königlich, ruhig, voller Selbstvertrauen, und nahm die Ehrung entgegen, als marschiere die Armee bei einer großen Parade vorbei.

Was uns in der Nachhut anging, so erreichten wir das Stadttor erst am späten Nachmittag und bis dahin hatte der Imperator längst seinen Platz im Zug eingenommen. Wir waren gerade sieben oder acht Werst gelaufen, als eine kalte Dämmerung einsetzte, und wir schlugen ein Lager auf.

Mir war bereits aufgefallen, dass es Ärger gab. Weggeworfene Ausrüstung lag neben der Straße, wenn auch nicht die wertvollen Gegenstände, von denen Yonge geträumt hatte. Wir fanden riesige Kutschen, die sich kaum für glatte Stadtstraßen eigneten; ihnen war entweder ein Rad abgegangen oder das Gespann hatte gelahmt, jedenfalls waren sie ausgeschlachtet und oft auch ausgebrannt.

Die merkwürdigsten Gegenstände lagen neben der Straße. Ich sah eine Harfe, eine Statue irgendeines Gottes oder einer Göttin, für die ein ganzer Wagen nötig gewesen sein musste, seidene Frauenkleider hingen in den hohen Bäumen, als hätte sie eine neckische Riesin hineingehängt; gewaltige Gemälde, mit Säbeln aufgeschlitzt, bevor man weitergezogen war; mehrere Hundert Bücher, alle in rotes Leder gebunden, lagen im Schlamm; und selbst nach dieser kurzen Strecke schon die ersten Leichen.

528

Svalbard und Curti hatten sich in unserer ersten Kutsche als Zimmerleute betätigt und die Sitze waren zu Betten umzuklappen, so dass Alegria und ich nicht in der Nässe zu liegen brauchten. Irgendwann nach Mitternacht weckte mich jemand auf. Wir waren beide angezogen, und ich brauchte nur den Schwertgurt umzulegen und die Stiefel anzuziehen.

Domina Bikaner von den Siebzehnten hatte ein Zelt als Stabsquartier, und dort erwartete er mich mit einem der ramponiertesten Männer, die zu sehen ich jemals das Pech gehabt habe. Man hatte ihm den Arm amputiert und die Bandagen waren blutgetränkt und schwarz vor Dreck. Blutstropfen fielen auf den Strohboden des Zelts. Er trug nur verschlissene Reithosen und ein zerrissenes Hemd und war trotz des Wetters barfuß. Er war ein Oberfeldwebel, der bei einem Scharmützel mit den Negaret schlimm verwundet worden war, so schlimm, dass die Ärzte seinen Arm nicht mehr retten konnten, also hatten sie ihn amputiert. Sein Stumpf war nicht richtig verheilt und so hatte man ihn in einem der Lazarette gelassen, die zuvor Tempel gewesen waren.

Er hatte im Halbschlaf dagelegen, nachdem er gerade aus dem Delirium erwacht war, als er ein merkwürdiges Geräusch hörte – etwas zwischen dem Zischen einer Schlange und dem Wind. Er öffnete die Augen und sah einen grauen, fast schwarzen Schleier, der sich über die Betten senkte. »Und immer wieder mal«, sagte er, »wurde der Nebel solide, und ich schwöre, ein Auge starrte mich an. Ich stellte mich tot oder bewusstlos. Was anderes fiel mir nicht ein.«

»Und dann?«, half Bikaner nach.

Was dann kam, war noch viel schlimmer, vor allem deshalb, weil es ganz und gar menschlich war. Ein halbes Hundert Männer und Frauen stürzten in den Krankensaal. Sie trugen Lumpen und die meisten waren betrunken. Alle waren bewaffnet, einige von ihnen mit Waffen, die wir selbst weggeworfen hatten, die meisten davon defekt; andere kamen mit den Werkzeugen ihres Handwerks: Sicheln, langen Messern, geschärften Spaten. Sie heulten vor Zorn.

»Sie fingen einfach zu morden an«, flüsterte der Oberfeldwebel. »Einer der Ärzte versuchte sie aufzuhalten, aber sie haben ihn einfach niedergemacht. Dann sind sie von Bett zu Bett und haben alle umgebracht und gelacht dabei, einfach drauflos geschlitzt, ohne Gnade, ganz gleich, wie man gebettelt hat. Keiner hat es überlebt. Der einzige Grund, aus dem ich noch lebe, war das Fenster hinter mir; ich habe es eingeschlagen und bin um mein Leben gesprungen. Unten waren noch mehr von den Bastarden, aber ich bin auf den Füßen gelandet, Isa sei Dank, und bin losgerannt.

Sie sind hinter mir her, aber ich habe sie irgendwie abgehängt. Ich spürte, dass mir das Blut aus dem Arm lief, aber lieber wollte ich mich zu Tode laufen, als dort zu bleiben. Ein-, zweimal habe ich diesen Nebel gesehen und mich hingeschmissen, dann ist er vorbei, ich schätze wohl, ohne dass er mich gesehen hat. Also ich weiß nicht, Sir, ob es der Nebel gewesen ist, der das Drecksgesindel angeführt hat, oder ob der einfach zugeschaut hat. Ich weiß es nicht. Ich weiß es einfach nicht.«

Er starrte auf seine blutgetränkten Bandagen, auf seinen fast nackten Körper und schwankte. »Es … war ein langer Lauf. Aber ich musste ja wohin, wo ich sicher bin. Hier bin ich doch sicher? Oder?« Er sah mich hoffnungsvoll an, dann verdrehte er die Augen und ich fing ihn gerade noch auf, als er fiel.

Wir riefen nach einem Arzt und befahlen ihm, bei dem Oberfeldwebel zu bleiben und alles zu tun, was nötig sei, um den tapferen Mann am Leben zu erhalten.

»Was wohl noch übrig ist in Jarrah?«, fragte Bikaner. Ich antwortete nicht. Das war nicht nötig. »Das habe ich mir gedacht«, sagte er. »Ich sehe zu, dass die Wachen auf Posten sind. Und wir marschieren am besten beim ersten Licht los.«

Der Oberfeldwebel starb, während wir das Lager abbrachen.

Mittags kamen wir an die Wirtschaft, in der Alegria und ich uns beinahe das erste Mal geliebt hätten. Sie war zerstört, abgebrannt, eine Ruine. »Ich bin wirklich dankbar«, sagte Svalbard, »dass die da vorn an ihre Brüder hier hinten denken. Meint Ihr, wir kriegen je wieder was anderes als Rossäpfel und Ruinen zu sehen, Tribun?«

Ich brachte ein Lachen zustande, und wir schleppten uns weiter, langsam, furchtbar langsam, aber als ich einen Blick auf unsere Kutsche warf, sah ich Alegria auf die Ruine des Gasthauses zurückstarren. Unsere Blicke trafen sich und sie lächelte wehmütig.

Es dauerte nicht lange und die Tage unseres Rückzugs begannen ineinander überzugehen. Regen, Schlamm, Graupel, verlassene, zerschmetterte Wagen und Leichen. Wir kamen durch die verkohlte Gegend des Bauernaufstands, wo es kaum etwas aufzulesen gab. Hin und wieder fielen Negaret oder Partisanen über uns her, schnappten sich ein, zwei Wagen, töteten, was in Reichweite war und flohen dann zurück in den Wald, bevor eine Schwadron Reiterei reagieren konnte.

Die Pferde starben gar noch schneller als auf dem Vormarsch und wir stießen auf immer mehr verlassene Sättel. Die Tiere wurden rasch geschlachtet und hielten ihre Reiter ein, zwei Tage am Leben.

Einmal mehr war ich dankbar für die harte Regel, die ich jedem Reiter unter meinem Kommando eingebläut hatte: erst dein Pferd, dann du selbst. Auch in meinen drei Regimentern starben Pferde, sicher, aber nicht annähernd so schnell wie in den anderen, liederlicher geführten Einheiten.

Auf der anderen Seite der Wüstenei befand sich ein Dorf, an das ich mich erinnerte, obwohl es jetzt ein rauchender Trümmerhaufen war. Es gab ein Gehöft hinter der Siedlung und ich bat Domina Bikaner um eine Schwadron Kavallerie, um mich dorthin zu begleiten. Der Bauernhof war merkwürdigerweise weder abgebrannt, noch schien er sonst Schaden genommen zu haben. In dem von einer Mauer umgebenen Hof lagen zehn Leichen.

Eine davon war der Bauer, der mir erzählt hatte, das gelbe Symbol über seiner Tür, das umgestülpte U, das mir ganz nach einem verknoteten Seidenstrick ausgesehen hatte, sei nichts weiter als ein Familienemblem.

531

Man hatte ihn auf das Schwert eines Soldaten gespießt. Die anderen neun Leichen waren Gardesoldaten und sie waren alle erwürgt worden. Mit gelben Seidenschnüren erdrosselt. Von den Tovieti.

Aber wie hatten die Würger sich an Soldaten heranschleichen können, die auf der Hut waren? Welchen Zauber hatte der Bauer – oder wer auch immer – gewirkt? Und warum hatten die Vorgesetzten der Garden nicht nach ihren Leuten gesucht, das Gemetzel entdeckt und den Bauernhof in Brand gesteckt? Waren die Tovieti drauf und dran, sich noch einmal gegen uns zu erheben? Oder hatten sie es bereits getan?

Was würden, was könnten die Tovieti tun, um jeden Vorteil auszunutzen, jetzt, wo wir auf dem Rückzug waren? Hier – und in Numantia? Ich hatte keine Antwort darauf und befahl meinen Leuten, zum Zug zurückzukehren. Ich spürte dabei Blicke auf meinem Rücken.

Die Scharmützel nahmen zu, Tag für Tag, ebenso wie die Verluste. Die Gefallenen bekamen längst keine letzten Riten mehr und wurden auch nicht mehr verbrannt. Keiner hatte die Zeit oder das Material, um ein Feuer zu machen, jedenfalls nicht genug, um es auf Tote zu verschwenden. Gelegentlich kam es vor, dass bei einem hochrangigen Offizier einer der Chare-Brüder zugegen war, so dass seine Leiche nach einigen raschen Worten in Flammen aufging und der Geruch von verbranntem Hammelfleisch sich den Zug entlangzog.

Die Verwundeten kamen auf jede Art von Fahrzeug, auf dem sie Platz hatten, da unsere Lazarettwagen ständig voll waren, obwohl stündlich Männer starben. Das Schicksal dieser Verwundeten war so gut wie besiegelt, da die Kutscher, meist Zivilisten, Marketender oder Quartiermeister, kaum einen Sinn darin sahen, blutende Männer herumzufahren anstatt Beutegut oder Proviant, der zu verkaufen war, so dass es zu »Unfällen« kam. Männer wurden in Gräben gekippt oder, schlimmer noch, auf die Straße geworfen, wo sie dann einen Augenblick entsetzt dalagen, bevor der nächste Wagen sie überfuhr. Alegria fuhr jetzt auf dem Dach unserer Kutsche mit, da diese voller sterbender Männer war.

Es war einfach, die Route der Armee zu verfolgen – Scharen von Aaskrähen schwebten über unserem Weg, Saionjis Totenvögel, die Werst für Werst fetter wurden.

Die erste Schneeflocke bemerkte ich gar nicht, ebenso wenig die zehnte, aber dann fielen sie auch schon lautlos rund um uns herum. Der Schnee wurde nach einer Stunde zu Regen, der Morast immer tiefer. Die Zeit der Stürme war da.

Capitain Balkh wies grimmig auf eine Leiche neben der Straße. Sie war nackt, was nichts Ungewöhnliches war, schließlich brauchten Tote es nicht warm zu haben. Sie lag mit dem Gesicht nach unten, und ihre Hinterbacken waren offen, verletzt, außerdem hatte sie noch Wunden an den Oberschenkeln. »Da hat sich einer Steaks abgeschnitten«, meinte Balkh. Mir drehte sich der Magen um.

Svalbard, der mit Curti direkt hinter mir ritt, murmelte: »Na, dann isst wenigstens einer gut heute Abend.«

Curti lachte hart. »Dann pass mal besser auf, Großer. Du gleichst mir von Augenblick zu Augenblick mehr einem Steak.«

Im Lauf der Tage waren derlei Gräuel immer öfter zu sehen.

»Offizier … Offizier … den Gnadenstoß! Um Isas willen, um der Liebe Panoans willen!« Ich versuchte, den Mann nicht anzusehen, der an den Baum gebunden war. »Offizier … tötet mich! Lasst mich zurück auf das Rad. Bitte!« Ich konnte ihm den Wunsch nicht gewähren, obwohl ich es bei den Verbrannten in Jarrah gekonnt hatte. Aber dank Saionji marschierten andere mit, die dazu imstande waren.

Dann kam das Stöhnen, das Flehen einfach zu oft, es waren zu viele, und wir hörten ihre Klagen nicht mehr, sondern stolperten weiter durch den braunen Dreck, sahen nur noch den treibenden Schnee und den Rücken der Soldaten vor uns.

Immer wieder schlugen die Negaret oder Banditen zu, setzten uns mit jedem Nadelstich zu. Manchmal war es auch mehr als ein Nadelstich, denn die Kühnheit der Maisirer nahm zu.

Männer starben durch das Schwert, aber mehr noch an der Kälte, am Wundbrand, an Hunger und Erschöpfung. Es gab ein sicheres Zeichen dafür, dass ein Soldat dem Tode geweiht war: Er gab die Hoffnung auf. Die von uns, die überlebten, hatten eines gemeinsam: Jeder von ihnen wusste mit absoluter Sicherheit, wenigstens er würde sein Heimatland wieder sehen, und wäre er der einzige Überlebende aus dem gesamten numantischen Heer. In dem Augenblick, in dem einer von uns diese Entschlossenheit fallen ließ, war er auch schon tot.

Offiziere fielen zurück und berichteten, ihre Kompanie, ihre Schwadron, ja schlimmer noch, ihr ganzes Regiment sei auseinander gerissen worden, immer wieder, und dann seien ihre Dominas gefallen, es sei keiner mehr da, der Befehle gab, keiner mehr, um zu gehorchen. Offiziere ohne Soldaten, Soldaten ohne Offiziere.

Im Vorbeireiten hörte ich zwei Männer: »Komm, Kierat! Komm schon! Du kannst nicht einfach stehen bleiben. Nicht hier.«

»Nein, Kamerad ... nicht. Es ist Zeit zu gehen.«

Der zweite Mann taumelte von der Straße in ein Gehölz. Der erste zuckte die Achseln und schlurfte weiter. Einer nach dem anderen starb meine Armee.

Ich führte eine Flankenpatrouille und hatte mich mit meinen drei Begleitern weit von der Truppe entfernt, als die Negaret aus der Stille kamen, in lange weiße Mäntel gehüllt. Über ihre Schlachtrufe hörte ich meine Männer aufschreien vor Angst, dann waren sie auch schon über uns und es entstand ein Strudel aus Blut und Stahl. Ein Negaret mit zottigem Bart begann auf mich einzuhauen, aber dann hörte ich einen anderen »Nein!« schreien, und der Mann drehte den Säbel um und versuchte, mich niederzuschlagen.

Ich stieß ihm die Spitze meines Schwerts in die Brust, ließ ihn von der Klinge rutschen und fuhr herum, bevor mir ein anderer in den

Rücken fallen konnte. Stattdessen sah ich mich von Negaret umringt, deren Gesichter aufleuchteten, als sie vor Freude schrien: »Er ist es!« »Greift ihn euch! Er ist Gold wert!« »Das ist ihr *Rauri*!«

»Für mich wird es kein Lösegeld geben«, rief ich und trieb Brigstock mitten unter sie.

Dann sah ich ihren Anführer. Es war Jedaz Bakr, der Negaret, der meine Eskorte aus den Bergen nach Oswy geführt hatte. »Ich grüße Euch, Numantier«, rief er, und seine Reiter zügelten ihre Pferde. »Wollt Ihr Euch ergeben?«

»Ich grüße Euch, o großer Jedaz.« Aus irgendeinem idiotischen Grund verschwand die düstere Stimmung, die mich nun schon seit so vielen Tagen verfolgt hatte, und ich verspürte die Heiterkeit des Kriegers, der seinem Ende ins Auge sieht. »Kommt Ihr, um mich zu töten?«

»Ihr braucht nicht zu sterben, Shum á Cimabue. Es sei denn, Ihr besteht darauf, bei diesen Dummköpfen zu bleiben und zu verhungern oder Euch in irgendeiner Schneewehe den Arsch abzufrieren. Ergebt Euch und ich bringe Euch bei, ein Negaret zu werden. Wir werden alle reich, wenn Ihr Numantier erst einmal vernichtet seid.«

»Unmöglich.«

»Ihr könnt sogar die Frau mitbringen, die Euch die Bastarde geschenkt haben. Heiratet sie in unseren Zelten, Damastes. Sie wird bei uns keine Sklavin sein, sondern eine Prinzessin.«

»Nein! Ihr wisst, wer ich bin … und was.«

Bakrs Lächeln verschwand. »Ich weiß es. Und ich weiß, Ihr werdet wahrscheinlich mit den anderen krepieren. Aber ich dachte, ich sollte Euch ein Angebot machen, da ich Euer Gesicht nun seit Tagen sehe. Ihr seid immer der Letzte, der sich zurückzieht, und ich bin der Erste, der angreift. Kommt, schließt Euch uns an.

Ich spüre, dass die Zeit der Negaret kommt, eine Zeit, in der wir mehr sein werden, als wir uns jemals erträumt haben, mehr als König Bairan je wollte.«

Ich schüttelte den Kopf. Bakr verzog das Gesicht, dann zuckte er die Achseln. »Dann versucht nicht zu sterben«, sagte er, rief dann einen Befehl, auf den hin seine Reiter abdrehten, dann waren sie fort.

Capitain Balkh, Svalbard und der Rest der Roten Lanciers kamen angaloppiert. »Tribun, wir haben Euch einen Augenblick verloren und –«

»Schon gut«, sagte ich knapp. »Ist ja nichts passiert. Kehren wir zurück zum Zug.«

»Ja, Sir«, murmelte Balkh, der sich seines Versagens wegen zu sehr genierte, um mir in die Augen zu sehen. Svalbard und Curti sahen mich höchst merkwürdig an, als wir zurückritten, sagten aber kein Wort.

Der Wald war verschwunden und wir betraten die Sümpfe von Kiot. Es war schlimmer als das erste Mal, da die Knüppelstraßen zerschlagen waren und der Weg eine einzige Schlammpiste war. Pferde versanken und waren nicht mehr zu befreien. Man ließ sie sterben oder schnitt ihnen noch Steaks aus dem zuckenden Leib. Ihre Fuhrwerke blockierten den Weg und so kamen wir noch langsamer voran.

Trotzdem hatten die, die sich auf der Straße zu halten vermochten, noch Glück, denn viele von uns sahen sich in den Sumpf abgedrängt. Ich dachte schon, er würde uns verschlucken und kein Mensch würde uns je wieder zu Gesicht bekommen, aber wir kamen, wenn auch langsam, voran.

Ich nahm die Siebzehnten Lanciers mit nach vorn an die Spitze des Zugs und inspizierte jeden Wagen, auf den wir stießen. Ich stellte eine völlig willkürliche Regel auf: ein Wagen pro Offizier. Was die anderen anbelangte, nun, wir wandten uns ab, während das Fußvolk sie plünderte; dann kippte man sie auf meinen Befehl in den Sumpf.

Stieß ich auf einen Wagen, in dem die Infanterie Ausrüstung transportierte, so drückte ich beide Augen zu, solange er fahrtüchtig war. Die Männer brauchten jede Erleichterung, die in diesem Alptraum zu finden war.

Dominas, Generäle, ja selbst eine Reihe von Tribunen beklagten sich und ich gebot ihnen zu schweigen. Einige griffen nach dem

536

Schwert, sahen dann die Bogner mit den halb gespannten Sehnen und stelzten davon.

Einige Offiziere beklagten sich beim Imperator, der fast an der Spitze des Zuges fuhr. Dreimal kamen kaiserliche Melder nach hinten gesprengt mit handschriftlichen Befehlen, sofort mit dem Unsinn aufzuhören. Ich dankte den Offizieren, trug ihnen auf, dem Imperator Grüße zu bestellen, und setzte meine gnadenlose Säuberungsaktion fort. Ich hatte Tenedos einen Eid geschworen, zu dem aber nicht gehörte, dass ich jedesmal tanzte, wenn der Mann pfiff.

Oft sahen wir die affenartigen Kreaturen, aber sie bedrohten uns nicht. Die Männer baten um Erlaubnis, sie für den Kochtopf zu jagen, aber ich ließ es nicht zu. Vielleicht waren es ja gar keine Menschen, aber ich hatte schon genug Sünden am Hals. Zweimal begegneten wir den scheußlichen schneckenartigen Ungeheuern, aber ich hatte mir meine Gedanken gemacht und eine Waffe ersonnen. Ich wünschte, ich hätte einen der Chare-Brüder bei mir gehabt, der einen Zauber gegen sie schuf, aber ich wünschte mir auch warme Sonnentage, trockene Hosen, ein Bad, ein Federbett mit nichts als Alegria darin und tagelang Urlaub – auch das war nicht möglich.

Für meine Waffe ließ ich jeden Bogner fünf, sechs in Pech getauchte Pfeile mitführen und in ihren Beuteln etwas Zunder oder Feuersteine und Stahl. Wenn die Schnecken aus dem Zwielicht geglitten kamen, schlugen die Bogner ein Feuer an und setzten die Pfeile in Brand. Diese schossen sie in die Monster.

Sie verursachten ihnen Schmerzen oder wenigstens Unbehagen, denn sie drehten schäumend ab und flohen. Freilich erfuhr nicht jeder von meiner Waffe, so dass die Schnecken dennoch gut fraßen, meist Menschen, hin und wieder ein Pferd.

Die Sümpfe gingen zu Ende und wir erreichten das kleine Steindorf Sidor. Auf der anderen Seite des Anker und seiner gewundenen, halb zugefrorenen Nebenarme wartete in einem Halbmond, der sich über viele Werst erstreckte, das maisirische Heer. Zweieinhalb Millionen Mann.

26 *Die Brücken von Sidor*

Der Feind hatte das andere Ufer und auf unserer Seite beide Brückenköpfe besetzt. Die Brücken selbst waren mit brennbarem Material überhäuft und im Falle eines Angriffs unsererseits würden die Außenposten sich zurückziehen und dabei alles in Brand setzen. Als zusätzliche Sicherheitsvorkehrung hatte man Männer auf den kleinen Inseln postiert, die den Fluss teilten.

Die maisirischen Kräfte lagen in drei Fronten im Halbkreis um das Dorf. Hinter ihnen standen massierte Reserven bereit. Unsere Armee war in einem kläglichen Zustand. Die einzelnen Einheiten waren auf dem Marsch durcheinander geraten; kein Mensch wusste, ob er Kampfeinheit oder Reserve war, und die Offiziere zankten sich lautstark darum.

Yonges Späher hielten Positionen zwischen der Zugspitze und den Brücken und schon flogen Pfeile hin und her.

Imperator Tenedos stand auf einer kleinen Hügelkuppe, ein verkniffenes, aber zuversichtliches Lächeln auf dem Gesicht. Er war von seinem Stab umgeben; man wartete auf seinen Befehl.

»Jetzt haben wir sie, Tribun«, wandte er sich zur Begrüßung an mich.

»Sieht fast so aus.«

»Ihr seid hier über den Fluss gegangen, korrekt?«

»Ja, Sir. Auf dem Weg nach Jarrah.«

»Wie tief ist der Fluss? Ist er zu durchqueren?«

»In diesem Zustand nicht. Ein Reiter könnte durchschwimmen, und im Sommer oder Herbst ließen sich Seile spannen. Aber jetzt –« Ich wies auf das reißende Wasser, auf dem immer wieder Eisschollen vorbeitrieben. »Wenn er nur zufrieren wollte …«

»Oder wenn uns Flügel wüchsen«, sagte der Imperator. »Na gut.

Finesse ist hier fehl am Platz. Wir nutzen den Rest des Tages, um Ordnung in unser Chaos zu bringen, und beim ersten Tageslicht greifen wir an. Wir müssen davon ausgehen, dass sie die Brücken verbrennen, bevor wir sie nehmen können.

Lasst erst die Späher hinüberschwimmen, zusammen mit leichter Kavallerie, gleich darauf Pioniere. Sie sollen Seile spannen und wir postieren kräftige Schwimmer. Sie müssen auf der Stelle Fuß fassen, sonst sind wir verloren. Schickt nach Yonge.« Ein Adjutant eilte davon.

»Andere Pioniereinheiten sollen damit beginnen, Bäume für eine schwimmende Brücke für die Hauptstreitmacht zu fällen. Ich lasse die Garde in Linie anrücken, wir überqueren den Fluss und attackieren frontal. Vielleicht ein Ablenkungsmanöver flussauf oder flussabwärts.

Wir treffen sie hart in der Mitte und sehen zu, wie sie zusammenklappen.« Es war ein einfacher Plan, der womöglich sogar klappen würde, aber zu einem schrecklichen Preis.

»Kommentare, General der Armee á Cimabue?«

Ich musterte das Dorf und die Brücken. »Der Plan ist gut«, meinte ich, um höflich zu sein, schließlich hörte der Stab zu. »Aber wenn ich einen Vorschlag machen dürfte?«

»Nur zu«, sagte Tenedos nicht weniger frostig als die Luft.

»Vielleicht, mein Imperator, könnten wir hier hinübergehen, um Euch einige wesentliche Punkte zu zeigen, die mir aufgefallen sind?«

Tenedos blickte mich skeptisch an, kam aber von seinem Grashügel herab. Domina Othman versuchte mitzukommen, aber ich schmetterte ihn mit einem harten Blick ab. »Na schön, Damastes«, sagte der Imperator. »Was habe ich übersehen?«

»Nichts, Sir. Aber vielleicht gibt es, nun ja, eine Möglichkeit, die Chancen zu unseren Gunsten zu erhöhen.«

»Sprecht.«

Meine Ideen waren einfach und nahmen lediglich einige wenige Veränderungen an der Strategie des Imperators vor. Tenedos' Miene zeigte erst Skepsis, dann Interesse und schließlich Begeisterung. Als ich fertig war, nickte er aufgeregt. »Gut. Gut. Und ich bin ein absoluter Dummkopf, nicht auf einen ähnlichen Plan gekommen zu sein. Aber ich kann kaum glauben, dass die Maisirer nicht mehr Posten aufgestellt haben. Wie viele Männer werdet Ihr brauchen?«

»Zehn der absolut besten für jedes Kommando. Zwanzig weitere hinter ihnen. Mit zehn Eurer Chare-Brüder. Weitere fünfzig und dann noch mal fünfzig, um bei den Brücken zu bleiben und sich um die Leute da unten zu kümmern. Sie sollten Bogenschützen sein. Die ersten dreißig sollten Späher sein, der Rest von den Garden. Nehmt eine freiwillige Einheit, um die Disziplin zu bewahren.«

»Es scheint mir kaum genug.«

»Ist es auch nicht, aber sechshundert nützten auch nicht mehr«, bemerkte ich, »und machten hundertmal so viel Lärm.«

»Und während dies vonstatten geht …«, wollte der Imperator wissen.

»Schlagen die Pioniere schon Bäume, die Einheiten rücken hin und her, lassen hin und wieder Licht sehen, dann warten die Maisirer auf die Morgendämmerung. Und unseren Angriff. So hoffe ich.«

Tenedos lächelte durchtrieben. »Wie ich sehe, siehst du dich bereits in dem Kommando.«

»Natürlich.« Ich konnte kaum von jemandem verlangen, etwas zu tun, bei dem ich den Schwanz einzog.

Tenedos' Grinsen wurde breiter. »Dann weißt du natürlich auch, was daraus folgt.«

»Nein … oh, Scheiße. Sir, das könnt Ihr doch –«

»Aber ich werde. Und hatten wir das nicht alles schon? Erinnere dich daran, wozu es das letzte Mal kam.«

Ich sah, dass es aussichtslos war. »Und wenn etwas schief geht?«, sagte ich versuchsweise.

»Dann wird es keiner von uns je erfahren, nicht wahr? Jetzt bring du die Leute auf Trab. Ich habe noch Formeln vorzubereiten.«

Manchmal frage ich mich, wie es wohl wäre, in einer Armee zu dienen, in der Tribunen und Imperatoren wussten, wo sie hingehörten. Ich wette, nicht halb so ein Wahnsinn wie der, ein numantischer Krieger zu sein. Yonge erklärte nicht weniger entschieden als der Imperator, auch er zählte sich zu den ersten zehn. Ich führte halbherzig Gründe dagegen an, nicht weil ich wusste, dass ich nicht gewinnen würde, daran war nichts zu ändern, nein, ich hatte ihn seiner Geschicklichkeit mit dem Messer wegen durchaus gern dabei.

Svalbard und Curti meldeten sich ebenfalls. Ich zögerte, da ich Curti, bei seinem scharfen Auge, lieber bei den nächsten zwanzig gesehen hätte, aber ich lenkte ein.

Ich verbrachte die letzten beiden Stunden vor Sonnenuntergang hinter einem mit Eis behangenen Strauch und beobachtete durch das Schneetreiben die beiden Brücken und die Inseln und prägte mir Geländepunkte ein, die im Dunkeln wieder zu erkennen waren.

Hinter mir bereitete die Armee den großen Übergang vor. Hier und da waren Pioniere zu sehen, die Bäume fällten und ans Flussufer zogen, um die Schlacht am nächsten Tag vorzubereiten. Oder am Tag darauf. Etwa zweihundertfünfzig Mann – praktisch der ganze Rest der Varan-Garden, Myrus Le Balafres alter Einheit, die mit dreitausend Mann über die Grenze gekommen war – marschierten nach Osten, etwa eine Meile den Fluss hinab, eine Bewegung, die vor den Maisirern freilich nicht ganz zu verbergen war.

Ich sah ein kleines Fischerboot umgekippt am Fluss liegen und ließ es von den Pionieren vom Ufer wegziehen.

Als es dunkel wurde, kehrte ich zum Stab des Imperators zurück. Man hatte ein großes Zelt aufgebaut und Öfen hineingestellt, Tische wurden gedeckt, es gab geräucherten Schinken, Pökelfisch, frisch gebratenen Speck, frisches Weißbrot, ja selbst Austern und Käse – Speisen, die ich seit Jarrah nicht mehr gesehen hatte.

Mich packte der Zorn, bis mir klar wurde, dass das alles nicht für den Stab war, sondern für die Soldaten, meine ersten dreißig mitsamt den zehn Zauberern. Weiter hinten verköstigte man die zweihundert Gardisten, zwar nicht ganz so üppig wie uns, aber mit besseren Rationen, als sie sie seit langem gesehen hatten. Alle hatten sich Gesichter, Hände und Hälse mit Schlamm geschwärzt und glänzende Orden, Knöpfe und Gehänge entfernt. Über Schwerter und Säbel hinaus trugen sie Messer und einige hatten auch noch bleibeschwerte Sandsäcke dabei.

Ich legte eine Scheibe Schinken auf ein Stück Brot, schnitt einen Kanten Käse darauf, gab Goldenziansoße auf den Käse und nagte daran, während ich mich von einem schneidigen Tribun in einen Brocken unsichtbarer Erde verwandelte.

Der Imperator gesellte sich zu uns, während ich meine Anweisungen gab, was nur einige Sekunden dauerte. Auch er war schlammverschmiert und trug Schwarz. Die Männer brauchten einen Augenblick, um ihn zu erkennen, und einige der Gardisten gingen instinktiv auf die Knie.

»Aufgestanden«, sagte er barsch. »Heute Nacht bin ich nur einer von Euch. Für Förmlichkeiten haben wir morgen Zeit. Diese Nacht gehört dem Schweigen und dem Tod. Tod den Maisirern.«

Er nahm mich beiseite. »Man *hatte* Wachen aufgestellt, wie ich dachte«, sagte er. »Und wie du hörst, sagte ich ›hatte‹. Aber sie werden nicht merken, dass ich sie ausgeschaltet habe – noch nicht einmal, wenn ihr von den Göttern verdammter Azaz ihnen über die Schulter schaut.«

Die Männer waren alle erfahrene Kämpfer, so dass es keiner aufmunternder Worte bedurfte, und wir warteten so geduldig, wie es eben ging; einige täuschten Heiterkeit vor, andere Schlaf, bis der Imperator den Aufbruch befahl. Das Schneetreiben hatte sich zu einem ausgewachsenen Sturm entwickelt, was nur gut für uns war. Ich sprach ein kurzes Gebet zu Isa und Tanis, wünschte, ich hätte noch Zeit gehabt, Alegria zu küssen, die ich in den hinteren Reihen gelassen hatte, bei Domina Bikaner und den Siebzehnten Lanciers; dann huschten wir hinaus in die Nacht.

»Halt! Wer da?« Der Anruf war ein heiseres Flüstern.

»Calstor Nevia mit einer Patrouille von zehn«, antwortete ich auf

Maisirisch und bediente mich eines der zahlreichen Dialekte des Landes, die ich vor Jahrhunderten auf Irrigon gelernt hatte.

»Lasst mich einen von Euch sehen.«

Yonge glitt an mir vorbei und zwei Schatten bewegten sich auf ihn zu. Der erste Maisirer zuckte zurück, als Yonges Messer ihm unters Kinn fuhr. Der zweite, zu nahe, um den Speer zu benutzen, sprang beiseite, krümmte sich und bekam mein Schwert in die Seite. Er starb etwas geräuschvoller, er gurgelte, aber es spielte keine Rolle, da bereits acht Numantier den Vorposten stürmten, die Schuhe mit Schaffellstreifen umwickelt. Wir warteten gespannt, dann tauchte hinter uns ein schwarzgesichtiger Soldat auf. Er hob die Hand. Der Vorposten an der anderen Brücke war ausgeschaltet. Einen Augenblick später schloss die Gruppe sich uns an.

»Na also«, sagte ich leise. »Immer daran denken, marschiert, als gehörte die verdammte Brücke Euch. Sie *gehört* Euch. Aber seid nicht zu clever, ja? Immerhin seid Ihr Maisirer.« In geschlossener Formation marschierten wir ins Herz des Feindes; die Absätze unserer Stiefel knallten auf das nasse Holz, als wären wir auf einer Parade. Ich sah Zähne blitzen, sah Tenedos im Zwielicht. Ich fragte mich, ob wir wohl dasselbe dachten: Vor vielen Jahren hatten wir schon einmal etwas so Waghalsiges versucht und es geschafft.

Isa – oder warum, verflucht noch mal, nicht gleich zur Göttin des Imperators beten? – Saionji sei mit uns, betete ich.

Hinter uns folgte der Rest unseres Jagdkommandos, geduckt, leise, immer in der Mitte der Brücke. Sechs von ihnen trugen das Hauptrequisit des Täuschungsmanövers, auf das ich meine Hoffnung setzte: jenen verlassenen Kahn. Ich zählte Schritte, erkannte den Geländepunkt und wusste, wir waren auf der Höhe der Inseln im Anker. Bei jeder machte ich eine Handbewegung und ein Kommando verschwand.

Die Maisirer konnten kein derartiges Vertrauen in ihre Zauberei haben, nur ein Wachkommando an jeder Brücke zu postieren. Ich behielt Recht. Sie hatten nicht. Ein Mann kam aus der Dunkelheit, den Speer auf uns gerichtet. Aber Curti hatte ihn gesehen und schon fuhr dem Mann ein Pfeil ins Gesicht. Er zerrte daran, sein Speer fiel klappernd um. Ich warf mich auf ihn, eine Hand fuhr in die Feuchte, schloss sich um seinen Mund, während mein Dolch immer wieder in seine Brust fuhr. Als ich mich wieder aufrappelte, lagen vier weitere Leichen da. Aber eine war die eines Numantiers.

Wir gingen weiter über die endlose Brücke. Schließlich sahen wir etwas aus der Dunkelheit aufragen, was noch schwärzer war, und der lange Übergang war zu Ende. Wir sahen uns vor einem weiteren Posten, der mit wenigstens dreißig Mann besetzt war. In unserer Kühnheit näherten wir uns bis auf zehn Schritt, dann witterte jemand die Gefahr und schlug Alarm. Schneidend und stechend fielen wir über sie her und schon waren die meisten niedergemacht, aber einige liefen kreischend davon.

Ich rief nach den sechs Männern, die den Kahn trugen, ließ sie ihn auf das Ufer hinab und eine maisirische Leiche daneben werfen, als hätte man ihn getötet, als das Kommando an Land gegangen war.

»Im Laufschritt«, befahl ich, als ich im Dorf Fackeln aufflackern sah, und die Männer liefen hinter mir her in östliche Richtung auf die andere Brücke zu. Zwischen den beiden, genau in der Mitte, stand der dreistöckige steinerne Getreidespeicher mit den sechs Seiten. Die Tür war verschlossen, sprang aber unter meinem Stiefeltritt auf, und die drei maisirischen Offiziere standen da, völlig verdutzt, als Curti und ich sie niedermachten. Numantier strömten in den Raum.

»Brüder, die Treppe hinauf«, rief der Imperator. »Bis ganz nach oben.«

»Balkh«, befahl ich. »Besetzt die Etage und blockiert die Tür.«

»Sir.«

Ich ging die breite Treppe hinauf in den ersten Stock, der aus einem einzigen hohen Raum bestand, in dem es nach Getreide und Sommer roch. Es gab nur vier Fenster, also schickte ich die Hälfte meiner Männer wieder nach unten, als Verstärkung für Capitain

Balkh, und nahm den Rest mit hinauf. Hier sah es aus wie unten; zwei Zauberer standen schwankend auf einer Leiter und versuchten, eine Falltür aufzustemmen.

»Runter da«, grollte Svalbard, und sie beeilten sich zu gehorchen. Curti und ich hielten die Leiter, und der große Mann schoss die Sprossen hinauf und beugte den Kopf, als er mit den Schultern gegen die vom Wetter verquollene Luke stieß. Mit einem Knall sprang sie auf, und wir standen auf dem Dach, hinter uns der Imperator und seine Zauberer.

In Sidor herrschte großes Geschrei – der Feind war eingedrungen! Von den Brücken her jedoch hörte ich nichts und hoffte, die Maisirer würden sich einreden, der kleine Kahn, den ich mitgebracht hatte, hätte sämtliche Mörder enthalten. Das gab meinen Kommandos womöglich Zeit, die Vorposten auf den Inseln zu töten.

Die Zauberer packten ihre Ausrüstung aus. Die ersten beiden Hexereien hatte man schon vor unserem Aufbruch vorbereitet. Bei der einen handelte es sich um einen konventionellen Blindheitszauber, durch den die Maisirer, so hofften wir, das Tor des Getreidespeichers nicht sahen. Von unten tönten dumpfe Holzgeräusche herauf, als die Garden den Eingang verbarrikadierten.

Der zweite Zauber diente der Verbindung und deren Kraft. Man schnitzte kleine Späne aus den Balken, mit denen das Tor verrammelt war, und schichtete sie auf einen winzigen Eisenstab, in den Symbole eingeritzt waren. Darüber streute man, wie ich später erfuhr, getrocknete Kräuter, Pfeffersamen, Lavendel, Bockshornklee, Bitterholz und dergleichen mehr. Das Ganze wurde angezündet und brannte mit einer violetten Flamme, die noch nicht einmal flackerte, als Schneeflocken darauf fielen, während zwei Zauberer einstimmig eine Formel aufsagten. Die Absicht dahinter war, den Balken unten die Kraft von Eisenstangen zu geben, was auch gelang. Ich musste an den Turm in Irrigon denken und wollte, meine Seherin Sinait wäre bei mir gewesen. Wäre sie dabei gewesen ... vielleicht ... vielleicht ...

Ich verdrängte den Gedanken, spähte über den Rand der Brüstung und sah, wie Horden von Maisirern auf den Platz unter uns strömten. Aber da sich keiner an den Fenstern zeigte, wussten sie nicht, was zu tun war.

»Ich spüre, dass ihre Zauberer aufwachen«, meinte Tenedos. »Seid auf der Hut.« Einer der Chare-Brüder machte sich an einen Gegenzauber.

Ich sah drei Offiziere unten einen Sturmtrupp zusammenstellen. »Bogenschützen«, rief ich, und die drei fielen um. Wir hatten, so schätzte ich, etwa zwei Stunden bis zum Tagesanbruch, für den Tenedos den Angriff des Heeres angesetzt hatte.

Männer schleppten eine lange Steinsäule auf den Platz, andere hielten gegen den Pfeilhagel Schilde über den Kopf.

Mir wurde mit einem Mal schlecht, mir wurde schwummerig im Kopf und ich sah noch andere fluchend ins Schwanken geraten. Unsere Zauberer zeichneten Symbole aufs Dach, besprenkelten sie mit übel riechenden Mixturen, und der Zauber der Kriegsmagier war gebrochen. »Das war ein neuer«, sagte der Imperator. »Für gewöhnlich sorgten sie nur für die eine oder andere Angst oder Verwirrung. Mit Freuden werde ich den hier von ihrem Azaz lernen, wenn ich ihn nach dem Krieg auseinander nehme.« Er hörte sich an, als wäre es überhaupt kein Problem, die paar Stunden inmitten der gesamten maisirischen Armee zu überstehen. Er und die anderen Magier begannen kleine Zauber zu wirken, die die Maisirer unter uns bei der Vorbereitung ihres Angriffs störten.

Tenedos sagte, er halte einen Großzauber bereit, der jedoch erst gewirkt werden könne, wenn die Zeit reif sei. »Und wann ist das?«, fragte ich, worauf er mich mit einem finsteren Blick bedachte und sagte, das würde er schon merken, wenn ich nur dafür sorgte, dass er lange genug am Leben blieb.

Die Maisirer rannten mit ihrem Rammbock gegen uns an, zwanzig Mann auf jeder Seite, und donnerten damit gegen die Mauer des Speichers. Ich schickte Svalbard nach unten, aber er kam zurück und sagte, es sei nichts passiert. Wieder donnerte die Ramme gegen die Wand.

»Das wird langsam lästig«, sagte Tenedos. »Aber da sie das Tor nicht angreifen, scheint wenigstens der Verwirrzauber seine Wirkung zu tun. Trotzdem …« Er zog einen Dolch und schlug mit dem Knauf einen Steinsplitter aus der Brüstung. »Ich weiß nicht, ob es gehen wird …« Seine Stimme verlor sich, als er mit verhaltenem Atem etwas zu skandieren begann, wobei er immer wieder über die Mauer sah, als die Ramme wieder und wieder gegen die Steine schlug. »Höllen aber auch!«, schimpfte er und warf den Splitter weg. »Ich hatte gehofft, sie hätten alle ihre Steine aus ein und demselben Bruch, aber offensichtlich nicht. Keine Gemeinsamkeiten, kein Schaden. Damastes, würdest du dich an einer prosaischeren Lösung versuchen?«

Die Männer mit den Schilden waren unvorsichtig geworden; sorgfältig gezielte Speere flogen nach unten und sechs Mann gingen zu Boden. Die Männer am Rammbock verloren die Balance, und der Zug krachte auf das Kopfsteinpflaster des Platzes und begrub fünf weitere Männer unter sich.

»Bogner«, befahl ich. »Tötet jeden, der den Eingeklemmten zu helfen versucht. Aber dass ihr mir die ja nicht trefft, sonst reiße ich euch den Arsch auf.« War es nicht grausam, sich Verwundeter zu bedienen, noch grausamer, jene zu töten, die die Nerven, den Mut hatten, ihnen zu Hilfe zu kommen? Natürlich. Aber was, meint Ihr, bedeutet wohl Krieg?

Ein Posten rief eine Warnung und ich sah eine Gruppe Männer auf die Brücken zugehen. »Dagegen lässt sich etwas tun«, meinte Tenedos und gab drei Zauberern Zeichen. Ein Kohlebecken flammte auf. Einer der Magier entkorkte eine Phiole und sprenkelte eine dunkle Flüssigkeit über die Flammen, und schon roch ich den Gestank verbrannten Menschenbluts. Tenedos und ein anderer Zauberer begannen eine Formel zu skandieren:

> »Nimm den Brennstoff,
> Nähr deine Kraft,
> Wachse, sei fruchtbar.
> Gebäre,

547

Gebäre,
Kinder sollen tanzen um dich.«

Kleinere Flammen erschienen um das Kohlebecken.

>»Wittert Eure Nahrung,
Wittert Eure Beute.
Geht hin,
Geht hin,
Wo ich euch sage.
Findet Wasser,
Überquert es,
Eure Beute erwartet Euch.
Geht und fresst,
Geht und fresst.«

Tenedos warf einen Fetzen von einer maisirischen Uniform in das Becken, einen Knochensplitter von einer gefrorenen Leiche, etwas Haar von einer anderen, und die winzigen Flammen züngelten empor. Sie schwebten, orientierten sich, und Tenedos hielt eine Hand ins Feuer und holte, ohne sich zu verbrennen, eine Flamme heraus. Er streckte die Hand mit der tanzenden Flamme und wies damit auf die Brücke.

»Geht und fresst. Geht und fresst. Geht und fresst«, skandierte er monoton, und die Flammen schossen davon. Auf ihrem Weg wurden sie immer größer, bis sie fast mannshoch waren. Sie bildeten Wirbel, wischten dann über den Fluss, als wären sie eins, wie eine Schwalbe in die Dämmerung eines Sommerabends taucht. Die Maisirer hatten die Brücke erreicht, als die Flammen sie erwischten, und über das Rufen von dem Platz unter uns hinweg hörte ich ihr Geschrei. Die Flammen wuchsen beim Fressen, und die Maisirer wanden sich, starben oder sprangen über das Geländer, um ihren Qualen ein Ende zu bereiten.

548

»Ich frage mich, wie ihnen diese Kostprobe ihres eigenen Zaubers schmeckt«, murmelte Tenedos. »Zumal ich ihn etwas verbessert habe.« Nachdem die Männer tot waren, stiegen die Flammen – im Gegensatz zum maisirischen Feuer, das mit seinen Opfern gestorben war – wieder auf. Stärker, größer kamen sie wieder zum Getreidespeicher zurück.

»Findet andere«, rief Tenedos. »Findet andere und fresst, fresst, meine Kinder« – und die Flammen stürzten sich gehorsam hinab auf den Platz.

Ich sah etwas aus dem Schneetreiben kommen, eine riesige gewölbte Hand. Sie kam aus dem Nichts, und so wie ich nachts eine Kerze lösche, wenn ich schlafen möchte, schloss sich diese riesige, halb sichtbare Hand um die Flammen, und sie waren verschwunden.

»Ein bisschen spät«, sagte der Imperator. »Aber wirksam. Wollen sehen, was der Azaz von meinem nächsten Zauber hält.«

Er beugte sich über seine Ausrüstung. Aber der Azaz kam ihm zuvor, ich hörte ein Heulen anheben, dann beutelte uns auch schon der Wind. Wir knieten nieder und wappneten uns. Einer der Zauberer machte den Fehler, nach einem Dreifuß zu greifen, den der Wind auf die Brüstung zuschob. Als er aufstand, schrie der Wind triumphierend auf und warf ihn über den Rand. Der Sturm begann sich um uns zu drehen und wir befanden uns im Zentrum eines Strudels.

Der Imperator verschüttete seine Mixtur und kritzelte hastig Symbole auf den Stein. Der Wind verschwand und der Schnee fiel wieder kerzengerade. »Ich wette«, meinte Tenedos, »von dem hat er noch nie gehört, den habe ich nämlich im fernen Jafarite gelernt. Man sollte ihm sagen, dass Reisen bildet.« Tenedos lachte über seinen Scherz und wandte sich dann wieder seinen Formeln zu.

»Warum schicken die nicht mehr Leute an die Brücken?«, fragte jemand. Ich wusste es nicht – weiß es bis heute noch nicht. Vielleicht war der Offizier, der daran gedacht hatte, die Wachen zu verstärken, in Tenedos' Flammen verbrannt. Oder vielleicht waren die Maisirer von der Schlacht der Zauberer gebannt. Vielleicht waren sie nur eine halbe Stunde nicht bei der Sache, aber das ist eine Ewigkeit in einer Schlacht.

Lichter blitzten über den Fluss, etwa einen knappen Werst flussabwärts; die Varan-Garde begann ihren Ablenkungsangriff. Der Imperator starrte in die Schwärze, als könne er sehen, was da vor sich ging, und wie ich seinen Worten entnahm, konnte er das auch. »Sie haben eine der Inseln genommen. Tapfere Männer«, sagte er. »Es treibt Eis auf dem verdammten Fluss und sie gehen durch, als wäre es nichts. Scheiße. Die Maisirer hatten Soldaten auf der Insel – genauso viele wie die Varaner.« Er verstummte, dann nickte er billigend. »Gut. Die Varaner haben sich neu formiert und greifen wieder an.« Tenedos widmete sich wieder seinem Bann.

In perfekter Formation marschierten Bogner auf den Platz, schwärmten aus und schickten Salven von Pfeilen herauf. Die Männer an der Brüstung fielen. Einer von ihnen war ein Zauberer, der andere ein Speermann. Einer krümmte sich vor Schmerzen, der andere lag reglos da. »Ihr«, sagte Tenedos zu einem der anderen Bogner. »Gebt mir einen Eurer Pfeile.« Der Mann gehorchte. Der Imperator überlegte einen Augenblick. »Also, wenn ich jetzt nur ein bisschen mehr von ihrem Blut hätte«, sagte er. »Aber es muss eben damit gehen.« Er schloss die Augen, berührte mit der Spitze seine Lider und dann den Boden, während er eine Formel in einer Sprache aufsagte, die ich nicht verstand.

»Runter!«, rief jemand. »Sie schießen wieder!« Wir warfen uns auf den Boden, was unsinnig war, da wir stehend besser dran gewesen wären, schließlich boten wir so eine kleinere Angriffsfläche für die Pfeile, die im Bogen herabkamen. Aber keiner der Pfeile landete auf dem Dach; sie zauderten, als hätte der Wind sie erfasst, und fielen dann wieder zurück.

Tenedos rief einen Zauberer zu sich. »Wisst Ihr, wie man das macht?«

»Ich denke schon, Eurer Majestät.«

»Erneuert den Bann jedes Mal, wenn sie auf uns zu schießen beginnen. Sie werden es vor uns müde werden.«

Er blickte über den Fluss. »Sie haben Reiterei flussabwärts gegen die Varaner geschickt«, erklärte er. »Zwei, nein drei Regimenter.«

»Habt Ihr keinen Zauber, der sie aufhalten kann?«, fragte ich. Sie würden der Varan-Garde zahlenmäßig wenigstens acht zu eins überlegen sein.

»Ich habe bereits einen in Arbeit«, erwiderte Tenedos. »Ich kann ihn nicht riskieren. Außerdem …« Er ließ seinen Satz verklingen und sagte nichts mehr.

Ich entsinne mich dieser Ereignisse, als hätte sich das alles in einem stillen Raum abgespielt, als hätte nichts davon abgelenkt. In Wirklichkeit wurde gerufen, geschrien, waren das Heulen der Verwundeten und Sterbenden und die maisirischen Hornsignale zu hören.

»Jetzt fällt die Reiterei über sie her«, verkündete Tenedos. Er beugte den Kopf und jedermann auf der Brüstung schwieg. Ich schluckte trocken. Tenedos verzog das Gesicht, dann hob er den Kopf. »Sie sind tapfer gestorben«, verkündete er. »Man wird sich an sie erinnern.« Dann fügte er hinzu: »Die Zeit für den Großen Zauber ist gekommen.«

Das hätte mir endgültig die Augen öffnen sollen, aber ich hörte ihn kaum, da eben das Zodiakallicht aufgegangen war.

Am anderen Flussufer begann unser Hauptangriff. Die Garden trabten in geschlossener Formation über die Hügelkuppe, den Hang hinab auf die Brücken zu. Unsere Armee war völlig offen und die Maisirer schlossen ihre Linien um und in Sidor. Pfeilsalven brachen in ganzen Wänden über die Männer auf der Brücke herein. Weitere Numantier starben, nur dass ich sie nicht durch Waffen fallen sah. Die Kriegszauberer trugen ihren Teil bei.

Unsere ersten Reihen fielen bis auf den letzten Mann und die nächste Welle hatte über ihre Leichen zu steigen. Auch sie fielen, und dann hatte man eine Brustwehr von Leichen, hinter der sich Deckung nehmen ließ. Die Offiziere jedoch trieben die Garden unerbittlich nach vorn, man warf die Leichen übers Geländer, als man vorwärts ging. Es war der Augenblick, in dem man für die hübschen Uniformen bezahlte, das Augengeklimper der jungen Mädchen und die Ehre, auf Paraden mitzumarschieren. Die Männer der Garden wussten das und schleppten sich weiter, die Köpfe gebeugt, als ginge es gegen einen heftigen Wind.

Die Maisirer jauchzten vor Freude – das hier würde der Todesstoß für die Usurpatoren sein. Alle würden wir in diesem Dorf sterben, vom Imperator bis hinab zum letzten Gemeinen.

Ich hatte gehofft, der Feind würde den Getreidespeicher vergessen, aber es liefen Männer mit Sturmleitern auf den Platz. Andere Soldaten hielten sich Schilde über den Kopf und lehnten die Leitern gegen die Wand. Meine Soldaten versuchten, sie wegzutreten, aber die Enden mussten irgendwie mit magischem Klebstoff behandelt worden sein und bewegten sich nicht. Maisirer schwärmten herauf. Pfeile, Speere flogen hinab und die Leute fielen. Aber sie waren rasch durch andere ersetzt, die nach Blut schrien.

Maisirische Bogenschützen schickten Salven herauf, und irgendwie musste der Blockadebann gefallen sein, denn die Pfeile schossen zu den Fenstern des Speichers herein. Zwei Maisirer erreichten die Spitze der Leiter, sprangen herein und töteten einen Mann, bevor Yonge sie erschlug. Es kam zu einer kleinen Schlacht an der Leiter, bevor wir sie zurückschlugen und einer mit einer Axt die Sprossen der Leiter zerschlug. Am nächsten Fenster tauchten weitere Kletterer auf und die Schlacht wütete weiter.

Wenn unsere Kräfte nicht über den Fluss kamen, waren wir verloren. Aber man trieb sie zurück; die Offiziere, die sie mehr fürchteten als den Feind, trieben die Zauberer wieder nach vorn. Leichen bedeckten Brücke und Inseln, Leichen trieben zwischen kleinen Eisschollen im Fluss.

Der Imperator sah sich das alles schweigend an. Ich hätte beinahe etwas gesagt, beherrschte mich aber. Er war der Seherkönig; er würde wissen, wann der Zeitpunkt gekommen war. »Na gut denn«, sagte er und flüsterte einen einzigen Satz. Ich hörte ein ungeheures

Brausen wie Wind oder Feuer und bekam ganz feuchte Hände; mich überlief ein Schauer, der nichts zu tun hatte mit dem eisigen Wind.

Ich sah etwas. *Ein Etwas.* Mehrere. Sie kamen von unserer Seite des Flusses, bewegten sich gleichmäßig über das Wasser, brauchten weder eine Brücke noch Land. Sie waren größtenteils blendend weiß, und ich schaute mir fast die Augen aus, um zu sehen, was es war. Jemand mit besseren Augen als meine schrie auf, dann sah auch ich, was der Bann des Imperators hervorgebracht hatte: hundert, fünfhundert, vielleicht sogar tausend weiße Pferde, fahler als das weißeste Weiß, auf jedem ein Reiter im schwarzen Mantel, stoben auf uns zu. Jeder der Reiter schwang einen Säbel und die Säbel blitzten, obwohl kein Sonnenlicht zu reflektieren war; sie blitzten auch nicht silbern, sondern blutrot! Unter die Kapuzen ihrer Mäntel konnte ich nicht sehen, aber ich wusste auch so, dass die Gesichter der Reiter nur Schädel wären.

Das also war der Große Zauber. Tenedos hatte es in seiner Arroganz, seinem unvergleichlichen Selbstvertrauen gewagt, die Todesgöttin selbst oder ihre Untertanen, die höchste Manifestation Saionjis, heraufzubeschwören, um an unserer Seite in die Schlacht zu ziehen. Einige Maisirer waren so kühn, auf die Reiter zu schießen, und einige warfen Speere. Einige der Waffen trafen die Mäntel, prallten aber davon ab wie von Plattenpanzern, und die Reiter stürmten weiter heran. Dann waren sie auch schon mitten unter den Kriegern am Ufer, Schwerter blitzten auf, rote Fontänen waren zu sehen.

Dann hörte ich Lachen, hartes manisches Gelächter füllte meinen Kopf, füllte das Universum, und die Todesdämonen setzten ihr Gemetzel fort. Jetzt war es an den Maisirern zurückzuweichen; dann drehten sie sich um und liefen davon. Nur standen ihrem Rückzug die eigenen Linien im Weg, worauf eine Panik ausbrach; Männer warfen die Waffen weg, liefen in bodenloser Todesangst davon, blickten zurück, wussten, sie durften den nahenden Tod nicht anblicken, hatten aber Angst, es nicht zu tun.

Der Tod, nein, die vielen Tode ritten weiter, da diese blutgetränkte Walstatt nicht ihr Zuhause war. Wie Sensen führten sie ihre Säbel und Saionjis Lachen nahm zu.

Unsere Soldaten, fast ebenso entsetzt wie die Maisirer, griffen an, stießen über die Brücke vor, fassten zu beiden Seiten des Getreidespeichers Fuß – und wir waren gerettet.

Die erste Schwadron Kavallerie kam auf eine der Brücken getrabt. Erneut klang Getöse über den Himmel, das Brüllen eines Mannes im Zorn. Die Luft wurde zum Schneiden dick, und ein ungeheurer maisirischer Krieger stand über dem Dorf, breitbeinig, fünfhundert Fuß groß, wenn nicht mehr. Er schwang eine Hand, die Hälfte der Todesdämonen verschwand und aus seiner Wut wurde Kriegsgeschrei. Die Hand des Dämons schloss sich um einen Reiter und der stieß einen Schrei aus, so schrill wie der einer Frau. Wieder und wieder tötete der Krieger und unsere Soldaten heulten vor Angst genauso laut wie zuvor die Maisirer.

Der Dämon sah die Kavallerie, griff danach, Pferde wieherten auf, als die Hand auf sie zukam, und dann wischte sie eine ganze Schwadron – Pferde, Offiziere, Mannschaften – in den Fluss. Der Krieger sah sich nach weiterer Beute um, riss dann jedoch die Augen auf, als sei er getroffen, fuhr schwankend zurück, wobei er seine eigenen Soldaten zertrat. Er sperrte den Mund auf, aber es kam kein Laut heraus, und er ruderte mit den Armen über den Himmel, als bekäme er keine Luft.

Seine Hände umfassten den Hals, dann geriet er ins Taumeln. Seine Stimme veränderte sich, zerfloss, und er wurde zu etwas Schrecklichem, weder Mensch noch Affe, seine Backenknochen weiteten sich und große Fänge wuchsen ihm aus dem Mund. Der Unterkiefer senkte sich, wurde lang, das Gesicht streckte sich, als sei es aus Kitt. Auch sein Körper warf sich auf, wurde unförmig, die Hände zu Zangen, die Arme wuchsen bis fast auf den Boden. In den Augen des Dämons loderte grünes Feuer, als er sich gegen seine Verbündeten wandte und nach den maisirischen Truppen schlug. Ein Schlag verwüstete eine ganze Straße des Dorfes, die

Steinmauern der Häuser brachen wie morsches Holz. Einmal mehr wechselte die Panik auf die andere Seite über, als Azaz' Dämon nur noch seine eigenen Leute zu töten begann. Ich hörte den Triumphschrei des Imperators ob seines Gegenbanns.

Schließlich ging der Dämon heulend in die Knie und hielt sich unter Höllenqualen den Kopf, und ich war bis ins Mark erschüttert. Urplötzlich war er verschwunden, und es war nichts mehr übrig als ein zerschlagenes Dorf, Krieger, die zu kämpfen oder zu fliehen versuchten, eine heillose Konfusion.

Numantische Einheiten strömten über die Brücken, Maisirs rückwärtige Linie brach, und ihre Armee fiel zerschlagen zurück, lief davon und auf die *Suebi* hinaus.

Wir hatten einen großen Sieg errungen, vielleicht den größten in der Geschichte Numantias.

Imperator Tenedos' Gesicht strahlte vor absolutem und gottlosem Glück. Yonge stand mit ausdrucksloser Miene neben dem Mann.

Der Preis war schrecklich. Der Fluss war dunkelrot, soweit ich sehen konnte, auf den Brücken, den Inseln häuften sich unsere Gefallenen. Die Straßen des Dorfes waren von toten Maisirern blockiert und dahinter lagen noch mehr. Reiterei arbeitete sich durch, um hinter den fliehenden Maisirern herzujagen, und weiteres Blut tränkte das Land.

Wir hatten fast vierzigtausend Mann verloren und die Maisirer das Doppelte, obwohl wir ihre Toten nicht zählten.

Wir hatten einen großen Sieg errungen. Aber vor uns lag die *Suebi* mit ihrer endlosen Wüstenei.

27 *Tod in der Suebi*

Unter den Numantiern, die bei Sidor gefallen waren, befanden sich ein Dutzend Dominas, fünf Generäle und drei Tribunen, darunter Tribun Safdur, der Kommandeur der Kavallerie, sowie der Schwager des Imperators, Aguin Guil.

Safdur, der wie immer von der ersten Reihe aus führte, war gefallen, als der Dämon die Schwadron Kavallerie von der Brücke fegte.

Guil kehrte auf nicht annähernd so heroische Weise zurück auf das Rad, sondern wurde, umgeben von seiner Leibwache, in Sidor niedergemacht. Einer der Maisirer war nicht so tot gewesen, wie es den Anschein gehabt hatte, und nahm noch weitere Numantier mit in den Tod.

Meiner Ansicht nach war ihr Tod für Numantia kein Verlust, ganz im Gegensatz zu unserem schlimmsten Ausfall, der dazu noch auf den Beinen stand: Myrus Le Balafre …

Ich war ihm gleich nach der Schlacht begegnet, als ich nach hinten eilte, um mich zu vergewissern, dass Alegria in Sicherheit war. Ich hatte ihn zu unserem Sieg beglückwünscht und war weitergeritten.

Alegria war in Sicherheit, die Ureyschen Lanciers hatten sie bestens versorgt. Sie sah blass aus, übermüdet, und ich schwor, sie würde eine ordentliche Mahlzeit bekommen, bevor wir weitermarschierten, und dazu den Zauber eines Magiers oder den Trank eines Arztes, auf dass sie rund um die Uhr schlief.

Immer wieder musste ich an Le Balafres Gesicht denken. Es war grau, abgezehrt, das großartige Feuer in seinen Augen dahin. Ich suchte ihn so rasch wie möglich auf, zwei Tage nachdem wir unsere Toten verbrannt hatten und das Heer aus Sidor, diesem von den Göttern verdammten Schlachthaus, abmarschiert war. Er sah nicht besser aus als zuvor und ich fragte ihn, was denn los sei. Machte ihm eine seiner alten Wunden zu schaffen?

»Nein, Damastes, ich bin nur müde.«

»Für Schlaf ist im Grab noch Zeit genug«, scherzte ich grob.

»Der Gedanke ist mir mehr als einmal gekommen«, sagte er, ohne zu lächeln.

Jetzt war ich wirklich besorgt. Ich brauchte einen Augenblick, bis ich in meiner eigenen Müdigkeit die, wie ich hoffte, richtigen Worte fand.

»Kommt schon, Mann. Ihr seid einfach schon zu lange ohne Nechia«, sagte ich.

»Ich fürchte, die Zeit ohne sie fängt erst an.«

Ich suchte nach einem anderen Scherz, aber mir wollte keiner einfallen. Er nickte, versuchte zu lächeln und bat mich, ihn zu entschuldigen, er habe noch etwas Dringendes zu tun. Ich kam mir hilflos vor, konnte aber schließlich nicht jedem Soldaten die Hand halten, noch nicht einmal einem so wichtigen, wie Myrus einer war.

Der Imperator sagte mir, ich sei über meine normalen Pflichten hinaus nun noch Befehlshaber der Reiterei. Er hieß mich, den Marsch zu führen, der für ihn halsstarrig noch immer ein »Vormarsch«, niemals ein Rückzug war. Wenn er darauf bestehe, sagte ich ihm. Für mich persönlich war Linerges für die Spitze der bessere Mann. Ich könnte Numantia besser dienen, wenn ich bei der Nachhut blieb, wo er mich zuerst hingestellt hatte.

Ich nahm an, wir hätten die Maisirer im Rücken, und dass sie jeden Augenblick angreifen würden. Ich fragte ihn, ob er durch seine Magie etwas anderes erfahren hätte. Tenedos sah mich aufgebracht an und sagte, er könne nichts sehen. Ich war erstaunt, und er erklärte: »Sie haben nicht gerade viele große Zauberer. Der Azaz scheint der Einzige zu sein, um den ich mir Sorgen zu machen brauche. Aber sie haben viele, sehr viele Kriegsmagier, und jeder von ihnen scheint einen speziellen Bann zu haben, der den Geist zu verwirren vermag. Man bricht einen, schon ist der nächste da. Bricht man den, kommt ein dritter. Ich habe dafür weder die Energie noch die Zeit. Deine Ansicht darüber, wo die Numantier stehen, ist also so gut wie irgendeine. Besser als die meisten«, fügte er widerstrebend hinzu.

Es wäre ein Leichtes gewesen, den Befehl des Imperators zu akzeptieren, schließlich wäre ich dann in der Vorhut mitgeritten und hätte mir Blut und Dreck der Armee nicht ansehen müssen, die langsam vor sich hin kroch. Aber ich kannte meine Pflichten, und offensichtlich kannte sie auch der Imperator, denn er brummte nur, ich sollte doch machen, was ich wollte, vielleicht wüsste ich es ja doch besser als er.

Wir waren nicht weit über Sidor hinausgekommen, als die Negaret zurückkamen, um an unseren Flanken zu zerren. Versprengte und Flankenreiter waren leichte Beute für sie oder die immer zahlreicher werdenden Partisanen. Patrouillen brachten eine beunruhigende Meldung: Man habe die Partisanen durch Schwadronen der regulären maisirischen Armee verstärkt. Gefangene sagten, König Bairan habe per Stabsorder Freiwillige suchen lassen, etwas, das es in der Armee noch nie gegeben hatte. Er versprach jedem, der sich meldete, ihn nach dem Krieg und nach unserer Vertreibung von allen Schulden und Lasten zu befreien, einschließlich der ererbten. Was, wenn schon nicht ganz, so doch beinahe einer Befreiung des Bauernstands gleichkam.

Ich fluchte bei dem Gedanken, dass Tenedos das auch hätte machen können, wenn nicht gar mehr.

Die Gespanne für meine Kutschen konnten allmählich nicht mehr, obwohl man sich nicht weniger um sie kümmerte als um die Pferde der Roten Lanciers. Wir räumten eine der Kutschen aus und ließen sie stehen, nachdem vier der Tiere an irgendeinem halb gefrorenen Präriestrauch gestorben waren. Wir fuhren weiter mit zwölf Pferden, die langsam zogen, womit früher acht problemlos dahingaloppiert waren.

Je schlimmer der Winter wurde, desto grimmiger wurde der

Krieg. Wir machten keine Gefangenen mehr, denn wir hatten weder die Männer, sie zu bewachen, noch konnten wir sie ernähren.

Die Maisirer waren fast genauso brutal, machten aber doch einige Gefangene. Die Glücklichen unter ihnen waren Offiziere, die riefen, sie könnten Lösegeld aufbringen, obwohl sie das nur rettete, wenn sie es mit den gierigen Negaret zu tun hatten. Einige weitere wurden Sklaven und schuften meines Wissens nach noch heute im Herzen der *Suebi*. Andere traf ein härteres Schicksal. Die Negaret hatten mitgekriegt, dass ein Numantier sich für ein paar Kupferlinge an die Bauern verschachern ließ. Diese Gefangenen quälte man langsam und auf raffinierte Art und Weise zu Tode, eine Abendunterhaltung für ein ganzes Dorf.

Das Auge wie der Verstand stumpften ab, was Brutalitäten anging. Ich sah so viele Leichen, so viel Böses, dass in meiner Erinnerung vieles verschwimmt. Nur das Außergewöhnliche blieb.

Ein Vorfall mag für alle stehen: Ein Kommando Furageure der Garden verschwand, und ich ritt mit der Patrouille der Zwanzigsten los, um zu sehen, ob es Überlebende gab. Es gab keine. Einen halben Tagesmarsch abseits der Handelsroute waren die Garden auf ein kleines Dorf gestoßen, das weder geplündert noch verlassen war. Sie hatten dort Lebensmittel gefunden – und Frauen.

Nachdem die Männer des Dorfes entweder umgebracht oder geflohen waren, amüsierten die Garden sich königlich. Sie schlachteten Kinder ab, bevor sie sich den Frauen zuwandten, von der Ältesten bis zum Kind. Dann brachte man auch sie um, und das nicht eben rasch.

Mitten in dieser Blutorgie überraschte man sie und nun waren die Garden an der Reihe, langsam zu sterben. Die nackten verstümmelten Leichen wurden auf blutgetränktem Eis aufgebahrt, man schnitt ihnen Riemen und Eier ab und stopfte sie ihnen in den Mund.

Ich dachte, es seien Partisanen gewesen, da man die maisirischen Frauen weder kremiert noch beerdigt hatte, aber der Feldwebel, den ich bei mir hatte, bot mir eine andere Möglichkeit: Es könnten sehr

559

gut Numantier gewesen sein. Ich war entsetzt, und er erinnerte mich an die Deserteure, an die Versprengten, die an den Flanken der Armee mitmarschierten wie Schakale und sich wie die Schakale von dem ernährten, was da und zu haben war.

Ich ließ die Leichen der Frauen verbrennen und sprach ein Gebet, verbot aber jede ehrenhafte Beseitigung der Leichen der Gardeleute. Wir verließen das tote Dorf, ließen ihre Leichen den Wölfen, mochten sie zwei- oder vierbeinig sein.

Die Kavallerie, die ich kommandierte, war ein bitterer Witz. Ich hätte eine Million Männer und zwei Millionen Pferde haben sollen. Stattdessen hatte ich noch weit weniger Leute zu Pferde als damals, als wir vor nun schon so vielen Jahren gegen Chardin Sher gezogen waren.

Die meisten unserer Pferde waren tot oder starben. Wir hatten keine Eisnägel für die Hufe, so dass sie ausrutschten und stürzten, wenn es glatt wurde. Auch wenn sie sich nichts brachen, so hatten die Tiere einfach nicht mehr die Kraft, wieder auf die Beine zu kommen, und wir überließen sie dem Tod.

Die Reiter fluchten, schleuderten die schweren Säbel in die Büsche, ließen den Sattel liegen, wo immer er lag, und taumelten wie Infanteristen dahin, freilich Infanteristen, die ebenso wenig eine Ahnung hatten, wie man eine Linie bildete oder eine Schanze angriff, wie sie fliegen konnten. Ein Kavallerist hält sich für etwas Besseres als seine Kameraden zu Fuß, und wenn er so mit dem gemeinen Fußvolk dahinmarschierte, gab er die Hoffnung schnell auf. Und davon hatte in jenen schrecklichen Tagen keiner sonderlich viel.

Aber einige überlebten. Starke Männer, und ich meine damit nicht die Muskelprotze, denn von denen sah ich zu viele wimmernd am Straßenrand zusammensinken, wenn es einen weiteren eisigen Hügel hinaufzuklettern galt, während irgendein kleines, knochiges Kerlchen aus der Gosse von Nicias die verfaulten Zähne zusammenbiss und weitermarschierte – einen weiteren Schritt, einen weiteren Werst, einen weiteren Tag.

Männer, die glaubten, lebten, und es schien keine Rolle zu spielen, was sie glaubten. Einige waren religiös, was in Numantia eher eine Seltenheit ist, was wahre Religion angeht. Oder sie glaubten an ihre Familie, Frau, ja ich nehme an, auch wenn ich keinen nennen könnte, an sich selbst. Seine Freunde, seine Kameraden aus dem Zug, falls er noch welche hatte, waren der stärkste Anker eines Mannes; sie trieben ihn weiter, wenn er aufgeben wollte, verfluchten ihn, ja schlugen ihn gar, wenn seine Seele schwach wurde. Vier Werst weiter war es dann andersherum, und es war an ihm zu schreien, zu fluchen, einen der Kameraden anzuflehen, und im Miteinander krochen dann vier weitere Wegstunden vorbei.

Ich überlebte, glaube ich, weil mein Eid nicht zuließ, dass ich starb, solange noch Männer lebten, die auf mich angewiesen waren.

Und wegen Alegria.

Und darüber hinaus, über Alegria hinaus überlebte ich, weil Saionji es immer noch nicht müde war, sich über mich lustig zu machen.

Ich wachte auf, ohne zu wissen, was mich geweckt hatte. Alegria hustete, einen tiefen rasselnden Husten. Ich setzte mich in unseren Decken auf, tastete nach Feuerstein und Stahl.

»Was ist los?«

»Nichts«, sagte sie. »Tut mir Leid, dass ich dich aufgeweckt habe. Schlaf weiter.«

»Bist du krank?«

»Nein. Ich habe nur einen Husten.«

Mein Herz setzte aus. »Wie lange schon? Warum hast du mir das nicht gesagt? Warum habe ich nichts bemerkt?«

»Weil du andere Sorgen hast. Und außerdem habe ich ihn erst seit … seit zwei Tagen oder so.«

Ich schlug auf den Stahl.

»Du brauchst kein Licht zu machen«, sagte sie hastig.

Aber ich bestand darauf, und unsere winzige Lampe flackerte auf und beleuchtete das höhlenartige Innere unserer Kutsche; wir hatten die Fenster mit Decken verhängt in dem Versuch, die Wärme nicht hinauszulassen. Alegria versteckte etwas unter der Decke.

»Was ist das?«

»Nur ein Taschentuch.«

Ich zog ihr Gesicht an mich, sah im flackernden Licht der Kerze, wie schrecklich blass es war. Sie hatte etwas Blut am Mundwinkel.

»Lass mich das Tuch sehen.«

»Nein!«

»Verdammt, zeig es mir!«

Widerstrebend tat sie es. Es war nass vor Blut.

Bei Tagesanbruch, noch bevor wir weitermarschierten, brachte ich sie zum Tross des Imperators. Der Leibarzt des Imperators persönlich untersuchte Alegria, so lautstark sie auch gesund zu sein behauptete.

»Ja«, sagte er mit künstlicher Munterkeit. »Das ist nicht der erste Fall, den ich sehe. Ich werde einige Kräuter mischen und möchte, dass Ihr Euch dreimal täglich einen Tee damit aufbrüht. Das wird Euren Husten lindern.«

Ich folgte ihm zu seiner Kutsche.

»Was ist es?«

Er schüttelte den Kopf. »Ich weiß es nicht. Es geht jetzt seit etwa einer Woche um. Der erste Fall, den ich sah, das war gleich nach unserer kleinen Keilerei letzte Woche. In dem Dorf.«

Ich versuchte, mich zu erinnern. Aber es wurde ständig gekämpft.

»Das mit den zwei Tempeln«, erklärte er. »Wir haben beide als Lazarette benutzt während der beiden Tage, die wir dort waren, bevor Tribun Linerges durchbrach.«

Ich erinnerte mich vage daran.

»Da tauchte es auf.«

»Wie lange dauert es, sich davon zu erholen?«

Der Arzt nagte an seiner Lippe und wich meinem Blick aus.

»Ich habe Euch etwas gefragt«, sagte ich scharf.

»Tut mir Leid«, erwiderte er. Er war es nicht gewohnt, herumkommandiert zu werden. »Ich weiß nicht. Ich hatte nicht wirklich Zeit, derlei Dingen auf den Grund gehen. Ich habe Schlimmeres um die Ohren.«

»Um wie viel schlimmer kann es werden?«, wollte ich wissen.

Der Mann warf einen Blick auf das Lager – den schmutzigen Schnee, die eingepackten Männer, den dunklen Himmel –, dann sah er mich an. »Ich bin sicher, Eure Dame wird sich wieder erholen«, sagte er. »Seht zu, dass sie in der Kutsche bleibt, und sorgt dafür, dass sie isst. Ihre Chancen stehen so gut wie die aller anderen.«

Ich hatte Angst, in ihn zu dringen, Angst davor, meine Antwort bereits zu haben.

Wir marschierten weiter, die Leichen wie ein Teppich auf unserem Weg. Alle waren sie ausgezogen und mittlerweile war es ganz normal, dass sie halb geschlachtet waren. Wann immer ich mich auf meinen Runden zum Essen eingeladen sah, erkundigte ich mich nach der Herkunft des Fleisches, das man mir anbot. Nicht so die meisten anderen. Sie konnten es sich nicht leisten – dazu war einfach zu wenig zu essen da.

Selbst ich, der höchste Tribun der Armee, hungerte. Wegen ein, zwei Tagen regte sich längst keiner mehr auf, und wenn, dann bekam er eine mitfühlende Antwort wie etwa »Du verfressener Bastard!« darauf.

Ich kam von einer langen Patrouille zurück – wir hatten fast eine Woche im Schneesturm nach der gottverdammten maisirischen Armee gesucht – und heulte fast, als mir jemand eine schwarze, halb gare, halb verbrannte Kartoffel reichte, die er aus einem Acker gebuddelt und in einem winzigen Feuer geröstet hatte. Sie schmeckte besser als ein Bankett mit vielen Gängen.

Einige der maisirischen Frauen, die zur Bettgenossin eines der Soldaten geworden waren, blieben bei ihrem Liebhaber, wenn er starb. Andere hatten sich bereits eine Stunde darauf einen neuen Partner gesucht. Ich entsinne mich eines Generals, der in Jarrah auf ein sehr hübsches Mädchen gestoßen war und sie verführt hatte. Sie war dumm genug gewesen, mit ihm zu gehen, als wir uns zurückgezogen hatten, aus Angst, ihre Landsleute würden sie töten, wenn sie die Stadt wieder nahmen.

Als der General feststellte, dass das Mädchen schwanger war, warf er sie aus der Kutsche und sagte, wenn er sie je wiedersehe, würde er sie erschlagen. Der Mann, der mir die Geschichte erzählte, sagte, sie habe wie eine Statue neben der Straße gestanden, mit ungläubigem Blick, ihre Tränen vereiste Rinnsale auf ihrem Gesicht.

Als eine halbe Stunde später die Nachhut auf sie stieß, kauerte sie neben dem Weg. Ihr Gesicht, die toten Augen noch immer ganz groß, war auf die Straße gerichtet, auf der ihr Liebhaber verschwunden war.

Das erste Anzeichen der Katastrophe war das hohe schrille Wiehern unseres Führungspferdes, das in der Kurve den Halt verlor. Der Hengst zog die beiden Tiere, die hinter ihm kamen, von der vereisten Straße, die Kutsche rutschte anmutig mit ihnen davon und stürzte in eine tiefe Schlucht.

Ich hatte vorgehabt, die Kutsche auf der Kuppe des Hügels, den wir uns gerade hinaufmühten, anhalten zu lassen, Brigstock abzusatteln, ihn hinten anzubinden und für ein paar Stunden Schlaf zu verschwinden. Das Schneetreiben wurde immer schlimmer, und ich träumte davon, Alegria in den Armen zu halten und für einige Augenblicke ihre Wärme zu spüren.

Stattdessen sah ich zu, wie die hölzerne Kiste, in der sich alles befand, was mir lieb und teuer war, diesen felsigen Steilhang hinabrollte. Ich war sofort aus dem Sattel und hastete die eisigen Felsen hinunter, ohne den Halt zu verlieren. Die Kutsche schlug auf dem Grund der Schlucht auf, krachte durch das Eis eines Flüsschens und lag dann umgekippt da. Die Leiche des einen Fuhrmannes stak auf dem Strunk eines gefrorenen Baumes, der andere lag zerquetscht unter dem Wagen und schrie. Seine Schreie verstummten, kurz bevor ich ihn erreichte.

Ich sprang auf die zerschmetterte Karosse und zog an der Tür. Ich hatte sie gleich ganz in der Hand. In der Dunkelheit bewegte sich etwas, dann rührte sich ein Haufen Decken und Alegrias zerzauster Kopf guckte heraus.

»Lebe ich noch?«, fragte sie und hatte dann einen Hustenanfall.

»Ja. O Gott, ja!« Schon war ich in der Kutsche und drückte sie an mich.

Bitte, Götter, betete ich. Nennt Euren Preis, nennt Euer Opfer. Aber lasst sie nicht sterben. Bitte. Ich habe selten zu Euch gebetet, weil ich das Gefühl hatte, wenn ich schon in guten Zeiten zu Euch komme, dann hört Ihr mir in schlechten vielleicht nicht mehr zu. Nehmt mich, wenn Ihr wollt, aber lasst sie leben.

Die Lanciers halfen uns herauszuholen, was noch zu retten war, und den Hang wieder hinaufzuklettern.

Eine Windbö ließ Alegria erzittern. »Tut gut ... wieder an der frischen Luft zu sein«, sagte sie in einem Versuch, guter Dinge zu sein. »Statt in der stickigen Kutsche. Wurde ohnehin langsam Zeit, dass ich wieder etwas Bewegung bekomme.«

Ich achtete nicht auf sie, sondern blickte durch das mittlerweile heftige Schneetreiben den Weg hinab. Ein Lazarettwagen kam auf uns zu. Ich machte ihm Zeichen anzuhalten.

Der Kutscher erkannte mich nicht in meinem schmutzigen Mantel und dem lange nicht mehr polierten Helm. »Kein Platz«, rief er. »Kein Platz für niemanden, weder Offiziere noch Mannschaften. Aus dem Weg!«

Svalbard sprang vor die Pferde, packte eines am Zaumzeug und brachte es zum Stehen. »Für den Ersten Tribun hältst du verdammt noch mal an!«, rief er.

»Sir! Tut mir Leid, Sir. Wo fehlt es denn?«, stammelte der Mann, als er halb erfroren aus seiner Benommenheit kam.

»Wir haben unsere Kutsche verloren. Habt Ihr Platz für meine Dame hier?«

»Sir ... sie wäre mehr als willkommen, aber sie passt einfach nicht mehr rein. Sir, ich habe nicht gelogen«, sagte der Mann, der wohl wusste, dass ich ihn erschlagen konnte, wenn mir danach war, ohne dass ein Hahn danach krähte. Er kletterte vom Bock und riss die Tür der niedrigen Kutsche auf. Ich zuckte zurück, als ich das trocknende Blut, die Krankheit roch. Man hatte ein halbes Dutzend Männer hineingepackt, die ganze Kutsche glich einem Sarg.

»Fahrt weiter, Kutscher«, befahl Alegria. »Ich bin gesünder als jeder der Männer hier. Ich kann gehen.« Dann bewies sie prompt das Gegenteil, indem sie in einem Hustenanfall vornüber ging.

»Wartet«, sagte einer der Männer und arbeitete sich aus der Kutsche. »Ich möchte nicht fahren, wenn eine große Dame zu Fuß gehen muss.« Seine Uniform war zerrissen, und er trug einen maisirischen Umhang, den er an der Hüfte abgeschnitten hatte, so dass er gehen konnte. Er trug das Emblem des Siebten Gardekorps an der Seite des Umhangs und hatte ein bandagiertes Bein. Er belastete das Bein versuchsweise, verbiss es sich zusammenzufahren, versuchte es noch einmal und brachte ein Lächeln zustande.

»Bei allen Höllen, Sir. Ich bin bereit, zu meiner Kompanie zurückzugehen, falls es die überhaupt noch gibt.«

Ich wusste, was ich befehlen wollte, aber ich konnte es nicht.

»Kutscher, ich sagte doch, Ihr solltet weiterfahren«, befahl Alegria.

Der Mann kletterte wieder auf den Bock.

»Und jetzt Ihr«, sagte sie und wandte sich dem Mann von den Garden zu. »Steigt wieder ein.«

Aber er war nicht mehr da.

»Wo ...«

Svalbard wies auf den Rand der Straße, neben der es in die Schlucht hinabging. Ich lief hinüber und blickte hinab. Ich sah, verschwommen durch den Schnee, einen Mann davonhinken, so schnell er nur konnte, weg von der Straße, hinaus auf die *Suebi*, auf der es zu dunkeln begann.

»Halt!«, rief ich.

Aber er drehte sich nicht mehr um, blickte nicht mehr zurück, und einen Augenblick später hatte ich ihn im Sturm verloren.

Ich erfuhr noch nicht einmal seinen Namen.

Der Lazarettwagen mit seinen Kranken und Verletzten und Alegria wurde Teil unserer Formation. Zwei meiner Lanciers, die sich ein wenig auf die Heilkunde verstanden, gaben ihnen eine Arznei.

Wir hatten neben der Straße angehalten und unser halbes Dutzend offener Fuhrwerke zu einem Kreis aufgefahren, Wachen aufgestellt und dachten gerade über unsere mageren Rationen für den Abend nach, als der Meldereiter des Imperators mich fand.

»Wie können sie es wagen!«, rief Tenedos und warf einen Zauberstab gegen die Wand des Zelts. Es war keine Frage. »Dieses feige, hinterhältige Gesindel! Wie bei allen Höllen konnten sie ihr Land nur so verraten?«

Der Imperator hatte immer wieder seine Sehschale eingesetzt, um Nicias zu erreichen, aber ohne Erfolg. Schließlich hatte er zusammen mit sieben der fähigsten Chare-Brüder einen Bann erzwungen. Mit dieser Macht war es ihm gelungen, einen der Brüder im Palast zu kontaktieren. Man hatte dort ebenfalls bereits mit ihm in Verbindung zu treten versucht, aber ohne Erfolg, bis der Seher auf den Gedanken kam, seine beiden Schwestern Dalny und Leh heraufzubeschwören, da so »Blut auf Blut trifft«, wie Tenedos erklärte.

Die Nachrichten waren auf beiden Seiten schlecht. Es war zu einem Umsturzversuch gekommen. Scopas und Barthou, die beiden ehemaligen Angehörigen des Zehnerrates, vor denen Kutulu gewarnt hatte, waren die Anführer gewesen; unterstützt wurden sie von denselben Baronen, die mich einst um Hilfe und Billigung für die Aufstellung einer Privatarmee angegangen waren, zusammen mit Maráns Bruder Praen. Führer dieser Gruppe war jetzt Lord Drumceat, und ihre Loyalität gegenüber Numantia und dem Imperator war nicht größer als zuvor. Ich musste mich beherrschen. Ich hätte tun sollen, was ich ihnen damals angedroht hatte, und die verräterischen Hundesöhne verhaften sollen.

Sie hatten zwei der in Nicias stationierten Paradeeinheiten auf ihre Seite bekommen und etwa die Hälfte der Regierungsgebäude besetzt. Ihnen waren jedoch zwei Irrtümer unterlaufen, wie Tenedos mir erklärte: Sie hatten die Zauberer nicht verhaftet, und sie hatten sich nicht um die regulären Einheiten gekümmert, die vor Nicias auf Schiffe warteten, die sie in Richtung Maisir in den Krieg bringen sollten.

»Dann gab es da noch einen dritten Fehler«, sagte Tenedos abschließend. »Sie hatten keine wirklichen Führer. Als sie die Leute zum Aufstand aufriefen, gingen diese nach Hause.«

Einen Tag darauf brach die Revolte zusammen. Aber man hatte weder Scopas noch Barthou noch Drumceat gefasst. Sie versteckten sich irgendwo, obwohl jeder Büttel im ganzen Land auf der Suche nach ihnen war. Nicias jedoch war wieder sicher. »Wenigstens für den Augenblick«, meinte Tenedos.

»Was wollten sie? Was konnte sie nur ...« Ich fürchte, ich stotterte wie ein alter Narr.

»Was die wollten? Macht natürlich. Wie sie nur an so etwas denken konnten? Leicht. Wenn der Löwe schwächer wird, dann legen sich die anderen im Rudel mit ihm an. Die Dinge gehen hier nicht ... so, wie sie sollten. Ich nehme an, es sind Gerüchte durchgedrungen. Und dass man seit Jarrah nichts mehr von mir gehört hatte, hat die Situation nur verschlimmert.«

Ich nahm mich zusammen. »Was ist mit den Tovieti? Hatten sie etwas mit der Sache zu tun?«

Tenedos bedachte mich mit einem harten Blick und gestand dann widerwillig: »Kein Wort über sie. Vielleicht waren sie gescheit genug zu sehen, dass nur ein Narr sich Scopas anschließen kann.«

Ich musste daran denken, wie Tenedos Kutulu wegen der Männer und Frauen, die dem gelben Strick folgten, zugesetzt, ihm gesagt hatte, alles andere zu ignorieren, außerdem fielen mir Kutulus Warnungen ein, was Scopas und Barthou anging, aber mir war klar, dass nur ein Schwachkopf das in diesem Augenblick angesprochen oder Kutulus Namen erwähnt hätte, obwohl ich alle Mühe hatte, ihm nicht vorzuschlagen, die Schlange, die Niemals Schläft, aus dem Exil zu holen und ihr freie Hand zu geben. Mochte er auch brutal vorgehen, er würde dem Imperator wenigstens einen freien Rücken garantieren. Aber ich war, wie gesagt, nicht in Stimmung für eine Narretei.

»Was können wir dagegen tun?«, fragte ich.

»Nichts, jedenfalls nicht im Augenblick. Dalny ist zusammengebrochen, als ich ihr den Tod ihres Gatten mitteilte. Ich nehme an, sie hat den Mann womöglich sogar tatsächlich geliebt. Ich habe meinen Chare-Brüdern befohlen, jedes halbwegs fertige Gardekorps aus Amur abzuziehen und Nicias besetzen zu lassen«, brummte Tenedos. »Als bräuchten wir sie nicht selbst, wenn wir die Grenze erreichen. Leh wird zur Regentin erklärt.«

Ich behielt meine ausdruckslose Miene bei, als ich daran zurückdachte, wie ich die Schwester des Imperators das letzte Mal gesehen hatte – halb nackt, von gleich mehreren Garden beschält.

»Gut ist das nicht«, fuhr der Imperator fort, »aber in diesen Zeiten müssen wir mit dem zurechtkommen, was wir haben. Ich hoffe, es gelingt mir, die Verbindung aufrechtzuerhalten, und die Chare-Brüder können sie daran hindern, irgendeine völlige Dummheit zu begehen. Verdammt noch mal, ich wollte, Reufern wäre nicht umgekommen!«

Ich wandte mich ostentativ ab, und abgesehen von dem Wind, der an der Zeltwand zerrte, war es einen Augenblick still.

»Was soll es«, sagte Tenedos. »Er hätte ja doch darauf bestanden, mit mir zu kommen, es hätte also keine Rolle gespielt.«

»Sir, Ihr habt meine Frage nicht wirklich beantwortet. Was sollen wir tun?«

»Alles, was wir tun können, ist, so schnell wie möglich zu sein«, meinte Tenedos. »Ich muss die Armee so bald wie möglich verlassen und nach Nicias zurück. Ich kann keinen Krieg führen, während mir das Königreich aus den Händen gleitet. Du musst die Führung übernehmen und die Maisirer an der Grenze aufhalten, wenn sie dumm genug sind, uns durch Kait zu folgen.«

Kaum hörte ich seine letzten Worte. Die Armee verlassen? Wie konnte er nur an so etwas denken? Verlangte der Eid, den wir alle geleistet hatten, vom Imperator nicht dieselbe Pflicht wie von uns?

Tenedos musste mir meine Gedanken angesehen haben.

»Es gibt keine guten Entscheidungen, Tribun. Nicht wenn alles um uns zerfällt. Es ist das Beste, was mir einfallen will. Vielleicht habt Ihr einen besseren Plan, nicht nur für Eure heiß geliebte Ar-

569

mee, sondern für ganz Numantia?« Er wartete, schürzte dabei ein wenig die Lippen.

Ich hatte keinen.

»Na dann«, sagte er. »Bis dahin ist ja noch Zeit. Ihr habt mit niemandem darüber zu sprechen, einschließlich Eurer Frau. Das wäre alles.«

Ich glaube, ich brachte wohl einen Salut zustande. Eine Stunde lang kochte ich vor Zorn vor dem Zelt, Schaum vor dem Mund, ohne auf den Sturm zu achten oder die neugierigen Blicke der Stabsoffiziere; erst dann war ich in der Lage, zu meinem Kommando zurückzureiten.

Das wäre das zweite Mal, dass der Imperator seine Armee verriet.

Ich frage mich, ob ich mich, wäre ich ob der unglaublichen Skrupellosigkeit des Imperators nicht so finsterer Stimmung gewesen, Herne gegenüber nicht anders verhalten und ob das etwas geändert hätte? Wahrscheinlich nicht, denn Herne hatte schon immer mit einem Auge auf sein eigenes Wohlergehen geschielt.

Wir arbeiteten uns auf unserem Rückzug durch die Dunkelheit, als es vor uns nicht weiterging. Wir hatten einen kleinen Konvoi aus sechs Fuhrwerken vor uns, an seiner Spitze eine riesige Equipage. Zwei Pferde aus dem Gespann des ersten Wagens waren gestürzt und hatten für eine Verstopfung gesorgt; es wurde geflucht und geschrien. Zu beiden Seiten schob sich Fußvolk vorbei, noch immer weit entfernt von der Stelle, an der ihre Offiziere für die Nacht zu lagern gedachten.

Der Befehl des Imperators war eindeutig.

»Capitain Balkh! Sucht mir den Offizier des Fußvolks hier und bestellt ihm von mir, er soll Leute abstellen, die das Wrack hier ausschlachten und von der Straße schieben!«

Noch bevor Balkh antworten konnte, kam ein Schrei aus dem Inneren der Equipage: »Nicht ums Verrecken! Das hier ist Tribuneneigentum und keiner fasst es mir an! Legt lieber mit Hand an, Ihr großmäuligen Scheißkerle da draußen, anstatt Euch aufzuführen wie Gott!«

Ich rutschte aus dem Sattel, trat an die Kutsche und fand Tribun Herne, zornentbrannt, schlammverschmiert. Ich erkannte ihn im schwachen Schein der Seitenlichter der Equipage. »Oh«, sagte er schwach.

»Was heißt hier ›oh‹?«, fuhr ich ihn an, bevor ich mein Temperament zügelte. »Was bei allen Höllen geht hier vor?«

»Das hier ist mein … das Material meines Stabs«, sagte er. »Ich schicke einen meiner Offiziere den Zug hinauf und lasse ein paar Pferde requirieren. Wir ziehen weiter, sobald es geht.«

»Capitain Balkh«, sagte ich. »Führt meinen Befehl aus!«

»Sir!«

»Das könnt Ihr nicht machen, á Cimabue«, stieß Herne wütend hervor. »Ich habe meine Rechte!«

»Sir, Ihr nehmt gefälligst Haltung an, wenn Ihr mit mir sprecht!« Es fehlte nicht viel, dass ich schrie. »Ihr mögt ein Tribun sein, aber ich bin Oberbefehlshaber der Armee! Wollt Ihr, dass ich Euch unter Arrest stellen lasse?«

Mir wurde vage klar, dass ich diese Drohung dieser Tage sehr oft benutzte.

»Das ist doch absurd«, bellte Herne, der so rot anlief, dass sein Gesicht sich der Farbe seiner aufwendig gearbeiteten Uniform anpasste.

»Zwei Mann«, befahl ich. Schon standen Svalbard und Curti neben mir, die sich alle Mühe gaben, keine Miene zu verziehen. »Reißt die Plane vom ersten Wagen hier.«

»Sir!«

»Verdammt noch mal, Tribun …«, sagte Herne und verstummte dann.

Meine beiden Männer standen auf dem Wagen, die Dolche gezückt. Seile wurden durchgeschnitten, die schwere Leinwand beiseite gezogen. Natürlich entpuppten die »Materialien« seines Stabs sich als Weinfässer, Schinken, Säcke voll Brot, durch die Kälte ge-

571

frorene Rinderhälften und andere gute Sachen. Die Marschierenden hatten angehalten und starrten die Dinge an, die sie seit Wochen nicht mehr gesehen hatten. Ich hörte ein tiefes Knurren, wie von einem hungrigen Tiger.

Ein Offizier trat an meine Seite. »Sir, Capitain der Unteren Hälfte Newent. Euer Befehl?«

»Ich will den Wagen hier von der Straße haben«, befahl ich. Ich dachte kurz an das Protokoll, aber mein siedender Zorn übermannte mich. »Folgende Order. Ich will sie präzise ausgeführt sehen. Dieser Mann hier ist Tribun Herne.«

»Ich weiß, Sir. Wir gehören zu seinem Korps.«

»Na schön. Es steht ihm zu, einen Wagen zu füllen, aber nur einen, womit immer er wünscht. Von dem Wrack hier und den anderen Wagen. Dann hat er weiterzufahren. Alles andere – Pferde, Wagen und was immer sich darauf befindet – ist Eigentum der Einheit. Die Vorräte sind gleichmäßig unter Offiziere und Mannschaften zu verteilen. Macht guten Gebrauch davon. Und fair. Wenn ich höre, dass jemand bevorzugt wird, ich schwöre, ich lasse Euch hängen. Und wenn wir nach Nicias zurückkommen, dann wird Eure Familie erfahren, welche Schande Ihr Eurer Uniform gemacht habt.«

»Ich werde Euch keinen Grund dazu geben«, sagte Capitain Newent entschieden.

»Ich hoffe nicht. Falls Tribun Herne dazwischenzukommen versucht, dann will ich ihn hier festgehalten sehen, bis meine Nachhut hier eintrifft. Dann übernehme ich den Gefangenen und veranlasse das Notwendige.«

»Jawohl, Sir.«

Herne funkelte uns beide an.

»Tribun«, erklärte ich ihm, »das sind meine Befehle. Ihr gehorcht ihnen oder habt Euch vor der kaiserlichen Gerichtsbarkeit zu verantworten. Habt Ihr verstanden?« Herne murmelte etwas. Ich bediente mich eines alten Ausbildertricks und sprach Herne noch einmal an, mein Gesicht direkt vor dem seinen, aber so laut, als stünde er am anderen Ende des Exerzierplatzes. »Ich habe gefragt, ob Ihr verstanden habt?«

Herne machte schon den Mund auf, um loszupoltern, hatte aber denn doch Verstand genug, meine Stimmung zu sehen, und sagte nur: »Jawohl.«

»Sir!«

»Jawohl, Sir.«

»Na also«, sagte ich. »Und noch etwas, wenn ich auch nur von einem Versuch höre, Euch an diesem Offizier und seiner Einheit zu rächen, dann lasse ich Euch Eures Kommandos entheben und Euch mitsamt Stab und Dienstboten versetzen.« Er wurde kreidebleich im Gesicht, denn das käme einem Todesurteil gleich. Er wäre dann nicht besser als der korrupteste Marketender, ungeachtet seines Rangs.

»Das ist alles!« Ich schritt zu meinem Pferd zurück, stieg wieder auf, und wir drängten uns durch die Masse der Soldaten. Als wir davonritten, waren Hurrarufe und zum ersten Mal seit langem wieder Gelächter zu hören.

Capitain Balkh machte mich auf eine Leiche am Straßenrand aufmerksam.

Es war ein Hüne von einem Mann um die fünfzig. Man hatte ihm die rechte Hand amputiert, vor einiger Zeit schon, und die Bandagen am Stummel waren verrutscht. Seine Züge waren hart und tief gefurcht und er trug die Insignien eines Regimentsfeldwebels. Ein alter Soldat, aber die Leichen alter Soldaten waren keine Seltenheit mehr. Dann bemerkte ich, was Balkh dazu veranlasst hatte, ihn mir zu zeigen. Der Mantel des Mannes war aufgegangen und gab den Blick auf eine Standarte frei, die der Unterführer um den Bauch trug.

Der Feldwebel war der Letzte seines Regiments und hatte die Farben vom Fahnenschaft gerissen, um allein weiterzumachen, sie allein nach Numantia zurückzuführen.

Ich hatte immer gedacht, die Flucht aus Kait sei schon schlimm genug gewesen, aber das hier war noch schlimmer. Es war das langsame Sterben meiner Armee, meines Imperators, meiner Heimat.

Es gab nicht nur Soldaten ohne Einheit, sondern auch Offiziere. Tenedos rief alle Offiziere ohne Kommando in den Generalstab, wo er eine »Heilige Schwadron« einrichtete, deren einzige Sorge seine eigene Sicherheit war.

Er hatte zwar bereits eine Leibgarde, aber so hatten die Männer wenigstens etwas, worüber sie sich Sorgen machen konnten, etwas, was sie auf dem Marsch beschäftigte. Einigen genügte das, anderen nicht; diese waren selbst für ihn nicht mehr zu erreichen.

Einer von diesen war Tribun Myrus Le Balafre. Curti sagte mir, er reite bei der Zwanzigsten Schweren Kavallerie mit, als ganz gewöhnlicher Reiter, ohne Dienstboten, ohne Stab. Ich schickte einen meiner Offiziere auf die Suche nach ihm, um ihn zu fragen, ob er nicht meinem Stab beitreten wollte. Der Offizier kehrte zurück: Myrus sei nicht zu finden.

Ich schickte ihn wieder los, aber der Tribun war einfach nicht aufzutreiben. Ich würde selbst losreiten, ihn aus sich herauslocken und in den Arsch treten müssen, bis er wieder am Leben bleiben wollte. Aber noch bevor ich die Zeit dazu fand, setzte man seine Schwadron gegen einige Negaret ein.

Der Feind erwies sich als stärker als erwartet – zwei volle Kompanien, fast zweihundert Mann. Die Kavalleristen hielten an, bereit, sich bis zu unserem Zug zurückzuziehen, um Verstärkung zu holen.

Le Balafre rief etwas, den Schlachtruf eines Regiments, wie jemand behauptete, das seit zwanzig Jahren aufgelöst war, gab seinem Pferd die Sporen und ritt dann in halsbrecherischem Galopp gegen die zweihundert Mann an. Die saßen völlig verdutzt da, als der Wahnsinnige auf sie zukam, den Säbel gestreckt, in den Steigbügeln stehend.

Dann war er auch schon unter ihnen, seine Klinge blitzte, es entstand ein Wirbel, in dem sie ihn verloren. Sekunden später sprengten die Negaret davon, als flüchteten sie vor einem Regiment. Sie ließen sechs Tote oder Sterbende im Schnee zurück.

Neben ihnen hingestreckt lag Le Balafre. Seine Leiche wies mehr als ein Dutzend Wunden auf. Als man ihn umdrehte, hatte er ein zufriedenes Lächeln auf dem Gesicht.

Mir fiel ein, was er gesagt hatte, als man Mercia Petres Leiche verbrannte: »Er starb einen guten Tod. Unsere Art Tod.«

Ich hoffe, Saionji gewährte ihm die größte Gnade und erlöste ihn von der Schuld gegenüber dem Rad. Denn ich kann mir nicht vorstellen, dass es je wieder einen Krieger wie ihn geben wird.

Ausnahmsweise hatten wir einen klaren Tag, und der Weg war gerade und eben, die *Suebi* erstreckte sich bis an den Horizont. Falls es in der Gegend Negaret gab, so machten sie einem anderen Teil der Armee zu schaffen. Wäre da nicht das solide schwarze Band taumelnder, sterbender Menschen und die über vier, fünf Werst zu beiden Seiten der Straße verstreuten Leichen gewesen, man hätte den Tag fast genießen können.

Brigstock strauchelte und ging zu Boden, so dass ich in eine Schneewehe fiel. Er versuchte, wieder hochzukommen, was ihm erst nicht gelang, und dann musste er den Gebrauch der Beine erst wieder lernen. Mit einem Ausdruck, als wolle er sich entschuldigen, sah er mich an.

Ich sah das Wrack dieses herrlichen Hengstes an, dessen Rippen man zählen konnte, die Mähne grob gestriegelt und der Schweif zottig und lang. Das Zaumzeug, eins aus buntem Leder, war rissig und am Verfaulen. Seine Augen waren stumpf, seine Gaumen dunkel und krank, wie es aussah, als er zu wiehern versuchte und nur ein mattes Keuchen zustande brachte. Ich hätte mir einen Quartiermeister suchen und ihn ihm übergeben sollen, aber ich konnte nicht.

Etwa einen halben Werst von uns sah ich eine kleine Schlucht, und so nahm ich Brigstock am Zügel und führte ihn sachte, langsam darauf zu. Die Schlucht führte vielleicht fünfzig Fuß nach hinten, und der Schnee reichte einem weit über die Knie, aber was immer dort lag, wäre von der Straße aus nicht zu sehen.

Ich kramte in einer der Satteltaschen und fand ganz unten einige Brösel Zucker, die ich ihn von meinem Handschuh lecken ließ.

Ich hielt seinen Blick mit dem meinen, so dass er nicht sah, was meine Rechte zog; mit der Linken liebkoste ich ihm zärtlich den Kopf und hob ihn etwas an. Mit dem Dolch, den Yonge mir geschenkt hatte, durchschnitt ich ihm sauber den Hals, und das Blut schoss heraus.

Brigstock versuchte, sich aufzubäumen, konnte aber nicht mehr. Er fiel auf die Seite, ein letzter Schauer durchlief ihn, dann war er tot. Ich steckte das Messer in die Scheide zurück, wandte mich ab und wankte zurück zum Zug.

Die Sonne war dunkel und der Himmel war tiefschwarz.

Die Siebzehnten Lanciers hatten ein Zelt aufgetrieben für Alegria und mich. Es war ein Ding in fröhlichen Farben, das für den sommerlichen Rasen eines Barons gedacht war, vielleicht damit seine Kinder Forscher in fernen Ländern spielen konnten. Ein Soldat, der mit Nadel und Faden umgehen konnte, nähte als Futter Decken hinein, so dass es trotz seines sommerlichen Aussehens ganz gemütlich war. Als Boden legten wir Planen aus, darüber unsere Schlafpelze, und wir hatten es warm. Normalerweise schliefen wir in unserer Kleidung, und ich gestattete mir lediglich den Luxus, die Stiefel auszuziehen, bevor ich mich neben Alegria legte.

Ihr Zustand hatte sich nicht gebessert, sie war im Gegenteil noch blasser geworden und ihre Hustenanfälle ließen sie zucken vor Schmerz. Ich war dabei, zu Bett zu gehen, und dachte, sie schlafe schon, als Alegria die Augen öffnete.

»Damastes. Bitte liebe mich.«

Ich wusste nicht, ob ich konnte, so furchtbar erschöpft wie ich war, aber ich protestierte nicht; ich zog mich aus.

Alegria lag nackt unter den Pelzen, und ich nahm sie in die Arme, küsste sie fest, streichelte sie, versuchte nicht zu bemerken, wie dünn sie geworden war, wie stumpf ihr sonst so seidiges Haar. Überraschenderweise spürte ich mich hart werden, als sie schneller zu atmen begann, und dann drehte sie sich auf den Rücken, hob die Beine und spreizte sie. Ich legte mich auf sie und schob meinen

Riemen in sie, bewegte mich sachte, rhythmisch zu ihrem wollüstigen Seufzen.

Alegrias Körper erschauerte unter dem meinen und auch mich durchzuckte es. »Na also«, sagte sie, als ihr Atem sich beruhigte. »Danke schön.«

»Ich danke dir.«

»Ich liebe dich.«

»Und ich werde dich immer lieben«, antwortete ich.

»Es gibt einen besseren Ort«, flüsterte sie. »Nicht wahr?«

»Natürlich«, sagte ich, obwohl ich es in Wirklichkeit bezweifelte.

»Wir werden dort sehr glücklich sein«, meinte sie.

»Was meinst du damit?«

Sie antwortete nicht, aber ihre Atmung wurde wieder normal und sie schlief ein. Dank welchen Göttern auch immer, Göttern, die ich längst nicht mehr anbeten kann, folgte ich ihr nicht in den Schlaf. Stattdessen lag ich da, hielt sie an mich gedrückt, noch immer in ihr, und versuchte, nicht zu weinen.

Irgendwann in der Nacht, ohne Aufschrei, ja ohne irgendein Zeichen, hörte Alegria zu atmen auf.

Und mein Leben war zu Ende.

28 *Verrat und Flucht*

Aber ich überlebte. Wenn Saionji mir schon alles genommen hatte, was ich besaß, dann wollte ich ihr auch ganz gehören. Ich würde mich so lange in Gefahren stürzen, bis sie mir Erlösung und Vergessen gestattete durch meine Rückkehr aufs Rad.

Meine Roten Lanciers trugen Holz für einen Scheiterhaufen zusammen, und Tenedos selbst leitete die Zeremonie, eine große Ehre für mich und, wie alles andere auch, völlig bedeutungslos.

Wir setzten unseren Rückzug fort. Die Götter mussten Erbarmen haben mit jedem Negaret, Partisanen oder maisirischen Soldaten, der in Reichweite meines Schwerts kam, denn ich hatte keines. Wir schlugen hart zu und blieben ihnen auf den Fersen, bis wir sie gestellt hatten, und töteten sie dann bis auf den letzten Mann.

Wir hatten Verluste, aber was spielte das schon für eine Rolle? Menschen starben nun mal und wir würden so oder so alle in dieser endlosen Wüste umkommen; da war es besser, mit dem Schwert in der Hand zu sterben und Blut zu spucken, anstatt langsam im eigenen Dreck zu erfrieren.

Gefangene sagten, die Negaret nannten mich einen Dämon, der nicht zu töten sei, und so schien es auch, denn rechts und links von mir gingen Männer zu Boden, während ich noch nicht einmal einen Kratzer abbekam. Svalbard und Curti kämpften links und rechts von mir und auch sie blieben unversehrt.

Die Armee schleppte sich weiter, ließ Leichen, Wagen, Pferde im Schnee zurück. Die Zeit der Stürme war zu Ende gegangen und die Zeit des Taus hatte begonnen, aber das Wetter änderte sich nicht.

Langsam jedoch kam ein Funken Hoffnung auf. Oswy konnte nicht mehr weit sein und dahinter lag die Grenze. Endlich hätten wir diese Hölle von einem Land hinter uns. Es gab keinen Grund für König Bairan, die zerschlagenen Reste der Armee bis nach Numantia zu verfolgen, oder jedenfalls hofften wir das.

Nur Svalbard, Curti, mir und einer Hand voll anderen war klar, dass uns nicht Ruhe bevorstand, sondern die wilden Berge von Kait, das Mordgesindel der Hügelmenschen und ihr böser Achim Baber Fergana. Hinter jedem Fels würde der Tod lauern, in jedem Pass ein Hinterhalt. Aber ich sagte nichts.

An einem klaren Morgen waren die Mauern von Oswy zu sehen.

Und, in einem weiten Halbkreis im Osten davon, die maisirische Armee, einmal mehr bereit zur Schlacht.

»Ich habe noch nie gehört, dass eine Armee das geschafft hätte«, sagte Tenedos. »Genau deshalb werden die Maisirer auch völlig verdutzt sein, wenn es uns gelingt.«

Der Imperator hatte den im Zelt versammelten Tribunen und Generälen eine kühne Taktik vorgeschlagen: Wir sollten nach rechts, also nach Osten abschwenken, als bereiteten wir uns auf einen Frontalangriff vor. Aber wir würden, durch Zauberei und das Wetter gedeckt, weitermarschieren, parallel zu den Linien des Feindes, bis wir so weit vorgedrungen waren, die Stadt anzugreifen statt die maisirische Armee. Wenn wir die Stadt nahmen, konnten wir uns versorgen und uns der Maisirer erwehren, bis das Wetter umschlug und wir weitermarschieren konnten.

Ein Manöver, bei dem man seine Flanke exponierte, war schrecklich riskant, aber wir hatten derlei Manöver in Friedenszeiten geprobt und sie waren uns gelungen. Die Frage war nur, ob wir noch raffiniert genug waren.

»Wenn es uns nicht gelingt?«, fragte Herne skeptisch.

»Dann sind wir auch nicht schlechter dran, als hätten wir einfach angehalten und gekämpft«, meinte Linerges.

»Nicht ganz«, widersprach Herne. »Denn wenn wir jetzt Linien für die Schlacht bilden, dann stehen unsere Reserven an der richtigen Stelle. Und bei allem Respekt, der Plan Eurer Hoheit gibt unsere Reserveelemente einem Angriff aus dem Westen preis, wo nach Ansicht der Maisirer unsere rückwärtige Seite ist.«

»Die Negaret im Westen werden beschäftigt sein«, mischte sich der Imperator ein. »Ich habe einige Zaubereien für sie bereit, um die sie sich zu kümmern haben werden.«

»Es ist schrecklich riskant«, beharrte Herne, nach wie vor nicht überzeugt.

»Nicht für Euch«, sagte Linerges mit dem Anflug eines Lächelns. »Eure Einheiten befinden sich in der Marschlinie direkt vor Damastes' Männern, und ich bezweifle, dass einer der Maisirer es wagt, den Dämon aus Cimabue, ja auch nur in seiner Nähe anzugreifen. Wenn sie unseren Plan wittern, dann werfen sie sich doch höchstwahrscheinlich auf mich.«

»Ich mache mir Sorgen um die ganze Armee«, erklärte Herne verdrossen. »Egal, wo in der Zugkolonne sie uns treffen, sie schneiden die Armee entzwei, und ich und der *General der Armeen* und *Erste Tribun á Cimabue* sind umzingelt.« Mir entging die sarkastische Betonung meines Rangs keineswegs und ich wusste, er hatte meine Umverteilung seines Reichtums weder vergeben noch vergessen.

»Vielleicht habt Ihr einen Plan«, sagte der Imperator.

Herne zögerte und holte tief Luft. »Den habe ich. Nur wird er Eurer Hoheit nicht gefallen.«

»Mir gefällt dieser Tage kaum etwas«, stellte Tenedos fest. »Versucht es doch.«

»Ich schlage vor, wir versuchen mit König Bairan zu verhandeln.« Alle blickten wir ihn erstaunt an.

»Er hat wenig Interesse am Reden gezeigt«, sagte einer der Generäle im Hintergrund bitter, »nur am Gemetzel. Und ich kann es ihm nicht verdenken, schließlich laufen wir vor ihm davon. Wieso also sollte er reden?«

»Weil niemand, auch nicht der maisirische König, einen Krieg bis zur gegenseitigen Vernichtung treiben will«, sagte Herne.

»Wer garantiert Euch das?«, murmelte Yonge. Herne beachtete ihn nicht.

580

»Lasst mich Euch überraschen«, sagte Tenedos. »Ich habe mit dem König in Kontakt zu treten versucht, aber seine Magier blockieren jeden meiner Versuche.« Entsetztes Gemurmel war zu hören, und ich tauchte lange genug aus meiner Niedergeschlagenheit auf, um mich zu fragen, welche Bedingungen Tenedos sich wohl hatte einfallen lassen und warum davon noch keiner gehört hatte.

»Versucht es auf andere Art«, empfahl Herne. »Nicht durch Magie, sondern direkt. Unser Erster Tribun hier hatte doch mit ihm zu tun. Schickt ihn unter der weißen Flagge.«

»Ihr seid wohl verrückt!«, fuhr ich ihn an. »Ich will den Bastard bestensfalls auf der Spitze einer Lanze wieder sehen. Ich werde nicht –« Ich fing mich, als ich den Blick des Imperators sah. »Ich werde nicht den Diplomaten spielen. Es sei denn, der Imperator befiehlt es mir«, kam ich zu einem schwachen Ende.

»Und das werde ich nicht«, erklärte Tenedos. »Tribun Herne. Werdet mir jetzt nicht schwach. Wir haben Maisir so gut wie hinter uns. Reißt Euch zusammen, Mann. Sind wir erst einmal über die Grenze und haben Zeit, zu Atem zu kommen und uns neu zu formieren, dann werdet Ihr sehen, wie schwach Euer Vorschlag ist.« Merkwürdigerweise hatte er fast ein Flehen in seinem Ton.

Herne starrte Tenedos einen langen Augenblick an, dann nickte er abrupt. »Ich habe gehört und verstehe, was Ihr gesagt habt, Eure Hoheit, und ziehe meinen Vorschlag zurück«, sagte er, plötzlich ganz förmlich.

»Na dann«, bemerkte Tenedos. »Meine Herren, kehrt zu Euren Einheiten zurück und gebt die für den Marsch nötige Order. Und vergesst nicht … das Ende ist ganz nahe.«

Linerges zog mich beiseite, als wir das Zelt verließen. Ich fürchtete, er wollte versuchen, für mich dasselbe zu tun, was wir bei Myrus versäumt hatten, und um ehrlich zu sein, ich wollte ihm schon sagen, er sollte mich verdammt noch mal in Ruhe lassen, ich sei völlig zufrieden mit dem verrückten Weg, den ich eingeschlagen hatte. Früher oder später würde mich in diesem ungeheuren Land der Tod ereilen, und ich würde für eine Weile Ruhe finden, bevor Saionji mich für meine Sünden richtete und wieder in den Dreck der Welt zurückwarf. Ich dachte, ich machte besser selbst den ersten Zug.

»Ich hoffe, Cyrillos, Ihr habt nicht vor, mir zu sagen, dass Ihr erkannt habt, dass das Ende nahe ist und Ihr mir Eure Läden vermacht, denn ich habe absolut keinen Sinn fürs Geschäft, und Ihr überlasst sie besser Eurer Frau.«

Er schnitt eine Grimasse. »Ich wollte Euch etwas aufmuntern«, sagte er. »Aber wenn Ihr zu so ekelhaften Ausfällen wie dem eben imstande seid, dann schert Euch in die Höllen. Geht und krepiert. Was mich angeht, ich bin unsterblich, für den Fall, dass Ihr noch immer nicht dahinter gekommen seid.«

Ich sah ihn mir genauer an und hätte nicht sagen können, ob er noch immer komisch zu sein versuchte oder wahnsinnig geworden war. »Vorsicht«, sagte ich, »die Götter hören womöglich zu.«

»Nein«, sagte er ernst. »Nein, die hören nicht zu. Oder jedenfalls nicht die, denen noch was an uns liegt. Die Einzige, die zuhört, ist womöglich Saionji, die Lieblingshure des Imperators, denn die hat nur Böses mit uns im Sinn.«

Und ich hatte schon gedacht, *ich* würde zum Ungläubigen – oder besser zu einem, der nicht mehr beten kann.

»Vorsicht«, meinte Yonge, der von hinten auf uns zukam. »Euer Fluch verändert womöglich alles.«

»Inwiefern? Zum Schlimmeren?« Linerges lachte lauthals, das raue Lachen eines Kriegers jenseits von Hoffnung und Angst. »Wie auch immer, Damastes, tut mir den Gefallen und sterbt mir morgen nicht. Uns gehen langsam die Tribunen aus, und ich fürchte, mit der nächsten Ernte des Imperators trinkt es sich womöglich schlecht.« Linerges trank so gut wie gar nicht. Er lächelte noch einmal, klopfte mir auf den Rücken und eilte zu seinem Pferd.

»Er hält sich also für unsterblich«, sinnierte Yonge. »Warum nicht? Früher oder später wird es ja jemand sein müssen.«

»Was meint Ihr dazu?«, fragte ich und vergewisserte mich, dass niemand in Hörweite war.

»Zu was? Dem Plan des Imperators? Ist durchaus zu machen. Vielleicht sogar gut. Nicht dass er mich interessiert«, erklärte Yonge. »Denn ich komme, um Euch Lebewohl zu sagen, Numantier.«

»Komm schon, Yonge. Diese Art Unsinn wirkt nur bei Komödianten. Ihr seid viel zu tückisch, gerissen und falsch, um zu sterben, wenigstens ehrenhaft in der Schlacht.«

»Danke für das Kompliment, mein Freund, und ich hoffe, Ihr habt Recht. Ich will damit sagen, ich verlasse die Armee.«

»Was?«

»Ich sagte Euch vor langer Zeit einmal in Sayana, Ihr wart noch ein junger Legat und ich ein frisch ausgehobener Einheimischer, dass ich die Frauen Ureys kennen lernen möchte, und fragte Euch, ob sie interessanter wären, wenn sie selbst entscheiden könnten, ob sie mit einem ins Bett gehen wollen oder nicht. Nun, ich bin zufrieden zu wissen, dass sie es sind.

Ich sagte Euch außerdem, ich wüsste gern mehr über Ehre. Über das Thema weiß ich alles, was ich wissen will. Und über sein Gegenteil.« Er drehte sich um, blickte zurück auf das Zelt des Imperators und spuckte voll Verachtung aus. »Ab heute Nacht bin ich beides los, meine Schärpe und die Armee.«

»Das könnt Ihr nicht!«

»Ich kann«, sagte er entschieden. »Meine Einheit ist entweder tot oder an andere Offiziere verteilt, es ist kein Mensch da, den es interessiert, ob ich Befehle brülle oder mit den Daumen im Arsch auf den Ellbogen laufe.«

»Wo wollt Ihr hin?«

»Zurück nach Kait natürlich. Und ich bezweifle, dass mich jemand sieht, weder die Numantier noch diese Hunde aus Maisir, geschweige denn, dass mich einer aufhalten kann.« Ich wusste, da hatte er Recht. »Also komme ich, um mich zu verabschieden und mich bei Euch für die, sagen wir mal, interessante Zeit zu bedanken. Vielleicht sehe ich Euch ja noch mal diesseits des Rads, obwohl ich es bezweifele.

Deshalb möchte ich Euch jetzt zwei Gefallen tun. Der erste wird eine Überraschung sein, wenn Ihr dahinter kommt, zu gegebener Zeit.

Der zweite erfordert einige Meditation, also stellt Euch mal vor, Ihr wärt ein schmutziger alter Heiliger mit Flöhen, ungewischtem Arsch und in der Lage, Euch große Dinge vorzustellen, die Ihr dann uns dummen Bauern erklären könnt.«

»Alles, was ich habe, ist der verschissene Arsch. Und Flöhe«, sagte ich argwöhnisch.

»Dann denkt mal fester nach denn je zuvor. Erinnert Euch, vor langer Zeit, man hatte meine Späher nahezu ausgelöscht, damals in Dabormida, da kam ich betrunken zu Euch und sagte, meine Männer wären geopfert worden und ich hätte keine Ahnung, warum?«

Ich wollte schon grob werden und ihm sagen, das sei nun schon so viele Feldzüge und Leichen her, aber dann sah ich, dass Yonge todernst war. »Ja«, sagte ich, »ich erinnere mich.«

»Nun, ich glaube jetzt die Antwort zu haben«, meinte er. »Und ich habe so das Gefühl, Ihr kämt auch von selber drauf. Ich gebe Euch einen Hinweis: Warum hat der Imperator in Sidor die Varan-Garden geopfert? Er nannte es ein Ablenkungsmanöver, aber wovon sollte es ablenken? Wir hatten den Fluss doch schon überquert, die Maisirer wussten, dass wir da waren. Warum hat er sie krepieren lassen, ohne einen Bann auszuschicken? Warum hat er, wenn man's recht überlegt, überhaupt eine so kleine Einheit losgeschickt? Warum hat er ihr nicht mehr Leute mitgegeben?

Und außerdem«, fuhr er fort und hob eine Hand, auf dass ich noch schwieg, »warum hat er mit seinem Großzauber gewartet, bis die Garden schon auf der Brücke waren? Schon drauf und schon im Sterben? Also, das ist mehr als genug, dann verlasse ich Euch jetzt.

Und noch etwas, das mir jetzt gerade eingefallen ist, als ich sprach. Erinnert Ihr Euch an den Dämon, der Chardin Sher vernichtet hat?«

Ich erschauerte. Bei all den Schrecken, die ich gesehen hatte, jener riesige vierarmige Dämon mit dem V-förmigen Maul war der Schlimmste gewesen.

»Ich gehe mit Euch eine Wette ein, auch wenn ich nicht mehr da sein werde, um zu kassieren«, meinte Yonge. »Ich wette, Ihr seht diesen Teufel wieder. Nicht jetzt. Später. Wenn alles verloren scheint. Und jetzt, Numantier, lebt wohl. Und passt mir gut auf Euch auf.«

Bevor ich ihn festhalten und mit ihm debattieren konnte, ja bevor ich überhaupt etwas sagen konnte, huschte er davon, um das Aufwärmzelt der kaiserlichen Leibgarde herum. Ich ging ihm nach. Aber er war weder im Zelt, noch – als ich einmal rundherum schritt – irgendwo in der Nähe.

So ging Yonge von uns, der Kaiter und bei weitem merkwürdigste aller Tribunen Numantias.

Ich lag in meine Decken gehüllt und gab vor zu schlafen, wie sich das für einen ruhigen, zuversichtlichen Kommandanten gehört, während ich in Wirklichkeit an nichts zu denken und den unablässigen Kummer, die Pein der vergangenen zwei Jahre zu vergessen versuchte, als Capitain Balkh mich weckte.

Die Nachricht war ebenso entsetzlich wie katastrophal. Die Zwanzigste Schwere Kavallerie hatte den Kontakt mit den hintersten Elementen der fünf Gardekorps mitsamt deren Versorgungselement verloren. Ihr Kommandeur war Herne. Man hatte eine Patrouille ausgeschickt, aber nichts gefunden; Hernes Positionen waren verlassen.

Er war mit seiner gesamten Streitmacht, fast zwanzigtausend Mann, geradewegs nach Osten marschiert, in die Linien des Feindes hinein. Herne war, wie wir später erfuhren, mit einer weißen Fahne vorangeritten und hatte kapituliert. Ich weiß nicht, wie er seine Offiziere genarrt hat, ob er ihnen weisgemacht hatte, kaiserliche Order zu haben, noch vor Morgengrauen Positionen im Osten zu beziehen, oder ob der Azaz die Gelegenheit nutzte und den Verstand unserer Soldaten mit Zauberei umnebelte.

Alles, was nun zählte, war die klaffende Lücke zwischen meiner Nachhut und dem Rest der Armee. Wenige Augenblicke nachdem man mich geweckt hatte, hörte ich auch schon Schlachtenlärm. Die Maisirer hatten die Lücke entdeckt und griffen durch sie an. Hernes Verrat war drauf und dran, unser aller Vernichtung zu werden.

Ich musste etwas unternehmen und es durfte auf keinen Fall vorhersehbar sein. Mir kam eine Idee, die günstigstenfalls bedeutete, dass wir für einige Tage in der *Suebi* auf uns allein gestellt wären, schlimmstenfalls ... Aber ich weigerte mich, darüber nachzudenken. Ich schickte Captain Balkh mit meinem Helm und den Roten Lanciers zu den Zwanzigsten Husaren, denen ich eine vorgetäuschte Attacke der maisirischen Linien befahl – ganz so, als führte ich einen Angriff, um mit dem Rest der Armee aufzuschließen.

Sie sollten zuschlagen, bis sie auf wirklichen Widerstand stießen, und sich dann bis zu den Siebzehnten Lanciers zurückzuziehen, bei denen sich auch unsere Versorgungseinheiten sammeln sollten, die abgerissenen Männer, die zurückgefallen waren, sowie jene der Zivilisten, die sich lieber zu dem Gewaltmarsch entschlossen hatten, als der Sklaverei oder dem Tod ins Auge zu sehen. Dann sollte die gesamte Formation direkt nach Westen marschieren, weg von den Maisirern, weg von Oswy, mit den Zehnten Husaren voreneweg.

Nachdem ich den Kontakt zu den Maisirern abgebrochen hätte, wollten wir uns nach Norden wenden, dann einen Bogen in ostnordöstlicher Richtung schlagen, um uns in Oswy wieder mit der Armee zu vereinen. Es war ein verzweifeltes Manöver, aber unsere einzige Hoffnung.

Die Zwanzigste Schwere Kavallerie warf sich, so dezimiert sie auch sein mochte, die Pferde kaum mehr zum Trab fähig, mit voller Wucht in den Feind. Die Maisirer waren in einem Freudentaumel nach vorne geprescht, hatten das bisschen geplündert, was bei uns zu holen war, und durchschwärmten die Gegend, ohne sich wieder formiert zu haben, als unsere Kavallerie sich auf sie warf. Sie fielen völlig verblüfft zurück, entsetzt, dass es den Numantiern gelungen sein sollte, so schnell einen Gegenangriff auf die Beine zu stellen.

Noch bevor sie sich erholen konnten, zog die Zwanzigste sich so rasch zurück, wie sie gekommen war. Als sie sich den Siebzehnten

Lanciers anschlossen, standen die schon bereit, und die Konlonne marschierte los, weg von der Straße, auf die offene *Suebi* hinaus.

Es war eine Schinderei und wieder kamen Männer und Pferde dabei um, die Wagen der Zivilisten konnten nicht mithalten, so dass die zu Tode geängstigten Marketender und Prostituierten zusammenraffen mussten, was sie tragen konnten, und sich zu Fuß weiterschleppen mussten.

Aber das war nicht das Schlimmste. Die Lazarettwagen mit unseren Kranken und Verwundeten blieben im Schlamm stecken oder kippten um bei dem Versuch, die tiefen Einschnitte zu durchqueren, die unseren Weg kreuzten.

Meine Befehle waren hart: Der Tross war zurückzulassen. Selbst Domina Bikaner blickte mich entsetzt an, bevor er salutierte und losging, um dafür zu sorgen, dass meine Befehle auch ausgeführt wurden. Aber für mich war es eine einfache Rechnung: Entweder sie fielen den Maisirern in die Hände – oder wir alle. Eine Hand voll Feldscher meldeten sich freiwillig, bei ihnen zu bleiben, und so sehr ich ihre Tapferkeit und Hingabe bewunderte, ich konnte es nicht erlauben. Wir brauchten jeden Einzelnen von ihnen auf dem Marsch. Männer und nicht weniger Frauen fluchten, schrien uns an, als die Männer die Zuggurte der Gespanne vor den Krankenwagen kappten, aber ihr Zorn führte zu nichts. Eine Stunde später marschierten wir davon und ließen dabei einen Teil unserer Ehre und unserer Herzen zurück. Aber für Mitgefühl war in dieser Wüstenei kein Platz.

Zwei Stunden später, ich hoffte schon, unsere Kriegslist hätte funktioniert, da meldeten unsere Flankenreiter Patrouillen der Negaret. Ich fluchte – man würde unsere Bewegungen verfolgen und König Bairan Bericht erstatten, was ihm mehr als genug Zeit gab, seine Truppen zwischen uns und Oswy zu platzieren. Aber ich musste es weiter versuchen und so befahl ich der Zehnten, nach Norden abzuschwenken.

Dann setzte der Schrecken ein. Der Schnee vor der Vorhut der

Zehnten Husaren hob sich, als wäre er am Leben, als wären darunter ungeheure Maulwürfe am Werk. Die Hügel stürmten auf unsere Männer zu und begruben die Elemente an der Spitze, die schreiend zu fliehen versuchten, durch den hüfthohen Schnee aber nur mit alptraumhafter Langsamkeit vorwärts kamen. Aber nicht einer sah oder spürte etwas unter dem Schnee.

Es war die Überraschung, die Tenedos für die Negaret geplant hatte, eine scheußliche Waffe – und sie hatte sich gegen uns gewendet. Die Schneegräber oder Schneewürmer, was immer es sein mochte, warfen die Männer zu Boden und zerbrachen sie wie gefrorene Zweige.

Die Zehnten Husaren zogen sich zurück und die Schneewürmer ließen von ihnen ab; alles, was sich von Oswy wegbewegte, interessierte sie nicht.

Jetzt waren wir verloren. Im Süden und Osten lag die leere tödliche *Suebi*, im Westen die Maisirer, im Norden die Schneekreaturen. Dann kam mir eine Idee, ein durch und durch törichter Gedanke, da mir klar war, dass wir für den Augenblick den Kontakt verloren hatten – die Patrouillen der Negaret, die uns folgten, waren gar noch schneller vor dem Alptraum geflohen als wir.

Ich rief meine drei Dominas und den hart gesottenen Regimentsfeldwebel, der nunmehr der ranghöchste von Yonges Spähern war, und sagte ihnen, wir würden einen eintägigen Gewaltmarsch einlegen und die kräftigsten Männer nach hinten schicken, nicht um uns nach hinten zu verteidigen, sondern um zu gewährleisten, dass alles auf den Beinen blieb und wir so wenig Spuren zurückließen wie nur möglich. »Setzt die Schwächsten auf die Pferde«, sagte ich, »alle anderen gehen zu Fuß.«

Wir hatten zwei Chare-Brüder dabei, und denen befahl ich, Flammen heraufzubeschwören, um die Leichen zu vernichten. Wir wollten versuchen zu verschwinden, was uns womöglich eine kleine, eine sehr kleine Chance zu überleben gab. Andernfalls konnten wir uns schon einmal mit dem Gedanken vertraut machen, als maisirische Sklaven oder gefrorene Leichen zu enden.

»In welche Richtung soll der Marsch gehen?«, fragte Bikaner.

»Osten«, antwortete ich. »Ost-Nordost.«

Fast in direkter Linie weg vom Imperator und unserer Armee. Die einzige Chance, die wir hatten, war, den Kontakt zum Feind abzubrechen und dann das Unmögliche zu versuchen: die Berge nach Numantia zu überqueren, wie ich es schon einmal gemacht hatte.

Aber seinerzeit hatte ich mich nur um eine Hand voll Männer in bester Verfassung zu sorgen brauchen; jetzt würde ich sie mit mehreren Hundert gebrochener, verhungernder Männer und ein paar Leuten Tross überqueren.

Ich hätte einen Angriff befehlen sollen, auf demselben Weg, den wir gekommen waren, um für unseren Imperator edel und sinnlos in den Tod zu gehen.

Aber ich blieb bei meiner Narretei.

Zwei Stunden darauf stolperten wir in die Leere der *Suebi* hinaus. Ich stellte meine Roten Lanciers ans hintere Ende der Formation und hieß sie, meinem Befehl ohne Skrupel und Barmherzigkeit Folge zu leisten. Keinem war es erlaubt zu sterben, jedenfalls nicht vor Einbruch der Nacht. Ich bildete den Schluss, rufend, schreiend, bis meine Stimme sich anhörte, als ziehe man sie über gebrochenes Glas.

Ich beschimpfte die Männer und sie schimpften zurück. Ich schlug sie und sie versuchten zurückzuschlagen, wenn auch nur schwach. Ich konnte allen ihren Schlägen ausweichen und forderte sie dann heraus, es noch einmal zu versuchen – *oder waren sie etwa schwache Würmer?* Ich sagte ihnen, ich würde sie Weiber heißen, wäre es nicht eine Beleidigung für das Geschlecht, schließlich seien ihnen Frauen voraus – Marketenderinnen, Wäscherinnen, Huren, wer weiß was, wen interessierte es.

Ich kannte keine Müdigkeit, keine Erschöpfung, keinen Hunger. Ich war zu einem Schneemenschen geworden, einer Kreatur der Wüstenei, und bezog meine Kraft aus der Wildnis um mich herum.

Wir marschierten weiter, immer weiter, und langsam verschwand der Rauch von Oswys warmen Feuern hinter dem Horizont, und es gab nichts mehr als die leere Prärie. Dann begann es wieder zu schneien, und zum ersten Mal war der Sturm ein Segen Isas, Pano-ans und Irisus, des Bewahrers, denn er verbarg unseren Verbleib und blendete jeden Feind, der uns verfolgen mochte.

Schließlich befahl ich einen Halt. Wir brachen zusammen, wo wir gerade standen, und die lange eiskalte Nacht schlich vorbei.

Ich requirierte Bikaners Pferd und machte mich noch vor Tages-anbruch auf den Weg. Nach etwa einer halben Stunde stieß ich auf ein winziges, von verkrüppelten Bäumen gesäumtes Tal. An der Sei-te entlang lief ein gefrorener Bach. Ich ritt zurück und hieß meine Offiziere, den Aufbruch zu befehlen.

Eine Stunde später war alles bereit, aber es blieben dreiund-zwanzig Leichen im Schnee. Ich ließ sie von meinen Lanciers zu-sammentragen, verbot meinen Zauberern jedoch, sie zu verbrennen. Wir konnten uns weder den Rauch noch die Verschwendung magi-scher Energien leisten, noch wollte ich die Möglichkeit riskieren, dass die Kriegszauberer des Azaz unsere Witterung aufnahmen.

Wir brauchten fast zwei Stunden, um das Tal zu erreichen, aber wir schafften es. Ich ließ die Männer sich formieren, soweit noch so etwas wie eine Formation übrig war, und es war ein jämmerlicher Anblick. Bikaner führte mit seinem Adjutanten eine rasche Zäh-lung durch und machte dann Meldung bei mir. Wir hatten sechs-undvierzig meiner Roten Lanciers, hundertfünfzig Mann der Sieb-zehnten Lanciers, etwa zweihundert von den Zehnten Husaren, noch einmal so viele von der Zwanzigsten Schweren Kavallerie, eine Hand voll von Yonges Spähern , dreihundertfünfzig Mann aus al-len möglichen Einheiten, neunundvierzig Frauen und sogar ein paar Kinder. Ich gab mir Mühe, das Gesicht nicht zu verziehen. Die Soll-stärke der Siebzehnten Lanciers lag bei über siebenhundert, bei den Zehnten Husaren und der Zwanzigsten Schweren jeweils bei neun-hundert Mann.

Ich musste etwas tun, um den Leuten den Glauben zu geben, wir hätten auch nur die geringste Chance. Ich hieß die Männer, die Formation zu verlassen und sich um mich zu scharen. Der Wind war eisig, aber er pfiff über unsere Köpfe hinweg über die *Suebi* jenseits des Tals.

»Also«, begann ich, und ich war nicht so dumm, mich aufmunternd anhören zu wollen, »ich weiß nicht, wie es Euch geht, aber ich bin froh, die Armee los zu sein.« Sie waren schockiert.

»Wenigstens brauchen wir uns nicht mehr in ihrer Scheiße, in ihrer Asche zu suhlen«, sagte ich, und einige kicherten.

»Das ist doch was, hier draußen zu sein, wo es sich atmen lässt bei all der frischen Luft.« Einige lachten laut auf.

»Na gut. Wir sind vom Imperator abgeschnitten«, fuhr ich fort, »und Bairan, dieser Scheißkerl, reibt sich die Hände, weil er denkt, jetzt hat er uns. Ich werde ihm beweisen, dass er sich da schwer getäuscht hat, und jeder, der sich mir anschließen will, ist herzlich eingeladen zu einem kleinen Spaziergang mit mir.«

»Wo soll's denn hingehen, Tribun?«, rief einer.

»Wir spazieren durch die *Suebi* bis an ein paar Berge«, sagte ich. »Die geht es dann hinauf und auf der anderen Seite wieder herab, und schon stehen wir an der numantischen Grenze. Wir dürften irgendwann in der Zeit der Geburten zu Hause sein, das Wetter spielt also mit. Kommt jemand mit?«

Wieder Murmeln und Gelächter. Aber die meisten Gesichter waren hoffnungslos, leer. »Oder wollt Ihr sehen, wie viele Methoden so ein maisirischer Furchenkacker hat, um Euch zum Schreien zu bringen vor Eurer Rückkehr aufs Rad?«

Ein Unterführer mit harten Zügen trat vor. »Also mir wird das nicht passieren, Tribun. Ich habe nicht vor, mich lebendig kriegen zu lassen. Die würden schon merken, auf was sie sich da eingelassen haben, wenn die auf mich losgehen.«

»Gut«, meinte ich. »Aber würdet Ihr nicht lieber am Leben bleiben und Euch ein andermal rächen?«

»Bei allen Höllen, ja! Aber –«

»Nichts aber, Mann. Und jetzt haltet das Maul und hört zu!«

»Sir!« Er trat wieder zurück.

»Das ist die richtige Einstellung«, sagte ich. »Weil wir nämlich alle am Leben zu bleiben versuchen. Seht Euch den Mann – oder die Frau – links von Euch an. Merkt Euch die Gesichter! Denn sie werden diejenigen sein, die Eure traurige Gestalt über diese Berge schleppen. Sagt ihnen Euren Namen. Na los. Auf der Stelle.«

Stille, dann Gemurmel, als einige gehorchten, dann mehr.

»Wir verbringen den Rest des Tages hier. Als Erstes kommt jeder in eine Formation. Wenn Ihr bereits zu einer gehört, dann kriegt Ihr Verstärkung. Freunde bleiben bei der Aufteilung zusammen. Das hilft.

Ich werde heute einige zu Offizieren machen, andere zu Unterführern. Vielleicht habt Ihr noch keinen Rang gehabt, vielleicht wollt Ihr noch nicht mal einen, weil Ihr meint, dass Ihr das nicht schafft. Euer Pech. Ihr werdet es machen, und verdammt gut obendrein. Außerdem werden wir alle Vorräte aufteilen. Es kommt nicht mehr vor, dass ein Fettsack frisst, während andere hungern. Entweder wir essen alle oder keiner. Das gilt für Offiziere, Unterführer, Mannschaften und Zivilisten.

Also, ich will die Zehnten, die Siebzehnten und die Zwanzigste hier auf der Seite des Tals. Der Rest von Euch sieht sich um, ob sonst noch einer von seiner alten Einheit hier ist. Los, bewegt Euch. Ich will unterwegs sein, bevor irgend so ein Maisirer auf unsere Fährte stößt.«

Darauf kam Bewegung in sie.

Es waren mehr von Yonges Spähern am Leben, als wir gedacht hatten. Trotz ihres gefährlichen Dienstes hatte ich noch zweiundneunzig von den ursprünglichen zweihundert bei mir. Ich nahm sie beiseite und sagte ihnen, jeder von ihnen sei ab sofort Sergeant.

»Das kommt nicht daher, dass ich Euch für Helden halte. Yonge hat mir anderes erzählt. Ich kenne Euch als hinterhältiges, meuchelndes Pack Langfinger. Wie Euer Anführer. Und ich bin verdammt stolz darauf, dass er aus mir einen von Euch zu machen versuchte.«

Ich wartete, bis das Gelächter erstarb.

»Ich befördere Euch also nicht, weil Ihr gut, sondern einfach, weil Ihr noch am Leben seid. Und jetzt will ich, dass Ihr den anderen am Leben zu bleiben helft. Aber eines muss sich ändern. Schluss damit, Euch nur noch um Eure eigene flohverseuchte Haut zu kümmern. Jeder von Euch bekommt wenigstens einen Zug, manche mehr. Wenn Euch das nicht schmeckt, dann tut mir das Leid. Ihr könnt ruhig mal fragen, ob man Euch auf der anderen Seite braucht.«

Sie lachten lauthals; die Späher galten als Banditen, als gesetzlose Mörder, für die es keine Gnade gab, noch nicht einmal von ihren Gegenstücken auf der anderen Seite, den Negaret. »Also, und jetzt meldet Euch alle bei Domina Bikaner von den Siebzehnten, der weist Euch Eure neuen Posten zu.«

Spät am Tag sammelten wir uns in unseren neuen Formationen.

»Gut«, rief ich. »Ihr seht ja fast wieder wie Soldaten aus.«

So bärtig und abgerissen sie waren – und riechen konnte ich sie selbst von dort, wo ich stand –, sie hatten die Waffen bei der Hand und ich wusste, sie konnten damit umgehen. »Seht Euch noch mal den Mann zu Eurer Linken an. Ihr kennt jetzt seinen Namen. Ihr seid Kameraden, ob Ihr es wollt oder nicht. Und mein erster Befehl an Euch ist, dafür zu sorgen, dass der Mann neben Euch Numantia wieder sieht. Denn tut Ihr das nicht, so werdet Ihr es höchstwahrscheinlich auch nicht mehr sehen. Schluss mit ›Jeder für sich, und lass den anderen schwitzen‹!

Wir sitzen alle in der Scheiße und wir kommen da alle zusammen auch wieder raus. Wir sind wieder eine Armee, wir sind wieder Krieger. Ab sofort wird nicht mehr dahingehumpelt, so dass jede maisirische Schwuchtel mit uns macht, was sie will. Ab sofort schlagen wir zurück, wenn sie uns finden, so dass es ihnen Leid tut, auf unsere Fährte gestoßen zu sein.

Ihr kennt mich, Ihr wisst, wie ich die Bastarde jedes Mal verprügelt habe, wenn sie uns angegriffen haben. Wenn sie uns jetzt finden, dann machen wir es genauso. Schlagt ihnen die Finger ab, und sie gehen woandershin und suchen sich ein leichteres Ziel.

Genug der Worte«, kam ich zum Schluss. »Auf zu unserem Spaziergang.«

Ich wünschte mir noch immer den Tod, das Vergessen. Aber noch nicht ganz. Als Erstes musste ich dieses riesige Gebirge zu überwinden versuchen. Höchstwahrscheinlich schaffte ich es nicht und wir würden alle sterben, denn ich glaubte nicht, dass tausend Soldaten über den Schmugglerpfad zu bringen waren.

Aber ich hatte nicht vor, mich umbringen zu lassen. Ironischerweise ertappte ich mich beim Beten, leere Worte, aber trotzdem sagte ich sie – Gebete an Vachan, meinen weisen Affengott, und an Tanis, die ich beide um die Gnade des Lebens bat.

Zweimal hatte ich nun Saionji die Treue geschworen, nachdem Tenedos mich aus dem Feuer zurückgeholt hatte und als Alegria gestorben war, und jedesmal habe ich mein Wort zu brechen versucht.

Als wahnsinniges Ungeheuer machte ich für die Göttin wohl kaum viel her, dachte ich und musste lachen. Mit dem Gelächter spürte ich wieder etwas Leben in mir, kam ich wieder etwas unter dem Mantel meiner Trauer hervor.

Einmal mehr fiel mir die Prophezeiung des Zauberers bei meiner Geburt ein, und ich betete darum, dass der Tiger mich nun lange genug in den Klauen gehabt hatte und es jetzt wieder an mir war, ihn zu reiten, und dass meine Lebenslinie weiterging. Wenigstens noch eine Weile.

Ich ließ meine Offiziere und Unteroffiziere pausenlos die Kolonne abreiten, Befehle brüllen wie eh und je, aber jetzt kam noch etwas hinzu – sie zeigten, dass sie ihre Spiegel, ihre Schärpen verdienten. Sie beschimpften einen Mann, der seine Waffe fallen ließ, aber wenn er sie nicht aufheben konnte, dann trug man sie ihm, bis er wieder zu Kräften gekommen war. Wenn er zu Boden ging, dann setzten sie zweien seiner Kameraden zu, sich die Arme des Mannes um die Schultern zu legen und weiterzugehen.

Taten sie es nicht, hielten sie meine Worte für ebenso leer wie den Wind – an jenem ersten Tag degradierte ich sieben Offiziere und dreizehn Unterführer zu Mannschaften.

Verglichen mit dem Tempo, das ich mit Bakr und den Negaret eingelegt hatte, krochen wir nur. Aber wir kamen voran und entfernten uns mit jedem Tag weiter von Bairan und seiner Armee.

Ich hieß die beiden Chare-Brüder, sich mit Hilfe eines Zaubers mit den anderen Magiern unserer Armee in Verbindung zu setzen. Sie hatten kaum ihre Symbole in den Schnee geritzt und einige Kräuter verbrannt, als einer entsetzt aufschrie und die Zeichen mit Fußtritten auslöschte.

»Er ist da draußen«, bekam er hervor. »Irgendjemand. Irgendjemand ist auf der Suche nach uns.«

Wir machten keine weiteren Versuche, Verbindung mit dem Imperator aufzunehmen.

Stöhnend ging ein Mann in die Knie. Ich war sofort über ihm und riss ihn hoch.

»Bitte. Bitte. Lasst mich einfach sterben«, bettelte er.

»Das kannst du schon haben, du Scheißkerl! In Numantia. Nicht hier. Steh auf, du Stück Scheiße! Kein Wunder, dass du auf der Erde liegst, du Arschloch! Hatte deine Hure von einer Mutter keine Zeit, dir etwas Schneid mit auf den Weg zu geben, was! Noch einer der Zuhälter, die dein Vater sein könnten«, tobte ich.

Ein Funken Leben trat in die Augen des Mannes, dann schlug er nach mir.

»Völlig daneben«, höhnte ich. »Komm schon. Versuch's noch mal.«

Er tat es und ich ließ den Schlag auf meiner Brust landen.

»Selbst Säuglinge haben mich schon härter geschlagen«, lachte ich und stapfte davon. Er schrie mir ein Schimpfwort nach und ich verbarg ein Lächeln. Womöglich schaffte er es über die Berge, und sei es auch nur aus einem Grund – um mich zu töten.

Unsere letzten beiden Pferde starben und kamen in den Topf. Zwei Pferde und vielleicht ein Dutzend Säcke Wurzeln, die wir aus dem gefrorenen Boden gekratzt hatten, und das für fast tausend Mann.

Wir erreichten den großen Fluss, und Isa stand uns bei, da er völlig gefroren war. Eiligst überquerten wir ihn.

Ein weiteres Wunder: Einer der Späher entdeckte einen seichten Seitenarm, in dem es drei von den Fischen mit den Barten und den bösen Gesichtern gab, die scheinbar schliefen. Wir schnitten ein Loch ins Eis, stießen Speere hinein, und die Fische erwachten zu einem zuckenden Todeskampf. Aber noch während sie sich wanden und das Eis um sie herum zerschlugen, schossen ihnen schon Pfeile ins Fleisch, und wir hatten etwas Frisches zu essen.

Zwei von ihnen maßen über zwanzig Fuß, der dritte fast vierzig, und wir verschlangen sie gierig, halb gar, zum Teil sogar roh. Wir fanden noch andere Fische, die nahe am Ufer schliefen, und wir durchbrachen das Eis und fingen auch sie. Wir bereiteten mehrere Mahlzeiten aus diesen Fischen zu, genug, um uns alle aufzumuntern. Vielleicht gab es doch eine Möglichkeit, in diesem kargen Land zu überleben. Nach wie vor starben Männer, aber nicht mehr so oft. Und wenn, dann nahmen wir ihre Leichen mit, bis wir das nächste Mal lagerten, wo dann unsere Zauberer Worte sprachen, um die Flammen heraufzubeschwören. Allzu oft gelang es ihnen nicht und wir mussten sie unter Steinhaufen begraben. Aber es war besser, als sie einfach liegen zu lassen, wo sie fielen. Und auch mit dem Kannibalismus war Schluss.

Das Land kam mir vertraut vor und ich bildete mir ein, dass das Wetter milder zu werden begann. Wir kamen an die Stelle, wo Bakrs Negaret gelagert hatten. Es kam mir vor wie vor hundert Jahren. Mir fiel ein, wie gut die Antilopen geschmeckt hatten, die wir erlegt hatten, und wenn Isa tatsächlich auf unserer Seite war, dann überwinterte hier vielleicht Wild, und wen interessierte es schon, wenn es etwas hager war. Wir könnten ihre Felle provisorisch gerben und besseres Schuhwerk daraus machen sowie Mäntel für die eisigen Gebirgspässe. Ich schickte Kundschafter voraus, weit vor die Formation, um sicherzugehen, dass wir das Wild sahen, bevor es uns sah.

Wir fanden besseres Fleisch, als ich gehofft hatte. Unsere Späher meldeten runde schwarze Zelte in einer großen Senke: Negaret. Ich schätzte, sie hatten wohl eine ihrer Versammlungen, eine ihrer *Riets*.

Meine Chare-Brüder spürten keine magischen Wächter, die Negaret waren also nicht auf der Hut, sie kamen gar nicht auf den Gedanken, so tief in der *Suebi* auf den Feind zu stoßen. Ich schickte die Ureyschen Lanciers vor, um sie in weitem Bogen zu umzingeln und ihnen dann in den Rücken zu fallen.

Ich schickte die ehemaligen Späher mit Männern, die sie selbst vorschlugen, zusammen mit den rosslosen Husaren als Hauptangriffselement vor und behielt den Rest meiner Kolonne etwa anderthalb Werst, von der Schweren Reiterei bewacht, zurück.

Es war kein *Riet*, wie ich von den Kundschaftern erfuhr, die sich näher geschlichen hatten, sondern ein Lager mit den Frauen und Kindern der Negaret, die hier in Sicherheit gebracht worden waren, während ihre Männer den Ausländern zu schaffen machten.

Es gab nur eine Hand voll Wachen, Knaben lediglich, und die waren rasch zum Schweigen gebracht. Unter Schlachtrufen stürzten wir von den Hängen rund um das Camp.

Die Frauen und Kinder der Negaret kamen herausgelaufen, die Waffen in der Hand, die sie so hatten, einige Schwerter, meist aber Schlachterwerkzeug oder gar Stöcke. Sie kämpften tapfer, aber wir waren weit mehr als sie. Sie zogen sich durch ihre Zelte zurück, aber die Ureyschen Lanciers kamen von hinten.

Einige flohen in die *Suebi*, andere versuchten weiterzukämpfen und wurden entwaffnet oder niedergemacht; wieder andere hoben die Hände in dem Wissen, was für Schrecken ihnen bevorstanden.

Ich sah einen der Männer nach einer Frau greifen, die ihn niederschlug und nach ihm trat. Andere Offiziere und Unterführer riefen, schrien, und die Blutgier legte sich etwas. Bevor sie wieder aufkommen konnte, prügelten wir die Männer zurück in die Formation und plünderten das Lager systematisch aus, wobei wir in Zügen vorgingen, denn ein Mann allein begeht eher einen Mord oder eine Vergewaltigung, als wenn seine Kameraden ein Auge auf ihn haben.

Wir nahmen zu essen, zu trinken und dicke Kleidung mit, alle Stiefel, die passten. Decken, Packen, Pferde. Ich wollte die Kochtöpfe, die Schlafsachen und die Zelte, die magisch zu verkleinern waren, aber eine der Frauen sagte, ihre *Nevraids* seien mit in die Schlacht gezogen und sonst wüsste keiner, wie der Zauber ging. Natürlich log sie, aber was sollte ich tun? Sie oder andere einer Folter unterziehen?

Es war fast schon dunkel, als ich den Männern weiterzumarschieren befahl. Wir hätten in der Bequemlichkeit der Zelte übernachten können, ja sollen, aber ich bezweifelte, dass ich meine Soldaten von den Frauen der Feinde fernhalten könnte, schon gar von denen der verhassten Negaret. Nicht dass ich völlig unschuldig wäre, was Kriegsverbrechen angeht. Vielleicht hatten die Negaret ja noch ihre Zelte, ihr Kochgeschirr. Aber was sollten sie darin zubereiten? Und wie sollten sie auf die Jagd gehen? Ich weigerte mich, mein Erbarmen einzugestehen, ebenso wenig wie ich mir diese Schwäche zugestanden hatte, als ich unsere Kranken im Stich ließ.

Wenigstens, so versuchte ich mich zu trösten, waren die Frauen und Kinder von Jedar Bakr und den anderen Negaret, mit denen wir uns angefreundet hatten, nicht in dem Lager gewesen. Nicht dass es eine Rolle gespielt hätte.

Die Ebenen wurden zu Ausläufern, und die Berge kamen näher, finstere Schatten, die wir durch die Wolken sahen. Es wurde wärmer und es regnete pausenlos. Die Flüsse neben dem schlechten Weg waren angeschwollen, und über die Bäche zu kommen, die immer wieder unseren Weg kreuzten, wurde zur Herausforderung.

Eines Tages kamen wir an eine Lichtung, an die ich mich zu erinnern glaubte – Männer in schwarzer Rüstung hatten hier auf uns gewartet. Falls ich mich irrte, so war es eine Stelle so gut wie jede andere, um die Grenze zu überschreiten. Maisir lag hinter uns. Wir befanden uns in den Grenzländern, die Numantia schon so lange für sich beanspruchte.

Jubel kam auf, und ich befahl, eine Extraration des Korns auszugeben, das wir von den Negaret hatten; es wurde zerstoßen, dann kam heißes Wasser dazu.

Über uns ragten die schweigenden Berge auf.

Es ging höher und höher. Einmal mehr sahen wir uns mitten im Schnee, aber es spielte keine so große Rolle mehr, denn es bedeutete, dass wir weiter weg von Maisir und der Heimat näher waren.

Es stürmte und wir fanden Schutz in einer Schlucht. Für einen Tag? Eine Woche? Die Zeit verlor jede Bedeutung in diesem Grau. Die kräftigen Pferde der Negaret kamen nicht mehr weiter, also schlachteten und zerteilten wir sie. Den größten Teil des Fleisches froren wir ein, aber ich gestattete allen ein großes Fest.

Es würde nicht lange dauern und uns wäre nur noch kalt und die Erinnerung an diese Mahlzeit würde uns wärmen müssen.

Der Sturm ging zu Ende und wir setzten unseren Weg fort.

Wir kochten Schneewasser in was auch immer als Feldgeschirr herhalten musste, mischten es mit zerstoßenem Korn und aßen das Ganze im Gehen. Der Weg war jetzt schmal, auf der einen Seite hatten wir Steilhänge, auf der anderen das Nichts. Wieder begannen Männer zu sterben, an der Kälte oder an einem unnötigen Sturz, zu dem es nicht gekommen wäre, hätten sie ihre Kräfte beisammen gehabt.

Manchmal erwischten sie, wenn sie im Fallen nach Halt suchten, das Bein eines anderen und rissen ihn mit sich hinab; zusammen stürzten sie dann schreiend ins Nichts.

Wir erreichten das Ende des Passes und es ging wieder bergab; und wieder jubelten wir. Ich war glücklicher als die meisten, denn ich war mir sicher gewesen, dass man den Übergang nicht mit einer Einheit schaffte, ohne dabei unterzugehen. Ich hatte mich geirrt und schwor demütig, diesen Triumph des Geistes nie zu vergessen.

Männer, die richtig geführt sind oder mit starkem Willen und Herzen sich selbst führen, können selbst den Himmel stürmen.

Die Tage waren einfach: Man erwachte zitternd aus dem Halbschlaf, in den man am Abend zuvor gefallen war. Man hoffte, dass jemand in der Nähe genug Holz für ein Feuer gefunden hatte, so dass sich etwas Schnee für einen »Tee« schmelzen ließ. Dann nahm man Packen und Waffen auf und stolperte los, einen Fuß vor den anderen, immer wieder, holte Luft, sah zu, dass man nicht fiel, dann der nächste Schritt, der nächste, der nächste. Wenn einer der Unterführer in der Abenddämmerung »Halt!« schrie, aß man, was immer man selbst oder ein Kamerad hatte oder was immer ausgegeben wurde. Man suchte sich ein windgeschütztes Fleckchen, wenn man großes Glück hatte an einem Feuer, breitete seine Decke, seine Zeltplane, was auch immer aus und versank in einen von Alpträumen geplagten Schlaf. Man wachte auf, wenn man getreten wurde, um Wache zu schieben oder sich um ein Feuer zu kümmern, und betete um das Morgengrauen. Und dann das Ganze noch einmal. Immer wieder.

Ich hatte auf diesem trostlosen Treck Zeit, über die Vergangenheit nachzubrüten, und begab mich dann auf ein Terrain, auf dem ich am unsichersten war: Ich dachte nach. Darüber, wer ich war, *was* ich war. Kalt betrachtete ich die endlose Folge von Katastrophen, von Kallio bis in die Gegenwart. Die Katastrophen – der verschiedensten Art – waren nicht abgerissen, seit ich Imperator Tenedos auf den Thron verholfen hatte.

Ich konnte nicht glauben, dass wir uns wider die Natur gewandt haben sollten, als wir die inkompetenten Schwachköpfe vom Zehnerrat gestürzt hatten. Aber wieso hatten wir seither nichts als Tragödien erlebt?

Die stärkste Erinnerung, die sich immer wieder einstellte, sosehr ich sie auch zu verdrängen versuchte, waren Yonges Fragen, bevor er verschwunden war. Widerstrebend – aber schließlich gab es sonst nichts, um mich zu beschäftigen, als den schmutzigen Schnee, durch den ich watete, den Wind in meinem Rücken und meine durch-

600

nässte Kleidung – ließ ich mir Yonges höhnische Fragen durch den Kopf gehen.

Und ganz plötzlich kam mir die Antwort, eine Antwort, die eigentlich offensichtlich hätte sein sollen. Die Beweise häuften sich, Dinge, die Yonge nicht gewusst hatte.

Ich begann mit der Nacht, in der mich der Imperator dazu überredet hatte, freiwillig in Chardin Shers Festung zu gehen, dort ein Elixier zu verschütten und die Formel zu sprechen, die den Alptraum von einem Dämon aus den glühenden Höllen unter der Erde kommen ließ.

Bevor der Bann wirkte, so hatte Tenedos gesagt, verlangten die Mächte, an die er sich gewandt hatte, dass jemand, den Tenedos liebte, freiwillig einen großen Dienst tat, der ihn das Leben kosten könnte. Dieser Jemand war natürlich ich gewesen und natürlich hatte ich mich freiwillig gemeldet.

Aber das war nicht alles gewesen. Diese »Macht«, so hatte er gesagt, und ich hatte angenommen, er meinte das schreckliche Ungeheuer aus dem Berg, fordere noch einen weiteren Preis, und ich hatte Tenedos' Worte noch deutlich im Ohr: *Du darfst nicht fragen, welchen Preis ich dafür bezahle, aber er ist schrecklich, glücklicherweise aber erst in einiger Zeit fällig.*

Ein Preis. Ein Opfer? Das war das Wort, das mir in den Sinn kam. Es war entsetzlich. Meine Gedanken verrieten das Land, dem ich diente.

Nein, ermahnte ich mich. Mein innerer Eid, der Eid meiner stolzen Vorfahren galt Numantia. Aber der Eid, den ich geschworen hatte, galt Imperator Tenedos. Na schön. Dann war ich ihm gegenüber nicht mehr loyal.

Ich wandte mich einmal mehr Yonges Fragen zu.

Warum *hatte* Tenedos so lange gewartet, den Zauber zu wirken, der bei Dabormida die Bäume zu Würgern gemacht hatte – bis die Schwere Kavallerie und Yonges Späher sich an der kallischen Stellung blutig verausgabt hatten?

Hatte das Wirken dieses Zaubers auch seinen Preis gehabt? Einen Preis, der nicht in Gold oder Knechtschaft zu entrichten war, sondern in Blut? Natürlich, sagte mein Verstand verächtlich. Welche Art Schuld, meinst du, lädt ein Mann, der sich lauthals als Gefolgsmann Saionjis der Zerstörerin bezeichnet, wohl auf sich?

Ich entsann mich der Unterhaltung, die ich in Polycittara – in der Zelle des Sehergelehrten Arimondi Hami – geführt hatte, und ich erinnerte mich deutlich an seine Worte. Hami, ein Freund von Chardin Shers Magier Mikael Yanthlus, hatte mich gefragt, ob ein Mann allein den Preis für einen Dämon aufzubringen vermochte wie den, der Yanthlus, Sher und ihre Bergfeste vernichtet hatte.

Außerdem erinnerte ich mich, den Imperator nach Hamis Mutmaßung gefragt zu haben; er hatte mir verboten, das Thema je wieder zu erwähnen. Der Imperator hatte also einen Preis bezahlt, über den er nicht reden konnte, noch nicht einmal mit dem einzigen Menschen, der so etwas wie ein Freund für ihn war.

Preis … Ich dachte daran, wie nervös der Imperator geworden was, als der Krieg auf sich warten ließ. Und dann die unerklärliche Pest in Hermonassa, die eine halbe Million dahingerafft hatte und dann ebenso merkwürdig wieder verschwunden war.

Blut. Konnte Blut – genügend Blut – einen Dämon zufrieden stellen, ihn dazu bringen, dem, der ihn rief, jeden Wunsch zu erfüllen? War das Laish Tenedos' großes Geheimnis, eines, hinter das er bei seinen weiten Reisen und Studien bei finsteren Weisen gekommen war?

Wenn für seine Magie Blut nötig war, bedeutete das, dass er bereit sein musste, für den Endsieg alles zu opfern, einschließlich seiner Armee? Um einen V-förmigen Dämon von der Größe eines Berges zu füttern? Oder Saionji selbst?

Musste der Imperator der finsteren Zerstörerin ständig neue Blutopfer bringen, um seine Macht – sei es seine magische oder seine weltliche – zu behalten?

Yonge hatte mich gewarnt, nachdem Tenedos unsere Idee abgelehnt hatte, die maisirischen Bauern zu befreien.

Aber wozu dann die Katastrophen? Nach all dem Gemetzel, all

der Zerstörung in Maisir – müsste die Göttin mit ihrem Diener nicht längst zufrieden sein?

Wieder hörte ich Yonges Stimme, die sagte, als Tenedos das Chaos verwarf, als er sich weigerte, die Bauern gegen ihre Herren zu hetzen, da habe Saionji sich von ihm abgewandt. Sicher hatte sie das Gemetzel begrüßt, aber so wie ein Trunkenbold, der für die erste Flasche Wein dankbar ist, aber bald denkt, sie stehe ihm zu, so wollte auch die Göttin der Zerstörung mehr: das totale Chaos, in dem jeder die Hand gegen den erhebt, der über ihm steht.

Bemühte Tenedos sich, ihre Gunst zurückzugewinnen? Oder war er darüber hinaus? Gründete seine Macht sich jetzt ganz und gar auf Katastrophen, auf Blut?

Und ich hatte einen Eid geschworen, einen Eid, ihm dabei zu helfen, was immer er versuchte, erinnerte mein Verstand mich voll Ironie. Schloss das die Zerstörung Numantias mit ein, wenn es dazu kam?

Irisu sei Dank, dass Domina Bikaner mit einem Problem kam, das meine sofortige Aufmerksamkeit verlangte, so dass ich mir die Frage nicht zu beantworten brauchte. Für den Augenblick.

Wir kamen jetzt schneller voran, wo es bergab ging, und ich schwöre, wir rochen bereits Numantias willkommene Wärme. Aber fast ein Drittel all derer, die Oswy mit mir verlassen hatten, war tot.

Ich starrte den Berg hinab auf den riesigen Tempel und das kleine Dorf, wo man uns untergebracht und verköstigt hatte und wo wir unsere Zebus erworben hatten. Ich dachte an den jungen Sprecher zurück, der gegen den Schnee nichts weiter als eine Sommerkutte getragen hatte und an das Rätsel, das er mir gestellt hatte. Außerdem fielen mir Yonges Furcht und Hass ein und ich fragte mich, mit welchen dämonischen Flüchen man uns wohl belegen könnte – sechshundert Mann, die nun sicher nicht willkommen waren.

Aber uns blieb keine andere Wahl, und so ging ich voraus, von Svalbard und Curti flankiert, nahm mein benommenes Denkvermögen zusammen und versuchte auf Worte zu kommen, die uns ein sicheres Geleit bringen könnten.

Aber das war nicht nötig. Das erste Mal war der Tempel finster gewesen und hatte nichts Gutes verheißen. Jetzt erstrahlte er im hellsten Licht und sanfte Musik trieb auf mich zu. Er hatte eine mächtige gewundene Freitreppe mit Fabelwesen auf der Brüstung und diese führte vor die Flügel einer gewaltigen steinernen Tür. Ich hätte Angst haben, ja zittern sollen, nachdem Yonge geknurrt hatte, wie sehr er diese Dörfler hasse, vor allem jene, *denen irgendein Blechgott ins Ohr flüstert, und schon denken sie, er hätte sie in seine gottverdammte Familie adoptiert!* Außerdem fiel mir ein, dass er gesagt hatte, er wäre einmal mit dreien seiner Leute hier gewesen, alle verwundet, und sei vom Vater des Sprechers abgewiesen worden.

Die Flügel der Tür schwangen auf, als ich mich näherte, und ich sah, dass sie kaum aus Stein sein konnten, so leicht wie sie sich bewegten. Ein Mann kam heraus, ein großer Mann, aber alt, mit Bart und nach wie vor schwarzem Haar, das ihm bis an die Hüften ging; es bewegte sich wie Seide im Wind. Ich glaubte ihn zu kennen, aber das war unmöglich.

»Ich heiße Euch und Eure Soldaten willkommen, Numantier.«

Ich verbeugte mich. »Ich danke Euch. Aber wir sind unser weit mehr als nur drei.«

»Ich weiß, ich habe sie gezählt, als sie über den Gletscher kamen. Fünfhundertdreiundneunzig Krieger, Frauen und Kinder, wenn ich mich nicht irre.«

»Ihr habt recht«, sagte ich und verbarg mein Erstaunen. »Wir nehmen dankbar an. Wir bitten nur um Unterkunft für die Nacht und vielleicht einen Platz, wo wir unsere Rationen zubereiten können. Wir marschieren beim ersten Tageslicht weiter, ohne jemanden zu stören.«

»Ich hieß Euch willkommen und wäre ein schlechter Gastgeber, wäre ich nicht bereit, meine Gäste zu verköstigen. Ruft Eure Leute, wenn Ihr so gut sein wollt.«

Ich nickte Curti zu, der salutierte und dann die Treppe wieder hinunterstieg. Der große Mann blickte Svalbard und mich an.

»Euer Gefährte scheint mir voll Argwohn, was meine Absichten anbelangt, obwohl ich mir kaum vorstellen kann, wie ein Mann so vielen Soldaten etwas tun könnte, wie Ihr sie führt. Meint Ihr nicht, großer Svalbard?«

Der große Mann erschauerte, schien Angst zu haben, riss sich aber zusammen. »Nicht für einen Zauberer wie Euch, und ich weiß, dass Ihr einer seid, wo Ihr schon meinen Namen und dergleichen wisst.«

Der Mann neigte den Kopf. »Möglich wäre es. Wenn ich ein Zauberer wäre. Es steht Euch frei, Wachen aufzustellen, wenn Ihr wollt, und die beiden Männer bei Euch, die die Magie studiert haben, auch wenn sie nicht gerade Weise sind, können jeden Bann wirken, der ihnen beliebt. Es spielt keine Rolle.«

»Ich sehe keinen Sinn in Wachen«, sagte ich. »Ihr *seid* ein Zauberer, und wenn Ihr meine beiden Männer für nichts weiter als Akoluthen haltet, dann sind wir ohnehin in Eurer Gewalt. Mir wäre es lieber, meine Soldaten unter einem trockenen Dach zu sehen. Wenn Ihr trotzdem böse Absichten hegt, dann sterben wir wenigstens zusammen. Und warm.«

Natürlich hatte ich nicht die Absicht, mich völlig in die Gewalt dieses Mannes zu begeben. Aber es gab keinen Grund, ihn nicht in dem Glauben zu lassen, ich sei nicht auf der Hut.

»Euer Vertrauen ehrt mich«, sagte er. »Ihr und Eure Männer werdet es mehr als warm haben. Kommt doch bitte herein.«

»Ich danke Euch«, erwiderte ich und verbeugte mich einmal mehr. »Ich bin der Erste Tribun Damastes á Cimabue, General der –«

»Ich kenne Euch«, unterbrach mich der Mann. »Und ich kenne Eure Armee. Bis auf den letzten Mann. Kommt herein.« Er machte keinerlei Anstalten, seinen Namen zu nennen.

Ich blickte den Hang hinauf und sah meine Männer auf mich zukommen, weniger eine Armee als ein Wrack, und ging, ohne die geringste Angst zu haben, hinein. Ich berührte die Türflügel im Vorbeigehen. Sie waren aus schwerstem Gestein.

Der Tempel war größer, als ich gedacht hatte, da er sich über viele Etagen in den Boden erstreckte; eine steinerne Spirale führte immer tiefer hinab. Es gab Etagen mit nichts weiter als kleinen Einmannzellen, womöglich Tausenden, die man uns als Schlafkammern anbot. In jeder gab es eine Öllampe und eine Strohmatte, und sie waren makellos sauber, auch wenn sie unbenutzt rochen und alt.

»Waren die für Eure Mönche?«, riet ich.

»Man könnte sie so nennen«, sagte der Mann.

»Wie viele leben denn jetzt hier?«

Der Mann lächelte, antwortete jedoch nicht. Er sagte, meine Leute sollten ihre Waffen, Packen und die Winterkleidung in den Zellen lassen, es sei denn, sie seien besonders furchtsam. Dann sollten sie einen Stock tiefer gehen. Sie würden an zwei Türen gelangen. Die Männer sollten die linke nehmen, unsere paar Frauen die rechte. Er sagte, ein sauberer Mensch würde gar noch hungriger sein.

Die Räume waren hoch, aus massivem Gestein, und es gab Umkleideräume mit Steinbänken, wo wir unsere Kleidung ließen, und einen großen Raum mit steinernen Wannen von vier Fuß Tiefe und zwanzig Fuß Durchmesser. Nackt wie ich war, spürte ich ein Brennen auf der Haut, wie wenn ich nach einer langen Zeit im Freien nach drinnen kam. Ich stieg in eine der Wannen und ließ das sprudelnde Wasser, das gerade heiß genug war, um unangenehm zu sein, mich umspülen. Es gab keine Seife, sondern Sandsteinriegel, mit denen man sich schrubben konnte.

Immer wieder fuhr ich mir mit den Fingern durch Haare und Bart in dem Versuch, sie zu kämmen, aber es half nicht sehr viel. Verfilztes Haar fiel mir dabei aus, und ich sah mich einmal mehr daran erinnert, dass ich älter wurde.

Wäre da nicht mein heulender Magen gewesen, ich hätte den Rest meines Lebens in dieser steinernen Wanne zubringen können, aber ich musste raus.

Als ich in den Umkleideraum zurückging, erwischte mich ein Stoß heißer, parfümierter Luft und ich war trocken. Mehr als trocken, wie ich merkte, als ich mich instinktiv zu kratzen begann, eine Gewohnheit, die wir alle hatten, bis ich merkte, dass mich gar nichts biss.

Ein noch größeres Wunder war mit unserer Kleidung geschehen. Aus Scham über unsere Lumpen hatten wir sie beim Ausziehen sauber aufeinander zu legen versucht. Jetzt waren sie gefaltet, als hätte sich eine Wäscherin damit befasst, und tatsächlich musste jemand Unsichtbarer sich ihrer angenommen haben, denn sie waren sauber, Risse und Triangel nicht nur gestopft, sondern scheinbar nahtlos geflickt. Sie waren immer noch fleckig und ramponiert, aber läusefrei.

Wir zogen uns an und gingen die Spirale ein Stück hinauf. Die Frauen, die nicht weniger munter plapperten als wir, kamen heraus und schlossen sich uns an.

Wir traten in einen riesigen Speisesaal mit Tischen und Bänken aus schwerem altem Holz. Die Tische waren mit Kupferschüsseln voller Speisen beladen. Ohne auf Formation und Rang zu achten, stürzten wir darauf zu.

Unser Gastgeber kam herein, als wir uns setzten. Wir rissen uns zusammen in der Erwartung irgendeiner Art von Gebet.

»Nur zu«, sagte er. »Hungrige Leute erregen das Missfallen der Götter.«

Einer weiteren Ermutigung bedurfte es nicht. Es gab Reis, scharf gewürzt mit numantischen Kräutern, die keiner von uns mehr gekostet hatte, seit wir unser Land verlassen hatten, das Ganze mit zerlassener Butter übergossen; in Eierteig gebackene Auberginenschnitten; Linsen so scharf, dass uns die Tränen in die Augen traten; frische Tomaten mit geriebenem Käse aus Büffelmilch; Reispudding mit Mangos, Jackbaumfrüchte und Kräutertees der verschiedensten Art.

Svalbard beugte sich mir zu. »Ich frage mich, wie lange es wohl dauert, einem Dämon das Kochen beizubringen«, flüsterte er.

Der Bärtige hatte ein übernatürliches Gehör, denn er lächelte breit. »Seid Ihr also immer noch argwöhnisch«, sagte er. »Lasst mich Euch etwas fragen. Was sind Dämonen?«

Svalbard zog die Stirn in Falten. »Das Böse. Geister, die einem schaden wollen.«

»Aber diese Wesen, die Euch solche Sorgen machen, geben Euch zu essen. So können es keine Dämonen sein.«

»Gift«, sagte Svalbard und gab keinen Fingerbreit nach.

»Gift? Dann werdet Ihr sterben. Und zwar erhaben – im Kampf gegen böse Mächte, was Euch auf dem Rad nach vorn bringt, oder nicht? Da Euch ihre Tat also nur Gutes gebracht hat, können es also keine Dämonen sein, da Dämonen Eurer Definition nach nicht imstande sind, Gutes zu tun.«

»Worte!«, schnaubte Svalbard. Er sah sich nach einer Stelle um, wo sich hinspucken ließ, fand aber keine, worauf er seine Nase in seinem Essen vergrub.

Der Mann lächelte wieder und ging dann, vorbei an den Reihen der Tische, hinaus wie der freundliche Wirt eines Landgasthauses.

Vielleicht träumte ich, aber ich glaube es nicht. Ich schien aufzuwachen und aus der Zelle auf den Korridor hinauszugehen. Die Lampen, die gebrannt hatten, als wir vom Essen gekommen waren, flackerten schummrig, und meine Wachen, die an beiden Enden ihre Runde machten, versuchten nicht einzuschlafen. Keiner sah mich.

Ich wusste genau, wo ich hingehen musste, und ging die Spirale hoch zur Hauptetage. Sicheren Schritts ging ich einen Korridor hinauf, dessen Decke sich im Dunkel verlor. Ich fand eine kleine Tür, und dann befand ich mich im Herzen des Tempels, einem großen Polyeder von einem Raum mit seidenen Gobelins in leuchtenden Farben an jeder Wand. Aber es gab keine Ikonen, keine Gemälde irgendwelcher Götter noch Bänke für die Gläubigen, ja noch nicht einmal einen Altar.

In der Mitte des Raums saß der alte Mann im Schneidersitz auf einem violetten Seidenkissen. Er hatte eine runde Strohmatte vor sich. Ich kniete mich verlegen darauf nieder. Er sah mich ruhig und erwartungsvoll an.

»Warum habt Ihr uns aufgenommen?«, fragte ich ohne Umschweife.

»Warum nicht? Hätte ich es nicht getan, so hättet Ihr versucht, Euch von den Dorfbewohnern zu nehmen, was Ihr braucht, und ich fühle mich ihnen verpflichtet.«

»Wer seid Ihr? Ihr Priester? Ihr König?«

»Weder noch. Alles zugleich.«

»Welchem Gott, welchen Göttern dient Ihr?«

»Keinem. Und allen.«

»Es war ein junger Mann hier, als ich das letzte Mal vorbeikam«, sagte ich. »Er nannte sich der Sprecher.«

»Und das ist er auch. Mein Sohn.«

»Warum haben wir ihn nicht gesehen?«

»Er war anderer Meinung, was die Art anbelangt, mit der Ihr zu empfangen wärt. Ich habe mich entschlossen, seinen Vorschlag abzulehnen.«

»Was hätte er denn getan?«

»Das braucht Ihr nicht zu wissen. aber es wäre nicht das Beste gewesen. Er ist ein junger Mann und hat noch viel zu lernen.«

»Er hat mir ein Rätsel gesagt.«

»Ich weiß«, sagte der Mann und zitierte es dann wortgetreu: »›Der Gott, dem Ihr zu dienen glaubt, Ihr dient ihm nicht. Die Göttin, die Ihr fürchtet, ist nicht Euer wahrer Feind, während Euer wahrer Feind mehr zu werden versucht, ein Gott sogar, und letzten Endes doch nichts weiter als ein Dämon sein wird, da seine wahren Herren Dämonen sind.‹ Ist das richtig?«

»Es ist richtig.«

»Das Rätsel ging weiter«, fuhr der Mann fort. »Dient, wem Ihr dienen mögt, dient, wem Ihr dienen könnt, Ihr dient doch nur einem, und dieser eine gibt Euch absolut nichts.‹ Könnt Ihr inzwischen die eine oder andere der Fragen beantworten?«

Ich konnte, obwohl sich mein Verstand schaudernd dagegen zu sträuben versuchte.

Der Gott, dem ich zu dienen glaubte ... Isa, der Kriegsgott. Oder vielleicht Irisu. Die Göttin, die ich fürchtete ... offensichtlich Saionji. Aber sie fürchtete ich nicht. Und dann:

Mein Feind, der mehr, ein Gott zu werden versucht?

Es konnte nur einer sein.

Laish Tenedos.

Der Imperator.

Der Dämon mit der Krone.

Wenn dem so war, dann konnte er und würde er mir nichts geben, denn Dämonen geben nie mehr, als sie unbedingt müssen, und ich hatte meinen Treue- und Diensteid aus freien Stücken geschworen.

Die Dinge, die er mir in der Vergangenheit gegeben hatte – Reichtum, Titel, Macht –, all diese Dinge hatten mich stärker an ihn gebunden, ließen mich ihm besser dienen, ergebener.

Ja, ich hatte die Antwort auf das Rätsel. Aber ich würde sie diesem Mann nicht sagen. Nein. Niemals. Er wartete. Ein Lächeln kam und ging, dann nickte er, als hätte er jemanden gehört – mich – und das Gehörte gebilligt.

»Gut«, sagte er. »Sehr gut. Und jetzt, nachdem Ihr so viel durchgemacht habt, möchtet Ihr vielleicht, dass ich Euch etwas gebe.«

»Warum solltet Ihr?«

Er zuckte die Achseln. »Weil es mir Freude macht. Weil es meine Pflicht ist. Spielt es eine Rolle?«

»Ich denke nicht.«

»Na dann«, sagte er. »Da ich nun einmal bin, wer ich bin oder was ich bin, ein Mensch vielleicht, vielleicht ein Dämon, wie Euer Svalbard fürchtet, werde ich Euch ein weiteres Rätsel geben.«

»Natürlich.«

Wir lachten beide und unser Lachen hallte durch den gewaltigen Raum. Jetzt erinnerte ich mich an ihn, an ihn und den großen Leoparden; vor nun schon so langer Zeit hatten sie uns zugesehen, wie wir nach Maisir gegangen waren.

»Ihr wart der Junge, der den Tiger ritt«, sagte er und hielt inne, als ich zusammenfuhr. Ich wollte schon mit einer Frage herausplatzen, als mir klar wurde, dass er sie mir nicht beantworten würde. Er würde mir nicht erklären, woher er wusste, was ein Dschungelzauberer meinen Eltern an meinem Namenstag gesagt hatte. »Jetzt hat der Tiger sich gegen Euch gewendet. Ihr habt große Schmerzen erlitten, und es stehen Euch noch größere bevor. Aber Eure Lebenslinie geht weiter.

Die Wohltat, die ich Euch erweise, besteht darin, Euch zu sagen, dass sie weit länger ist, als Ihr jetzt denkt oder bald denken werdet.

In einiger Zeit wird Euer Lebensfaden die Farbe wechseln.

Vielleicht hat die Farbe, die ich spüre, Bedeutung für Euch. Es ist ein leuchtendes Gelb und sie ist im Augenblick aus Seide.«

Gelb? Seide?

»Die Würgeschnur der Tovieti«, knurrte ich.

»Ich habe von ihnen gehört«, meinte der Mann.

»Sie haben mich bereits mehrere Male umzubringen versucht«, erzählte ich. »Ich bin ihr Todfeind.«

»In der Tat«, sagte der Mann. »Aber alles ändert sich. Der, dem Ihr jetzt dient, wird womöglich Euer ärgster Feind. Warum sollte aus Bösem nicht Gutes werden, wenn, was bisher gut schien, sich als böse erweist?« Der Mann erhob sich. »Ich denke, ich habe sowohl meiner Pflicht als auch meinem Sinn für Humor Genüge getan und Euch nur noch mehr verwirrt. Wie mein Sohn. Schlaft gut, schlaft lang.«

Er entfernte sich. Der Raum war riesig, sicher, aber der Mann schien eine Ewigkeit von mir wegzugehen, wobei er immer kleiner wurde, als ginge er viele Werst.

Dann war ich wieder in meiner Zelle und das Stroh stach mir einen Augenblick in die bloße Schulter, dann schlief ich wieder ein.

Ich wachte auf, als hätte ich eine Ewigkeit geschlafen – frisch, voller Tatendrang, obwohl ich, als mir mein Traum einfiel, falls es ein Traum war, nicht wusste, was ich davon halten sollte. Aber das brauchte ich nicht, denn es gab viel zu tun. Die Männer waren guter Dinge und laut, während sie sich wie eine Horde Schulknaben auf dem Korridor anzogen. Wir formierten uns vor dem Tempel, während ich nach dem Mann suchte, der uns beherbergt hatte.

Meine Rufe hallten von den Steinen wider, ohne dass ich eine Antwort bekam. Nach einiger Zeit gab ich es auf und ging.

Es war ein strahlender, klarer Tag und ein warmer Wind wehte aus dem Tiefland herauf. Ohne uns noch einmal umzusehen, marschierten wir ab.

In die Heimat, nach Numantia, in das schönste Land, das ich jemals gesehen hatte: Urey.

29 *Cambiaso*

Urey war einst nichts als leuchtende Blumen an blauen Seen, Marmor und Gold, Lachen und Liebe. Wir trafen auf Feuer, Tod und Verwüstung. Die Armeen der Finsternis waren bereits weitermarschiert und hatten nichts zurückgelassen als schwarze Asche und leeres Land.

Nach wie vor zu Tode geängstigte Bauern sagten, die numantische Armee sei aus dem Sulempass gewankt, die tobenden Horden der Maisirer gleich hinterdrein. König Bairan und sein Hofzauberer hatten den Maisirern gesagt, Numantia gehöre ihnen, sie sollten damit nach Belieben verfahren. Die Geschichten ihrer Gräueltaten waren herzzerreißend, unerträglich. Aber während sich mir der Magen umdrehte vor Abscheu und Zorn, erinnerte mich ein ruhiger Teil in mir daran, dass wir bei unserer Invasion Maisirs nicht besser gewesen waren. Was hätte man erwarten sollen?

Aber wie hatte unsere Armee so schnell sein können? Ich hatte sie noch in Kämpfe in Kait verwickelt geglaubt, langsam von den Hüglern zu Tode gebracht. Wir lasen einen Verwundeten auf, der zurückgeblieben war, ohne den Maisirern in die Hände zu fallen.

Oswy hatte sich selbst zur offenen Stadt erklärt, was aber nicht bedeutete, dass es der Stadt etwas geholfen hätte. Unsere Armee hatte sie ohne Gnade, ohne Gesetz zerfleischt und und ihr alles genommen, obwohl sie doch selbst nichts gehabt hatte. Sie hatten die Stadt in Flammen zurückgelassen, die Straßen mit den offenen Leichen Unschuldiger angefüllt und waren weitermarschiert.

Als sie schließlich nach Kait gekommen waren, hatten sie von Offizieren und Unterführern gehört, was sie von den Hügelmenschen zu erwarten hätten, und waren auf das Schlimmste gefasst gewesen. Aber es passierte nichts. Es war lediglich zu vereinzelten Hinterhalten durch kleine Banden von Räubern gekommen. Die meisten Hügler hatten Angst, sich einer so großen Streitmacht zu stellen, selbst einer so ramponierten wie unserer Armee.

Der Soldat sagte, er habe Geschichten gehört, laut denen man den Herrscher von Kait, irgendein Schwein namens Fergle, Fugel oder wie auch immer, umgebracht hatte und jetzt ein neuer Mann auf dem Thron saß. Und dass die Hügler hektisch neue Bündnisse eingingen und alte Fehden schlichteten und für Außenstehende schlicht keine Zeit hatten.

Achim Fergana, mein alter Feind, war also einem begegnet, der noch skrupelloser, noch raffinierter war?

Wer mochte das sein … Und dann kam mir ein merkwürdiger Gedanke, und ich wusste, ohne nur den geringsten Hinweis darauf zu haben, wer sein Mörder gewesen war und dass Yonges letzter Gefallen der Armee gegolten hatte, in der er gedient hatte.

Ich grinste. Yonge würde einen ausgezeichneten Achim für Kait abgeben und den Hügelmenschen mehr als genug Gründe geben, sich mit sich selbst zu befassen, anstatt in Numantia oder Maisir einzufallen. Aber womöglich führte er die Überfälle auch selbst.

Wie auch immer, so fuhr der Soldat fort, als man die Hauptstadt Kaits – sie heiße Sayana, sagte ich ihm – erreichte, fand man die Tore verschlossen, und als der Imperator befahl, sie zu öffnen, war nichts als höhnisches Gelächter zu hören. Es war keine Zeit für eine Belagerung, da die Maisirer der Armee auf den Fersen waren, und so ging man durch den Sulempass nach Urey.

»Ich habe gehört, wir sollten auf den Fluss zuhalten, wo angeblich Verstärkung wartete. Aber wir hatten sie den ganzen Pass hindurch auf den Fersen, dann sind sie um uns herum mit den Negaret und haben Renan – so glaube ich, heißt es – genommen. Wir sind nach Westen, um sie zu umgehen und dann weiter im Norden an den Fluss zu kommen.

Aber ich habe mir den Speer hier eingefangen, als wir ein paar Stück Vieh geklaut haben, und bin davongekrochen. Keine Ahnung, was jetzt passiert.«

Es befanden sich also beide Armeen vor uns, weiter der Mitte Numantias zu.

Ich rief meine Offiziere zusammen und sagte ihnen, für uns gäbe es nur eine Pflicht: uns so schnell wie möglich wieder der Armee anzuschließen, indem wir die Maisirer umgingen. Früher oder später könnten wir wieder zum Imperator stoßen.

Vielleicht war er ja der Dämon mit der Krone. Aber ich entsann mich meines Eids und die Invasoren verwüsteten meine Heimat und das war für einen Ertrinkenden ein Fels in der stürmischen See. Ich würde, ich *musste* zu meinem Eid stehen.

Meine Offiziere, allesamt Krieger, hatten keine Einwände. Ihre Einheiten waren in Urey stationiert gewesen, die meisten sahen in der Provinz ihr Zuhause und wollten Rache. Man musste die Maisirer aufhalten, sonst gäbe es bald in ganz Numantia nicht mehr als in Urey – Asche und Verzweiflung.

Wir marschierten weiter, und wir waren nicht besser als die Maisirer, nur dass es bei uns weder zu Mord noch zu Vergewaltigungen kam. Wer sich gegen uns stellte, musste mit dem Schwert rechnen. Unterwegs nahmen wir uns, was wir brauchten: Pferde, bis wir schließlich alle wieder beritten waren; Nahrungsmittel, bis wir alle satt waren; Kleidung, und wir waren einmal mehr sauber. Nur gegen unseren gehetzten Blick ließ sich nichts machen; unsere Augen hatten einfach zu viele Tote gesehen, unsere müden Körper zu viel getötet. Allen war uns klar, dass es für uns nur noch einen Frieden geben würde. Den Tod.

Jedenfalls für die meisten von uns, die regulären Soldaten. Aber das waren wir ja nicht alle und so schlichen sich Nacht für Nacht ein paar weg. Domina Bikaner wollte Patrouillen ausschicken, ein paar von den Deserteuren zurückbringen und hängen lassen, um ein Exempel zu statuieren. Ich untersagte es ihm. Sollten sie nach Hause gehen, dachte ich und wünschte ihnen viel Glück.

Uns stand eine große Schlacht bevor, und warum sollten wir uns mit diesen hasenherzigen Feiglingen belasten? Wir hatten keinen Platz für etwas anderes als sorgsamst geschmiedeten Stahl.

Kriege – Armeen – haben einen bestimmten Klang, einen bestimmten Geruch. Blut, Feuer, ja selbst die Angst hat ihren Geruch. Wir hatten Urey verlassen und durchschritten die arme Bauernprovinz Tagil. Rauchsäulen standen am Himmel und wir waren in der Nähe des maisirischen Heers. Wir ritten weiter nach Osten, dann scharf nach Süden und schließlich nach Westen in einem weiten Halbkreis darum herum.

Meine Späher wurden von Numantiern angerufen, die gar noch abgerissener, noch müder, noch verzweifelter waren als wir. Wir waren wieder bei unseren Brüdern. In Sicherheit. Soweit es die gab.

»Ich hätte mir denken können, dass der Schöne Damastes einen Weg findet, diese Bastarde zu umgehen«, sagte Tenedos in dem Versuch, sich herzlich anzuhören. »So ist Yonges Schmugglerroute denn auch für Soldaten zu passieren, eh? Das wird sich als nützlich erweisen, wenn wir nächstes Jahr wieder in Maisir einfallen oder das Jahr darauf.«

Es war gut, dass der Imperator Unsinn redete, denn es gab mir einen Augenblick, meinen Schock zu verbergen. Ich dachte, mich hätte die Zeit arg mitgenommen. Aber es war nichts im Vergleich zum Imperator. Er war nur ein paar Jahre älter als ich, sah aber aus wie aus einer anderen Generation. Sein schwarzes Haar war auf dem Scheitel so gut wie dahin, und das runde Gesicht, das ich einst für jungenhaft gehalten hatte, war voller Furchen und hart.

Seine Augen leuchteten nach wie vor, aber es war ein anderes, ein beunruhigendes Glitzern darin.

»Ja, Sir. Ich habe vierhundertfünfzig Mann Reiterei. Alles, was von den Siebzehnten, Zwanzigsten und Zehnten noch übrig ist. Ich will offen sein, Sir. Wir sind nicht in bester Verfassung, aber immer noch in besserem Zustand als die Soldaten, die wir durch das Lager haben reiten sehen.«

»Gut. Denn die große Schlacht, die diese Ameisen in ihren Haufen zurückscheuchen wird, steht kurz bevor.« Er rang sich ein Lächeln ab und sein Mundwinkel zuckte etwas. »Da du realistisch bist, will ich es auch sein. Diese Schlacht wird alles entscheiden. Entweder die Maisirer und Bairan werden vernichtet oder wir.

So einfach ist das. Sie haben die Männer, aber wir haben den Geist. Wir kämpfen jetzt um die Freiheit. Ich weiß, meine Soldaten werden mit Leib und Seele in diese Schlacht ziehen.«

Seine Worte hörten sich weniger an, als kämen sie von Herzen, als nach den abgedroschenen Phrasen, die er so lange benutzt hatte, bis sie keine Bedeutung mehr für ihn hatten – und damit auch für sein Publikum. Kein Wunder, dass die Armee einen derart mutlosen Eindruck machte, wenn dem Imperator nichts Besseres mehr einfiel.

»Geist ist ja gut und schön«, antwortete ich. »Aber im Allgemeinen entscheiden eine Schlacht Schwerter und deren Zahl.«

»Schwerter, ja. Oder Magie. Sie ist unsere große Geheimwaffe, denn wenn wir uns ihnen das nächste Mal stellen, dann habe ich eine Waffe, die die Maisirer völlig vernichten wird. Sie werden sich nicht mehr zurückziehen können, sondern müssen entweder auf der Stelle kapitulieren oder sterben.«

Ich fragte mich, wie viel von unserem Blut dieser geheime Zauber wohl kosten würde, schob den Gedanken dann jedoch fort und bat um eine Einweisung, um zu erfahren, wo jeder Mann stand.

»Zuvor noch eines«, sagte er. »Erinnerst du dich noch daran, dass ich dir gesagt habe, hätten wir erst einmal Renan erreicht, dann müsste ich die Armee für einige Zeit verlassen und nach Nicias zurückkehren? Dem ist noch immer so, obwohl man die Verräter niedergeschlagen hat. Ich gehe nur ungern, aber ich muss, um für den endgültigen Triumph zu sorgen, der auf alle Zeit Numantias Sicherheit garantiert.«

Ich antwortete nicht, aber das schien auch nicht nötig zu sein. Er rief Domina Othman und führte mich zu einem anderen Zelt, wo auf drei zusammengerückten Tischen, die man bei den Bauern erbeutet hatte, eine riesige, neu gezeichnete Karte ausgebreitet war. Er befahl den anderen Stabsoffizieren hinauszugehen und erklärte mir dann unsere Situation. Sie war trostlos. Wir hatten gerade noch hunderttausend Mann, die kampfbereit waren.

617

Ich hörte nicht, was er als Nächstes sagte, denn mir drehte sich der Kopf. Wie viele Männer sollten wir in Maisir verloren haben? *Zwei Millionen?* Und mehr, wenn man die Reserven mitzählte! Götter! Selbst wenn Tenedos' Geheimwaffe funktionierte und wir die Maisirer vernichteten, es würde Generationen dauern, bis Numantia sich wieder erholt hatte.

Ich zwang mich in die Gegenwart zurück, als Othman weiterredete. Es waren einige Verstärkungen eingetroffen, die auf dem Landwege aus Amur gekommen waren, aber es handelte sich um hastig gebildete Einheiten aus patschnassen Rekruten und dem Kader der Ausbilder.

»Wir haben jedoch noch mehr«, warf der Imperator ein. »Ich habe gehört, dass wenigstens zehn Gardekorps aus ganz Numantia in Nicias zusammengekommen und den Fluss herauf nach Amur unterwegs sind. Wenn du dich mit denen zusammentust, gibt das der Armee ein neues Rückgrat, und danach kommen gar noch mehr Verstärkungen hinzu, sind unsere Linien zum Fluss erst wieder offen. Amur und der Latane sind ganz offensichtlich unsere unmittelbaren Ziele.

Wir durchbrechen die maisirischen Linien, lassen uns von ihnen jagen, aber nicht erwischen, darin sind sie ja nun schon Meister, und vernichten sie dann am Latane.«

Ohne ihm zu antworten, starrte ich auf die Karte. Die Armee hatte hastig Stellung bezogen, gleich im Norden der kleinen, mittlerweile zerstörten Handelsstadt Cambiaso. Die Grenze zu Amur war etwa dreißig Werst entfernt, aber dann waren es fast zweihundert Werst bis an den Latane.

Und dazwischen stand das maisirische Heer.

Ich fragte mich, wo die Gardekorps – immerhin über hunderttausend Mann, wenn sie Sollstärke hatten – hergekommen waren. Tenedos hatte Numantia für die Invasion praktisch leer geräumt, und alle neuen Einheiten waren sofort in den Hexenkessel gekommen, kaum dass sie gebildet waren. Existierten diese Einheiten überhaupt? Vielleicht war es zu einem großen Ansturm auf die Fahnen gekommen, vielleicht hatte man diverse Grenzeinheiten zusammengeworfen und zu Garden gemacht, um die Moral zu erhöhen. Ich wollte, ich musste es glauben.

Ich wandte mich wieder der Karte zu.

Um durchzubrechen, wollte der Imperator ein weiteres Mal auf ganzer Linie die Maisirer angehen. Was mir wie Selbstmord schien. Aber weiter im Süden gab es Ödland, eine Wüste fast, abgesehen von einem weiten Halbkreis von Gipfeln auf ansteigendem Terrain, jeweils etwa fünfzehn Werst voneinander entfernt.

»Sir«, schlug ich vor. »Anstatt direkt gegen die Maisirer anzurennen, was hält uns davon ab, eine Bewegung nach Norden vorzutäuschen, als marschierten wir in die Wüste, und ihnen dann in die Flanke zu fallen, während sie sich noch zu einer Verfolgung reformieren? Wir schlagen hart genug zu, drängen sie zurück, und in der allgemeinen Verwirrung haben wir wenigstens einen Tag, vielleicht mehr, um den Kontakt zu lösen. Die müssen doch wenigstens ebenso erschöpft sein wie wir.«

»Nein«, sagte Tenedos fest. »Das können wir nicht. Nicht jetzt. Nicht so, wie es um die Armee im Augenblick steht. Uns fehlt das starke Rückgrat von früher. Ich habe in der *Suebi* zu viele meiner besten Tribunen und Generäle, meiner besten Schwertfechter verloren.

Die Verwirrung wäre zu viel, die Maisirer würden uns zerschlagen, während bei uns noch alles drunter und drüber geht.

Aber meine Armee wird kämpfen, hart kämpfen, geben wir ihr nur ein Ziel. Und das geben wir ihr, direkt vor ihren Augen, etwas, worauf sich einschlagen lässt, mit voller Wucht, und brechen sie erst einmal durch, hinaus auf offenes Terrain, dann haben sie den Fluss vor sich – den Fluss, die Heimat, das Ende des Krieges!«

Tenedos' Blick war bohrend, er versuchte mich mit Gewalt zu überzeugen. Aber es gab schließlich auch noch die Karte mit ihren Hunderten von Werst Buschland bis zum Latane.

»Welchen Zauber wollt Ihr einsetzen?«

»Ist die Schlacht erst einmal im Gange, habe ich Ehrfurcht

gebietende Magie und ich werde schreckliche Dämonen gegen die Maisirer entsenden. Aber ich möchte sichergehen, dass ihre Kriegsmagier vollauf beschäftigt sind, bevor wir unseren Zauber zum Einsatz bringen.«

Mir wurde klar, dass ich ihm nicht ein Wort glaubte. O ja, es wäre Zauber im Spiel. Aber erst dann, wenn ordentlich Blut vergossen worden war! Und die Armee hatte, wie ein siecher Mann, wenig zu geben vor dem Zusammenbruch. »Sir, ich denke –«

Tenedos lief rot an. »Das genügt, Tribun! Vielleicht wart Ihr zu lange auf Euch allein gestellt und habt vergessen, dass Ihr Befehlen zu gehorchen habt wie jeder andere Soldat auch! Ich habe meine Anweisungen gegeben und meine Pläne werden bereits ausgeführt.

Und jetzt habe ich mich um andere Dinge zu kümmern. Mein Stab wird Euch so gründlich unterrichten, wie es Eure Rolle verlangt.«

Er bedachte mich mit einem harten Blick, wartete eine Antwort erst gar nicht ab, sondern eilte aus dem Zelt. Mich packte der Zorn. Ich brauchte ihn nicht, um mich daran zu erinnern, dass ich ein Soldat war und dass Soldaten Befehlen gehorchten. Hatte ich nicht fast vierhundert Mann durch unpassierbares Terrain gebracht und – Ich beherrschte mich und schluckte meinen Zorn hinunter. Wir hatten keine Zeit für internes Hickhack. Der Plan des Imperators stand fest und er war nicht gut. Aber es war der Plan, dem zu folgen war.

»Domina Othman«, sagte ich. »Ihr habt den Imperator gehört.«

Der Angriff war noch katastrophaler, als ich befürchtet hatte. Die Gardeeinheiten hatten unsere Stellungen kaum verlassen, als die maisirische Infanterie auch schon zuschlug, sie in die Zange nahm – wie die Fänge einer Schlange – und sie zum Stehen brachte. Im Gegenangriff brandeten die Maisirer in massiven Wellen gegen uns an und warfen die Angriffsformation zurück. Die Maisirer machten jedoch nicht an unserer Front halt, sondern griffen auf der ganzen Linie an.

Wir zogen uns zurück, aus unseren Stellungen, und in einer zweitägigen brutalen Schlacht – ein völliges Durcheinander, größtenteils Handgemenge – schlug man uns bis fast in die Wüste zurück. Schließlich stoppten wir, mit der namenlosen Felsformation im Rücken, schlugen zurück und brachten die Maisirer zum Stehen. Früher hätten wir sofort noch einmal zugeschlagen, bevor sie sich erholen konnten, hätten sie auseinander gebrochen und hätten einen großen Sieg errungen.

Aber alles, was wir erreicht hatten, war eine kleine Verschnaufpause – und das hatte uns zwanzigtausend Mann und unsere Stellungen gekostet.

Was den Bann des Imperators anbelangte, so passierte nichts außer den üblichen kleinen Verwirr- und Angstzaubern, von denen sich gerade mal der blutigste Anfänger einschüchtern ließ.

»Also«, sagte der Imperator grimmig, »wir befinden uns in einer katastrophalen Situation.«

Die Tribunen in seinem Zelt schwiegen. Es gab dazu nichts zu sagen.

»Aber wir sind *nicht*, ich wiederhole, *nicht* verloren. Ja, um genau zu sein, wir sind jetzt in der Lage, die Maisirer völlig zu vernichten. Ich habe da einen Zauber, den ich bereits einmal eingesetzt habe. Einige von Euch älteren Soldaten kennen ihn vielleicht noch, denn ich habe ihn gegen Chardin Sher eingesetzt, um seine Rebellen zu vernichten und Numantia zu gewinnen.«

Ich fuhr zusammen. Yonges Vorhersage würde sich bewahrheiten und der grauenhafte Dämon würde aus der Wüste steigen und noch einmal Unheil anrichten.

»Dieser Zauber ist kostspielig«, fuhr er fort. »Aber wir haben seinen Preis einmal bezahlt – und wir müssen bereit sein, ihn noch einmal zu bezahlen.«

Seine nächsten Worte hörte ich nicht, schockiert wie ich war. All das Blut, all das Gemetzel, der Verlust einer ganzen jungen Generation von Numantias Besten für jenen einzigen Augenblick der Zerstörung? Wie sähe der Preis des Dämons dieses Mal aus?

»Es wird drei Tage dauern, vielleicht mehr, um die … nötigen Kräfte für diesen Zauber zusammenzuziehen. Sagt Euren Einheiten, dass wir uns auf die Schlacht vorbereiten. Erwähnt aber nicht, was ich Euch gerade gesagt habe.

Unser Schlachtplan wird ganz einfach sein. Ist die … die Macht erst einmal entfesselt, hat sie ihr Unheil angerichtet, greifen wir an. Wir brauchen dann nur noch die letzten Reste ihrer Armee niederzumachen, es besteht also keinerlei Anlass für eine ausgefeilte Taktik.

General der Armeen á Cimabue wird die physische Attacke führen, da ich Euch, aus verschiedenen Gründen, für einige Zeit nicht selbst führen kann. Ich muss Euch noch vor einem warnen und diese Warnung solltet Ihr an Eure Mannschaften weitergeben: Bevor die Kriegszauberer der Maisirer nicht zum Schweigen gebracht sind, versuchen sie womöglich noch alle möglichen Täuschungsmanöver. Gehorcht also ausschließlich Tribun á Cimabue oder mir selbst, und gehorcht uns absolut, ungeachtet des Befehls. Ich habe magische Wächter um mich aufgestellt und werde dasselbe für den Tribun hier tun, auf dass keiner ein falsches Bild heraufbeschwören kann. Vergesst das nicht.

Seid guten Mutes, Kopf hoch, meine Herren. Dies ist unsere größte Stunde, wir sind jetzt fast Götter. Wir haben das Schicksal von Millionen in der Hand – der bereits Geborenen und derer, die noch nicht zurück sind vom Rad.

Dies ist der entscheidende Augenblick und nur eine große Nation wird in eine strahlende Zukunft gehen.

Numantia!« Seine Stimme wurde zum Schrei: »Jetzt und für immer! Numantia und Tenedos!«

Die Tribunen, verletzt, kriegsmüde, jubelten wild und die ganze Armee schien mit ihnen zu jubeln.

Hätte ich das Kommando über die maisirische Armee gehabt, ich hätte auf der Stelle angegriffen, ohne uns die Möglichkeit zu geben, uns zu erholen. Vielleicht hatte König Bairan Angst vor den Ausfällen, die er dabei haben würde, die Höhen zu stürmen, die wir besetzt hielten, vielleicht brauchte er auch Zeit, seine Armee neu zu formieren – immerhin kämpfte er weit entfernt von zu Hause, bei einer langen Nachschubroute, in einem verwüsteten Land. Aber seine Truppen standen mit dem Elend auf vertrauterem Fuße als wir.

Wie die Gründe auch immer aussehen mochten, die Maisirer, die uns zahlenmäßig weit überlegen waren, hatten die Felsenzitadelle nur halb umzingelt, die trockenen Ebenen hinter uns waren völlig frei. Es sah so aus, als bereiteten sie sich, in der Absicht, uns auszuhungern, auf eine Belagerung vor.

Ich vergewisserte mich, dass ordentliche Vorposten aufgestellt waren, so dass wir gewarnt wären, wenn die Maisirer als Erste zuschlagen sollten, und machte dann endlos meine Runden, munterte hier einen auf, verfluchte andere, erinnerte sie daran, wofür sie kämpften und dass das hier die größte Schlacht der Geschichte würde; insgeheim graute mir vor dem Tag.

Aber was hätte Tenedos machen sollen? Kapitulieren? Ich sah keine andere Möglichkeit. Numantia würde ein weiteres Mal in die schreckliche Schuld der Dämonen geraten, eine, die weitaus größer war als das letzte Mal. Und das auch nur, wenn wir gewannen. Was würde passieren, wenn der Azaz und seine Kriegsmagier einen größeren Bann als den des Imperators schufen? Was wäre dann?

Ich riss mich zusammen. Das war unmöglich. Der Imperator war der mächtigste Zauberer der Welt. Die Fehler in Maisir hatte er gemacht, weil er den Feind unterschätzt hatte, ebenso wie die Armee. Ich war mir sicher, diese Arroganz gab es nicht mehr.

Im Stab des Imperators wimmelte es von geschäftigen Chare-Brüdern; Tribunen und Generäle, die sich um weltliche Dinge sorgten, bellte man an und verwies sie an mich. Ich hoffte, die Zauberer hätten Erfolg damit, unseren Plan zu kaschieren, und dass der Azaz ebenso selbstgefällig war, wie wir es vor langer Zeit gewesen waren.

Am Morgen des dritten Tages wollte ich mich zu einer weiteren

Runde aufmachen, hielt mich aber gerade noch davon ab. Ich war wie ein junger Legat – so voller Sorge um sein erstes Kommando, dass er Stunden damit verbringt, den Leuten zuzusetzen, und sie anstatt zu besseren Soldaten zu zuckenden Nervenbündeln macht.

Ich legte mir meine eigenen Pläne für den Tag der Schlacht zurecht. Ich würde wieder an der Spitze der Kavallerie reiten. Meine Hand voll Roter Lanciers, verstärkt durch die Reste der Siebzehnten Ureyschen Lanciers, hätten die Ehre, vorneweg zu reiten.

Am späten Nachmittag kam Domina Othman und sagte, der Angriff würde tags darauf beginnen, zwei Stunden nach Morgengrauen. Wenn der Abend dämmerte, wäre Numantias Schicksal besiegelt.

Ich zwang mich zu schlafen, von zwei Stunden vor Mitternacht bis vielleicht eine Stunde danach; dann wachte ich auf. Ich lag da, spürte, wie die Armee sich um mich herum regte, wie sie die Muskeln streckte.

Ich entsann mich eines kleinen Gebets, das ich als Kind aufgesagt hatte, ein Gebet an Tanis, unseren Familiengott. Es diente wie die meisten Gebete, die Mütter ihren Kindern so beibringen, dazu, ihnen Kraft in der Einsamkeit der Nacht zu geben, sie an das Wohlergehen anderer denken zu lassen anstatt an sich selbst.

Ich flüsterte die Worte, obwohl es meinen Horizont überstieg, was eine kleine Dschungelgottheit wie Tanis auf diesem Schlachtfeld ausrichten sollte, wenn so mächtige Götter wie Saionji und Isa, ihre Manifestation, das Land unsicher machten und Dämonen die schrecklichen Befehle von Zauberern ausführten.

Ich stand auf und zog mich an. Ich hatte mich schon vor dem Hinlegen gewaschen und rasiert, also legte ich nur sauberes, fast trockenes Unterzeug an, das ich selbst am Nachmittag zuvor durchgewalkt hatte. Ich musste an die ungeheure Garderobe denken, die ich einst gehabt hatte, und sah meine Habseligkeiten wehmütig an. Ich legte das saubere meiner beiden Hemden an, dieses so rot wie meine Lancieruniform, schnürte mir ein Wams aus gekochtem Leder um, das von all den Schlachten ganz schwarz war, und schob es in enge schwarze Breeches, die zu den Stiefeln passten, die poliert waren, bis sie schier leuchteten wie neu – die durchgelaufenen Sohlen waren ja nicht zu sehen. Als Rüstung trug ich nur einen Brustpanzer und meinen Helm, dessen gestutzter Busch längst räudig zu werden begann.

Ich schnallte meinen Schwertgurt um, das Schwert auf der einen Seite, Yonges silbernen Dolch auf der anderen.

Ich ging in mein Stabszelt und nahm mir noch einmal die Karte vor. Ich studierte die letzten Patrouillenmeldungen über die Bewegungen des Feindes. Es gab keine Veränderungen, die Maisirer hatten also noch keinen Verdacht geschöpft. Hoffte ich.

Kurz vor der Morgendämmerung stürzte Domina Othman in mein Zelt, und zum ersten Mal, seit ich den stets ruhigen, stets weitblickenden Adjutanten kannte, sah ich ihn eindeutig außer Fassung. Er stammelte, der Imperator wolle mich sehen, musste mich sehen. Auf der Stelle! Ich müsste sofort kommen!

Was mochte passiert sein? Hatten die Maisirer von seinem Bann erfahren? Oder wäre er, unbeständig, wie die Zauberei nun einmal war, außerstande, das schreckliche Ding aus seinem Bau zu rufen, wo immer der lag?

Ein zu Tode geängstigter Capitain der Unteren Hälfte, seine Uniform zerrissen und vom Ritt verdreckt, kam aus dem Zelt des Imperators gestürzt, als ich darauf zukam.

Als ich hineinkam, trat Tenedos gerade ein Kohlebecken um und verstreute dessen schwelende Harze achtlos im Zelt. Ein weiteres Kohlebecken, aus dessen Mitte sich reglos eine einzelne breite Flamme erhob, stand im Zentrum einer aufwendig ausgeführten, mit blutroter Kreide gezeichneten Figur. Ich erinnerte mich an das Symbol. Ich hatte eine einfachere Version davon immer wieder geübt, bevor ich die Mauern von Chardin Shers Festung erklettert und es ein letztes Mal auf das Pflaster im Inneren gemalt hatte, bevor ich ein Elixier darauf goss und um mein Leben lief, als der Dämon in unsere Welt kam.

Der Feldschreibtisch des Imperators war mitsamt dem Stuhl umgekippt, uralte Schriftrollen und modrige Bücher waren herum-
geworfen worden, alles in blinder Wut.

Ich ließ die Stiefel zusammenknallen und salutierte nicht weniger perfekt als in meinen Tagen als künftiger Legat am Lyzeum.
»Sir! Erster Tribun Damastes á Cimabue.«

»Diese Bastarde! Scheißkerle! Verräter! Verleumder!«, tobte er.

Ich sagte nichts, sah nur Othman an, der nicht weniger erschüttert war als der Imperator. Tenedos trat an einen Kasten und
nahm eine Kristallkaraffe mit Branntwein zur Hand. Er fand ein
Glas, nahm den Stöpsel von der Karaffe, schleuderte sie dann jedoch, als sein Zorn wieder aufflammte, gegen den Kartenschrank.
Das Kristall zersprang, Branntwein spritzte in das Kohlebecken
und duftende Flammen schossen heraus.

Er versuchte, sich zu beherrschen, und als es ihm gelungen war,
wandte er sich an mich. »Der Mann, der da gerade gegangen ist«,
sagte er ziemlich ruhig, »ist ein tapferer Offizier. Er kam zu Pferd
den ganzen Weg von Amur, vom Depot der Garden, herauf. Er hat
drei Pferde zu Tode geritten. Wie er sich durch die maisirischen
Stellungen geschlichen hat, ist mir ein Rätsel. Aber Saionji sei Dank
hat er es geschafft. Wir wurden verraten, Damastes, verraten von
denen, für die wir kämpfen!«

Scopas und Barthou hatten aus ihrem ersten Fehlschlag gelernt.
Irgendwo außerhalb von Nicias hatte sie sorgfältige Pläne geschmiedet, zu denen auch ein richtiges Militär gehörte. Sie hatten
sich dabei aller Soldaten bedient, die nur aufzutreiben waren, Einheiten, die offensichtlich eine Heidenangst davor hatten, an die
Grenze geschickt und durch den Fleischwolf gedreht zu werden.

Sie waren auf Nicias marschiert, wo nicht ein Gardekorps stand,
das eingegriffen hätte. Treue Einheiten, die in der Hauptstadt stationiert waren, meuterten und schlossen sich dem Aufstand an. Der
letzte Schlag, so Tenedos, war der, dass die Bürger auf die einfache
Botschaft von Scopas und Barthou gehört hatten: Friede sofort,
Friede um jeden Preis. Kapituliert vor den Maisirern, gebt ihnen,

was immer sie wollen, Hauptsache, sie ziehen wieder aus Numantia ab. Stürzt Tenedos, den Usurpator, und seine Leute, denn sie haben Numantia mit ihrem wahnsinnigen Krieg gegen einen ehemals guten Nachbarn ruiniert. Friede jetzt, Friede auf immer!

Das alles war vor einer Woche passiert. Irgendwie hatten die Verräter den Fluss abgeriegelt, so dass kein Wort von der Katastrophe den Fluss herauf gelangte. In der Zwischenzeit hatten sie per Heliograph Botschaften in andere Provinzhauptstädte geschickt.

»Wer weiß, was die sonst noch versprochen, womit sie gedroht, was sie gesagt haben«, sagte Tenedos. »Als die Nachricht schließlich Amur erreichte, hatte bereits die Hälfte meiner Provinzen offen rebelliert. Ich nehme an, inzwischen haben sich weitere angeschlossen.«

Ich war entsetzt. Ein solcher Verrat war unvorstellbar. Ohne um Erlaubnis zu bitten, hob ich Tenedos' Stuhl auf und sank darauf.

»Was jetzt?«, bekam ich schließlich hervor.

Der Imperator und ich starrten einander an. Wieder sah ich seinen Mundwinkel zucken. »Ich weiß schon, was zu tun ist«, sagte er mit etwas unsicherer Stimme. Dann wurde sie fester. »Das heißt, eigentlich macht das, was da passiert ist, die Entscheidung sogar einfacher.

Othman!«

»Sir!«

»Seht zu, dass meine Brüder geweckt werden und bereitstehen! Ich bedarf ihrer Dienste noch in dieser Stunde. Und jetzt lasst uns allein. Es gibt immer noch das eine oder andere Geheimnis, in das ich Euch nicht einweihen kann.« Othman salutierte und eilte hinaus.

Tenedos lächelte, ein Lächeln, das durch und durch böse war. »Ich habe alle Mittel, Zauber, Kräuter beisammen, um den Dämon zu rufen, der Chardin Sher zu Fall gebracht hat. Ich brauche nur die Chare-Brüder zu rufen und ihnen bestimmte Teile des Banns zu überlassen, um den Weg zu bereiten, den Rest der Zeremonie erledige ich selbst.

Dieser Tag wird nicht nur einen, sondern gleich zwei von Numantias Feinden vernichten, den, der von außen angreift, und den anderen, der von innen nagt. Ich werde den Dämon rufen, ihm die Erlaubnis geben, die Maisirer wie geplant zu vernichten. Und dann werde ich ihm eine noch größere Freude machen, indem ich ihm Nicias gebe.

Ich habe schon von den Kosten dieser Beschwörung gesprochen. Was Scopas und Barthou getan haben, macht das Ganze weitaus billiger – jedenfalls für ehrliche Numantier.

Ich werde Nicias dem Dämon geben«, wiederholte er. »Soll er mit dieser großartigen Stadt machen, was er mit Chardin Shers Felszitadelle gemacht hat. Keinen Stein auf dem anderen lassen, bis die Stadt der Lichter explodiert! Soll er alle mitnehmen – Männer, Frauen, Kinder – und das tobende Feuer verschlingen lassen, für wen oder was auch immer er nur Verachtung hat. Soll er das Land aufreißen, auf dass nie wieder einer dort leben kann, und es zu einem Sumpf werden lassen, der finsterer ist als jeder, den die maisirische Wildnis zu bieten hat.

Soll Nicias zum Exempel für künftige Generationen werden, die an dieser Wüstenei vorbeikommen, in der nur Ungeheuer und Verfall zu Hause sind, sollen sie wissen, welchen Preis der bezahlt, der sich gegen den Seher Tenedos, den Imperator Tenedos stellt.«

Die Stimme des Imperators war lauter und schriller geworden und seine Augen ganz glasig in seinem Wahn. Dann beruhigte er sich. »Ja. Das werden wir tun. Ich weiß, wie ich den Dämon davon abhalten kann, in seine Welt zurückzukehren. Früher habe ich mir Sorgen gemacht, die Gewalt über ihn zu verlieren, und für die blauen Blitze gesorgt, die ihn in seine Heimat der schwarzen Flammen zurückkehren ließen.

Nicht jetzt. Nicht dieses Mal. Diesmal werde ich ihn hier behalten, und wehe dem, der sich gegen mich stellt, denn ihn wird dasselbe Schicksal ereilen wie die Maisirer und diesen verräterischen Abschaum aus Nicias!

Nachdem er Nicias zerstört hat, holen wir noch einmal aus. Wir erobern Numantia zurück, dann Maisir und so weiter, holen uns

Länder, die kein Numantier je gesehen hat. Wir schicken den Dämon und andere, von denen ich noch erfahren werde, als Angriffseinheiten vorneweg. Kaum ein numantisches Leben wird vergeudet werden. Der Lohn der Kreaturen wird in den Seelen der Eroberten bestehen, und wenn das Land leer ist, dann besiedeln wir es mit unseren eigenen Leuten!

Dann, Damastes, dann haben wir wirklich Macht. Es werden keine Altäre mehr nötig sein, keine Gebete an launische Göttinnen, die einen verraten, wann immer ihnen danach ist. Ich habe dir, mein Freund, einmal versprochen, wir würden beide über der Welt stehen.

Dank sei Bairan, Dank sei dem Azaz, aufrichtiger Dank an all die Bastarde in Nicias, denn sie haben mir – uns – einen neuen Weg geöffnet, einen Weg, den zu finden uns vielleicht Jahre gekostet hätte, Jahre, die uns vielleicht den Mut genommen hätten.

Extreme Zeiten erfordern extreme Maßnahmen, ist es nicht so? Außerdem gebären sie Größe.

Sie gebären Götter!«

Sein Gesicht leuchtete, die Jahre waren von ihm abgefallen, und er sah aus wie damals, wie an dem Tag, an dem wir uns das erste Mal begegnet waren, vor nun so langer Zeit, am Sulempass, von Leichen umringt.

Jetzt jedoch leuchtete in seinen Augen das Feuer des Wahnsinns, nicht das der Macht.

Er streckte mir die Hände entgegen, um den Bund zu besiegeln. Ich stand auf, hielt ihm die meinen hin, und er trat auf mich zu.

Ich schlug einmal zu, mit aller Kraft, genau unter dem Kinn. Ohne einen Laut kippte er um.

Ich vergewisserte mich, dass er bewusstlos war, dann ging ich seine Zaubertruhen durch, bis ich einen kräftigen Strick fand. Ich fesselte den Imperator an Händen und Füßen, knebelte ihn und verband ihm die Augen, dann versteckte ich ihn in einem Winkel des Zelts, in dem er schlief, und zog die Bettfelle über ihn. Während der ganzen Zeit weinte ich lautlos, von den eigenen Tränen schier blind.

Ich warf die Bücher, die sich ringsum stapelten, in die Flamme des Kohlebeckens, die das finstere Wissen, das zu erwerben Tenedos so hart gearbeitet hatte, ohne auch nur einmal aufzuflackern, verschlang. Dann warf ich die ausgestreuten Kräuter und anderen Materialien hinterher. Ich wischte über das rote Kreidesymbol, bis es verschwunden war.

Ich fand einen Flakon, zog den Korken heraus, und der Gestank eben jenes Elixiers, das ich in Chardin Shers Zelt vergossen hatte, stieg mir in die Nase. Ich steckte den Flakon in meinen Beutel und verließ das Zelt.

Ich lief zu meinem Pferd, zog mich in den Sattel und spornte das Tier zu einem gestreckten Galopp an. Irgendwo unter dem grauenden Morgen entkorkte ich den Flakon und schleuderte ihn so weit fort, wie ich nur konnte.

Capitain Balkh erwartete mich vor meinem Zelt.

»Sagt den Hornisten Bescheid«, befahl ich. »Blast zum Angriff!«

Im Trab ritten wir vor unsere Linien, während aus den Hörnern das muntere Lied des Todes erklang. Trommeln donnerten und die Infanterie kam auf die Beine, aus den Gräben, in denen sie gekauert hatte, und lief unter Hurrageschrei auf das offene Feld.

Ich gab Zeichen und die Hörner erklangen ein weiteres Mal, dann gingen wir zum Galopp über, die Roten Lanciers voanweg, hinter mir alles, was von der stolzen Heerschar, die vor langer Zeit die Grenze überschritten hatte, übrig geblieben war, und die stahlbewehrten Lanzen zielten direkt auf Maisirs Herz.

Unsere Standarten und sämtliche Farben Numantias knatterten im Morgenwind, als wir dahinritten unter dem Donnern unserer Hufe, das lauter als Trommeln war.

Ich sah zurück und mir verschwamm der Blick, als ich Numantias große Armee, in deren Dienst ich mein Leben verbracht, die ich aufgebaut und befehligt hatte, ohne zu zögern, schrecklich unter ihren Standarten, in ihre letzte Schlacht stürmen sah.

Ich spürte das Wüten des Blutes in mir und ließ ihm freien Lauf.

Wir durchschlugen die maisirischen Linien, als hätten wir niemanden gegen uns, und stürmten weiter ins Herz ihrer Armee. Männer standen vor mir auf und wurden schreiend niedergemäht, dann stürmten wir weiter, töteten alles auf unserem Weg.

Ich verspürte ein Flackern törichter Hoffnung, wir hätten doch noch eine Chance, den Sieg zu erringen, und dass die Maisirer brechen und davonlaufen würden. Wir zermalmten ihre zweiten und dritten Glieder, dann tauchte ihr Stabsquartier vor uns auf.

Dann fiel man uns in die Flanke, ein Glied nach dem anderen bester Infanterie, für die ein Mann auf einem Pferd ein leichtes Ziel war, keine Schreckensgestalt. Sie duckten sich unter ihre Lanzen und gingen auf unsere Pferde los. Andere Soldaten vor uns blieben stehen und unser Sturm war gebrochen, alles löste sich in einen stürmischen Wirbel aus hauenden, stechenden, tötenden, sterbenden Männern auf.

Vor mir, kaum hundert Schritt entfernt, standen mächtige Zelte in prächtigen Farben mit Flaggen über dem Dach. Hier befand sich der König, und ich rief den Lanciers zu, mir zu folgen, und Fuß um blutigen Fuß stießen wir vor.

Dann kamen die Dämonen. Aus dem Nichts. Schreckliche Käfer, Scarabäen vielleicht, größer als Pferde, aber scheußlicher noch waren die Menschengesichter über ihren sausenden Zangen, und mir stockte der Atem, als ich eines davon, selbst durch die vom Schlachtenblut geblendeten Augen, erkannte.

Myrus La Balafre.

Ich hörte einen anderen schreien, der ebenfalls eines der Gesichter dieser Ungeheuer erkannt hatte, und dann sah ich Mercia Petres ernstes Gesicht. Ich hoffe bei allen Göttern, sie waren nur Gaukeleien, die der Azaz heraufbeschworen hatte, um uns in Schrecken zu versetzen, und dass es ihm nicht etwa gelungen war, die Seelen dieser Männer vom Rad zurückzuholen. Ich kann nicht glauben, dass Saionji es zulassen würde, dass jemand so weit in ihre Domäne eindrang.

Einer der Schrecken schlug auf mein Pferd ein, trennte ihm fast

631

den Kopf ab, und es bäumte sich auf und warf mich ab. Ich rollte mich ab, kam auf die Beine, und das Ungeheuer ragte über mir auf, schnappte mit seinen Scherenkiefern nach mir, ich stieß zu und bohrte ihm mein Schwert in den Körper. Es brach zusammen, griff nach der Wunde, während ich mein Schwert herauszog, und kreischte dann schaurig schrill auf, grünes Eiterblut schwappte über mich hinweg, dann lag es still.

»Sie sind zu töten«, rief ich und sah eines davon Capitain Balkh fast entzweireißen, als Curti ihm einen Pfeil in das Menschengesicht schoss.

Der Zauber des Azaz war fast ebenso tödlich für seine eigenen Soldaten, unter denen er für nicht weniger Schrecken sorgte als unter uns; auch sie schrien von Panik ergriffen auf und liefen davon. Ein weiteres Ungeheuer tauchte auf, dem Svalbard zwei Beine wegschlug, bevor er ihm den Beidhänder durch den Panzer trieb; dann war es tot.

Drei Männer griffen an, der eine mit einer Axt, und ich schlitzte ihn auf, duckte mich unter dem Schwertstoß des zweiten hindurch und hieb ihm die Seite auf. Der dritte lief schreiend davon.

Es war niemand in der Nähe außer einem paar verwundeter, sterbender Dämonen, und so lief ich auf die flaggengeschmückten Zelte zu, hörte das Rasseln des Atems in meiner Lunge und merkte kaum, dass ich jenes kindliche Gebet an Tanis sprach.

Ich sah einen Mann im Eingang eines der Zelte stehen. Er war schwarz gekleidet und hatte einen merkwürdigen Zauberstab in der Hand, nicht etwa solide, wie ich sie kannte, sondern aus in sich gedrehtem Silber, das wie Zweige ineinander verwoben war.

Der Azaz.

Alles rund um mich herum verschwand, und ich bewegte mich auf ihn zu, was alles ganz langsam, völlig verschwommen vonstatten ging. Sein Zauberstab bewegte sich und ein Dämon kam aus dem Nichts und dieser Dämon hatte Alegrias Gesicht. Ich jedoch war nicht mehr am Leben, mich kümmerte nichts mehr, ich hatte das Schwert längst zum Stoß zurückgenommen, als einer von Curtis Pfeilen in den Körper des Ungeheuers fuhr; es schnappte noch nach dem Schaft, dann war es fort.

Wieder bewegte sich der Zauberstab des Azaz, aber ich war bereits näher, wenn er mit dem Schwert auch noch nicht zu treffen war. Ich glaube, ich lief immer noch, aber womöglich auch nicht. Meine freie Hand bewegte sich, ohne dass ich es gewollt hätte, an meinen Gürtel, und Yonges Hochzeitsgeschenk, der silberne Dolch, der mehr als nur seinen Teil getötet hatte, kam aus der Scheide, dann hatte ich ihn auch schon geworfen. Träge drehte sich die Klinge einmal in der Luft, dann traf sie den Azaz direkt unter den Rippen, worauf er sich schreiend zu winden begann; sein Schrei erfüllte mein Leben, meine Welt mit Freude, und ich dachte, ich hörte Karjans Lachen dabei, von wo immer ihn Saionji verbannt haben mochte. Das Gesicht des Zauberers war eine Grimasse, dann fuhr ihm mein Schwert in den offenen Mund und er war tot.

Wieder erfüllte mich blitzartig Hoffnung und ich drehte mich um.

»Jetzt der König«, schrie ich, aber ich hatte nur drei Mann hinter mir. Ich sah Curti mit einem Speer im Schenkel am Boden liegen; er rührte sich nicht; über ein Durcheinander von Leichen verstreut sah ich eine Reihe toter oder sterbender Lanciers.

Aber ich hatte noch Bikaner, Svalbard und einen anderen Mann, einen Lancier, den ich nicht kannte. Alle waren sie blut- und eitergetränkt, aber alle hatten sie dasselbe todbringende, den Tod ersehnende Lächeln, von dem ich wusste, dass es auch auf meinem Gesicht zu sehen war. Ich lief auf das Zelt zu, in dem ich König Bairan vermutete, und es kamen zwei Männer, große Kerle, größer noch als Svalbard, auf mich zu. Ich blockierte den Schlag des ersten, aber der Hieb des zweiten fuhr mir die Rippen entlang.

Svalbard schlug zu und der Kopf des Mannes löste sich, dann wandte Svalbard sich mir zu, den Ausdruck eines Kindes auf dem Gesicht, als er sich fragte, was ihm wohl weh tat, was ihn getroffen hatte, und ich sah, dass er keinen Arm mehr hatte, sondern nur mehr einen Stummel, aus dem das Blut schoss.

Er fiel und wir waren nur noch zu zweit, Domina Bikaner und ich, und dann sahen wir uns von vielen umringt, alle in Maisirs Braun.

Bikaner tötete zwei mehr, dann wuchs ihm ein Pfeil aus der Brust, er schrie auf und fiel.

Einen Augenblick später spürte ich einen siedenden Schmerz im Rücken und ich geriet ins Wanken, aber ich hatte einen Maisirer vor mir, der noch am Leben war, und ich wusste, gleich hinter ihm würde ich auf König Bairan stoßen, den ich mitnehmen würde.

Mein Schwert jedoch war viel zu schwer, um es zu heben, und der Schmerz tobte wie ein Feuer in mir. Ich wankte, spürte, wie sich mir ein weiteres Schwert in die Seite bohrte.

Dann fiel ich ins Nichts.

30 *Exil*

Ich kam erst nach einigen Wochen wieder zu mir und bis dahin war der Krieg längst vorbei. Als ich fiel, war unsere Armee entweder tot oder versuchte zu kapitulieren.

Nur wenige Offiziere ließ man am Leben, schon gar nicht solche, die wirklich Autorität hatten. Alle Tribunen, alle Generäle starben bei Cambiaso.

Alle bis auf zwei.

Cyrillos Linerges kämpfte bis aufs Messer, bis nur noch eine Hand voll seiner Leibwache um die Standarte stand. Dann war alles tot. Als die Maisirer jedoch nach dem toten Tribunen suchten, war Linerges nicht mehr zu finden.

Später erzählte man sich, er sei irgendwie vom Schlachtfeld entkommen, hätte sich zum Latane durchgeschlagen und sei von dort aus in ein fernes Land geflohen, in dem er heute noch lebt. Gut. Es sollte wenigstens einer von uns am Leben sein, der vom Aufstieg und Fall des Dämonenkönigs berichten kann.

Tenedos überlebte. Ich hatte ihn härter getroffen, als ich gedacht hatte, denn als die Chare-Brüder ihn fanden und losbanden, stand er unter Schock, unfähig, sich auch nur an einen einzigen Zauber zu erinnern. Er wurde nicht mehr normal, bis die Schlacht geschlagen und er ein Gefangener war. Warum der erste Maisirer, der auf den verhassten Erzfeind stieß, ihn nicht erschlagen hatte, werde ich nie erfahren. Aber er wurde gefangen genommen und die Kriegsmagier sorgten dafür, dass er keine Gelegenheit zum Zaubern bekam.

Als ich aus meinen süßen Träumen vom Tod und vom Nichts erwachte, sah ich König Bairan über meinem Bett stehen.

Er starrte mich lange an, ohne etwas zu sagen. Ich erwiderte seinen Blick.

Er nickte einmal, dann war er fort. Es war das letzte Mal, dass ich ihn sah.

Überraschenderweise waren die Friedensbedingungen, die er diktierte, außerordentlich liberal. Was er geschworen hatte, erwies sich als wahr: Er war tatsächlich zufrieden mit seinem eigenen Reich und wollte mit Numantia nichts zu tun haben. Da er nicht dumm war, sorgte er dafür, dass wir ihn nie wieder bedrohen konnten.

Er ging nach Nicias und besuchte die Schatzkammern. Seine Aussage war schlicht: »Sie gehören mir.« Darüber hinaus erhob er Strafsteuern gegen alle Städte und Provinzen, die hoch genug waren, um Numantia zu ruinieren. Protest wurde kaum laut, zumal er sagte, er würde beim geringsten Widerstand der Armee freie Hand lassen mit der Order, ganz Numantia so zu verwüsten wie Urey.

Er bestätigte Barthou und Scopas als rechtmäßige Herrscher Numantias. Obwohl er wusste, dass keiner der beiden militärische Ambitionen hatte, ließ er sich von beiden Gehorsam schwören.

Um zu gewährleisten, dass Numantia nie wieder zur Bedrohung werden würde, schuf er einen neuen Titel – Hüter des Friedens – und betraute den Verräter Herne damit. Er hatte Befehl, jegliche nationalistische Aggression zu unterdrücken und regelmäßig in Jarrah Bericht zu erstatten.

Herne hatte die Erlaubnis, eine Einheit von der Größe zweier Gardekorps zusammenzustellen, die ihr Hauptquartier in Nicias haben sollten. Natürlich fanden sich mehr als genug Männer, um die Reihen zu füllen, Schinder, die dieser Verrat einen Dreck kümmerte und die sich von einer Uniform eine Rechtfertigung für ihr Tun versprachen.

König Bairan verbot, das numantische Heer jemals wieder aufzubauen, unter Androhung einer sofortigen Invasion. Die größten Kräfte, denen man neben Hernes Friedensgarde das Tragen von Waffen gestattete, waren lokale Polizeieinheiten und Grenzpatrouillen.

Die Chare-Bruderschaft wurde aufgelöst.

Bairan sah sich Tenedos' Schwestern an, kam zu dem Schluss,

dass von ihnen keine Bedrohung ausging, und erlaubte ihnen die Rückkehr ins Elternhaus nach Palmeras.

Und nun zu mir und dem Imperator.

König Bairan sagte, er würde keinerlei Maßnahmen gegen uns ergreifen, und überließ die »rechte Bestrafung« den neuen Herrschern Numantias. Er war raffiniert genug, keinen von uns beiden zum Märtyrer zu machen. Weder Barthou noch Scopas konnten sich entscheiden, was mit uns zu passieren hätte, sie waren ganz die alten Zauderer aus den Tagen des Zehnerrats und so schickte man uns in Exil.

Imperator Tenedos kam auf eine Insel gar nicht so weit von Palmeras entfernt.

Mich schickte man ein ganzes Stück weiter in den Osten, auf ein winziges Inselchen, das eine Woche Seereise vor der Mündung des Latane lag.

An eine Flucht war nicht zu denken, selbst wenn mir danach gewesen wäre. Wo sollte ich schließlich schon hin.

Die Tovieti mussten gejubelt haben – ihre beiden ärgsten Feinde waren durch einen Dritten vernichtet. Aber vielleicht hatte unser Verderben sie ja auch ihres Zieles beraubt, denn ich habe seither nichts mehr von dem Kult gehört.

Düster schlich die Zeit dahin – ein Jahr und mehr. Ich kam wieder zu Kräften, bewegte mich, las, dachte über die Jahre mit Tenedos nach.

Ich fragte mich, was wohl mit mir passieren würde, nahm an, ich würde entweder vergessen sterben oder, was wahrscheinlich war, zur geeigneten Zeit das Opfer eines Attentats.

Dann kam die Nachricht:

Der Imperator war tot. Wie er gestorben war, das wollte und konnte mir keiner sagen. Ich nahm an, dass man ihn ermordet hatte, und so denke ich, dass auch meine Zeit gekommen ist.

Ich werde ihn begrüßen, denn mir ist klar geworden, dass ich, obwohl ich die besten Absichten hatte, das größte Unglück über mein geliebtes Land gebracht habe. Vielleicht habe ich ein klein wenig gutgemacht, als ich den Imperator von seinem letzten wahnsinnigen Versuch abhielt, die Welt mit sich ins Verderben zu stürzen.

Ich habe keinerlei Schuldgefühle, was mein Handeln angeht, noch habe ich das Gefühl, meinen Eid gebrochen zu haben – ist es nicht die Pflicht des Offiziers, seinen Herrscher davon abzuhalten, sich oder sein Land zu zerstören?

Pflicht, Ehre, beide befinden sich im ewigen Auf und Ab.

Der Imperator hat dies nie gelernt, nie gewusst. Aber dafür war er auch der Imperator.

Manchmal denke ich wehmütig, es wäre besser, leichter gewesen, wäre ich eine Stunde zu spät gekommen damals, vor nunmehr so vielen Jahren, bei der Schlacht am Sulempass. Wären wir nur beide gefallen, bevor wir Numantia auf Maisirs Altar opfern konnten.

Aber dann hätte ich auch Marán nie kennen gelernt noch ihre Liebe oder die von Alegria und Amiel.

Mir dämmerte eine Wahrheit: Es mag gut sein, gelebt zu haben, aber es wäre besser, überhaupt nie auf der Welt gewesen zu sein.

Vielleicht kann ich Saionji, wenn ich ihr endlich ins Gesicht schaue, um einen Gefallen bitten – habe ich doch Tausende, wenn nicht gar Millionen in ihre Arme geschickt –, und sie befreit mich auf immer vom Rad.

Aber ich rede dummes Zeug in meinem kindlichen Selbstmitleid und Saionji wartet mit weiteren Leben, weiteren Toden und einer strengen Strafe auf mich.

Und so setze ich das triste Dasein eines Gefangenen fort.

Alles, was ich will, ist die Umarmung meines letzten Freundes.

Des Todes.

31 Die Nachricht

Alles hat sich verändert.
Es herrscht Chaos.

Heute Morgen habe ich ein schnelles Postschiff gesichtet, dasselbe, das die Nachricht vom Tod des Imperators gebracht hat. Diesmal gab es keine Wimpel, keine Beflaggung.

Die Nachricht, die es brachte, war schockierender noch als die erste.

Laish Tenedos ist am Leben. Am Leben und frei.

Es ist ihm gelungen, in dem Gefängnis auf seiner Insel einen raffinierten Zauber zuzubereiten, der ihn wie tot erscheinen ließ. Tot genug, um die Ärzte und Zauberer zu täuschen, die ihn bewachten.

Seine letzte Bitte bestand darin, auf seine Heimatinsel Palmeras gebracht zu werden, um seiner Familie die Möglichkeit zu einer feierlichen Bestattung zu geben. Man hatte sie ihm gewährt unter der Voraussetzung, dass man keinen Stein errichtete, der an ihn erinnerte, keinen Schrein, der Unzufriedenen als Sammelpunkt dienen könnte.

Irgendwie war dann der Sarg verschwunden und Tenedos – lebendig wie eh und je – war in seiner Heimatstadt aufgetaucht.

Zuerst wollte keiner glauben, dass es sich nicht um einen Geist oder einen Betrüger handelte. Die Friedensgarde schickte zehn Soldaten und ihren besten Zauberer nach Palmeras, um Ermittlungen anzustellen und dem Unfug ein Ende zu machen.

Der Zauberer wie auch die Soldaten starben einen schrecklichen Tod.

Der Mann, der sich als Tenedos ausgegeben hatte, verschwand.

Eine Woche später tauchte er auf dem Festland auf, in der Hauptstadt der Provinz Hermonassa.

Er wirkte einige Hexereien, sprach bestimmte Worte, und mit der törichten Behauptung, er sei ein Betrüger, war es vorbei.

Hermonassa rebellierte gegen Barthou und Scopas und sprach sich für Tenedos aus. Man schickte zwei Gardekorps nach Hermonassa, aber auch die meuterten und schworen Tenedos den alten kaiserlichen Treueid.

Keiner auf meiner Gefangeneninsel wusste, was er davon zu halten hatte, aber wie ich mit kühlem Amüsement bemerkte, nannten meine Wärter mich mit einem Mal »Sir«.

Der Tag verging in einem Schleier von Verwirrung und Fragen. Als der Abend dämmerte, stand ich auf der grauen Brustwehr, ohne den Wind und den Regen zu spüren, die mir kalt ins Gesicht fuhren.

Der Imperator war noch am Leben.

Ich weiß, er wird mich rufen – sei es nun, um mich zu bestrafen oder sich meiner noch einmal zu bedienen, um sein Reich wiederzugewinnen.

Der Eid, den ich geschworen habe, geht mir durch den Kopf.

Auf Immer Treu.